깨진
유리 구두와
조각

A piece of broken glass shoes

깨진 유리구두와 조각 II

열매 장편소설

초판 1쇄 찍은 날 | 2018년 3월 16일
초판 1쇄 펴낸 날 | 2018년 3월 23일

지은이 | 열매
펴낸이 | 권태완 우천제

편집책임 | 박은정
편집 | 김효주 천희진
편집 디자인 | 이즈플러스

펴낸곳 | (주)케이더블유북스
등록번호 | 제25100-2015-43호
등록일자 | 2015. 5. 4
WFN | 제3-027호

주소 | 구로구 디지털로31길 41 이앤씨벤처드림타워 6차 1108호
전화 | 02-867-4626 팩스 | 02-866-4627
E-mail | cl_production@naver.com

ISBN 979-11-293-1193-1
     979-11-293-1191-7 (set)

깨진
유리 구두와
조각

A piece of broken glass shoes

II

열매 장편소설

위츠북

Contents

두 번째 조각

1장
초대

황후의 초대장은 나뿐만 아니라 하녀들의 사이에도 변화를 일으켰다. 가장 두드러진 건 마고와 마리의 관계였다. 며칠 동안 마리는 성난 황소처럼 굴었다. 찌푸려진 미간 아래로 번뜩이는 눈동자와 흥분으로 인해 거칠게 벌렁대는 콧구멍이 내가 보아도 심상찮았다. 수시로 걷어 올리고 내려 잔뜩 구김이 진 소매는 언제라도 싸울 준비가 되어 있다고 말하는 것 같았다. 실제로 몇 번 싸우다 왔는지 그녀의 턱과 목덜미 부근에 본 적 없는 상처—손톱으로 할퀸 자국이—가 선명하게 나 있었다. 심지어 어제는 콧등이 퉁퉁 부은 채로 돌아다니기까지 했다. 인중에 남은 빨간 자국은 분명 코피였다.

나는 세릴에게 넌지시 연유를 물어보았고, 그녀는 마리가 마고를 따르는 하녀들과 싸우기 때문이라고 대답했다. 원래도 종종 말다툼을 하곤 했는데, 요즘 들어 몸싸움으로 이어진다는 것이다.

"아가씨는 창녀와 노는데 로에나 아가씨는 풀케르께서 부르신다며 출신의

천함을 운운하고 그랬대요. 그래서 마리가 참지 못하고……."

세릴은 내 눈치를 살피며 기어들어 가는 목소리로 말했다. 나는 익숙한 조롱에 메마른 미소를 지었다. 과거 마고는 내 열등감을 부추기기 위해 일부러 로에나와의 경쟁 구도를 만들었다. 그리고 끊임없이 지식적인 결함과 외모, 성격, 목소리, 심지어 출신의 천함을 들먹이며 자존심을 깎아내렸다. 내가 복도를 걸을 때마다 들으라는 것처럼 수군거리던 하녀들의 행동은 모두 마고의 작품이었다.

"……로에나 아가씨가 승리한 거라면서 아가씨는 아무것도 아니라고 그랬어요."

늙은 살쾡이의 의도는 뻔했다. 라발리에와 아이레스 경으로 인해 좋아진 내 평판을 창녀와 황후의 구도에 끼워 넣음으로써 다시 망가뜨리겠다는 속셈이었다. 그래서 그녀는 내 질투심을 이끌어 내기 위한 방법으로 다소 유치한 짓을 선택했다. 로에나의 입궁 준비를 매우 요란하게 한 것이다.

편지를 받은 당장 다음 날부터 최상품의 드레스와 구두, 보석과 같은 것들이 저택 안으로 줄지어 들어왔다. 상인들도 하루에 몇 번씩 로에나를 찾았다. 창녀를 만나러 가는 것과 황후를 만나러 가는 것엔 큰 차이가 있다 하지만 차별이 너무 노골적이었다.

드레스를 제외한 모든 것이 이전의 내가 샀던 것보다 더 비싸고 질이 좋았다. 가짓수부터 비교가 될 수 없었다. 내가 열 개 중에 한두 개를 골랐다면 로에나는 스무 개 중에 열 개를 선택하는 거니까. 상기된 표정으로 신중하게 물건을 살피는 그녀의 표정은 무척 행복해 보였다. 그리고 로에나의 곁에는 마고의 꾐에 넘어가 이 모든 것을 열심히 준비한 어머니가 있었다.

어머니는 어리석게도 종종 나를 불러 로에나가 살 물건을 함께 구경하게 했다. 내 것도 사 주고 싶다는 이유에서였다. 그리고 거절하는 내 행동을 안타깝다는 듯 응시했다. 마고는 그런 어머니의 뒤에 서서 의미심장한 미소를 지었다. 그녀는 내가 자존심 때문에 물건을 고르지 못한다고 생각하고 있었다. 나는 한숨이 나올 정도로 수준 낮은 도발에 피곤함을 느꼈다. 마고는 나를 열여섯의 철없는 소녀로 보았고, 그렇게 다루고자 했다. 교활하고 못된 늙은이었다.

사실 나야 로에나가 황후에게 간다는 사실에만 큰 의미를 두고 있었기에 저들의 도발 같은 건 우습지도 않았다. 아니, 과거엔 겪어 보지 못했던 일이 연달아 일어나는 것에 대해 고민하느라 이런 사소한 일에 신경 쓸 여력조차 없었다. 그래서 마리가 분을 이기지 못하고 길길이 날뛰어도, 그녀가 나에 대한 욕이 이렇다며 미주알고주알 고자질해도 그러려니 했다. 중요한 건 그게 아니니까.

고민에 대한 해답은 로에나가 제시했다. 그녀는 두통에 좋은 차를 마시고 있는 나를 불쑥 찾아와 흥분한 표정으로 말했다. 로에나의 손에는 붉은 편지 봉투가 들려 있었다.

"다시 편지가 왔어. 같이 입궁하래. 너도 티타임에 초대되었어."

그녀가 내 손을 붙잡고 빠르게 말을 이어 나갔다. 나는 무슨 말인지 이해가 잘 되지 않아 멍청히 눈만 깜빡였다. 그리고 그녀에게 물었다.

"천천히 말해줄래? 너무 흥분했어. 잠시 물 한 잔 마시는 건 어떠니?"

로에나는 대답 대신 편지를 내게 내밀었다. 나는 미심쩍은 표정으로 그녀와 편지를 번갈아 보다가 마지못해 받아 들었다. 정갈하면서도 우아한 필체로 써 내려간 글은 몇 줄 되지 않았으나 도무지 이해하기 힘든 내용으로 이루어져 있었다.

『지난날 비가 오는 틈을 타 책 한 권을 읽었는데, 정이 두터운 자매가 주인공으로 나오더군요. 서로를 생각하는 마음이 어찌나 어여쁘던지 책의 마지막 장을 넘길 때까지 눈을 뗄 수 없었답니다.

그러고 보니 나의 어머니께서 어린 내게 자매의 연만큼 아름다운 것은 없다고 가르치셨던 기억이 떠오르네요. 항상 이런 내용을 담은 이야기와 책을 아주 많이 읽어주셨답니다. 아마 외동인 나에게 사촌 언니와의 우애가 소중함을 알려 주시려고 했던 것은 아닐까 싶어요. 부끄러운 말이지만 그녀와 난 조금 사이가 좋지 않았거든요. 어린 날의 치기 때문이지요. 하지만 어머니의 현명한 노력 덕분에 우린 그 누구보다 친밀해졌답니다. 덕분에 난 외롭지 않은 유년을 보낼 수 있었어요.

오, 그래요. 로에나 영애라면 지금 내가 무슨 말을 하고 싶은지 알 수 있겠지요? 대화를 나눌 자매가 있다는 건 마치 축복과도 같다는 것을요. 그렇기에 그대의 아름다운 경험에 한 가지의 소중한 추억을 더해 주고 싶은 마음이 드는군요. 이전에 로에나 영애만 초대했던 어리석은 실수를 만회하고 싶은 마음에서랍니다. 그러니 비슈발츠가의 또 다른 꽃과 함께 입궁해 주시겠어요? 나는 소문의 진실성을 어느 정도 믿는 사람이랍니다. 모두가 찬양해 마지않는 가녀린 꽃이 얼마나 아리따울지 벌써 기대가 되는군요.

-엘레티아 아멜루스 키란.』

나는 편지 봉투에 붙어 있는 밀랍 인에 입술을 깨물었다. 날카로운 이를 드러낸 그리핀과, 그 꼬리에 엉켜 있는 한 송이의 백합 문양은 황후를 상징하는 것이었다. 즉, 이 말도 안 되는 내용의 편지가 정말로 풀케르가 보낸 것이라는 소리다.

그러니까 하루 전날에 나를 초대하는 편지를 보냈다? 이제 와서? 로에나에게는 티타임이 열리는 날보다 20일 일찍 초대장을 보내어 충분히 준비-라발리에가 보내 준 교사를 통해 황궁 예법을 배웠다-할 수 있도록 배려해 주었으면서.

나에 대한 대외적인 평판은 라발리에가 공들여 가르쳤지만, 귀족 세계에 관해 아무것도 모르는 어린 평민 계집이었다. 배움의 기간이 짧아 아직 완벽한 귀족의 모습을 소화하고 있다고 말할 수 없는 것이다. 하물며 황궁의 예법을 알 리가 있겠는가. 그러므로 조금만 생각이 있는 사람이라면 내게는 더 많은 시간을 할애해야 함을 알고 있을 터였다. 그것이 진정한 '배려'이기도 하고 말이다. 즉, 하루 전에 편지를 보내어 '너도 오렴'이라고 말할 수 있는 사항이 아니라는 것이다. 한데 황후가 예의에 어긋나는 짓을 아무렇지 않게 저지르고 있었다. 도대체 왜, 무슨 이유로?

나는 손가락으로 미간을 문지르며 생각했다. 샤토루와 친밀하다고 알려진 나를 순수한 마음으로 초대했을 리는 없을 터. 그럼 의도가 있다는 것인데, 문제는 그게 무엇인지 짐작조차 할 수 없다는 데 있었다. 나를 황후궁으로 불러서 얻는 이득이 무엇인지 또한.

편지에 쓰여 있는 것처럼 단순히 자매의 의(義) 어쩌고를 생각하여 그런 것이라고 여기기엔 기분이 못내 찜찜하다. 내가 황후라면 먼저 샤토루에게 붙었던 사람들의 목을 서서히 죄어 갈 게 분명해서였다. 스스로의 건재함을 과시하기 위해서라도 말이다. 아마도 처음은 '추궁'과 같은 것으로 가볍게 상대를 재어 보지 않을까?

아, 그래. 그런 거였어.

나는 손바닥으로 얼굴을 쓸어내리며 나직한 탄성을 내뱉었다. 여기까지 생각이 미치니 드디어 실마리를 잡은 느낌이었다. 어쨌든 초대를 받았으니 가야겠지. 나는 편지지를 가볍게 흔들며 로에나를 살짝 떠보았다.

"나까지 초대받을 줄은 몰랐는데? 너는 편지를 읽었을 때 어떤 기분이었어?"

그녀는 왜 그런 질문을 하냐는 듯 두 눈을 동그랗게 뜬 채 대답했다.

"어떤 기분이냐고? 지금 그걸 물어본 거야? 시스에, 이건 물어볼 것도 없이 아주 영광된 일이야. 우리 둘이 같이 황궁에 입궁하는 거라구. 믿어져? 나는 이 편지를 보자마자 네게 달려왔어. 아주 기쁜 소식이니까. 그런데 왜 이렇게 탐탁하지 않은 표정이니?"

사실 로에나와 같이 예법에 통달한 귀족 소녀라면 '하루'의 유예밖에 주지 않은 불친절한 초대가 무엇을 의미하는지 금세 알아차렸을 것이다. 하지만 그녀는 나와 함께 입궁한다는 사실에 눈이 멀어 모든 의구심을 뒤로 제쳐 놓은 상태였다. 사람의 성품을 의심하지 않는 철없는 '믿음'이 스스로를 장님으로 만들어 놓고 있기도 하고. 그러니 마냥 순진하게 굴며 왜 좋아하지 않느냐고 물어보는 거였다.

"당연히 영광스러운 일이긴 하지. 다만 너무 뜻밖이어서 그런 거야. 게다가 난 아직 준비되지 않았잖니. 이를 어찌한담?"

나는 말끝을 흐리며 편지를 봉투 속에 넣었다. 그리고 떠넘기듯 로에나에게 건넸다. 이 상냥한 의붓동생이 어떻게 나올지 궁금했다. 너는 나를 배려하고 존중할까, 아니면 네 선의대로 행동하려고 할까?

로에나가 걱정하지 말라는 것처럼 힘주어 말했다.

"내가 있잖아. 그러니 더는 염려하지 말렴. 내가 도와줄게. 나만 따라 하면 될 거야. 그러니까 걱정하지 않아도 돼."

나는 실소가 터져 나올 것 같았지만 꾹 참았다. 정말 나를 도와줄 마음이 있다면 빈말이라도 '지금 몇 가지 알려 줄 테니 내일까지 익혀야 해'라고 했을 터였다. 하지만 로에나는 그렇게 행동하지 않았다. 그녀에게 중요한 건 나를 도와준다는 사실이었다. 자기애에 도취된 이기적인 선의. 딱 그 짝이다. 그럼에도 화가 나지 않는 건 너와 내가 여전하기 때문이다. 아이러니하게도 이로 인하여 그간 내내 불안한 마음이 해소되고 있었다.

잠시 후 어머니도 나를 찾아왔다. 소문을 들은 모양인지 그녀는 몹시 흥분한 것처럼 빠른 걸음으로 방 안에 들어왔다. 그리고 주변 사람을 둘러볼 새도 없이 내게 물었다.

"너도 초대를 받았다는 소문이 사실이니?"

로에나가 나 대신에 재빨리 입을 열어 대답한다.

"네. 시스에도 저와 같이 가게 되었어요."

아, 그녀의 대답에 어머니가 얼마나 기뻐했는지 그 얼굴을 보지 않은 사람이라면 감히 짐작조차 할 수 없을 것이다. 시선을 뗄 수 없이 흘리는 듯한 웃음을 지었으니까. 딸인 나조차 당신을 사랑스럽다고 생각할 정도니 말 다 한 거 아닌가?

"세상에, 정말로 다행이구나. 기쁜 일이야. 오늘처럼 기분 좋은 날이 또 있을까?"

저택 내의 많은 사람이 바라지 않았겠지만, 어머니가 원했던 그림은 단 하나였다. 비슈발츠가의 자매가 사이좋게 입궁하여 황후를 알현하는 것. 그런데 그 바람이 이루어졌으니 크게 기뻐하는 것은 무리가 아니었다.

어머니와 로에나는 곧 의기투합하여 내가 내일 입고 갈 옷을 골라 주겠다고 나섰다. 순식간에 옷장 속의 드레스가 꺼내지며 그에 어울릴 듯한 장신구가 마구 놓이기 시작했다. 순식간에 몸이 칸막이 뒤로 밀려나며 드레스가 벗겨졌다. 코르셋과 속바지 차림이 되어버린 내게 들어대지는 것은 어머니와 로에나가 고른 옷들이었다.

"풀케르(Pulcher:황후를 존칭하는 말)께서 다행히 너를 잊지 않으셨구나."

어머니가 하녀들이 내게 옷을 가져다 대는 것을 지켜보며 감격스럽다는 듯 말했다. 나는 덤덤한 어조로 대꾸했다.

"글쎄요? 그분의 마음을 감히 헤아리기 어려워서요. 이게 다행인지 모르겠어요."

"이게 다행이지 않으면 뭐니? 황제의 창녀와 어울리는 것보다 낫지 않겠니? 아니, 비교조차 할 수 없겠구나. 덕분에 네 체면도 세워지게 되었잖니."

"그렇게 여기신다면 저 역시 기뻐해야 할 일이겠죠."

놀랍게도 어머니는 이 상황을 긍정적으로 여기고 있었다. 사교계에 만연한 조롱과 악의를 그녀 역시 겪어 보았을 텐데 말이다. 설마 황후이기 때문에 치졸한 행동을 하지 않으리라 여기는 걸까. 맥락을 따지지 않는 올곧은 신뢰가 로에나의 가벼운 선의와 결합한 꼴이었다. 나는 두통이 올 것 같았지만 애써 미소 지었다.

어머니에게 황후가 샤토루와 앙숙지간이며 지독한 조롱을 받아 칩거하기까지 했다는 사실을 상기시켜 주지 않는 건, 나로 인해 밤새 걱정할 당신을 알기 때문이다. 차오르는 눈물을 홀로 힘겹게 삼켜 댈 게 뻔해서였다. 침묵이라는 순종이 모든 행위가 껴안고 있는 격렬한 항의보다 나은 때도 있으니까. 아주 살짝 과거의 악독한 당신이 그립긴 했지만 말이다.

이 웃기지도 않은 인형 놀이는 저녁때가 다 되어서야 가까스로 막을 내렸다. 모두가 만족한 가운데 여상스러운 태도를 유지한 건 나뿐이었다. 어머니는 이러한 나를 보고서 긴장하여 그런 것이다 말했고, 로에나는 푹 쉬는 게 좋겠다며 입에 발린 소리를 내뱉었다.

수많은 드레스 중 만장일치로 정해진 건 로에나가 맞춘 옷과 엇비슷한 색깔을 지닌 치마였다. 보석만 달리 차는 것으로 사이좋은 자매의 모습을 연출하자는 누군가의 발언이 어머니와 로에나의 마음에 쏙 들었기 때문이다.

나는 피곤한 표정을 감춘 채 그들을 배웅했다. 어머니는 방을 나가면서 귀가 아플 정도로 잔소리를 계속했다. 쉬지 않고 떠들어 대는 입에 신경질이 날 정도였다.

"오늘은 꼭 일찍 자야 한다, 알겠지? 내일을 생각하느라 너무 긴장하지 말고. 그리고 또 뭐가 있지?"

나는 그런 어머니의 뺨에 키스하며 알겠노라고 대답했다. 그리고 로에나에게 말했다.

"로에나, 초대장 다시 보여 줄 수 있니? 너무 감격스러워서 다시 읽어 보려고 그래."

"그거야 어렵지 않지. 여기 있어."

나는 내 뺨에 키스하려는 그녀의 얼굴을 손가락으로 가볍게 밀며 조용히 웃었다.

"고마워. 잘 자렴."

그리고 그녀의 대답을 듣지도 않고서 바로 문을 닫았다. 어머니와 로에나, 그리고 그들이 끌고 온 하녀들이 썰물처럼 빠져나가자 방 안에 고요함이 내려앉았다. 그 침묵에 취해 있던 나는 주변을 조용히 눈으로 훑어 내렸다. 곳곳에서 마리와 세릴, 그리고 블랜이 옷과 장신구를 정리하느라 바삐 움직이고 있었다. 내일 입고 가기로 한 옷과 장신구만 한쪽에 빼놓은 상태였다.

"옷을 다시 정해야겠어."

내 말에 그들의 움직임이 멈췄다. 막 드레스를 옷장 안에 넣고 있었던 세릴이 무슨 말을 하느냐는 듯 나를 바라봤다.

"로에나의 옷은 내일을 위해서 정성 들여 지어진 새 옷이야. 최신 유행하는 것이지. 나는 아니고. 그런데 비슷한 색감의 드레스를 입고 간다면 다른 사람들이 뭐라 생각하겠니? 오, 생각만 해도 끔찍하군. 그러니 다른 것으로 새로 정해야겠어."

"마님께서 실망하실 텐데요."

나는 대수롭지 않은 걸 들었다는 듯 마리에게 말했다.

"내가 황궁에서 옷을 비교당하는 수치를 맛보았다는 소문을 듣는 것보단 낫겠지.”

그러자 세릴이 조용히 옷장에서 다시 옷을 꺼내기 시작했다. 블랜은 어느새 내 뒤에 나타나 드레스의 리본과 단추를 풀어 내리고 있었다. 마리는 입을 다물고 시선을 피했다. 나는 그녀의 어깨가 잔물결을 이루는 것을 보며 빙그레 웃었다.

다음 날, 마리의 예상대로 어머니는 내 드레스를 보자마자 노골적으로 실망한 표정을 지었다. 계단을 한 발자국씩 내려올 때마다 표정이 시시각각 변모하는 그녀의 모습은 혼자 보기 아까울 정도로 장관이었다. 어머니는 내가 마지막 계단을 내려오기가 무섭게 몸을 바짝 가져다 대더니 나직한 목소리로 속삭이기 시작했다. 얼굴은 웃고 있으나 흘러나오는 음성은 자못 심각했다.

“어째서 어제 다 함께 고른 옷을 입지 않았니? 입궁하는 건데 미리 준비한 걸로 입었어야지. 로에나가 크게 실망하겠구나.”

마치 의붓딸의 눈치를 보는 것과 같은 모양새였다. 나는 천연덕스러운 표정으로 거짓말을 내뱉었다.

“실수로 옷을 더럽혔지 뭐예요. 그래서 어쩔 수 없이 다른 옷을 입고 나왔어요. 그렇게 많이 이상한가요? 어제 고른 드레스 못지않다고 생각했거든요.”

하지만 어머니는 내 말을 전혀 믿지 않는 눈치였다. 그동안 로에나에 대한 나의 태도를 걱정하시던 분이니 오죽하랴. 그러니 몇 번이고 ‘정말이니?’라고 물어보는 거겠지.

“로에나는 이런 것에 속상해하지 않을 거예요. 아니, 하더라도 매우 의연하게 넘겨 버리겠지요. 왜냐하면 그보다 더 중요한 일이 기다리고 있기 때문이에요.”

예상대로 조금 늦게 나타난 로에나는 내 드레스에 전혀 관심을 가지

지 않았다. 나와 같이 황궁에 간다는 사실에 들떠 있을 뿐이었다. 그녀
는 모두를 기다리게 한 것에 대한 미안함을 표시하며 자연스레 내 손
을 붙잡았다. 마침 레이스 장갑을 끼고 있어서 다행이었다.

마차는 황후가 보내 준 것으로 탔다. 이는 그녀가 비슈발츠가의 영
애들을 정중하게 생각하고 있다는 의미였다. 물론 티타임이라는 사사
로운 모임을 위하여 황궁의 사유물을 쓸 수는 없기에 다른 마차를 보
낸 거지만-마차는 황후의 본가인 '키란 공작가'의 것이었다-, 그 누구
도 이에 대해 불만을 토해 내거나 하지 않았다. 오히려 황후가 보여 주
는 예우에 감격했다.

"잘 다녀오렴."

나와 로에나는 어머니의 뺨에 키스한 뒤 마차에 올라섰다.

제국에 존재하는 세 개의 공작가 중 한 축을 담당하는 '키란'의 소유
물이라서 그런지 마차 안은 매우 우아하고 안락했다. 빠르게 대로변을
달리고 있었지만 불편함을 거의 느낄 수 없을 정도였다. 서로 마주 보
고 앉았을 때 각자의 드레스 자락이 상대의 발에 밟히지 않을 정도로
내부가 널찍하다는 것이 특히 좋았다. 안에 갖춰져 있는 작은 거울 또
한 일반적인 마차에서는 볼 수 없는 특이점이었다.

황궁으로 향하는 동안 로에나는 몇 번이고 내게 말을 걸었다. 그녀
는 제법 우쭐거리는 표정으로 내게 이런저런 사실을 알려 주려고 했다.
나는 머리가 아프다는 핑계로 정중하게 거절했다. 로에나는 잠깐 실망
스러운 표정을 지었지만 이내 순순히 고개를 끄덕이며 입을 다물었다.

약간의 시간이 흐르고 마차가 황궁의 정문을 빠르게 통과했다. 익숙
한 풍경이 보여 고개를 들어 올리고 있노라니 창문 너머로 잘 다듬어
진 정원수들이 휙휙 지나간다. 말머리는 황후의 궁으로 틀어져 있는 상
태였다.

"나를 보고 따라 하면 돼. 긴장하지 말고 나만 믿어."

로에나가 말했다. 턱을 가볍게 들어 올린 채 말하는 것이 꼭 그녀의 고모 같아 보였다. 허리를 꼿꼿하게 세운 상태에서 시선을 마주하는 행동은 마담 드 라발리에가 자주 보여 주는 모습이었다.

나는 대답 대신 그녀를 응시했다. 지금 내 눈앞에 자리한 로에나는 예절 교사가 입 마르게 칭찬했었던, 훌륭하고도 우아한 교육적 산물 그 자체였다. 내가 견디지 못했었던 그때의 그녀 말이다. 자신감으로 반짝이는 눈동자가 무표정한 얼굴로 저를 바라보는 내 모습을 오롯이 담는다. 로에나의 입가에는 완만한 곡선을 그린 미소가 부드럽게 자리하고 있었다.

"먼저 내릴게. 내가 내리면 이후에 보고서 따라 내려. 알겠지?"

잠시 뒤 마차가 멈추고 문이 열렸다. 마부의 에스코트를 받아 내린 로에나는 우리를 마중 나온 시녀들 앞에서 매우 자연스럽게 서 있었다.

"어서 오십시오, 비슈발츠 영애."

시녀들의 무리에 서 있는 건 백발이 성성한 노부인이었다. 황후의 최측근이자 황궁 시녀들의 우두머리인 해리엇 부인이다. 그녀는 이제는 몰락하여 없어진 해리엇 백작가의 안주인으로서 전 황후―그러니까 현 황제의 어머니 말이다―의 눈에 들어 황궁에 들어왔다고 알려진 사람이었다. 부단한 노력 끝에 시녀장이라는 위치에까지 오른 성취적인 인물로서, 책임감이 강하고 통제력이 있어 현 황후의 신임을 깊게 받았다. 사교계에서 안에서도 중요한 인사로 평가받고 있는 인물이었다. 자신의 위치를 십분 활용하여 귀족 여인들과 황후의 사이를 제법 잘 조율하고 있어서다. 그런 여인을 일개 백작가의 영애, 그것도 사교계에 데뷔조차 하지 않은 핏덩이들을 마중하는 용도로 내보냈다는 것은 어떤 의미로든지 시사하는 바가 크다고 할 수 있을 것이다.

"해리엇 부인이신가요? 처음 뵙겠습니다. 저는 비슈발츠가의 로에나입니다."

"처음 뵙겠습니다. 비슈발츠가의 시스에입니다."

나는 로에나가 말한 것대로 그녀의 행동을 따라서 인사했다. 해리엇 부인은 깊게 주름진 눈으로 우리를 살펴보더니 이내 활짝 웃었다.

"기다리고 계십니다. 따라오시지요."

돌아오기 이전의 나는 단 한 번도 황후의 궁을 방문한 적이 없었다. 키란 황후가 다른 여인들처럼 나를 경멸하고 멸시했기 때문이다. 그래서 의례적으로라도 받아야 했을 티타임 초대장을—사교계 데뷔를 축하해 주기 위해 매년 황후궁에서 모임을 가진다—혼자만 받지 못한 채 의도적인 고립을 당했다.

같은 날 사교계에 입성한 어린 영애 한 명이 황후가 주관한 티타임에 대해 떠들어 대지 않았더라면, 이러한 모임이 있었는지조차 알지 못했을 터였다. '수모'라는 글자가 어떠한 느낌을 주는지 처음 알게 된 날이었다. 아마 사교계에 데뷔한 백작가 이상의 영애 중 황후와 부채를 마주 대지 못한 사람은 내가 유일할 것이다.

어리석게도 과거의 나는 언젠간 그녀와 대화할 수 있으리라 믿었다. 그래서 예법 교사에게 부탁해 황궁의 예법까지 부지런히 익혀 댔다. 단한 번만이라도 말을 주고받을 수 있다면—설사 그것이 농에 가까운 잡담이라 하더라도—나를 바라보는 귀족 여인들의 시선이 달라질 수 있을 것으로 생각해서였다. 뭐, 죽을 때까지 이루어지지 않았던 허망한 바람이었긴 하지만. 어쨌든 이런 식으로 황후의 궁에 들어오게 되다니, 사람의 일이란 참 알 수 없는 법이다.

황후가 기거하는 곳이다 보니 복도에 늘어세운 그림이나 장식품과 같은 것들이 샤토루의 궁과는 너무나 달랐다. 우아하고 세련되었으며 고풍스럽기까지 한 실내장식에는 묘한 기품이 서려 있었다. 복도를 드나드는 시녀들의 복장 또한 정석에 가까웠다. 미끄러지듯 고요한 발걸음은 소름이 끼칠 정도로 조용하여 둥둥 떠다니는 것처럼 보일 정도였다. 그러다 보니 복도 카펫을 묵직하게 짓누르는 구두의 소리가 묘하게 거슬렸고, 자연 걸음걸이에 더 신경을 쓰게 되었다. 이는 로에나 역시 마찬가지였다.

방에 가까워지자 마중 나온 시녀 한 명이 해리엇 부인과 우리에게 인사했다. 그리고 작게 노크하며 곧바로 우리가 도착하였음을 알렸다. 나와 로에나가 마지막 손님이었는지 문이 열리자마자 시선들이 비처럼 쏟아졌다. 모두 낯익은 자로 황후의 편이라 할 수 있는 여인들이었다.

그들은 마치 맞춘 것처럼 일제히 부채질하며 코 밑을 가렸다. 하지만 기민하게 움직이는 눈동자와 더불어 아랫니를 스쳐 지나가는 혀끝 소리가 '-다'와 같은 음으로 속삭이듯 울리고 있어 저들이 얼마나 은밀하게 의견을 공유하고 있는지 모를 수가 없었다. 물 위에 떠 있는 백조처럼 우아하게 앉아 있지만, 그 아래로는 온갖 것의 발버둥이 치열하게 휘몰아치고 있는 것이다. 그리고 그 중심에 있는 건 바로 황후였다.

샤토루가 칩거한 이후 얼굴이 펴졌다는 소문이 한창 떠돌더라니, 확실히 그녀의 외모는 과거 무도회에서 보았던 때보다 훨씬 더 좋아 보였다. 특유의 분위기 또한 모두를 압도하고도 남았다. 특히 부채 위로 보이는 눈매는 매의 것처럼 날카로워 상대를 주눅 들게 만드는 힘이 있었다.

"제국의 존귀하신 어머니께 비슈발츠가의 로에나 허리 숙여 인사 올립니다. 드높은 영광을 받으시옵소서."

이번에도 로에나가 먼저 나서서 인사했다. 흠잡을 데 없이 아주 완벽한 모습이었다. 나는 로에나가 인사를 마치기를 담담히 기다렸다. 그리고 황후가 로에나의 인사를 받아주었을 때 앞으로 한 발자국 나와 저를 흉내 낸 것처럼 인사했다.

"어서 오시오. 오느라 고생이 많았소. 자, 기다렸던 손님들이 모두

모였으니 이제 즐겁게 티타임을 즐길 수 있겠군."

황후는 아주 너그러운 태도로 우리의 인사를 받았다. 로에나가 먼저 인사를 올렸음에도 불구하고. 처음부터 압박을 주리라 예상했던 것과 전혀 다른 모습이었다. 조금 전 귀족 여인들이 보였던 태도에서는 전혀 그럴 것 같지 않았는데 말이다. 숨을 쉬는 시간 정도는 허락하겠다는 뜻인가?

황후를 시작으로 둥근 원을 그리듯 앉아 있는 여인들 사이로 두 개의 의자가 보였다. 우리를 위해 비워 둔 것이다. 시녀는 우리를 그쪽으로 안내했다. 보통 사교계에서는 서열이 낮을수록 문 쪽에 가까운 자리에 앉는다. 오른쪽을 시작점으로 삼아 교차하듯 순서대로 앉는 것이다. 비워져 있는 의자도 딱 문에 근접에 있었다. 사람들은 자리에 앉으려고 하는 우리를 주의 깊게 바라보았다. 사소한 예법 하나가 때로는 전부를 대변하는 거울이 되므로 이를 통해 '수준'을 가늠하려고 한 것이다. 무언의 압박감이 그들에게서 흘러나오고 있었다.

그래서일까? 로에나는 이러한 규칙을 전혀 모르는 사람처럼 가장 문 쪽에 있는 것이 아닌 그 옆에 있는 다른 의자에 가 섰다. 당황한 내가 재빨리 입을 열어 정정해 주려고 했지만, 그럴 수 없었다. 나보다 먼저 그녀의 잘못을 지적한 사람이 있어서였다.

"어머나, 세상에."

여자는 얼굴을 가리고 있던 부채를 접고서는 비죽 웃었다. 그러곤 목소리를 크게 높여 고자질하듯 말했다.

"자리조차 제대로 찾지 못하는 모습이라니. 이대로 손을 이끌어 올바른 좌석을 알려 줘야 하는 것 아닙니까? 풀케르께서 드넓은 아량을 베풀어 그리하게 하옵소서."

로에나는 그제야 자신이 어떤 실수를 했는지 깨달았다는 것처럼 당황스러운 표정을 지었다. 발갛게 달아오른 얼굴을 보아하니 몰랐던 건 아닌 듯 자신의 잘못을 자책하는 기색이 역력했다. 바들바들 떨리는 입술과 흔들리는 눈동자가 울 것처럼 잔뜩 흐려져 있었다. 다행히도 황후는 여인의 말을 딱 잘라 거절했다. 어린 영애의 자존심을 위해서라도 그럴 수 없다는 것이다. 다만 무언인가가 못마땅하다는 듯 미간을 좁히는데, 이는 좌중의 긴장감을 드높이고 있었다.

"그것보다 다시금 되짚어야 할 사항이 있다네. 듣던 것과 아주 다르기 때문이지."

그녀가 입을 떼자마자 오른쪽에 앉아 있던 귀족 여인 하나가 재빠르게 말을 받으며 되물어봤다. 기다렸다는 듯 말이다. 마치 한 편의 잘 짜인 연극을 보는 것만 같았다.

"무슨 말씀을 하시는 것입니까? 무엇이 듣던 것과 다르다는 말씀이온지요?"

"나는 로에나 영애가 동생이고 시스에 영애가 언니라 알고 있네만, 지금 보니 잘못 안 것 같군."

"저도 시스에 영애가 언니라 알고 있습니다만……. 그렇지 않나요, 로에나 영애?"

"……예, 제가 동생입니다."

로에나는 기어들어 가는 목소리로 대답했다. 안쓰러울 정도로 창백하게 질린 얼굴이 저의 불안을 말해주는 것 같았다.

"그렇다고 하옵니다."

"한데 언니의 의자를 잘못 골라 앉으려고 했다? 그것도 아우 되는 사람이 말이지. 이는 황궁 예법을 우습게 봤다거나, 혹은 무지하다거나 둘 중 하나이겠군."

다른 여인들은 자신들의 우두머리가 무엇을 꼬집으려는 것인지 아는 것처럼 숨죽여 웃고 있었다. 살랑이는 부채 너머로 채 감추지 못한 악의가 스멀스멀 기어 나온다.

"시스에 영애는 이에 대해 어떻게 생각하나?"

때때로 흥분은 조급함과 더불어 몰인정한 추궁을 끌어낸다. 나는 지금이 그러한 상황이라고 생각했다. 기다렸다는 듯 말을 이어 나가는 황후를 보아하니 그렇게 여길 수밖에 없었다. 인사 때 보여 준 아량이 거짓말이기라도 하듯 그녀의 눈동자가 정확히 나를 향해 있었으니까.

"로에나를 용서해 주십시오. 긴장으로 인하여 그만 감춰 두었던 무지를 선보였습니다."

나는 허리를 숙인 채 조용한 목소리로 말했다. 평탄치 않은 방문이 되리라 예상하였지만 로에나가 이런 실수를 저지를 줄은 미처 예상치 못했던지라 당황스러웠다. 자신만 믿으라던 로에나는 얼어붙은 것처럼 가만히 서 있었다.

황후는 나직이 코웃음을 치며 부채를 빠르게 앞뒤로 흔들었다. 마음에 들지 않는다는 것처럼 그렇게.

"무지라……. 비슈발츠가의 영특한 소녀들에 대한 소문이 다 헛것임을 인정하는 참인가? 무엇보다 그대는 라발리에 부인의 교육을 받았다 하지 않았나? 그렇기에 내 많이 기대한 참이었네만."

"소문이란 본래 과장이 들어가는 법 아니겠습니까? 실상, 저만 하더라도 부끄러울 정도로 아둔하여 지금껏 겨우 기본만 뗀 상태입니다. 하여 고모님께 많은 누를 끼쳐 드렸었지요. 하오니 헤아려 주십시오."

"그러니까 스스로의 부족함 탓이다, 이 말인가? 암만 그렇다 하더라도 의자에 앉는 기본적인 예법을 모를 리는 없을 터인데? 그대, 내가 보낸 초대장이 언제 도착했지? 오늘? 그럴 리 없을 텐데? 그럼 편지를 받고 난 이후에 무얼 했지?"

그 누구도 용서를 빌지 않는 로에나에게 시선을 두지 않았다. 조금 전의 실수가 나로 인해 일어난 것처럼 저를 외면했다. '그대'라는 말을 강조하고 있는 황후부터가 그랬다. 그녀는 '로에나의 무지와 잘못'을 나에게 이양하고 있었다. 너무나 자연스럽게 말이다. 나만 추궁하겠다는 직접적인 의도였다. 그 비열함에 조소가 새어 나올 것만 같았다. 하릴없이 장단을 맞춰야 하는 내 처지 또한 서글펐다.

"불민하게도 풀케르께서 주신 하루의 기한 동안 외양을 가꾸는 데 힘썼습니다."

나는 내가 말해놓고도 퍽 우스운 대답이라 생각했다. 내세울 게 외모밖에 없는 멍청한 이라 선전하는 꼴이니까. 그래도 준비되어 있다는 증거를 내보일 수 있는 게 이것뿐이 더 있나. 예법을 배웠다고 하면 누구에게 배웠냐는 꼬투리를 잡을 텐데, 없는 사람의 이름을 내뱉을 수 없는 노릇이었다. 그리고 나는 거짓말쟁이로 몰리겠지. 로에나와 비슷한 디자인의 드레스를 입고 나타나지 않은 게 천만다행이었다. 그랬으면 성의 없다는 소리를 들었을 테니까. 하나도 준비된 게 없다고 말이다.

"내면보다 겉면을 더 중시했다는 소린가?"

"제국의 지고하신 어머니께 어여뻐 보이고 싶은 게 모든 자식의 마음이 아니겠습니까?"

황후는 부드러운 미소를 지으며 내 말을 여유롭게 받아쳤다.

"글쎄, 그렇다 치더라도 그것에 하루가 꼬박 소비될 정도로 많은 준비가 들어간단 말인가? 나는 잘 모르겠군."

사실 말이 하루이지 편지가 온 것은 점심이 훌쩍 넘은 때로 웬만한 귀족 영애들도 감히 준비했다 말하기 어려운 시간이다. 여인의 치장에 얼마나 많은 손이 들어가는지 안다면 말이다. 그러므로 이 짧은 시간 내에 이만큼 걸쳐 온 것도 대단하다 박수받아야 할 참이었다. 즉, 황후의 말마따나 대수롭지 않은 일인 양 가벼이 치부할 수 있는 사항이 아닌 것이다.

"꽃이 사랑받는 이유는 일차적으로 겉모양에 현혹되기 때문입니다. 향기는 이후에 생각할 일이지요. 무엇보다 풀케르 앞에 나가는 일이온

데 어찌 외양에 신경 쓰지 않을 수 있겠습니까?"

그러니 '너를 만나려고 부족한 시간을 쪼개 공들여 꾸미고 왔단다, 이년아'라는 소리를 돌려 말하는 수밖에. 그녀의 아름답지 못한 외모를 함께 꼬집으면서 말이다. 황후의 앞이라 외양을 신경 쓰지 않을 수 없다는 말 자체가 바람직한 복장을 의미하는 동시에 너보단 예뻐 보이려고 한단다, 라는 의도를 내포하고 있기 때문이다. 그래도 '잘 보이려고 그랬어요'라는 말을 혀에 꿀처럼 발라 살살거리고 있으므로 쉽게 꼬투리를 잡아 화낼 수는 없을 터였다. 자신에게 잘 보이고 싶어서 이리 납작 엎드리고 있다는데, 무얼 더 말할 수 있겠는가?

그러나 황후는 황후였다. 사교계의 물을 허투루 먹은 게 아닌지 손쉽게 넘어가지 않는다. 그녀는 철딱서니 없는 것을 바라보는 양 나를 주시했다.

"내가 바라는 건 아름다운 얼굴이 아닌 지성적으로 성숙한 내면이라네. 지금이야 그대의 마음을 어여삐 사 그냥 넘어가는 거지만, 다음에는 좀 더 배워서 오게나. 쯧, 나쁜 물이 들었어."

여기서 말하는 '나쁜 물'이 샤토루를 지칭하는 것임을 모르는 이는 아무도 없을 것이다. 부채 너머로 숨죽인 웃음이 흘러나오는 게 그것을 증명하고 있었다.

"명심하겠나이다."

황후는 여기에 그치지 않고서 또 다른 조롱의 말을 내뱉었다. 외관으론 라발리에에 관한 칭찬인 것처럼 들리지만, 실상은 나에 대한 비웃음이 담긴 소리였다.

"라발리에 부인이 독서를 좋아한다 하기에 내 예전부터 감탄하였는데, 그대를 보니 과연 그럴 만하다고 생각이 되는군. 낭랑한 목소리로 글을 읽으니 이 얼마나 말재간이 좋아지겠냐 말이야."

차라리 입술에 버터를 발랐냐고 말하였으면 좋았을 것을 굳이 라발리에까지 걸고넘어진 것은 그녀가 비슈발츠가에 갖는 영향력을 알아서였다. 이 대화가 바깥으로 빠져나갔을 때, 마담이 내게 내비칠 불쾌함을 예상하였기 때문이기도 하고. 그래서 나는 방금 황후와 나눈 대화가 어떻게든지 마담 드 라발리에의 귀에 들어갈 것을 알 수 있었다.

어쨌든 겉보기엔 내게 덕담을 해주는 거나 다름없었기에 고개를 숙여 감사의 말을 올렸다. 그러자 부채를 접으며 자리에 앉으라고 말하는 황후다. 로에나는 이미 본래의 자리에 앉아 있었다. 그녀는 잔뜩 빨개진 얼굴로 나와 시선조차 마주치지 못했다.

나에게 준비된 의자는 황후가 앉아 있는 자리를 기준으로 약간 사선에 비켜진 위치였다. 부채로 얼굴을 가린다 치더라도 옆얼굴은 고스란히 노출되는, 그야말로 사각의 틈까지 완벽하게 드러나는 지점인 것이다. 탐색을 하기엔 이만한 자리 선정이 없었다.

황후는 내가 자리에 앉자마자 가벼운 말과 함께 티타임의 시작을 알렸다. 그녀가 보내는 작은 눈짓 한 번에 방문이 열리고 다과를 든 시녀들이 일사불란하게 들어왔다. 그들은 자리에 앉아 있는 여인들의 팔에 부딪히지 않게 아주 조심하면서 음식을 내려놓았다. 모두 달아 보일 게 분명한 간식들이었다. 찻주전자에서 쏟아져 내리는 황록색의 차는 선연한 빛이 무척 아름다웠으나 냄새부터 싸하게 올라오는 것이 퍽 쌉싸래해 보였다.

"지나간 여름을 추억하며 신록의 달콤함과 쌉쓸함을 동시에 맛보자는 것이오."

황후는 이번 티타임을 주제를 '여름의 추억'이라 했다. 아닌 게 아니라 테이블 크로스부터 덩굴이 기어 올라가는 듯 푸르른 수실로 선명하게 수놓아진 천으로 덮어 놓은 상태였다. 다과를 담은 그릇은 모두 붉은 장미가 그려져 있는 것이다. 중앙에 놓인 꽃병엔 보석으로 세공한 여름꽃이 가득 꽂혀 있으며, 그 옆에 놓인, 분수를 연상시키는 작은 수

반에는 이름 모를 물고기가 조용히 헤엄치고 있었다. 그녀의 말마따나 한여름을 그대로 옮겨다 놓은 듯한 모양새다.

하지만 왜 하필 '달콤함과 쌉싸래함'을 기본 맛으로 설정해 놓은 것일까? 특히 차 같은 경우에는 호불호가 갈리는 경향이 있어 이러한 모임에는 어울리지 않을 터인데 말이다. 앞으로 나눌 즐거운 대화에 대한 암시적이면서 은유적인 상징이 아니면 이렇게 할 리가 없었다. 누구에게는 달콤할 것만 같은 시간이 상대방에게 있어 매우 떨떠름한 때가 될 수도 있으니까. 그리고 이 차 맛과 같은 시간을 견뎌 내야 하는 건 오롯이 나 하나였다.

사실 의도하는 바를 알기에 지레 겁을 먹고서 긴장을 하는 것만큼 견디기 어려운 상황은 없다. 언제 공격할지 모를 적을 향해 날카로이 신경을 세우는 것 또한 말이다. 어느 순간 혹 치고 들어올지 알지 못하니 그에 따른 정신적인 고통은 이루 말할 수 없는 것이다. 뭐, 공격의 주체가 되는 황후야 별다른 생각 없이 몸을 틀고 부채를 살랑살랑 움직인다마는 이를 지켜보는 나에게는 그 모든 것이 상당한 부담으로 다가오지 않을 수 없었다.

어쨌든 주어진 다과를 먹어야 하는 건 당연한 일인지라 물결무늬가 아로새겨진 포크를 들고서 케이크 조각을 잘라 내려놓으니 오른쪽 뺨으로부터 따가운 시선 하나가 느껴졌다. 내 옆에 앉아 있는 이로 이제 막 불혹(不惑)을 넘었을까, 옆으로 퍼진 몸이 굉장히 풍만하게 느껴지는 여인이었다.

무슨 하고 싶은 말이라도 있나 싶어 고개를 틀어 슬쩍 시선을 마주하려니 언제 그랬냐는 듯 턱을 홱 돌려 버린다. 하지만 곁눈질로 힐끔힐끔 쳐다보는 건 여전한지라 도대체 왜 저러나 싶은 마음이 들 정도였다. 마치 신기한 생물을 구경하는 듯한 태도이지 않나. 들으라는 것처럼 일부러 낮게 조절하지 않은 음성 또한 그랬다.

"소문과 달리 그렇게 천박하지는 않아 보여요. 처음에만 실수했다 뿐이지 먹는 방법도 제대로 알고 있고……. 외모 또한 괜찮은, 아니, 뛰어난 편이죠. 로에나 영애가 빼어나게 아리따운 것이지 다른 이에 비한다면 전혀 뒤처지지 않는군요."

여자는 품평하기라도 하는 것처럼 내가 하는 행동 하나하나를 꼬집어 가며 크게 떠들었다. 주로 자기의 옆에 있는 사람과 하는 이야기였지만, 상대편의 목소리는 하나도 들리지 않는 터라 자기 혼자서 지껄이는 것처럼 보였다. 신기한 건 그녀가 이리 목소리를 높여 가며 말을 하는데도 무례하다거나 예의 없다고 제지하는 이가 없다는 점이다. 황후조차도 이쪽에 관심을 보이지 않은 상태였다. 즉, 미리 이야기되어 있는 상황이라는 거였다.

귀에 들어오지 않았다는 듯 무시하려 해도 여인의 목소리, 그러니까 도발에 가까운 언사를 내뱉은 그의 행위는 끈질기게 이어지고 있었다. 그녀는 실수를 가장하여 내 팔꿈치를 툭 하고 친다든가 의자를 구두로 툭툭 건드린다든가와 같은 저속한 짓을 자행했다.

몸집이 큰 만큼 드레스에 덧대어진 천도 어마어마하여 그녀가 몸을 한 번 움직일 때마다 두꺼운 천들이 출렁이며 허벅지 쪽을 퍽퍽 스치듯 때리고 있었다. 여인의 옷에 수정처럼 생긴 보석 장식은 가시처럼 주렁주렁 매달려 있어 엄청난 위압감을 주었다. 아닌 게 아니라 저 보석에 내 장식 띠가 걸려서 그대로 찢어질까 봐 걱정해야 할 판이었다. 이를 피하듯 한쪽으로 몸을 기울인 나는 왼쪽으로 고개를 돌려 로에나를 바라보았다. 곤욕을 치르고 있는 나와 달리 그녀는 자신의 옆자리에 앉은 사람과 어느새 몸을 밀착해 가며 즐겁게 대화를 나누고 있었다. 좀 전의 기억은 말끔히 잊은 것처럼.

이제 삼십 대 초반이나 되었을까? 제법 맵시 있게 멋을 부린 젊은 여인은 로에나가 말을 내뱉을 때마다 부드럽게 웃으며 고개를 크게 끄덕인다. 처음 본 사이치곤 너무나 친밀한 태도였다. 라발리에와 친분이 있었던 사람인가, 아니면 황후가 미리 안배한 것일까?

모든 사람이 저마다 짝을 이루어 이야기하는 상태에서 차를 마시고 있는 건 나 하나뿐이었다. 티타임의 주체라 할 수 있는 황후가 대화를 이끌어 나가지 않으니 그야말로 의도적인 고립을 당하고 있는 것이다. 옆의 여자가 직접 말을 걸지 않았더라면 계속 이렇게 방치되고 있었을지도 모를 노릇이다.

"비슈발츠 양은 생각보다 차분한 성격을 가지고 있네요. 정말 의외예요."

정면으로 바라본 여자는 마치 술에 취한 사람처럼 양 뺨이 붉게 물들어져 있었다. 화장을 과하게 한 탓이다. 두꺼운 턱살 위로 두툼하게 자리한 입술은 또 어떻고? 실크 스타킹에 모래와 자갈을 섞어 넣어 매듭을 지은 뒤 그대로 코 밑에 붙여 놓은 모양새라 굉장히 흉측해 보인다. 입술 색이라도 연하게 했으면 좋았을 것을, 하필 붉은색이라 신체적인 단점이 더욱더 두드러진 상태였다. 인중 옆으로 우둘투둘하게 나 있는 상처가 더 매력적으로 보일 정도다. 위에서 찍어 누른 듯 양쪽으로 납작하게 펼쳐져 있는 코 역시 빈말이라도 예쁘다 할 수 없었다.

그나마 봐줄 수 있는 건 머리를 잘 틀어 올려 핀으로 마무리한 머리지만, 균형이 맞지 않을 정도로 거대한 얼굴형에 비한다면 썩 잘되었다 칭찬해 줄 수 없는 형편이었다. 이쯤 되면 화장을 전담하는 하녀가 누군지 궁금할 정도다.

여자는 양어깨를 으쓱이며 입을 벌렸다. 심술궂게 비틀어진 눈썹과 거북할 정도로 뒤틀어진 허리가 요염이라는 단어와 거리가 멀었지만, 그녀의 몸은 이를 표현하기 위해 무척 애쓰는 모습이었다. 그러니 눈을 과할 정도로 깜빡이며 나를 향해 비웃음을 짓는 것이 아니겠는가.

사교계는 어떤 모임이든지 사람마다 하는 역할이 정해져 있었다. 이를테면, 집단의 중심이자 명령을 내리는 여왕, 여왕을 보좌하는 참모, 명령을 수행하는 여기사들, 그리고 욕받이이자 어떤 일의 서막을 알리는 광대, 뭐, 이런 식으로. 그리고 이를 기점으로 하나의 작은 사회를 이루고 있었다. 조그마한 왕국처럼.

놀랍게도 이 독립적인 왕국은—물론 여인들의 무리를 말한다—언제나 사람들이 알맞게 배분되어 있으며, 무어라 표현할 수 없는 끈끈한 유대와 깊은 충성심으로 귀족들의 세계를 지탱하고 있었다. 큰 세력이든 작은 세력이든 말이다. 가끔 협잡꾼이라 할 수 있는 변종이 추가되긴 하지만, 이러한 속성은 모두의 뇌리에 잠재된 것이라 뛰어나게 교활한 혓바닥을 가지지 않고서야 그리 튀지 않았다. 이 탁월한 기질이 빛을 발할 때는 오로지 사교계의 패권을 두고서 작은 왕국끼리 전쟁을 벌이는 경우였다.

그리고 내 앞의 그녀는 이 자그마한 왕국에서 모두가 하기 싫어하는 무례한 짓을 서슴없이 자행할 수 있는 욕받이이자 광대일 것이다. 본데없이 수다스럽고 천박한 데다가 제가 뭐라도 되는 것처럼 거들먹거리는 게 딱 그러했다. 아닌 게 아니라 혓바닥을 굴려서 말하는 게 우아한 대화법 중 하나라 생각하는 그녀를 보고 있노라니, 제가 다른 역할을 수행한다는 것을 상상조차 할 수 없을 것만 같았다.

나는 대답하라는 듯 부채를 빠르게 흔들어 대는 그녀에게 부드러운 미소를 지어 보였다.

"처음 뵙겠습니다, 부인. 제게 차분하다고 말씀하여 주시다니 정말 감사합니다. 작은 토끼와 같은 쾌활함을 수줍음으로 간신히 덮어 놓고 있거든요. 이제야 안도가 되는군요."

"그래요? 나는 글레아 로간이에요. 기요민 남작의 아내지요."

"네, 부인."

나는 혀끝으로 '기요민'이라는 단어를 굴려 보았다. 어디 상점의 이름이라도 될 법한 이 성은 그녀의 차림만큼이나 매우 볼품없어 보인다. 황후나 되는 사람이 왜 이와 같은 인사를 '광대'로 삼았는지 심히 궁금해지는 노릇이었다.

눈치가 탁월한가 싶어 살펴보아도 지금 같은 경우엔 별다를 게 없어 보이고, 부유해서 그런가 하고 차림을 훑어보자니 퍽 그렇지도 않아 보인다. 그녀가 매고 있는 스카프만 봐도 그러했다. 기요민 남작 부인의 목에 애처롭게 매달려 있는 스카프는 평범한 수실로 수놓인 제품이었다. 바탕천은 실크이지만 겉면이 매끄럽지 않고 윤기가 떨어지는 거로 보아 그리 상품(上品)의 물건은 아닌 듯했다. 장식이 잔뜩 달린 드레스와는 무척 대조적이었다.

남작 부인은 내 시선이 자신의 스카프에 가 있자 가슴을 앞으로 들이 내밀며 으스대듯 말하였다.

"이번에 선물 받은 물건이랍니다. 나를 위한 특별 주문품이라나요."

"부인과 정말 잘 어울리셔요."

"보는 눈이 있군요."

그녀는 흡족하다는 듯 부채를 앞뒤로 빠르게 흔들어 부쳤다. 둥글게 모인 입술 사이로 다소 경박스러운 웃음이 흘러나오고 있었다. 그러나 그것도 잠시 작게 헛기침을 한 그녀는 언제 웃었냐는 것처럼 인상을 찡그리며 내뱉듯이 말했다. 새청 맞은 목소리가 마치 시비를 거는 듯했다.

"그런데 비슈발츠 양, 이런 모임에 나왔으면 다른 사람에게 응당 먼저 인사하고 대화에 참여하기 위해 노력하는 모습을 보여야지요. 그렇게 가만히 있으면 옆에 앉은 사람이 뭐가 되나요?"

"너무나 정답게 담소를 나누고 계셔서 차마 그 대화를 끊을 수 없었습니다. 무례일 것 같아서요."

"그래도 시도는 해봐야죠. 비슈발츠 양은 정말 아무것도 모르는군요. 하긴 의자에 앉는 법도 제대로 몰랐었죠. 뭐, 이해해요."

윗사람이 먼저 말을 건네주기 전까지 아랫사람은 기다려야 한다는 게 사교계의 법칙이 아니었나? 내가 먼저 말을 걸었으면 무례하다 소리쳤을 사람들이 이런 식으로 트집을 잡으니 우습지도 않았다. 그것도 예법에 제일 어긋나 있을 것만 같은 부인이 말이다. 나를 '―영애'라 부르지 않고 '―양'으로 낮춰 부르는 것만 봐도 그랬다. 하지만 반박하여 다툼을 일으킬 수 없는 노릇. 나는 공손한 태도로 대답했다. 어쨌든 이 상황에서는 잠자코 수긍하며 상대를 드높여 주는 게 최선이었다.

"가르침을 주셔서 감사합니다, 부인. 부인이 아니었다면 크나큰 무례를 저질렀을 거예요."

"아직 사교계에 데뷔하지 않았죠?"

"네. 나이가 차지 않아서요."

"그럼 정말 아는 게 아무것도 없겠네요. 그래도 어떻게든 적극적으로 행동했어야죠. 그렇게 생각하지 않나요?"

나는 은근한 어조로 떠보는 기요민 부인의 말에 순순히 맞장구를 쳤다. 그녀가 어떻게 나오나 궁금해서였다.

"제가 아는 거라곤 이럴 때 조용히 침묵해야 한다는 것뿐인데요. 스스로의 무지를 감추기 위해서라도요. 수줍음을 가장하는 거죠."

그러자 그녀가 과장스러울 정도로 고개를 내저으며 내 말을 부인했다. 조언을 내뱉는 그녀의 태도는 거드름스러운 데가 있었다.

"오, 그건 훌륭한 처세술이 아니에요. 침묵은 차라리 하지 않느니만 못하죠. 나라면 수다스럽게 모든 걸 다 개방하겠어요. 성격이 날카로운지 아니면 봄바람처럼 순후한지, 혹은 변덕스러운지 알게 뭐예요? 와구스(Vagus:떠도는 점술가)가 아니고서야 아무도 모를 일이죠."

"그럼 제가 어찌하기를 바라셔요?"

"우선 오해부터 풀어야죠. 그대에 대한 어수선한 가십이 우리의 눈과 귀를 막고 있으니까요. 이를테면 편견과 같은 것이죠."

그녀의 얼굴은 어수룩한 소녀 하나를 잘 구워삶아 보겠다는 뜨거운 의욕으로 가득 차 있었다.

"가십이라니요? 오해라뇨? 전부 다 처음 듣는 소린걸요."

나는 처음 듣는 소리라는 것처럼 두 눈을 크게 떴다. 생소한 말에 어쩔 줄 모르겠다는 듯 입술을 깨물면서 말이다. 기요민 부인은 그런 내 표정을 아주 유심히 살폈다. 그리고 천천히 입을 열어 떠보듯 물어보았다.

"정말 아무것도 모르나요? 듣지 못했어요? 이상한 일이네요. 샤토루 부인과 함께 있었다면 모를 리가 없을 텐데요. 그처럼 가십에 밝은 분이 드물거든요. 우리가 다 아는 사실을 왜 비슈발츠 양에게 전달해 주지 않았을까요?"

아, 그래 이 말을 하려고 접근한 거로구나. 나는 두 눈을 느릿하게 깜빡이는 상태로 기요민 부인을 응시했다. 전채로 나오던 이야기가 상당히 짧다 싶더니만, 결국 먹음직스러운 메인을 위한 미끼였다. 샤토루 부인의 이름이 저의 입에서 자연스럽게 흘러나오는 것만으로도 알 수 있지 않나. 나에 대한 가십을 운운하며 은근히 겁을 주는 것도 이 때문이었다. 그러니 한쪽 뺨으로부터 황후일 게 분명한 시선이 와 닿는 것일 테지. 아니, 그녀뿐만이 아니다. 다른 귀족 부인들도 대화를 나누는 척하면서 이곳에 꾀꾀로 눈길을 보내고 있었다.

"그분과는 그동안 연극을 보았을 뿐인걸요. 기사와 레이디가 나오는 한 편의 희극이었지요."

"별다른 대화를 나누지는 않았구요? 샤토루 부인처럼 이야기를 즐겨 말하는 분은 또 드문데요. 그건 황제 폐하께서도 인정하신 사실이랍니다."

부인은 내가 샤토루와 나누었던 대화를 이야기하기를 바라고 있었다. 그중에도 특히 샤토루가 혹시 꺼냈을지도 모를 황후에 대한 조롱을 알고 싶어 하는 눈치였다. 그래서 그런 쪽으로 대화를 야금야금 이끌어 나갔다. 풀케르와의 대면으로 잔뜩 움츠러들었을 내가 쉽게 내보일지도 모를 허점을 노리고서 그렇게. 보통 어리석은 이라면 황후에게 잘 보이기 위해서라도 말을 지어낼 것이 분명하기 때문이다.

"거의 구경만 했을 뿐인걸요. 마담 드 샤토루의 궁은 여기와는 또 다른 아름다움으로 가득 차 있답니다."

하지만 나는 아무것도 모르는 명청한 계집애를 가장하여 샤토루의 궁에서 보았던 것들만 천천히 나열해 나갔다. 그녀가 어떤 드레스를 입었는지, 어떤 보석을 찼는지, 어떤 음식을 먹었는지 등의 전혀 쓸모없는 것으로만 줄줄 내뱉었다.

"오, 그래요? 정말 안타까운 일이군요. 여러 가지 이야기를 나누기엔 비슈발츠 양이 너무 어렸을까요?"

부인이 안타깝다는 듯 부드러운 목소리로 나를 달랬다. 동시에 꾀음 꾀음한 말투로 내가 위와 같은 대접에 분노하기를 유도하고 있었다. 별일 아닌 것처럼 굴지만 내밀히 종용하는 투가 퍽 그러했다. 사교계가 익숙하지 않은 어린 소녀라면 엉겁결에 내뱉을 수 있는, 그런 자유분방한 말실수가 나오기를 바라는 것처럼.

기요민 부인의 태도로 보건대, 아마도 황후는 자신의 서랍 속에 잠들어 있는 깃펜이 얼마나 고상한지 만인에게 자랑할 기회를 가지고 싶은 모양이었다. 진창에 처박혀 버린 자존심을 깨끗하게 닦아 내기 위해서라도 말이다. 그렇지 않으면 나를 초대하여 이런 식으로 말을 붙이지 않을 게다. 즉, 여러 가지 거조를 정성스레 차린 뒤 관찰하듯 바라볼 리가 없는 것이다.

"그래도 마냥 좋기만 하였는걸요. 그러고 보니 황궁에 진열된 조각품들이 참 멋지던데요. 고모님과 함께 박람회를 다녀온 뒤로부터 미술 쪽에 관심을 가지게 되었거든요. 혹시 어느 분의 작품인지 아시나요?"

하지만 대상자가 얼굴 가득 웃는 낯을 하고선 두루뭉술한 답만 내놓는다면 어떻게 될까? 화제를 딴것으로 돌려 듣는 이의 맥을 빠지게 만든다면? 아는 듯 모르는 듯 교묘하고 교활하게 혀를 놀리면서 그렇게 혼자만 즐겁다는 듯 신나게 떠들어 댄다면 어떠한 마음이 들겠냐 말이다.

이에 대한 답은 쉽게 나왔다. 기요민 부인의 엉덩이가 몇 번씩 들썩였다 가라앉기를 반복했다. 의무를 다하지 못한 광대가 초조하고 있는 것이다. 주변 여인들의 손에 들린 부채가 현저하게 느려지고 있는 것만으로도 그녀의 불안감은 배가 되었을 터였다. 곁눈질로 슬쩍 바라본 황후의 부채는 아예 미동조차 하지 않았다.

그러나 저들에게는 매우 안타깝게도, 샤토루는 나와 함께 있을 때 황후에 대해 단 한 번도 언급한 적이 없었다. 소문이 퍼질까 봐 두려워서 가ー그런 이유였으면 진작에 황제와 함께 그녀를 놀려 먹을 생각조차 하지 못했을 것이다ー아니었다. 그저 경계할 정도로 신경 써야 할 인물이 못 되었기 때문이다.

그도 그럴 것이 샤토루에게 있어 황후는 마주할 적에만 기억이 나는, 정적조차 되지 못하는 여인이었다. 황제의 총애를 받은 게 이제는 까마득한 기억으로 장식되는 여자가 어찌 사랑의 경쟁자가 될 수 있냐 말이다. 육체적 욕망에 따른 권력의 향방 또한 늘 샤토루가 우위를 가지고 있는데. 건드리는 재미가 있긴 하지만 말이다. 그러므로 저에게 신경 쓰기보다는 최신 유행하는 보석 디자인이나 구두 장식, 흥미를 돋우는 가십 등에 관심을 가지는 것이 더 낫겠다 싶었을 것이다. 그게 훨씬 더 재미있기도 하고. 황제의 총애가 그녀에게 있는 한 황후의 가문조차 감히 저를 건드릴 수 없었기에 할 수 있는 방자한 생각이었다.

하지만 황후는 달랐다. 돌아오기 전의 그녀는 항상 샤토루에 대한 증오심을 불태웠다. 그래서 매일 자기가 받았던 수치심을 잊지 않고 계속 되씹었다. 주변 사람들에게 종종 '그 건방진 계집과 부군이 언젠간 세 치 혀를 놀려 내 심장을 난도질해서 죽일 것이오'라고 푸념을 할 정도였다.

이 가엾은 그리핀은-황후의 인장에 새겨진 동물이다-매일같이 자신이 받았던 모욕을 고스란히 갚아줄 날을 손꼽아 기다리고 또 기다렸다. 그녀는 늙은 황제가 언제까지나 아랫도리를 휘두를 수 없다는 것을 잘 알고 있었다. 세월은 모두에게 공평하기 때문이다. 그래서 호사가들이 샤토루의 말을 빌려 자신을 풍자할 때에도 아무렇지 않다는 듯 깊게 인내했다.

"언젠간 그들도 깨닫게 될 것이오. 자신들의 혀가 얼마나 별거 아닌 일에 열중하여 뜨겁게 불타올랐는지를. 그럼 수치심이라는 단어를 알게 되겠지."

과거의 황후는 샤토루가 황태자에 의해 강제로 끌어내려지기 전까지 완벽한 약자의 태도를 보였다. '풀케르는 황제의 발끝을 만지나, 창녀는 태양의 머리를 쓰다듬는다'라는 말이 괜히 생겨난 게 아니었다. 그래서 노쇠한 황제가 제국을 통치할 능력을 상실하지 않았더라면-그는 말년에 자주 정신을 잃어 황태자로 하여금 반란을 진압하게 하였다-샤토루는 유폐를 가지 않았을 테고, 사교계는 더 흥미진진해졌을 것이다.

하지만 지금의 샤토루는 황제에게 칩거를 강요당한 상태로 그에게 받았던 총애와 권력 대부분을 상실한 터였다. 사람들은 그녀가 누려 왔던 상당 부분의 혜택을 플랑드르 남작 부인이 가져갈 것이며, 다시는 함부로 입을 놀려 귀족을 조롱하지 못할 거라 비웃었다. 어린 계집에게 빠진 군주가 얼마만큼 명청이가 될 수 있는지 샤토루 그 자신부터 보여 주지 않나. 황후가 예전보다 더 일찍 샤토루에게 반격할 시간을 가지게 된 것도 이 때문이었다.

사실 이 반격이라는 것도 말만 그럴듯하지 구경꾼의 처지에서 본다면 지루하기 짝이 없는 싸움에 불과했다. 자신의 인맥을 총동원하여 상대방을 험구하는 말을 내뱉는 게 무어 그리 박진감이 넘치겠는가? 고상한 필체로 편지를 적어 우아하게 시비를 거는 것 또한 하품이 나올 만한 일이었다. 전쟁에 임하는 이들에게는 더없이 진지한 전투이겠지만.

만일 샤토루와 황후가 일반 평민이었더라면 싸움의 양상이 좀 더 재미있게 진행되었을지도 모른다. 눈을 마주쳤다는 이유만으로 상대의 머리카락을 잡아채 땅바닥에 내동댕이치거나 걸쭉한 침을 내뱉으며 심한 욕설을 지껄였을 테니까. 또는 뺨을 때리거나 할퀴고, 팔목을 이로 물어뜯어 피를 내는 것과 같은 저질스러운 행동을 거리낌 없이 할 수 있었을 것이다. 감정을 몸으로 표현하는 건 자연스러운 일이니 수치스러울 게 뭐가 있냐면서 말이다.

그러니 재미로만 따지자면 몇십 년 전의 사교계가 더 나았다. 그때는 충성스러운 기사로 하여금 대전사 결투를 벌이는 경우가 있었다. 자신이 모시는 레이디의 명예를 위해 수많은 사내가 결투장 바닥을 자신의 숭고한 피로 적셨던 것이다. 이는 사교계의 사람들이 맛볼 수 있는 또 다른 축제로, 사람들은 이러한 싸움이 일어날 때마다 와인 한 병씩을 들고서 구경 왔다. 이러한 여흥을 쉽게 맛보기 어려우므로 마냥 즐기기로 한 것이다.

그렇기에 구경꾼 사이에서는 편 가르기와 같은 다툼은 없었다. 그저 공평한 마음으로 승자의 탄생을 기다렸다. 호사가들은 이러한 전투를 가리켜 낭만과 야만이 결합한 신성한 싸움이라 하였다. 이긴 사람이 명예와 정당성을 모두 움켜쥘 수 있으니 그럴 수밖에 없다는 것이다. 싸움에서 승리한 기사에게 주어진 귀부인의 은밀한 포상—이를테면 방열쇠라든가?—을 생각한다면 그럴 만도 하다.

하지만 싸움을 지속하면 할수록 신체적인 불구가 되거나 목숨을 잃는 경우가 많았다. 한순간의 영예와 미래를 교환한 것이다. 물론 보상금으로 얼마간의 금액이 지급되었지만, 더는 기사의 일을 할 수 없게 된 젊은이들에게는 턱없이 부족한 액수였다. 당연히 기사의 가족들이 공분했고, 격렬한 항의를 받은 황제는 공식적으로 결투를 금지했다.

그래서 여인들은 자신들의 정적을 가십과 험담을 통해 사교계에서 고립시키는 것으로 전투를 선회했다. 등 뒤에 시녀처럼 서 있는 추종자들과 함께 '진실'을 폭로하며 같잖은 우월감을 맛보는 건 간교한 혀를 가진 이만이 누릴 수 있는 즐거운 폭력임을 부인할 수 없을 테니까. 시궁창이 수치스러운 가십에 휩싸인 여인의 명예보다 더 깨끗하고 고결한 것임을 모르는 이는 아무도 없었다.

나는 사교계의 싸움만큼 교활한 혓바닥과 탐욕스러운 욕심, 비겁한 행동이 고결한 신념과 정직보다 더 대접받는 경우를 본 적이 없었다. 참을성이 부족하여 쉽게 현혹되는 사람이 전쟁에서 승리한 기사보다 더 위대한 영웅으로 추앙받는 것 또한. 동조하는 사람이 많을수록 승자가 되는 '저울 싸움'에서 완벽하게 승기를 잡기 위해서였다.

그래서 황후는 샤토루가 가장 최근에 만난 나를 통해 자신의 건재함을 알리는 동시에 올곧을 정도로 정석적인 방법으로 싸움의 시작을 알리려 하고 있었다. 이는 자신의 명예에 있어서 빛나는 별이 될지 몰라도 아랫사람들에게 있어서는 굉장히 피곤한 법이라 그 결과가 아주 뻔해 보였다. 그러니 기요민 부인과 같은 사람이 고생하는 것이다.

"글쎄요. 나는 미술에는 조예가 없어서……. 비슈발츠 양, 잠시 실례 좀 하겠어요. 목이 아주 많이 마르는군요."

기요민 부인은 다시금 재잘대려는 나에게 양해를 구하며 차를 한 모금 마셨다. 그리고 품에서 손수건을 꺼내어 이마의 땀을 닦았다. 다른 사람에게 은밀하게 받는 압박감과 초조함이 수위에 올라선 모양인지 그녀의 미간은 격렬하게 꿈틀거리고 있었다.

그녀는 다시 샤토루에 대해 이야기를 하려고 했다. 돌려 말하였기에 못 알아들은 것으로 생각한 건지 이번에는 좀 더 직접적인 데다가 매우 노골적이었다. 하지만 내가 자꾸 딴소리를 지껄이자 이내 한숨을 내뱉으며 포기하고 말았다. 다섯 번의 시도 끝에 일어난 일이었다. 안타깝게도 광대에게는 사냥개처럼 상대를 집요하게 물어뜯는 끈덕짐이 없었다. 그녀는 대신 사납게 홉떠진 눈동자로 나를 매섭게 쏘아보았다.

'멍청한 계집애. 말귀도 못 알아듣다니!'

무언의 힐난을 보내는 부인의 얼굴에는 채 감추지 못한 불안감이 스멀스멀 기어오르고 있었다.

또 다른 사람이 끼어든 건 이즈음이었다. 그녀는 아주 천연덕스럽게 대화에 참여하며 기요민 부인을 뒤로 물렸다. 카드 게임을 할 때 대결 상대를 바꾸는 것처럼, 퍽 자연스러운 교체였다. 덕분에 나는 기요민 부인이 그의 등 뒤에서 사색이 된 표정으로 차를 물처럼 벌컥벌컥 들이켜며 벌벌 떠는 꼴을 볼 수 있었다. 그 모습에 다른 사람들이 혀를 쯧쯧 내두르는 것 또한 말이다.

새로운 여인은 가늘게 찢어진 눈매가 매우 매력적으로 보이는 사람이었다. 그녀는 입을 가리고 있던 부채를 접어 탁자 위에 올려놓았다. 그리고 사르르 눈웃음을 치며 자신을 소개했다.

"인사가 늦었네요. 기요민 부인과 워낙 즐겁게 담소를 나누고 있어서 말을 걸 기회를 놓쳤지 뭐예요? 에머리 닐람이에요."

에머리 닐람은 매우 부유한 사람인 것 같았다. 걸치고 있는 옷부터 기요민 부인과 차이가 크게 났다. 그녀는 푸른 비단에 레이스 장식을 덧댄 드레스를 입고 있었다. 파도가 이는 모양대로 진주가 알알이 박혀 있는 치마였다. 그 길이가 어찌나 길고 풍성하던지 의자에 욱여넣다 못해 바닥까지 질질 끌렸다. 리본과 번쩍이는 보석으로 꾸며진 상의는 매달려 있는 단추마저도 홍옥이었다. 어깨에 비스듬히 걸쳐 있는 숄은 유행하는 동양풍 무늬가 은실로 공들여 수놓아진 것으로 매우 부드러워 보였다. 귀에 매달려 있는 귀걸이와 목걸이는 푸른 사파이어로 짝을 맞춘 것이 알이 큼직큼직했다. 값이 얼마나 나갈지 감히 짐작조차 할 수 없었다. 그야말로 돈을 주렁주렁 매달고 있는 모양새였다.

나는 공손한 말투로 그녀에게 인사를 했다.

"네, 부인. 시스에 비슈발츠라 합니다."

"어마, 부인은 아니에요. 그냥 에머리라 불러요. 아직은 아스트라 여신(Astra:처녀의 신)의 독실한 신도니까요."

나는 그녀의 대답에 꽤 놀라고 말았다. 나이가 제법 있어 보이는데도 '부인'임을 거부한다는 건 스스로가 독신임을 고백하는 것과 다름없기 때문이다. 귀족가의 생리상 결혼하지 않은 노처녀임을 밝히는 건 그리 쉬운 일은 아닌데도 말이다. 이는 여인으로서의 성적인 매력에 중요한 하자가 있음을 떠벌리는 것과 다름이 없었다. 하지만 그녀는 전혀 부끄럽지 않다는 듯 태연스레 기요민 부인의 태도를 지적했다.

"조금 전 기요민 부인이 했던 말은 다 무시해 버려요. 가끔 저리 주책을 떤답니다. 지적인 교류 없이 싸구려 가십만 즐길 줄 아는 무식한 사람들에게서 종종 볼 수 있는 행동이지요. 많이 곤욕스러웠지요?"

에머리의 손가락이 내 손등 위에 내려앉으며 부드럽게 원을 그렸다. 친밀한 사람을 대하는 듯한 행동이었다. 나는 어색한 표정을 지으며 손을 빼내었다.

"처음 와서 뭐가 뭔지 하나도 모를 거예요. 두렵고 설레는 마음이 크겠죠? 나도 그래 봐서 알아요. 하지만 황궁은 몇 번 왔을 테니 그렇게 긴장되지는 않죠? 그래선지 로에나 영애보다는 좀 더 침착해 보이네요."

"그렇게 보인다니 다행이에요. 그래 보이기 위해 노력하고 있어서요."

에머리는 내 대답에 제비꽃 향이 물씬 피어오르는 어깨를 으쓱이며 중얼거리듯 말했다. 그 일면에는 약간의 비아냥이 노골적으로 섞여 있었다.

"그래요? 뭐, 의연함은 좋은 거죠. 어떠한 상황에서도 당황하지 않으니까. 그래서 종종 헷갈리는 거랍니다. 정말로 모르는 건지, 아니면 모르는 척하는 건지······."

"무얼 말씀하시는 건가요?"

"분명하게 말하라는 거죠. 의중을 떠보는 말에 당당하게 맞상대하라는 거예요. 미로와 같은 말을 좋아하는 사람은 아무도 없으니까요. 아니지, 로에나 영애였다면 달랐을까요?"

"제 입은 단 한 번도 제 의사를 배반한 적이 없는걸요. 언제나 충실했답니다."

"그럼 마음의 문제이네요. 아니면 '지금은' 아니라든가? 자아, 다과 좀 들어요."

그녀의 흰 손가락이 접시 끝을 내게로 슬쩍 밀어냈다. 전부 혀가 아릿할 정도로 단 과자들뿐이었다. 나는 개중 가장 작은 조각을 집어 들었다. 에머리는 내가 과자를 한 입 베어 물 때까지 끈질기게 내 손을 바라보고 있었다.

"오늘은 풀케르께서 주관하시는 티타임치고 상당히 자유롭군요. 아마도 이런 모임에 처음 참가했을 영애를 배려하신 거겠죠. 아, 아니지. 시스에 영애는, 이렇게 불러도 되지요? 처음이 아니겠군요. 다른 부인들도 많이 만나 뵈었을 테니까요."

에머리 닐람은 확실히 기요민 부인보다 성가신 부류에 속했다. 그녀는 직접적인 언급을 하지 않으면서도 누군가를 지목하는 말을 은근슬쩍 집어넣으며 나를 자극하고 있었다. 켕기는 행동에 속이 다 더부룩할 지경이다.

"아니요. 다른 부인들을 만나 뵌 적은 없어요. 이곳이 처음이랍니다."

샤토루와 함께 차를 마시긴 했어도 이처럼 많은 사람에게 둘러싸인 곳에서 자리를 가진 적은 없다. 그렇기에 너희가 상상하는 바는 없을 것이다. 닐람이 유도한 진실이었다.

"그것참 이상한 일이네요. 보통 티타임이라 함은 많은 사람이 모여서 함께 마시는 게 제일이거든요. 은밀한 이야기를 나누지 않고서 말이에요. 그래요. 비밀스러운 이야기는 단둘이서 만나는 게 최고죠. 친밀한 사람들끼리 나누는 대화에선 더더욱이요."

'샤토루'에 대한 직접적인 언급을 하고 있지 않지만, 그녀가 말한 모든 대화에 황제의 창녀가 묶음처럼 들어가 있음을 모를 수가 없었다. 즉, 닐람은 지금 내게 샤토루와 비밀스러운 이야기를 나눈 게 있다면 솔직하게 다 털어놓으라고 부추기고 있었다. 한쪽에 접어 놓았던 부채를 어느 순간 펼쳐 들어 살살 부치면서 말이다.

나는 눈을 느리게 깜빡이며 에머리의 어깨너머로 슬쩍 엿보이는 황후의 얼굴을 스치듯 응시했다. 앞뒤로 천천히 움직이는 부채 사이로 그늘을 드리우듯 가라앉은 시선은 먹먹한 밤하늘 그 자체였다.

그것참 이상한 일이지. 나는 혀끝까지 밀려오는 하나의 의문에 고개를 갸웃거렸다. 황후는 왜 이렇게 자신의 충실한 여인들을 시켜 샤토루가 얼마만큼 자신의 욕을 하였는지를 확인받고 싶어 하는 것일까? 설마 창녀가 자신을 질투하여 욕하였다 여기는 건가? 알 수 없는 노릇이다.

"부인들이 없는 대신 시녀들은 참 많았어요. 그렇기에 단 한 번도 비밀스러운 상태를 느끼지 못했답니다. 만일 그런 일이 있었다면 즐겁게 이야기해 줄 수 있었을 텐데요. 지금 생각해도 아쉬운 노릇이죠."

에머리 닐람은 내 말에 잠시 당황스러운 표정을 짓더니만 이내 입을 열고 바스스 웃었다. 그녀의 손이 내 손목을 붙잡은 것은 동시에 일어난 일이었다. 피부에 닿은 타인의 손가락은 매우 부드러웠으나 친밀함으로 따지자면 먼젓번에 비할 바가 아니었다. 닐람은 노골적으로 몸을 밀착해 가며 나에 대한 호감을 표시했다. 내가 언급한 '비밀스러운 상태'를 함께 겪기 위해서다.

"특별한 이야기를 나누는 상대가 있다는 것만큼 매력적인 일은 없죠. 그에 대해 함께 이야기를 나누고 싶은데, 어떻게 생각하나요?"

"조심성에 관해 이야기를 나눌 상대라면 저 역시 환영이에요. 하지만 들뜬 마음을 억누르기에 바빠 아직 거기까지 생각해 보지 않았답니다."

"대담함이 요구되는 곳이 아닌데도요?"

나는 대답 대신 로에나가 있는 쪽을 바라보았다. 어느새 그녀는 한 무리의 사람에게 둘러싸여 있었다. 대화를 나눌 상대가 하나뿐인 데다가, 의도한 바를 이루지 못하면 교대를 이루듯 순차적으로 다가오는 나와 완전히 다른 대접이다. 여인들은 나에게서 로에나를 차단하려는 것처럼 어깨를 기대거나 몸을 앞으로 쏠리게 하는 등 자연스러운 벽을 만듦으로써 시야를 완벽하게 가렸다. 내가 누구와 대화를 나누는지 알지 못하게 하기 위해서인 것 같았다. 자신만 믿으라던 어린 소녀는 새로운 세계에 완전히 빠져 자신의 다짐을 잊어버리고 있었다.

"나는 영애가 시선을 받는 것을 좋아하지 않는다고 생각했는데요?"

에머리는 이해할 수 없다는 듯 내게 말했다. 그녀는 마치 못 볼 것을 본 것처럼 인상을 찌푸리고 있었다. 그러곤 '영애에게는 저런 모습이 어울리지 않아요'라고 덧붙였다. 나는 그녀에게 되물었다.

"저런 모습이라니 무얼 말씀하시는 건가요?"

"명확하지 않은 주제에 휩싸여 귀만 펄럭대는 양상을 말하는 거예요. 대화에 따라가기 위해 허우적거리다가 결국 자신을 놓치게 되니까요. 이후 남는 것이라곤 침묵이라는 친구뿐이지요. 왜냐하면 그것이 더 이롭다는 것을 본능적으로 깨닫게 되어버리니까요."

"그래서 단둘이서 이야기하는 게 좋다는 말씀인가요?"

"스스로 밝힌 바처럼 영애는 아직 모든 것이 서툴잖아요. 하지만 로에나 영애는 다르죠. 그러니까 만류하는 거예요.”

그 '로에나'가 의자에 잘못 앉는 실수를 저질렀지만, 에머리 닐람은 그것을 잊어버린 것처럼 행동하고 있었다. 되레 나를 생각하여 배려하고 있다는 투로 말했다.

“침묵이라는 친구가 망설임이라는 드레스를 입는다면 어떻게 되는 건가요?”

내 질문에 에머리는 어깨를 살짝 틀었다. 그에 대한 대답은 다른 사람이 해줄 거라는 태도였다. 그래서 나는 황후와 눈을 마주했다. 마침 풀케르가 자신의 입을 가리고 있던 부채를 천천히 접으며 말하던 참이었다.

“티타임은 충분히 가진 것 같고, 이제 낭독회를 열어 볼까 하는데 어떻소? 서재로 자리를 옮깁시다.”

나는 다시 에머리에게 시선을 돌렸다. 그녀는 그것 보라는 것처럼 장난스럽게 눈을 깜빡이고 있었다.

“그 친구에게 꼭 전해 주세요. 지금이라도 빨리 망설임의 드레스를 벗고 진실의 옷과 공개라는 신발을 걸쳐야 한다고 말이에요.”

“그렇지 않다면요?”

“시스에 영애는 언제나 되물어보는 습관을 지니고 있군요. 좋은 자세이긴 하지만 오늘만큼은 넣어 둬야겠어요. 사교계만큼 어린 사람을 동경하는 곳은 없기 때문이지요. 어린 사람의 특징이 무엇인지 알아요, 시스에 영애? 그건 저속한 행위를 거리낌 없이 자행할 수 있다는 점이랍니다.”

에머리의 말이 끝나기가 무섭게 황후와 다른 사람들이 자리에서 일어났다. 시녀로 인해 미리 열린 문 사이로 책이 가득 꽂혀 있는 책장이 보였다. 황후의 개인 서재다. 그녀는 내가 자리에서 일어나려고 하자 드레스의 소매를 잡아당기며 속삭이듯 말했다. 닐람의 입에서 흘러나온 말은 구미가 당길 정도의 달콤한 유혹 그 자체였다.

"낭독회에 따라갈 생각인가요? 조금 전의 제안을 더 고려해 보는 건 어때요?"

나는 그녀에게 되물었다.

"어떻게요? 풀케르께서 노여워하지 않으실까요?"

"그런 걱정은 말아요. 풀케르께선 이런 일로 진노하시는 분은 아니니까요."

아니, 암만 다정하고 관대한 성품을 지닌 여인이라도 자신이 주관하는 티타임에서만큼은 통제적인 습성을 보이게 마련이다. 마치 지배자처럼. 이는 지위가 높은 여인일수록 더욱 그러했다. 존귀한 자이기에 통렬하게 느낄 수밖에 없는 숭고한 위신의 문제가 걸려 있어서였다. 내가 짚는 건 바로 이러한 점이었다. 그래서 그녀의 말을 믿을 수 없었다.

"하지만 만약의 경우가 있잖아요."

"아니, 내 말을 믿어요. 정말로 걱정할 게 하나도 없답니다. 원한다면 이름을 걸고 맹세하죠."

"물론 이름을 건 맹세가 그 어떤 언약보다 신실함을 저도 알고 있어요. 하지만 이러한 상황이 처음인 저를 배려하신다면 더 확실한 증거가 필요해요. 아직 우리 사이에는 이렇다 할 신뢰가 쌓인 게 아니잖아요?"

"내가 어떻게 해주었으면 좋겠어요?"

나는 그녀의 말을 그대로 따라 했다. 내가 믿음을 가질 수 있도록 네가 알아서 증거를 내보이라는 소리였다.

"제가 어떻게 해달라고 말하면 좋을까요?"

그러자 에머리의 미간에 깊은 골이 생겼다. 벌려진 입술은 무언가를 말하려는 것처럼 달싹였다. 나는 차분하게 그녀의 말을 기다렸다. 그러는 동안 모든 사람이 빠져나가 이제 이곳에는 우리 둘만 남은 상태였다.

"좋아요. 솔직하게 말하죠."

수 분의 시간이 지난 후 에머리가 한숨과 함께 말을 내뱉었다. 조금 까다롭긴 하지만 그녀 역시 황후의 '광대'였다.

"풀케르께서는 샤토루 부인을 탐탁지 않게 여기고 계세요. 그녀가 사교계 전반에 끼치는 악영향을 생각해 본다면 매우 당연한 일이지요. 그렇기에 영애와 같은 젊고 순진한 소녀가 그에게 물드는 것을 원치 않으신답니다."

에머리 닐람은 황후와 샤토루 간의 대립을 지극히 공적인 일로 축소함과 동시에 이 모든 것이 나를 위한 행동임을 강조하고 있었다. 그래서 진심으로 걱정하고 있다는 듯 서글픈 표정을 지었다.

"무도회 건만 해도 그래요. 올바른 마음을 가진 성실한 소녀라면 감히 참여할 생각조차 하지 못했을 테죠. 그건 영애의 명예에 오점을 남기는 행동이었어요. 왜 그랬나요?"

그녀는 나의 그릇된 행동으로 인해 이 모든 일이 일어나는 것처럼 몰아세웠다. 이는 마지막 말을 별거 아닌 것처럼 생각하게 하기 위한 위장으로, 그 교활한 수법에 절로 박수가 나올 지경이었다. 순진한 소녀라면 저에게 변명하느라 샤토루에게 편지를 보낸 이유를 말했을 것이기 때문이다.

"그게 지금의 상황과 무슨 상관이 있다는 거죠?"

나는 이해할 수 없다는 듯 그녀에게 되물었다.

"풀케르께서는 영애의 진정이 어느 정도로 빛바래졌는지 궁금해하세요. 샤토루 부인과 같은 여인은 단 한 명으로 충분하기 때문이지요."

나는 미간을 찌푸리며 쌀쌀맞은 목소리로 대꾸했다. 샤토루 부인이 받은 모욕을 걱정하기보다는 그와 도매금 처리되는 게 견딜 수 없다는 것처럼 아주 사납게 굴었다. 바르르 떨리는 어깨는 경멸감을 표현하기에 아주 알맞았다.

"오, 아니요. 제 모습이 마음에 들지 않았더라면 처음부터 초대한다 거나 착석을 허락하는 것과 같은 모습을 보이지 않으셨겠죠. 제 나이 만큼 타인의 말에 구애받는 시기가 또 어디 있다고요. 그러므로 백합 과 같은 순결함이 의심을 받는다면, 차라리 이대로 걸어 나가겠어요. 다시는 궁에 발을 내딛지 않은 한이 있더라도 말이에요."

"그러니 정직하게 풀어놓으면 될 일이랍니다. 풀케르께서는 진실한 태도를 사랑하세요."

한 편의 과장된 극을 풀어놓은 듯 신실됨을 연기하는 에머리의 태도 에 비웃음이 터져 나올 것만 같았다. 하지만 이대로 조소를 지을 순 없 는지라 나는 이를 옹송그려 물고선 걱정이 된다는 것처럼 조심스럽게 말했다.

"하지만 왜곡으로 인해 변질한다면요? 제가 무엇을 염려하는지 아 신다면 이리 종용하지는 못하시겠지요. 차라리 풀케르께 나아가 대담 히 고백하는 게 낫겠어요."

"아니요. 가끔은 한 다리 건너서 이야기하는 게 낫답니다. 안개 너머 로 말해봤자 실체를 보이지 않은 한 믿음을 얻긴 어려운 노릇이죠. 영 애는 아직 사교계를 잘 몰라요. 그러니까 이렇게 대담하게 행동할 수 있 는 거겠죠. 그러나 그 용감함은 곧 수치심과 두려움으로 바뀔 거예요."

그녀가 나직이 경고의 말을 내뱉었다. 기요민 부인이 실패하면 그녀 가 내게 접근하기로 계획한 것처럼, 황후가 다른 여인들을 서재로 끌 고 가면 단둘이 남아 이야기를 하게 되어 있던 것처럼, 서재 역시 '복 마전(伏魔殿)'으로 변해 있을 거라는 무서운 예고였다. 나는 뒤로 한 걸 음 물렀다. 구두의 앞코는 이미 서재를 향해 틀어져 있는 상태였다. 이 를 눈치챈 듯 에머리 닐람의 표정이 점점 일그러졌다.

"나이 어린 사람의 특징이 무엇인지 아세요? 겪어 보기 전까지 두려움 을 전혀 모른다는 점이죠."

"후회할 거예요. 울면서 뛰쳐나올지도 모르죠."

나는 입술 위로 미소를 덧그렸다. 가당치도 않다는 것처럼 그렇게. 그런 기분을 느꼈을 거라면 애초에 입궁조차 하지 않았을 테니까. 그것이 황후의 초대라 할지라도 말이다. 아마 비난을 감수하고서 계단 위를 구르거나 일부러 열을 내어 위중한 병자를 자처했을지 모를 노릇이다. 사교계 여인들의 여인치고 무도하다는 말을 좋아하는 이는 없기 때문이다. 이는 황후 역시 마찬가지였다.

하지만 두려움을 껴안고서라도 황후의 초대를 받아들였고, 그녀가 내게 바라는 바가 무엇인지 똑똑하게 느끼게 되었다. 황후가 내게서 샤토루의 그림자를 얼마만큼 느끼고 있는지 또한 확인했다. 이제 마무리만 지으면 될 터였다. 날이 서 있는 비난과 멸시, 경멸과 악의는 예전부터 충분히 겪어 봤던 것으로 이제 와 새삼스레 여기는 게 오히려 우스울 따름이니까.

복마전이 뭐 어때서. 사교계 내에 그림자가 드리워지지 않은 장소가 어디 있다고. 얼룩 한 점 없는 예술은 시시함 그 자체라며 코웃음을 치는 세계가 사교계였다.

내가 서재로 통하는 문에 가까이 다가가자 그녀가 마지막으로 경고하듯 말했다. 관대함을 가장하여 내미는 손은 오만하기 그지없었다.

"감당하기 어려울 거예요. 그러니 이만 이 작은 배려를 받아들이는 건 어때요?"

광대가 잠깐의 눈요기로만 쓰이는 이유는 그가 내보일 수 있는 재주가 한정적이기 때문이다. 특히 가면을 쓴 광대라 특유의 익살스러운 표정을 볼 수 없으니 더더욱 흥미가 떨어지는 것이다. 에머리 닐람이 딱 그러했다. 그녀의 기술은 기요민 부인보다 뛰어났지만, 재미로 따지자면 그녀보단 한 수 아래였다.

나는 그의 배려가 고맙다는 듯 묵례했다. 그리고 망설임 없이 걸어가 서재의 문을 열었다. 황후의 서재는 도서관을 작게 응축시킨 듯 거대한 책장들로 가득했다. 사람들이 모여 앉을 수 있는 자리는 가운데로, 창가 바로 앞자리에 자리한 책상만이 이곳이 지극히 개인적인 장소라는 사실을 알려 주고 있었다.

여인들은 황후를 중점으로 둥글게 앉아 있었다. 책을 읽는 여인만이 자신의 자리에서 서 있을 뿐이다. 시를 읊고 있었던 것인지 내가 들어갔을 적에 은유적이고 함축적인 문장이 방 안 가득 울려 퍼졌다. 낭독하는 여인은 감정의 고조에 이른 듯 사랑을 고백하는 대목에서 장렬한 소리를 내며 모두의 기분을 돋우었다. 턱을 아래로 잡아당기듯 깊게 내린 상태에서 긁히듯 흘러나오는 목소리는 남성의 것과 매우 흡사했다.

그래서일까? 여인의 목소리가 마지막 운율에서 끝을 맺었을 때, 대부분 사람의 뺨이 애정에 눈뜬 소녀처럼 발갛게 달아올라 있었다.

"아주 멋진 낭독이었소."

황후가 여자에게 치하의 말을 건넸다. 여인은 황공하다는 듯 무릎을 살짝 구부리며 묵례했다. 그리고 곁으로 다가온 시녀에게 자신이 읽던 책을 넘겼다. 끝자리에 앉아 있던 내게 다른 시녀 한 명이 접근하여 들고 있던 책을 내민 건 이즈음이었다.

검은색 커버로 덧씌워진 책은 제목이 적혀 있지 않아 어떤 내용일지 유추하기 어려웠다. 잠시 종이를 넘겨 살펴보려고 했지만, 나를 부르는 황후의 목소리가 먼저라 이마저도 할 수 없었다.

"이번에는 시스에 영애가 읽어 보는 건 어떠한지? 라발리에 부인이 낭독을 좋아하는 건 사교계에 익히 알려진 터라, 마담의 귀를 즐겁게 만들어준 그대의 솜씨가 무척이나 궁금하다오."

나는 자리에서 일어났다. 모든 사람의 시선들이 나를 향해 있었다. 걱정스럽다는 표정으로 나를 쳐다보는 로에나의 얼굴도 아주 잘 보였다.

손가락을 움직여 한 장을 펼쳤다. 첫 페이지에 적혀 있는 건 시였다.

문학적인 소양을 쌓기 위해 언젠가 언뜻 읽었었던, 그러나 낭독회에서 읽기엔 너무나 흔해 빠진 내용으로 구성된 운문 말이다. 귀족 소녀들이 문학 수업을 들을 때면 으레 배우게 마련인 시다. 교사들의 구미에는 딱 맞는 무언가가 있는 것인지 그것을 읽는 게 필수 과정처럼 되어 있는 참이었다. 뭐, 고루한 내용과 길이 때문에 금세 수업을 끝내긴 하지만.

어쨌든 황후가 직접 골라 준 시이기에 망설일 이유도 없이 바로 읽어야 했다. 나는 그리 높지도 낮지도 않은 목소리로 천천히 독송했다.

'오 제국이여, 찬란한 빛이여. 눈이 녹으면 드러나는 푸르른 새싹처럼 싱그러운 아름다움을 자랑하는 사랑이여!'라고 시작되는 처음의 문구는 매우 유명한 것이라 모두의 눈이 금세 지루함으로 물들어 갔다.

이 시를 선택한 황후조차 부채를 살랑이며 딴 곳을 바라볼 정도였다. 흥미롭다는 듯 경청하는 건 오로지 로에나뿐으로 종이가 한 장 한 장 넘어갈 때마다 여인들의 자세가 조금씩 흐트러졌다. 옆 사람과 소곤대며 잡담을 나누는 사람도 있었다. 주변은 금세 산만해졌다. 웅성대는 사람들 속에서 참을성 있게 시를 읽어 나가는 건 참으로 어려운 일이었다. 아직 시가 반밖에 오지 않은 상태라면 더욱 그러하다.

그렇게 15번째 단락을 읽어 내려가던 때였다. 나는 기억 속과 미묘하게 달라져 있는 문장에 말을 멈추었다. 확실하진 않지만 내가 교사에게 배웠던 시구는 이렇게 표현되어 있지 않았다. 조그마한 의구심이 망설임으로 연결되고 있었다. '설마'라는 생각에 머리가 다 어지러웠다. 하지만 확신할 수 없는 건 시의 내용이 가물가물하기 때문이었다. 나는 눈을 들어 황후를 바라보았다. 풍성한 속눈썹 아래로 단호한 빛을 띠는 그의 눈동자가 '계속 읽으라'고 종용하는 것 같았다. 내가 낭송을 하든 말든 관심 없어 하던 여인들도 무언가 이상함을 느꼈는지 하던 대화를 멈추고 나를 바라봤다.

"무슨 문제라도 있나요? 설마 못 읽는 단어라도 나온 건 아니겠죠?"

라는 누군가의 비웃음이 게저분하게 흘러나온 건 분명 일부러 한 행동이었다.

황후가 손을 들어 시녀를 불렀다. 그리고 무어라 속삭였다. 그녀의 지시를 받은 시녀는 내게 다가와 책을 받아 갔다. 머뭇거렸던 단락이 그대로 펼쳐져 황후의 손에 들어갔다. 황후는 의중을 알 수 없는 눈으로 시집을 바라보고 있었다. 그러다가 잠시 후 자신의 오른쪽에 앉은 여인에게 책을 넘겨줬다.

"어떠한가?"

"잘못 기재되어 있사옵니다."

"어린 영애가 참으로 곤욕스러웠겠군."

여인은 뒤에 대기해 있는 시녀에게 다시 책을 넘겨주며 말을 이어 나갔다.

"하오나 계속 읽으면 될 일입니다. 가장 기본적인 시가 아니옵니까? 잘못된 단락임을 안다는 건 올바른 시구를 안다는 소리일 테지요. 그러니 조금 전의 망설임은 너그럽게 이해해 주시고, 그녀로 하여금 시를 계속 읽게 하옵소서. 자신의 명예를 위해서라도 그렇게 해야 할 줄로 아옵니다."

시녀가 내게 다시 시집을 가져다줬다. 조금 전의 일로 인에 완전히 내게 집중해 버린 사람들의 시선이 강요하는 것처럼 나에게 향해 있었다.

"그렇게 하지. 영애는 계속 읽으시오. 잘못된 건 한 단락뿐이라 하니 그리 어렵지 않을 것이오."

황후가 말했다.

나는 입 안쪽의 여린 살을 남모르게 이로 깨물며 생각했다.

당했다.

이를테면 이런 것이다. 지금 내 손에 들려 있는 시는 분명 누구나 들으면 '아, 그것 말이지?'라고 말할 정도로 유명하다. 반사적으로 제목을 말할 정도로 말이다.

하지만 내용을 살짝 비틀어 잘못된 점을 찾으라 한다면 긴가민가하며 주저할 사람이 한둘이 아닐 테다. 유년 시절의 기본 소양이라 기억이 가물가물한 데다가 굳이 공들여 외울 필요를 못 느껴서다. 이를 암기했다는 게 자랑할 만한 일이 아니기도 하고. 이들이 노린 건 바로 이러한 점이었다. 올바른 내용을 말한다면 당연한 일이 될 것이되, 그렇지 못하면 기초적인 지식조차 갖추지 못한 무식한 사람이 될 게 분명하기 때문이다. 그러니 부추기는 말을 내뱉으며 시집을 돌려주지 않았겠나.

나는 최대한 기억을 더듬어 가며 시를 읽었다. 그러잖아도 로에나 때문에 자신의 무지를 인정하고 용서받은 참이었다.

이 이상 이것에 대한 문제로 꼬투리를 잡히면 어떠한 사달이 날지 몰랐다. 즉, 황후의 낭독회를 망쳤다는 오명보다 되지도 않는 조롱을 받는 게 더 나은 것이다. 그래서 문제 된 단락의 첫 번째 행, 두 번째 행, 세 번째 행까지 집중하여 내뱉었다.

다행히도 지금까지 틀리지 않은 것인지 이렇다 할 제지를 거는 사람은 없었다. 이제 마지막 네 번째 행만 남았다. 조용히 경청하던 사람들이 입을 연 건 내가 마지막 행의 첫 단어를 혀에 올렸을 때였다. '아'라는 외마디 소리와 함께 크게 고개를 갸웃거리는 귀족 여인의 태도는 모두의 이목을 끌기에 충분했다.

황후는 그녀의 행동이 무엇을 의미하는지 안다는 듯 조용히 고개를 끄덕이고 있었다.

"무례를 용서하소서. 비슈발츠 영애의 실수에 놀라 저도 모르게 소리를 내지르고 말았습니다. 제가 영애에게 질문을 던져도 괜찮겠는지요."

황후가 오른손을 들었다. 허락한다는 의미였다. 낯선 귀족 여인은 새청 맞은 목소리로 추궁하듯 내게 물었다.

"잘못된 시를 읽어 풀케르의 귀를 어지럽히는 게 얼마나 큰 무례인 지 알고는 있나요? 무엇보다 지금 읽은 시는 기본 소양으로 배우는 거 죠. 모를 리가 없을 텐데요?"

누군가 그녀의 말에 맞장구치듯 나긋나긋한 어조로 말한다.

"제 어린 조카도 아는 시인걸요. 이제 10살쯤 되었을 거예요."

이어 다른 사람의 목소리가 덧붙여졌다. 황후가 묵인한 이는 단 한 사 람이었지만, 모두 이를 아랑곳하지 않고 제멋대로 떠들어 대고 있었다.

"그럼요, 제대로 배웠다면 모를 수가 없지요."

"그러고 보니 아까 마담 드 라발리에에게 기초적인 걸 배웠다 하지 않았나요? 그런 게 거짓말이라니, 깜찍하기도 하지."

"한때의 수치심을 모면하기 위해 훗날을 생각하지 않는 어리석음 때 문이죠. 이렇게 쉽게 들통날 줄 누가 알았겠냔 말이에요."

"차라리 처음부터 모른다고 말하면 될 것을, 어쩜 벌써부터 상황을 모면하려고만 할까요? 감히 누구 앞이라고……."

수군거림이 커졌다. 봇물이 터진 것처럼 여기저기서 나를 향해 비난 과 조롱의 말을 쏟아 내고 있었다. 변명할 여지도 없이, 기초를 떼었다 는 말이 무색하리만치 무식하고 어리석은 소녀로 낙인찍혀졌다. 귓가 에 들리는 '평민이란 이래서 안 돼. 무식하기 짝이 없지. 쯧'이라는 소 리가 이를 부추기고 있었다. 기다리고 있었다는 것처럼.

사실 한 가지의 일을 통해 전체를 판단하는 건 무척 섣부른 일이다. 특히 사교계에서 이러한 판단만큼 화를 불러일으키는 행동은 없었다. 이를 눈앞의 사람들이 모르지는 않을 터. 그럼에도 이런 식으로 상대 를 매도하는 언사를 내뱉는 건 미리 준비하여 벼르고 있었다는 것밖에 달리 설명할 방도가 없었다. 즉, 여기에 앉아 있는 사람 중 아무나 콕 집어 문제의 단락을 말해보라고 한다면 어렵지 않게 줄줄 읊어 나갈 것

이다. 이미 외워 왔을 테니까. 그렇기에 억울하다는 듯 '다른 사람에게
도 읽어 보게 하소서'라고 말하지 못했다.

잘게 부서져 버린 명예와 평판을 그러모으겠다고 발버둥 쳐 봤자 결
국 다치는 건 나이기 때문이다. 그래서 침묵하고 인내했다. 황후의 결
단을 기다리며 모멸감을 견뎌 냈다. 하지만 그들은 결국 내가 우려했
던 말을 입 밖으로 내보내고야 말았다.

"영애가 얼마나 큰 실수를 했는지 알고 있나요? 어떻게 이런 식으로
낭독회를 망칠 수 있지요?"

그러자 황후가 다시 손을 들어 올려 저들의 입을 다물게 했다. 모두
고개를 숙이며 그녀의 말을 기다렸다.

"무엇이 잘못되었는지 아는 것으로 보아 조금 전의 일은 아마 실수
에 불과할 것이오. 세 번째 행까지는 훌륭하게 잘 읽었던 영애가 아니
오? 그러니 다시 명예를 회복할 기회를 줍시다. 그래, 가족끼리 서로
돕게 하는 것이 낫겠군. 로에나 영애라면 언니가 선보인 불명예스러움
을 말끔하게 씻어줄 수 있겠지."

황후가 보낸 은근한 시선에 로에나의 뺨이 발갛게 달아올랐다. 그것
이 부끄러움 때문인지, 혹은 그 이상의 감정일지 몰라도 그녀는 거부
하지 않고서 자리에서 일어났다. 그리고 시녀가 내 손에서 가져간 시
집을 자연스레 받아들이는 것이다.

"시스에 영애는 잠깐 나가서 쉬고 오는 게 어떻겠소? 그대의 부담감
이 동생에게 넘어간 이상 이곳에 같이 있는 게 많이 힘들 터인데, 차라
리 홀로 마음을 가다듬는 게 낫지 않겠소?"

황후의 권유에 주변에서 숨죽인 웃음소리가 터져 나왔다. 그럴듯한
말로 포장해도 결국 '축객령'이나 다름없다는 사실을 모두 알고 있었기
때문이다. 그것도 로에나가 시를 읽기 직전에 일어난 일이었다.

보통 이런 상황에 바깥으로 나가게 된 언니는 무슨 생각을 하게 될

까? 동생이 시를 잘 읽을지, 혹은 나처럼 실패하게 될지 걱정을 할 것이다. 동시에 스스로의 무지함을 원망하며 가슴앓이 하겠지. 깊은 모멸감을 맛보면서 그렇게.

동생이 무리 없이 잘해 낸다 하더라도 문제다. 그녀보다 못하다는 생각에 질투심을 느끼며 기분 나빠 할 테니까. 무엇보다 언니에게 더 기회를 달라 말하지 않고 기다렸다는 듯 냉큼 시집을 받아 든 그녀에게 분노를 느낄 것이다. 의좋은 자매라 할지라도 어쩔 수 없이 생겨나는 자연스러운 감정의 골이었다. 하물며 로에나와 나처럼 자매로 이어진 지 몇 달 안 된 상태라면 어떠할까? 두말할 필요도 없겠지.

아마 이들은 로에나가 문제의 단락을 잘 외우고 있는지 관심조차 없을 것이다. 그저 내 뒤를 이어 그녀가 시집을 잡는다는 것만 중요했을 테다. 정말이지 노리는 바가 뻔해 헛웃음조차 나오지 않는 상황이다.

어쨌든 내게 주어진 답은 하나였다. 감사함을 표하며 그대로 무대에서 퇴장하는 것. 아이레스 경으로 인하여 좋아졌던 평판이 다시금 형편없이 추락하고 있었다.

"너그러우신 배려에 감사드립니다."

인사를 한 뒤 서재 바깥으로 나가자 등 뒤로 키득거리는 소리가 그림자처럼 따라왔다. 문이 막 닫히기 직전에는 낭랑한 음성으로 다음 행을―문제의 그 단락이 아니었다―읽는 로에나의 목소리를 들을 수 있었다. 차라리 아프다 핑계를 대고서 오지 말 걸 그랬나? 그로 인해 강한 추궁을 당했더라도 조금 전보다는 나았을 것이다.

서재 안에서 일어난 일을 알고 있다는 듯 의미심장한 미소를 짓고 있는 에머리 닐람의 얼굴을 보았을 때 이 후회는 극에 달했다. 그녀가 맡은 역할이 아직 끝나지 않은 모양이었다.

"제안은 아직 유효하답니다."

그녀는 경쾌한 목소리로 노래 부르듯 말했다. 몸에 밴 쾌활함은 마치 나를 비웃는 것 같았다. 나는 일부러 절망에 가득 찬 표정을 지으며 손으로 얼굴을 감쌌다.

"이미 다 끝났어요. 더는 버틸 것도 없지요. 그러니 비련에 찬 여주인공처럼 이 시간을 견디게 해주세요. 정말로 끔찍하군요."

"가엾기도 해라. 하지만 모두의 입을 막는 건 가능해요. 영애는 아직 가십의 주인공이 된다는 게 얼마나 끔찍한 일인지 모르나 보군요."

"아니요. 이미 겪어 본 바랍니다. 그러니 더는 두려울 게 뭐가 있겠어요?"

"그래서 이제 어찌할 셈인가요? 돌아가는 건가요?"

"왜 그렇게 생각하시는 거죠?"

"서재에서 쫓겨났으니 자택으로 돌아가는 수밖에요."

"쫓겨난 게 아니에요. 쉬라고 하신 거죠."

내 반박에 닐람은 가당찮지도 않다는 듯 비웃음을 지었다. 냉담하게 가라앉은 눈동자는 더는 내게 예의 제안을 건네지 않을 것을 말하고 있는 듯했다.

"이 순진한 아가씨야, 그게 무얼 의미하는 거겠어요?"

그녀는 내게 다가오는 시녀를 바라보며 말했다.

"사교계에서는 가끔 집에 가라는 소리를 그렇게 돌려 말하기도 한답니다. 마차가 준비되었다는 듯 시녀가 오는군요."

해리엇 부인도 같이 있었다. 나는 부인의 손에 다과와 관련된 그 무엇도 들려 있지 않음을 발견하고 에머리 닐람의 말이 맞는다는 것을 깨달았다. 정말로 황후는 나를 서재뿐만 아니라 자신의 방 안에서까지 쫓아낸 것이다.

"마차가 준비되었습니다. 이만 가시지요."

해리엇 부인의 말이 그것을 확인시켜 주고 있었다. 하지만 이렇게 홀로 돌아간다면 웃음거리가 될 게 뻔했다. 어머니의 얼굴에 눈물이 아롱지는 걸 두고 볼 순 없는 노릇이었다. 나는 아무것도 모르는 척 해리 엇 부인에게 말했다.

"무언가 잘못 아신 모양이에요. 풀케르께서는 저보고 잠시 쉬라고 하셨는걸요. 그러므로 쉬겠어요."

"여기에 계속 있으면 오히려 더 큰 진노를 받게 될걸요? 그냥 가는 게 나을 거예요. 부끄러움은 한순간이죠. 서재 안에서도 의연히 견뎌 낸 거 아니었나요? 울지 않은 것만 하더라도 박수받을 일이죠."

에머리 닐람이 말했다. 나는 무슨 말이냐는 듯 대꾸했다.

"지금 울게 해주시든가요. 나는 로에나와 함께 돌아갈 거예요. 하지 만 여기에서 쉴 마음도 없어요. 정원이 있다면 안내해 주세요. 혼자서 라도 가겠어요."

"마음대로 행동하는 건 좋지 않아요. 그냥 돌아가요."

"풀케르께서 직접 이야기하시면 그렇게 하도록 하지요. 하지만 내가 직접 여쭈지는 않을 거예요."

나는 누가 해주겠냐는 듯 두 사람을 번갈아 보았다. 해리엇 부인과 에머리 닐람은 곤란하다는 듯 인상을 찌푸리고 있었다.

"다시 한번 말하지만 나는 풀케르께 그러한 말을 들은 적이 없어요. 그러니 마차를 타고 돌아간다는 건 되레 그분의 배려를 무시하는 것과 마찬가지지요. 절 그런 무뢰한으로 만들지 말아주세요."

"내 말을 믿지 않는군요. 나는 계속 영애에게 진실 되었는데요."

그녀가 서운하다는 듯 가슴에 손을 얹으며 과장된 어조로 말했다. 나 는 우습지도 않다는 듯 여상스러운 목소리로 대답했다.

"그러니 풀케르께 가셔 여쭈어주세요. 그럼 기꺼이 따르겠어요."

하지만 그들은 그렇게 하지 않았다. 그저 서로 눈빛을 교환하며 한숨 을 내쉬었다. 그래서 나는 정말로 황후가 날 궁에서 쫓아낸 것인지, 아 니면 이들이 지레짐작하여 그렇게 행동한 것인지 알 수가 없어졌다. 다만 확실한 건 로에나가 나올 때까지 이렇게 버텨야 한다는 것뿐이었다.

잠시 후 해리엇 부인이 말했다. 그녀는 자신을 부르는 에머리 닐람을 가볍게 제지하며—이상하게도 에밀리는 해리엇 부인의 제지에 아무런 행동을 하지 못했다—내게 제안했다.

"이 궁은 정원이 아주 잘 갖춰져 있답니다. 황후께서 직접 가꾸시는 온실도 있지요. 안내해 드릴까요?"

"방향만 알려 주신다면 혼자서도 갈 수 있어요. 단지 나중에 로에나가 나온다면 정원에 있는 제게 안내해 주시겠어요?"

"그렇게 하지요."

그러자 에머리 닐람이 마음에 안 든다는 듯 입술을 한 번 깨물더니만 내게 말했다.

"호의를 거절하는 건 예의가 아니에요. 영애는 정말로 더 배워야 할 것 같군요."

그리고 작별 인사도 없이 방 바깥으로 나가 버리는 것이다. 그 무례함에 기분 나빠 하는 건 나뿐으로, 해리엇 부인은 의중을 알 수 없는 눈으로 그녀의 등 뒤를 바라보고 있었다.

해리엇 부인은 시녀 한 명을 붙여 정원을 안내케 했다. 그는 내가 황궁에서 헤맬 걸 걱정한 것 같았다. 그래서일까? 매우 고맙게도 부인은 시녀로 하여금 두꺼운 숄을 가져가게 했는데, 그것은 서늘해진 바람에 추워진 내 몸을 제법 따뜻하게 만들어주었다.

황궁의 정원은 넓고 아름다웠다. 잘 가꾸어진 화단과 곳곳에 솟아올라 있는 인공 분수, 미로처럼 어지럽게 얽혀 있는 숲길, 그리고 신화 속 모습을 조각해 놓은 조각상까지 아주 조화롭게 배치되어 있었다.

총 4개의 구역으로 이루어져 있는 정원 저마다 여러 개의 궁을 품고 있었는데, 황후의 궁은 그중 남쪽에 있는, 즉 꽃과 연못이 주를 이루는 원정을 중심으로 경관을 이루는 참이었다. 전부 다 돌아보려면 말이나 마차를 타고 가야 한다더니, 남쪽의 정원만 하더라도 잘 가꾸어진 구획이 웬만한 대농지 못지않았다. 정원사들의 고생이 눈에 보이는 것 같았다.

특히 남쪽의 정원은 꽃보다 온실이 유명했다. 이는 초대의 황제가 만든 것으로, 사랑하는 여인이 겨울에도 과일을 먹을 수 있도록 하기 위해서였다. 기록에 의하면 이 내외는 온실에서 자주 만나 휴식을 취했다 한다. 남들의 이목을 피해 편히 쉴 수 있었던 유일한 장소였던 셈이다. 온실 안에서 핀 꽃을 꺾어 겨울 눈밭에 살짝 올려놓고서 황후에게 사랑의 밀어를 속삭인 초대 황제의 로맨스는 지금까지도 회자되고 있었다. 그렇기에 이후로 남쪽 정원의 온실은 황후에 대한 황제의 사랑을 상징하며 대대로 잘 보관하고 가꾸기에 이른다.

현 황후야 의무감일지 모를 상태로 온실을 관리하긴 하지만, 전전대 황후만 하더라도 그곳에서 황제의 아이를 잉태할 정도였다.

시녀는 내 얼굴이 서늘한 바람에 빨개지자 온실에 갈 것을 권했다.

"영애, 온실로 모실까요? 그곳에는 앉을 수 있는 의자도 있답니다."

"그래 주세요."

온실로 가는 길에는 파르테르(Parterre : 융단과 같은 형태의 꽃밭)와 예술가들의 역작으로 보이는 조각상들이 서 있었다. 그것은 방향을 가리키는 것처럼 모두 한곳을 향해 고개를 돌리고 있었다. 여름과 달리 소박하면서도 그윽한 빛을 띠고 있는 가을꽃이 자연스레 흩뿌려 심어진 소로는 걸어가는 것만으로도 구경하는 맛이 충분했다. 커다란 나무 사이로 가을빛이 쏟아져 내리는 광경 역시 비길 데 없이 아름다웠다. 길의 끝에 자리한 온실은 작물을 키우는 곳이라기보다는 하나의 수수하면서도 정갈한 농가를 연상시키고 있었다. 역대의 황후들은 이곳에서 농가 아낙의 삶을 잠시나마 맛보았으리라.

"잠시 이곳에 앉아 계세요. 차와 다과를 가져오겠습니다."

자택으로 내보내려고 했던 게 거짓말이기라도 하듯 해리엇 부인이 붙여 준 시녀는 내게 최선을 다했다. 온실에서 황후궁까지의 거리가 꽤 될 법한데 다시 돌아가 간단한 다과를 가져오겠다고 말하는 것만 해도 그랬다. 그녀는 의자에 가져온 숄—숄을 두 개나 챙겼다—을 깔고서 내게 앉으라고 권했다. 그리고 공손히 인사를 한 뒤 소로 너머로 사라졌다.

홀로 남게 되니 적적함이 감돌고 있었다. 나는 한숨을 내쉬며 고개를 들어 올렸다. 구름 한 점 없는 파란 하늘이 티 없이 맑았다. 내 기분도 저러하면 좋으련만, 먹먹한 구름이 낀 가슴은 체한 것처럼 답답하기만 하다.

'이제 어떡한담?'

정원 구경으로 인해 잠시 접어 두었던 걱정이 스멀스멀 고개를 들어 올리고 있었다. 되지도 않는 생떼를 써 궁궐에 남긴 하였지만 로에나와 함께 자택으로 돌아갈 생각을 하니 머리가 다 아파 왔다. 이후 사교계에 퍼질 악평 또한 내 마음을 무겁게 만드는 요소 중 하나였다.

입궁하기 전 미리 각오하긴 했지만 황후의 솜씨는 예상보다 퍽 매서웠다. 대놓고 나선 것은 아니지만, 주변의 사람을 이용하여—정작 스스로는 아무것도 안 한 것처럼 말이다—쥐고 흔드는 솜씨가 보통이 아니었다. 특히 누구나 알 법한 시를 이용하여 함정을 판 게 뼈아팠다. 제안을 받아들이지 않은 벌치곤 너무나 가혹하여 앞으로가 걱정될 정도였다.

확실한 건 황후와 나는 협력은 고사하고 양립조차 할 수 없다는 사실이다. 내가 샤토루와 어울린 전적이 있는 한 말이다. 아마 창녀의 몰락에 나 또한 끼워 넣으려고 애를 쓰겠지.

'오늘 일은 맛보기 정도인가?'

사실 황후가 내게 손을 대지 못하게 하려면 샤토루가 다시 힘을 얻어야 한다. 과거에 겪었던 상황과 같이 되려면 필히 그래야 했다. 그러나 이번 일 같은 경우 총애를 빼앗긴 것이므로 황제의 마음을 돌리지 않는 이상 어찌할 수 없는 문제였다. 그 천박한 포주면 모를까 내게는 황제의 침실에 샤토루를 집어넣어줄 힘이 없었다.

아, 사내의 마음이란 왜 이렇게 덧없는 것인지. 지난날 그녀의 권력이 워낙 막강하였기에 사교계에 입성할 수 있는 튼튼한 끈이라 생각하였더니, 다 부질없게 되어버렸다. 암만 사랑받는 정부라 할지라도 결국은 언제 비참하게 쫓겨날지 모를 여인에 불과한 것이다. 결국, 창녀는 창녀다. 아마 그녀가 현명하게 행동하여 황제의 관심을 다시 끌어오지 않는 이상, 황후의 득세는 이제부터 계속 지속할 터였다.

그러니까 생각해 내야 한다. 황후와 대적할 수 있으면서 그의 지위에 잘 억눌리지 않는 사람은 누가 있을까를. 우선 페리뉼은 아니다. 플랑드르 남작 부인은 이제 막 황제의 사랑을 받는 처지라 샤토루와 같은 권력을 누릴 수 있을지 미지수니까. 그럼 황제? 그의 수명이 황후보다 더 오래 남았을까? 지난날을 반추해 본다면, 냉정하게도 '아니'다.

결국 남은 사람은 단 한 명.

"……내가 나타나지 않는 것만 하더라도 그 사람은 아주 좋아할걸? 검술은 미카엘과 겨루어 지지만 않으면 되는 거 아닌가?"

"오, 전하. 제발 이러시면 아니 되옵니다."

"아니 되긴. 내가 된다는데. 그러니 니로야, 네가 가서 잘 좀 둘러대고 오너라."

황태자, 이오발데 디보쉬 에키나시아. 바로 그였다. 훗날 제국의 황제가 되는 이. 로에나를 지옥과 같은 현실에서 구해 주었던 사내. 현황후의 아들. 가면무도회에서 만났던 늑대. 사교계에 데뷔하기 전까지 다시 볼 수 없을 것이라 여겼던 난봉꾼. 우연히 남쪽의 정원에서 마주하게 된, 내 두려움 중 하나. 푸른 벽-풀숲으로 만들어진 벽이다-을 헤치며 걸어 나오던 그가 의자에 앉아 있는 나를 발견하고선 걸음을 멈췄다.

나는 맨얼굴로 보는 건 처음이기에 어떻게 대해야 할지 몰라 멀뚱히 시선만 피하던 참이었다. 황태자의 눈을 보는 건 여전히 무서웠기 때문이다.

"뉘, 뉘십니까!"

시종일까? 아니면 호위하는 기사일까? 그와 함께 온 사내가 태자의 앞을 가로막더니 내게 손가락질을 했다. 곁눈질로 살펴본 그는 제법 말쑥하게 차려입었지만 아직 홍조가 채 빠지지 않은 소년이었다. 가느다란 체구와 여리기만 한 목소리는 기사가 아님을 증명했다. 말동무로 데려온 영식이거나 아니면 시종일 터인데 아무래도 후자가 더 유력해 보였다.

어쨌든 물어보았으니 대답해야 했다. 하지만 솔직하게 밝힌다면 가면무도회의 케룰라가 나임을 자백하는 것과 다름없으므로 그럴듯한 가명이 필요했다. 그러니 무어라 하면 좋을까? 나는 재빨리 머리를 굴렸다.

하지만 황태자의 목소리가 먼저였다.

"아니, 우리가 먼저 인사를 하는 게 예의겠지. 나는 이오발데 디보쉬에키나시아. 이 제국의 황태자입니다. 영애는 누구십니까?"

가면무도회에서 들었던 목소리는 어디로 사라지고, 아니, 조금 전 시종에게 가볍게 내뱉었던 음성이 착각이었다고 말하는 것처럼 그는 그때와 비슷한 어조로 나에게 물어보고 있었다. 저의 기사에게 끌려왔던 그 날의 기억을 끄집어내기라도 하듯.

순간 등골이 쭈뼛하니 서고 손끝이 차가워지기 시작했다. 겨드랑이 양쪽을 붙들린 채 질질질 끌려왔던 내가 순식간에 나타나 이곳에 자리하고 있었다.

"그대, 이름을 밝히지 않을 생각이오?"

그래, 얼굴은 수줍음을 가장하여 마주하지 않을 수 있다고 치자. 하지만 날카롭게 파고드는 저 음성은 어떻게 한단 말인가?

나는 터져 나올 것만 같은 비명을 애써 삼키며 굳어져 가는 머리를 필사적으로 굴리고 또 굴렸다. 이름을 말해야 해. 하지만 뭐라고 말하지? 무엇보다 나중에 들켜도 후환이 없을 그런 게 필요한데. 하지만 그런 이름이 어디 있단 말이야. 그것보다 황후와 대적할 사람으로 저 남자를 꼽아야 한다니, 정말이지 웃기지도 않아. 이렇게 무서워해서야 무어 하나 제대로 할 수 있을까? 결국, 로에나의 남자였는데…….

"세 번째로 물어보는 것이오. 정녕 대답을 안 해주겠소?"

나직한 추궁이었다. 하지만 세상 그 어떤 호통보다 매섭게 느껴졌다. 그래서일까? 나는 나도 모르게 조금 전까지 생각하고 있었던 이름을 엉겁결에 내뱉어버렸다.

"로에나."

오, 세상에 이렇게 멍청할 데가. 그대로 혀를 깨물고서 죽고 싶었다. 저에 대한 두려움으로 자신의 혀조차 제대로 통제하지 못한 내가 원망스러워서였다. 어떻게 이런 실수를 다 할 수 있지? 그나마 나직이 중얼거린 터라 그가 못 들었으면 하는 터인데, 황태자는 귀마저 매우 밝은 모양이었다.

"로에나? 성은? 설마 귀족이 아닌데 이 정원에 들어왔다 말할 생각은 아니겠지요?"

나는 눈을 질끈 감고서 성을 말했다.

"로에나, 로에나 비슈발츠입니다. 무례를 저질러서 죄송하나이다. 이런 곳에서 전하를 뵐 줄 몰라 당황했나이다."

"그렇소? 그럼 그 무례, 나도 저지른다면 이제 우리는 같아지는 거겠지요."

어느 순간 다가온 것일까? 그가 손을 뻗어 내 턱을 잡았다. 그리고 억지로 자신을 향해 시선을 마주하게 하는 것이다.

푸른빛의 눈동자. 그 안에 새하얗게 질린 내가 있었다. 나는 바들바들 떨려 오는 입술을 억지로 움직였다. 눈을 딴 곳에 돌리고 싶어도 그러지 말라는 듯 턱을 잡은 손에 힘을 주는 황태자 때문에 이렇다 할 외면조차 하지 못하고 있는 참이었다.

"놓아주, 주세요. 아픕니다. 이런 무례는 아무리 황태자라 하실지라도 감히 하실 순 없습니다. 저, 저를 희롱하실 작정이세요?"

황태자의 시종 또한 사색이 된 표정으로 그를 말렸다.

"맞습니다, 전하. 이는 영애에 대한 예의가 아닌 줄 압니다."

"흠, 로에나 비슈발츠 영애란 말이지……?"

잠시 후 그가 턱에서 손을 떼었다. 그리고 언제 그랬냐는 듯 우아한 태도로 내게 말하는 것이다.

"자, 나 역시 영애께 무례를 저질렀으니 더는 양해를 구할 필요가 없겠지요?"

나는 벌게진 턱을 붙잡고 힘겹게 고개를 끄덕였다. 여전히 시선은 땅바닥에 향한 채였다. 그런 내 귓가로 황태자의 말이 흘러들어 왔다.

"니로야, 역시 먼저 가는 게 낫겠구나. 가서 잘 둘러대려무나."

"전하, 진정 안 가실 생각이시옵니까? 저번에도 빠지셨잖습니까?! 더는 댈 핑계도 없다구요."

"그게 뭐 어쨌단 말이지? 아까도 이야기했지만 미카엘과 견줄 정도로 검을 쓴다면 그걸로 된 거 아니냐? 제국 제일의 검사가 될 것도 아닌데 말이다. 그러니 엉덩이를 걷어차 주기 전에 얼른 가려무나."

히엑 하는 비명과 함께 달음박질치는 소리가 점점 멀어지고 있었다. 황태자의 가벼운 위협에 니로라는 시종이 질겁하고 달아난 게 틀림없었다. 황태자는 그 모습이 재미있다는 듯 바라보며 하하 웃었다.

나는 그런 그의 등 뒤를 바라보며 살금살금 뒷걸음질 쳤다. 나중에 다시 만나는 한이 있더라도 지금처럼은 아니었다. 좀 더 마음을 가다 듬고 각오를 다진다면 모를까, 이 상태로 가다간 아무것도 할 수 없을 게 분명하다. 그러나 내 도주는 몇 걸음을 채 떼기도 전에 발각되고 말았다.

"설마 그대로 물러나겠다는 건 아니겠지요, 비슈발츠 영애?"

가면을 쓰고 있지 않은 황태자는 지극히 우아하고도 아름다운 얼굴을 가지고 있었다. 사나운 야성미를 가진 요염한 사내라더니, 어깨 위로 자유롭게 흩어져 내리는 머리카락이 그 매력을 한층 더 부각해 주고 있었다. 본성을 꿰뚫을 것처럼 날카롭게 번뜩이는 눈동자만 아니었다면 필시 그대로 몸을 던져 주어도 아깝지 않을 남자로 여겼을 것이다. 문제는 저 위험한 시선이다.

나는 입 안쪽의 여린 살을 몰래 깨물며 터져 나올 것 같은 한숨을 가까스로 참았다. 목에 칼을 대고 있는 것도 아닌데도 마치 보이지 않은 위협에 시달리는 것처럼 크나큰 두려움이 엄습하고 있었다. 그러므로 마침 계절이 가을이라 다행이었다. 여름이었다면 매우 수치스럽게도 얇은 치마 너머로 덜덜 떨리는 오금을 그에게 선보였을 것이다. 어깨 위로부터 스르륵 흘러내리는 커다란 숄은 간헐적으로 떨리는 손가락을 훌륭하게 감춰 주고 있었다.

나는 그와 최대한 시선을 마주하지 않으려고 애쓰며 어색하게 웃었다.

"물론 인사를 드리려던 참입니다. 하면 이대로 물러나도 되는지요."

"그전에 영애께 몇 가지 질문을 드리고 싶소만?"

"하문하시옵소서."

"그대의 의붓언니인 시스에 비슈발츠 영애 말이오, 그녀는 함께 오지 않았소?"

순간 심장이 덜컹거리며 멈추는 기분이었다. 나는 떨려 오는 목소리를 애써 가다듬으며 아무렇지 않다는 듯 대답했다.

"그녀는 지금 황후 폐하께서 주관하고 계신 낭독회에서 시를 읽고 있나이다."

거짓말이 거짓말을 낳고 있는 최악의 상황이었다. 나는 다시 한번 혀를 깨물어버리고 싶은 충동을 참으며 가빠지는 숨을 골랐다.

황태자가 나를 찾는 이유는 뻔했다. 아마도 가면무도회의 연장 선상일 테지. 그렇지 않으면 내가 왔는지 확인할 필요가 있겠는가? 그렇기에 이 은밀한 장소에서 '사실은 제가 시스에입니다'라고 밝힐 순 없는 노릇이었다. 스타킹에 둘러싸인 매끈한 다리를 그의 손에 쥐여 주고 싶지 않다면 말이다.

"그대는 왜 낭독회에 가지 않았소?"

"황후 폐하께서 자비를 베푸시어 잠시 휴식을 취할 시간을 주셨습니다."

"아아, 그래서 이렇게 시선도 못 마주치고 마치 가련한 새처럼 두려워하는군."

시선을 마주하고 싶지 않지만, 곁눈질로라도 볼 수밖에 없는 건 두려움을 확인해야 하는 필사적인 행태 때문이었다. 휴식과 평화가 없는 마음에 그나마 안정을 주는 건, 그가 아직 이를 드러내지 않았다는 확인뿐이었다. 그러니 과거의 기억과 마주하여 필사적으로 참는 것이다.

아아, 내게 이토록 공포라는 감정을 선연하게 심어준 이가 저뿐이 더 있을까? 어찌 보면 로에나가 준 절망보다 더 큰 무게감을 자랑하고 있었다. 그러니 자신에게 물어보지 않을 수 없는 거다. 과연 극복할 수 있을까, 하고. 저 사나운 늑대의 목에 목줄을 맬 수 있을까?

……로에나는 과연 어떻게 한 것인가.

"존귀한 분을 만났는데 어찌 선망하여 감히 떨지 않을 수 있겠나이까. 그저 어여삐 여겨 주시기를 바랄 뿐입니다."

"비슈발츠가에서는 상대와 대화하는 방법에 대해 더 열심히 공부하나 보오?"

"왜 그렇게 여기시는지요?"

내 질문에 황태자가 말했다. 그의 목소리는 웃음을 참는 모양새가 역력했다. 내 어떤 말이 그를 재미있게 만들어주었는지 몰라도, 귓가에 들려오는 소리는 젖은 것처럼 촉촉하면서도 한층 부드러워져 있었다. 좀 전의 딱딱한 말투와 위압감은 어디로 사라졌는지 모를 정도였다.

"그대의 의붓언니도 그대처럼 나를 아주 즐겁게 만들었거든."

그의 대답은 이상한 오해를 불러일으킬 여지가 충분했다. 난봉꾼이라 알려진 황태자라면 충분히 가능한 만한 일이었다. 하지만 대놓고 불만을 표시하지 않는 건, 그런 의미 따위는 전혀 모르는 순진한 소녀를 연기해야 하기 때문이었다.

나는 감사하다고 말하며 고개를 숙였고, 황태자는 다시 한번 하하하, 하고 크게 웃었다. 백작가의 영애를 놀려 먹은 즐거움 때문일까, 그의 목소리는 한층 더 들떠 있었다.

"언니를 어디에서 만났는지 궁금해하지 않는군. 나는 그대의 언니를 아주 잘 알고 있는데 말이오. 흥미롭지 않소?"

"아니요. 언니에게 직접 물어보면 될 일이라 생각하였기 때문입니다. 그러니 더는 여쭤볼 필요가 없는 것이지요."

"그럼 대화는 이쯤 하고, 이제 슬슬 온실을 안내해 드리면 되겠소?"

그가 손을 내밀었다. 검을 쥐지만 그 이상으로 잘 관리받은 탓인지 그의 손바닥은 생각 외로 보드랍고 매끈해 보였다. 곳곳에 박혀 있는 굳은살만 아니라면 철모르는 한량의 것이라 여겼을 정도였다.

"대화가 끝나면 물러가도 된다 하지 않으셨습니까?"

"온실을 걸으면서 나누는 건 대화가 아니오?"

"몸이 좋지 않아 그렇사옵니다. 아량을 베푸소서."

"그럼 내 얼굴을 바로 바라보며 말해보지 그러오?"

어느새 그의 그림자가 내 발끝을 적시고 있었다. 그것은 잠식하는 것처럼 느릿느릿 발과 발목을 통과하여 등 뒤에 늘어져 있는 내 그림자에게까지 성큼 다가왔다. 그동안 나는 얼어붙은 것처럼 서 있었는데, 기이하게도 단 한 발자국도 움직일 수 없이 완벽하게 통제당하고 있었다. 단단한 족쇄를 매단 것도 아닌데 말이다. 이제 그의 얼굴이 내 왼쪽 뺨으로 완만하게 기울어지고 있었다. 뜨거운 숨결이 귓불에 가까이 와 닿으며 어떠한 자극을 유도했다. 움찔하며 고개를 돌리려 해도 어느새 잡혀 버린 턱은 제구실을 전혀 못 하고 있었다.

"그저 눈만 돌리면 될 터인데? 그게 무어가 어렵다고 말이지."

귓가에 닿은 입술은 차가우면서도 뜨거웠다. 귀 아래의 턱선을 간질이는 입김조차 선연한 감각으로 다가오고 있었다.

"아니면 가면으로 내 얼굴을 가려 드리면 되겠소?"

수치스러움을 견디지 못하고 손을 들어 내 턱을 잡은 그의 손을 잡아 빼려고 할 때였다. 그가 먼저 내 눈을 가리고선 나직한 목소리로 속삭였다.

"사내란 여인의 사랑스러움을 눈동자에서 발견하는 법이라오. 그러니 다음에는 나를 제대로 봐주기를 바라겠소. 오늘은 이만 물러나 드리지. 내가 그렇게 불한당은 아니거든."

그러곤 어떠한 반응을 보일 새도 없이 그대로 지나쳐 걸어가 버리는 것이다. 나는 발갛게 달아오른 귓불과 목덜미를 손으로 문질러 닦으며 입술을 꽉 깨물었다. 고양이 앞의 쥐처럼 아무것도 못 하고 그대로 당해 버리기만 한 게 퍽 분하여 견딜 수 없었다.

하, 우스운 노릇이지. 눈앞의 두려움에 어찌할 줄 몰라 허둥대기만 하면서 그를 어찌하고 어찌해?

순간 절망감이 찾아들었다. 의구심에 고개를 들어 올리니 꼬리를 물 듯 불안감이 몸을 엄습하는 것이다. 결코, 우호적인 관계일 수 없는,

원하는 바를 이루고 나면 적보다 더 날카롭게 찢어지게 될 운명체.

이걸 저토록 위험하고 어려운 사내와 함께할 수 있을까? 그것도 처녀성을 담보로 하여 말이다. 자칫하면 나만 손해 볼 수 있는 상황인데. 무엇보다 더 비참한 건 아이레스 경 때와 달리 내가 먼저 그의 관심을 구걸해야 한다는 점이었다. 그러니 주저하지 않을 수 없다. 왜, 하필 저치만 나를 도울 수 있다는 결론이 나온 거지? 그야말로 우울함 그 자체다.

'그래서 하지 않을 거야?'

또 다른 내가 묻는다. 포기하라는 듯 살살거리는 게 마음을 흔들고 나약하게 만들고 있었다. 나는 주먹을 꽉 쥔 채 이를 옹송그려 물었다.

"아니, 그럴 순 없는 노릇이지."

그래, 내가 어떻게 여기까지 왔는데. 이렇게 바꾸고 있는데. 이제 시작인데! 그러니 결국 먼저 황태자에 대한 공포심부터 극복해야 할 터였다. 사내가 여인의 사랑스러움을 눈동자에서 본다 하지만, 여인 역시 이를 통해 남자의 욕망을 꿰뚫어 보므로 언제까지나 피할 순 없는 노릇이지 않나.

그러므로 최후에는 정말로 아무렇지 않은 것처럼 태연함을 가장하여 세상에서 가장 어렵고 야릇한 협상을 해야 할 것이었다. 오롯이 나만 이득을 볼 수 있게끔, 그렇게. 로에나가 했으니 나도 못 하라는 법은 없지 않은가. 즉, 미카엘 아이레스가 자의로 내 명예를 드높여 줬다면, 이오발데 디보쉬 에키나시아는 나로 인하여 자신을 낮추게 될 것이다. 아니, 그렇게 만들어야 한다.

"영애, 로에나 영애께서 찾으십니다."

어느새 다가온 건지 궁에 갔다 온다 말했던 시녀가 내게 황후의 낭독회가 끝났음을 알려 줬다. 그래선지 그녀의 손에는 가지고 온다던 다과가 들려 있지 않았다. 이는 매우 기막힌 타이밍으로 황태자와 함께 있는 걸 보였더라면 매우 민망할 뻔한 상황이었다.

나는 고맙다는 듯 고개를 끄덕이며 여상스러운 어조로 그녀에게 말했다.

"고마워요. 궁으로 안내해 주세요."

서늘한 바람에 귓불과 목덜미가 점차 식어 가고 있었다. 좀 전에 맛보았던 수치스러움도 함께 흩날렸다. 나는 조금 빠른 걸음으로 시녀의 뒤를 따랐다. 온실 안을 구경하지 못했지만 하나도 아쉽지 않았다. 시녀를 따라 궁으로 돌아오니 황후와 함께 서 있는 로에나가 보였다. 그녀는 매우 행복한 미소를 지으며 황후와 무어라 대화를 나누고 있었다.

황후는 내가 자신들의 지척에 다가왔을 때야 말하는 것을 멈추었다. 그리고 특유의 우아한 말투로 점잖게 물었다.

"휴식은 잘 취했소? 한결 나아 보이는구려."

바람으로 인해 발갛게 달아오른 뺨을 홍조라 여기는 건 아닐 터인데, 무얼 보고 저러는지 모르겠다. 어쨌든 생각해 주는 말투라 감사하다고 대답하는 수밖에 없었다.

황후는 계속 말을 이어 나갔다.

"그대들과 좀 더 같이 있고 싶지만, 아직 어린 소녀들을 자택에 늦게 보내는 건 아니라는 판단이 들어 먼저 보내기로 하였으니 섭섭하다 여기지 마시오. 무엇보다 시스에 영애를 초대하는 건 너무 일렀던 것 같아, 그저 미안할 따름이오."

순간 헛웃음이 튀어나올 것만 같았다. 왜 돌아가는 것을 배웅하나 싶었더니 결국 이 말을 하기 위함이었다. 어처구니가 없어 무어라 대답조차 하지 못하자 로에나가 재빠르게 입을 열어 말했다.

"아닙니다. 그리 여기지 마시옵소서. 시스에가 긴장하여 그랬던 것일 뿐, 어찌 그게 풀케르께서 미안해하실 일이 된단 말입니까?"

"하지만 모두의 앞에서 불행한 일을 겪었다는 건 변하지 않소. 내 배려가 독이 되었다는 증거지. 그러니 이후 충분한 준비가 되었을 때 다시 만나도록 합시다. 그때는 한결 더 나아진 모습을 보여 주지 않겠소? 자, 마차가 준비되었다고 하니 이만 가 보도록 하시오."

로에나와 나는 황후에게 공손히 예를 올렸다. 황후는 인사를 무덤덤하게 받다가 내가 고개를 들어 올렸을 때 문득 생각이 났다는 듯 한마디를 더 던졌다.

"시스에 영애, 가끔 어른의 조언을 받아들여야 하는 날도 있는 법이라오. 이를 잘 알아주었으면 좋겠군. 그리고 돌아가 그대의 동생이 보여 준 아름다운 우애에 감사토록 하시오."

뼈 있는 말에 아무런 대답조차 할 수 없었다. 그저 떨어뜨리듯 고개를 숙이는 수밖에. 모멸감으로 이가 덜덜 떨려 왔지만 할 수 있는 일이라곤 맥없이 웃음 짓는 것뿐이다. 목덜미가 다시금 뜨끔해지고 있었다.

황후는 그제야 볼일이 끝났다는 듯 몸을 돌려 걸어가기 시작했다. 그런 그녀의 등 뒤로 시녀들이 자연스레 따라붙었다. 왼쪽 기둥에서 에머리 닐람이 걸어 나와 황후의 왼편에 서는 건 실로 예상치 못한 일이었다. 그렇게 황후의 옆에서 걷던 에멀리 닐람이 돌연 고개를 돌려 자신을 바라보는 나에게 무어라 말했다. 단순히 입술을 달싹거리는 정도라 그게 어떤 의미인지 알 수 없었지만, 전하려는 의도는 확실해 보였다. 조롱이었다.

"시스에, 뭐 하는 거야? 돌아가야지. 아쉬움이 남더라도 어쩔 수 없어."

로에나가 나를 불렀다. 나는 몸을 틀어 그녀를 바라보았다. 그의 아름다운 얼굴은 감출 수 없는 흥분과 기쁨으로 물들어 환하게 반짝이고 있었다.

……동생의 우애에 감사하라고?

나는 로에나를 향해 고개를 끄덕였다.

"그래, 가자."

마차가 움직이는 동안 로에나와 나는 한 마디 말도 하지 않았다. 그녀는 예의 부드럽고 온순한 얼굴로 창밖을 응시하며 침묵하고 있었고, 나는 황후가 말했던 '우애'의 부분에 신경을 쓰느라 다른 것에 관심을 둘 여력이 남아 있지 않았다. 침묵이 깨어진 건 로에나가 먼저 입을 열어서였다.

"걱정하지 않아도 돼. 우리는 어려움을 잘 헤쳐 나갔으니까."

"뭘 말이니?"

"소문을 걱정하는 거 아니었어?"

"별로 걱정할 일도 아니지 않아?"

내 말에 로에나가 믿을 수 없다는 듯 두 눈을 크게 깜빡였다. 눈가에 부풀어진 술처럼 큼직하게 매달려 있는 속눈썹이 우아하게 팔랑이며 저의 크고 동그란 눈동자를 강조한다. 로에나는 흥분으로 높아진 목소리를 점잖게 가다듬으며 짐짓 충고하듯 말했다.

"별일이 아니라니! 네 명예에 직결된 가장 큰 문제였어. 사람들이 너를 오해하면 어떻게 하니? 시스에, 이건 정말 큰일이란다. 그러니 원만하게 잘 해결되었음에 우리는 희열을 맛보아야 해."

"무슨 해결?"

"지적인 품행에 대한 원만한 검증이 결국 스스로의 무지를 인정하게 하였다는 것과, 이를 너그럽게 묵인하는 아량을 베풀어주었다는 것. 이 두 가지를 말이지."

"그러니까 너 역시 내가 시 하나 제대로 읽지 못하는 얼간이라 생각한다는 거니?"

"세상에."

그녀는 손바닥으로 가슴 언저리를 짓누르며 중얼거렸다. '얼간이라니!' 로에나는 이 단어를 차마 혀로도 못 굴리는 것 같았다. 그도 그럴 것이 제가 이런 말을 들은 적이 과연 몇이나 될까? 스스로를 욕되게 하는 속어에 놀라지 않는 게 오히려 이상할 정도였다.

"시스에, 숙녀라면 그러한 말을 쓰지 않아야 해. 그건 너무 삿된 말이야."

나는 나를 가르치려고 드는 로에나의 행동에 울컥 화가 치밀어 올랐지만 꾹 참았다. 의자 사건은 전부 다 잊어버렸는지 모든 책임을 나에게 전가하는 듯한 모습을 보이는 것 같아 더욱 그랬다.

하, 저 순진하면서도 묘하게 의기양양한 태도라니. 그녀는 여전히 스스로에게 너무 관대하다. 그렇기에 구역질이 나는 건 어쩔 수 없는 일이었다. 하지만 이에 대해 격렬한 논쟁을 나눌 수 없는 건 그녀가 구제하지 못할 정도로 자신만의 생각에 갇혀 살기 때문이다.

일방적인 평행선에 그 어떤 접점이 있단 말인가? 누군가 굽히지 않는 이상 서로의 사고가 융화되기 어려울 텐데, 안타깝게도 모두가 찬양해 마지않은 아가씨에게는 그것이 죽기보다 더 어려운 일일 터였다. 그렇다고 해서 내가 굽혀야 한다는 이유도 없고 말이다. 그러니 계속 저런 식으로 나아가라지. 그래서 다른 것으로 대화의 주제를 바꿨다. 이 이상의 심적 소모는 사양이었다.

"좋아, 그 부분은 넘어가자. 앞으론 더 나아지겠지. 어쨌든 이야기를 계속해 봐. 아량이라는 건 무슨 의미니?"

로에나는 새롭게 바뀐 주제가 퍽 마음에 드는지 얼굴 가득 홍조를 띤 상태에서 말을 하기 시작했다. 뭐. 저 나름대로 흥분을 감추려고 퍽 애쓰고 있었지만, 한 톤 높아진 목소리나 섬벅섬벅하게 움직이는 눈이 그녀의 기분을 잘 말해주고 있었다.

그녀의 말에 의하자면 내가 나간 이후로 시 낭송을 아주 훌륭하게 했으며, 이에 대한 칭찬으로 선물을 하나 주겠다는 말을 들었다고 한다. 그래서 로에나는 선물은 필요 없으니 나에 대한 불필요한 소문이 돌지 않게끔 도와 달라며 황후에게 간곡히 요청했다고 자랑스레 말했다. 스스로의 의기가 대견하다는 듯 그녀의 표정은 뿌듯함으로 가득 차 있었다.

"그러니까 이제는 걱정하지 않아도 돼."

저도 귀족가의 영애인지라 사교계에서 소문이 돈다는 게 얼마만큼 무서운 일인지 확실하게 인지하고 있는 모양이었다. 아니, 마담 드 라 발리에와 함께 느뮤즈 모임에 다니고 있으니 모르는 게 더 이상할 정도다.

"네 소문은?"

"내 소문? 무얼?"

나는 의자의 일은 쏙 빼놓고선 순진하게 고개를 갸웃거리는 그녀의 태도에 헛웃음을 지었다. 로에나는 진실로 그 일마저 나의 잘못이라 생각하는 것일까? 황후가 의도한 대로 말이다.

"의자 잘못 앉은 것 말이야. 생각나지 않는 거니?"

"별로 개의치 않아. 어차피 시스에를 도와주려다가 벌인 실수라 그렇게 속상하지도 않은걸."

"그건 무슨 의미니, 로에나?"

"내가 먼저 인사를 했으니 의자도 내가 더 안쪽으로 앉아야 한다고 생각한 것뿐이야. 긴장으로 인해 잘못된 판단을 한 거지. 하지만 준비가 안 된 너를 위한 행동이었다는 건 변하지 않아."

순간 아차 싶었다. 그녀의 교활한 의도에 한 방 먹은 느낌이었다. 물론 천진한 성격상 대놓고 노렸을 리는 없지만, 기막히게 잘 유도된 상황이 오히려 내게 더 불리하게 작용하고 있었다. 스스로의 무지함을 폭로하고 싶지 않은 이상 내가 로에나의 잘못을 떠벌릴 수 없을 테니까. 무엇보다 황후의 사람들이 내가 아닌 그녀를 노릴 리가 없으므로 결국 이 사건은 언제까지나 침묵 속에 자리할 터였다. 그러니 이렇게 태연한 얼굴로 나를 바라볼 수 있었던 것이다.

"……만약 다른 사람들이 떠벌린다면 어떻게 하려고 그래?"

"고모님이 계신 이상 그러지 않을 거야."

이 이상 확신할 수 없다는 듯 단호하게 말하는 그녀의 태도에 입이 바짝바짝 마르고 있었다. 그래서 다시 물었다.

"그럼 왜 나는? 나는 왜 소문내지 말라고 부탁해 준 거야? 나의 고모님이기도 하잖아."

그러자 로에나가 곤란하다는 표정으로 나를 바라봤다. 그녀의 얼굴에는 말로 다 표현하지 못할 무언가의 단절이 깊게 자리하고 있었다.

"시스에⋯⋯."

딱하다는 듯 나를 부르는 목소리 또한 그랬다.

잠시 침묵이 흘렀다. 마른침이 입안에 가득 고이고 있었다. 나는 치밀어 오를 것 같은 한숨을 삼키며 다시 입을 열었다.

"⋯⋯너도 그렇게 여기고 있는 거야?"

"그렇진 않지만, 그래도!"

"그래, 고모님을 따라야 하는 게 맞는 거니까."

애초에 기대감조차 가지지 않았던 게 사실이다. 라발리에가 백작가를 떠나갈 때 이미 끊어진 연이라 생각하지 않았던가. 과거에 비한다면 이만큼 봐준 것만 하더라도 기적이라 할 수 있었다. 하지만 사교계에까지 만연하게 뿌리 내린 차별에 입맛이 못내 씁쓸해지는 건 어쩔 수 없는 노릇이다.

"맞아, 네가 고모님의 말을 따라야 하는 건 당연한 일이야. 이해해. 문제는 낭독회에 있는 사람들이 알아버렸다는 거지. 나조차 지금 안 사실을 말이야. 그게 더 치명적이란 걸 아니?"

"시스에, 그런 게 아니야. 사람마다 받아들이기 힘든 부분이 있잖니. 고모님에게는 이게 그러한 일일 테고."

"그렇고말고. 풀케르께서 언급하신 대로 네 우애에 깊이 감복하고 있는 참이란다."

나는 손을 뻗어 로에나의 손을 붙잡았다. 백작가에 들어온 이래 내가 저에게 손을 내민 건 처음이라 로에나는 조금 안도하는 눈치였다. 그래서 계속 말을 이어 나갔다.

"그러니 다른 사람에 대한 변명을 내게 굳이 하지 않아도 된단다. 네 시선을 내게 강요하지 말아 달라 부탁하는 거야. 나도 보고 있는 참이니까."

순식간에 그녀의 얼굴에서 미소가 사라졌다. 로에나가 천천히 입을 열어 내게 되물었다.

"보고 있다니? 무슨 말이야?"

"고맙다는 뜻이란다. 네 가상한 노력에 기뻐하고 있다는 소리야. 명예를 지켜 줘서 정말로 감사하게 여기고 있어."

로에나가 손을 비틀어서 빼려고 했다. 그녀가 나에 대한 접촉을 피하는 건 오늘이 처음이었다. 하지만 나는 맞잡은 손에 힘을 주고선 저가 도망가지 못하게 만들었다. 그리고 로에나의 식대로 환하게 웃으며 속삭였다.

"사냥터에서 그랬듯 너는 내가 아닌 비슈발츠가의 이름을 지킨 거야. 나를 위한 행동은 그 어디에도 없지만. 그러니 자랑스러워하렴. 작은 위선자야. 아아, 이 얼마나 대견스러운 일인지!"

동시에 마차가 멈추었다. 정문에는 많은 사람이 마중 나와 있었다. 나는 로에나의 손을 잡고 있었던 손에 힘을 빼고서 옷매무시를 가다듬었다. 그녀는 얼어붙은 것처럼 그대로 멈춰 있었다.

"정신 차리렴. 이제 내릴 시간이야."

마차 문이 열렸다. 나는 마부의 에스코트를 받으며 마차에서 내렸다.

어머니는 내 얼굴이 보이자마자 체면도 잊은 채 달려왔다. 그러고는 자신의 품 안으로 끌어당기며 뺨에 키스를 해주는 것이다. 백작 부인이 하는 행동치곤 너무나 발랄했지만, 이 순간만큼 그녀의 행동에 대해 인상을 찌푸리는 사람은 없었다.

"잘 다녀왔니? 어땠니? 즐거웠니?"

"실수가 없었던 건 아니에요. 하지만 로에나의 도움을 많이 받았어요."

"그러니? 정말 다행이구나. 그런데 로에나는 왜 이렇게 얼굴이 창백한 거니?"

나는 천연덕스러운 어조로 어머니께 말했다.

"풀케르의 앞이잖아요. 긴장하지 않을 수 없죠. 워낙 여린 아이잖아요. 잠시 쉬면 괜찮을 거예요."

"오, 그래. 그렇지. 그럼 쉬어야겠구나."

어머니는 황궁에서 있었던 일에 대해 몹시 궁금해하는 눈치였다. 하지만 로에나의 얼굴이 좋지 않고, 나 역시 피곤해하는 모습을 보이니 더 이상 잡고 있을 수 없다고 생각한 모양이다. 그래서 로에나와 나는 어머니께 인사한 뒤 각자의 방으로 들어갈 수 있었다.

"아가씨가 입궁하셨을 때 편지가 왔어요."

마리는 내가 드레스를 벗기도 전에 화장대 위에 올려 있던 편지를 건네주었다. 나는 겉면의 인장으로 그것이 샤토루가 보낸 것임을 알았다. 페이퍼 나이프로 겉면을 찢은 다음 속 내용을 살펴보니 아주 가관이었다. 내용의 대부분이 황후에게 초대를 받아 입궁한 나에 대한 욕으로 가득했으니까. 그녀는 내게 비겁한 변절자라고 말했다. 황후의 초대를 과감하게 거절하지 못한 겁쟁이라고 비난했다. 자신이었더라면 풀케르에게 가지 않았을 거라 말하며 그에게 모욕을 당할 게 분명하다고 장담하는 것이다. 괴발개발 써진 글자는 그녀의 분노가 얼마큼인지 선연하게 보여 주고 있었다.

『모두 내가 황궁에서 쫓겨날 거라 수군거리고 있어요. 내 이름이 붙은 성에 가서 비참한 말년을 보낼 것이라 즐거워하고 있죠. 그렇기에 지금이라도 궁 안의 집기들을 팔아서 보석이나 금화로 바꾸라고 조언하는 사람도 있답니다. 하지만 내가 이대로 물러날 것 같나요? 모든 사내란 육체적인 유혹에 약한 법이죠. 나는 이러한 일에 관한 한 아주 뛰어난 전문가예요. 두고 봐요. 폐하는 다시 내게로 돌아올 테니까. 그 풋내 나는 어린것은 날 따라올 수 없죠.」

나는 그녀의 확신이 어디에서 기인된 것인지 짐작조차 할 수 없었다. 분명 며칠 전만 하더라도 플랑드르 남작 부인에게 소리를 내지르며 화냈지 않은가. 그런데 편지의 후반부로 가면서부터 까닭 모를 여유가 묻어나고 있었다.

사내의 마음을 얻는 게 그렇게 쉬운 일인가? 만일 그랬더라면 황후는 진작부터 행복해졌을 것이다. 하물며 늙은 마당에도 여자를 밝히는 황제임에랴. 신선한 육체에 끌리는 건 당연한 일이었다.

어쨌든 편지에 드러난 장담대로 다시 황제의 총애를 잡아챌 수 있다면 좋은 일일 테다. 나는 진심으로 그녀가 그럴 수 있기를 바랐다. 그렇다고 해서 내가 다시 샤토루와 합치는 일은 없겠지만 말이다. 마담 드 샤토루의 복권이 이루어진다 하더라도, 그게 또 언제 끊어질지 모르는 위태한 권력이기에 마냥 안심할 수 없었던 것이다.

사실 막 돌아왔을 때는 과거의 기억을 믿었기에 그녀가 매우 단단한 대지이며 반석인 줄 알았다. 하지만 이번의 사건을 통해 내가 눈치챌 사이도 없이 미래는 유동적으로 변하며, 한 치 앞을 내다볼 수 없는 안개와 같음을 깨달았다. 그러므로 샤토루에게 바랄 수 있는 것은 그녀의 장난스러우리만치 잔혹한 습성일 테다. 재미로 사람들을 골리고 고문하고 괴롭히는, 못된 본질 말이다. 그리고 예전처럼 사교계를 마구 휘저어준다면, 나는 관람객처럼 즐겁게 관람할 자신이 있었다.

"아가씨, 답장 안 쓰세요?"

"마리, 무슨 편지를 이야기하는 거지? 목욕물부터 준비하렴. 세릴,

욕실에서 안마를 받고 싶구나. 블랜, 너는 침실을 미리 정리해 둬. 알
겠니?"

　나는 뜯어진 편지를 곱게 접어 화장대 서랍에 넣었다. 그러고는 언
제 편지를 받았냐는 것처럼 태연스레 옷을 벗었다.

2장
건국제

준비가 되면 부르겠다는 소리가 허언은 아니었는지 초대를 받은 후 몇 달이 지났어도 황후 궁으로부터 편지가 다시 오는 일은 없었다. 아무래도 황후는 한 번의 만남을 통해 나에 대한 소용을 결정한 모양이다. 당장 써먹을 수는 없지만 필요하다면 언제고 다시 부를 수 있는, 그런 패로 여긴 것이다.

이는 나에게 있어 매우 반가운 일로, 더는 수모를 당할까 봐 걱정하지 않아도 된다는 말과 같았다. 그녀가 지금이라도 당장 나를 부른다면 꼼짝없이 입궁해야 할 판이니까 말이다. 이번에야 요행으로 어찌어찌 수습되었지만, 다음에도 그런 행운을 바랄 수 있을진 장담하기 어려웠기 때문이다. 그런데 이렇게 오랫동안 잠잠하니 안도하지 않을 수 없었다. 미리 준비하며 지내던 나날이 무색해지는 순간이다.

반면 마고네는 로에나에게 황후의 초대가 다시 오지 않음을 무척 안타까워했다. 특히 마고가 가장 그랬다. 이 늙은 너구리는 로에나의 아리따운 미모와 재기발랄한 말투라면 황후를 충분히 사로잡을 수 있을 거라 생각한 모양이었다. 그래서 두 번째 초대가 오지 않음을 의아하게 여기며 조바심을 내었다. 나만 하더라도 샤토루에게 여러 번 다녀왔는데, 하물며 로에나는 더 환영받지 않겠냐고 은근히 기대한 것이다.

그러나 아무리 기다려 봐도 좋은 소식이 오는 일은 없었다. 로에나가 황후 궁에서 얼마나 빼어난 모습을 보였는지에 대한 소문 또한 돌지 않았다. 초대를 받아 갔던 게 마치 꿈이라는 것처럼 잠잠하기만 했다.

보통 사람이라면 이제 더는 편지가 오지 않겠거니 하면서 포기했을 것이다. 하지만 마고는 그렇지 않았다. 아니, 못 했다. 고집과 아집으로 똘똘 뭉친 늙은이는 로에나의 방문이 실패했음을 믿지 못하는 것 같았다. 그래서 하루에도 몇 번씩 아랫사람을 닦달하여 궁에서 날아온 편지가 없는지 살펴보게 했다. 거기에는 마리네가 자신을 골탕 먹이려고 편지를 숨긴 게 아닌가 하는 의심이 섞여 있었다.

"정말 노망났나 봐요. 지독한 할망구 같으니라고!"

마리는 자신을 볼 때마다 사나운 눈초리로 훑어보며 로에나에게 온 편지가 없냐고 물어보는 마고 때문에 미치겠다고 말했다. 매번 감시에 가까운 눈치를 받으니 못 살겠다는 것이다.

"이젠 저를 아예 편지 도둑으로 모는 거 있죠? 아가씨, 제발 어떻게 좀 해주세요. 숨이 턱턱 막히는 것 같아요."

안타깝게도 마고가 받을 수 있었던 건 로에나의 친구들이 보낸 안부 편지뿐이었다. 황실의 것으로 보이는 편지는 하나도 보이지 않았다. 그렇기에 마고는 매번 허탈한 표정으로 돌아서야 했다. 마리와의 갈등도 점차 악화되었다.

그러는 동안 가을이 훌쩍 지나가 겨울의 초입에 들어서고 있었다. 이제는 눈이 내려도 이상하지 않을 것만 같은 날씨다. 블랜이 '마녀'에 대해 이야기한 것도 이즈음이었다.

"아가씨, 마녀라고 혹시 아세요?"

내 머리를 빗겨 주던 그녀가 문득 생각났다는 듯 내게 말했다.

"마녀?"

나는 화장대를 집게손가락으로 톡톡 내려치며 '마녀'라는 말을 중얼거려 보았다. 과거 마녀를 찾아가 '사랑의 묘약'을 받아 온 전적이 있으므로 그를 모를 리가 없었다. 나는 왜 묻느냐는 듯 블랜을 응시했다.

"요즘 마녀라고 불리는 노파에게 약을 받아 오는 게 유행이래요. 못하는 게 없다는데요? 점술은 물론 저주도 내릴뿐더러 심지어 낙태까지 가능하게 해준대요."

지금껏 제국의 사람들에게 있어 점은 와구스(Vagus:떠도는 점술가)에게 보는 것이 일반적이었다. 뼈가 보일 정도로 거칠고 마른 피부에 등이 살짝 굽어 있는 그들은 세상을 떠돌아다니면서 유랑하는 민족으로, 매번 입버릇처럼 별의 인도를 찾아 떠돈다고 하였다. 자연의 신비한 힘을 빌려 미래를 엿본다 말하는 그네들의 점은 제법 잘 맞아떨어지는 편이라 귀족 부인들 사이에서 인기가 좋은 편이었다.

마녀가 나타난 것은 이즈음이었다. 그녀는 와구스와 달리 악마의 힘을 빌려 주술적인 것을 행한다고 주장했다. 그리고 자신은 와구스가 할 수 없는 저주나 낙태, 사내아이를 잉태하는 것 등의 위험한 일도 할 수 있다고 떠들었다. '사랑의 묘약'은 마녀가 가장 자랑하며 내세우는 품목이었다.

돌아오기 전의 나는 마녀를 은밀히 찾아가 할버드 경의 마음을 사로잡을 수 있는 묘약을 구입한 적이 있었다. 그를 가지기 위해 지푸라기라도 잡는 심정으로 그녀를 찾아간 것이다. 그래서 도심 끝에 자리한 낡은 집에서 커다란 냄비 안에 박쥐 가루, 쥐꼬리, 개구리 뒷다리 등의 온갖 기묘한 것을 집어넣는 노파를 바라보며 간절하게 기도했더랬다. 할버드 경이 나를 사랑하게 해달라고. 금화 2개나 되는 거금을 그 묘약에 아낌없이 지급하면서 말이다. 뭐, 그게 엉터리 약이라는 건 나중에 알긴 했지만.

그러고 보니 마녀로 인해 무언가 큰 사건이 하나 터졌었지? 사교계 사람들이 암묵적으로 쉬쉬하며 저마다 입을 다물게 했던 무언가가 일어났던 걸로 알고 있는데 말이다. 그게 뭐였더라?

"아가씨?"

"아, 그래. 마녀에 관해 물었었지? 그건 왜 물어보니?"

"이번 건국제에 마녀가 나타나서 예언한다고 해요. 그래서 도심이 난리예요. 와구스도 예언은 감히 못 하잖아요. 그런데 그걸 악마랑 계약한 노파가 한다고 하니 죄 두려움에 떨고 있는 모양이에요."

블랜은 제법 신이 난 것인지 쾌활한 목소리로 떠들어 댔다. 마녀는 믿지 않는 눈치지만, 그녀가 어떤 예언을 할 것인지는 매우 궁금한 듯했다.

"그러고 보니 곧 건국제로구나."

보통 축제라 함은 수확이 끝난 가을날에 열리는 게 일반적이다. 날이 맑고 좋으며 풍요로운 음식이 가득한 가을이야말로 모두가 함께 즐길 수 있는 계절이기 때문이다.

그러나 건국제만큼은 달랐다. 제국을 세운 것이 겨울 이맘때인 데다가, 혹독한 추위를 견디면서 나라의 기반을 닦았다는 게 제국인들의 자부심으로 통용되고 있어서다. 자연에 굴하지 않는 강인한 정신력과 끈기, 나라를 위해 단합할 수 있는 위대한 정신이 겨울이라는 계절을 통해 잘 드러났다고 생각해서였다. 그래서 매년 겨울에 개국을 축하하는 다양한 행사를 벌이며 함께 어울릴 수 있게 만들었다. 특히 기사들 간에 벌이는 시합은 건국제의 꽃이라 할 수 있었다.

"네. 할버드 경은 이번에도 시합에 나가시겠죠? 분명 우승하실 거예요."

"이번에는 아이레스 경도 나왔으면 좋겠어요. 그래야 떠들어 대기 좋아하는 사람들의 코를 납작 눌러 주죠."

마리가 탁자 위에 꽃병을 내려놓으며 말했다. 블랜이 그녀의 말에 맞장구쳤다.

"그래, 네 말이 맞아. 이번에는 아이레스 경이 나와야 해. 작년에는 불참했잖아."

작년이라면 내가 백작가에 들어오기 전의 일이다. 그때는 먹고살기 바빠 건국제에 나가 놀 엄두조차 못 내던 실정이었다. 그래서 건국제가 뭔지, 어떤 행사가 있는지 전혀 알지 못하였다. 그저 시끌벅적한 광장을 바라보며 마냥 부러워할 뿐이었다. 그렇다고 해서 백작가에서 맞이하는 첫 건국제를 잘 보낸 것도 아니었다. 어리석은 자존심 때문이었다. 나는 그저 그런 기사가 호위하는데, 로에나에게는 할버드 경이 붙어 있으니 견딜 수 없었던 것이다. 미치지 않고서야 그걸 맨정신으로 바라볼 수 있겠는가.

그래서 아프다는 핑계로 불참했다. 걱정하는 어머니께 버럭버럭 소리를 내지르며 안 가겠다고 생떼를 부렸다. 나가고 싶었지만, 너무나 놀고 싶었지만, 그놈의 자존심이 뭔지 물건을 던지는 행패를 부려서까지 꾹꾹 참았다. 그러곤 이불 속에서 숨죽인 채 울며 시합을 하는 그의 모습을 떠올리지 않으려고 무척 애를 썼다. 그렇기에 할버드 경이 검술 대회의 최종 우승자이며, 우승을 확정 짓자마자 로에나가 준 손수건을 품에서 꺼내어 경건하게 키스했다는 것을 아주 나중에 알게 되었다. 그녀에게 우승자의 화관을 씌워 줬다는 것 또한. 이것도 하녀들이 지나가면서 떠들어 댔기 때문에 겨우 알 수 있었던 사실이었다.

이후 저택 내에 그의 우승을 축하하는 작은 연회가 열렸지만, 이 또한 바쁘게 움직이는 하녀들을 통해 알게 된 것이지 그렇지 않으면 전혀 모를 뻔하였다. 아무도 내게 몸이 나아졌는지, 연회에 참석할 수 있는지에 대해 물어보러 오지 않았기 때문이다. 심지어 어머니조차도 나를 챙길 생각을 하지 못한 것 같았다.

아아, 열린 창문을 타고 흘러들어 오는 웃음소리에 어찌나 서글프던지……. 재미없고 따분할 것이라고 되뇌며 귀를 막는 내 모습이 아직도 눈에 선하다. 비슈발츠가에 들어와 처음 맞이하는 건국제인데 나의 삐뚤어진 자존심으로 인해 엉망이 되어버린 것이다. 그러니 돌아온 지금에도 그에 대해 아는 게 있을 리 만무하다. 아이레스 경이 작년에 불참했었다는 것도 조금 전에 처음 안 사실이었다.

"아이레스 경이 왜?"

내 질문에 블랜이 쾌활한 목소리로 냉큼 대답했다.

"작년에 아이레스 경이 나오지 않아서 할버드 경이 우승했다고 말하는 사람들이 있었거든요. 그래서 그런 거예요. 어머나, 그리고 보니 아가씨! 이번에 아이레스 경이 나오면 아가씨는 그분에게 손수건을 던져 주시겠네요?"

"실없는 소리 말고 머리나 계속 빗으렴."

내 타박에 블랜이 입을 꾹 다물고선 머리를 빗는 손에 박차를 가했다. 나는 화장대 위를 계속 손가락으로 가볍게 두들기며 눈을 섬벅섬벅하게 움직였다.

그때 마리가 조용히 내게 다가와 작은 자기 병 하나를 내밀었다. 나는 그녀에게 이게 무엇이냐고 물었고, 마리는 음흉한 미소를 지으며 대답했다.

"블랜이 말한 마녀요, 제가 한번 찾아가 봤거든요. 이거 가슴을 커지게 하는 약이래요."

뚜껑을 살짝 열어 안을 들여다보니 갈색의 끈적이는 액체가 고이 담겨 있었다.

"이걸 바르면 가슴이 커지고 탄탄해진대요. 그래서……."

"정말로 바를 거니?"

마리가 침묵했다. 나는 그것이 긍정의 의미임을 깨닫고 나직이 혀를 찼다.

"이상한 피부병에라도 걸려 봐. 다신 내 앞에 서지 못하게 할 테야."

그럼에도 그녀를 만류하지 않는 건 결과가 궁금했기 때문이다. 뭐, '사랑의 묘약'은 거짓인 걸로 판명되었지만, 저 약만큼은 효과가 있을지 누가 안단 말인가. 게다가 저 끈적이는 걸 가슴에 바르며 얼굴을 찡그릴 마리를 생각하니 재미있을 것 같기도 하고 말이다.

마리는 내 말에 세상을 다 얻은 것처럼 기뻐했다. 그리고 그런 그녀의 모습을 세릴과 블랜이 호기심 어린 눈동자로 바라보고 있었다. 이후 그 물약을 꾸준히 발랐던 것인지, 어느 날 마리가 제 가슴을 내려다보며 뜬금없이 '조금 커진 것 같아요'라고 중얼거렸다. 내가 보기에는 별다를 바 없이 처참한 수준이었지만, 그녀는 매우 뿌듯하다는 듯 어깨를 펴고 있었다. 마리는 곧 저택을 돌아다니며 다른 사람들에게 마녀의 솜씨가 제법이라는 소문을 내기 시작했다. 무엇 때문인지는 모르겠으나 그녀는 늙은 마녀에 관한 한 맹신에 가까운 열성을 보이고 있었다. 우습지도 않게 말이다.

어머니는 이번 검술 시합에 아이레스 경이 참가한다는 소문을 듣자마자 그에게 줄 손수건을 만들어야 한다며 억지로 새 자수틀을 가져다주었다. 저번에 손을 다치는 바람에 선물해 주지 못하였으니 이번에는 꼭 만들어야 한다는 소리를 내뱉으며. 저택 내 대부분의 사람은 아이레스 경이 대결에 나서기 전 내게 손수건을 달라 청할 거라 확신하고 있었다.

"건국제에 입을 드레스도 맞춰야겠죠? 보석은 어떻게 할까요? 세상에. 벌써부터 떨리는 것 같아요."

"모두 아이레스 경과 아가씨를 보면서 부러워하겠죠? 아름다운 한 쌍이라고 말이에요. 저번에 요넬이 저에게 로에나 아가씨에게는 할버드 경이 있다고 마구 약 올리지 뭐예요? 그래서 저도 이렇게 말해줬죠.

우리 아가씨에게는 아이레스 경이 있다고요."

"그게 뭐 어떻다고 그렇게 떠벌리고 다니는 거니? 잔말 말고 수나 계속 놓으려무나."

내 핀잔에 마리네가 이크 하는 표정으로 입을 꾹 다물었다. 나는 고개를 설레설레 내저으며 길게 바늘을 빼내었다. 어느새 수틀에 걸린 천에는 아이레스 가문의 문장이 선연하게 떠올라 있었다.

건국제가 다가오면 다가올수록 마리네의 흥분도 거세어져 갔다. 그들은 들뜬 표정으로 이전의 경험을 이야기하며 재잘대었다. 이것은 건국제에 관해 아는 것이 거의 없는 내게 있어 아주 좋은 정보가 되었다. 이번처럼 저들의 수다가 즐겁게 느껴지기는 처음이었다.

"거리마다 먹을거리가 넘쳐 나요. 골목의 곳곳에서는 광대가 공을 굴리고 있답니다."

"귀부인들의 행사는 늦은 오후에 시작되므로 나리들이 오수를 즐기실 때 저희 같은 하녀들은 잠시 바깥으로 나가 축제를 즐기고 온답니다."

"그러고 보니 저번에 알랭 남작 부인이 카드놀이에 목걸이를 걸었다가 크게 속상해했다고 하더라구요. 보통 피뉴스(Pignus)라고 물건을 내기에 거는 카드놀이를 많이들 하세요. 아가씨도 내기에 걸 만한 물건 하나를 지참하시는 게 좋아요."

"뭐, 평민처럼 분장하고 거리의 축제를 즐기시는 분도 많답니다. 허셜가에서 일하는 제 친구의 말에 의하면 자작 부인이 몇 번이나 그렇게 분장하고 나가셨다고 해요. 무척 재미있었대요."

"그래서 아가씨, 드레스는 언제 사러 가실 거예요? 도비네 부인의 상점은 벌써부터 예약이 밀려 있을 거라구요. 그러다 옷을 못 사시면 어쩌려고 그러세요?"

나는 대답 대신 화장대의 서랍을 바라보았다. 그 안에는 샤토루가 보낸 편지 몇 통이 차곡차곡 쌓여 있었다. 그녀는 내가 답장하지 않은 게 황후의 농간이라 생각한 모양인지 몇 번이나 분노에 가득 찬 편지를 보내 나와 황후와 사교계 사람들을 욕했다. 그러면서 말미에는 황제의 마음을 돌려놓을 준비가 잘되어 가고 있다는 자랑을 꼭 써 놓았다.

"아가씨?"

"적어도 점심 이후에는 나가 봐야 하지 않을까 싶은데? 미리 마차를 준비해 두렴."

샤토루의 칩거는 대부분 사람에게 환영받았지만, 이마저도 오래가진 못했다. 그녀만큼 음탕하고 재기발랄하며 엉뚱한 장난을 좋아하는 여인은 없었기에 사교계의 재미가 많이 사라진 것이다. 플랑드르 부인은 아름다운 창녀였지만 모두의 가십이 되기엔 많이 부족한 여인이었다. 그녀는 전임자의 능력을 전혀 따라가지 못했다.

디뵌젤 공녀는 내게 보낸 편지로 이러한 상황을 즐겁게 꼬집었다.

『놀랍게도 그녀는 사교계 사람들에게 있어 '즐거움' 그 자체였던 것 같아요. 그래선지 요즘 어떤 모임을 가든 조롱할 거리가 없다며 시무룩해하는 사람들을 만나 볼 수 있답니다. 재미있게도 말이에요. 벌써부터 플랑드르 남자 부인과 샤토루 부인을 비교하면서 이전이 그립다고 외치는 이가 나오고 있으니 말 다 한 거지요. 나이 많으신 귀부인들은 별로 상관없어 보이지만요. 이것은 누구의 승리라 볼 수 있는 걸까요?

어쨌든 종종 존귀하신 폐하께옵서도 아주 지루해하시는 것 같다는 생각을 해버리고 만답니다. 무엄하게도 말이죠. 어쩌면 그녀를 다시 볼 수 있게 될 날이 머지않은 것 같기도 하네요. 그럼 그대를 무도회에서 볼 수 있게 될까요?』

글쎄, 그녀가 다시 복권되더라도 나를 부르게 될지는 미지수였다. 아니, 배신하였다고 생각하며 조롱하려 들려고 하지 않을까?

"나가는 김에 편지지도 사야겠구나."

어쨌든 슬슬 샤토루의 토라진 마음을 달래 줘야 할 참이었다. 적당한 거리감을 유지하면서 살살 간을 보는 것이다. 아마 황후도 이때쯤이면 내가 샤토루에게 답장을 보낸 것에 대해 어쩔 수 없다 여기게 될지 모른다. 이렇게 매번 징징거리는 편지를 보내오는데, 그 누가 답장을 아니 할 수 있겠는가. 혹은 역시나, 라고 생각할 수도 있겠다. 여하튼 둘 다 내게 이롭지 않은 건 사실이었다.

황태자에 대한 공포심도 내가 극복해야 할 문제였다. 황궁에서 황태자를 만난 이후 나는 그에게 다가갈 방법을 궁리하기 시작했다. 아이레스 경을 통한다면 황태자와 마주할 일이 많을 것이므로 우연을 가장할 방식은 얼마든지 있었다. 다만 이름을 잘못 댄 것과 그를 무서워한다는 점이 가장 큰 걸림돌이 되어 이렇다 할 행동을 옮기지 못하게 만들었다. 과거의 기억이 너무나 선명하여 떠올리는 것 자체만으로도 온몸이 뻣뻣하게 굳어 갔던 것이다.

그래서 먼저 황태자의 얼굴에 익숙해지기로 마음먹었다. 그리고 그에 대한 방법은 어처구니없을 정도로 간단했다. 황태자의 미모는 워낙 유명한 것이라 그에 대한 초상화가 거리 곳곳에 넘쳐 났다. 대부분이 황실에서 우연히 흘러나온 그림을 모작한 것으로 실제에 비한다면 많이 부족하지만, 어느 정도 유사한 면이 많아 많은 영애가 사서 간직하고 있었다. 아마 초상화에 관한 한 잡화점에서 가장 인기 많은 상품일 것이다.

우습게도 나는 그림을 통해 그에 대해 익숙해지려고 하고 있었다. 어느 정도 눈에 익으면 거부감이 덜할까 싶어서다. 매일 황태자의 초상화를 바라보며 그를 떠올리다 보면 점차 나아지지 않을까 싶은 바람도 있기도 하고 말이다. 무척 어리석은 생각이긴 하지만. 그래도 아무것도 안 하는 것보단 낫지 않은가. 그래서 오늘 편지지와 함께 그의 초상화를 살 예정이었다. 그동안 여러 방법을 생각해 보았지만, 이 이상의 해법은 찾을 수 없었다.

우선 도비네 부인의 가게부터 들렀다. 드레스를 핑계 삼아 나왔으니 그리로 먼저 발길을 돌리는 게 당연하지 않나. 그녀의 상점은 오늘따라 유독 사람이 많았다. 내로라하는 귀부인들이 죄 여기로 모인 모양이었다. 그래서 그녀에게 다가가는 것조차 어려울 지경이었다.

고맙게도 도비네 부인은 내가 방문했다는 소리를 듣자 바로 얼굴을 내비치며 반갑게 맞이해 주었다. 그리고 일이 많아 힘들 텐데도 기뻐하며 내 주문을 흔쾌히 받아주었다. 이전에 치수를 잰 기록이 있으므로 체중이 늘어나지 않았다면 어렵지 않게 만들어줄 수 있다는 말과 함께. 그녀는 디자인은 맡기겠다는 내 말에 퍽 신이 난 듯 재잘거렸다.

"우아하면서도 사랑스러운 옷으로 만들어 드리죠. 저번처럼 가슴이 드러날까 걱정하지는 말아요. 적당한 선은 지킬 테니까요."

이후 잡화점에 들러 편지지 몇 묶음과 잉크, 깃펜과 모자에 다는 깃 장식을 샀다. 황태자의 초상화는 마리에게 다른 물건을 보게 해놓고서 재빨리 구입했다. 언뜻 본 초상화는 황태자를 아주 썩 빼닮지는 않았지만 그를 떠올리기에는 충분했다. 스쳐보기만 했는데도 등에 식은땀이 줄줄 흘러내렸다.

"아가씨, 또 뭘 사신 거예요?"

"그런 게 있어. 내게 있어 아주 중요한 물건이니 물어보지 말렴."

마리가 내 단호한 대답에 시무룩해하며 고개를 끄덕였다. 나는 한숨을 삼키며 그녀에게 앞장서라고 말했다. 마차를 타기 위해 길을 걷고 있는데 누군가 나를 불렀다. 고개를 돌려 보니 두꺼운 숄을 온몸에 칭칭 감은 늙은 와구스 한 명이 나를 보며 공손히 묵례했다.

"실례지만 아가씨, 제가 점을 한번 봐드려도 될까요?"

닳아빠진 소매와 거의 해져 버린 신발. 온몸 가득 묻어 있는 먼지는 그를 점쟁이라기보다는 비렁뱅이에 가깝게 만들었다. 와구스를 상징하는 목걸이와—그들 대부분이 태양과 달이 조각된 나무 목걸이를 상징처럼 찼다—살짝 굽은 등과 손에 들려 있는 카드만 아니었다면 돈을 구걸하는 걸인으로 착각했을 정도였다.

마리는 나와 와구스 사이를 가로막으며 앙칼진 목소리로 소리치듯 말했다.

"감히 누구를 부르는 거야? 어서 썩 꺼지지 못해?"

그녀는 요즘 늙은 마녀를 맹신하고 있는지라 와구스에게 필요 이상의 감정을 내보이고 있었다. 마리는 다부진 주먹을 들어 올려 겁주는 것처럼 좌우로 마구 흔들었다. 그러곤 셋을 셀 동안 사라지지 않으면 기사를 부르겠다고 윽박질렀다.

"돈을 요구하려는 게 아닙니다. 그저 점만 봐드리고 싶어서요. 별의 운명이 그렇게 하라고 속삭이고 있거든요."

덥수룩하게 자라난 머리카락 아래로 슬쩍슬쩍 내비치는 눈동자가 깊은 호수를 연상시킬 만큼 맑고 깊었다. 현기로 가득 찬 눈빛은 세상을 달관한 듯 초연한 빛이 있었다. 그래서일까? 나도 모르게 앞으로 걸어 나와 그에게 말했다.

"그럼 어디 한번 해보지."

"아가씨!"

마리가 기겁하며 나를 말렸지만, 일부러 그녀의 말을 못 들은 척했다. 와구스는 품에서 얇은 천을 꺼내어 바닥에 펼쳤다. 그러고는 손으로 카드를 섞으며 내게 말했다.

"이 카드는 아주 신비한 힘을 가지고 있답니다. 그래서 가끔 아무것도 나타나지 않은 카드를 뽑을 수 있지요. 하지만 잘못된 것이 아니니 걱정하지 마십시오."

그의 손바닥을 타고 카드들이 일렬로 죽 늘어섰다. 늙은 남자는 내게 카드 하나를 뽑으라고 말했다. 나는 손을 들어 눈에 들어오는 아무 카드나 집어 들었다. 그런데 내가 뽑은 카드는 그림이나 글자, 심지어 무늬까지 전혀 그려져 있지 않은 백지였다. 와구스는 내게 손을 내밀어 카드를 달라고 말했다. 그러곤 그 카드가 세상에서 다시없을 난제라는 것처럼 바라보았다.

잠시 후 그가 다시 카드를 한 장 더 뽑으라고 말했다. 나는 다시 손에 닿는 카드를 한 장 뽑아냈다. 이번에도 역시 아무런 그림이 그려져 있지 않았다.

"자신의 운명을 만들어 가는 분이시군요. 어떠한 선택을 하느냐에 따라서 미래가 좌지우지되는, 그런 중요한 갈림길에 서 계십니다. 그렇기에 그 누구도 함부로 예측하거나 섣부르게 진단하여 결론을 내릴 수 없습니다. 운명의 여신이라 할지라도 말입니다. 별이 이야기하는군요. 한 장을 더 뽑아주십시오."

이번에는 숫자를 세어 가며 카드를 뽑았다. 그러자 머리를 감싸 쥔 사람이 그려진 카드가 뽑혔다. 와구스가 카드를 보며 내게 말했다.

"또다시 어리석은 일을 반복하려고 하는군요. 후회와 미련이 남은 길을 걸어가고 계십니다. 종내에는 이 그림에 나온 것처럼 좌절하고 말 테지요. 그러니 계획하고 있거나 실행하고 있는 일이 있다면 방향을 바꿔 보시는 건 어떠십니까?"

그의 말은 마치 로에나에 대한 마음을 바꾸라는 것처럼 들렸다. 이전에 좌절을 맛보았던 것처럼 이번에도 그럴 것이니 모든 걸 포기하고 받아들이라는 소리였다.

"방향을 바꾸면? 그럼 어떻게 되지?"

내 물음에 이번에는 와구스가 손수 카드를 뽑아 들었다. 그런데 그가 뽑은 카드도 내가 그랬던 것처럼 백지였다. 와구스는 당황한 표정으로 나와 카드를 번갈아 보더니 이내 한숨처럼 대답했다.

"그 또한 정해져 있지 않습니다. 그것 역시 아가씨께서 만들어 가야 하는 길이기 때문입니다."

우습기 짝이 없는 소리다. 방향을 바꾼다면 행복해진다는 이야기가 당연히 나와야 하는 게 아닌가. 그런데 그 또한 알 수 없는 일이라고? 방향을 바꿔 보라고 권고했던 말이 무색해지는 상황이다. 나를 놀리는 것이 아니고서야 나올 수 없는 점괘였다.

"결국 이도 저도 아닌 말이로군."

"하지만 후회하는 것보단 낫겠지요."

"그건 내가 정하는 거라 하지 않았나? 나는 후회하지 않아."

머리를 쥐어뜯는 사람이 그려진 카드를 거꾸로 놓았다. 기이하게도 반대로 놓으니 머리를 쥐어뜯는 게 아니라 바닥에 떨어지기 전 머리를 보호하기 위해 감싸 쥐는 것처럼 보였다. 후회하는 얼굴 또한 공포에 질린 표정 같았다. 마치 자살하는 사람을 그려 놓은 듯하다.

그러니 이렇게 생각해 보는 건 어떨까? 정해져 있지 않은 운명에 맞서 내 멋대로 행동하여 날뛰다가 자살, 그러다가 기적처럼 되돌아와 다시 이전과 다른 미래를 향해 걸어가는 나라고 말이다. 그러므로 단 한 장의 그림을 제외하고 모든 카드가 백지로 나왔다면, 한번 해볼 만하지 않은가.

와구스가 내 말에 잠시 침묵했다. 그는 무엇을 생각하는 듯 입을 웅얼웅얼하더니 곧 자신이 뽑은 카드를 내게 내밀었다. 아무것도 없는 밋밋한 백지에 불과하나 그는 마치 큰 운명을 건넨 것처럼 진중하게 굴고 있었다.

"아가씨께서는 궤도에서 벗어나신 분이십니다. 정해진 선 안에 있지 않기 때문에 모든 걸 홀로 떠안아야만 하지요. 그러니 더는 무어라 말씀을 드려야 할지 모르겠습니다."

그가 잠시 숨을 들이켜며 말을 멈췄다. 기이하게도 그의 몸은 경련이 이는 것처럼 잘게 떨리고 있었다. 이에 기겁한 마리가 다시금 와구스와 나 사이를 가로막았다.

"이 카드를 가져가십시오. 조만간 필히 그림이 떠오를 겁니다. 그때 다시 한번 자신을 되돌아보는 기회를 가지세요. 그렇지 않으면 언젠간⋯⋯."

그의 말마따나 훗날 그림이 떠오른다면 그것 역시 기적에 가까운 일일 터였다. 그래서 그다음에 나올 이야기가 궁금했다.

"언젠간? 그다음은 뭐지?"

그러나 이 늙은 점쟁이는 더는 입을 열지 않았다. 그저 할 일이 다 끝났다는 듯 손을 뻗어 주섬주섬 카드와 천을 정리할 뿐이다. 울컥한 마리가 그의 멱살을 잡으려고 할 때였다. 나는 손을 들어 그녀를 말렸다. 그리고 돈주머니에서 금화 하나를 꺼내어 그에게 건넸다.

"점 값이야."

"아니요, 아가씨. 저는 돈을 받으려고 한 게 아닙니다. 그리고 받을 수 없어요. 별이 시키는 대로 했기 때문이지요. 운명을 엿본다는 건 값을 매길 수 없는 일이니까요. 그러니 그냥 가져도 됩니다."

나는 와구스가 내민 카드를 받았다. 그의 말을 곧이곧대로 믿는 건 아니지만 만일 그림이 나온다면 어떤 게 나타날지 궁금했기 때문이다. 호기심에 져 버린 것이다. 와구스는 내가 카드를 순순히 받아 들자 만족했다는 듯 빙그레 미소 지었다. 그리고 다시 한번 당부하듯 말했다.

"잊지 마십시오. 정하는 건 언제나 아가씨의 몫이라는 것을. 그러니 가장 선택하기 어려운 때에 카드를 꺼내어 떠오른 그림을 살펴보십시오."

"그걸 내가 어떻게 해석하지?"

"아실 겁니다. 보시면 알게 될 거예요. 별이 그렇게 말하고 있으니까요."

잠깐 사이 자신의 짐을 다 정리한 와구스는 내게 다시 한번 묵례하곤 길을 떠나갔다. 내가 먼저 물러나라 하지도 않았는데 자기 먼저 몸을 돌린 것이다. 이 무례한 행동에 화가 난 마리가 다시 길길이 날뛰었지만, 나는 그녀에게 진정하라 말하며 그의 뒷모습을 바라보았다.

한순간의 호기심으로 받은 점인데, 무언가 석연치 않은 게 영 개운하지 않은 기분이었다. 특히 백지의 카드를 받았다는 것 자체가 그러했다. 암만 살펴보아도 그림이 떠오를 것 같지 않은 카드인데 말이다.

"사기꾼 아니에요? 나중에 아가씨에 대한 나쁜 소문을 흘리는 거 아니냔 말예요."

"나쁜 소문?"

내 물음에 마리가 콧김을 쌩쌩 내뿜으며 열변을 토했다. 그녀는 내가 허락하기만 한다면 지금 당장에라도 와구스를 쫓아가 그의 목덜미를 잡고서 질질 끌고 올 기세였다.

"아가씨가 점을 봐 놓고선 돈을 안 줬다, 구두쇠 아가씨다, 뭐 이런 거요. 설마 저주를 거는 건 아니겠죠? 내 당장 저놈을 아주 그냥!"

"그만 가자."

"아가씨, 정말로 그냥 가실 거예요?"

"그럼 어찌하려구? 이미 떠난 사람에게 화를 내어서 뭐 하니? 그냥 놔두렴. 마차로 가자꾸나."

마리가 구시렁거리며 걸음을 옮겼다. 나는 카드를 코트에 달린 작은 주머니에 집어넣고 그녀 뒤를 따랐다.

마차가 있는 곳에 도착하니 추운 날씨에도 불구하고 얼굴 가득 땀으로 범벅이 된 마부가 튀어나왔다. 어찌 된 영문인지 가문의 마차가 옆으로 쓰러져 있었다. 바퀴는 산산조각이 나 주변에 널려 있고 말이다.

"아, 아가씨."

마부가 굽실거리며 허리를 깊숙하게 숙였다. 손등으로 땀을 연신 닦아 내며 우물쭈물 변명의 말을 늘어놓는 그의 얼굴은 새하얗게 질려 있었다.

"그러니까 잠시 소변을 보고 왔는데 마차가 이렇게 되어 있었다는 건가?"

"예, 예. 저도 어찌 된 영문인지 참⋯⋯."

"그럼 이 추위에 우리 아가씨보고 걸어가라는 거예요?!"

"아, 아니. 그런 게 아니라⋯⋯. 그럼 어떡하니? 나도 마차 대여소에 찾아가 봤는데 다 나가서 없다고 하잖니. 그러니까 네가 저택에 달려가서 새로운 마차를 보내라고 하는 게⋯⋯."

"그건 아저씨가 해야 하는 일이잖아요. 그리고 제가 가면 우리 아가씨 시중은 누가 들고요!"

"마, 마리야⋯⋯."

마부가 낯선 것을 마주하는 것처럼 마리를 쳐다봤다. 그는 나를 생각하는 마리의 태도가 놀라웠던 것인지 두 눈을 동그랗게 뜨고 있었다. '어떻게 네가 내가 아닌 아가씨 편을 들 수 있냐?'라는 표정이다.

"그래, 마리가 갈 순 없는 노릇이지. 그대가 책임지고 이 일을 해결하게."

"아, 아가씨는 어떻게 하실 생각이십니까?"

마부가 조심스레 물었다. 백작가의 영애를 이 추운 겨울날 마차가 올 때까지 내버려 뒀다는 사실이 밝혀지면 큰일 나기 때문에 미리 변명거리를 생각하려고 머리를 굴리는 것이다.

그때였다. 낯선 기사 한 명이 공손하게 예를 취하며 말을 걸었다. 그의 망토에 새겨진 문장은 익숙한 가문의 것이었다.

"제 아가씨께서 영애를 초대하고 싶다 하십니다. 응해 주시겠습니까? 마차로 인해 어려움을 겪고 계시는 것 같아서 말입니다."

제국 내에 닭 머리에 도마뱀의 몸을 가지고 있는 환상의 맹수 '갈리나케우스'를 상징하는 귀족 가문은 단 한 곳뿐이다.

로샨 후작가. 황후의 친척뻘이 되는 곳으로, 디뷔젤가와 정치적인 협력 관계를 이루어 강력한 정권을 가지고 있는 귀족 가문 중 하나였다. 무엇보다 선대의 가주가 개국공신으로, 황가에 관한 충성심이 나무랄 데가 없어 모두의 존경을 받았다.

호사가의 평에 의하면 현 가주인 로샨 후작은 예지가 밝고 정치적인 감각이 뛰어나 동지일 때는 더없이 든든한 사람이지만, 적으로 만났을 때에는 그 누구보다 무서운 이이니 그와 대적하려고 마음먹거든 단단히 준비해야 한다고 하였다. 황후가 황제를 제외한 모든 사람에게 강한 존재감을 뽐낼 수 있는 것도 로샨 후작가가 든든히 받치고 있기 때문이었다.

이런 로샨 후작가의 영애가 날 초대한다니……. 나는 그녀가 내 가문의 문장을 제대로 보기나 했는지 문득 궁금해졌다. 로에나의 아름다운 얼굴이야 이미 익히 알려진 바로, 그녀를 제외한 비슈발츠의 성을 쓸 수 있는 소녀가 '나'임을 확실하게 인지하고 있다면 쉬이 친절을 베풀 수 없을 텐데 말이다. 출신 성분에 한해서는 그 누구보다도 엄격하고 잔인해지는 게 귀족들이 아니던가. 그러므로 지금과 같은 초대는 놀라운 일이라 할 수밖에 없었다.

만나서 조롱이라도 할 셈인가?

하지만 내 기억 속 로샨 영애는 굉장히 자애롭고 부드러운 여인이었다. 얼굴에는 늘 봄볕과 같은 따뜻한 미소가 어려 있었고, 약간 낮은 듯 감미롭게 울리는 목소리는 그녀의 조곤조곤한 말투와 아주 잘 어울려 상대로 하여금 편안한 기분이 들게 하였다.

로샨 영애의 주변은 늘 사람들로 북적이고 있었다. 제아무리 살쾡이와 같이 날카롭게 구는 사람이라 할지라도 그녀 앞에서는 순한 양처럼 굴었다. 때문에 뤼세트 드 로샨 영애가 한 무리의 중심이 되는 것도 무

리는 아니었다. 그러니 겉과 속이 다른 사람이 아닌 이상 굳이 나를 초
대해 놓고서 폭언을 퍼붓는 것과 같은 무례는 저지르진 않을 테다. 즉,
살살 돌려 가며 비꼬면 모를까, 채신머리없는 짓을 자행하지는 않을 것
이다.

그래서 흔쾌히 그의 청을 수락했다. 이 추위에 덜덜 떨면서 기다리
기보다는 그녀에게 신세를 지기로 한 것이다. 잠깐의 모욕이야 저택에
도착하기 전까지만 참으면 될 일이니까.

"안내해 주세요. 마리야, 따라오렴."

마리는 내게로 오기 전 마부에게 한 소리를 더 지껄이고 나서야 겨
우 걸음을 옮겼다. 그러는 동안 나는 로샨가의 마차 앞에 거의 당도해
있었다. 기사는 문을 열고서 내가 안으로 들어갈 수 있게끔 도와줬다.
아늑하게 잘 꾸며진 마차 안에는 길게 굽이친 바다색 머리카락이 인상
적인 미녀가 앉아 있었다.

뤼세트 드 로샨. 로샨가의 외동딸이다.

"비슈발츠가의 시스에가 로샨 영애께 감사의 말을 드립니다."

"아니에요. 도움이 되었다니 다행입니다. 로샨가의 뤼세트라 해요.
처음 뵙겠어요."

로샨 영애는 내가 이름을 밝혔음에도 눈 하나 깜빡이지 않았다. 온
화한 기운을 듬뿍 머금고 있는 입술에는 여전히 봄빛과 같은 순후한 미
소가 어려 있었다.

"제 요청을 받아주셔서 고마워요. 어찌 된 영문인지 모르겠지만, 퍽
곤란한 일을 겪으신 것 같아서요."

"네, 마차가 옆으로 쓰러져 더 이상 움직일 수 없게 되었답니다. 그
래서 어떻게 해야 하나 곤란하던 참이었어요."

"다치신 곳은 없으신가요?"

"예."

"정말 다행입니다. 그런데 어딜 다녀오신 모양이죠? 저는 숄에 매달 브로치를 사러 나왔답니다. 요즘은 동대륙풍의 자개 원석 세공 디자인이 유행인가 봐요."

몇 마디 말만 주고받고 그대로 대화를 끝낼 줄 알았더니만, 그녀는 계속해서 나와 이야기를 나누고 싶어 하는 눈치였다. 그것은 소문의 영애에 대한 호기심이기보다는 일상적인 궁금함에 가까웠다. 별다를 게 없는 몇 마디의 질문이 추운 겨울바람에 꽁꽁 얼어붙은 내 마음을 포근하게 녹이고 있었다.

로샨 영애는 로에나와 비슷한 성향을 가진 사람이었지만 책임감 있는 말을 할 줄 안다는 점에서 그녀와 비교가 되었다. 이게 다 연기라면 무척 소름 끼칠 노릇이겠지만, 적어도 지금까지는 나를 운이 좋아서 백 작가의 영애가 된 평민이 아니라 온전히 '시스에 드 비슈발츠'로 봐주고 있었다.

특히 대화 주제를 고를 때 신중하게 생각하여 내뱉고 있다는 게 확연히 보여 그녀가 나를 배려하고 있다는 느낌을 강하게 받게 하였다. 디뷘젤 공녀도 내게 이러한 다정함을 보여 준 적이 없었는데 말이다. 그래서 조금 당황스러웠다. 모두에게 상냥하다는 건 로에나와 같은 위선자만이 뽐낼 수 있는 성품이라 생각했는데, 로샨 영애처럼 진심으로 보일 수 있다는 것을 알게 되어서다. 마치 아리나와 대화하는 것만 같았다.

로샨 영애는 내가 말을 할 때마다 찬찬히 귀를 기울여 주거나 고개를 끄덕이는 것과 같은 행동으로 잘 경청하고 있음을 드러냈다. 기운이 넘칠 정도로 긍정적인 반응을 보이는 그녀의 태도는 타인으로 하여금 묘한 매력을 느끼게 하여, 왜 많은 이가 로샨 영애의 주변을 떠나지 않는지 알게 했다.

"기이한 일이에요."

로샨 영애가 부드럽게 웃으며 말했다. 그럴 때마다 그녀의 눈매가 반달처럼 휘어 깊은 웃음을 자아냈다.

"오늘 처음 본 분께 이렇게 말을 많이 하다니. 이상하게 스스로 주체가 안 될 정도로 비슈발츠 영애께 자꾸 말을 걸게 돼요. 수다스러운 사람이라 생각하면 어떡하죠? 오해하시면 안 돼요."

"전혀 그렇게 생각하고 있지 않으니 걱정하지 마세요."

"그럼 다행이구요. 아, 벌써 비슈발츠가에 도착한 모양이에요. 아쉬워서 어쩌죠?"

그러고 보니 마차의 속력이 점점 줄어들고 있었다. 이제 거의 도착한 듯했다. 로샨 영애는 나와 헤어지는 게 진심으로 아쉽다는 듯 울적한 표정을 지었다. 그녀는 건국제에서 만나면 꼭 인사를 할 것을 당부하며 내 손을 꼭 잡았다. 뜻밖의 접촉에 놀란 내가 어깨를 움찔했지만, 그녀는 아랑곳하지 않는 모습이었다.

"로샨 영애께서는 이미 사교계에 데뷔하신 분이기 때문에 제 평판이 어떤지 알고 계시지 않나요? 그러니 건국제 때 인사를 건넨다면 매우 곤란해지실 텐데요."

"제 귀에 들려온 소문은 없는걸요."

"……로샨 영애."

"나는 들은 바가 없다고 했어요. 그러니 감히 누가 내게 뭐라고 하겠어요? 그러니 건국제 때 꼭 뵙는 거예요. 알겠죠?"

로에나가 나를 따르는 건 '가족'이라는 웃기지도 않은 희극에 동참하기 위해서다. 그리고 디뵌젤 영애가 나에게 말을 거는 건 로에나를 견제하기 위해서였다. 이처럼 내게 다가오는 사람들은 저마다 한 가지의 목적을 가지고 있다. 새벽녘에 만났던 어린 소녀 '아리나'를 제외하고 말이다.

그렇기에 나는 뤼세트 드 로샨이 왜 내게 이렇게 조건 없는 호의를 보내는지 몰랐다. 그래서 경계의 마음을 아니 가질 수 없었다. 그녀의 진정한 목적을 알기 전까지 의심의 끈을 놓을 수 없는 것이다. 이것이야말로 과거의 사교계가 나에게 준 선물이었다.

로샨 영애는 내가 '알았다'고 대답할 때까지 잡은 손을 놓지 않았다. 망설이는 태도를 보이면 기분 나빠 할 줄 알았는데, 생각보다 태연한 모습이었다. 되레 개구쟁이 소년처럼 씩씩하게 굴며 나를 재촉했다. 의외의 곳에서 고집을 부리는 그녀의 태도는 굉장히 놀라운 것이었다.

나는 마지못해 고개를 끄덕였고, 영애는 그제야 만족한다는 듯 활짝 웃었다. 그리고 특유의 목소리로 상냥하게 인사를 건네었다. 다음에 꼭 다시 보자는 말을 반복하면서 말이다.

"로샨가의 아가씨 덕분에 편하게 왔네요."

마차에서 내리자 찬바람을 맞느라 코끝이 빨개진 마리가 내게 다가오며 말했다. 마부석에 탄 그녀는 로샨가의 마부가 무척 친절했으며 계속 이야기를 걸어 심심하지 않았다고 말했다. 보통 사람이면 자신이 모시는 아가씨에 관해 물어보는데, 그 사람은 그러지 않아서 편했다는 것이다.

"그 아가씨가 로에나 아가씨 못지않게 친절하다는데, 정말 그런 모양이에요."

그렇게 말하는 마리의 입에선 어느 순간부터 '우리'라는 말이 사라져 있었다. 그냥 '로에나 아가씨'인 것이다. 그 변화가 너무 놀랍고 재미있어 나는 빙그레 웃었다. 마리는 내가 왜 웃는지 전혀 모르는 눈치였다.

"아가씨?"

"춥구나. 들어가자. 가서 해야 할 일이 많아."

나는 그녀를 재촉하여 저택 안으로 들어갔다. 그리고 방에 들어오자마자 마리를 비롯한 모든 하녀를 죄다 몰아내고선 문을 잠갔다. 피곤하니 저녁때까지 깨우지 말라는 명령을 내려놓고서 말이다.

드레스를 바닥에 아무렇게 던져 버린 나는 속옷 상태로 침대 위에 올라갔다. 그리고 조심스럽게 황태자의 초상화를 꺼내었다. 제국의 황태자가 검술 시합을 관전하기 위해 원형 경기장이나 건국제의 무도회에 나타나지 않을 리 없을 터. 그와 똑바로 마주 보기 위해선 공포심을 극복해야 한다. 단시간 안에 해결하기가 매우 어렵겠지만, 필연적으로 해야 하는 일이므로 어쩔 수 없었다.

"할 수 있어. 그래, 똑바로 바라보면 되는 일이야."

나는 마른침을 꿀꺽 삼키며 초상화의 포장을 뜯어냈다. 처음에 머리 부분이 드러나고, 그다음에 이마, 그다음에 누…… 눈. 순식간에 나를 끌어내던 그때의 그 눈빛과 겹쳐졌다. 아무것도 비치지 않던 무기질적인 눈동자와 하찮은 것을 바라보는 듯한 날 선 시선이 초상화 위에 그대로 투영되어 나를 응시했다.

"허억. 헉헉, 헉."

나는 가슴을 쥐어뜯으며 숨을 몰아쉬었다. 두려움으로 인해 등 언저리가 땀으로 흠뻑 젖어 들어가고 있었다. 고작 생각만 하는데도 고양이 앞의 쥐처럼 옴짝달싹못하는 것이다.

"좋은 생각을 하자. 친절하게 대해 줬던…… 게 있을 리가 없지. 이번 무도회만 하더라도 난봉꾼 그 자체였으니까. 황궁에서 만났던 건 또 어떻고."

오싹해지는 기분에 나도 모르게 양 팔뚝을 쓰다듬으며 몸을 움츠렸다.

잠시 후 다시 용기 내어 보지만 계속 눈동자에서 멈추게 된다. 미형의 얼굴 너머 한풀 감춰진 무시무시한 야수를 나 홀로 직접 마주한다고 생각하니 온몸의 피가 쫙 빠지는 기분이다. 손끝이 차가워지고 있었다.

"견뎌야 해. 그래야 건국제에서 눈을 피하지 않을 수 있어."

모든 싸움이 그렇듯 이번 일 또한 마음 깊숙한 곳에 내재한 두려움을 보이지 않아야만 했다. 그래야 주도권을 쟁취할 수 있을 터였다. 황태자 같은 사내에게 덤비려면 틈을 보이지 않는 완벽한 모습을 보여야만 하니까. 살아남기 위해서라면 그래야 했다. 되지도 않는 오기를 부리다간 불행한 과거만 되풀이할 테니까. 그는 여자라고 해서 봐주는 인물이 아니었다.

하지만 이를 견뎌 낸다면? 치마를 들치고서 희롱해도 되는 여타의 여인과 다르다면? 만일 그렇게 된다면, 그가 나를 존중하는 태도를 보이게 된다면 더는 사교계의 이목을 두려워하지 않아도 될지 모른다. 황태자비가 된 로에나의 미래를 빼앗아버릴 수도 있고 말이다. 아아, 그러니 이보다 더 완벽한 미래가 또 있을까?

"모두의 앞에서 그녀를 내려다볼 수 있어."

그리고 그때야말로 마담 드 라발리에가 말했었던 '자기 연민'을 느낄 수 있게 될 터였다. 온전한 내가 되는 거다. 그러니 여기서 멈출 수 없었다. 아니, 멈추라 해도 이를 악물고 끝까지 나아가야만 한다. 비쩍 마른 해골이 될 때까지 필사적으로 노력했던 이전의 내가 그랬듯 말이다.

그렇게 나는 마리네가 저녁을 먹으라고 문을 두들길 때까지 몇 번이고 초상화에 그의 표정을 덧씌우며 빤히 바라보는 연습을 반복했다. 나중에 문을 열고 들어온 블랜이 걱정스러운 표정으로 '아가씨, 어디 아프세요? 식은땀 좀 봐요'라고 말할 정도였다.

"아냐. 물 한 잔 마시고 쉬면 괜찮아질 거야."

"하지만 계속 쉬셨잖아요. 주치의를 부를까요?"

"더 쉬면 괜찮아질 거니까 부르지 말렴."

세릴이 내게 물을 가져다줬다. 그러고는 '탕파(湯婆)에 뜨거운 물을 넣어서 가져다 드릴까요?' 하고 물었다. 그렇잖아도 계속 흘린 땀으로 인해 몸이 차가워진 터였다.

나는 탕파를 이불 안에 집어넣으라고 말했다. 저녁을 먹고 나서 바로 잘 것이라는 이야기를 하면서 말이다. 잠시 잠깐 연습했다고 며칠 밤을 새운 것과 같은 불쾌한 기분이 온몸을 휘감고 있었다. 아닌 게 아니라 정신적으로 너무 피곤했다. 이대로 쓰러지면 바로 곯아떨어질 것 같았다. 그래서 저녁도 먹는 둥 마는 둥 하며 몸이 좋지 않다는 이유로 먼저 자리에서 일어났다.

로에나가 무언가 할 말이 있는 것처럼 내 이름을 불렀지만 일부러 모르는 척했다. 너무 빨리 식당을 떠났기에 못 들었다는 것처럼 말이다. '위선자'라는 말을 내뱉은 이후로 그녀는 나를 보면 눈에 띄게 울적한 표정을 지었다. 나에게 다가오지 못한 채 걸음을 멈칫하는 로에나의 태도는 많은 이로 하여금 묘한 상상을 자아내게 하고 있었다.

그녀는 마치 나로 인하여 견딜 수 없다는 것처럼 굴었다. 대놓고 티를 낸 건 아니지만 표정과 움직임만 본다면 누구나 쉽게 유추할 수 있을 정도로 아주 교묘하게 굴었다. 그래서 어머니를 비롯한 많은 사람이 로에나와 무슨 일이 있었냐고 물었다. 이미 그들의 뇌리에는 로에나가 피해자라는 생각이 가득 차 있었다. 실상을 알아보려고 노력하지도 않고서. 그럴 때마다 속이 부글부글 끓어올랐지만, 나는 아무것도 모른다는 것처럼 눈을 깜빡이며 천진하게 고개를 갸웃거렸다.

"글쎄요. 아직 배우는 중이라 실례가 되는 행동을 했을지도 모르겠지만, 그건 말해주지 않고선 모르는 일이잖아요? 그러니 로에나가 속 시원하게 말해주었으면 좋겠어요. 그럼 제 잘못이 무엇인지 알 수 있겠죠."

하지만 로에나는 나에 대한 직접적인 비난을 꺼내지 못했고, 입술만 우물쭈물 달싹이다 피곤해서 그렇다는 말도 안 되는 변명을 늘어놓았다. 그럴 때마다 나는 굉장히 억울하다는 표정으로 '보세요. 별거 아니잖아요. 그런데 왜 다들 내가 그녀에게 무슨 짓을 했다고 생각하는지 모르겠어요. 정말 속상해요'라고 말함으로써 로에나의 사과와 어머니의 해명을 끌어냈다.

"가끔 보면 주변 사람들이 로에나와 제 사이를 갈라놓으려고 하는 것 같아요."

눈물을 글썽이며 말하는 내 대답에 로에나의 얼굴이 굳어진 건 당연한 노릇이다. 어처구니가 없다는 듯 나를 응시하는 마고의 표정 또한 웃지 않고선 볼 수 없을 정도로 장관이었다.

그래서일까? 마리네를 공격하는 마고네의 행동이 도가 지나칠 정도로 심해지기 시작했다. 다리를 걸며 비아냥거리는 것은 물론 독이 바짝 오른 뱀처럼 쉭쉭거리며 몸싸움도 주저하지 않는다는 것이다. 언젠가는 마리가 머리가 산발이 된 상태로 내게 다가와 씩씩거릴 때가 있었는데, 그 모습이 어찌나 우스꽝스럽던지 나는 그만 깔깔깔 웃고 말았다.

하지만 계속 이러한 몸싸움을 방관할 수 없는 노릇인지라 나는 어머니를 찾아가 말했다. 이제는 하녀들끼리라도 슬슬 우위를 견주어야 할 것 같아서다. '주변 사람이 나와 로에나의 사이를 갈라놓으려고 한다'는 발언을 한 지 얼마 안 된 시점이라 이보다 더 적기가 없었다.

"하녀들끼리 자주 다투는 모양이에요. 특히 제 하녀들이 표적이 되고 있어요."

어머니는 내 말에 이해할 수 없다는 듯 미간을 찌푸렸다. 이 무슨 뚱딴지같은 소리냐는 것일 게다.

"갑자기 그게 무슨 말이니?"

"기억하세요? 제가 처음 이 저택에 왔을 때 받았던 그 모든 불합리한 대우를요. 그게 제 하녀에게 이어지는 것 같아요."

"아니, 그게 사실이니?"

"네. 믿기지 않는다면 하녀장을 불러 물어보세요."

어머니는 노한 표정으로 당장 마고를 불렀다. 첫날 내가 보였던 눈물을 기억한 것인지 어머니의 얼굴은 새하얗게 질려 있었다. 방에 들어온 마고는 그와 함께 있는 나를 보고서 안색을 굳혔다. 이 늙은 너구리는 어머니가 자신을 무엇 때문에 부른 것인지 대충 짐작하고 있는 것 같았다.

어머니는 늙은 너구리에게 싸늘한 어조로 물었다.

"시스에의 하녀들이 요즘 계속 다치고 있다는데, 이에 대해 아는 바가 있는가?"

"일을 하다 보면 가끔 상처를 입을 때가 있지요. 하녀를 생각하는 아가씨의 마음은 알겠으나, 그리 큰 걱정을 하실 정도는 아닙니다."

나는 천연덕스럽게 마고의 말을 받았다.

"그게 연고를 바른 다음 붕대로 감쌀 정도면 다르지요. 듣자 하니 늘로에나의 시녀들이 시비를 건다더군요."

"오해이십니다, 아가씨."

"그럼 마리가 거짓말을 한다는 소린가요? 하녀장, 나는 이러한 거짓말을 분간하지 못할 정도로 어리석지 않아요."

"아가씨의 다정한 마음에 기대려 하는 수도 있지요."

"내 눈으로 보았어요."

내 말에 어머니와 마고의 눈이 크게 떠졌다. 나는 빙그레 미소 지으며 말을 이어 나갔다.

"설마 하녀의 말만 듣고서 어머니께 말씀드리러 왔다 생각한 건 아니지요? 그렇게 분별력이 없을 리가요."

내가 보았다는데 천하의 마고라 할지라도 '거짓말입니다'라고 말할 수는 없을 터였다. 내가 보았다는 증거는 없지만 안 보았다는 증거 또한 없기 때문이다. 그러니 미심쩍어도 어쩔 도리가 없는 것이다.

"……그럼 어찌하기를 바라십니까?"

마고가 꼬리를 내리며 공손한 목소리로 물었다. 더는 어찌할 수 없다는 걸 깨달은 모양인지 놀라울 정도로 빠르게 항복하고 있었다. 그래서일까? 맞잡은 두 손에 퍼런 핏줄이 돋아나 있었지만 나오는 음성은 퍽 태연하다.

어머니가 어찌하고 싶냐는 듯 나를 바라봤다. 결정권을 내게 넘기겠다는 의미였다. 나는 이제 막 생각했다는 것처럼 여상스러운 목소리로 말했다.

"불필요한 시비를 줄여야겠지요. 왜 그런 것인지 이유를 알아내는 건 시녀장의 몫이구요."

"목격하셨다는 하녀는 어찌하실 생각이십니까?"

어머니께 오기 전 미리 마리에게 마고네 중에서 가장 때려 주고 싶은 하녀 한 사람의 이름을 대라고 했었다. 그리고 세릴과 블랜을 통해 그를 끌고 온 참이었다.

"내가 직접 이유를 물어볼 생각이에요."

"하지만 그건 아가씨의 위신에 어긋나는 일입니다. 차라리 제게 맡기시지요."

"아니면 양부께 여쭤볼까요? 어머니, 그래 주실 수 있나요?"

어머니는 곤란하다는 듯 미간을 찌푸렸지만 안 된다는 말은 하지 않았다. 그리고 이것은 마고에게 상당한 압박감으로 작용했을 것이다.

"이젠 내 하녀에게 시비를 거는 사람이 있다면 좌시하지 않을 거예요."

"그래. 네 뜻대로 하려무나."

어머니는 상당히 걱정된다는 표정으로 나를 바라보았다. 하지만 내 결정에 이의를 제기하거나 만류하지 않았다. 아마 이렇게 해서라도 내 자존심을 세워 주고 싶었던 것인지 당신은 마음 한구석에서 무럭무럭 피어오르는 동정심을 의연하게 견뎌 내고 있었다. 나는 그것이 너무나 고마워 어머니의 손을 붙잡았다. 그리고 감사하다고 외쳤다. 어머니는 화답하는 것처럼 붙잡힌 손에 힘을 주며 마고에게 말했다. 백작 부인다운 의연함을 과시하면서 말이다.

"하녀장, 자네가 얼마나 백작가를 위해 열심히 일하는지 모르는 바는 아니네만, 요즘 들어 하녀들의 기세가 많이 흐트러짐을 나 역시 느끼고 있다네. 그러니 이번의 일을 계기로 좀 더 잘 이끌어 나가 주었으면 하네."

마고는 어머니의 말에 알겠노라고 대답했다. 아무것도 하지 못한 채 당하기만 한 게 억울하고 분한 모양이었던지 늙은 너구리의 어깨가 부르르 떨리고 있었다. 어머니와 나는 그것을 모르는 척했다.

로에나가 나를 찾아온 것은 그날 오후 무렵이었다. 노크도 없이 내 방에 들어온 그녀는 새파랗게 질린 얼굴로 하녀부터 찾았다. 의자에 앉아 독서하는 내 모습은 보이지 않는다는 듯 말이다. 자신의 하녀가 나에게 끌려갔다는 걸 마고를 통해 알았나 보다.

"뭐 하는 거야?"

로에나는 내 물음에 그제야 내가 방 안에 있다는 걸 깨달은 것 같았다. 그녀는 예상외로 조용한 방에 안도한 것인지 옅은 한숨을 내쉬며 내게 물었다.

"네가 요넬을 불렀다고 해서……."

의도적으로 흐린 말끝에서 나는 그녀가 말하고자 하는 바를 짐작했다. 아마 로에나는 내가 요넬이라는 하녀를 때리고 있을 거라 생각한 모양이었다.

"겨우 그것 때문에 날 찾아온 거니? 로에나, 너는 내가 요넬을 왜 불렀는지 알고 있는 모양이로구나."

로에나가 고개를 끄덕였다. 나는 읽던 책을 덮고 무릎 위에 올려놓았다. 그리고 푸념하듯 말했다.

"그럼 내가 어떻게 행동할지도 알고 있잖아. 그런데 왜 방해하러 온 거지?"

"방해는 아니야."

그녀가 변명하듯 말했다. 나는 고개를 내저으며 '아니, 방해란다'라고 대꾸했다.

"지금 너의 태도는 마치 내가 요넬에게 해코지하는 것을 막으려는 것 같잖니. 왜 그렇게 여기는지 정말 모르겠어. 내가 다른 하녀를 때린 것을 본 적이 있니?"

"하지만 마고가……."

나는 재빨리 그녀의 말을 막았다. 그리고 반박하듯 빠른 목소리로 내뱉었다. 불쾌함을 잔뜩 담은 표정은 매우 노골적으로 로에나를 향해 있었다.

"나는 그녀에게 단지 대화를 한다고 말했을 뿐이야. 그 어디에 때린다는 말이 들어가 있니? 자, 보렴. 내 방엔 아무것도 없어. 아무런 일도 일어나지 않았고. 그러니 오해가 풀렸으면 이만 돌아가 줄래?"

"요넬을 보여 줘."

로에나는 내 말을 믿을 수 없다는 듯 요구했다. 그녀의 눈동자에 담긴 것은 나에 대한 선명한 의심과 그에 따른 불안감이었다. 마차 안에서 봤던 자그마한 변화가 하나의 씨앗이 되어 이렇게 싹 틔우고 있는 것이다. 실로 기적에 가까운 일이다. 나를 불신하는 로에나라니.

"너를 위해서?"

"아니, 시스에 너를 위해서야."

나는 그녀의 대답에 빙그레 웃었다. 그리고 속삭이듯 말했다.

"네 말마따나 나를 위해서라면 여기까지 찾아오지 말았어야지. 그래도 뭐, 네 말이 맞다고 하자. 그게 서로를 위해서 낫겠어. 자, 마리를 찾아가렴. 그럼 요넬을 만날 수 있을 거야."

그리고 더는 해줄 이야기가 없다는 듯 다시 책을 펼쳐 들었다. 하지만 로에나의 말이 먼저였다.

"나는 분명 너를 위해서라고 말했어. 왜 믿어주지 않는 거니?"

그녀가 잘게 떨리는 음성으로 억울하다는 듯 외쳤다. 나는 책에서 눈을 떼지 않은 채 심드렁한 목소리로 짧게 대꾸했다.

"믿어."

"아니, 황궁에 다녀오고 나서부터 너 정말 많이 이상해. 너 대신 시를 읽었다고 이렇게 행동하는 거니? 그건 불가항력이잖아. 풀케르께서 시킨 일이니까. 어떻게 안 할 수가 있겠어? 게다가 난 네 소문을 퍼뜨리지 말아 달라고 부탁하기까지 했어. 그런데 내게 왜 이러는 거야?"

나를 위한 일이라……. 헛웃음이 나올 것만 같았지만 꾹 참았다. 의구심을 타인에 대한 배려로 바꿀 수 있는 건 로에나만이 할 수 있는 기교일 것이다. 이는 심리적인 손상을 이익으로 바꿔 놓으려는 본능에 의함이었다.

그래서일까? 사람들은 그럴듯한 말로 타인을 분석하는 그녀를 진실되게 보았고, 더 나아가 선량한 품성을 가지고 있다고 생각했다. 그래서 로에나가 원하는 대로 움직여 주었다. 우스운 건 로에나 그 자신조차 이 교활한 본성을 보편적인 마음이라 믿고 있다는 점이었다. 그 때문에 이런 식으로 진실을 꼬집어주면 불안해하며 거부하는 것이다.

"요넬을 보여 달라며. 그래서 어디에 있는지 이야기해 주었잖아. 그걸로는 부족하니? 제발, 로에나. 이제 그만 독서할 수 있게 배려해 주렴. 조금 전의 무례한 행동도 너그럽게 눈감아주었잖니."

"나는 네게 거짓말하지 않아."

"그래."

"하지만 넌 내 말을 하나도 믿지 않는 것 같아. 왜 그러는 거야? 제발 답을 내려 줘. 왜 내게 위선자라는 무서운 말을 하는 거냐고. 난 그런 사람이 아니야."

눈을 들어 시선을 마주하니 곧 울 것처럼 눈물이 그렁한 로에나의 얼굴이 보였다. 아마 이대로 대답하지 않고 무시한다면 그대로 주저앉아 나를 귀찮게 만들 것이다.

넌 내가 교양을 차리려고 애쓰는 걸 감사하게 여겨야 할 거야. 나는 혀끝까지 밀려오는 말을 꾹 참으며 눈을 느릿하게 깜빡였다. 그리고 기억을 더듬는 것처럼 잠시 뜸을 들이다 그녀에게 말했다.

"그때는 내가 말실수한 거야. 그러니 좀 믿어줄래?"

"정말이야?"

나는 이제 이런 소모적인 대치에 질려 가고 있었다. 내가 공들여 만든 전장에서 맞부딪치지 않은 이상 어린애처럼 징징거리는—사실 어린 소녀가 맞긴 하다. 15살에 불과하니까—그녀의 투정이 반갑게 느껴질 리가 만무하다. 그러니 마고에게 달려가지 않고서 뭐 하는 짓이람?

"지금 날 의심하는 거니? 로에나, 제발 공평해지자. 너는 날 믿지 않으면서 왜 내게 널 믿어 달라고 말하는 거니?"

그러자 그녀가 잔뜩 풀이 죽은 목소리로 내게 말했다. 제 딴에는 사과라고 내뱉은 모양이지만 전혀 와 닿지 않은 비겁한 변명이었다.

"미안해. 마고가 요넬에게 큰일이 일어날 거라고 말해서 널 믿지 못했어. 마고는 언제나 내게 진실만을 이야기해 주는 사람이거든."

"마고가 네게 어떠한 의미를 가지는 사람인지 알아. 그러니까 그녀를 믿는 게 당연하지."

"이해해 줘서 고마워. 나도 네 말실수를 용서할게."

"고마워. 자, 그럼 내게 책을 읽을 시간을 주겠니? 내게 문학적인 지식이 필요하다는 건 너도 잘 알고 있잖아. 그러니 이만 물러나 주겠어?

부탁이야.”

로에나는 내 말에 오묘한 표정을 지으며 입술을 꽉 깨물었다. 하지만 이 이상의 추궁은 스스로에게도 이롭지 않다는 걸 안 모양인지 이내 순순히 걸음을 옮겼다.

나는 그녀의 등 뒤를 바라보며 치밀어 오르는 비웃음을 꾹 삼켰다. 그런 로에나의 모습은 마치 꼬리가 말린 불쌍한 개와 같아 보였다. 정말이지 황홀할 정도로 쓸쓸한 뒤태였다. 자신을 찾아온 로에나로 인해 요넬을 뺏겼지만, 마리는 상당히 만족한 듯 후련한 웃음을 짓고 있었다. 그녀는 내게 달라붙어 그간의 상황을 미주알고주알 떠벌렸다. 힘이 센 몇몇 여인과 함께 요넬을 찾아가 몇 가지 ‘이야기’를 나누고 뺨 한 대 때렸더니 속이 다 시원하다는 게 주 내용이었다.

“그래. 앞으로도 계속 그렇게 이야기를 나누렴.”

나는 마고네가 마리에게 시비를 걸 때마다 ‘내 하녀’라는 말을 강조했다. 그것이 나를 향한 모욕인 것처럼 말이다. 그럴 때면 마고는 어설픈 변명을 하거나 뒷걸음질 치며 이를 갈았다. 이러한 일을 지속한다면 양부에게 이야기할 수밖에 없다는 치졸한 협박이 그녀를 위축되게 하고 있었다. 마리는 그런 마고를 약 올리기라도 하듯 그의 눈앞에서 하녀를 끌고 가 다정한 ‘이야기’를 나누었다. 로에나의 성품상 이러한 일에 나서서 힘의 줄다리기를 하지는 않을 터이니 마고의 편이 되어줄 사람은 아무도 없었다. 그래서일까? 하녀들 사이에서 미묘한 균형을 이루고 있던 세력의 판도가 조금씩 마리 쪽으로 기울어지기 시작했다.

“봐봐. 우리 아가씨는 나를 위해서 손수 나서 주시잖아. 말로만 위로하는 게 다가 아니라고.”

마리는 아예 노골적으로 마고를 향해 ‘지위만 하녀장일 뿐인 멍청한 늙은이’라 지칭하고 있었다. 그래서 그녀를 존중해야 한다는 내 말에 매우 못마땅한 표정을 지었다. 우습게도 마리는 조금만 더 이러한 상황을 유도해 나간다면 하녀장이 될지도 모른다는 꿈에 부풀어 있었다.
매우 우습게도 말이다.

※

건국제가 다가오면 다가올수록 저택 내 사람들의 움직임이 매우 분주해졌다. 저마다 옷장 깊숙한 곳에 숨겨 두었던 가장 좋은 옷을 꺼내 정성스레 빨고 다림질하고 난리였다. 블랜의 경우 가을꽃을 우려낸 물로 옷을 삶는다면 꽃향기가 배어 아주 좋다는 소리를 어디에서 들었는지 내 방에 놓을 꽃이라는 핑계로 적정량보다 더 많이 꺾었다가 정원사에게 한소리를 듣기도 했다. 그녀는 많이 억울했던 모양인지 '그거 몇 개 더 꺾었다고 야단 떨기는⋯⋯'이라고 못마땅하다는 듯 중얼거렸다.

마리는 가슴이 커지는 약이 다 떨어졌다고 울상을 지으며 다시 마녀를 찾아갔다. 그녀는 건국제에서 마음에 드는 남성을 만날 것을 대비하여 가슴을 키우고 있었다. 다른 하녀들도 마리의 말에 홀딱 넘어가 같은 약을 구입했다. 그 속엔 마고네 하녀들도 있었다.

마리는 이에 그치지 않고 사내를 홀린다는 향수까지 구입해 왔다. 그녀는 마녀가 자신의 약을 작고 낡은 사기그릇에 넣어 판다는 것 자체만으로도 믿음이 간다고 생각하고 있었다.

"아가씨도 이 향수를 써 보는 건 어떠세요?"

나는 그녀가 건넨 향수를 물끄러미 내려다보았다. 고약한 것까지는 아니나 맡은 순간 강렬하게 확 다가오는 것이 체향과 섞이면 어떠한 효과를 낼지 가늠조차 할 수 없었다. 설명하기론 사내를 유혹할 때 쓴다는 것인데, 내가 남자라도 이 향은 좋아할 것 같지 않았다. 시중에 파는 싸구려 향수보다 더 질이 나빠 보였으니까.

"내가 좋아하는 향이 아니구나. 준비한 드레스와도 어울릴 것 같지 않고."

향을 맡은 내가 고개를 설레설레 내젓자 마리가 노골적으로 실망한 표정을 지으며 눈만 슴벅슴벅했다. 그러면서 슬슬 눈치를 살피는데, 내 입에서 괜한 것을 샀다는 타박이 나올까 봐 긴장한 모습이었다. 싼 값에 구입한 건 아닌 모양이다.

"차라리 블랜이나 세릴, 또는 다른 하녀들에게 나눠 주지 그러니?"

"아가씨, 좋은 건 혼자 써야 하는 법이에요. 다른 사람과는 나쁜 것만 나눠 쓰는 거랍니다."

나는 무슨 말을 하냐는 듯 정색을 하는 그녀의 행동에 그만 웃음을 터뜨리고 말았다.

마리의 탐욕은 언제 보아도 희극을 보는 것과 같은 우스꽝스러운 느낌을 준다. 좋은 건 나누어주지 않으면서 정작 별거 아닌 일엔 생색을 내는 그녀가 내가 내어준 물질에 의해 마고와 견줄 수 있을 정도로 성장했다는 건 놀라운 일이었다. 그러니 마리의 본질을 꿰뚫고 있는 블랜마저도 요즘 그녀의 곁에 붙어 다니며 죽이 꽤 잘 맞는 것처럼 행동하지 않는가.

"그래서 언제 쓸 건데? 하루만 쓰기엔 아깝지 않니?"

"물론이죠. 건국제 내내 쓸 생각이에요. 제 운명의 남자를 만날 수도 있는 거잖아요. 생각만 해도 너무 설레요."

사실 건국제에서 우연히 만난 한 쌍의 남녀가 결혼까지 하는 건 흔한 일이었다. 워낙 무대가 완벽하다 보니 연극에 나올 법한 낭만적인 상황이 일어나기 때문이었다. 오죽하면 운명의 여신이 이때만큼은 가장 많이 물레를 돌린다고 말할까?

특히 아가씨 수발에 정신이 없는 하녀들에게 있어 이만큼 괜찮은 만남의 장소는 없었다. 뭐, 젊고 아리따운 하녀들이야 기사들에게 눈을 돌린다 하지만, 소설에 나오는 운명적인 사랑을 꿈꾼다면 사람이 많이 몰리는 광장에 나가 볼 만도 하다.

마리가 자신의 가슴속 깊이 숨겨 왔던 순진한 망상은 이것을 향해 있었다. 그래서일까? 그녀는 일하는 내내 끊임없이 몽상에 젖은 말을 떠들어 댔다. 이때만큼은 마리는 그 어떤 소설가나 만담가보다 더 뛰어난 이야기꾼이었다.

본디 남을 헐뜯는 데엔 일가견이 있는 그녀이지 않나. 그런 와중에 상상력이 구체화하자 상대방의 혼을 쏙 빼놓을 정도로 재미난 이야기가 흘러나오고 있었다. 마리를 비웃던 블랜이 아주 홀딱 넘어가 그다음 상황이 어떻게 되는지 말해달라고 조를 정도였다.

"건국제 날 아가씨도 저희와 같이 나가면 좋을 텐데요. 그렇잖아도 오수(午睡)에 들지 않고서 변장해서 나가는 분이 꽤 많대요."

놀랍게도 저의 망상은 나에게까지 이어지고 있었다. 그녀는 내 침묵이 허락에 가까운 묵인이라 착각하는 것 같았다. 두 손을 가슴 어림에서 꼭 맞잡은 채 두 볼을 발그레 물들이는 마리의 태도가 한 편의 능숙한 연기를 선보이는 배우 그 자체라서 그리 나빠 보이지 않긴 했지만 말이다. 그녀는 흥분에 가까운 목소리로 내가 하녀의 옷을 차려입고서 뒷문을 통해 저택을 빠져나간다는 공상을 구체적으로 풀어 나가기 시작했다. 특히 저택 내 기사와 하인에게 들킬 위험에 처해 황급히 몸을 낮춘다는 이야기는 매우 그럴듯하게 들려 감탄이 나올 정도였다. 적당한 때에 은근슬쩍 나를 떠보는 것도 그랬다.

"어떠세요, 아가씨? 한번 해보고 싶지 않으세요?"

"솔깃한 내용은 아니구나. 왜, 네가 생각하는 운명적인 만남이 내게도 일어날 것 같니?"

"시합을 준비하는 아이레스 경과 우연히 마주친다면 얼마나 멋있겠어요? 정말로 엄청난 일이 되겠죠."

다른 귀족 영애 같은 경우는 평민들의 축제를 체험하고 싶어서 그러는 것일 테지만, 나로선 그리 구미가 당기지 않는 제안이었다. 생활고에 시달리던 이전의 기억이 아직도 뇌리에 또렷하게 남아 있어서였다. 무엇보다 비슈발츠가에 들어와 처음 맞이하는 축제이므로 책잡힐 행동을 하는 것보단 낮잠을 자며 시간을 보내는 게 더 나았다. 그래서 손사래를 치며 거부의 말을 내뱉었다.

"하지만 그럴 리 없으니 그만 상상하고 머리나 제대로 만지려무나. 이 드레스에는 어떤 머리를 해야 할지 다 함께 생각해 봐야 할 시간이야."

미카엘 아이레스가 건국제 날 잠시 만나 뵙고 싶다는 정중한 요청의 편지를 보낸 건 축제를 이틀 앞두고서였다. 내용인즉슨, 검술 시합에 나가기에 앞서 나에게 격려를 받고 싶다는 것이다. 그의 행동에 부담스러워진 내가 편지로 응원하면 안 되냐고 돌려 물었지만, 그는 보기 드물게 단호한 태도로 직접 만나 뵙고 싶다고 했다. 그리고 내가 더는 거절할 수 없도록 비슈발츠가에 방문 요청을 보내는 치밀함까지 선보였다.

이에 어머니와 마리네들이 기뻐한 것은 물론이다. 그들은 아이레스 경이 방문하는 날까지 나를 닦달하며 미모를 가꿀 것을 요구했다. 그래서 황태자의 초상화를 보며 버티는 연습을 하는 것은 잠자리에 들기 전에 해야만 했다.

이즈음의 나는 숫자 열을 셀 정도로 버티는 수준까지 이르러 있었다. 그의 목소리를 상상하며 단답을 하는 것도 꽤 능숙해졌다. 이 정도면 건국제에서 망신살이 뻗치지는 않을 것만 같았다. 문제는 황태자에 대해 아는 것이 전혀 없다는 점이었다. 그래서 나는 이번에 방문하는 미카엘 아이레스 경을 통해 황태자에 대해 알아봐야겠다고 생각했다. 그만큼 황태자와 가까운 이가 없으니까 말이다.

　당일이 되자 어머니는 나를 새벽부터 찾아왔다. 졸음으로 인해 정신을 차리지 못하는 나를 흔들어 깨우며 당장 세수하게 하였다. 그리고 완벽한 드레스 라인을 만들어야 한다며 과일 몇 조각과 물 한 잔을 마시는 것으로 이른 아침 식사를 마치게 했다.

　이후 그들이 내게 한 짓은 허리가 부러져라 코르셋을 조이는 일이었다. 그것도 갈비뼈에 금이 간 게 아닌가 싶을 정도로 끈을 잡아당기면서 말이다. 숨을 쉬는 게 어려워 그저 헐떡이고만 있노라니 도비녜 부인이 보내온 드레스를 뒤집어씌웠다. 그들은 재빠르고 능숙한 솜씨로 옷매무새를 가다듬었다. 주름을 펴고 비단 끈으로 허리 라인을 다시 정리하고, 가슴을 가운데로 모으는 등 라인을 잡는 데 여념이 없었다.

　도비녜 부인은 내게 특별한 디자인의 옷을 보냈다. 최신 유행을 따르면서도 몸을 움직이는 데 불편함 없이 산뜻하게 만들어진 드레스는 쇄골과 가슴 부분의 은밀한 골짜기를 아주 우아하게 드러내고 있었다. 승리를 상징하는 '빛'을 내포하기 위해 골반 아래로 덩굴처럼 뻗어 내려간 자수들이 퍽 독특하면서도 아름다웠다. 특히 그 아래로 물결치듯 부드럽게 흘러내리는 치맛자락은 도비녜 부인의 솜씨에 대해 감탄하지 않을 수 없는 부분이었다.

　블랜은 아이레스 경이 이 모습을 본다면 분명 반하지 않고서 못 견딜 거라며 잔망스레 떠들어 댔다. 옆에서 마리가 '이미 반해 계셔'라고 말고 있지만 전혀 아랑곳하지 않는 태도였다. 오롯이 세릴만이 묵묵히 침묵하며 제 할 일을 할 뿐이다.

　화장은 평소보다 더 공들여 했다. 왼쪽 눈가에 도드라지게 박혀 있는 점에 먹을 칠해 강조하고 숱 많은 눈썹도 보기 좋게 다듬어 색을 입혔다. 뺨에는 복숭앗빛 고운 연지가 내려앉았다. 나는 조용히 눈을 깜빡이며 거울을 응시했다. 그 안에는 아름다운 외모를 가진 사랑스러운 소녀가 자리하고 있었다. 풍성하게 말아 올린 속눈썹 아래 그윽하게 자리한 갈색의 눈동자 어디에도 거리 출신의 더러운 소녀는 보이지 않았다. 이전의 해골 같은 모습도!

"내 딸, 너무나 아름답구나."

어머니가 눈물을 글썽였다. 마리네도 뿌듯한 표정을 지으며 나를 바라보고 있었다.

"너무 조인 거 아닌가요? 숨을 쉬기 어려울 정도예요."

내가 불퉁한 목소리로 중얼거리자 어머니가 큰일 날 소리를 한다는 듯 손사래를 쳤다.

"얘는. 다들 그렇게 한다더구나. 이런 식으로 꽃처럼 연약하면서도 청초한 아름다움을 뽐내는 거지."

"아이레스 경 앞에서 쓰러지라는 소린가요?"

"그럼 더할 나위가 없겠구나."

나는 어머니의 말에 기가 차는 것 같았다. 어처구니없는 걸 잘도 요구한다 싶어서였다. 하지만 마냥 반박할 수 없는 게, 어머니가 양부를 만나게 된 계기도 그 앞에서 쓰러졌기 때문이다. 그러니 이러한 행위에 대한 당신의 로망을 마냥 짓밟을 수가 없었다.

"……노력해 볼게요."

"아이레스 경이 오면 하녀를 불러 주마. 그때 응접실로 나오렴."

"네, 부탁드려요."

어머니는 내 뺨에 작게 키스하며 방을 빠져나갔다. 임무를 완수했다는 듯 의기양양한 발걸음은 내가 봐도 퍽 우스웠다. 그만큼 어머니의 기분은 하늘을 날아갈 듯 높게 치솟아 있었다. 나는 어머니의 뒷모습이 보이지 않게 되자 바로 세릴을 제외한 다른 하녀들을 물렸다.

"세릴, 네가 이전에 마고 무리에 속해 있었지?"

"네, 아가씨."

"너와 친한 사람 중에 중 금전적으로 어려움을 겪고 있는 하녀는 없니?"

"있긴 한데 무슨 일이신지요?"

"그녀에게 도움받을 게 있어서 그렇단다. 로에나가 자신의 친구들과 티타임을 가질 때 어떤 이야기를 하는지 궁금해졌거든."

"아가씨, 그건……."

나는 고개를 설레설레 내저으며 세릴의 말을 막았다.

"오해하지 말렴. 네가 생각하는 그런 게 아니니까. 단지 귀족가의 영애는 친구들과 어떤 이야기를 나누는지 배워야 할 필요성을 느낀 것뿐이야. 사실 그 누가 내게 그런 걸 알려 주겠니?"

"그럼 제가 어떻게 해야 할까요?"

"그녀가 돈이 필요하다고 하면 아낌없이 빌려주렴. 그리고 단 한 가지만 해주면 된다고 말하는 거야."

"무엇을요?"

"티타임 때 로에나의 시중을 들게 된다면 그들이 했던 이야기를 잘 기억하여 네게 알려 주라는 거지. 정확하게 기억하지 않아도 된단다. 그저 생각나는 대로 알려 주기만 하면 되는 거야."

로에나를 추종하는 이 중 몇몇은 사교계에 어느 정도 연줄이 있어 거기에서 얻은 정보를 그녀와 나누곤 했다. 그래서 로에나는 항상 나보다 한발 앞서서 모든 걸 준비할 수 있었다. 마담 드 라발리에뿐만 아니라 친구들까지 그녀에게 필요한 소식을 물어다 주니, 그에 대한 대비만 하면 되었던 것이다.

세릴은 자신에게 주어진 첫 번째 일에 얼떨떨해하면서도 매우 놀란 눈치였다. 지금껏 이러한 일은 마리가 도맡아하지 않았던가. 그래서 잘해 낼 수 있을지 매우 걱정하는 것 같았다.

"그런데 그 애가 제 부탁을 하녀장님께나 로에나 아가씨께 말씀드리면 어떡하지요?"

나는 대답 대신 빙그레 웃었다. 로에나가 안다면 우월감에 휩싸여 좀 더 좋은 정보를 나눠주기 위해 애쓸 것이지만, 마고가 안다면 세릴이 온전하게 내게 떨어지는 기회가 될 수 있었다. 어느 쪽도 내게 있어 손해 보는 일은 아니다. 하지만 이를 온전하게 알려 줄 수 없는 노릇.

"그러니 돈을 준 첫날부터 부탁하는 게 아니라는 거지. 네가 주는 돈이 아니면 견딜 수 없게끔 차근히 공들여 길들이는 거야. 그러다 마고에게 알리면 돈을 주지 않겠다고 말하면 되는 거란다. 너에게 말고도 그만한 돈을 구할 수 있는 재주가 있다면 처음부터 네게 매달리지 않을 테니까 말이야."

"예. 그렇게 하겠습니다."

"그래. 너만 믿겠어."

나는 그녀의 뺨에 손을 가져다 대며 나직한 목소리로 부드럽게 속삭였다. 비록 시작은 좋지 않았지만, 최선을 다하는 네 모습에 점차 마음이 기울어 가고 있다고. 그래서 요즘은 마리보다 너를 더 신뢰하고 있다고 말이다.

세릴은 지옥의 악마처럼 못되게 굴던 내가 자신을 믿고 있다고 말하니 혼란스러우면서도 매우 감격한 눈치였다. 무엇보다 더는 나를 무서워하지 않아도 된다는 안도감에 깊은 환희를 맛보고 있을 것이다. 사람은 본디 처음보다 나중에 받은 것을 생각하여 그것에 더 큰 비중을 둔다. 백 번 섭섭하게 하여도 마지막에 딱 한 번 잘해 주면 언제 그랬냐는 듯 방긋방긋 웃는 것이다. 특히 지금처럼 가슴속 깊이 내재되어 있던 공포를 희석해 준다면, 생명의 은인이라도 되는 것처럼 감사하게 여기게 된다. 마리와 세릴이 이렇게 쉽게 넘어오는 것도 이 때문이었다. 게다가 세릴이라 하면 이전에 로에나를 황궁 무도회까지 보내는데 혁혁한 공을 세웠던 하녀가 아닌가. 잘만 구슬린다면 그와 같은 대담한 추진력을 나를 위해 쓸 수도 있었다.

"마리가 맛보는 걸 너 역시 맛보지 못하리라는 법은 없지. 그렇지?"

"열심히 하겠습니다."

그녀가 허리를 깊게 숙였다. 나는 그녀의 등을 가볍게 토닥였다.

잠시 후 문을 두들기는 소리가 들리며 마리가 조심스레 들어왔다. 그녀는 내게 아이레스 경이 방문했으며 지금 응접실에 있다는 소식을 알렸다. 그렇게 말하는 마리의 얼굴은 발갛게 달아올라 있었다. 그를 응접실까지 안내한 사람이 마리인가 보다. 나는 알겠다고 대답한 뒤 자리에서 일어났다. 그리고 미카엘 아이레스가 기다리고 있을 응접실로 향했다.

몇 달 만에 본 아이레스 경은 여전히 아름답고 멋있었다. 소파에 앉아 생각에 잠겨 있는 모습이 마치 한 폭의 그림과 같다고 생각될 정도였다. 보통의 여인이라면 그의 외모에 설레 기절하고 말았을 것이되, 저의 얼굴을 보고도 아무런 느낌이 들지 않는 내가 참 신기할 정도였다.

오늘 그는 매우 드물게도 기사단의 정복이 아닌 르댕코트와 바지를 입고 있었다. 붉은빛이 도는 비단 천위로 호박 단추가 알알이 달린 옷이 그의 조각 같은 서늘한 얼굴에 아주 잘 어울렸다. 평소의 표정은 저런가 싶을 정도로 나와 눈이 마주하기 전까지의 아이레스 경은 냉미남 그 자체였다. 하지만 내가 '아이레스 경' 하고 부르자 봄볕에 눈이 녹는 것처럼 사르르 미소 지으며 자리에서 일어났다. 그 괴리가 어찌나 큰지 나조차 그의 얼굴에서 눈을 뗄 수 없었다.

"오랜만에 뵙습니다. 이렇게 방문을 허락해 주셔서 감사합니다."

나는 그의 말에 어이가 없다고 생각했다. 허락해 주었다니? 생떼를 부려 가면서 억지로 허락받은 방문이 아니던가. 그런데 아이레스 경은 마치 내가 초대한 것처럼 시치미를 뚝 떼고 있었다. 황당한 마음에 내가 언제 그랬냐고 비꼬아줄까 생각했지만, 사모하는 사람의 말 한 마디에 일희일비했던 지난날의 내가 떠올라서 그만두었다. 대신 마리에게 차를 가져와 달라고 말하고 그를 자리로 안내했다.

우습게도 미카엘 아이레스는 사춘기에 접어든 소년처럼 굴고 있었다. 내 작은 몸짓 하나하나에도 크게 반응하며 쩔쩔매는 것이 숙맥으로 보였다. 그렇기에 그가 사교계의 드센 여인들 사이에서 절벽 위의 꽃처럼 고고하게 자리하고 있다는 게 믿기 어려울 정도였다. 하긴, 이전에 내가 그의 손등에 키스하였을 때만 하더라도 곧 죽을 것처럼 끙끙 앓는 소리를 내었었지.

어쨌든 대화를 나누긴 해야 할 터인데, 딱히 나눌 수 있는 화제가 없었다. 그에 관해 궁금한 게 없어서였다. 그러나 그는 다른 모양이었던지, 미카엘 아이레스는 기사단에서 일어난 일이나 검술을 연습하다가 일어난 일과 같은 것들을 부지런히 토해 내며 내 반응을 살피기 시작했다. 잘 정돈되지 않는, 횡설수설에 가까운 이야기를 마구 내뱉으면서 말이다. 세상 사람들은 얼음의 기사라고 불리는 미카엘 아이레스가 이토록 말재간이 없는 사람인 줄 알고 있을까?

그럼에도 그의 노력이 무척 가상하여 이야기를 끝까지 다 들어주었다. 열과 성을 다하는 모습이 나빠 보이지 않았기 때문이다. 아무래도 아이레스 경은 편지에 썼던 것처럼 격려만 받고 헤어지는 게 무척 싫은 모양이었다.

나는 고개를 작게 끄덕이는 등의 몸짓을 통해 잘 경청하고 있음을 나타냈다. 다소 지루한 이야기-기사단에 관한 이야기-가 흘러나와도 흥미가 있는 것처럼 적절한 추임새를 넣어주었다. 하지만 그러는 것도 한두 번이지, 우리의 대화는 더 이상 견디기 힘든 수준에 이르고 있었다.

그것은 그의 이야기가 재미없다기보다는 할버드 경에게 잘 보이기 위해 그 앞에서 마구 지껄여 댔었던 이전의 내가 자꾸 떠올라서였다. 그의 이목을 끌기 위해서, 관심을 받기 위해서 무슨 말인지도 모를 소리를 내뱉었던 어리석은 시스에가 말이다. 상대에게 잘 보이기 위해 본성을 숨기고서 방긋방긋 웃음 짓는 모습 또한 그랬다. 미카엘 아이레스는 덜 불쌍하고 덜 가엾은 시스에의 완성판이었다.

만약 아이레스 경이 황태자와 있었던 일에 관한 이야기를 꺼내지 않았더라면, 인제 그만하라고 돌려 말했을지도 모르겠다. 미카엘 아이레스는 황태자와의 인연을 '악연'이라 말하며 부드럽게 웃었다. 어릴 때 아버지를 따라 만난 게 지금까지 이어졌다는 것이다. 그는 어린 황태자가 자신에게 '너, 내 손이 돼라. 그럼 기사로서 맛볼 수 있는 최고의 긍지를 선사하마'라고 했던 말이 아직도 잊히지 않는다고 고백했다.

"그때부터 그분의 검이 되기로 마음먹었지요."

고지식하면서도 냉철한 미카엘 아이레스와 난봉꾼에 잔인하기까지 한 이오발데 디보쉬 에키나시아의 조합은 어울리는 게 이상할 정도로 상반된 사람들이었다. 그러나 아이레스 경의 말에 의하면, 주군으로서의 황태자는 그 누구보다 과감할뿐더러 혁신적이고 진보된 생각을 하고 있어 한 사람의 신하로서 매혹되지 않을 수 없었다고 한다. 한량처럼 굴긴 하여도 자신이 해야 할 일에 대해서는 그 누구보다 철저한 사람인지라 그저 믿게 된다는 거다. 인간성은 둘째 치고라도 말이다.

아이레스 경의 얼굴에는 황태자에 대한 자부심과 신뢰로 빛나고 있었다. 간혹 미간을 찌푸리며―황태자로 인해 골탕을 먹었을 때다―곤란하다는 표정을 지을 때도 있지만, 대부분 그의 얼굴에 어린 것은 자신의 주군에 대한 자긍심이었다.

나는 그들의 유대가 생각보다 단단한 것에 깜짝 놀랐다. 철딱서니 없는 황태자의 뒤를 쫓아다니며 잔소리하는 기사의 관계를 떠올리고 있었건만, 우정에 관한 한 수평선을 유지하고 있는 그들의 모습이 매우 놀라워서였다.

"하지만 짓궂으신 분인걸요."

나는 은근슬쩍 황태자를 만나 본 적이 있다는 것을 그에게 드러냈다. 그러자 미카엘 아이레스가 심각한 표정으로 나를 바라보며 황태자를 만난 적이 있냐고 물었다. 수많은 여인을 건드리기로 유명한 사내인지라 나 역시 걱정되었던 것이다.

"이전에 풀케르께서 저를 초대해 주신 적이 있었어요. 그때 정원을 산책하다가 만나 뵈었답니다."

"짓궂다고 표현하신 건 무슨 의미입니까?"

"의미라고 할 필요가 있나요? 처음 뵙는 것이기에 감히 고개조차 들지 못하고 쩔쩔매었더니, 제 턱을 잡아채고선 그대로 눈을 마주치시던걸요."

"그래서 어떠셨습니까?"

그가 눈에 띄게 초조한 표정을 하고선 내게 물었다. 남녀를 가리지 않고 끌어당기기로 유명한 황태자인지라 나 역시 그에게 빠져들었을까 봐 걱정하는 눈치였다. 무릎 위에 올린 그의 손은 어느새 둥글게 말려 주먹이 쥐어져 있다. 그래서 나는 솔직하게 말했다.

"무서웠어요."

"……무섭다고 하셨습니까?"

"네. 무서웠어요. 그래서 다시 만나 뵌다 하더라도 얼굴을 마주하며 인사를 드릴 수 있을지 걱정이 되네요."

"실례지만 영애를 위협하는 행동을 하신 겁니까?"

그렇다고 말하면 금세 황태자를 찾아가 따질 듯한 기세였다. 아닌 게 아니라 깊게 패인 미간과 앞으로 쏠린 상체가 당장 튀어 나갈 것처럼 보였다.

아이레스 경은 내가 말한 상대가 '제국의 황태자'인 게 대수롭지 않다는 듯이 굴었다. 마치 옆집에 사는 사람을 혼내 주러 간다는 것처럼 여상스러웠다. 이는 황태자의 심복이기에 할 수 있는 태도로, 저 둘의 사이가 얼마나 격의 없는지 단적으로 보여 주고 있었다.

나는 고개를 설레설레 내저으며 말했다.

"그렇지는 않으셨어요. 그저 보는 순간부터 무서운 분이다, 라고 생각했던 것뿐이랍니다. 그래서 조금 걱정이 되네요. 서글프기도 하구요."

"무엇이 영애의 마음을 아프게 하는 거지요?"

"들으신다면 분명 제 입이 가볍다고 생각하실 거예요. 쓸데없는 일을 한다고 비웃을지도 몰라요."

"아니요, 제가 어떻게 감히 영애의 행동을 비웃겠습니까?"

나는 서글픔을 가장하여 눈물을 글썽였다. 동시에 입술을 달싹이며 고개를 숙이는 등 머뭇거리는 행동을 통해 그를 애타게 하였다.

"예전에 경께서 제 소문에 대해 알고 있다 하셨지요. 그러니 지금 제가 어떠한 위치에 있는지 굳이 말씀드리지 않겠어요. 그건 저를 수치스럽게 만들 뿐이니까요."

"영애, 혹시……."

나는 그의 추측이 맞다는 것처럼 힘없이 고개를 끄덕였다. 그리고 계속 말을 이어 나갔다.

"이전부터 로에나는 황태자 전하를 사모해 왔어요. 그래서 저에게 종종 그분에 관해 이야기를 해주었지요. 제국 내 많은 귀족 영애가 그렇듯 말이에요. 그래서 일전에 황태자 전하를 만나 뵈었을 때 저도 모르게 로에나의 이름을 내뱉고 마는 실수를 저질러 버렸답니다. 그것도 모자라 로에나에게 황태자 전화와 아주 친밀한 대화를 나누었다는 거짓말을 해버리기까지 했어요."

사실 로에나가 황태자를 좋아하든 말든 알 게 뭐란 말인가. 아니, 그 누구를 사모한다 해도 내가 신경 쓸 부분은 아니었다. 그 대상이 미카엘 아이레스라 할지라도 말이다. 그러니 이런 식으로 천연덕스럽게 이야기를 꾸며 낼 수 있는 거겠지. 사실 과거의 로에나가 황태자비가 될 수 있었던 것은 황태자가 그녀에게 마음이 있기에 가능한 일일 터였다. 그러므로 지금 내가 내뱉은 말은 언젠간 도래할 미래를 교묘하게 섞은 것으로, 전부 다 거짓이라 할 수는 없는 노릇이다.

"전 단지 그녀와 친밀해지고 싶었을 뿐이에요. 그래야 했으니까요. 그런데 일이 이렇게 되어버려서 이젠 어떻게 해야 할지 모르겠어요. 저에게 실망할 로에나를 생각하니 가슴이 너무 아파요. 그래서 매일 두려워하던 참이랍니다. 그런데 오늘 이렇게 경께서 와 주셨네요."

"제가 말입니까?"

"네. 아이레스 경께서요. 아마 경이라면 저를 도와주실 수 있을 거예요."

"제가 어찌 해드리면 됩니까?"

이 순진한 기사는 내게 도움이 될 수 있다는 사실이 기쁜 것인지 냉큼 대답하여 물어본다. 놀랍게도 아이레스 경은 황태자 이야기를 꺼낸 것에 발맞춰 심정을 토로한 것에 관해 전혀 이상하게 생각하지 않고 있었다. 다른 여인에 관한 한 날카로운 촉을 자랑하던 그의 감각이 오늘만큼은 맥없이 무뎌지고 있는 것이다.

"전 로에나를 기쁘게 해주고 싶어요. 그러기 위해서는 그녀에게 황태자 전하에 대해 많은 걸 이야기를 해줘야 할 테지요. 하지만 제가 그러한 정보를 어찌 다 알겠어요?"

말을 마친 나는 일부러 그의 얼굴을 응시했다. 이에 대한 선택은 저보고 하라는 듯 떠넘긴 것이다. 미카엘 아이레스는 그런 나를 뚫어져라 쳐다보고 있었다. 아마도 내가 황태자에게 관심이 있는지 없는지 살펴보기 위함일 테다.

"……제가 영애를 도와드린다면 더는 슬퍼하지 않으실 겁니까?"

잠시 후 아이레스 경이 입을 열어 물었다. 이전의 내가 그랬듯 지금의 그 역시 무작정 도와주고 싶다는 마음만 가득 차 있을 터였다. 사랑하는 사람 앞에서는 이성이고 뭐고 다 마비된 터라 제대로 된 사고조차 할 수 없기 때문이다. 그러니 감히 황태자에 관한 정보를 내게 떠넘긴다 말하는 거였다. 별것 아닌 일이라 자위하며, 그렇게 무너져 내려가는 것이다. 그러므로 속으로 미안하다 말하며 미리 면죄부를 가지는 건 모두에게 못할 짓이다. 아이레스 경을 향한 동정이나 죄책감은 이 상황을 모면하기 위한 자기방어, 그 이상도 이하도 아닐 테니까. 그렇기에 훗날 비난받을 것을 감수하고서 지금 당장은 못된 년이라는 타이틀을 일관성 있게 유지하는 게 나았다.

"네. 그렇게 해주세요. 그럼 저는 훨씬 더 행복해질 거예요. 경으로 인해서요."

그러자 미카엘 아이레스가 더없이 기쁘다는 듯 빙그레 미소 지었다. 그것은 '행복'이라는 단어를 표현하는 또 다른 방법이었다. 과거의 시스에가 그랬던 것처럼, 그렇게.

이후 미카엘 아이레스는 내게 검술 시합에 구경 와 달라고 정중하게 요청했다. 원형 경기장에 앉아 자신을 응원해 줄 것을 부탁하는 것이다.

"가문의 기사님을 응원하지 않고서요?"

나는 부드럽게 웃으며 농담조로 이야기했다. 그리고 '사람들은 할버드 경과 아이레스 경이 결승에서 만난다고 하더군요'라고 덧붙였다. 아닌 게 아니라 제국 내의 모든 사람이 이 둘을 호적수로 여기고 있었다.

"예, 저를 응원해 주십시오. 그럼 우승자에게 주어지는 가장 빛나는 화관을 영애의 머리에 씌워 드리도록 하겠습니다."

"그럼 전 무엇을 드려야 하나요?"

"이전처럼 제 손등에 키스해 주십시오. 여신의 가호를 받는다면 세상 무서울 것이 없을 테니까요."

나는 자리에서 일어나 아이레스 경에게 가까이 다가갔다. 황태자에 대해 알려 준다는데 이 정도야 못 해줄 리 없었다.

"검을 잡는 손은 어느 쪽인가요?"

그가 오른손을 내밀었다. 나는 그의 손을 붙잡고 손등 위로 천천히 얼굴을 내렸다. 입술에 와 닿는 거칠한 피부의 촉감과 그 사이로 아스라이 퍼지는 숨결이 기묘한 느낌을 자아냈다. 키스를 마치고 난 뒤 올려다 본 아이레스 경의 얼굴은 새빨갛게 달아올라 있었다.

"승리하세요. 그래서 제게 화관을 씌워 주세요."

나는 빈말일지도 모를 소리를 내뱉었다. 어차피 우승자는 할버드 경일 테지만, 이런 식으로 말하는 것도 나쁘지 않다고 생각하면서 말이다.

건국제를 알리는 행사의 처음은 참으로 평범하다. 가판이 열린 곳에 사람들이 스멀스멀 모여들면 그게 바로 시작이었다. 제국 최대의 기념일이지만 광장에 사람을 모아 놓고 연설하는 일 따위는 없었다. 몇 년 전만 하더라도 황제가 직접 나와 건국제의 시작을 공표했다는데, 이제는 건강이 좋지 않다는 핑계로 생략한다고 했다. 하지만 아쉬워하는 사람은 없었다. 사실 그 누가 추운 겨울날 광장에 서서 황제의 연설을 듣는 것을 좋아하겠는가? 눈이라도 온다면 더욱 최악일 수밖에 없다.

각설하고, 평민들은 거리에서, 귀족들은 궁의 별관으로 들어가 파티를 즐기는 게 오늘날의 건국제였다. 같은 행사지만 겪는 건 확연하게 달랐다. 이때만큼은 제아무리 유명한 창녀라 할지라도 고객(귀족)을 따라 궁에 들어올 수 없었다. 법도에 어긋난다는 것 때문이었다. 그러므로 뚜렷하게 나뉜 두 계급이 한곳에 모일 수 있는 건 오롯이 검술 시합 때뿐이었다.

검술 시합이 열리는 원형 경기장은 크고 넓었다. 병사들과 기사들의 사기를 드높이기 위하여 시행했던 시합이 건국 이후에도 이어져 이제는 하나의 행사로 자리매김해 있었다. 사람들은 시합이 시작되기도 전에 무대를 향하여 소리를 질러 대며 오늘의 대회에 대한 흥분을 마구 표출했다. 귀가 따가울 정도였다. 상대에게 검을 겨눠 힘을 겨루는 야만스러운 행위가 무어 그리 재미있다고 저리들 환호성을 지르는지, 도무지 이해할 수 없는 노릇이었다.

나는 한숨을 내쉬며 코트를 안으로 바싹 여몄다. 차가운 바람으로 뺨은 이미 하얗게 질려 있는 상태였다. 뜨거운 물을 넣은 탕파를 미리 가져왔지만 채신머리없게 끌어안고 있을 수 없는 노릇이라 손만 겨우 녹이고 있는 처지다. 여성스러움을 뽐내기 위해 목덜미가 훤히 드러난 드레스를 입은 상태라 차가운 칼바람이 사정없이 틈을 비집고 들어와 몸을 할퀴고 있었다. 그러니 암만 두꺼운 코트를 입어도 추위를 느낄 수밖에 없다. 따끈한 차 한 잔이 절실했다.

미카엘 아이레스는 손등에 키스를 받은 이후 바로 자리에서 일어나 시합을 준비해야겠다고 말했다. 그리고 첫 시합부터 관전해 달라 요청했다. 나를 위해 승리하겠노라 다시금 되뇌는 그의 결연한 태도는 사뭇 비장한 데가 있었다. 그래서 알겠다고 대답했다. 할버드 경으로 인해 처음부터 경기장에 앉아 있을 것만 같은 다른 가족들을 생각한다면 그리 어려운 일도 아니었다.

하지만 이렇게 일찍 경기장에 오게 될 줄 알았으면 좀 더 생각해 보겠다고 말할 걸 그랬다. 나는 양부의 옆에 앉아 무대를 내려다보는 어머니를 살짝 흘겨보았다. 아이레스 경이 돌아간 이후 곧바로 응접실로 들이닥치더니 그를 응원하러 가야 한다면서 온갖 닦달이란 닦달은 다 한 당신이다. 그러고선 이렇게 일찍 도착하여 추위에 벌벌 떨게 하는 것이다.

아, 어머니를 어찌해야 하나.

나는 다시 한번 깊은 한숨을 내쉬었다. 사람들의 눈 때문에라도 매번 고분고분하게 굴며 순종하였더니 이젠 앞뒤 가릴 것 없이 생각도 아니 한 채로 나를 마구 휘두르려 한다. 어머니의 지각(知覺)은 오롯이 좋은 남자를 만나 결혼하는 데 치우쳐 있어 아이레스 경이라는 기회를 잡고 싶어 하고 있었다. 하지만 거기엔 내 의사 따윈 들어 있지 않다. 차라리 나를 두려워하던 시절의 어머니가 더 나았을까?

"……어째서 내 벽이 되려고 하시는 걸까?"

"네? 아가씨 방금 뭐라고 하셨어요?"

"아니, 아무것도."

나는 착잡한 심정을 애써 감추고선 무대를 내려다보았다. 이제 곧 시합이 시작할 것 같았다. 검에 대해 아는 것이 없기에 검술 시합을 본다 하더라도 핵심적으로 감상할 게 없었다. 그저 두 사람이 기합을 내지르며 맞부딪쳤다가 한 사람이 쓰러지는, 그런 단조로운 일만 반복된다고 생각할 뿐이다.

하지만 이런 내가 보기에도 아이레스 경과 할버드 경의 몸놀림은 남다른 데가 있었다. 그들은 다른 참가자들에 비해 동작이 빠르고 날렵했으며 사람들의 시선을 끄는 화려한 무언가가 있었다. 괜히 우승 후보로 거론되는 것이 아니다. 사람들, 특히 많은 여인이 아이레스 경과 할버드 경을 향해 소리를 꽥꽥 질러 대며 사랑을 고백했다. 그들과 시선을 마주하였다는 이유만으로 혼절한 영애도 있었다.

"아가씨는 어떤 기사님이 우승할 것 같으세요?"

마리가 내게 따뜻하게 데운 와인을 건네주며 물었다. 이것은 추위에 떠는 귀족들을 위해 황궁에서 준비한 것으로 언 몸을 녹이는 데 확실한 효과가 있었다. 소변이 자주 마렵다는 것과 취할 수도 있다는 점만 빼면 말이다.

"더 잘하는 사람이 이기겠지."

"아이참, 아가씨는 아이레스 경을 말씀하셔야 하는 거 아닌가요?"

"……마리야."

"네, 아가씨. 제가 입을 함부로 놀렸어요. 죄송해요. 가만히 있을게요."

많은 가문에서 내로라하는 기사들이 나왔지만, 각각의 수준 차가 엄청나서 단 한 호흡 만에 끝나는 경기도 있었다. 서로 합을 주고받으며 박진감 넘치는 싸움을 보이는 시합은 그리 많지 않았다. 덕분에 얼마 되지 않아 순식간에 16명의 기사만 남게 되었다.

흥미가 없는 경기를 계속해서 바라보았더니 슬슬 졸음이 밀려왔다. 나는 남몰래 하품하며 황가의 사람들이 앉아 있는 상석을 살폈다. 몸이 좋지 않다는 황제를 대신하여 나온 황태자는 어머니인 황후와 함께 무어라 이야기를 나누고 있었다. 그 옆으로는 황태자의 형제일지 모를 사람들과 친인척들이 주르륵 앉아 있다.

"이번에는 대공 전하가 안 보이시네요."

나를 따라 황가 인사들이 앉아 있는 곳을 바라본 것인지 마리가 입을 열어 말했다. 나는 그녀에게 '대공?'이라고 물어보았고, 마리는 고개를 크게 끄덕이며 말을 이어 나갔다.

"어릴 적에 온몸에 화상을 입어서 어두침침한 가면을 쓰고 다닌다는 대공 전하 말이에요. 아가씨는 모르세요?"

대공? 대공이라……. 그러고 보니까 예전에 내가 비슈발츠가를 장악할 수 있었던 것도 대공이라는 사람이 반역을 일으켰기 때문이었다. 그로 인해 각 가문의 기사들과 원로들이 대거 차출되어 황위를 보호하기 위한 피의 전쟁을 벌였다. 하지만 사교계에선 단 한 번도 본 적이 없어 어떤 사람인지도 모르고 있었지.

"대공 전하를 뵌 적이 있니?"

"작년에 검술 시합을 관전하러 오셨다고 다른 하녀에게 들은 바가 있어요. 검은 옷에 검은 가면에 검은 코트에……. 온통 검은색투성이라 소름이 끼쳤대요. 푸른색의 머리카락만 아니었더라면 장의사인 줄 알 뻔하였다지 뭐예요?"

황실 모독죄로 잡혀갈까 봐 목소리를 낮추어 소곤소곤 이야기하는 마리의 얼굴에는 질색하는 감정이 담뿍 묻어나 있었다.

"소문으론 성격이 괴팍하고 어두침침해서 타인과 잘 어울리지 못한다나 봐요. 그러면서 밝히기는 엄청 밝혀가지고 매번 창녀들을 끼고 다니는데, 대공의 성으로 들어가면 모두 다 죽어서 나온대요."

"그래?"

푸른 머리에서 누군가가 떠올랐지만, 온몸에 화상을 입고 있다는 점에서 기각해야 했다. 내가 본 테오도르 비트라이스의 손은 매끈하기 짝이 없었으니까 말이다. 그 어디에서도 상처나 화상의 흔적을 찾을 수 없었다. 그럼 그 대공이라는 사람이 누군지 알 수가 없다는 것인데…….

"어머, 아가씨. 아이레스 경 차례예요."

마리가 호들갑을 떨며 손가락으로 무대를 가리켰다. 미카엘 아이레스가 시합에 나서기 위해 무대에 막 올라오던 참이었다. 동시에 다른 귀족 영애의 수군거림이 들려왔다.

"저 소녀가 시스에 비슈발츠인 건가요? 아이레스 경이 사모한다는 그녀?"

"제법 예쁘장하게 생겼네요. 그러나 로에나 비슈발츠 영애에 비한다면 한참 떨어져요. 그럼 외모를 보고서 반했다는 게 아니라는 것인데…….
내가 사내라도 로에나 비슈발츠를 선택했을 게 분명하기 때문이에요."

"어머, 그녀의 어머니를 생각해 봐요. 그럼 답이 딱 나오지 않나요?"

소리가 들리는 곳으로 고개를 슬쩍 돌리니 입을 딱 다물고선 모르는 척하는 여인들이다. 나는 나지막이 혀를 차며 다시금 무대로 시선을 돌렸다.

미카엘 아이레스는 고전하는 법도 없이 압도적인 실력으로 상대를 몰아붙였다. 무표정한 얼굴로 칼을 휘두르는 그의 모습은 정말로 얼음의 기사 그 자체라 할 수 있었다.

"이렇게 무난히 결승까지 가시겠네요. 아가씨, 손수건은 언제 주실 참이어요?"

"이미 드렸어."

"아, 아까 방문하셨을 때예요?"

"그래. 마리야, 가서 와인 한 잔 더 받아 오지 않으련?"

"너무 많이 드시면 취하세요."

"아니면 탕파에 담긴 물을 갈아 오든지."

"네, 알겠어요."

잠시 후 아이레스 경의 승리를 선언하는 소리가 들렸다. 사람들은 소리를 지르며 그의 이름을 연호했다. 이다음은 류스테윈 할버드의 차례였다.

제국의 수도에는 세 개의 신전이 있는데 각각 모시고 있는 신이 다르다. 풍요와 지혜의 신 칼리스터스(Callistus)와 운명의 여신 리카르디스(Richardis), 전쟁과 기사의 신 아치볼드(Archibald)가 바로 그것이었다. 국교가 따로 정해져 있는 건 아닌지라 대부분 사람이 자유롭게 다양한 신을 믿고 있지만, 가장 많은 신도를 가지고 있는 건 위의 세 신이었다.

특히 풍요와 지혜의 신 칼리스터스의 경우 귀족들이 많이 믿는 신인지라 가장 크고 화려한 신전을 가지고 있었다. '풍요와 지혜'라는 단어만큼 귀족들을 자극하는 말은 없어서다. 사교계 내의 대부분의 사람이 칼리스터스를 믿음으로서 스스로의 지성을 드높이고 있다 생각하고 있었다. 그래서 그의 교리를 줄줄줄 외우는 것을 기쁨으로, 자랑으로 여기곤 했다. 하지만 오늘 사람들의 주목을 끄는 건 전쟁과 기사의 신

아치볼드였다. 시합을 앞둔 기사들이 아치볼드의 신전에 찾아와 기도를 올리는 게 관례처럼 굳어져 있기 때문이다.

로에나는 경기장으로 출발하기 전 아치볼드의 신전에 가서 할버드 경의 승리를 기원하는 기도를 올리고 왔다고 자랑스레 떠벌렸다. 그리고 나에게도 그곳에 갈 것을 권유했다. 미카엘 아이레스 경을 위해서 말이다. 하지만 나는 정중하게 사양하며─신 따위는 믿지 않으니까─빼어난 실력을 갖춘 사람이 최후의 승리자가 될 것이라고 말했다.

로에나는 이러한 내 말에 조금 섭섭하다는 표정을 짓더니만 곧 쾌활한 목소리로 '그럼 어쩔 수 없지'라고 말했다. 그녀가 할버드 경에게 건넨 손수건에는 전쟁의 신 아치볼드의 성수가 뿌려져 있을 것이다. 그는 그것을 가지고서 검술 대회의 우승을 차지했다. 이번에도 모두의 눈앞에서 손수건에 키스를 하며 승리자의 기쁨을 표현할 터였다.

오래지 않아 할버드 경의 승리가 선언되고, 사람들은 그가 우승자가 되리라는 것을 확신한 것처럼 소리를 질러 댔다. 이후 몇몇 기사가 나와 이기고 패하기를 반복하였지만, 미카엘 아이레스와 류스테윈 할버드만큼의 호응을 얻을 순 없었다. 그렇게 시합이 계속 진행되고, 승자와 패자가 갈리면서 사람들의 반응도 점점 더 거세어져만 갔다. 결승 무대에 설 두 사람이 정해지자 열기가 하늘을 찌를 듯 높아졌다. 모두의 예상대로 결승전은 미카엘 아이레스와 류스테윈 할버드의 대결이었다.

"좋은 시합을 했으면 좋겠어."

양부 옆에 앉아 시합을 지켜보던 로에나가 갑자기 내 옆으로 다가와 앉더니만 이와 같은 말을 내뱉었다. 그녀의 말은 마치 나와 대결을 하는 양 이상한 구석이 있었다. 미카엘 아이레스와 류스테윈 할버드의 시합이 자신과 나를 대변하는 것이라 여기는 것일까?

견디다 못한 나는 그녀에게 '시합을 하는 건 저 기사들이야. 너와 나는 응원하면 될 일이고'라고 말했다. 그러자 로에나가 민망한 표정으로 입을 꾹 다문 채 무대로 시선을 돌렸다.

이제 막 결승전이 열리려고 하고 있었다. 만만치 않은 상대와 겨루게 된 탓인지 결승전을 치르게 된 두 기사는 쉽사리 움직이지 못하고 서로 마주 보고 있었다. 그러면서 대화라도 하는 건지 입술만 연신 달싹이고 있다.

그렇게 조금 시간이 흘렀을까? 먼저 움직이기 시작한 건 류스테윈 할버드였다. 그는 빼 든 검을 휘둘러 아이레스 경에게 짓쳐 들었는데, 기이하게도 그 동작은 싸움에 임한다기보다는 화를 내는 것처럼 느껴졌다. 거칠게 몰아붙이고 있는 모양새가 딱 그러했다.

결승전에 올라오기 전까지 보여 주었던 모습은 어디로 다 사라졌는지, 두 기사는 정말로 미친 듯이 검을 겨루며 싸우고 있었다. 시합하는 게 아닌 것처럼 말이다. 이러한 느낌을 다른 이들도 받은 것인지 모두 웅성거리며 무대를 바라봤다. 로에나는 두 손을 꼭 모은 상태에서 할버드 경의 승리를 기원하고 있었다.

"저러다 누구 하나 다치면 어쩌지?"

잠시 후 로에나가 눈물이 그렁그렁한 얼굴로 내게 물었다. 그러고선 '그냥 둘 다 이겼으면 좋겠어'라는 말도 안 되는 소리를 지껄였다. 그러나 승부의 세계는 냉혹한 법이라 늘 승자와 패자로 나뉜다. 이번의 결승만 하더라도 단 한 사람만이 크게 웃으며 무대를 내려갈 터였다. 과거에선 그 사람이 류스테윈 할버드였고. 그러니 나는 미카엘 아이레스 경을 위로할 준비만 하면 되는 건가? 마리가 가져온 와인의 맛이 유독 쓰게 느껴졌다. 나는 와인을 다시 한 모금 마시면서 씁쓸하게 웃었다.

그런데 곧 승자와 패자가 가려지리라 예상했던 것과 달리 상황은 매우 치열하게 흘러가고 있었다. 두 기사가 전력을 다해 맞부딪치니 누구 하나 죽지 않고선 이길 수 없는 상황이 펼쳐진 것이다. 목청을 높여 응원하던 사람들도 점차 웅성거리며 걱정의 말을 내뱉고 있었다.

"저러다 큰일 나는 거 아냐?"

"이기는 것도 좋은데, 그렇다고 상대를 병신으로 만들 순 없는 노릇이지."

"암, 제국이 자랑하는 기사들이 아닌가. 그런데 굉장히 위험해 보이는걸?"

하지만 그것도 잠시, 모두가 놀라 마지않은 초유의 사태가 발생했다. 마지막 한 수라 생각하여 서로를 향해 겨눴던 기사들의 칼이 각자의 급소에 머무르는 동률의 상황을 만들어 낸 것이다.

미카엘 아이레스의 검은 류스테윈 할버드의 심장에, 류스테윈 할버드의 검은 미카엘 아이레스의 목에 닿아 있는 이 기묘한 상황에 모두 마른침만 꿀꺽 삼켰다. 고요한 침묵이 원형 경기장 안에 내려앉고 있었다. 경기를 진행하는 사람마저 당황한 표정을 지으며 고개를 좌우로 흔들다가 황가의 사람들이 앉아 있는 자리를 바라보고 있는 실정이었다. 결국 승부의 행방은 황태자의 손에 달리게 되었다.

"황태자 전하께서는 아이레스 경을 아끼시니까 그분의 편을 들지 않을까요?"

마리가 내 귓가에 소곤소곤 말했다. 나는 '헛소리!'라며 그녀의 말을 일축했다. 많은 사람이 모인 앞에서 노골적으로 미카엘 아이레스의 편을 드는 것만큼 어리석은 일은 없기 때문이다. 황태자가 생각이 있는 인물이라면 무승부에 초점을 맞출 것이었다. 누가 봐도 그러하니까.

잠시 후 황태자가 일어나 무승부라 선언했다. 동시에 검을 겨눈 것이 명백하므로 이 이상의 우열을 가리기가 어렵다는 것이다. 그러면서 그는 계속 시합을 진행하다간 제국이 아끼는 두 기사의 몸이 상하게 될 것 같아 두렵다며 공동 우승으로 한다고 말했다.

"……또다시 달라졌어."

"네? 뭐가요?"

"아니, 아무것도."

내 기억이 잘못된 건가? 아니면 마담 드 샤토루의 경우와 마찬가지로 미래가 바뀐 것인가? 본래는 류스테윈 할버드가 이겼어야 할 대회인데 말이다. 하지만 무대 위에는 두 명의 승자가 자리했고, 그들은 황태자에게 불려 가 화관과 상금을 받고 있었다. 어떻게 이렇게 바뀔 수가 있는 거지? 당황스러운 상황은 연이어 이어졌다. 갑자기 내 이름을 불러 대는 미카엘 아이레스 때문이다.

"시스에 비슈발츠 영애!"

순식간에 모든 사람의 시선이 내게로 향했다. 심지어 황태자까지 정확하게 나를 바라보고 있었다. 멀리 떨어져 있기에 무리 없이 그의 시선을 받아 낼 수 있었던 나는 곧 황태자가 나를 '시스에 비슈발츠'라 인식하고 있음을 깨닫고 덜컥 겁을 먹었다. 분명 그에게 '로에나'라고 이름을 밝혔었는데, 그는 나의 본명과 얼굴을 정확하게 인지하고 있었던 것이다.

……어떻게?

"아가씨, 아이레스 경이 부르시잖아요."

마리가 내 손등을 툭툭 두들기며 낮게 속삭였다. 어느새 내게 다가온 어머니가 마리와 함께 내 몸을 일으켜 세우고 있었다. 그리고 미카엘 아이레스는 사람들을 뚫고선 내게 다가오고 있다. 나는 아이레스 경의 손에 들린 화관으로 인하여 그가 무슨 짓을 하려는지 금세 깨달았다. 우승하리라 예상치 못하였기에 무심코 던진 한마디를 성실하게 이행하려는 것이다. 선망에 가득 찬 시선이 그와 나를 사로잡았다. 이를 흥미롭게 바라보는 황태자는 물론이고, 류스테윈 할버드 역시 의중을 알 수 없는 눈빛으로 이 장면을 응시했다.

"화관을 씌워 달라 하셨지요. 그러니 부디 받아주시겠습니까?"

미카엘 아이레스, 이 교활하면서도 순진한 사내는 내가 자신의 말을 거절하지 못하게끔 밀어붙이고 있었다. 기쁨으로 빛나고 있는 그의 눈동자는 내가 기꺼이 화관을 쓰리라 확신하고 있는 것처럼 보였다. 사실 누가 이 상황에서 그의 부탁을 외면할 수 있단 말인가. 사교계의 여인들에게 매장당하려고 용쓰지 않는 이상 그러지 못할 것이다.

나는 마지못해 무릎을 굽히고 고개를 숙였다. 그러자 그가 내 머리 위로 자신이 받은 화관을 씌워 줬다. 이어지는 건 내 손등에 내려앉는 정중한 키스였다.

"나의 레이디, 당신께 이 영광을 바치겠습니다."

"감사합니다, 아이레스 경."

머리에 얹어진 화관이 그 어떤 철보다 무겁게 느껴졌다. 목구멍으로부터 쓴 물이 넘어오고 있었다.

검술 대회를 관람한 후 우리는 저택으로 돌아와 잠깐 쉬기로 했다. 이후 황궁의 별관에서 열리는 무도회에 참석해야 했기 때문이다. 어머니는 내 머리에 얹어진 화관에 관해 이야기를 나누려고 했지만 나는 피곤하다는 말로 그녀를 내보냈다. 로에나 역시 굳어져 있는 나를 보고선 조용히 자신의 방으로 돌아갔다. 홀로 남게 된 나는 아직까지 머리에 씌워져 있는 화관을 신경질적으로 벗어 던졌다.

미카엘 아이레스는 이전의 내가 그랬듯 굉장히 교활하고 계획적인 모습으로 상대에게 다가오고 있었다. 아니, 도망갈 구석을 주지 않은 채 자신이 원하는 바를 이뤄 내는 건 나보다 한 수 위였다. 다행히 나에게 빠져 있기 망정이지, 적으로 만났더라면 상당히 까다로운 자가 되었을 법하다. 문제는 그가 자신의 감정만 일방적으로 요구한다는 데 있었다.

"아니, 지금은 황태자에 대해 생각해 봐야 할 시간이야. 그가 내 이름을 알고 있었다는 게 중요하니까. 어떻게 알았지?"

가면무도회에 다녔을 당시 나는 단 한 번도 그에게 맨얼굴을 보여 준 적이 없었다. 황궁의 정원에서 만났을 적에는 다른 이름을 대었고 말이다. 설마 자신을 호위하는 사람에게서 내 얼굴을 알아오라 한 건 아니겠지?

"어쨌든 그럴듯한 변명을 생각해 내야만 해. 만만찮은 사람이니까 주도권을 빼앗길 수 있어."

나는 아직 황태자에 대해 알고 있는 게 거의 없었다. 그가 무엇을 좋아하는지, 어떤 것에 약한지, 흥미를 느끼고 있는 건 어떤 부류인지, 정보가 전혀 없었다. 특히 가장 중요한 사항인 황후와의 사이가 어떤지 또한 아직 미지수였다. 피를 이은 가족이라 하더라도 '권력'이라는 단어가 끼어들면 남보다 못하는 사이가 되는 게 현실이기에, 이들 모자 역시 그러한지 알아봐야 하는데 말이다. 그러므로 미카엘 아이레스를 통해서 그를 어떻게 공략할 것인지에 대한 계획을 짜야 했다.

"그런데 시작부터 좋지가 않아."

제아무리 여색을 밝히는 난봉꾼 황태자라 할지라도 수족처럼 아끼는 기사의 여자를 건드릴 수는 없을 터. 더는 순결에 대한 위협을 받지 않는다 하더라도, 그를 어떻게 내 편으로 끌어들일 수 있느냐가 문제가 된다. 지금까지의 황태자는 오롯이 사냥꾼의 심정으로 나를 추적해 왔기 때문이다. 즉, 육체적인 매력을 빼면 그가 나에게 흥미를 느낄 만한 것이 전혀 없었다.

"생각하는 거야. 그래야만 해."

사실 미카엘 아이레스에게 화관을 받은 후 고개를 들어 올렸을 때 언뜻 황후와 눈이 마주쳤더랬다. 그녀는 굉장히 좋지 않은 표정으로 나를 바라보며 옆에 앉아 있는 여인, 에머리 닐람과 이야기를 나누고 있었다. 어떤 대화를 나누고 있는지는 모르겠지만, 나에 관한 이야기일 게 분명해 보였다. 만일 또다시 나에 대한 계획을 꾸미고 있는 거라면―서재에서 겪었던 일과 같은 것 말이다―그야말로 꼼짝없이 당할 수밖에 없는 현실이었다. 그래서 다신 이런 일을 겪지 않기 위해서 어떻게든 황태자를 구슬려야 하는데, 그 방법이 보이지 않으니 그저 답답할 뿐이다.

비슈발츠 백작가의 장녀, 시스에 드 비슈발츠로 살아가는 게 왜 이리 어려운 것인지……. 이전에 받았던 오욕을 되풀이하지 않기 위해 발악하는데도 상황은 연신 꼬여만 간다. 가장 무서운 건 미래가 바뀌고 있다는 점이었다. 그것도 전부 다 좋지 않은 방향으로 흘러가고 있었다.

"설마, 모든 게 다 바뀌는 건 아니겠지?"

그때 노크 소리와 함께 문 바깥에서 마리가 나를 불렀다. 무도회에 갈 시간이 되었다며 얼른 나오라는 것이다. 벌써 시간이 이렇게 되었나? 아직 마땅한 방법조차 찾아내지 못하였는데. 나는 한숨을 내쉬며 문을 열었다. 그리고 마리를 향해 앞장서라고 말했다. 마차로 향하는 걸음이 추를 매단 듯 무거워지고 있었다. 아니, 가장 무거운 건 해결될 것 같지 않은 상황에 대한 답답한 마음일 터였다.

❀

벌써 많은 사람이 모인 것인지 등불이 켜져 있는 황궁의 별관은 흘러나오는 음악 소리부터 남달랐다. 흥을 돋우려는 듯한 경쾌한 왈츠 소리가 귓가에 파고들었다. 양부는 시종에게 비슈발츠가를 상징하는 반지를 보여 줬고, 그는 우리의 이름을 외치며 홀로 향하는 문을 열었다.

건국제 무도회를 주관하는 별관은 사실 또 하나의 궁이라 볼 수 있다. 황궁에 비한다면 크기가 조금 작지만, 나름대로 독립된 왕궁의 역할을 하는 것이다. 이것은 제국의 초기에 지어진 것으로 매우 유구한 역사를 가지고 있다고 했다. 알음알음 알려진 바에 의하면 초대의 황제가 자신의 형제를 위해 지은 집이라 하는데, 질병으로 인해 후손의 명맥이 끊겨 황실에 다시 회수된 상태라 하였다.

하지만 선물로 주기 위해 지은 집이라서 그런지 외관이 매우 널찍하고 아름다우며 채워진 가구의 면면만 보더라도 우아하고 고급스러운 게 많아 이러한 행사를 치르기에 딱 맞아떨어졌다. 특히 홀이 널찍하게 잘 구비되었는데, 이는 본래의 집주인이 춤을 좋아하여 무도회를 자주 열었기 때문이라 한다.

무도회 홀에 들어서자 사람들의 이목이 우리에게로 향했다. 정확히는 나에게로다. 대부분의 영애는 질시 어린 눈빛을, 사내들은 흥미로운 시선을 보내며 '관찰'을 하고 있었다. 아직 정식으로 사교계에 데뷔한 것이 아니기에 말을 걸 순 없는 노릇이지만, 보는 것만으로도 충분히 구경거리 역할을 한다 생각한 것인지 매우 노골적이었다. 차라리 푸줏간에 걸린 고기를 바라보는 게 이보다 더 나으리라.

나는 몸을 감싸는 지독한 시선에 그만 기분이 불쾌해지고 말았다. 사교계에 처음 데뷔하였을 때 느꼈던 것과 다를 바 없는 상황에 쓴웃음이 흘러나왔다. 하지만 그것도 잠시, 나와 로에나는 황궁의 시녀에 의해 다른 홀로 이동되었다. 그곳은 아직 사교계에 데뷔하지 못하였거나 스무 살 안팎인 남녀를 위해 마련된 장소였다.

"사실 이렇게 나누게 된 건 얼마 되지 않았답니다."

시녀가 우리를 안내하며 나직한 목소리로 설명했다. 부모와 떨어져 불안해할 영애를 미리 달래 놓으라는 지침을 받은 것인지 물어보지 않는 것도 이야기했다. 그녀의 말에 의하자면, 본디 부모와 함께 무도회를 즐겨야 마땅한 일이지만, 몇 년 전에 술에 취한 늙은 귀족 하나가 11살 남짓한 어린 영애를 건드린 이후로 이렇게 분리하게 되었다고 한다. 뜻하지 않은 참사를 당한 영애의 부모가 짐승 같은 사내들에게서 어린 자식들을 보호해 줄 것을 강력하게 주청했기 때문이다. 황제는 그들의 주장을 받아들였고, 곧 사교계에 데뷔하지 않은 어린 영애와 영식은 어른들과 함께 무도회에 있을 수 없다는 규약을 공표했다.

"그래서 영애들만 이렇게 따로 이동해 가는 거지요."

덕분에 나를 향한 불쾌한 시선들에서 벗어날 수 있게 되어 다행이라해야 하나. 노회한 늙은이들 사이에서 머리를 굴리느니 어린 영애를 상대하는 게 그나마 낫기 때문이다. 특히 황후와 마주치지 않는다는 점에서 매우 좋았다. 적어도 오늘 밤만큼은 그녀로 인해 걱정하지 않아도 될 것 같아서다.

이동된 장소에는 많은 영애와 영식이 자리하고 있었다. 개중 디뷘젤 공녀가 가장 눈에 띄었다. 그녀는 여왕처럼 자신의 주변에 추종자들을 거느린 채 당당하게 서 있었다. 마치 이 연회의 주인공인 것처럼 말이다.

"시스에, 나와 함께 있을 거지?"

내가 디뷘젤 공녀에게서 시선을 떼지 못하자 로에나가 눈에 띄게 불안한 표정을 하며 내 손을 붙잡았다. 그녀는 내가 곧바로 공녀에게 걸어갈 것으로 생각하였는지 깍지를 낀 손에 힘을 꽉 주고 있었다.

"어머니께서 널 잘 돌봐 달라고 했어. 그러니까 나와 함께 있어야 해."

글쎄, 흘러나오는 말과 표정이 다르잖니. 울상을 지은 채 나를 바라보고 있는 것부터가 퍽 그러하다. 그렇기에 누가 누굴 돌보겠다는 건지 도통 이해할 수가 없었다. 나는 치밀어 오르는 한숨을 꾹꾹 삼키며 그녀에게 잡힌 손을 앞뒤로 흔들었다. 제발 좀 떨어져 달라는 의사 표현이었다. 하지만 로에나는 막무가내였다. 그녀는 나머지 한 손으로 자신과 깍지 낀 내 손을 강하게 감싸 쥐었다. 그리고 입을 열어 호소하듯 말했다.

"무엇보다 내 친구들에게 네가 내 언니라는 것을 보여 주고 싶어. 내게도 언니가 있다고 말하고 싶단 말이야. 시스에, 난 네가 필요해."

사실 다른 사람의 이목을 생각한다면 로에나의 곁에 붙어 있는 게 맞았다. 사이좋은 의붓자매라는 설정을 위해서라도 말이다. 아직 이렇다 할 '편'이 없는 내게 있어 의붓동생과의 사이가 데면데면하다는 소문만큼 치명적인 건 없으니까. 명성에 관한 한 아직 미미한 수준인 나이기 때문이다. 그러므로 내게 다가온 로샨 영애가 아니었더라면 꼼짝없이 로에나에게 붙들려 무도회를 진행하는 내내 들러리 취급을 받았을 것이다.

"실례지만, 영애. 영애의 언니는 나와 선약이 있는걸요."

로샨 영애는 내게 눈인사를 하며 빙그레 웃었다. 오늘따라 한층 연약하고 가냘픈 매력을 뽐내고 있는 그녀는 허리를 꽉 졸라맨 드레스 라인으로 여성스러움을 한껏 부각하고 있었다. 특히 가슴 부분에 살짝 레이스를 덧대어 보일 듯 말 듯 아슬아슬한 경계를 이루는 게 훤히 드러난 목덜미와 대비되어 야릇한 감상을 더했다. 무엇보다 길게 땋아 내린 머리카락 위로 긴 베일을 드리워 리본으로 마무리 지은 것이 백미였다. 날개 뼈 근처에 살짝 닿을 정도로 귀엽게 흔들리는 베일이 섬세하게 공글러진 꽃장식과 더불어 우아한 분위기를 자아냈다. 그녀는 자신의 매력이 무엇인지 잘 알고 있는 듯한 차림새를 하고 있었다.

로에나가 로샨 영애의 말에 당황한 표정을 지었다.

"시스에와 선약이 있다고 하셨나요? 하지만 시스에는 그런 말을 하지……."

나는 재빨리 그녀의 말을 가로채며 '로샨 영애의 말이 맞아'라고 대꾸했다. 그리고 로에나의 손아귀의 힘이 풀려 있는 찰나를 놓치지 않고 가볍게 뿌리쳤다. 그런 나를 잡아끈 건 로샨 영애였다. 그녀는 특유의 우아한 목소리로 부드럽게 양해를 구하며 내 손을 잡았다.

"자매의 사이를 갈라놓아서 미안해요. 하지만 약속은 약속인걸요."

사실 약속이란 걸 한 기억은 없지만, 로에나에게서 벗어날 수 있다는 것만으로도 충분했다. 위와 같은 이유로 헤어진 거라고 말한다면 책잡힐 일이 없기도 하고 말이다. 무엇보다 천연덕스럽게 거짓말을 내뱉는 로샨 영애의 행동이 무척이나 흥미로웠다. 그렇기에 충동에 가까운 일이긴 하지만 그녀의 말에 망설임 없이 동조할 수 있었다.

"그러니 그대의 언니는 내가 데려가도록 하지요."

로샨 영애의 말은 동의를 구하기보다는 명령에 가까웠다. 하지만 예의를 갖춰 정중하게 물어보고 있기에 안 된다는 말을 할 수 없었다. 로에나는 잠시 나를 바라보더니 마지못해 입을 열어 '예'라고 대답했다.

로샨 영애는 고맙다는 듯 고개를 한번 끄덕이더니 나를 데리고 홀의 한구석으로 갔다. 그녀는 자신에게 다가오려는 추종자들을 만류하며 오롯이 나와 단둘이 있고 싶다고 말했다. 사람들은 로샨 영애와 함께 있는 나를 매우 신기하다는 듯 바라보고 있었다.

"곤란해 보이는 거 같아서요. 그래서 실례를 저지르고 말았답니다. 기분 나빴다면 미안해요. 미리 양해를 구해야 했었는데 말이에요."

그렇게 표정에 티가 났던 것일까? 평소에 잘 갈무리하고 있다고 생각했는데? 당황한 나머지 잠시 말문이 막히자, 그녀가 작게 웃으며 말했다.

"다른 사람은 몰라봤을 거예요. 그러니 걱정하지 말아요."

"왜 그렇게 생각했는지 여쭤봐도 될까요? 아니, 그렇게 생각한 이유가 궁금하군요. 전혀 그렇지 않은데 말이죠."

"이런, 그렇게 경계하지 말아요. 비슷한 경우를 본 적이 있어 넘겨짚은 거니까요. 순순히 날 따라온 영애의 모습에서도 유추할 수 있었던 것이기도 하구요. 사실 중요한 건 그게 아니죠."

뤼세트 로샨은 의도적으로 말을 돌리고 있었다. 그리고 은밀하고도 비밀스러운 것을 이야기하는 것처럼 눈가를 가늘게 좁힌 채 목소리를 낮췄다.

"우리 주변에 있는 사람들을 봐요. 모두 영애와 이야기를 나누고 싶어 안달들이군요. 저들이 그대와 무슨 이야기를 하고 싶어 할 것 같나요?"

나는 쓴웃음을 지으며 대답했다.

"아이레스 경에 관한 이야기일 테지요."

"맞아요. 나는 그런 사람들에게서 영애를 빼내어 온 거랍니다. 그러니 운이 좋은 줄 알아요. 나와 있으면 그 누구도 감히 다가오지 못할 테니까요. 디뷘젤 공녀를 제외하고 말이죠."

뤼세트 드 로샨이 말했다. 그런 그녀의 목소리에는 스스로에 대한 자부심이 눈부시게 녹아 있었다.

"무엇보다 나와 단독으로 있을 기회는 흔치 않거든요."

농담하듯 덧붙이는 로샨 영애의 말에 나는 그만 소리 내어 웃고 말았다. 자신감이 넘치다 못해 오만하기까지 한 그녀의 태도가 그리 나빠 보이지 않아서다. 내 감정을 들켰다는 불쾌감 또한 눈 녹듯이 사라지고 있었다. 로에나에 대한 어두운 마음이라 경계를 해야 함에도 말이다. 실로 기이한 일이다.

"벌써 두 번이나 도와주셨네요. 어떻게 보답해야 하나요?"

"보답을 바라고서 한 행동이 아닌걸요. 부디 호의라고 여겨 줘요. 그나저나 세상에, 저기를 봐요. 황태자 전하께서 들어오시는군요."

뤼세트 로샨의 말이 끝나기가 무섭게 홀 전체가 술렁였다. 시종과 함께 안으로 들어온 황태자 때문이다. 벌써부터 많은 여인이 비명에 가까운 탄성을 내지르며 그의 주변으로 걸어가고 있었다. 황태자는 굉장히 심드렁한 표정으로 주변을 둘러보기 시작했다. 한쪽 눈썹을 살짝 추켜세운 그의 얼굴에는 권태로움만 가득하다. 고개를 돌리기만 해도 주변에서 꺅꺅거리며 소리를 질러 대니 퍽 짜증이 나는 것만 같았다.

잠시 후 그가 머리카락을 한 손으로 쓸어 올리며 '뭐, 알아서들 잘 지내는 것 같군. 굳이 올 필요가 없었잖아?'라고 말했다. 제국의 황태자가 하는 행동으로 보기엔 상당히 무례하고 경우가 없었지만, 그의 아름다운 외모는 그것마저도 굉장한 매력으로 바꿔 놓았다. 황태자와 시선을 마주했다며 기절한 영애도 있으니 더 말해 무엇하랴.

"영애께서는 전하의 용안에도 별다른 감흥이 없어 보이세요. 아이레스 경 때문인가요?"

로샨 영애가 물었다. 그녀의 눈동자가 흥미로 반짝였다. 나는 애매한 미소를 지으며 그에 대한 답을 하지 않았다. 괜한 여지를 주고 싶지 않았기 때문이다. 대신 질문을 되돌리는 것으로 조그마한 반격을 꾀했다.

"그러는 로샨 영애께서도 퍽 침착하신걸요. 그 이유를 여쭤봐도 될까요?"

"친척에게 설레는 사람도 있나요? 단지 그것뿐이랍니다. 그리고 외모만으로 감탄하기엔, 음, 전하께서 뿌리고 다니시는 염문이 너무나 많죠."

나는 그녀의 말을 부인하거나 반박하지 않았다. 로샨 영애의 말마따나 황태자는 그의 화려한 외모에 속아 모든 것을 내어주기엔 너무나 위험한 남자였다. 무심함이 뒤섞인 천진스러운 잔인함으로만 따지자면 세상 그 누구와도 견줄 수 없을 테니까.

"어머나, 내 말에 동의하는 영애는 처음 봤어요. 보통은 열변을 토하며 황태자 전하의 편을 들거든요."

뤼세트 로샨이 두 눈을 동그랗게 뜬 채 내게 말했다. 그녀는 정말로 놀란 것 같았다.

"네, 운이 좋으시네요. 이렇게 맞장구 쳐 주는 영애는 없잖아요."

나는 가볍게 농을 건넸다. 좀 전의 그녀가 그랬듯이 말이다. 그러자 로샨 영애가 손바닥으로 입술을 가리며 숨죽인 웃음소리를 냈다. 그녀는 내가 자신의 말을 따라 했음에도 전혀 기분 나빠 보이지 않았다.

"그런데 비슈발츠 영애, 그거 알아요?"

잠시 후 한참 동안 소리 없는 웃음을 흘려 내던 영애가 갑자기 내게 말했다. 그런 그녀의 얼굴에는 어린 소녀에게서 볼 수 있는 짓궂은 장난기가 한껏 어려 있었다.

"네?"

"전하께서 지금 여기를 쳐다보고 계세요."

나는 반사적으로 고개를 돌렸다. 그리고 로샨 영애의 말마따나 우리를 바라보고 있는 황태자와 시선을 마주했다. 그동안 연습을 많이 해서 그런지 찰나의 순간 스쳐 지나간 그의 시선이 예전만큼의 공포를 주지 않았다. 하지만 숨이 막혀 오는 건 여전한지라 황급히 고개를 내리게 된다.

"세상에, 이제는 우리에게 다가오고 계시네요."

뤼세트 로샨이 신기하다는 듯 중얼거렸다. 나는 마른침을 꿀꺽 삼키며 쿵쾅거리는 심장을 진정시키려 노력했다.

"비슈발츠 영애."

얼마 되지 않아 내게 다가온 황태자가 갑자기 예를 취하여 인사했다. 옆에 서 있는 뤼세트 로샨은 보이지도 않는다는 태도였다. 사람들은 황태자가 내게 인사할 때 크게 놀라며 술렁댔다. 로에나 비슈발츠가 아닌 소문의 '영애'에게 예의를 갖추어 말하니 경악하지 않을 수 없었던 것이다. 암만 백작가 영애라 하지만 출생이 평범하지 않은 나는 아직 이만한 대우를 받을 자격이 없었다. 먼저 인사를 드리지 않았다고 경을 치르게 되면 모를까, 그와 같은 인사들과 어울릴 만한 급이 아닌 것이다. 그런데 레이디를 대하는 것과 같은 인사를 하다못해 손을 뻗어 춤을 춰 달라고 말하고 있으니, 소스라치게 놀라지 않는 게 이상할 정도였다.

"그대와 춤을 출 수 있는 영광을 내게 주시겠소?"

홀에 자리한 대부분의 여인이 나를 부럽다는 듯이 바라봤다. 이를 바드득 갈며 노려보는 이가 있는가 하면 잔뜩 실망한 표정으로 옆 사람과 소곤대는 사람도 있었다. 정작 당사자인 나는 그의 꿍꿍이속이 궁금하여 덜덜 떨고 있는 참인데 말이다.

어쨌든 이대로 무시할 순 없는 터라 두려움을 무릅쓰고 황태자가 내민 손을 잡았다. 그는 아주 정중한 태도로 나를 이끌어 홀의 중앙으로 이동했다. 잔잔한 선율의 음악이 부드럽게 깔리고 있었다.

가면무도회에서 만났을 때 그는 여인을 애타게 만드는 춤을 췄었다. 성적인 의도가 다분한 접촉으로 상대의 깊은 곳에 감추어진 내밀한 감각과 흥분을 이끌어 내고자 노력했다. 정복에 관한 한 뜨거운 정열로 가득 찬 늑대의 몸짓에는 야릇하면서도 황홀한, 그러면서도 매우 짙은 욕망이 가득 담겨 있었다. 그렇기에 이번에도 그러리라 예상했다. 그러나 지금 그가 보여 주는 동작들은 일국의 황태자다운 절도와 절제만이 가득하다. 이보다 더는 점잖을 수 없다는 태도였다.

"그래도 오늘은 나를 좀 바라보기는 하는군."

이오발데 황태자가 입을 연 건 춤이 중반에 접어들었을 때였다. 좀 전의 묵직한 태도는 어디로 사라졌는지 말문의 포석을 하대로 시작한다. 그는 나를 가면무도회 때 만났었던 여인이라 확신하는 것처럼 굴었다.

"무엄하다 여기지 않으신다면요."

나는 속삭이듯 말했다. 다행히 입술을 타고 흘러나오는 목소리에는 떨림이 없었다. 제법 침착해 보이는 게 평소와 다를 바가 없어 보인다.

"그래서 이름을 무어라 했더라?"

"……전하, 그것은!"

"뭐, 이해해."

순간, 내 허리를 잡은 그의 손이 미끄러지듯 흘러내리며 엉덩이 쪽으로 다가갔다. 몸을 비틀어 피하려 해도 워낙 잡은 힘이 거세어 반항조차 할 수 없었다. 황태자에게 마주 잡힌 다른 손은 어느덧 그의 품으로 끌려가듯 잡아당겨져서 상대와 거의 밀착되다시피 했다. 사내의 입술이 내 귓가로 내려온 건 그즈음이었다.

"다시 만난다면 그대로 물러서지 않겠다고 말했으니 얼마나 두려웠겠어? 그러니 다른 사람의 이름을 내뱉는 깜찍한 짓을 저질렀겠지. 그래도 기껏 말한다는 게 의붓동생의 이름이라니, 너무 안일한 거 아닌가?"

"하오니 소녀의 무례를 용서해 주시겠습니까? 아량을 베풀어주시옵소서."

그러나 그는 내 물음에 답하지 않았다. 되레 딴소리를 내뱉으며 화제를 돌렸다.

"……여전히 떠는군. 왜? 사내에 대한 두려움 때문에? 그대, 가면을 썼었을 때 내게 선보였던 그 재기발랄함은 어디로 사라진 거지?"

황태자는 자신을 보면 부들부들 떠는 내가 무척 흥미로운 모양이었다. 그래선지 의도적으로 몸을 밀착시켰다 떨어뜨리기를 반복하며 반응을 살폈다. 그런 그의 입가에는 짓궂은 미소가 걸려 있었다.

"그야 전하인 줄 몰랐을 때니까요."

"내가 황태자이기 때문에 두려워한다?"

"귀에 들려오는 소문이 워낙 많아서 말이지요."

"고작 그것 때문에 이렇게 떤다고?"

"제 구두를 가지고 계시잖아요. 그걸로 충분하지 않을까요?"

서로의 몸을 교차하여 턴, 그리고 다시 한 손을 마주 잡고 오른쪽으로 두 걸음을 옮긴 다음 허리를 뒤로 젖혔다.

그때 황태자와 내 눈이 정확하게 일직선으로 마주했다. 그의 눈동자 안에 있는 건 오롯이 나 시스에 비슈발츠다. 이전의 무기질적인 시선이 아닌, 사람을 대하는 듯 흥미로 반짝이는 눈빛이 나를 향해 있었다.

아, 그래. 이거야! 그 순간 뇌리에 잠재된, 기사들에게 붙들려서 질질 끌려가던 이전의 시스에가 산산조각이 나기 시작했다. 그저 찰나에 불과한 것이지만, 이제야 그에게서 내가 사람임을 인정받는 기분이었다. 동시에 환희이자 경의일지 모르는 무언가가 나를 감쌌다.

로에나는 황태자에게서 이러한 것을 보았던 걸까? 그래서 그를 두려워하지 않을 수 있었던 것이고? 순간적으로 호흡이 고르게 가라앉으며 지금껏 내 몸을 지배했던 공포가 잦아들기 시작했다. 떨림이 사라지고 날카로운 감각과 지성을 내포한 여유로운 입담이 그 자리를 대신했다.

"지금은 떨지 않고 있는데?"

"익숙해지고 있으니까요. 무엇보다 그때와 달리 지금 제게 매우 정중하게 대해 주시고 계시잖아요."

"내가 그대에게 춤을 신청한 이유에 관해서는 관심이 없나?"

"여쭤보면 대답해 주실 건가요?"

"한 가지를 제안하기 위해서지. 사실 나는 위험하고 스릴 있는 것을 좋아해. 깨지고 부러지고 난장판이 되는 상황이면 더더욱 환영이고. 지루하고 따분한 것은 싫거든. 특히 이런 무도회라면 당장에라도 빠져나가고 싶어 죽을 지경이지. 엉망인 게 좋아."

나는 그가 무슨 제안을 할지 도무지 상상이 되지 않아 침묵했다. 지루하지 않은 것과 나에게 춤을 신청하는 것에 무슨 관계가 있단 말인가.

"무슨 말인지 모르겠다는 표정이군. 주변을 봐봐. 그대에게 춤을 신청했다는 이유만으로 모두가 술렁이고 있잖아. 그러니 얼마나 재미있나?"

"저를 좀 더 정중하게 대해 주신다면 계속 이 재미를 누리실 수 있을 거예요."

"오, 설마. 레이디 대접이라도 해달라는 소린가?"

황태자가 말도 안 된다는 소리라는 듯 비웃었다. '이건 잠깐의 여흥이야'라고 말하는 그의 얼굴에 희미한 경멸이 스미고 있었다.

내 치마를 벗겨 먹기 위해 안달복달했던 지난날과 완전히 다른 모습이다. 마치 순간의 충동과 즐거움을 위하여 이전의 욕망을 완벽하게 버릴 수 있다는 것처럼 황태자는 자신의 감정을 완벽하게 통제하고 있었다.

"그럼 무엇을 원하시는데요?"

"길잡이. 내일은 길바닥에 나가 볼 생각이거든. 그에 대한 안내자가 필요해."

간혹 몇몇 귀족이 건국제날 평복을 하고서 길거리에 놀러 간다 하더니만, 황태자도 그럴 속셈인가 보다. 높으신 분들이 다른 계급 문화에 대해 호기심을 가지고 탐색해 보려 하는 걸 한두 번 본 것이 아니라 이젠 놀랍지도 아니하다. 뭐, 들키지만 않는다면 이보다 더 신기하고 재미있는 일은 없을 것이므로 한 번쯤 시도해 볼 법도 한 상황이었다. 문제는 이를 위한 동행자로 나를 선택했다는 점에 있었다.

"보는 관점이 다르다 보니 지금껏 다른 사람들처럼 평범하게 즐길 수 없었단 말이야."

"예컨대 진정한 체험을 하고 싶다는 말씀이시로군요."

"그렇지. 이제야 말이 좀 통하는군."

"그런데 이게 춤을 신청하면서까지 말해야 할 사항인가요?"

"멜에 대한 존중이기도 해. 그로 인해 그대를 예우하는 거지. 아, '멜'은 아이레스 경을 부르는 애칭이야. 그는 별로 좋아하지 않는 것 같아 보이지만 말이야. 어쨌든 점심 이후에 내가 그대를 찾아가지."

황태자는 내가 자신의 말을 거절하지 않으리라는 것처럼 굴고 있었다. 그렇기에 아주 친절하고 부드러운 목소리로 자신이 신호를 보내면 재빨리 뛰어나오라는 소리를 지껄이기까지 했다. 하지만 이대로 끌려갈 수는 없는 노릇이었다.

"만일 그때 제가 깨어 있다면요. 제 오수(午睡)는 아주 길거든요."

황태자는 내가 자신의 제안을 거부했다는 게 믿어지지 않는다는 듯 잠시 말을 멈췄다. 살짝 찌푸려진 그의 미간에는 내 대답에 대한 불쾌한 티가 역력해 보였다.

"아니, 그대는 그래야 할 거야. 나에게 잘못한 행동이 있잖아?"

"차라리 넓은 아량을 베풀어 실수를 용서해 주시는 것은요?"

그는 말도 안 된다는 듯 오만한 목소리로 대꾸했다.

"내가 왜 그래야 하지?"

나는 재빨리 황태자의 말을 따라 했다.

"그럼 제가 왜 그래야 하죠?"

"하?"

그러자 황태자가 황당하다는 듯 헛웃음을 지으며 눈썹을 추켜세웠다. 이런 식으로 반격을 당할 줄은 몰랐다는 태도였다. 그래서 춤이 막바지에 이르고 있었지만, 그는 다음 동작을 이어 갈 생각조차 하지 못한 채 그대로 멈춰 서서 나를 바라보았다.

"제가 어떤 실수를 했는지요? 그리고 그걸 증명할 사람이 전하 외에 누가 있지요?"

사실 밝히겠다고 마음먹으면 얼마든지 증명할 수 있다. 아니, 증명이랄 것까지도 없었다. 그냥 명령만 내리면 되었다. 제가 황태자이기 때문이다. 권력이란 본디 그러한 것이니까 말이다. 문제는 그럴듯한 무대가 연출되지 않는 한 가엾은 귀족 영애 하나를 핍박하는 상황으로밖에 보이지 않는다는 점에 있었다. 미카엘 아이레스에 대한 존중의 문제로 번질 수 있기까지 하고.

지금껏 춤을 잘 추고 있다가 갑자기 이름을 잘못 대었다는 이유로 벌을 내리겠다 하는데, 그 누가 '아, 네 그렇습니까?' 하고 당연하다는 듯이 받아들이겠냔 말이다. 자기 이름을 잘못 대는 머저리가 어디 있다고. 그저 꼬투리 하나 단단히 잡았구나, 하고 웃어넘길 터였다.

이게 싫다면 가면무도회에 있었던 일부터 차근차근 내려와야 하는데, 과연 이것을 황태자가 실행할 수 있을지 또한 문제였다. 여간 귀찮은 일이 아니기 때문이다. 구구절절 설명하는 것도 유치해 보이기까지 하니까. 돌아오는 이득이 있다면 또 모를까, 손해를 감수하면서까지 일을 크게 만들 이유는 없었다. 그러므로 괜한 소동을 만들어 골치가 아픈 것보단 혼자 나가는 게 차라리 더 나을지도 모른다. 아마 내가 황태자라면 그러했을 것이다.

"그대⋯⋯."

그가 나직한 목소리로 나를 불렀다. 내가 했던 생각과 별반 다르지 않게 여겼던 것인지, 한껏 서늘한 표정을 하며 화를 참고 있었다. 잇새로부터 흘러나오는 소리가 흡사 짐승의 으르렁거림처럼 느껴졌다. 등이 섬뜩할 정도로 차가운 공포감이 밀려들어 오고 있었다. 이대로 주저앉지 않은 게 용할 정도다. 그럼에도 불구하고 버틸 수 있는 건 아직 황태자의 눈동자에 내가 비쳐 있기 때문이다. 이전의 그가 교차하지 않고 있었기에 참을 수 있는 것이다.

그래서 나직한 목소리로 살살 그를 달래어 가며 눈치를 살폈다. 중요한 건 그게 아니라는 것처럼 조용히 말을 이끌어 나갔다.

"여기서 화를 내실 요량이세요? 그러지 마세요. 저와 춤을 추는 이유가 아이레스 경 때문이라 하셨잖아요. 그러니 계속 손을 잡고 끝까지 춤을 춰주세요. 그를 생각하신다면요. 모든 사람이 전하와 저를 바라보고 있어요."

황태자가 어쩔 수 없다는 듯 나직이 혀를 차며 다시 몸을 움직이기 시작했다. 나는 그의 리드에 맞춰 춤을 추면서 계속 입을 열었다.

"제 무례함을 용서하세요. 하지만 정말로 바깥으로 나가고 싶지 않답니다. 그래야 할 이유조차 모르겠구요. 그러니 제 마음을 돌려놓을 만한 제안을 해주세요."

"명령이 아니라?"

"예. 신사답게요. 제가 전하의 너그러움에 탄복할 수 있도록요. 이와 같은 일탈을 제안하실 생각이시라면 응당 그만한 대가를 주셔야죠. 저는 제 명예를 담보로 나가는 거잖아요."

"명예? 무슨 명예를 말이지? 그대에게 여타의 귀족들이 그러는 것처럼 목숨 걸고 지켜야 할 품위가 있었나?"

그는 나의 태생적인 문제를 들먹이며 비웃고 있었다. 자신의 말을 들어주지 않는 것에 대한 졸렬한 복수인 것이다. 나는 태연한 목소리로 받아쳤다. 이러한 모욕쯤은 아무렇지도 않다는 것처럼 말이다.

"예. 그러니 이렇게 무도회에 나와 전하와 춤을 추고 있는 게 아니겠어요?"

"글쎄, 딱히 그대가 아니더라도 나와 함께 갈 사람은 많아."

"하지만 재미가 없잖아요. 평민을 고용하자니 마음껏 움직이지도 못하겠구요. 위험이 있을지도 모른다고 다들 만류할 테니까요. 그러니 가장 적격인 저에게 다가오신 거 아닌가요? 지루한 건 싫다고 하셨잖아요."

그러는 동안 음악이 점점 끝나 가고 있었다. 이제 몸을 한 바퀴 돌린 다음 상대의 품에 밀착되다시피 하여 마주 서는 동작만 남았다. 황태자는 곰곰이 생각에 잠긴 채 매우 사무적으로 나를 리드하고 있었다. 이윽고 음악이 끝나고, 춤을 추고 있던 모든 사람이 상대에게 예를 갖추며 서로의 춤에 대한 박수를 보냈다.

황태자가 입을 연 건 이즈음이었다.

"무엇을 원하지?"

나는 미소를 지으며 대답했다.

"방금과 같은 존중이요. 미카엘 아이레스 경 때문이 아닌, 오롯이 저를 위한 예우 말이에요. 저는 그것을 원해요."

사실 황태자에게 있어 내가 요구한 '예우'의 부분은 그리 신경 쓸 만한 것이 아니었다. 마주칠 때마다 인사 한 번 더 해준다고 해서 그에게 무슨 손해가 있겠는가. 다른 사람이 본다 하더라도 그저 친애하는 기사의 연인이기에 존중해 준다고 생각할 부분이었다.

하지만 나에게는 달랐다. 의미가 아주 컸다. 훗날 제국의 황제가 될 사람에게 '레이디'에 가까운 대우를 받는다는 건 스스로의 가치를 높이는 거나 다름없으니까. 이는 태생적인 한계를 감춰 주는 장막이며, 차후 사교계에 나갔을 때 인맥에 관한 한 유리한 고지를 선점하게 해주는 힘이 될 것이었다.

"고작 그 한 번을 가지고 내게 대우를 받겠다고? 이건 너무 불공평하지 않나?"

"하지만 전하, 전 제 명예를 걸고서 전하와 함께 나가겠다고 말하는 거예요. 그것으로는 부족한가요?"

나는 부드러운 미소를 지으며 그를 설득해 나가기 시작했다. 조곤조곤한 목소리로 내 요구가 모두에게 있어 별거 아닌 일인 양 가장했다.

"그저 절 비슈발츠 백작가의 장녀로 봐주시면 될 일인걸요. 다른 영애보다 더 특별하게 대해 달라는 소리가 아니에요. 아이레스 경을 생각하신 마음을 계속 이어 가면 된다는 뜻이랍니다. 즉, 보잘것없는, 매우 가벼운 부탁에 불과하죠."

그가 침묵했다. 나는 초조한 기분을 감추며 황태자의 대답을 기다렸다.

잠시 후 그가 대수롭지 않다는 듯 건성으로 고개를 끄덕이더니만 다시 나와 눈을 마주했다. 그리고 입을 열어 말하는데, 조금 전과 동일한 사람이라고 믿기 어려울 정도로 한층 정중하고 예의 바른 태도를 취하고 있었다.

"그렇게 하겠소, 비슈발츠 영애. 그대의 청을 따르지요."

"들어주셔서 감사합니다, 전하."

나는 살짝 무릎을 굽히고 그에게 묵례했다. 안도감으로 인하여 가슴이 마구 두방망이질 치고 있었다.

"내일 점심 이후에 찾아뵙도록 하겠소. 설마, 오수로 인하여 나를 실망하게 하는 일은 없겠지요?"

"여부가 있겠습니까?"

황태자는 내 대답이 마음에 든다는 듯 빙그레 웃었다. 그러고는 손을 뻗어 내 손등에 키스를 했다. 이 행동 역시 주변 사람이 놀랄 만한 일로, '나는 이 소녀를 존중한다'라는 것을 공표하는 것과 다름이 없었다. 로샨 영애가 있는 곳까지 굳이 에스코트하여 자리에서 물러나는 모습을 보이는 것 또한 이러한 의미의 일환이었다.

"오늘 얻어 가는 게 참 많네요. 비슈발츠 영애는 정말로 놀라운 사람이에요."

로샨 영애는 황태자가 멀리 떨어지고 나서야 입을 열었다. 비꼬거나 놀리는 게 아닌, 순수한 감탄이 섞인 감상이었다.

"모두가 영애처럼 생각해 주면 좋을 텐데요."

나는 긴장으로 인해 두근거리는 가슴을 겨우 다스리며 차분한 목소리로 대답했다.

"그렇지 않다 하더라도 오늘만큼은 영애를 건드리는 사람은 없을 거예요. 태자 전하를 무시하는 것과 다름이 없기 때문이죠. 그러니 안심해요."

그녀의 말마따나 수많은 영애가 나를 힐끔거리며 쳐다볼 뿐 감히 다가올 생각조차 하지 못하고 있었다. 그저 질투에 가득 찬 시선으로 앙칼지게 노려보며 이만 바드득 갈았다. 이것은 모두 나와 춤을 춘 이후더는 무도회에 흥미가 없다는 것처럼 와인만 마시고 있는 황태자 때문이었다.

"가면이라도 쓰고 싶군요. 그럼 뺨에 와 닿는 시선을 느끼지 못할 테니까요."

"그런 것치곤 아주 의연하게 잘 넘기고 계시는데요, 뭘."

"영애께서는 춤을 추지 않으시나요?"

"적어도 오늘만큼은요. 영애가 돌아가기 전까진 아마 그럴 거예요."

"마치 절 보호한다는 듯한 말투로군요."

"비슈발츠 영애."

로샨 영애가 불렀다. 그녀는 흐르는 듯 나른한 목소리로 설명하듯 말하기 시작했다. 마치 품에 안긴 아이를 가볍게 토닥이며 차분하게 설명하는 모양새였다.

"나는 어릴 적부터 미카엘 아이레스 경을 알았어요. 황태자 전하로 인해서요. 우린 서로가 비슷한 기질을 가지고 있다는 것을 금세 알아차렸죠. 반목하여 적이 되는 것보다 친구로 남는 게 더 이득이라는 사실도요. 그래도 그때부터 지금까지 줄곧 사이좋은 친구로 지내오고 있답니다."

그녀가 손을 뻗어 내 손을 붙잡았다. 그러고는 계속 말을 이어 나갔다.

"멜과 나는 사람을 보는 눈이 같아요. 좋아하는 사람과 싫어하는 사람 모두요. 이게 지금 내가 영애의 옆에 서 있는 이유랍니다. 마차로 인해 곤경에 처했을 때 도움을 준 것도 마찬가지구요."

"로샨 영애."

"뤼세트예요. 아니, '뤼세'라 불러 줘요. 난 그대를 시스라고 부를 테니까요."

미카엘 아이레스가 내게 첫눈에 반했다고 말했을 때, 나 역시 그러한 경험이 있었기에 쉽게 납득할 수 있었다. 마음이란 내가 어찌할 수 없는 감정이기 때문이다. 하지만 뤼세트 영애와 같은 경우는 이전과 지금의 생을 통틀어 처음 겪는 일이었다. 그렇기에 매우 혼란스러웠다. 암만 사람 보는 눈이 같다지만, 이렇게 격의 없이 다가와 호의를 베풀 수 있는 건가? 사교계의 경험상 '친구'라 함은 이용하기 편한 상대일 뿐인데 말이다.

무엇보다 조건 없이 주는 애정은 독이 발라져 있는 컵케이크와 같아, 겉모양에 현혹되어 날름 삼켜 버렸다가는 결국 스스로를 죽이게 마련이었다. 그러니 그녀의 말을 쉽게 믿을 수 없었다. 디뷘젤 영애처럼 음흉한 속내를 은근슬쩍 드러내어 스스로의 행보에 동조하게 만들면 모를까, 이런 식으로 다가온다는 건 웬만한 귀계를 가진 사람이 아니고서야 행동할 수 없는 일이기 때문이다. 즉, 뤼세트 로샨 영애는 보기 드문 감정 바보이거나 아니면 속내를 감춘 독사이거나, 둘 중 하나일 것이다. 그리고 나는 후자에 무게를 더 두고 있었다.

"네, 그럴게요."

그러니 잠자코 지켜볼 법한 일이다. 저가 내게서 무엇을 원하는지 말이다.

귀족들의 연회는 으레 새벽까지 이어지게 마련이었다. 밤새 술을 마시며 춤을 추는 것은 물론, 눈이 맞은 상대와 함께 테라스로 걸어 나가 달콤한 사랑을 속삭이곤 한다. 카드 게임으로 위장된 도박판에서 몸에 달고 온 보석을 걸고 참석했다가 결국 빈 몸으로 돌아가는 이도 있었다. 오늘과 같은 행사에서는 귀족들을 위한 침실이 제공되므로 아침까지 고주망태인 상태로 남아 있어도 전혀 거리낄 게 없었다.

하지만 양부와 같은 인사가 늦은 시간까지 술을 마시며 연회를 즐길 리가 만무하다. 어머니를 생각한다면 더더욱 그럴 수밖에 없었다. 그렇기에 그는 적당한 때에 작은 홀에 시종을 보내어 나와 로에나를 불렀다. 이제 그만 돌아가자는 뜻이었다. 별관이 아닌 자택으로 돌아가 잔다는 양부의 전언은 한참 흥이 오른 로에나가 실망하기에 충분했다. 그녀는 조금 시무룩한 표정으로 자신의 추종자들과 인사를 나누었다.

나는 로샨 영애에게 인사하며 같이 있어줘서 고맙다는 말을 했다. 그 동안 쓸데없는 이야기를 나누며 시간을 보냈던지라 슬슬 피곤해져 오던 참이었다.

"편지를 보내도 되나요? 시스를 내 저택에 초대하고 싶어요."

"그야 감사할 일이지요. 뤼세의 초대를 기쁜 마음으로 기다리고 있을게요."

로에나는 내가 로샨 영애와 인사를 나누고 돌아오자 옆에 꼭 붙어 다시 손을 잡았다. 주변의 이목을 생각해 차마 뿌리치지 못하였더니 이젠 손가락에 힘을 주기까지 한다. 동시에 따지듯 물어보는데, 그녀는 그러한 자신의 태도를 당연한 것처럼 생각하고 있는 것 같았다.

"내일은 나와 같이 있자. 다들 왜 시스에가 로샨 영애하고만 있느냐고 물어본단 말이야. 그게 얼마나 서글픈 일인지 아니?"

"네가 잘 둘러대면 될 일이잖니. 그럼 금세 끝났을 텐데?"

"아니야. 그러지 못하는 부분도 있단 말이야."

그러고선 같이 있지 못한 것에 대해 분풀이를 하듯, 끊임없이 종알대기 시작했다. 시종이 마차가 준비되었다고 알려 올 때까지 말이다. 그녀는 내가 궁금해하지도 않은 일을 계속 이야기하며 귀찮게 굴었다. 하지만 대놓고 짜증을 부릴 순 없는 노릇인지라 침착한 어조로 그녀의 말을 받아 냈다. 시종이 앞서 걸어가고 있으므로 최대한 부드러운 목소리를 가장할 수밖에 없었다.

"정말로 재미있었겠구나."

"너도 나와 함께 있었더라면 정말로 즐거웠을걸. 진심으로 하는 말이야. 난 정말로 네가 나와 함께 있어주기를 바랐어."

돌아오기 전에도 그랬지만 그녀는 내게 너무나도 약하다. 그래서 가끔은 로에나가 내게 왜 이러는지 이해할 수가 없었다. 만일 이것이 로에나가 가진 선의의 일부라면, 차라리 혐오에 가까운 태도를 보이는 게 낫다고 말하고 싶을 정도다. 내가 바라는 건 '포용'이 아니기 때문이다.

진심으로 말하건대, 로에나 비슈발츠는 동정과 진심을 구분해야 할 필요성이 있었다. 병마로 세상을 떠난 전 백작 부인이 로에나를 출산

하고 난 이후 침대 위를 떠나지 못했다 하더라도, 그에 따른 부족함을 자기 위안에 따른 연민으로 채워 넣을 이유는 없지 않는가. 그러므로 그녀가 표현하는 애정은 진실 된 감정이라 할 수 없었다.

"언제나 함께 있을 순 없는 노릇이잖니."

"하지만 우리는 처음부터 함께였던 적이 없었잖아. 난 그게 안타까운 거야."

"자매라는 이름으로는 부족한 거야? 난 잘 모르겠어."

내 대답에 로에나가 이해할 수 없다는 듯 입술을 사리물었다. 그녀의 얼굴에는 깊은 슬픔이 자리하고 있었다. 자신과 함께 다니기를 거부하는 내 태도에 상처받은 모양새다. 문제는 그녀와 내가 곧 있으면 마차 앞에 당도한다는 점에 있었다. 아닌 게 아니라 이런 얼굴을 한 로에나를 양부와 어머니께 보일 순 없는 노릇이지 않나. 그러니 마음이 없더라도 지금 당장 그녀가 원하는 말을 해줘야 했다.

"지금 함께 있잖아. 그럼 그걸로 된 거 아냐?"

동시에 그녀에게 잡힌 손을 들어 올려 보았다. 빈틈없이 하나로 맞물려진 깍지가 그녀와 나의 지긋지긋한 운명을 이야기하는 것 같아 소름이 끼쳤다. 혐오로 인해 구역질이 치밀어 오르는 것 같았다. 하지만 로에나의 웃음을 되찾는 게 먼저였다. 나는 그녀의 얼굴이 행복으로 물드는 것을 바라보고선 들어 올렸던 손을 내렸다.

어느덧 비슈발츠가의 문장이 찍힌 마차가 눈앞에 보이고 있었다. 마차 문 앞에 이르자 하인이 문을 열어 안으로 들어갈 수 있게끔 도와줬다. 나는 미리 앉아 있는 양부와 어머니께 묵례한 다음 맞은편에 앉았다. 로에나까지 자리에 앉자 마차가 서서히 움직이기 시작했다. 어머니는 내가 자리에 앉느라 구겨진 드레스 자락을 잘 정리할 때까지 기다렸다가 입을 열었다.

"즐거웠니? 로에나와 함께 잘 다녔어?"

아아, 제발이요. 나는 구겨지려는 미간을 가까스로 편 채 속으로 부르짖었다. 이런 이야기를 왜 양부 앞에서 하는 것인지, 나는 어머니를 도무지 이해할 수 없었다. 로에나와 내가 사이좋게 지내고 있다는 점을 그에게 과시하고 싶은 당신의 마음은 알겠지만, 이것만큼은 정말로 아니었다. 그래도 대답을 안 할 수는 없는 노릇이라 나는 입을 열어 작은 목소리로 말했다. 하지만 로에나가 먼저였다. 그녀는 생글생글 웃으며 재빨리 내 말을 가로챘다.

"시스에는 로샨 영애와 함께 있었어요. 로샨 후작가의 영애 말이에요. 저는 제 친구들과 함께 있었답니다."

"그러니? 왜 함께 있지 않구선……."

"저와 함께 있는 것도 좋지만 시스에 역시 새로운 사람을 더 만나 봐야 할 것 같아서요."

이게 조금 전까지만 하더라도 자신과 함께 있지 못해서 슬프다고 말한 사람의 입에서 나올 소리인가. 어처구니가 없어 숨만 들이쉬었다 내쉬고 있는 내게 로에나가 눈짓하며 다시금 내 손을 꼭 잡았다. 그 행동은 마치 자신만 믿으라고 말하는 것 같았다.

"로샨가의 영애 같은 경우 사귀기에 모자람이 없는 소녀지. 아주 잘되었구나."

양부가 점잖은 목소리로 말했다. 나는 애써 미소를 지으며 '네'라고 대답했다. 그러는 동안 어머니는 계속 로에나에게 홀에서 있었던 일을 물어보고 있었다. 로에나는 쾌활한 어조로 다과로 나온 과자들이 맛있었으며, 사람들이 아주 친절하고 상냥했다고 말했다. 내가 옆에 없어서 조금 쓸쓸하긴 했지만, 새로운 사람을 만나는 나를 바라볼 수 있어서 행복했다는 것이다.

어머니는 로에나의 말에 매우 안도하는 눈치였다. 그러자 로에나가 그것 보라는 듯이 나를 향해 미소 지었다. 나는 침묵하며 시선을 내리

깔았다. 답답한 상황에 화가 치밀어 오르고 있었다. 혹여 소리라도 지를까 입 안쪽의 여린 살을 이로 물고 있으려니 비릿하고 짭짤한 맛이 느껴졌다. 그동안 마차가 저택의 정문에 도달해 멈추어 섰고, 어머니는 재차 물려던 입을 그제야 다물었다.

나는 마차에서 내리자마자 양부께 묵례했다. 그리고 바로 몸을 돌려 내 방으로 향하려고 했다. 하지만 뒤에서 나를 부르는 어머니 때문에 그마저도 몇 걸음 떼지 못했다.

"시스에, 잠시 거기에 좀 멈춰 서 보렴. 그렇게 가면 어떡하니?"

몸을 돌려 바라보니, 다행히 어머니 혼자만 서 있었다. 그녀는 내가 걸음을 멈추자마자 나무라듯 따지기 시작했다.

"왜 그러는 거니? 그런 쌀쌀맞은 태도는 옳지 못해. 로에나랑도 같이 있지도 않고. 난 당최 요즘의 너를 이해할 수 없구나."

나는 숨을 한 번 들이켜며 필사적으로 인내했다. 그리고 끓어오르는 감정을 애써 억눌렀다. 어머니가 우려하는 게 무엇인지 모르는 바는 아니기 때문이다. 그렇기에 조금 더 참을 수 있었다.

"나중에 이야기해요."

그러나 어머니는 내 기분은 아무렇지 않다는 듯 계속 자기 할 말만 떠들어 댔다. 마치 날을 잡은 듯 말이다. 애원이 섞인 목소리로 그만하라고 말해도 막무가내였다.

"아니, 지금 이야기해야겠어. 오늘 같은 날 로에나를 혼자 두다니. 어쩜 그럴 수 있니? 내가 네 양부의 얼굴을 어찌 봐."

"어머니, 제가 그만이라고 말했잖아요."

"그건 내가 할 말이란다, 얘야. 여기서 잘 살아가려면 우리 둘이 잘해야 해. 그런데 왜 그걸 모르니? 너와 내가 로에나에게 잘해야만 앞으로도 계속 편하게 살아갈 수 있어. 그러니까 조금만 더 그 아이와 잘 지내 주면 안 되니?"

순간 무언가가 뚝 하고 끊어지는 기분이었다. 몸이 부들부들 떨리고 머리에 열이 오르며 꽉 다물어진 입술을 통해 처절한 비명이 마구 치솟아 올랐다. 눈앞에 아무것도 보이지 않았다.

나는 어머니에게 한 발자국 천천히 다가갔다. 그리고 입을 열어 말했다.

"잘 지내야 한다고요? 얼마나 더요?"

"시스에?"

"비위를 맞춰 가면서요? 남들이 욕하든 말든 꾹 참으면서, 비교당하는 수모를 참으면서, 마치 얼간이처럼 그 아이의 뒤에 서서 하하하 웃고만 있으라고요?"

어머니가 당황한 듯 나를 불렀다.

"얘야?"

나는 간절한 목소리로 호소하듯 말했다. 이런 식으로 말하지 않는다면 자신을 통제하지 못할 것만 같은 무서운 기분이 들었다. 그래서 더는 나를 자극하지 않기를 간절히 바랐다.

"어머니, 어머니의 딸은 저예요. 로에나가 아니라구요. 왜 그런데 자꾸 그 애 입장만 생각하여 절 몰아가는 건가요?"

"나는 그런 게 아니라……."

"그 정도만 하세요. 제가 그만하라고 말하잖아요. 그러니 제발 아무것도 하지 않은 채 그냥 가만히 앉아 지켜만 보세요. 젠장, 절 그만 돌아버리게 만들라구요."

"아니, 난 그냥 너를 생각해서……."

어머니가 우물쭈물거리며 변명하듯 말했다. 그런데 그 대답에 더 화가 치밀어 올랐다. 말로는 나를 위한다 하지만, 지금 어머니가 하는 행동은 그야말로 자신을 위한 것이지 나에 대한 배려가 하나도 없기 때문이다.

"저를 생각한다고요? 예전과 달리 마음껏 휘두를 수 있어서 신이 난 게 아니구요?"

"세상에! 어, 어떻게 내게 그런 말을 할 수가 있니?"

그녀가 충격을 받았다는 듯 얼굴을 일그러뜨리며 훌쩍였다. 마치 로에나처럼 말이다. 그 행동에 더 진저리가 쳐졌다. 할 수 있다면 소리라도 빽 내지르고 싶은 심정이다. 정신 좀 차리라는 고함을 마구 내뱉고 싶었다. 하지만 그럴 수 없는 게, 지금 나와 어머니가 서 있는 이곳이 비슈발츠 저택가의 내부이기 때문이다. 어느 누가 듣고 있을지 몰라서였다. 그러므로 혹시 모를 사건을 방지하기 위해 이를 꽉 악물고서 낮게 말하는 수밖에 없었다.

"그러니까 저를 생각한다면 이젠 그만해요. 제가 알아서 할 테니까 제발 나서지 좀 마세요. 어머니의 이러한 행동이 얼마나 절 힘들게 하는지 아세요?"

"시스에, 내게 이러지 말렴. 응?"

"어머니, 차라리 예전의 저를 떠올리며 두려워하세요. 그게 지금보다 더 낫겠어요."

순간 어머니의 눈동자가 달라졌다. 내 말마따나 이전의 포악한 시스에, 집안 물건을 집어 던지며 이런저런 말대꾸를 하던 못된 딸을 생각하는 모양인지 표정부터 급속도로 굳어지고 있었다. 그러니 이 얼마나 비극적인 일이란 말인가!

"어, 어떻게 엄마에게 딸을 두려워하라고 말하는 거니? 넌 정말 못된 애로구나. 어쩜 나에게 이럴 수 있어?"

"그 말 그대로 돌려드릴게요. 어머니, 어떻게 저에게 이러실 수 있어요?"

시간을 되돌려 돌아온 게 나뿐만이 아니었더라면 차라리 나았을까? 전후 사정도 모른 채 전혀 딴 길을 가려고만 하려는 어머니를 보자니 답답해 죽을 것만 같았다. 예전보다 덜하다고 해서, 아니, 노골적이지

않다고 해서 저택의 사람들이 주는 날카로운 시선과 조롱이 없어지는
건 아니지 않은가. 이는 로에나에게 납작 엎드려 그녀의 비위를 맞춘
다 해도 마찬가지였다. 아니, 되레 동일한 취급을 하며 무시할지도 모
를 일이다. 자살하려던 내게 이전의 로에나가 말하지 않았던가. 원래
그런 것인 줄 알고 넘어갔다고 말이다.

"요즘 하녀장 산하의 하녀들이 제 아이들을 괴롭히는 것 때문에 어
머니께 자주 혼나곤 하죠. 그런데 로에나가 그에 따른 불평을 토해 낸
적이 있던가요? 마고의 편을 들어주기 위해 어머니께 무어라 말이라도
건넨 적이 있냔 말이에요."

"그건 아니지만……."

"그러니까 다시는 제게 로에나 어쩌고저쩌고를 강요하지 말아요. 제
가 다 알아서 할 테니까요."

말을 마친 나는 검지로 내 머리를 툭툭 두들기며 생각 좀 하라는 말
을 대신했다. 어머니에게 하기엔 다소 무례한 태도였지만, 이렇게라도
하지 않으면 말 그대로 돌아버릴 것 같아서 어쩔 수 없었다. 어머니는
다시 몸을 돌려 방으로 향하는 나를 붙잡지 않았다. 아니, 잡을 생각조
차 하지 못하고 있다는 게 맞을 것이다. 내가 던져 준 말의 의미를 떠
올리느라 정신이 없을 테니까.

그동안 마리를 통해 저택 내 하녀들을 장악하는 데 온 신경을 다 쏟
고선 정작 어머니가 로에나와 지나치게 가까워진 것을 묵인하고 만 것
이 패인이다. 그것이 오늘날의 소란을 만들었다. 설마 벽이 될까 싶어
무시하던 것인데 결국 이런 식으로 내 발목을 붙잡은 것이다.

이젠 이에 대한 생각도 해봐야 할 때인가. 이렇게 가다간 양부가 죽
은 후 저택을 장악하는 것 자체가 어려워질 것만 같았다. 아니, 반란이
일어나는 것 자체부터 장담할 수 없다. 미래가 바뀌고 있다는 걸 두 번
의 사례를 통해 알게 되지 않았나. 그럼 무언가 계획을 세워야 한다는

말인데……. 어머니가 로에나와 반목하여 멀어질 수 있게 만드는 큰 사건 말이다.

"그것도 아주 효과적인 방법이어야 해."

대담하면서도 교묘한, 그러면서 아주 악랄한 계책이 필요하다. 서로가 상대에게 상처를 입고서 울부짖게 하는 것이다. 특히 로에나의 선의로 인한 갈등이라면 더더욱 좋다. 이로 인해 예전의 악랄한 어머니가 된다면 매우 환영할 노릇이다. 아니, 그렇게 될 것이다. 내가 그렇게 유도할 테니까.

이를 생각하니 다시금 기분이 좋아졌다. 부글부글 끓어올랐던 속내가 조금씩 가라앉고 있는 듯하다. 찬물이 필요한 건 마찬가지긴 하지만, 이만한 게 어딘가? 사실 소리를 지르지 않는 것만 하더라도 박수를 받아 마땅하다. 아아, 나도 이제 귀족가의 여인이 다 된 모양이다. 그 와중에도 혹시 모를 이목을 경계하고 있으니 말이다.

어쨌든 정신적으로 녹초가 된 건 사실이라 거의 발을 질질 끌다시피 하여 방문 앞으로 다가가는데, 갑자기 누군가 불쑥 하고 나타났다. 깜짝 놀라 비명도 지르지 못하고 굳어 있노라니 어둠 속에서 그가 천천히 자신의 모습을 드러냈다. 류스테윈 할버드 경이다.

그는 검술 시합 때 입었던 갑옷 그대로를 착용하고서 내 앞에 서 있었다. 축하주를 걸친 모양인지 얼굴 가득 불그스름한 기운이 가득하다. 온몸에서 술 냄새가 풀풀 나고 있었다.

"고개 좀 숙여 주십시오."

나오는 목소리 또한 평소의 그답지 않다. 좀 더 꼬여 있다고나 해야 하나. 다짜고짜 고개부터 숙여 달라는 말이 나오는 게 그랬다. 정말이지 단단히 취했나 보다. 당황한 내가 이렇다 할 반응조차 하지 못하고 그대로 멀뚱멀뚱 눈만 굴리고 있을 때였다. 그가 답답하다는 듯 고개를 설레설레 내저었다. 그러고선 한 발자국 성큼 다가오더니 손에 들고 있는 걸 바로 내 머리 위에 씌우는 것이다.

"제가, 제가 드리고 싶었습니다. 하지만 그럴 수 없었습니다. 명분이 부족하니까!"

나는 손을 들어 내 머리 위에 씌워진 걸 만졌다. 보들보들한 꽃잎의 감촉이 느껴지는 걸로 보아 우승자에게 주어지는 화관인 듯싶다.

……이거 로에나에게 씌워 준 거 아니었나? 어째서 지금까지 가지고 있던 거지?

연이어 터지는 사건에 도무지 정신을 차릴 수 없었다. 마치 짠 것처럼 차례로 정신적인 공격을 가하는 듯하다.

"마음에 안 드시겠지만 지금 제 눈앞에서만큼은 제발 쓰고 계십시오."

"할버드 경, 대체 지금 무슨 말을 하시는 거예요? 아니, 그것보다 이 화관을 왜 내게……."

벽에 대고 말하는 게 이런 기분일까? 그는 계속 자기 할 말만 마구 내뱉고 있었다. 내 목소리는 안중에도 없다는 태도다.

"저를 꺾고서 아가씨께 우승의 영광을 바치겠다고 하더군요. 그래서 그건 제가 할 일이라고 대답했지요. 그랬더니 화를 벌컥 내는 게, '얼음의 기사'가 맞나 싶었습니다. 전 그냥 비슈발츠 기사로서의 대답을 한 것뿐인데요. 그런데, 참 이상한 일이지요?"

그가 비틀비틀 한 걸음 다가오더니 손을 뻗어 내 손을 붙잡았다. 그리고 더는 진지할 수 없는 것처럼 나를 바라보며 한 자 한 자 정중하게 내뱉는 것이다. 술에 잔뜩 취해 있음에도 불구하고 그 어느 때보다 진정성이 넘치는 목소리였다.

"왜 이렇게 화가 날까요? 왜 이렇게 불안한 기분이 드는 거지요? 왜 이렇게, 왜, 왜…… 나를 밀어내는 아가씨가 안타깝고 사랑스럽고 그러는 거지?"

나는 그만 할 말을 잃어버렸다. 무어라 대답해야 할지 몰랐기 때문이다. 아니, 이건 꿈이다. 그렇지 않으면 이런 일이 일어날 리가 없다. 그러므로 내 손등 위로 내려앉는 그의 입술은 거짓말이다. 머리 위에 올려진 화관도 거짓말이다. 그리고, 그리고……. 또 뭐가 꿈이지?

"그러니까 이젠 그만 밀어내십시오. 로에나 아가씨의 기사라는 말 좀 그만하란 말입니다. 모두가 말하지 않아도 알고 있어. 하지만 아가씨까지 그러면 저는, 저는……!"

말이 절정에 이른 순간, 그의 무릎이 풀렸다. 동시에 풀썩하고 앞으로 고꾸라지듯 쓰러지려 했다. 엉겁결에 그를 내 품에 안듯 부축하긴 하였으나, 이미 정신을 잃은 것인지 미동조차 하지 않는 할버드 경이다. 걱정된 마음에 그의 얼굴에 귀를 가만히 가져다 대니 낮게 코를 고는 소리가 들렸다. 술기운을 못 이겨 잠이 든 건가?

"이건 또 무슨 일이야……."

웃음이 나올 정도로 어처구니없는 상황이다. 하지만 계속 이렇게 서 있을 순 없는 노릇이었다. 무엇보다 사내, 그것도 갑옷을 입은 남자를 계속 끌어안고 있을 힘이 내게 있을 리가 없었다. 그래서 살짝 몸을 비틀어 빼 보려 했으나, 어느새 내 허리를 감싸 안은 그의 팔로 인해 이러지도 저러지도 못하게 되어버렸다. 결국, 바닥에 주저앉는 것으로 할버드 경에서 전해지는 무게를 덜어 내고자 했다.

그런데 정말 현실인가? 내 품에 안겨 있는 류스테윈 할버드라니 말이다. 이전의 나라면 감히 상상조차 하지 못할 일이 벌어지고 있었다. 아니, 꿈에서조차 이루지 못할 일이다. 왜 하필 돌아온 지금, 마음을 다 접은 상태에서 이러는 걸까? 나는 당신을 포기하였는데…….

"운명의 여신은 왜 이렇게 얄궂은 걸까요, 할버드 경? 절 희망 고문으로 죽이려는 걸까요?"

조용히 물어봐도 대답해 주는 이가 없다. 그저 마음 한구석에 꾹꾹 묻어 놨던 감정 하나가 슬그머니 고개를 들어 올리며 '나 아직 죽지 않앉어, 시스에'라고 외치고 있을 뿐이다. 그래서일까? 심장이 두근두근 떨렸다. 아니, 떨리는 건 심장뿐이 아니다. 온몸이 경련하는 것처럼 잘게 흔들리고 있었다. 손끝과 발끝은 긴장으로 인해 차가워진 지 오래다. 오롯이 얼굴만이 터질 듯 새빨갛게 달아올라 있었다. 이러지도 저러지도 못한 손은 그의 등에 조용히 올려져 있다. 머리카락을 쓸어 올려 줄 시도는 감히 꿈도 꾸지 못한다. 그저 맥없이 중얼거릴 뿐, 이 이상 할 수 있는 것이 없다.

"내가 지금 어떤 일을 하고 있는지를 안다면 감히 나에게 사랑스럽다거나 안타깝다고 말할 수 있을까요? 아니, 안타깝다는 말 자체가 나에 대한 동정이 아니냐구요. 그런데 난 왜 또 흔들리는 거야. 바보같이……."

눈물이 흘러나올 것 같아 천장을 바라보며 입술을 꽉 깨물었다. 이런 때조차 그의 얼굴을 차마 만져 보지 못하는 스스로가 너무 바보 같아서, 불쌍해서 마냥 울고 싶었다. 하지만 꾹 참고서 숨을 가만히 들이켰다. 그저 단 한 번의 뒤척임으로 그의 팔이 떨어져 나가기를 바라면서, 그렇게 하나의 조각상이 되어 내 배에 와 닿는 그의 온기를 느꼈다.

그렇게 밤이 깊어 가고, 조금씩 새벽이 찾아오고 있었다. 할버드 경을 끌어안고 있는 내내 가장 걱정한 것은 누군가 우릴 보고 있으면 어쩌나 하는 점이었다. 다행히 새벽녘이 밝아 올 때까지 복도를 지나다니는 사람은 없었고, 고즈넉한 적막만이 가득했다. 죽은 듯 미동도 하지 않고서 얌전히 잠에 빠져 있던 그가 몸을 움직인 건 날이 서서히 밝아 오기 시작할 무렵이었다. 추운 겨울날 난로 하나 없이 찬바람을 오롯이 맞고 있는 형태였으나, 기이하게도 추운 줄 몰랐다. 얼굴은 이미 얼어 차갑게 굳어 있었지만, 코 훌쩍임 한번 없이 줄곧 그를 내려다볼 수 있었다. 마치 명화를 감상하듯 말이다. 그리고 할버드 경이 잠시 몸을 움직여 내 허리에 감은 손을 풀어냈을 때, 조용히 속삭이며 그에게

서 떨어졌다.

"제발 기억하지 말아요, 할버드 경. 아니, 한다 하더라도 꿈이라 여겨 버려요."

이제 달콤하면서도 서글픈 꿈에서 깰 시간이다. 다시는 오지 않을 기막힌 경험과 안녕 하는 것이다. 항상 그랬듯이 말이다. 그나마 다행인건 내가 이러한 경험에도 들뜨지 않고서 감정을 죽이는 데 익숙하다는점이었다. 아니, 포기를 배웠다 해야 하나? 그러니 이렇게 미련 없이일어설 수 있는 거겠지.

무엇보다 내 예상이 맞다면, 얼마 되지 않아 하녀들이 복도로 나올게 분명할 터였다. 아니, 평소라면 좀 더 빨리 나왔어야 함이 맞았다. 겨울이라 아침이 늦게 찾아와서 그렇지, 본래는 이보다 늦지 않았었다. 그런데 오늘이 건국제이기에 늦잠을 자도 눈감아주는 것 같았다. 우리에게 있어 매우 요행이었다.

어쨌든 그들이 복도에서 잠자고 있는 할버드 경을 발견하는 건 어렵지 않을 터. 같이 있다가는 구설에 오르기 딱 좋은 상황이었다. 그렇기에 재빨리 사라지는 게 나았다. 애절한 감상은 접어 두고서라도 말이다. 다만 짚고 넘어가야 할 문제가 있다면 할버드 경이 내 방 앞에서 잠을 자고 있다는 것인데, 이건 그와 나의 명예를 위해서라도 꼭 가려져야 할 사항이었다.

그래서 나는 조용히 마리의 방으로 들어가 그녀를 흔들어 깨웠다. 요즘 마리는 마고네의 행패를 피해서 내 방에 붙어 있는 곁방에 자고 있으므로, 다른 사람의 이목을 피해 깨우는 게 어렵지 않았다.

"마리야, 마리야?"

"으응? 아가씨?"

마리가 잔뜩 졸린 눈을 비비며 겨우 자리에서 일어났다. 그녀는 내가 아직도 드레스 차림을 하고 있다는 것에 퍽 놀란 눈치였다.

"아가씨, 왜 아직도 그런 차림을 하고 계세요? 설마 지금 돌아오신 거예요? 옷 갈아입는 걸 도와드릴까요?"

"그것보다 복도에 나가 보렴. 할버드 경이 복도에 누워서 잠을 자고 계시더구나. 가서 조용히 깨워 드려. 알겠니? 다른 사람에게 말하지 말고."

"네? 방금 뭐라고 하셨어요? 할버드 경이라고요?"

마리는 할버드 경이라는 말을 듣자마자 잠이 다 깬 건지 벌떡 침대에서 구르다시피 내려왔다. 그러고는 작은 숄을 걸치면서 내게 물었다.

"세상에, 복도에 잠들어 있는 할버드 경이라니요. 거짓은 아니죠? 아니, 그것보다 아가씨는 그걸 어떻게 아셨대요? 아, 아니에요. 제가 가서 얼른 깨워 드릴게요."

"다녀와서는 옷 갈아입는 걸 도와주렴."

"네."

마리는 씩씩한 대답과 함께 방문을 나섰다. 나는 그런 그녀를 바라보며 낮은 한숨을 내쉬었다. 그리고 내 방으로 들어가 우선 머리에 쓰고 있는 화관부터 치웠다. 카프사 안에 집어넣는다면 아무도 모를 것 같아서 그렇게 했다.

오래지 않아 마리가 방으로 들어왔다. 할버드 경을 깨우러 간 것치곤 너무나 빠른 귀환이라 내가 다 어리둥절할 정도였다. 내게 가까이 다가온 그녀가 이상하다는 듯 입을 열어 말했다.

"아가씨, 복도에 나가 보았더니 할버드 경은 없던데요?"

"뭐? 그게 정말이니?"

"네. 정말이에요. 제가 왜 거짓말을 하겠어요?"

그럼 내가 마리를 깨우는 사이 다른 사람이 그를 데려간 건가? 차라리 내가 깨울 걸 그랬나? 복잡한 심경에 머리가 어지러웠다. 다른 사람이 이를 소문내면 어찌하나 싶어서였다. 할버드 경의 고결한 이름에 상처가 나면 어찌하나? 그야말로 심란한 기분이다. 그나마 마고네를 제외한 대부분의 하녀가 마리에게 좌지우지되고 있다는 게 다행이었다. 대놓고 떠들어 대는 걸 어느 정도 막을 수 있단 말과 다름없기 때문이다. 그러니 오늘 밤늦게라도 무슨 소문이 돌지는 않았는지 슬쩍 떠봐야겠다.

"그나저나 아가씨, 이제야 주무시면 어떡한대요? 피부 다 망가지겠어요. 조금 있다 마사지라도 해드릴까 봐요."

마리가 내 옷을 벗기면서 투덜거리듯 말했다. 그녀의 얼굴엔 잠을 덜 잤다는 불만보다 내 얼굴에 대한 걱정이 더 가득해 보였다. 예전에 보였었던 태도를 생각한다면 더없이 흡족한 변화였다. 그래서 나는 그녀의 불평을 나무라기보다는 황태자와의 외출에 대해 질문을 하기로 마음먹었다.

"그것보다 마리야."

"예, 아가씨. 말씀하세요."

"혹시 너 내가 이 저택에 처음 들어왔을 때 입고 왔던 옷 기억하니?"

"아, 그 옷이요? 네, 기억하죠."

"어찌했니? 아직도 보관하고 있니?"

"아뇨, 버렸죠. 필요 없는 옷이잖아요. 그런데 왜 물어보세요? 아가씨, 설마?"

"그래, 그 옷을 입고 잠시 나갈 일이 생겼단다."

마리가 시무룩한 태도로 힘없이 물었다.

"저희랑 나가는 건 아니죠? 다른 귀족 영애인가요?"

"그래. 그러니 내 몸에 맞는 옷 하나 구할 수 있을까?"

"어렵진 않아요."

그녀가 재빨리 대답했다. 다른 귀족 영애였더라면 그녀의 심미안에 맞는 디자인을 생각해야 하므로 심각하게 고려했을 것이나, 나야 저택에 들어오기 전까지 아무 옷이나 입고 다녔으므로 응답하는 게 빠른 것이다. 디자인이나 재질에 구애받지 않을 것을 알고 있기 때문이다.

"언제까지 구해 드릴까요?"

"점심시간 전까지. 그래 줄 수 있어?"

"설마, 그때 나가세요?"

"그래. 그러니 네가 잘 둘러대 주렴."

"네. 걱정 마세요. 하지만 제가 따라가지 않아도 될까요? 바깥이 위험하다는 건 아가씨도 잘 알고 계시잖아요."

글쎄, 황태자의 비밀 호위가 그와 나를 철통같이 지켜 줄 텐데 위험한 일이 생기기나 할까? 나는 걱정스러운 얼굴로 나를 바라보는 마리의 뺨을 부드럽게 쓰다듬으며 속삭이듯 말했다.

"그쪽에서 기사를 대동한다 했으니 걱정하지 말렴. 어쨌든 점심시간 전까지란다. 나는 그 전에 깨워 주고."

"예. 얼른 주무세요. 이러다 쓰러지시겠어요."

마리가 호들갑을 떨며 재빨리 내 화장을 지웠다. 내가 돌아올 것을 대비하여 탕파를 밤새 침대 안에 넣어 놨는지 이불 속은 훈훈한 온기로 가득 차 있었다.

마리는 탕파의 물이 식을 것을 염려하여 다시금 물을 데워 오겠다고 말했다.

"안녕히 주무세요, 아가씨."

"그래."

밤새워 얼어붙어 있던 몸이 이불 안에 들어가자 부드럽게 풀리기 시작했다. 나는 머리를 베개에 대고서 조용히 눈을 감았다. 기다렸다는 듯이 수마가 밀려들어 오며 정신이 몽롱해졌다. 나는 꿈도 꾸지 않고 그대로 깊게 곯아떨어졌다. 이 순간만큼은 할버드 경에 대해 잊을 수 있어서 다행이었다.

오래지 않아 마리가 나를 흔들어 깨웠다. 얼마 자지도 않은 것 같은데 벌써 한낮인가 보다. 나는 떠지지 않는 눈을 억지로 밀어 올리며 몸을 일으켰다. 눈을 비비며 하품을 하노라니 몸이 축축 처지는 게 느껴진다. 살짝 나른한 게 열이 오르는 것 같기도 하다.

"마리야, 나 물 한 잔 좀."

마리가 내 말을 듣고서 미리 준비한 물을 건넸다. 차가운 물이 목을 타고 넘어가니 좀 정신이 드는 것 같았다.

"아가씨, 이렇게 피곤해하시는데 나가실 수 있겠어요?"

"약속이니까 어쩔 수 없잖니. 그나저나 내가 부탁한 옷은?"

"여기요."

마리가 준비된 옷을 보여 줬다. 예전의 내가 입었던 옷보다는 고급스럽지만, 귀족의 눈으로 보기엔 매우 질이 나빠 보이는 치마와 코트, 그리고 스타킹과 신발이 빈틈없이 구비되어 있었다.

"어떠세요?"

"나쁘지 않구나. 준비를 잘했어."

"감사합니다, 아가씨. 저어, 그리고 수프를 준비했는데 드시겠어요?"

"아니, 세숫물이나 가져오렴. 머리도 좀 만져야겠다."

마리가 알겠다고 대답하고선 방을 나섰다. 나는 세숫물을 가져올 동안 잠옷을 벗고 그녀가 가져다준 옷으로 갈아입었다. 익숙한 옷이다 보니 혼자 갈아입는 게 어렵지 않았다. 이후 마리가 가져온 세숫물로 세수를 하고 머리를 하나로 묶어 내렸다. 마리는 영특하게도 내 머리를 묶어주는 머리끈 역시 자신이 쓰던 것으로 사용했다.

"그런데 어떻게 몰래 빠져나가실 생각이세요?"

"네가 도와줘야지."

"네?"

"네가 나를 데리고 정문까지 나가면 되는 거야. 심부름을 시켰다 둘러대렴. 아, 그리고 어머니가 나를 찾으면 알아서 일어나기 전까지 깨우지 말라며 신경질을 부렸다고 하면 된단다."

"예. 그렇게 할게요."

마리는 못내 불안한 표정이었지만, 건국제로 바쁜 지금 나를 눈여겨볼 사람은 없을 것이므로 하나도 걱정되지 않았다. 아니나 다를까, 내 예상은 훌륭히 맞아떨어져 중간에 그 어떤 제지라 할 것도 없이 무사히 정문을 빠져나올 수 있었다.

"아가씨, 조심해서 다녀오세요."

"그래."

잠시 후 문이 닫히고, 나는 주변을 한 번 두리번거린 다음 저택 뒤쪽으로 발걸음을 옮겼다. 설마 정문으로 나를 데리러 오는 어리석은 짓을 하지 않을 터, 담을 넘는다면 이목을 피할 수 있는 뒤가 제격이라 생각한 것이기에 그쪽으로 걸어가는 것이다. 그리고 오래지 않아 막 담을 타고 넘으려는 수상한 그림자 하나를 발견했다.

"전하?"

그것은 내 목소리에 멈칫하더니만 이내 쓰고 있던 모자를 들어 올리고선 빙긋 웃었다. 허름한 옷차림으로도 가릴 수 없는 미모가 그늘 안에서도 찬란하게 빛났다.

"이렇게 먼저 나와 기다릴 줄은 몰랐는걸? 데리러 가는 수고를 덜어서 다행이로군."

"약속은 약속이니까요. 자, 어디로 가실 생각이시죠?"

"도심이지. 축제가 한창 열리는 곳. 오늘 마녀가 예언을 한다니까 필히 가야 해. 재미있을 것 같거든."

"그런 것에 관심이 있는지 미처 몰랐군요. 사교계 여인들에게 전하의 관심을 끌려면 예언자 노릇을 해야 한다고 귀띔을 해줘야겠어요."

"거기에 악마를 소환하면 사랑에 빠질 거라고도 말해줘."

"그러지요."

능청스럽게 내 말을 받아친 황태자가 천천히 걸음을 옮기기 시작했다. 나는 그의 옆에서 따라 걸었다. 그런데 생각보다 걸어가는 속도가 느렸다. 왜 그런가 싶어 찬찬히 살펴보니 그가 내 걸음에 맞춰 자신의 속도를 조절하고 있는 게 보였다. 암만 난봉꾼이긴 하여도 여인을 대하는 예의는 있나 보다. 계속 이렇게만 대해 준다면 오늘 하루는 그럭저럭 괜찮을 것 같았다.

"우선, 전하. 제가 계속 이렇게 전하라고 부를 수는 없는 노릇이잖아요. 그러니 무례하게도 전하의 성함을 불러야 할 것 같습니다. 하지만 그 또한 누군가에게 들킬 수 있는 노릇이므로 편할 대로 이름을 불러도 될까요?"

"상관없어. 나 역시 그대의 이름을 막 부를 참이니까."

"네. 그리고 필요한 상황이 오면 말을 놓아도 될까요?"

사실 이 정도까지는 필요 없지만, 그가 어디까지 권위를 내려놓나 궁금하여 물어본 것이었다. 만일 돌발 상황이 일어난다면, 어느 정도 유연하게 대처할 수 있나 미리 가늠해 봐야 하기 때문이다. 황태자는 이런 내 말이 우스웠던 것인지 빙그레 미소 지으며 '좋아'라고 대답했다. 모자 밑으로 슬쩍 보이는 얼굴은 흥미로 가득 차 있었다. 내가 어떻게 행동할지 사뭇 기대된다는 표정이다.

"좋아, 디디."

하지만 이어진 말에 황태자의 얼굴이 종이처럼 순식간에 구겨졌다. 그는 믿을 수 없다는 듯 '뭐?'라고 되물었고, 나는 여상스러운 목소리로 '왜, 디디?'라고 대답했다. 뭐가 문제냐는 것처럼 아주 천연덕스럽게 말이다.

"맙소사."

잠시 후 그가 한숨과 함께 중얼거리듯 말한다.

"나보고 디디라니. 이 무슨 우스운 노릇이야?"

그러고서 자기 이름의 어디에서 '디디'라는 말이 나오는지 설명하라고 마구 따져 댔다.

"전하의 이름이 생각나지 않게끔 지은 거랍니다. 그렇기에 마땅히 설명할 순 없는 노릇이에요. 안타깝게도 말이죠."

"그 말인즉, 내가 그대의 이름을 아무렇게나 막 지어도 괜찮다는 뜻이겠지?"

"네."

황태자가 아무렇지 않다는 듯 태연하게 대답하는 내 태도에 기가 막혀 했다. 하지만 곧 재미있는 것을 좋아하는 사람답게 금세 진정하더니만 나를 두고서 '베르'라 불렀다. 그러곤 약 올리는 것처럼 베르가 '사춘기'를 뜻하는 고대어라고 설명했다. 그는 이 이름이 싫다고 펄쩍 뛰며 질색할 나를 기대하는 것 같았다.

"그럼 이제부터 저를 베르라 부르시겠네요. 전 전하를 계속 디디라 부르겠고요."

하지만 알겠다는 듯 고개를 끄덕이는 내 모습에 이내 실망한 듯한 표정을 지었다. 그리고 다시금 '디디'라는 이름이 싫다며 바꾸라고 '명령'하는데, 마치 찡찡거리는 어린아이 하나가 내 앞에 서 있는 기분이었다.

"이오라 불러. 그나마 그게 낫겠어. 아니면 이디라 부르든가."

"좋아요. 이디라 부르지요."

"하지만 그대의 이름은 계속 베르라 부를 거야. 이건 벌이야."

"네, 원하시는 대로 마음껏 하세요."

"이제는 두려워하지도 않는군. 가련하게 떨던 예전이 그리워질 노릇이야."

그 모습을 얼마나 봤다고 그리움을 운운하는지, 퍽 우습지도 않았지만 일부러 모르는 척했다. 평민으로 가장한 황태자의 행동은 무도회 때와 사뭇 달라서 위화감이 들고 있었다. 하지만 그것은 황태자일 때의 모습을 알기 때문에 드는 이질감이지, 지금 이 상태로만 본다면 동일한 인물이라고 생각할 수조차 없을 게 분명하다. 그만큼 그의 '가면'은 완벽했다. 평민의 삶을 살았던 내가 오히려 더 어색할 정도였다.

"왜 그렇게 보는 거지?"

"아니에요."

소름이 끼친 나는 그보다 조금 더 성큼성큼 앞서 걸어갔다.

평민인 것처럼 굴어야 했기에 우리는 가까운 마차 보관소에 가서 돈을 주고-마리가 기특하게도 돈이 든 지갑까지 챙겨 줬다-도심까지 태워 달라 했다. 매번 궁궐을 나와 보았으나 이렇게 마차를 빌려 탄 것은 처음인지 황태자가 매우 신기해하며 연신 주변을 두리번거렸다. 마차가 움직일 때는 엉덩이가 아프다며 나지막이 투덜거리기까지 했다. 나는 원래 그런 거라고 단호히 일축하며 그에게 물었다.

"몇 번이나 나오셨어요? 아니, 나왔어?"

"지금까지?"

"그래."

황태자는 위화감 없이 태연스레 반말을 지껄이는 내가 퍽 우스운 모양이었다. 계속 피식피식 웃는 꼴이 실없는 사람처럼 보였다.

"멜이 지금 그대의 이 모습을 보았다면 뒤로 나자빠졌겠군. 그거 아나? 멜이 그대를 처음 만나고 와서 내게 한 말이 이거였어. '천사를 보았습니다'. 그답지 않은 상당히 로맨틱한 발언이지."

"사내란 사랑에 빠지면 시인이 되는 법 아닌가요?"

"글쎄? 그거야 사람마다 다른 법이지. 그대는 시인이 된 사내를 본 적이 있는 모양이로군."

"왜 아니겠어요. 제 가까이에 있는데요."

황태자, 그러니까 이디는 내 말에 비슈발츠 백작을 떠올린 모양인지

'그대의 양부?' 하고 물었다. 나는 고개를 살며시 끄덕이는 것으로 답을 대신했다.

"그래서 조금 전의 말에 별 감흥이 없었던 거로군. 그런데 반말을 할 건지 존대를 할 건지 둘 중 하나만 선택해. 자꾸 왔다 갔다 하니까 헷갈리잖아."

"적응 중이라서 그래요. 이해해 주세요, 아니, 줘."

"참아 보지. 어쨌든 얼음이라는 별명을 가지고 있는 녀석답게 정략결혼이나 할 줄 알았는데, 그대를 발견하게 될 줄 누가 알았겠어? 하지만 그의 아버지를 생각한다면, 그 녀석이 얼음이라 불리는 게 우스울 노릇이지. 워낙 열정적인 양반이거든."

잠시 마차가 덜컹덜컹 움직이자 그의 머리가 천장에 팍 하고 닿았다. 퍽 소리가 날 정도로 세게 말이다. 하지만 머리가 아픈 것보다 정수리 부분이 찌그러진 모자가 더 신경 쓰인 것인지 모자를 벗고선 인상을 찌푸리는 그다. 그러곤 망가진 부분을 손끝으로 꾹꾹 누르기 시작했다. 화를 내는 것치곤 상당히 섬세한 손놀림이었다. 이윽고 모자를 원래의 상태로 되돌린 그가 신경질적으로 다시 눌러썼다.

이디는 자신의 외모가 사람들의 시선을 끌게 될 것을 아주 잘 알고 있는 모양이었다.

"베르, 아니, 그대도 모자를 하나 사야겠어."

"전 모자를 쓰는 걸 별로 좋아하지 않아요."

"하지만 눈에 띄는 것보단 낫잖아."

"그 말은 제가 눈에 띌 정도로 아름답다는 소리인가요?"

농담에 가까운 질문이었지만 그는 바로 대답하지 않았다. 헛소리 말라는 타박이라도 줄 줄 알았는데 대신 민망할 정도로 뚫어지게 쳐다보며 말을 아꼈다. 무안해진 내가 되레 고개를 돌릴 정도였다.

잠시 후 이디가 낮은 목소리로 입을 열어 말했다.

"사교계엔 그대 정도로 아름다운 여인은 많아. 하지만 눈을 뗄 수 없을 정도로 사랑스러운 느낌을 받는다는 건 또 다른 일이지."

"그게 여인의 스타킹인가요?"

여자의 치마를 들치고 다니는 난봉꾼 행태를 살짝 비꼬는 소리였다. 하지만 그는 이런 내 말이 아무렇지도 않다는 듯 어깨를 한번 으쓱이더니 태연스레 말을 이어 나갔다.

"사교계에서 배운 것이라곤 그런 것밖에 없거든. 그러니 그런 식으로 말하지 말지그래? 사실 멜이 대단한 거야. 병이라도 걸린 것처럼 여인을 멀리했으니 말이지. 하지만 이젠 그것도 옛말이로군."

잠시 후 마차가 멈췄다. 이디는 마부가 문을 열어주기도 전에 반색하며 뛰어내리다시피 바깥으로 튀어 나갔다. 내 에스코트 따위는 안중에도 없다는 듯 말이다.

나는 열린 문을 잡고서 천천히 내려왔다. 이제는 몸에 익을 정도로 익숙해져 버린 예법들이 과거의 말괄량이 시스에를 단단히 옥죄고 있었다.

"이제야 살 것 같군. 엉덩이가 아파서 죽는 줄 알았어."

그가 자신의 엉덩이를 손으로 툭툭 치며 다시는 저런 마차를 타지 못하겠다고 투덜거렸다. 그러고서 다른 사람들은 어떻게 저런 걸 타고 다니냐고 불평했다. 엄살도 이런 엄살이 없었다.

"싸구려 마차가 다 그렇죠. 그동안은 어떻게 돌아다닌 거죠?"

"항상 도중에 탈출한 거라서 이렇게 정식으로 나오는 건 처음이야."

"도중이요?"

"멜 집에서 우리 집으로 가는 도중."

그의 수행원들이 사색이 되어 이디를 찾는 장면이 눈에 훤할 지경이다. 정말 이 사람이 내 기억 속의 황태자가 맞는 건가? 무심한 눈동자로 나를 바라보던 그 무서운 남자 말이다. 하지만 도중에 황태자가 바뀌었다는 말은 들은 적이 없었던 것 같은데……. 뭐가 진짜 성격인지 도무지 하나도 모르겠다. 그저 터져 나올 것만 같은 한숨을 꾹꾹 삼키며 그의 옷소매를 잡아끌 뿐이다.

"이쪽으로 가야 해. 마녀를 보고 싶은 거지요?"

"마녀의 집을 아나?"

"그녀가 할 수 있는 건 예언뿐만이 아니거든. 여인에게 도움이 되는 것도 많이 하지. 이를테면 사랑의 묘약 같은 거? 그래서 내 하녀들에게도 인기가 많아요."

"사랑의 묘약? 설마 그걸 마시면 사랑에 빠진다는 뭐, 그런 허무맹랑한 소리를 하는 건 아니겠지?"

이디가 말도 안 된다는 듯 내 말을 비웃었다. 나는 '마음대로 상상해요'라고 대꾸한 뒤 먼저 성큼성큼 걸어 나갔다. 그는 그러한 내 태도에 무척 당황한 모습이었다. 재빨리 내게 붙어 '그게 사실이야?'라고 물었다. 모자 밑으로 드러난 입술이 살짝 올라간 것으로 보아, '사랑의 묘약'이라는 것에 흥미가 돈은 모양이었다.

"왜, 필요하세요?"

"내가 아니라 다른 사람. 불쌍하면서도 불쌍하지 않은 여자가 하나 있거든."

그의 말에 자연스레 황후가 떠올랐다. 하지만 모르는 척 걸음을 빨리했다. 이디 역시 그에 대해 더 말할 생각이 없는지 잠자코 나를 따랐다.

잠시 후 굽이진 골목길을 지나 외곽의, 마녀가 살고 있는 오두막에 도착했다. 마당으로 보이는 곳에 이런저런 동물의 뼈가 나뒹구는 게 몹시 을씨년스러우면서도 소름 끼쳤다.

우리는 뼈를 밟지 않게 조심조심하면서 문을 열었다. 무얼 끓이고 있는 모양인지 보글거리는 소리와 함께 고약한 냄새가 확 끼쳤다. 코가 마비되는 것 같다. 급작스레 치솟아 오르는 구역질과 터져 나올 것 같은 기침을 애써 삼키고선 안을 살피니, 희미한 형체가 점차 보이기 시작했다. 촛불 하나 켜 놓은 어두운 집 안에서 마녀가 알 수 없는 헛소리를 흥얼거리며 노래하고 있었다.

"손님이로군. 아주 귀한 손님이야."

그녀가 말했다. 가래가 낀 듯 걸걸한 목소리가 듣기에 괴로울 정도로 거슬렸다. 외모 또한 그랬다. 뭐가 돋은 것처럼 울퉁불퉁한 매부리코나 때가 잔뜩 낀 손톱이나 제대로 빗지 않은 듯 덥수룩한 머리카락이나, 눈에 차는 곳이 없었다. 더럽다고 손가락질하지 않는 게 다행일 정도다. 마녀는 내 기억 속의 모습보다 훨씬 더 고약한 모습을 하고 있었다.

"그래, 왜 나를 찾아왔나?"

"예언을 한다고 해서. 미리 들을까 하고."

"예언을 한다니까 두렵나? 사람들이 동요할까 말이야. 미리 안다고 해서 막을 수 있는 것도 아닌데 왜 이리 성급하게 구시나?"

마녀가 낄낄거리며 말했다. 이 고약한 외모의 노파는 이디가 어떠한 사람인지 알고 있다는 것처럼 살살 약 올리고 있었다. 하지만 이디는 아무렇지 않다는 듯 그녀의 말을 받아쳤다.

"성급하게 굴면 안 된다는 법이라도 있나? 그냥 알려 주지그래?"

"오오, 안 될 거야 없지. 사실 자네가 들으면 더 좋은 거니까. 하지만 나에게도 오는 게 있어야지."

"돈인가?"

"그것도 좋지만 내가 바라는 건 더더욱 좋은 거라네. 그래, 황궁 전속 마녀는 어떠한지?"

"미쳤군."

이디의 몸이 움직인 건 순식간이었다. 언제 마녀에게 다가간 것인지 몰라도 그녀의 목을 잡아챈 그가 자신의 손에 잡힌 늙은 몸을 바닥으로 사정없이 내팽개쳤다. 그리고 더러운 것을 만졌다는 듯 손을 툭툭 털면서 한 발로 마녀의 목을 살며시 짓누르는 것이다. 목뼈를 부러뜨릴 것처럼 말이다.

"네 비천한 목숨을 살려 주지. 그러니 죽기 싫으면 곱게 말하는 게 좋을 거야. 응? 어디 목이 부러져도 그 잘난 혀를 놀릴 수 있는지 살펴 볼까?"

냉정한 목소리로 싸늘하게 말하는 이디의 모습은 이전에 보았던 황태자 그 자체였다. 내가 두려워하며 무서워했던 그 말이다. 순간 공포심이 차올라 나도 모르게 벽에 기대어 부들부들 떨었다. 집 안이 어두운 탓에 그의 눈빛이 잘 보이지 않는다는 게 그나마 다행이었다. 그렇지 않으면 소리를 지르며 그대로 쓰러졌을지도 모를 노릇이다.

"큭. 거참 성미하고는. 쿨럭쿨럭. 농담한 거 가지고 왜 이리 무섭게 구시나?"

마녀가 몸을 바르작거리며 빠져나오려고 애썼지만, 애석하게도 황태자의 힘을 이길 수 없었다. 그럼에도 불구하고 그녀는 몇 번이나 손가락을 움직여 그의 발을 움직이려고 노력했다. 발버둥을 치며 이리저리 몸을 비틀어 대는 건 예사였다. 황태자는 그럴 때마다 헛된 일이라는 것처럼 그녀를 밟고 있는 발에 힘을 주었다. 이로 인해 마녀의 기침 소리가 높아진 건 당연한 일이었다.

"네 예언에는 몸을 다칠 거라는 건 없었나 보지? 와구스라는 것들이 별이 어쩌고저쩌고 핑계를 대면서 미래를 잘 말하지 않아서 말인데, 만일 그들이 너처럼 예언한다 어쩐다 지껄였다면, 네년의 목숨 따위는 진작 사라지고 없었을 거다. 악마를 운운한다는 자체부터 죽어 마땅할 노릇이지. 그러니까 잔말 말고 예언이나 해봐."

잠시 후 마녀가 포기했다는 듯 손을 축 늘어뜨렸다. 그러고는 입을 열어 예언을 말했다.

"큰 혼란이 오리라. 태양은 그 빛을 잃어 쓰러지고, 주변의 별이 강성하게 일어나 찬란한 빛을 내뿜으리라. 달을 경계하라. 달과 별은 빛을 함께 받는 존재이니 서로를 위해 피를 흘리는 것을 주저하지 않으리라. 거대한 자궁은 이미 그 소용을 다 했으나 용을 삼키기 위해 개를 풀어놓는다. 본디 개는 몸에 별이 박혀 있어 황금의 성으로 진군하는 것을 두려워하지 않으리니, 푸른 수사자의 운명은 붉은 흙이 흐르는 평야에서 결정되리라."

말을 마친 그녀의 입에서 뽀글뽀글 거품이 흘러나왔다. 황태자가 기겁하여 발을 뗐으나 마녀의 손이 먼저였다.

"죽음이 다가온다. 사신이 낫을 들고서 그대의 주변에 서 있다. 그러니 죽음을 거스른 여인, 운명에 얽매이지 않는 여자를 찾아서 곁에 두어라. 그리하면 빛을 보리라."

마치 공명하듯 윙윙 울리는 목소리로 예언을 내뱉은 마녀다. 특히 마지막 말은 두 사람이 함께 외치는 듯 기괴한 소리를 자아내고 있었다. 그런데 '운명에 얽매이지 않는'이라는 말을 말할 때 마녀와 눈이 마주쳤다고 생각된 것은 나만의 착각일까?

갑자기 그녀가 경련하듯 캑캑 소리를 내며 몸을 부들부들 떨었다. 그러다가 이내 손을 떨어뜨리며 기절하듯 축 늘어졌다. 간헐적으로 꿈틀거리는 몸을 타고서 거품이 줄줄 흘러나오고 있었다. 동시에 소변이라도 본 듯 방 안에 지린내가 진동하기 시작했다. 황태자가 인상을 찌푸리며 마녀의 몸에서 한 발자국 물러섰다.

"그렇게 재미있는 내용은 아니었군."

잠시 후 그가 어깨를 으쓱이며 대수롭지 않다는 듯 말했다. 그러고서 동의를 구한다는 듯 나를 쳐다봤다. 그러나 그의 깊게 팬 미간과 낮게 가라앉은 목소리가 조금 전에 내뱉은 말과 매우 상반되어 보였다. 아무래도 황태자는 내가 마녀의 예언을 아무렇지 않게 넘기기를 바라는 것 같았다. 그래서 순순히 그의 말에 응답했다.

"사실 어떤 말을 했는지조차 기억나지 않는걸요. 너무 기괴하고 음침해서요."

"그래? 그럼 여기에 더는 있고 싶지 않겠군. 이만 나가지."

"네."

이디가 앞서 걸어 나갔다. 나는 쓰러진 마녀와 그의 등을 번갈아 보다가 곧 걸음을 옮겼다. 기이하게도 마녀의 마지막 말이 자꾸 귓가에 울려 퍼지고 있었다.

바깥으로 나온 황태자가 몸을 툭툭 쳐 내며 '기분만 잡쳤군'이라고 말했다. 불쾌하다는 어조로 자꾸 마녀의 말을 깎아 내리려고 하는 것으로 보아 그 역시 나름대로 예언을 심각하게 받아들이고 있는 듯하다. 혹시 짐작 가는 부분이라도 있는 것일까? 만일 그렇다면 어떠한 부분에 신경을 두고 있는 것일까? 길게 예언했던 부분? 아니면 자신의 다리를 붙잡고 '죽음'을 운운했던 부분일까? 사실 마지막 내용은 나 역시 신경 쓰고 있던지라 눈치를 아니 볼 수 없었다.

분명 나는 그녀와 눈을 마주쳤다. 그 늙고 주름졌으며 매우 흐리멍덩하기까지 한 눈동자와 말이다. 마녀는 자신의 입에서 튀어나온 '운명에 얽매이지 않는 여자'를 나라고 확신하는 것 같았다. 와구스 역시 내게 '운명을 만들어 가는 자'라 하지 않았나. 두 예언자의 말은 실로 기묘한 곳에서 일치하고 있었다. 죽음을 거스른 여인이라는 말 또한 그렇다. 자살한 내가 멀쩡히 살아 움직이는 것 자체가 죽음의 신을 농락하는 것과 다름없으니까. 나와 같은 경우가 또 있지 않은 이상, 아마도 그러할 것이다.

그런데 죽음이 다가온다고? 사신의 낫이 '그대' 주변에 서 있다고? 여기서 말한 '그대'가 만약 황태자라면, 빛을 보기 위해 나라는 개체가 필요한 거라면 이를 어떻게 받아들여야 하나. 무수한 억측이 내 머리를 어지럽히기 시작했다. 개중에는 상상하기도 싫은 '가정' 또한 있었다. 내가 다시 살아난 게 오로지 저 남자를 위해서라는 것과 같은 말이. 만일 그렇다면, 고작 이러한 일 때문에 다시 돌아와 이 더러운 시간을 견뎌 내고 있는 거라면 너무 억울하지 않나. 나의 가치가 '쓰임'으로밖에 결정되지 않는다는 게—만일이긴 하지만—매우 어처구니가 없었기 때문이다.

설마 아니겠지. 미래가 유동적으로 바뀌고 있다는 게 겨우 이런 이유일 리가 있나. 차라리 악에 받쳐 죽었기에 운명이 움직인 거라고 생각하는 게 낫겠다.

"······르. 베르! 무슨 생각을 그렇게 하는 거지?"

너무 오래 생각에 잠겨 있었나? 어느새 내게 가까이 다가온 황태자가 어깨를 가볍게 흔들며 나를 불렀다.

나는 어지럽던 생각들을 고이 접어 재빨리 머리의 한구석으로 밀어 넣었다. 그리고 마치 다른 것을 생각한 것처럼 여상스러운 어조로 말했다.

"이제 어디로 안내해야 하나 고민하고 있었어요."

"······정말 그 생각을 하고 있었다고?"

이디가 의심스럽다는 듯 나를 바라봤다. 마치 '경계'를 하는 것처럼 말이다. 나는 새삼스럽다는 듯 그를 응시하며 태연한 목소리로 대답했다. 아직 켕길 만한 일이 없으므로 아무렇지 않다는 것처럼 행동하는 건 식은 수프를 먹는 일보다 더 쉬웠다.

"네, 재미있게 하지 않으면 약속을 지키지 않을까 봐 불안해서요."

"이런, 내가 그렇게 믿음이 가지 않는 사내였나?"

"그냥 제 조바심에서 비롯된 행동이라 생각하시면 편해요."

"말투가······."

"네? 아니, 응?"

"존대와 반말을 오가는 것 빼고는 조금씩 더 자연스러워지고 있군. 본래의 말투를 되찾아 가는 건가?"

나조차 인식하지 못하는 변화를 그가 어찌 알고 말하는 건지 모르겠지만, 아니라고 반박하기가 좀 그래서 그냥 건성으로 고개만 끄덕였다. 의심이 조금 가신 모양인지 어느덧 황태자의 얼굴은 한결 부드럽게 풀려 있었다.

"축제의 기본은 먹을 거죠. 내일 온종일 화장실에서 못 나오게 할 테니까 단단히 각오해요."

"왜? 배가 아플 정도로 많이 먹으려고?"

나는 말도 안 된다는 듯 피식 소리 내어 웃었다. 그리고 그의 소매를 붙잡고선 앞으로 씩씩하게 걸어 나갔다. 아쉽지만 마녀에 대한 생각은 집에 가서 해봐야 할 것 같았다.

"많이 먹지 않아도 배가 아플걸요? 분명 그럴 거예요."

내 장담에 황태자가 어처구니없다는 듯 말했다. 그의 입을 타고 흘러나오는 소리인즉슨 지금껏 음식 때문에 배앓이를 겪어 본 일이 없으며, 자신의 몸 또한 잔병치레는 해본 적이 없는 건강체라는 것이다. 글쎄, 황궁 요리사가 정성을 다해 만들어 낸 음식만 먹었던 사람이 아무렇게나 막 만들어 낸 음식을 버텨 낼 수 있을까?

"어쨌든 기대해 보지. 자, 어서 가자고."

황태자가 나를 재촉했다. 기대로 인해 잔뜩 들뜬 목소리를 듣고 있노라니 정말이지 다른 사람과 함께 있는 것처럼 느껴졌다. 나는 조그마한 목소리로 '잘 따라오세요'라고 말했다.

그렇게 우리는 마녀의 집을 떠나 다시 도심으로 되돌아갔다. 조금 전의 예언은 까맣게 잊은 것처럼 각자의 생각을 뒤로하고서 말이다. 지루함을 잊은 황태자는 놀라울 정도로 평범한 사람처럼 보였다. 능글맞게 굴다가도 곧 어린애처럼 징징거리고, 잠시 체면을 차리나 싶으면 개구쟁이처럼 낄낄거리며 이곳저곳으로 뛰어다니는 게 딱 그러했다. 오만하고 아름다운, 그러면서도 무척 냉정한 평소의 황태자라 보기 어려울 정도였다. 먹을 걸 하나 쥐어 줬더니 이걸 어떻게 먹냐며 투덜거리는 낌새가 영락없는 어린 소년의 행태다. 그의 황홀하리만치 요염한 얼굴만 아니었다면 어디에서나 흔히 볼 수 있는 평범한 사내라 여겼을 것이다.

"맛은 나쁘지 않지만 혀가 아릿아릿한 게 이걸 어떻게 먹나 싶을 정도야."

"그러면서도 다 먹고 있잖아요."

내가 당최 황태자를 데리고 다니는 건지, 아니면 어린애를 데리고 다니는 건지 모르겠다. 입안 가득 음식을 밀어 넣고 우물우물 씹어 대는 행동에 절로 한숨이 흘러나왔다. 보기가 흉하여 좀 가리고 먹으라고 손수건을 쥐어 줘도 막무가내였다. 하지만 그 때문인지 몰라도 예전보다 그를 대하는 게 훨씬 더 편했다. 공포심이 사라진 지 얼마나 되었다고 타박 섞인 말을 내뱉는지 모르겠지만.

"이런 곳에서 무슨 체면을 차리란 말이야. 그대는 아직 변신이 덜 된 모양이로군."

"그대라는 말은 금지예요."

"꼬투리 잡기는. 융통성 좀 발휘하지그래?"

"그 말 돌려줘도 되나요?"

"……저기로 가지."

추운 날씨에도 불구하고 거리에는 수많은 사람이 북적이고 있었다. 작은 공연을 펼치고 있는 광대와 건국제에 관한 연극을 한다며 홍보를 열심히 하는 배우의 목소리가 곳곳에서 어지럽게 뒤엉켰다.

이디는 진지한 표정으로 그것을 감상하다가 내게 돈을 빌려 자그마한 팁 같은 것을 던져 주기도 했다. 들고 온 돈이 죄다 금화 아니면 은화라 강도의 표적이 되기에 십상이어서 내가 가져온 구리돈을 쓰기로 한 것이다. 그가 먹고 있는 음식도 전부 내가 계산한 것이었다.

황태자는 멋쩍은 얼굴로 시선을 피하듯 말했다.

"나중에 꼭 갚아주지."

"전에 나왔을 때는 말 그대로 구경이나 했나 봐요."

"뭐, 그렇지."

"그래서 정말 아무것도 몰랐군요."

"그러니까 그대, 아니, 베르 너를 데려온 거잖아."

"네, 네. 그렇죠."

나는 한숨을 삼키며 순식간에 홀쭉해진 돈주머니를 닫았다. 마리가 제법 넉넉하게 넣어준 것 같은데, 돌아다닌 지 얼마나 되었다고 어느새 바닥이 보였다.

"저건 뭐지?"

갑자기 황태자가 걸음을 멈추고선 손가락으로 한 방향을 가리켰다. 그곳엔 작은 책상 하나를 앞에 두고서 팔짱을 낀 채 서 있는 건장한 사내들이 있었다. 애꾸인지 눈 하나를 천으로 감싼 늙은 남자가 주변의 사람에게 무어라 말하며 호응을 끌어내는 게 딱 봐도 돈을 건 '내기'처럼 보였다. 아니나 다를까 늙은 남자가 허름한 주머니를 열어 사람에게 건네고, 그것을 받은 사내가 그 속에 돈을 집어넣고선 다시 옆 사람에게 돌리고 있었다.

"글쎄요. 한번 가 보시겠어요?"

"그러지."

말이 끝나기도 전에 냉큼 대답하며 걸어가는 모양이 이젠 우습지도 않다. 구경하자고 말하지 않았더라면 퍽 섭섭해했을 분위기다.

"주사위 놀음이로군."

사람들의 틈을 비집고 안쪽으로 들어가니 낡은 주사위 두 개를 나무

대접 안에 집어넣고서 마구 흔들어 대는 사내가 보였다. 홀수인지 짝수인지를 가린 뒤 배당한 만큼의 돈을 받아 가는, 매우 단순한 노름이었다. 한쪽에서는 조잡하게 만든 숫자판을 세워 놓고서 정확한 숫자를 맞추면 돈을 더 많이 준다고 구경꾼을 꾄다.

황태자는 그것이 굉장히 흥미로운지 손으로 자신의 턱을 쓰다듬으며 '흠' 하고 낮은 소리를 냈다. 손가락을 꼼지락거리며 내 손등을 툭툭 건드리는 낌새로 보아 한 판이라도 참여하고 싶은 모양이었다.

"동전 다섯 개. 그 이상으로는 안 돼요."

"하지 말라는 소리는 하지 않는군."

"하지 말라 하면 안 할 건가요?"

"아니. 내가 알던 내기와 달라서 무척 흥미로운걸? 그러니 아니 해 볼 수 없는 노릇이지."

"거봐요. 그러니 미리 포기하는 거죠."

주머니에서 동전 다섯 개를 꺼내어주니 그는 싱글벙글한 표정으로 노름꾼에게 다가갔다. 무슨 자신감인지 모르겠으나 무턱대고 숫자 하나를 부르며 돈을 거는 것이 잃어도 별 상관없다는 투였다. 그런데 매우 신기하게도 나무 대접에서 나온 주사위의 합이 그가 건 숫자에 정확하게 맞아떨어졌다.

"굉장하지?"

다섯 개의 구리 동전이 순식간에 열다섯 개로 늘어났다. 나는 어깨를 으쓱하며 '괜찮네요'라고 대답했다.

이후에도 황태자는 네다섯 번 정도 더 구리 돈 다섯 개를 걸었다. 놀랍게도 내기에 참여할 때마다 그가 선택한 숫자만 족족 나오고 있었다. 어떻게 이렇게 잘하는 건지 당최 알 수 없는 노릇이다. 의기양양한 표정으로 이렇게 가다간 내게 빌린 돈을 다 갚을 수 있겠다고 말하는 행태가 퍽 얄밉기까지 했다. 누가 본다면 전문 노름꾼이 게임에 참여한 줄 알겠다.

어쨌든 황태자가 연속하여 돈을 딴다는 건 노름꾼에게 있어 불행이라 할 수 있었다. 그래선지 그가 당황한 표정으로 이디를 바라봤다. 그러곤 주변을 호위하듯 서 있던 어깨와 무어라 속닥이며 인상을 팍 구겼다. 좋지 않은 눈빛으로 우리를 바라보는 꼴에 등골이 쭈뼛하고 솟아오르고 있었다.

구경하는 사람들이 그를 따라서 돈을 걸려고 할 때, 잠시 판을 멈추고 우리에게 다가왔다.

"이제 그만하고 가시오. 그렇지 않으면 좋은 꼴 못 볼 줄 아쇼. 옆구리에 예쁘게 상처 내주기 전에 그만 사라지란 말이오. 그동안 땄던 돈 다 내뱉고. 뭐, 처음 내기에 걸었던 돈은 그냥 봐주리다."

바닥에 침을 퉤 하고 뱉으며 협박하는 꼴이 제법 흉흉해 보였다. 낡은 외투 안쪽에 자리한 단도를 은근슬쩍 내비치며 목을 까딱까딱하는 모양새 역시 한두 번 해본 솜씨가 아니었다. 겁에 질린 나는 조용히 황태자의 등 뒤에 가서 섰다. 할 수만 있다면 원만한 상황에서 일을 끝내고 싶은데, 그가 과연 그렇게 해줄지 의문이라 걱정이 되었다.

"그냥 주고 가죠."

나는 그의 등허리를 손가락으로 쿡쿡 찌르며 조용히 속삭이듯 말했다. 판돈인 구리 돈 다섯 개는 빼앗지 않겠다 하니, 재미있는 경험을 했다 생각한다면 그다지 나쁘지 않은 조건이었다. 괜한 소란으로 다치는 것보단 나으니까. 뭐, 그의 비밀 호위를 생각한다면 이런 왈패 정도야 식은 수프 먹기 정도일 테지만, 오늘의 목표는 눈에 띄지 않고서 돌아다니는 것이므로 필요 없는 소동을 일으킬 이유는 없었다. 사내란 생물이 쓸데없는 것에 심력을 다한다는 것을 몰랐기에 할 수 있는 생각이었다.

"그동안 이런 경우, 저런 경우 다 보았을 텐데 항상 이렇게 해결하고 그랬나? 그래서 주지 않겠다면 어쩔 생각이지?"

"뭐긴 뭐야. 콱 담가 버려야지."

황태자의 말에 노름꾼이 다시 한번 퉤 하고 침을 내뱉었다. 그의 양옆에 서 있던 왈패들은 목과 손을 돌려 가며 뿌드득거리는 살벌한 소리를 내고 있었다.

"한번 해보시지?"

"세상에, 지금 뭐 하는 거예요?"

기겁한 내가 그의 소매를 붙잡고서 소곤소곤 말을 걸어도 아예 못 들은 척 고개조차 돌리지 않았다. 되레 재미있다는 듯 외투 단추를 풀어 내리며 실실 웃고 있었다.

아아, 도대체 무슨 일이 일어나려 하는지 도통 모르겠다. 냉철한 이성 따윈 마녀의 집에 던져 넣고 왔는지 지금 황태자는 딱 봐도 제정신이 아니었다. 나는 손으로 이마를 감싸 쥐며 한숨을 내쉬었다. 이번엔 손목을 붙잡고서 만류해 보지만, 이미 떠나 버린 '절제'를 되돌리기엔 불가능해 보였다. 하는 꼴로 보아 발동이 제대로 걸린 것 같은데, 괜한 노파심에 어설프게 막았다간 더 큰 사건으로 번질 수 있었다. 그러니 남 일인 양 구경하는 게 차라리 나을 것이다.

"주제도 모르고 저런 미녀와 함께 다니고, 응? 네 여자는 우리가 아주 잘 써먹어주마."

"역시 모자가 필요하단 말이야. 다음엔 모자를 미리 쓰고 오는 것을 추천하지. 뭐, 그건 그렇고 이 말에 대해 어떻게 생각해?"

황태자가 내게 물었다. 그러고선 왜 가만히 있냐는 듯 눈짓했다. 저 말에 길길이 날뛸 내 모습을 상상한 건가? 비죽 올라간 입꼬리가 퍽 짓궂다.

나는 뒤로 두세 발자국은 물러나며 그에게 말했다.

"말하면 들어주려고요?"

"최선을 다해 보지."

"못하면 다시 디디라 부를 거예요."

"세상에! 그 소리를 듣지 않기 위해서라도 최선을 다해야겠군."

"처음부터 하지 말아야겠다는 생각은 들지 않구요? 어쨌든 여기서 할 말은 단 하나예요. 명예를 위해 날려 버려요."

상대를 향해 걸어가던 그가 잠시 비틀거리며 나에게 시선을 돌렸다. '뭐?'라고 묻는 그의 목소리엔 황당함이 듬뿍 배어 있었다. 나는 태연한 목소리로 다시 말했다.

"날려 버리라구요. 다시 말해요? 처참하게 뭉개 버리라는 소리예요. 주먹으로 이렇게, 저렇게."

"하, 그거 지금 그 예쁜 입에서 나온 거 맞지?"

"네."

"거참, 이걸 뭐라고 표현해야 하나……."

하긴 어제만 하더라도 낮은 목소리로 조곤조곤 속삭이던 내가 아니던가. 다른 귀족 영애처럼 우아하게 말하려고 애쓰는 모습만 보였으니 이렇게 날것에 가까운, 거칠기 짝이 없는 소리를 내뱉으리라곤 상상조차 못했을 것이다. 그것도 황태자인 자신의 앞에서 말이다.

"내가 다칠 거라곤 상상조차 하지 않는 모양이군. 걱정조차 하지 않아. 이거 실망해야 하나?"

황태자가 자못 입맛이 쓰다는 듯 혀로 자신의 입술을 쓸어내렸다. 하지만 싸울 태세를 갖추는 것은 여전했다. 그러니 빈말이라는 소리겠지.

내기 돈을 걸던 사람들이 어느덧 구경꾼이 되어 그를 응원하고 있었다. 그래서 나는 조금 더 멀찍이 떨어져서 조금이라도 피해를 보지 않게끔 노력했다. 일 대 삼에 가까운 싸움이었지만 이디의 태도에서는 불안감 같은 걸 찾아볼 수 없었다. 오히려 상대를 도발하여 먼저 덤벼들게 하는데, 멧돼지처럼 달려드는 사내의 다리에 발을 걸어 넘어뜨리는 모양이 퍽 여유롭기까지 했다. 주변의 호응을 유도하듯 양팔로 허공을 휘젓는 꼴 역시 그가 이 싸움을 얼마나 쉽게 보고 있는지 알려 주고 있었다.

아니나 다를까 일방적인 폭력이 이어졌다. 날랜 몸놀림으로 왈패의 공격을 피하며 급소에 가까운 부분만 정확하게 찔러 넣는 게 그들을 가지고 노는 것 같았다. 거구의 사내 하나가 맥없이 거꾸러질 때마다 구경꾼들 사이에서 낄낄거리며 비웃는 소리가 울려 퍼졌다.

"제기랄! 저 새끼 죽여 버려! 계집년은 또 어디에 있는 거야?"

늙은 노름꾼이 품 안에서 단도를 꺼내며 주위를 두리번거렸다. 아마 나를 찾아서 인질로 삼을 생각인가 본데, 사람들 사이에서 최대한 몸을 숨기고 있으므로—코트 소매로 얼굴의 반을 가리기까지 했다—쉽게 발견하지 못하는 것 같았다. 그러는 동안 왈패 두 명이 차례로 바닥에 쓰러지고, 노름꾼 하나만 덩그러니 남아 마치 목숨 줄처럼 칼을 부여잡고 서 있었다.

"그래서 뭐라고?"

황태자가 실실 웃으며 그에게 가까이 다가갔다. 고양이가 쥐를 몰아가는 양 서서히 압박을 넣는 게 상대방의 입장에선 꽤 공포겠다 싶었다.

아닌 게 아니라 두려움으로 인해 얼굴이 죄다 무너져 버린 노름꾼이 그대로 주저앉아 엉덩이걸음으로 용서해 달라 애걸복걸했다.

"아, 아니, 다 가져가시라는 거였습니다. 네, 네, 그런 말입죠. 헤헤헤. 제가 다른 말을 했던가요? 어이쿠, 이래서 늙으면 죽어야 해."

"그래? 그럼 말 그대로 다 내놓든지. 어디 성의 한번 봐 볼까?"

정말 일국의 황태자가 맞나 싶을 정도다. 다시 한번 그의 정체성에 대한 의심이 모락모락 피어오르고 있었다. 커다란 덩치에 걸맞지 않게 바닥에 쭈그려 앉는 것과 늙은 노름꾼의 주름진 뺨을 손가락으로 툭툭 건드리는 모양이 제법 능숙하다. 그야말로 선량한 사람을 겁박하여 돈을 빼앗는 건달 그 자체다. 겁에 질린 노름꾼이 덜덜 떨리는 손으로 품속에 숨겨 둔 돈주머니를 내어놓자 냉큼 잡아채고선 씩 미소를 짓는데, 보통 자연스러운 게 아니었다. 이런 식으로 돈을 빼앗아 본 경험이 있나 의아할 정도였다.

"자, 받아."

내게 가까이 다가온 황태자가 손에 들린 돈주머니를 내게 건넸다. 손아귀에 들어오는 무게가 보통이 아닌 게 제법 금액이 나가는 것 같았다. 매어진 끈을 살짝 풀러 안을 살펴보니 구리 돈은 물론이고 누런빛과 은빛을 띠는 동전도 꽤 많이 보인다.

"이 정도면 갚은 거라 할 수 있겠지?"

"뭐, 남의 돈이긴 하지만 그리 나쁘지 않은 금액이군요."

"평민으로 살다가 귀족이 되면 다 그대와 같은 모습을 보이는 건가?"

"뭐가요?"

주머니를 코트 안주머니에 넣으면서 되묻자 황태자가 묘한 표정으로 고개만 설레설레 내저었다. 아무것도 아니라는 뜻이다.

"임시 수입이 생겼는데, 이제 뭐 할까요?"

"추우니까 어디 안으로 들어가지. 얼굴이 다 빨개졌어."

"그럼 연극을 볼까요? 아!"

"왜?"

"아, 아뇨. 아무것도."

착각이었나? 순간 아리나로 보이는 여자애 한 명이 골목 안으로 들어간 것 같았는데? 지나가는 사람으로 인해 순간 시야가 가려져 확신할 순 없었지만, 아닐 거라고 부인하기엔 기분이 이상하다. 한 방향으로 계속 시선을 떼지 못하는 내가 이상했던 모양인지 황태자가 자꾸 채근하면서 뭐 하냐고 물어봤다. 별일이 아니라면 얼른 자리를 떠나자는 의미였다.

"패거리를 데려올지도 모를 일이니까 그만 다른 데로 가는 게 나아."

"네, 그렇긴 한데……. 아뇨, 착각이었나 봐요."

"그리운 사람이라도 본 건가? 평민으로 살았을 적 친했던 사람이라든가."

"왜 그렇게 생각하시는데요?"

"지금 그대 얼굴, 굉장히 혼란스러워 보이거든. 뭐라고 해야 하지? 금방이라도 바스러질 것 같다 해야 하나?"

그의 손이 내 뺨에 내려앉았다. 추위로 인해 얼얼해진 피부 위로 단단하면서도 포근한 온기가 스멀스멀 퍼져 나갔다. 황태자는 꽤 진지한 얼굴로 나를 응시하고 있었다.

"남자들, 특히 나만 하더라도 이런 얼굴에 꽤 약하거든? 그러니까 다시는 내 앞에서 이런 표정 짓지 마."

이런 표정이 무엇을 말하는 건지는 모르겠지만, 사람의 약한 곳을 자극하여 감싸 안아주고픈 마음이 들게 하는 건, 내가 아는 한 로에나가 최고였다. 그녀의 순수란 깨지기 쉬운 유리와 같아 상대로 하여금 지켜 주지 않으면 안 될 것 같은 불안감을 느끼게 하니까 말이다.

그런데 '이런 것'에 약하다고? 좀 더 전략적인 무언가가 있을 줄 알았는데, 고작 표정 따위에 함락되다니 내가 너무 많은 기대를 했었나. 어쩐지 김이 팍 새는 기분이다. 뭐, 다르게 생각한다면 그 또한 남자라는 거겠지.

"이디야말로 함부로 여인의 얼굴에 손을 가져다 대는 행동을 고쳐야 할 것 같네요. 여인들이란 이런 사소한 행동만으로도 기분 좋은 설렘을 느끼곤 한답니다."

"그래서 지금 그걸 느끼고 있는 건가?"

"아뇨, 아쉽게도 전 추위에 강하거든요."

나는 손을 들어 그의 팔을 내렸다. 황태자가 아쉽다는 듯 어깨를 으쓱이더니 피식 미소를 지었다. 그러고는 경계가 아주 훌륭하다며 돼먹지 않는 칭찬을 건넸다.

"아주 적절한 시기에 김을 새게 만들어주는군. 덕분에 아직 멜을 볼 낯짝이 있게 되었어."

"그게 왜 제 덕분이죠? 이디가 노력해야 할 사항인걸요. 그러니 내게 책임을 전가하지 말아요."

"이런, 한 마디도 지지 않는군."

"그렇게 만들어줬기 때문이지요. 그러므로 스스로를 원망하세요. 자, 패거리가 오기 전에 떠나자 하지 않았나요?"

우리가 이렇게 이야기를 나누는 동안 구경꾼은 물론이고 바닥에 나자빠져 있던 도박꾼 무리도 사라지고 없었다. 벽 한구석에 덩그러니 남아 있는 책상만이 방금 전의 상황을 이야기해 줄 뿐이다.

"그대가 멈칫하지 않았더라면 진작 떠나갔을 거야."

그러고 보니 황태자는 아까부터 계속 '베르'라는 말 대신 '그대'라는 존칭을 사용하고 있었다. 놀린다고 말할 때는 언제고, 호칭을 사용할 때만큼은 정중하게 대하는 것이다. 왜일까?

"음? 왜 그런 눈으로 나를 쳐다보지? 할 말이 있나?"

"아뇨, 아무것도."

나는 고개를 한 번 흔들고선 앞서 걸어 나갔다. 그런 내 뒤를 황태자가 느긋한 발걸음으로 따랐다. 바람이 조금씩 더 차가워지고 있었다. 희끄무레한 하늘을 보아하니 금방이라도 눈이 내릴 것만 같다. 그래서 손으로 코트를 더 바짝 여몄다. 오늘따라 유난히 뺨이 차갑게 느껴졌다.

연극이 진행되고 있는 천막은 다행히 도박판이 벌리던 장소와 멀지 않았다. 길거리 연극은 시간을 따로 정하지 않아도 돈만 내면 언제든지 들어갈 수 있기에—그렇다고 해서 연극이 끝날 때 들여보내 주지는 않는다—관람하는 건 어렵지 않았다. 건국제와 관련된 공신들의 설화를 다룬 연극이어서 그런지 천막 안은 매우 한산했다. 앉아 있는 손님이라곤 우리를 합쳐 채 열도 안 되는 것 같았다.

그도 그럴 것이 공연은 돈을 내고 보는 게 민망할 정도로 연기가 서툰 배우들과 조잡하게 만들어진 무대로 이루어져 있어 뭐 하나 구경할 건더기가 없었다. 추위를 피하게 해준다는 이점이 있는 게 그나마 다행일 정도였다. 황태자 역시 연극엔 눈길이 가지 않는 듯 딱딱한 바닥에 천 하나를 대충 깔아 놓은 듯한 객석에 불평을 토해 냈다.

"그리고 저거 다 거짓이야. 완전 제멋대로 각색을 해버렸군. 피츄어리 공작? 겁쟁이야. 나중에 고개만 슬쩍 들이밀고선 다른 사람의 업적을 빼앗아 가 버린 머저리라고. 전설의 검? 그런 게 있었더라면 진작 황가의 보물이 되었겠지."

"보러 오신 건가요, 아니면 지적을 하러 오신 건가요?"

내가 낮은 목소리로 타박하듯 말하자 그가 혀를 차며 그만하라는 듯 내 손등을 툭툭 하고 건드렸다. 마음에 안 든다는 뜻이다.

"그런 표정은 그만둬. 나 역시 지적하기 싫으니까. 하지만 재미없는 걸 어떡하나? 차라리 샤토루가 연출하는 연극을 관람하는 게 더 낫겠어. 해괴망측하긴 해도 재미있으니까. 그리고 보니 요즘 그녀와 연락을 안 하는 것 같더군."

확정하는 듯한 말투에 등골이 쭈뼛하고 솟아올랐다. 나는 차가워진 손끝을 애써 감추며 '뭐가요?'라고 물었다. 무슨 말을 하는 건지 모르겠다는 말투를 가장한 것이다.

"모르는 척하기는. 뭐, 됐어. 앞으로 계속 그렇게 행동하라고."

어느새 그의 목소리는 '이디'가 아닌 '이오발데 디보쉬 에키나시아 황태자'로 변해 있었다. 계속 그렇게 행동하라는 황태자의 말은 굉장히 미묘하게 들렸다. 행위에 대한 답이 나와 있지 않아 더욱 그러했다. 충고를 가장한 경고에 몸이 절로 떨리고 있었다.

"그건 풀케르의 의중이기도 한 건가요?"

조심스레 물어보는 말에 그가 피식 하고 웃었다.

"뭐? 어머니? 아아, 아니. 그러고 보니 내 어머니께 한소릴 들었다지, 아마? 어린애도 아니고 무슨 그런 유치한 방법을 쓰는 건지, 원."

황태자가 대수롭지 않다는 듯 가볍게 말을 흘려 냈다. 별거 아니라는 태도였다. 그러나 이 말을 꼼꼼하게 따져 본다면 그의 귀가 황궁 내의 정보에 매우 밝다는 것을 알게 된다. 그러니 경계하여 긴장할 수밖에 없다. 하지만 확신할 순 없는 노릇이라 위험하지 않은 선에서 살며시 그를 떠보기로 했다. 심장이 심하게 두방망이질 치고 있었다.

"분명 풀케르께선 제게 함구하겠다고 약속하셨는걸요. 그런데 이렇게 쉽게 깨어질 줄은 몰랐네요. 아마 이디가 물어보았기에 가능한 일이었겠죠?"

"이런, 내 어머니가 어리석고 유치한 여인이기는 하지만 약속을 함부로 저버리는 분은 아냐. 어머니의 모임에 모이는 사람들 역시 명령을 잘 따르기로 유명하고."

그럼 자체적으로 알게 되었다는 소리인데……. 어떻게? 불안한 마음에 눈만 섬벅섬벅 움직이고 있노라니 그가 손가락으로 내 뺨을 툭툭 건드렸다.

"어머니께 상당히 밉보인 모양인데, 뭐, 잘 살아남으라고."

상당히 얄미운 어조였지만 지금 당장은 아무렇지 않다는 것처럼 구는 게 더 중요하다. 그래서 소매 안쪽으로 주먹을 꽉 말아 쥐며 빙그레 웃었다. 아니, 웃으려고 노력했다.

"절 존중만 해주신다면 충분히 살아남을 수 있을 거예요."

"그런 용도였나?"

"겸사겸사 해서요."

"하, 내 존중을 겸사겸사라고 표현하는 사람은 제국을 통틀어 그대 밖에 없을 거야. 그래도 이해해 주지."

"그것참 영광이네요."

하지만 이어진 말에 입가에 머문 미소가 싹 하고 사라졌다. 순식간에 확 치고 들어오는 그의 공격에 정신을 차릴 수 없었다.

"하녀 하나 대동함이 없이 홀로 나왔는데도 이 시간 동안 애타게 찾는 이 하나 없는 영애라니, 이해할 수밖에 없지. 저택 내에서의 대우가 그 정도밖에 안 된다는 소리인데, 뭐 어쩌겠어? 그러니 샤토루와 같은 여자에게 붙으려고 했겠지. 피아를 구분하지 못하는 창녀만큼 이용하기 쉬운 패는 없으니까."

"설마요. 몇 개월이나 지났는데 하녀의 마음 하나 못 얻었으려구요. 사리분별을 못 할 정도로 어리석지는 않답니다."

떨리는 입술로 애서 침착하게 말하지만 황태자는 영 믿는 표정이 아니었다.

"글쎄, 그대에게 무슨 재주가 있어서 그렇게 할 수 있을까? 믿을 수가 없군."

"재주랄 것까지 있나요? 상냥한 마음으로 진실 되게 행동한다면 믿음이 자라는 법인데요. 지금 이 상황이 그걸 증명하고 있구요."

"그대를 믿기 때문에 오늘의 외출을 용납한다? 하녀의 충성심이 대단한가 보군."

"제게 과분하리만치 좋은 하녀랍니다. 늘 저에게 신경을 써 주지요. 그러니 저에 관한 가문의 대우를 오해하지 말아주세요."

황태자가 졌다는 듯 양손을 들어 올렸다. 이 주제에 대해서 그만 말하자는 태도였다.

"뭐, 그렇다고 하지. 하고 싶은 말은 이게 아니니까. 그러니 이제 본

론으로 들어가 볼까?"

그가 목소리를 낮춰 경고에 가까운 말을 날렸다.

"만일 그대가 먼저 멜에게 접근했더라면 나는 굉장히 화가 많이 났을 거야. 그런데 그건 아닌 듯해 보이더군. 하지만 뤼세까지 그대에게 관심을 보일 줄은 몰랐어."

"오늘의 외출은 저를 관찰하기 위함이셨나요?"

"뭐, 그런 것도 있고, 재미있을 것 같기도 하고. 어쨌든 약속은 약속이니 그대를 최대한 존중해 주기 위해 노력하지. 그러나 이 이상의 보호는 없을 거야."

단호한 말에 숨이 턱 하고 막혀 왔다. 황후에 대한 방패가 되어야 할 그가 딱 잘라서 선을 그어버리니 그러했다. 내가 무엇 때문에 '존중'을 운운했는데 말이다. 아직 시작조차 하지 않았는데 이리 꼬이게 놔둘 수는 없는 노릇이었다. 그래서 도박을 하기로 했다. 어설픈 보호에 손발이 꽉 묶여 그대로 자멸하느니, 밑져야 본전 식으로 쿡 한번 찔러 보자는 생각에서였다. 아예 안 된다면 그대로 깨끗하게 포기하는 게 나으니까. 이도 저도 아닌 것보단 말이다.

"풀케르께서 이디와 같은 너그러움을 보여 주시면 좋을 텐데요. 그럼 제 주변의 사람들도 편해지겠죠. 전 슬퍼지면 다른 사람에게 의지를 많이 하는 편이거든요."

황후가 가만히 있겠다 한다면 네가 아끼는 사람들, 즉, 로샨 영애나 아이레스 경과 같은 사람이 나로 인해 힘들지 않을 것이라는 교묘한 협박이었다. 황태자의 애정과 신뢰가 어디에 더 기울어지는지 알 수 없지만, 모 아니면 도라고, 모험에 가까운 심정으로 내가 가진 패를 다 내건 것이다.

되도 않은 패기를 부려서일까? 심장이 터질 듯 두근거리고 있었다. 입이 바짝바짝 마르고 손에는 땀이 찼다. 등은 식은땀으로 흠뻑 젖은

지 오래였다.

잠시 후 황태자가 입을 열었다. 다행히 그의 말 어디에도 기분이 나쁘다거나 화가 난다는 것과 같은 감정은 묻어 있지 않았다.

"참으로 영리하군. 이렇게 편을 가를 줄도 알고 말이야. 협박의 조건을 아주 잘 골랐다고 칭찬해 주고 싶군. 지금 멜이나 뤼세나 그대에게 푹 빠져서 내 말은 들으려고 하지도 않고 있거든. 도대체 무엇이 그들을 그토록 잡아당겼을까? 아니, 알 것 같기는 해. 하지만 지금과 같은 모습을 그들이 봤을 리가 없잖아."

이는 황후보다 자신의 친구들을 더 우위에 두고 있다는 고백과 다름없는 소리였다. 아이레스 경이 내게 마음을 두고 있는 한 황태자 역시 나를 함부로 대하지 못한다는 것을 인정하는 것과 마찬가지이기 때문이다. 즉, 도박이 먹혀들어 간 것이다. 하지만 이렇게 순순히 인정하는 것 자체가 꿍꿍이속이 있다는 말과 다름없어 계속 긴장의 끈을 거머쥐게 된다. 스스로의 약점을 드러냈다는 게 또 다른 계략을 위한 미끼일 수 있기 때문이다.

"좋아. 그대를 향한 멜의 마음이 사그라질 때까지 방패 역할을 해주도록 하지. 분노로 인해 길길이 뛸 어머니를 생각하니 재미있을 것 같아서 말이야."

그렇기에 단순히 재미로 인해 생각을 바꾸었다는 그의 말을 곧이곧대로 다 믿을 수 없었다. 아무렴 친구가 좋다 하지만 혈육의 정보다 더 우위일 수 있을까? 항간에 이르러 피가 물보다 진하다는 말이 괜히 나오는 게 아니었다.

하지만 이대로 못 믿겠다고 외칠 순 없는 노릇인지라 떨어지지 않는 입술을 애써 달싹여 '감사합니다'라는 말을 겨우 토해 냈다. 이런 식으로 그에게 기생하는 스스로가 퍽 처량하다고 생각하면서 말이다. 아니, 빈말이라도 보호해 주겠다는 의사를 받았으니 그나마 다행이라고 해야 하나?

"연극은 이제 그만 보기로 하지. 영 재미가 없어."

그가 자리에서 일어나 내게 말했다. 동시에 손을 내미는 것이 자신의 손을 잡고 일어나라는 뜻 같았다. 나는 천천히 손을 뻗어 황태자의 손을 잡았다. 손바닥을 통해 전해져 오는 온기에 속이 다 울렁거렸다. 두려움이 스멀스멀 고개를 들어 올리고 있었다.

"그럼 이제 무얼 할까요?"

내 질문에 그가 이를 씩 드러내며 말했다.

"식당을 찾지. 배가 고프군."

다시금 짓궂은 이디로 돌아온 모양새다. 나는 치밀어 오르는 한숨을 가까스로 삼킨 채 조용히 대답했다.

"네."

그러나 안타깝게도 식당으로 가는 길은 그리 편하지 않았다. 한 무리의 사람을 이끌고 나타난 도박꾼 때문이었다. 도심 곳곳을 헤집으며 우리를 찾고 있었던 것인지 '발견했다'라는 소리가 끝나기가 무섭게 우르르 몰려든 행태가 퍽 심상찮았다.

"이런."

황태자가 난감하다는 듯 두 팔을 들어 올렸다. 입가에 머문 미소는 여전하였으나 이전처럼 도발하지는 못하는 게 그 역시 자신이 없는 모양이었다.

"어떡하죠?"

"잘 뛰나?"

"네?"

"잘 뛰냐고."

"아뇨."

"좋아. 그대는 내가 기사 수업을 충실히 듣고 있음을 감사히 여겨야 할 거야."

갑자기 몸이 붕 하고 떠올랐다. 깜짝 놀라 허둥대는 내게 그가 작은 목소리로 양팔을 자신의 목에 감으라고 말했다.

"길을 잃을지도 모르겠지만, 뭐, 그건 운에 맡기도록 하지. 내가 셋 하면 아까 저 녀석들에게 받았던 돈을 바닥에 흩뿌려 버려. 알았지?"

"네."

황태자는 포위를 좁혀 오는 무리를 향해 능청스러운 어조로 말했다. 내가 몸이 좋지 않아 치료사를 찾아가 봐야겠으니 다음에 또 보자는 농담이었다. 당연히 도박꾼 무리에서 쌍욕이 터져 나왔다. 개중 금방이라도 날뛸 듯이 발을 쿵쿵 굴러 대는 사람도 있었다.

"셋. 지금이야."

나는 황태자의 말에 따라 도박꾼에게서 받은 돈주머니를 꺼내 들고선 재빨리 끈을 풀었다. 그리고 그대로 뒤집어 바닥에 흩뿌렸다. 순식간에 동전들이 와르르 떨어져 내려 바닥 여기저기로 굴러가기 시작했다. 그러자 왈패들은 물론이고 멀찍이 떨어져서 이 상황을 구경하는 사람들 역시 그대로 얼어 멀뚱히 바닥에 떨어진 돈을 바라봤다.

나는 재빨리 '줍는 사람이 임자'라는 말을 외쳤다. 순간 정적을 깨고 돈을 한 푼이라도 더 줍기 위한 소란이 일어나기 시작했다.

"저리 비켜. 내 돈이야. 꺼지라고! 이 자식들이 죽고 싶어?!"

늙은 도박꾼조차 금화를 못 주울세라 벌벌 떨고 있었다. 순식간에 한 무리의 사람이 어지럽게 뒤엉키기 시작했다. 황태자는 그 틈을 타고 재빨리 뛰어가기 시작했다. 내 몸을 안고서 달리는 건데도 하나도 힘이 들지 않은 모양인지 달려가는 내내 숨 한 번 거칠어짐이 없었다.

그렇게 한참을 쭉 내달렸을까? 어느 골목에 들어서고 나서야 서서히 속력을 줄이는 그다. 황태자는 주변을 두리번거리고 이 정도면 안전하다고 생각한 모양인지 나를 바닥에 내려 주었다.

"순발력 좋은데?"

이어지는 건 좀 전의 행동에 대한 칭찬이었다.

"그러는 이디야말로 전혀 힘들어 보이지 않네요."

"뭐, 고된 훈련의 대가라 해두지."

"그런데 여기는 어디죠?"

"글쎄, 나도 잘 모르겠는걸? 확실한 건 맛있는 냄새가 나는 식당의 옆 골목이라는 거야."

그가 태연한 목소리로 '원래의 돈주머니는 가지고 있지?'라고 물었다. 길을 찾을 새도 없이 배부터 채우겠다는 생각을 먼저 하고 있는 것 같았다. 마녀의 집을 나오고 나서 내내 군것질을 했던 건 다 잊어버린 모양이다. 게다가 밥을 먹는 건 주변의 길을 알았을 때나 가능한 일이지, 이런 식으로는 아니었다.

"자, 가지."

"하지만 이디, 이제 슬슬 돌아가야 할 참인데요? 이디는 오늘 밤에 열리는 무도회에는 참석하지 않아요?"

바람을 타고 조금씩 눈이 떨어지고 있었다. 회색빛으로 물든 하늘에 주변 또한 어둑어둑해졌다. 이러다가 제 시간 안에 저택으로 돌아갈 수나 있을지 의문이다. 이제 슬슬 내 부재를 눈치챘을 텐데 말이다.

"걱정 마. 지금쯤 기별이 갔을 테니까."

"네?"

그가 손을 뻗어 내 팔목을 붙잡고선 앞으로 성큼성큼 걸어 나갔다. 뜻밖의 말에 내가 어리둥절하여 되물으니 이미 비슈발츠 저택가에 나와 바깥에 놀러 나왔다는 편지를 보냈다는 대답을 했다.

"물론 내가 아니라 뤼세와 함께 나온 걸로 되어 있지만. 뤼세가 이번 한 번만 도와주겠다 말하더군. 자, 그러니까 걱정 말고 밤까지 함께 있어주지그래?"

어느새 식당에 도착한 이디가 문을 활짝 열면서 내게 말했다. 말이 식당이지 거의 술집에 가까운 듯한 내부에는 벌써부터 술을 마시고 있는 사람들로 가득 차 있었다.

"설마, 아니죠?"

"그 설마가 왜 아니겠어?"

믿을 수 없다는 듯 고개를 흔들어 대는 나를 강제로 이끌고 들어가더니 기어코 빈자리를 찾아낸 그다. 그러고선 메뉴판을 들고 가까이 다가오는 종업원에게 가장 맛있는 음식과 술을 가져오라고 주문했다.

"네, 알겠습니다."

당황스러운 마음에 정신이 없는 와중에도 대답하는 종업원의 목소리가 퍽 익숙하게 들렸다. 깜짝 놀라 고개를 들어 올리니 내 기억 속보다 훨씬 더 지쳐 보이는 아리나의 얼굴이 눈에 들어왔다.

"아리나?"

"언니?"

새벽녘의 정원에서 만났던 그 아이다.

"어떻게 여길…… 아니, 잠깐만 너……."

반가움에 반색을 하는 것도 잠시, 나는 아이의 몸 곳곳에 나 있는 상처에 그만 할 말을 잃어버렸다. 계절에 맞지 않은 얇은 옷차림은 둘째치고 얼룩덜룩한 멍이 시퍼렇게 자리한 목이나 입술에 내려앉은 딱지, 메뉴판을 내민 손등에 무수히 나 있는 생채기가 너무나 또렷하게 보였기 때문이다. 얼굴 곳곳에 피어난 마른버짐과 거칠게 올라온 피부는 먹을 것을 제대로 먹지 못하고 있다는 방증이었다. 핏발 선 눈동자는 퀭해 보이기까지 하다.

도대체 이 아이에게 무슨 일이 일어난 거지?

사실 아리나 또래의 아이들이 일하면서 어른에게 얻어맞는 건 보편적인 일이다. 딱딱한 나무 신발에 종아리를 걷어차이는 건 예사고 굼

벵이처럼 느리다며 머리카락을 쥐어뜯기거나 뺨을 맞는 일도 있었다. 고작 딱딱한 보리빵 하나 살 돈을 벌자고 온종일 욕설을 들어 가며 힘겹게 일하는 것이다.

하지만 백작가에 고정으로 물을 날라 줄 정도면 여기에서 일할 필요가 없을 텐데? 웬만한 신용과 인맥이 아니고서야 귀족가에 물지게질을 할 수 없을 테니 말이다. 한데 전보다 훨씬 더 초라해진 행색을 하고 있는 아이다. 이건 무얼 의미하는 것일까.

아리나는 내 시선이 자신의 손등에 향하자 재빨리 손을 등 뒤로 감춘 채 어색하게 웃었다. 변명조로 '놀다가 긁혔어요'라고 말하며 아무렇지 않은 척 굴지만, 그녀의 얼굴에는 상처를 입힌 상대에 대한 두려움이 가득 묻어나 있었다.

"얼른 메뉴를 정해 주세요. 여기 마마는 성질이 굉장히 급해서 빨리 음식을 시키지 않으면 쫓아내 버려요."

아이의 말에 황태자가 '제일 맛있는 안주와 술'이라고 말했다. 아리나는 고개를 한 번 끄덕이더니 재빨리 주방 쪽으로 달아나듯 사라졌다.

"아는 아이인가?"

"조금이요."

"정말 조금이야? 굉장히 심각해 보이는 표정을 하고 있는데?"

황태자는 아까부터 계속 내 표정에 신경 쓰며 꼬박꼬박 캐물었다. 이 또한 정보 수집의 일환이라 대답을 해주는 것 자체가 짜증스럽다. 나는 아무렇지 않은 척 그의 대답을 흘려 넘겼다.

"동정심이에요. 그나저나 술은 너무 많이 드시면 안 돼요."

"노력하지."

잠시 후 아리나가 커다란 나무 쟁반에 안주와 술을 잔뜩 들고서 휘청휘청 힘겹게 걸어 나왔다. 어린아이가 들기엔 대단히 무거워 보여 지켜보는 게 다 안쓰러울 정도였다. 아니나 다를까 몸의 균형을 잃은 아리나가 그대로 바닥에 엎어졌다.

"이 멍청한 계집애가!"

아리나가 말하던 '마마'라는 사람일까? 비쩍 마른 얼굴에 신경질적인 표정을 한 여자가 곧바로 성큼성큼 걸어 나오더니 엎어져 있는 아이의 팔을 우악스럽게 잡아당겼다. 그러고선 곧장 뺨을 세차게 내려쳤다. 아리나는 그대로 축 늘어져 여자가 주는 모진 폭력을 그대로 받아내고 있었다.

"뭐 하나 제대로 하는 일이 없어. 이 말썽꾸러기야! 언제까지 이렇게 사고만 칠 거야? 네 아비가 진 빚을 갚는다고 기어들어 왔으면 더 열심히 일해야 할 것 아냐?"

그러자 옆자리에서 술을 마시던 남자 하나가 심드렁한 표정으로 귀를 후비며 여주인에게 말했다. 그것은 아리나에 대한 동정이기보다는 지금 이 상황이 시끄러워 견딜 수 없다는 투였다.

"거참, 하루라도 안 때리는 날이 없구먼. 매번 시끄러워 죽겠어. 그럴 거면 다른 애를 고용하지 그러쇼?"

"안 돼요. 이 아이의 아비가 우리에게 빌려 간 돈을 다 갚기 전까진 절대로 놓아줄 수 없어요. 누구 좋으라구요. 하지만 하루라도 사고를 안 치는 날이 없으니 오히려 손해만 쌓여 간답니다. 이렇게 도움이 안 되는 계집앤 처음이에요. 무엇 하나 마음에 드는 게 없어요."

여자가 주먹으로 아리나의 머리를 다시 쥐어박았다. 아이는 제 몸에 모진 폭력이 쏟아져도 그대로 얌전히 서 있었다. 헝클어진 머리카락 사이로 언뜻 보이는 입술이 작은 이에 짓눌러져 있다. 참고 있는 것이다. 더는 견딜 수 없어진 나는 황태자에게 손을 내밀었다.

"뭐야?"

"갚는다는 돈 지금 주세요. 가져온 돈 다 내게 주란 말이에요. 아까 줬던 돈은 다 던져 버렸기 때문에 무효잖아요."

"하? 그게 무슨……."

"얼른요. 빨리요!"

황태자가 알 수 없다는 표정으로 자신의 품속에서 비단으로 만들어진 돈주머니를 꺼내어줬다. 나는 주머니를 받고서 자리에서 일어나 마마라 불리는 여자에게로 다가갔다. 그러고는 아리나의 반대 팔을 사정없이 잡아챘다.

"요 계집애, 아직도 이러고 있나 보네?"

"아가씬 뭐요?"

여자가 경계 어린 눈으로 나를 바라봤다. 나는 힘을 좀 더 줘서 아리나의 몸이 내게로 향하게 했다. 그 바람에 아이의 입에서 고통이 섞인 신음이 흘러나왔지만, 꾹 참고서 모르는 척했다.

"이 아이의 아빠가 우리 마마에게 빚진 게 좀 있거든요. 뒤 좀 미행해서 집 좀 알아내려 했더니, 그쪽 말을 듣고서 영 참을 수 있어야 말이지요. 요 조막만 한 게 아빠 빚 대신 일하는 거라면, 우리 마마는 아예 돈을 받지 못한다는 말과 같잖아요."

여자의 눈이 달라졌다. 내가 태연하게 '우리 마마'라고 말을 하자 창관에서 온 창녀로 본 것인지 대번에 자세부터 바꾸는 것이다. 그녀는 나를 한번 훑어보더니만 '아직 손님을 안 받았나 보오?'라고 물었다. 곱게 가꾸어진 듯한 얼굴에 비해 옷차림은 아직 초라하니 고급 창녀의 수발을 들고 있는 새내기라 생각한 듯하다.

"아직은요. 하지만 이제 곧 받을 거예요."

"아가씨와 같은 미인이 손님을 받는다면 주변의 창관의 손님이란 손님은 죄다 씨가 마르겠어."

"아이참, 그건 당연한 말이고요. 어쨌든 이 애가 빚진 돈이 얼마예요?"

"그걸 알아서 뭐 하려고 그러우?"

"우리 마마가 말하기를 아비가 돈을 갚지 못하면 아이라도 끌고 오라 했거든요. 제법 반반하잖아요."

플랑드르 남작 부인의 흉내를 내었더니 얼토당토아니한 이야기인데도 제법 그럴듯하게 들린 듯하다. 물론 아리나를 가엽게 여긴 몇몇 사람으로 인해 뒤통수가 뚫릴 듯 따가워지고 있었지만, 아이를 구하기 위해서는 어쩔 수 없었다. 그래서 아무렇지 않은 척 턱을 들어 올렸다.

"은화 다섯 개. 이자까지 합친 거지. 낼 수 있소?"

아리나가 마마의 말에 고개를 팩 하고 들어 올리더니만 소리를 지르듯 말을 내뱉었다. 아이의 얼굴은 수치스러움과 분노로 인해 참담하게 일그러져 있었다.

"거짓말, 거짓말이야! 고작 은화 1개였어. 그런데 어떻게 은화 다섯 개가 된단 말이야? 아빠의 약값은 고작 그 정도였다고요!"

"이, 이 되바라진 계집애 같으니라고! 지금 어디서 큰소리야? 네가 그동안 가게에서 먹고 자고 씻고, 그리고 깨부순 건 생각 안 해? 차라리 내가 네년을 창관에 팔아넘기겠어!"

나는 주머니를 열어 재빨리 은화 여섯 개를 꺼냈다. 그리고 마마의 손에 쥐여 줬다. 제 손에 들린 은화를 보고서야 겨우 화를 누그러뜨린 마마가 멋쩍은 듯 큼큼 헛기침했다. 어느새 여자의 손은 아리나의 팔에서 떨어져 있었다.

"그럼 이 아이는 이제 내 소관이에요. 바닥에 쏟아진 음식은 다시 가져다줘요."

마마는 은화를 이로 깨물어 보면서 고개를 건성으로 끄덕였다. 그녀는 은화 하나가 더 들어왔다는 사실에 기뻐하는 것 같았다.

나는 아리나를 데리고 황태자가 있는 자리로 왔다. 그리고 손수건을 꺼내어 먼지로 범벅이 된 그녀의 뺨을 벅벅 닦아 냈다.

"뭐 하는 거지?"

나는 황태자의 질문에 대답하지 않았다. 대신 아이의 뺨을 살피면서 이가 흔들리지는 않는지, 피부에 생채기는 나지 않았는지 꼼꼼하게 살폈다.

아리나는 다소 의아해하면서도 의심이 섞인 눈으로 나를 바라보고 있었다.

"하녀가 아니었어요?"

"그래."

"그럼 절 정말로 창관에 팔아넘길 거예요? 우리 아빠가 정말로 빚을 또 졌어요?"

"아니, 거짓말이야. 연기를 한 거란다."

"정말이에요? 그럼 왜 저 돈을 갚아준 거예요?"

"내가 네게 진 빚을 갚았다고 생각해."

아이는 내 말이 이해가 안 간다는 표정이었다. 하지만 더 이상 물어보지 않고서 입을 꾹 다물었다. 이 영리한 아이는 내가 그에 관해 설명하기를 원치 않는다는 걸 눈치챈 듯했다.

"이런, 여기서 음식을 먹기는 다 글렀군. 이만 일어나지."

황태자가 한숨을 내쉬며 자리에서 일어났다. 다시 음식이 나올 거라고 설명했지만 김이 팍 샌 것인지 곧장 문 앞으로 걸어갔다.

아리나는 겁에 질린 표정으로 그런 황태자와 나를 번갈아 바라보고 있었다.

"네 잘못이 아니야. 가져갈 짐은 있니?"

"아니요."

"그럼 가자."

여주인은 내가 자리에서 일어나자 쪼르르 달려오더니 돼먹지도 않은 참견을 내뱉기 시작했다. 아리나가 게으른 말썽꾸러기니 때리지 않고선 잘 가르칠 수 없을 거라는 내용이었다.

"그건 우리가 알아서 교육해요. 빚을 갚았으니 다시는 애를 찾지 말아요."

"뭐, 그건 내가 할 말이요. 빚 갚아준 거 철회한다고 찾아오지나 마시구려."

나는 보란 듯 아리나의 목덜미를 잡고서 싸늘한 어조로 말했다.

"그럴 일 없으니 걱정하지 마시죠."

그리고 아이의 몸을 질질 끌다시피 데려갔다. 아리나는 내가 무슨 의도로 이런 행동을 하는지 안다는 듯 얌전히 내 손에 몸을 맡기고 있었다. 뼈다귀밖에 남지 않은 가녀린 발이 애처로울 정도로 질질 끌리며 긴 그림자를 만들어 냈다.

나는 거칠게 문을 열고 아이의 몸을 문밖으로 던지다시피 밀었다. 여주인은 그런 내 행동이 좋았던 모양인지 연신 싱글벙글하며 즐거워하고 있었다. 나는 인상을 찌푸리며 가게 문을 쾅 하고 닫았다. 미리 나가 있었던 황태자의 옆에는 그의 부하일지 모를 사람이 서 있었다.

그는 가게 밖으로 나온 내게 매우 아쉽다는 듯 '이만 돌아가야겠군'이라고 말했다. 그리고 '도와줄까?'라는 말을 덧붙이는데, 내가 이대로 아리나의 집으로 갈 거라고 생각하는 것 같았다.

"아뇨. 그럴 필요 없어요. 이대로 돌아갈 거예요."

"그래? 그거 잘되었군. 잠시만 기다리면 뤼세가 이쪽으로 올 거야."

우리가 음식을 주문하며 기다리는 사이 그의 부하가 되돌아가는 길을 알아온 모양이다. 로샨 영애가 여기까지 온다는 게 참 의외였지만, 미리 말이 되어 있는 상태라 하니 대수롭지 않게 넘어갔다.

"그럼 전 어떡해요?"

아리나가 걱정스러운 표정으로 내게 물었다.

"내일 비슈발츠 저택으로 찾아와. 아버지께는 백작가에서 일하게 되었다고 말하고."

"허락해 주지 않으실 거예요."

아리나가 시무룩한 목소리로 대답했다. 나는 그녀의 뺨을 쓰다듬으며 다정하게 속삭이듯 말했다.

"하지만 일하는 건 너잖니. 그렇지? 네가 하고 싶다고 하는 데 설마 마냥 반대하실까? 그러니까 내일 꼭 오렴."

"네. 그럼 저 지금 집에 가도 되는 거예요?"

아이는 집에 갈 수 있다는 게 믿을 수 없다는 듯 얼굴 가득 상기된 표정을 하고 있었다.

나는 고개를 끄덕였다. 아리나는 나와 황태자를 다시 한번 번갈아 보더니 내 허리를 꼭 껴안고 '고마워요. 내일 봐요'라고 말했다. 그리고 가벼운 발걸음으로 뛰어나갔다.

"원래 그렇게 동정심이 넘쳐 나는 건가?"

"이럴 땐 모르는 척 넘어가 주는 배려를 발휘해 주는 거랍니다."

황태자는 내 대답이 웃긴 모양이었다. 그가 낮은 울림으로 몇 번을 웃더니 손가락으로 내 어깨를 가볍게 툭 하고 쳤다. 동성의 친구를 대하는 듯한 격의 없는 태도였다.

사실 이번의 동행을 통해 내가 얻을 수 있었던 게 무엇인지 하나도 모르겠다. 그를 대하는 게 어렵지 않게 되었다 해도 그건 '이디'였을 때의 일이지, 황태자 본연의 모습과는 또 다른 일이니까. 남들 앞에서 배려받는 것도 이미 계약된 사항이라 별다를 게 없었다. 아니, 그가 황후보다 친구들을 더 소중히 여긴다는 걸 알게 되었으니 나름 소득이라면 소득이라 할 수 있을까? 아니면 도박이나 도발을 잘한다는 것? 그것도 아니라면 아리나를 내게로 데려올 수 있었다는 점일까?

황태자가 오늘의 일정을 통해 미리 계획했던 것을 다 얻었는지도 신경이 쓰이는 부분이었다. 굳이 밥을 먹자며 식당에 들어가더니, 갑자기 변덕을 부려 식당 바깥으로 빠져나와 부하를 만나는 것도 그랬다. 맨 처음에 마녀를 찾아가 예언을 들었던 행동도 다시 생각해 보면 이상하다고 여길 만했다. 그 때문에 진실로 놀고 싶어서 바깥에 나온 것인지 확신할 수 없었다.

"무슨 생각을 그렇게 심각하게 하지?"

황태자가 내게 물었다. 부하가 있어 이젠 더 이상 정체를 감추지 않아도 된다 생각한 모양인지 그는 모자를 벗고선 손가락으로 자신의 머리카락을 쓸어내리고 있었다. 모자를 벗은 그의 얼굴 어디에도 '이디'는 없었다.

"이디라는 말이 어디에서 나온 건지 문득 궁금해서요. 그 생각을 하고 있었답니다."

"그대는 참 쓸데없는 생각을 자주 해. 그리고 그게 정말일지도 아리송하고. 그런데 그게 또 흥미를 돋운단 말이야?"

"지금 말 돌리는 거죠?"

"이런, 모르는 척 넘어가 주는 배려를 보여 주면 안 되나?"

내가 했던 소리를 고대로 따라 하면서 씩 웃는 모습이 매우 얄미워 보였다. 기가 차서 아무런 말도 하지 못하고 있으려니 그가 부드러운 목소리로 입을 열어 말했다.

"어릴 적 애칭이야. 정말 싫어하는 이름이지."

"그럼 제가 불렀을 때 무척 싫었겠네요?"

"글쎄? 나도 왜 '이디'라 불러 달라고 말했는지 모르겠단 말이야?"

참 이상한 사람이다. 굳이 싫어하는 애칭을 내게 불러 달라고 한 이유는 무엇인지, 도통 생각해도 모를 노릇이었다. 문제는 그와 동등한 선에서 계약을 유지해 나가려면 적어도 속내 정도는 파악할 줄 알아야 한다는 점인데, 가닥조차 잡지 못하고 있다는 것에 있었다. 그야말로 큰일이다. 어떻게 해야 눈높이를 맞출 수 있을까? 아니, 그보다 한발 더 앞서 나갈 수 있을까? 이것이야말로 앞으로의 내가 풀어 가야 할 문제일 것이다.

잠시 후 로샨 후작가의 것으로 보이는 마차가 저 멀리서부터 가까이 다가왔다. 동시에 멀찍이 서서 우리를 바라보던 부하가 황태자에게 다가와 귓속말로 무어라 속삭였다. 신경을 쓰지 않는 척 멀뚱히 서서 귀만 살짝 열어 놓노라니 '그를 놓쳤습니다'라는 말이 들렸다. 역시 다른 꿍꿍이속이 있었나? 그러나 아무것도 못 들은 척 마차가 멈추기를 기다렸다 안으로 들어가니 맞은편에 앉아 있는 로샨 영애가 보였다. 그녀는 내게 눈인사를 하며 침묵하고 있었다.

　잠시 후 황태자가 올라타고, 곧 마차가 움직이기 시작했다. 그들은 비슈발츠 백작가에 도착할 때까지 내내 침묵하며 다른 곳을 바라보고 있었다. 황태자가 입을 연 건 마차가 백작가의 정문에 멈췄을 때였다.

　"며칠 동안 건국제에 참석하지 말도록 해. 존경하옵는 풀케르께서 잔뜩 벼르고 계시니까 말이야."

　이렇게 말을 해주는 건 방패가 되겠다는 약속을 지키겠다는 소리와 다름없었다. 이제 더는 황후로 인해 걱정하지 않아도 된다는 소리일까? 어쩐지 안도가 되는 기분이다.

　"또다시 아파야 하나요?"

　내 말에 그가 희미한 웃음을 지었다. 낮달과 같이 옅어 자세히 보지 않는다면 웃는다고 생각하기 어려울 정도였다.

　"그럼 더 좋지. 많이 아프면 아플수록 좋아. 자, 이만 헤어지지."

　말을 마친 그가 마차 문을 열어 고갯짓을 했다. 빨리 내리라는 뜻이다. 인사를 하려고 해도 됐다며 손사래 치는 모습이 이상하기만 했다. 갑자기 여유가 사라진 것처럼 재촉하는 게 영 수상쩍었다. 하지만 대화를 이어 갈 만한 건덕지가 없었기에 이대로 헤어지는 수밖에 없었다.

　마차는 내가 바닥에 발을 내딛기가 무섭게 바로 출발하여 사라졌다. 어처구니가 없어진 내가 멀뚱히 그 뒤를 바라보아도 점점 속도를 올리기만 할 뿐 늦추는 일은 없었다. 후작가의 마차는 순식간에 내 시야에서 사라졌다. 멍하니 서 있는 내가 바보 같아 보일 정도였다. 이렇게 건국제 두 번째 날이 지나갔다. 별다른 소득을 건진 것도 없이 찝찝한 의문만을 남기고서 말이다.

황태자는 내게 꾀병을 부리라고 말했지만, 그로 인해 누군가가 방문한다는 사실은 말해주지 않았다. 그렇기에 저택에 방문해도 되냐는 로샨 영애의 편지는 매우 당황스러운 것이었다. 하지만 그녀의 정중한 요청을 거부할 수 없는지라 내가 지금 아파서 누워 있다는 사실을 상기시켜 스스로가 포기하게끔 돌려 썼다. 그런데 너무 돌려 쓴 모양인지 로샨 영애가 병문안을 왔다는 소리를 들었고, 세수만 겨우 한 상태에서 그녀를 맞이해야 했다.

"얼굴이 오렌지빛이에요."

꾀병을 부려야 했기에 탕파 서너 개를 끌어 모아 얼굴에 대고 있었더니 열이 살짝 오른 모양이다. 그러나 불그스름했으면 해졌지 노르스름하게 변할 리는 없는지라 그녀의 말이 굉장히 미묘하게 들렸다. 옆에서 내 시중을 들고 있던 세릴이 살짝 고개를 갸웃거리며 의아해할 정도였다.

"내가 어제 시스를 너무 고생시킨 모양이에요."

"그렇지 않아요, 뤼세. 날 찾아와 줘서 고마울 뿐인걸요."

"나로 인해 편히 쉬지 못할 수 있겠지만, 그래도 위로해 주고 싶었어요."

뤼세트 로샨은 나에게 편히 누워 있으라 말하며 내 등 뒤로 손수 베개를 밀어 넣어줬다. 그리고 차를 가져오기 위해 마리네들이 잠시 나간 사이에 작은 목소리로 속삭이듯 말했다.

"오늘부터 풀케르의 부름을 피하려면 이렇게 아픈 척을 한다든가 나를 따라나선다든가, 둘 중 한 가지를 택하면 돼요. 사실 나라면 후자를 택하겠지만요. 여자들의 모임이란 굉장히 재미난 것이 많거든요."

그녀가 말한 여자들의 모임이란 사교계의 여성들이 모여 수다를 떠는 티타임이나, 자수 모임 혹은 승마나 게임과 같은 것일 테다. 예전의 기억을 더듬어 보자면, 뤼세트 로샨은 종종 여러 사람을 모아 작은 게임을 벌였다고 하는데, 그에 대한 벌칙을 각자의 하녀들이 받았다고 했었다. 개중 장난이 너무 심해 죽은 하녀도 있었는데, 로샨 영애가 그에 대해 애도를 표하며 위로금을 듬뿍 내려 주어 모두의 우러름을 받았던 적이 있었다.

"그럼 이 병은 언제쯤 나아야 할까요?"

"사실 지금 당장이라 말하고 싶지만, 하루의 여유를 주도록 하죠."

내일이면 건국제의 행사 대부분이 끝나는 시점이었다. 나라를 건국하는 것에 대한 환희와 존경은 고작 4일에 불과한 것이다. 그동안 내가 받은 것이라곤 화관 두 개, 협박 하나, 그리고 작은 사교계라 할 수 있는 모임으로의 초대. 건국제도 별거 아니구나. 이렇게 생각한 나는 고개를 끄덕여 그녀의 말에 동의를 표했다.

로샨 영애는 내가 순순히 응하자 크게 기뻐하며 그 뒤로 두어 시간 더 내 옆에 앉아 수다를 떨다가 마지못해 자리에서 일어났다. 나는 병을 핑계로 배웅을 나가지 않았다. 로샨 영애도 그쯤은 상관없다는 표정이었다. 그렇게 로샨 영애가 별다를 게 없는 방문을 마치고서 사라졌을 즈음 방문을 열고 들어온 블랜이 눈에 띄게 머뭇거리며 내게 말했다.

"저 아가씨, 어떤 아이가 하녀가 불렀다고 해서 찾아왔는데, 설명하는 모양이 꼭 아가씨 같아서요."

아리나가 찾아온 건가? 나는 블랜에게 아이를 데려오라고 말했다.

잠시 후 아이가 불안한 표정으로 고개를 두리번거리며 조심히 방 안에 들어왔다. 그리고 나를 보며 아, 라는 외마디 비명을 질렀다. 아리나는 침대에 누워 있는 내 모습에 믿을 수 없다는 듯 두 눈을 크게 뜨고 서 있었다. 잠시 후 아이가 마른침을 꿀꺽 삼키며 내게 물었다.

"정말 언니가 아가씨예요? 아니죠?"

옆에서 블랜이 인상을 쓰며 아리나의 어깨를 툭 건드리지만—아마 입 조심하라는 뜻일 게다—그녀는 절박한 얼굴로 내 입만 바라보고 있었다.

나는 작은 한숨과 함께 '맞아'라고 대답했다. 그러자 아이의 얼굴이 참담하게 일그러졌다. 흔들리는 눈동자 속에 담긴 건 혼란과 두려움, 그리고 배신감이었다. 왜 아니 그러겠는가. 하녀일 거라 생각했던 언니가 저택의 아가씨라니! 내가 아리나라도 크나큰 실망감을 느꼈을 게 분명하다.

"……어떻게? 아니, 왜 그런 거예요?"

"뭐가 말이니?"

"왜 나를 속인 거예요?"

나는 다시금 치밀어 오르는 한숨을 삼키며 블랜에게 손짓했다. 그녀는 마지못한 표정으로 나와 아리나를 바라보더니 떼어지지 않는 발걸음을 겨우 옮겨 문을 열고 나갔다.

"이리 가까이 오렴. 어서."

아리나가 잠시 망설이더니 내게로 걸어왔다. 나는 손을 뻗어 위아래로 작게 흔들었다. 천장을 향해 뒤집힌 손바닥은 타인의 접촉을 기다리는 듯 살짝 구부러져 있었다.

아이는 그런 내 손을 물끄러미 바라보다가 살짝 입술을 깨물었다. 그러고는 거의 체념에 가까운 표정으로 내 손 위에 자신의 작은 손을 포개었다. 맞닿아진 살갗은 매서운 추위로 인해 꽁꽁 얼어 있었다. 나는 다른 손으로 아리나의 손등을 덮었다. 그리고 천천히 말을 이어 나갔다.

"네 얼굴을 보니 말하지 않아도 알 것 같구나. 정원에서 만난 건 그야말로 우연이었단다. 하지만 이후에 빵을 들고서 너를 찾아간 건 내 마음에 들어서야."

"그럼 왜 솔직하게 말해주지 않은 거예요?"

잠깐 고민에 빠진 나는 바로 대답하지 않았다. 아이에게 '아가씨'로서 대답할 것인지, 아니면 시스에로서 대답할 것인지 고민이 되었기 때문이다. 물론 어느 선택이든지 아리나에게 상처가 되겠지만, 적어도 '선'을 얼마만큼 그었는지의 차이는 명확할 것이므로 오해를 살 일은 없을 터였다.

"그랬다면 도망갔을 거잖니. 난 그걸 원치 않았단다."

시스에로서의 답변이 마음에 든 것일까? 아이의 얼굴이 눈에 띄게 밝아졌다. 그녀의 벌려진 입술을 타고서 튀어나오려고 애쓰는 건 일종의 '기대감'이었다.

"내, 내가 도망가지 않기를 바랐어요? 그래서 하녀인 척 군 거예요? 마마의 식당에서 창녀 행세를 한 것처럼요?"

"그래."

"다, 다행이다. 나는 언니, 아니, 아가씨가 날 일부러 속인 줄 알고…… 흐흑."

나는 아리나의 순진함에 쓴웃음을 베어 물었다. 몇 마디 말만으로 쉽게 경계를 허물어버리는 그녀의 태도에 안도감이 드는 것도 잠시, 형언할 수 없는 쓸쓸함이 밀려들어 와서였다. 아이를 설득하기 위해 머릿속으로 수만 가지 변명을 생각했던 스스로가 우습게 느껴질 정도였다. 그래서 나는 조곤조곤한 어조로 나무라듯 아이에게 말했다.

"그러면 안 돼. 내가 거짓말을 한 거면 어쩌려고 이리 쉽게 믿니? 처음부터 속였었잖아. 조금이라도 의심을 해봐야지."

"왜 그러면 안 되는데요? 언니를, 아니, 아가씨를 믿으면 안 되나요? 왜요?"

티 하나 묻어 있지 않은 순수한 물음에 그만 숨이 턱 하니 막혀 왔다. 나는 조용히 아이의 머리를 쓰다듬으며 속삭이듯 말했다.

"그래, 네 말이 맞구나. 나를 믿어야지. 왜 안 되겠니……."

내 정체를 알고서 충격을 받았던 것도 잠시, 아리나는 금세 자신의 활달함을 되찾았다. 이것은 놀라울 정도로 순순한 수긍이지만, 어느 정도의 체념 또한 자리하고 있었다. 그래서 나는 그녀의 삶이 왜 예전보다 더 곤궁해졌는지 어렵지 않게 들을 수 있었다. 아이가 어떤 상황에 부닥쳐 있는지 또한 말이다. 아이의 말에 의하면, 아버지가 다른 귀족가에서 물을 나르다가 그만 실수로 그 댁 아가씨가 아끼는 꽃을 밟아버려 호된 매질을 당했다고 한다. 그래서 거동할 수 없이 앓아누운 채 근근이 약만 들이켜고 있다고 하였다.

"저 때문이에요. 제가 넘어지는 바람에 물을 죄다 쏟아버렸거든요. 그래서 다시 떠오느라 평소 배달하는 시간보다 늦게 도착하게 되었어요. 그래서 아빠가 급한 마음에 원래 다니던 길이 아니라 다른 길로 가다가 그만……."

어렵게 모셔온 치료사의 말에 의하면 약을 잘 써야 절음발이더라도 걸을 수 있다고 했다. 그렇지 않으면 평생 침상 위를 못 떠난다는 것이다. 부녀는 오랜 고민 끝에 평소 잘 알고 지내던 술집에서 은화 1개라는 거금의 돈을 빌려 약값으로 쓰기로 했다.

"엄마는 어릴 적에 저를 낳다가 돌아가셨거든요. 그래서 돈을 벌 사람이 저밖에 없었어요. 전 여기에서 무슨 일을 하게 되나요?"

"여기서 일하는 게 아니야. 바깥에서 할 거란다."

"네?"

아리나가 이해할 수 없다는 듯 고개를 갸웃거렸다. 백작가에서 일하게 될 거라고 불러와 놓고선 웬 딴소리냐는 뜻이다. 하지만 나는 아이를 이곳에서 썩힐 생각이 없었다. 나와 연관이 있다는 것을 알게 되면 마고네의 괴롭힘을 당하게 될 게 분명하거니와 마리의 밑에 놔두자니 아리나가 더 아까웠다. 그러기 위해 불러온 것도 아니고 말이다. 무엇보다 이 작은 손이 고된 허드렛일로 인해 망가지는 게 싫었다.

"간단해. 바깥에서 마음껏 뛰놀다가 약속된 시간이 되면 저택에 들어와 네가 들었던 재미있는 이야기를 내게 들려주면 되는 거야. 그럼 매번 이 주일에 구리 돈 스무 개와 빵 한 바구니를 주마. 어떠니? 물론 네 아버지에게 필요한 약은 따로 챙겨 줄 거란다."

사실 은화를 주고 싶었지만, 이것은 아이가 감당하기에 너무 많은 돈이었다. 아비가 거동을 못 한 상태에서 어리디어린 아이가 은화를 들고 다닌다는 소문이 퍼지기라도 한다면, 안전을 장담하지 못할 게 분명하니까. 그래서 구리 돈과 빵을 준다고 했다. 구리 돈 스무 개만 하더라도 이 주일간의 식료품을 사기에는 충분한 돈이니 그다지 나쁘지 않은 조건이었다.

아이는 돈을 받는 것보다도 아빠의 약을 따로 준다는 것에 크게 신경을 쓰며 기뻐하는 모습을 보였다. 시중에서 지을 수 있는 일반 약과 백작가에서 사는 약의 품질은 하늘과 땅만큼의 차이가 있어서다.

"정말로 그거면 돼요?"

"그래."

아리나의 눈망울이 뿌옇게 부풀어 오르며 순식간에 굵직한 눈물을 뚝뚝 쏟아 냈다. 흐느낌조차 들리지 않는 서러운 울음이 뺨을 타고 흘러내리고 있었다.

"재미있는 이야기만 골라서 듣고 올게요. 정말로 그럴게요."

간혹 무료함에 지친 아가씨들이 익살스러운 광대나 늙은 이야기꾼을 고용하여 저잣거리의 소문을 듣는 경우가 있었다. 건국제와 같은 특별한 경우가 아닌 이상 자유롭게 거리-위험하다고 느껴지는 곳-를 나다니지 못하는 그네들의 로망을 채우기엔 이만한 일은 없으니까 말이다. 아리나는 나 역시 그러한 흥미를 채우기 위해 자신을 고용했다고 생각한 모양이었다. 그녀는 곧 잡히지 않은 또 다른 손으로 물기에 젖은 뺨을 쓱쓱 문질러 닦으며 씩 하고 웃었다.

"고마워요, 아가씨."

다시는 '언니' 소리를 듣지 못하겠지만, 그래도 아이를 만나게 돼서 다행이라 해야 하나.

나는 씁쓸한 미소를 지으며 고개를 설레설레 내저었다. 지금이야 별다를 게 없는 이야기를 가져와 나에게 자랑스레 떠벌릴 그녀다. 그러므로 언젠가는 분명 중요한 이야기를 듣기 위해 위험을 무릅쓰게 될 날이 올 것이다. 그렇게 하지 않으려고 노력한다 해도 말이다. 사람의 일이란 알 수 없는 법이니까. 그리고 그런 부탁을 하는 나는 어떤 표정을 짓게 될까?

"아가씨?"

아리나가 의아하다는 표정으로 나를 불렀다. 그 소리에 문득 상념에서 깨어난 나는 침착한 목소리로 아이가 알아야 할 것을 일러 주었다.

"삼 일에 한 번씩 4시쯤 나를 찾아오렴. 아마 다음부터는 내가 미리 언질을 해둘 터이니 오늘과 같이 헤맬 일은 없을 거야. 그리고 다른 사람을 만나면 내 작은 이야기꾼이 되었다 말해야 한다. 알겠니?"

"네."

"그럼 이만 돌아가렴."

나는 고개를 숙여 아이의 뺨에 키스했다. 그리고 사흘 후에 보자고 속삭였다. 아이는 자신의 뺨에 내려앉은 내 입술에 깜짝 놀란 표정이었다. 그러나 곧 환한 미소를 지으며 크게 고개를 끄덕였다. 그리고 기운찬 걸음으로 방을 빠져나갔다.

황태자가 방패막이 역할을 잘해 주어서인지, 아니면 또 다른 이유가 있어서 그런 것인지 잘 모르겠지만, 병상을 털고 일어난 그다음 날에도 나는 어머니와 로에나에게서 무도회에 가자는 소리를 듣지 못했다. 어머니야 아직 내가 껄끄러울 게 분명하지만 로에나가 가만히 있는 게 의외인지라 상당히 의심쩍은 생각마저 들 정도였다. 다음 날부터 함께 다니자던 로샨 영애 역시 잠잠하기는 마찬가지였다. 마치 나를 잊은 것처럼 잠잠하게 구는 사람들의 행태에 기분이 묘해졌다.

어쨌든 간만의 자유다. 다른 이의 방해를 받지 않은 채 늦잠을 잔 나는 다소 멍한 기분으로 자리에서 일어났다. 대부분의 사람이 건국제 행사에 떠난지라 저택은 고요했다. 남아 있는 이라고는 기사 몇몇과 세릴, 그리고 허드렛일을 하는 하녀와 하인들뿐이었다.

"마리와 블랜이 분명 아가씨가 깨기 전에 돌아온다고 약속했는데요……."

세릴은 다소 민망한 표정으로 변명하듯 말했다. 그녀의 얼굴에는 늦은 오후가 다 되도록 돌아오지 않은 두 여인에 대한 원망이 살짝 묻어나 있었다.

나는 하품을 삼키며 손사래를 쳤다. 그리고 따뜻한 차를 따르는 세릴에게 이전에 언질했던 건 어떻게 되어 가고 있는지 살짝 물어보았다. 사실 바로 쓸 수 있는 패 중에 로에나의 머리 담당 하녀인 '믈랑'이 있긴 하지만, 그녀는 최후의 선까지 남겨 둘 속셈이었다. 그래서 새로운 사람을 내 편으로 만드는 게 중요했다.

"네, 한 명이 제게 돈을 빌리고 있긴 한데 딱히 믿을 만한 애가 아니라서요. 그래서 말씀을 드리기가 어려웠어요."

"괜찮아. 사소한 이야기라도 도움이 될 테니까. 그 애가 왜 그렇게 로에나에 대해 알고 싶어 하냐고 물으면 악독한 내 밑에 있는 게 견디기가 힘들어 로에나 아가씨에게 돌아가고 싶어서 그런다고 말하려무나.”

“아가씨, 그런 말씀은 마세요. 그렇게 생각한 적 없으니까요.”

세릴이 창백하게 질린 표정으로 말했다. 그녀는 조금 전의 말이 자신을 시험하는 것인 줄 안 모양인지 눈에 띄게 부들부들 떨고 있었다. 겁에 질린 얼굴이 늙은 당나귀를 연상케 한다. 아아, 자신의 안위보다 로에나의 미래를 더 걱정했던 세릴이 이렇게 변하리라고 그 누가 상상이나 할 수 있었을까? 나는 터져 나올 것 같은 웃음을 꾹 참으며 ‘그런 척하라는 거란다’라고 말했다. 세릴은 내 대답을 듣고서야 겨우 안심하는 것 같았다.

“널 믿는다고 했잖니. 그러니까 가장하라는 거야. 그럴 수 있지? 마리가 요즘 제멋대로 굴고 있어서 걱정인데 너라도 잘해야지. 다시 말하지만 마리가 지금 누리는 것을 너 역시 못 누리라는 법은 없잖니. 그렇지 않니?”

“예? 예, 그렇죠.”

“자, 이제 나가 주련? 혼자 있고 싶구나. 마리와 블랜이 돌아오면 내일 만나겠다고 전해 주렴.”

“저녁은요?”

“생각이 없구나. 지금 따라 준 차 한 잔이면 족해.”

“예.”

세릴이 마리와 다른 점이 있다면 완벽한 복종으로 인해 내 말에 토를 잘 달지 않는다는 것에 있었다. 아마 지금 내 앞에 있는 게 그녀가 아니라 마리였더라면 잔소리를 종알종알 내뱉으며 제 뜻대로 하려고 고집을 피웠을 테다.

세릴은 내가 혼자 있어도 불편함을 느끼지 않도록 주변을 세심하게 정리하더니만 이내 조용한 묵례와 함께 방을 빠져나갔다. 홀로 남게 된 나는 소파에 앉아 찻잔에 담긴 차를 천천히 다 마셨다. 아무런 생각도 없이 멍하니 정면만을 바라보며 차를 마시는 게 얼마 만인지 기분 좋은 안온함에 절로 미소가 지어지고 있었다. 그러나 그것도 잠시, 탁자 위에 찻잔을 내려놓고서 자리에서 일어났다. 그리고 카프사가 있는 곳을 향해 걸음을 옮겼다. 뇌리를 스쳐 지나간 하나의 기억 때문이었다.

나는 커다란 함 앞에 무릎을 꿇고 앉아 조용히 손을 뻗었다. 갑자기 손끝이 부들부들 떨리고 숨을 쉴 수 없을 만큼 가슴이 답답해지고 있었지만, 입술을 꽉 깨물고서 뚜껑을 힘주어 밀어 올렸다. 안에는 이제 막 시들기 시작한 화관 하나가 그 안에 고이 자리하고 있었다. 지난 날 술에 취한 류스테윈 할버드 경이 막무가내로 내 머리 위에 씌워 줬던 바로 그것이다.

잠시 망설이던 나는 조심히 손을 뻗어 화관을 잡았다. 그러자 기다렸다는 듯 한숨이 터져 나왔다. 등은 이미 식은땀으로 흠뻑 젖어 있었다. 연이틀 동안 황태자와의 일 때문에 정신이 없어 잠시 잊고 있었지만, 사실 가장 먼저 처리해야 마땅했던 게 바로 이 '화관'이었다. 무의식적으로 이에 대한 생각을 외면하며 모른 척하던 건 둘째 치고라도 말이다. 그러니 이제서라도 머릿속으로 떠올린 걸 다행으로 여겨야 하나?

다행인 건 아직까지 류스테윈 할버드 경이 잠잠하다는 것이다. 그의 술버릇에 대해 알 길은 없지만, 여직 조용한 것으로 보아 그날 밤 자신이 무엇을 했는지조차 기억하지 못하는 듯했다. 할버드 경의 강직한 성격상 내게 저지른 무례를 그냥 넘어갈 리가 없기 때문이다. 그러니 나만 이 화관을 잘 처리하면 될 일이다. 그럼 완전한 비밀이 되는 거였다.

파묻을까, 아니면 벽난로의 불에 태워 버릴까? 역시, 흔적이 남지 않게끔 불에 태워 버리는 게 낫겠지? 그런데 막상 화관을 해치우려고 하니 선뜻 발이 움직여지지 않는다. 왜일까?

나는 화관을 물끄러미 내려다보았다. 곧 있으면 더 말라비틀어져 볼

픔없어질 이것이 왜 이렇게 묵직하면서 아프게 느껴지는지 모르겠다. 갑자기 눈시울이 뜨거워졌다. 목구멍을 통해 불처럼 뜨거운 무언가가 왈칵 하고 솟아올랐다. 지독한 망설임이 나를 붙잡고 있었다.

"카프사 안에 넣어 두면 아무도 발견하지 못할 거야. 그러니까 조금만 더 가지고 있어도 되지 않을까?"

나는 변명을 하는 것처럼 스스로를 향해 중얼거렸다. 어디에 숨어 있었을지 모를 미련 하나가 마음을 채우고 있었다. 그래선지 조금만 더, 아주 조금만 더 가지고 있고 싶어졌다. 로에나조차 받지 못한 우승 화관이지 않나. 그러니 이 정도의 욕심은 부려도 되지 않을까? 물론 언젠가는 책잡힐 게 두려워 버리게 될 것임이 분명하지만 말이다. 하지만 지금은 아니다. 기이하게도 확신처럼 이러한 마음이 들었다.

나는 조용히 화관을 내려놓았다. 다시금 힘을 주어 뚜껑을 닫은 뒤 바닥이 무너질세라 크게 한숨을 내쉬었다. 화관으로 인해 마음이 뒤숭숭해진 탓인지 갑자기 차가운 바람을 쐬고 싶어졌다. 테라스를 열어 두려움에 떠느니 뒤뜰 후원에 나가서 걷는 게 체기처럼 얹힌 무거운 감정을 쏟아 내기에 좋을 것만 같았다. 그래서 옷장을 열어 두꺼운 코트를 꺼내 입고 무작정 방을 빠져나갔다.

차가운 공기가 내려앉은 후원은 어스름한 저녁 빛이 짙게 깔려 있었다. 오래지 않아 어둠이 깔리고 달이 떠오를 게다. 나는 자박자박한 발걸음 소리를 들으며 눈을 가만히 감았다가 뜨기를 반복했다. 손끝의 감각이 서늘하게 가라앉고, 입가에는 뿌연 입김이 스르륵 피어오르고 있었다. 희미한 어둠이 꽉 메운 눈동자로 삭막한 겨울 풍경이 흘러들어 오다 잔영처럼 사라졌다. 생소한 것을 보는 것인 양 수십 번을 껌뻑인 끝에 가까스로 발견한 것은 언제 나타났을지 모를 검은 그림자였다. 아니, 언제 나타난 게 아니다. 내가 발견하지 못했던 것뿐이다. 선객을 따지자면 그림자의 주인이 먼저였다. 내가 나오기 전부터 죽 서 있었던 것인지도 모르겠지만 마치 석상처럼 굳건하게 서 있는 그의 시선은 내 방의 테라스에 향해 있었다.

"항상 이 후원에 계셨으니 기다리면 언젠간 한 번쯤은 다시 만나 뵐 수 있으리라 생각했습니다. 제 예상이 맞았군요."

잠시 후 그, 류스테윈 할버드의 입이 열렸다. 고개를 돌리지 않았음에도 불구하고 그는 후원을 찾은 또 다른 이의 인기척이 내 것이라는 사실을 믿어 의심치 않는 것만 같았다. 그래서일까? 나는 마법에 걸린 것처럼 그대로 굳어 천천히 고개를 돌려 시선을 마주하는 그의 눈빛을 오롯이 받아 내었다. 할버드 경의 푸른 눈동자에는 형언 못 할 무언가가 깊게 일렁이고 있었다. 나는 본능적으로 그가 술에 취한 날의 밤을 또렷하게 기억하고 있다고 생각했다. 이상한 일이었지만 어쩐지 이러한 생각이 들었다.

"그날……."

할버드 경이 입을 열어 말했다. 어렵게 입을 연다는 것처럼 매우 주저하는 그의 태도는 의심을 '확신'으로 바꿔 놓고 있었다.

"제가 저지른 무례를 용서해 주시겠습니까?"

말을 마친 그의 귀 끝이 추위일지, 혹은 다른 무엇의 영향일지 모르겠으나 아주 벌겋게 잘 익어 있었다.

"네? 그럼 바로 사라질 수 있었던 게……."

나는 채 말을 잇지 못하고 꿀꺽 삼켰다. 아주 부끄럽고도 달콤한 가정 하나가 머릿속을 스쳐 지나가고 있었기 때문이다.

"아니죠? 아니라고 해주세요."

맙소사. 내가 껴안았던 것이나 홀로 중얼거렸던 말 같은 걸 다 듣고 느꼈다는 소리야? 설마, 아니겠지?

"실례지만 영애, 제게 무엇을 아니라고 말씀하시는지 이해가 되지 않는군요."

할버드 경이 여상스러운 어조로 물었다.

"술에 취한 날 영애와 마주친 것밖에 기억이 나지 않아서 그렇습니다. 혹시 제가 영애께 무례를 저질렀는지요."

그의 귀 끝은 여전히 붉게 물들어 있었지만 흘러나오는 목소리는 평소와 다를 바가 없었다. 그 태도에 내 입이 다물어지는 건 당연지사. 감춰진 혀끝은 금방이라도 그날 밤의 일을 내뱉을 것처럼 꿈틀대고 있었지만, 그동안 배워 왔던 수업들이 이것을 가까스로 억눌러 주고 있었다. 그와 같은 기사가 거짓말을 할 이유는 없을 테니 그냥 넘어가는 게 낫다고 여긴 것이다. 주변이 점점 어둑해져 얼굴빛을 감춰 주고 있다는 게 그나마 다행이었다. 그렇지 않으면 나를 주시하는 그의 시선에 그만 도망치듯 고개를 숙일 수밖에 없었을 테니까.

계절이 계절인지라 온화함을 느낄 수 없는 게 분명한데도, 청음의 기사의 얼굴에는 봄볕과 같은 순후함과 부드러움이 두루 녹아내려 있었다. 이렇게 표현하면 안 될 일이지만, 마치 사랑스러운 것을 응시하는 것과 같은 달콤함이 엿보였다. 어째서 이런 눈빛으로 나를 바라보는지 도통 모를 노릇이었다.

"아뇨, 아무것도 아니에요. 헛말이 나왔어요."

나는 조심스레 변명하며 두꺼운 치마 속 너머로 은밀하게 감추어진 발끝을 슬며시 돌렸다. 체기고 뭐고 그냥 방으로 돌아가는 게 낫다는 생각이 들어서였다.

"그렇군요. 그런데 나온 지가 얼마나 되었다고 바로 방으로 돌아가실 생각이십니까?"

할버드 경이 물었다. 그의 눈빛은 어느새 내 치마 끝자락을 향해 있었다. 인사를 함과 동시에 도망가려던 몸이 지레 찔려 움찔거렸다. 매번 도망가는 모습을 보였으니 이번에도 그럴 거라고 생각한 건가? 아무런 대답도 못 하고 입술만 달싹이려니 그가 성큼 앞으로 걸어 나왔다. 그러고는 손을 뻗어 내 팔을 붙잡았다. 몇 발자국을 채 떼지 않았는데 순식간에 거리가 좁혀졌다. 이제는 무례를 운운할 것도 없이 자연스레 접촉하고 있었다.

"그리고 항상 붙잡는 건 저로군요."

"놔주세요, 할버드 경."

"그대로 있겠다고 약속하시면 그렇게 하지요."

세상의 그 누가 청음의 기사를 가리켜 고집불통에 제멋대로인 사내라 말할 수 있을까. 과거에 그를 열렬히 쫓아다녔던 나 역시도 지금의이 남자가 어색하기만 한데 말이다. 그런데 지금이 딱 그러했다. 기사의 예의와 신사의 배려는 어디로 다 사라진 것인지 할버드 경의 손길은 그저 나를 붙잡기 위해 집중되어 있었다. 가냘픈 목소리로 울먹이듯 말하는 내 목소리 따위는 들리지 않는 것처럼, 그렇게. 그저 자기하고 싶은 대로 행동하는 것이다.

"늘 저를 무뢰한으로 만드시는군요."

이어지는 말에 기가 막힌 나는 조그마한 목소리로 대꾸하듯 말했다.

"그게 불쾌하다면 그냥 외면하면 될 일이에요."

"그럴 수 없으니 더 애가 타는 겁니다."

할버드 경은 내가 의도적으로 화관의 이야기를 피하는 걸 눈치챈 것같았다. 그리고 이러한 상황에서 도망가기 위해 발버둥 치는 것 또한말이다.

그래서 그는 내 팔을 잡은 손에 더 힘을 주며 자신이 있는 쪽으로 끌어당겼다. 의도가 깃든, 그야말로 강제에 가까운 행동이었다. 하지만그 어디에도 폭력적인 기미를 느낄 수 없었다. 되레 힘을 주는 당사자가 더 힘겨워하는 모습을 보일 뿐이다. 그것은 자책이었다. 당황한 내가 다시금 입을 열 때였다. 그가 가로채듯 먼저 말을 내뱉었다.

"뒷모습은 이제 그만 보고 싶다고 말한다면 욕심이라 하겠습니까?

설마 이번에도 로에나 아가씨의 기사이기 때문에 그러는 거라고 말씀하지는 않으시겠지요?"

그는 내가 이 같은 이유 때문에 자신을 밀어낼 거라 확신하고 있었다. 잔뜩 일그러진 미간은 자신의 답답한 속내를 그대로 드러냈다.

하지만 속이 타는 건 나 역시 매한가지다. 평행선을 달리는 우리의 대화는 나를 늘 지치게 만들고 있었다. 까닭 모를 호의에 기대했다가 상처받고 돌아서는 경우는 이미 지나치게 많이 답습하지 않았던가. 그렇기에 제아무리 타고난 얼간이라 할지라도 더 이상 아프지 않기 위해 모로 우회하여 도망가는 길을 택할 터였다.

그런데 이렇게 내 팔을 붙잡고서 예전과 같이 아파라, 다쳐라 하고 주문을 한다. 지금의 방법이 잘못되었다고 나무라는 것처럼. 잔인하게도 내가 알고 있는 미래와 전혀 다른 모습으로 다시금 기대하며 들뜨게 만드는 것이다. 당신이 내게 어떤 행동을 할 것인지 이미 알고 있기 때문에 미리 거부하는데도 나보고 너무하다고 말한다. 비슈발츠가에 소속된 그 어떤 기사보다 로에나의 기사임을 자랑스러워하던 사내가 자신이 기뻐할 말을 해주었음에도 불구하고 되레 고통스러운 표정을 지으며 부인한다. 어째서?

"그럼 무슨 말을 해야 할까요? 그만해요, 할버드 경."

이미 내가 기억하고 있는 큰 사건 두 개가 달라졌다. 미리 계획하여 준비할 수 있었던 패가 사라진 것이다. 아무런 기반이 없는 내게 있어 이러한 변화는 매우 불안정한 일이라 할 수 있겠다. 그럼에도 불구하고 크게 좌절하지 않는 건, 변화한 두 가지의 사건들이 모두 '변칙'이라는 위험성을 품고 있었기 때문이다. 그렇기에 아주 전체적인 틀에서 벗어난 것은 아니라고 애써 스스로를 위안하며 버텨 나갈 수 있었다.

반면 할버드 경과의 관계가 내가 알고 있던 것과 달라진다는 사실은 매우 심각한 일로, 쉽게 받아들일 수 없다. 그로 인해 비틀어질 미래를 감히 예측조차 할 수 없기 때문이다. 품고 있는 변칙이 '온화한 안주(安住)'라면 더더욱 그렇다. 그렇기에 당장 그를 뿌리치다 못해 그 자리에서 물러나야 했다. 한데 어쩐 일인지 몰라도 자유로운 다른 한 손과 양발이 모두 꽁꽁 언 것처럼 움직이지 않고 있었다. 왜일까?

"아뇨, 계속해야겠습니다. 여쭤보고 싶은 말이 있었으니까요. 어째서 아가씨는 항상 먼저 단정 짓고 밀어내시는 겁니까. '체념'이라 감히 이름 붙일 수 있는 그 행동에 왜 제가 들어가 있는 거지요?"

내 망설임을 읽은 건지 그가 부드러운 목소리로 속삭이듯 말했다.

"말했잖습니까. 저는 아가씨의 기사이기도 하다고 말입니다."

그러나 이전에도 말했듯 내 본래의 탐욕스러운 성정, 아귀와 같은 이 마음이 반쪽짜리인 그를 만족할 리가 없었다. 언젠간 예전처럼 그에게 매달리며 포악하게 굴 게 분명하다. 그럼 이러한 나를 경멸하는 그의 시선도 되풀이되겠지.

······견뎌 낼 수 있을까?

상상만 해도 끔찍하다. 그러니 그냥 그의 손을 뿌리치고서 달아나자. 계속되는 거부를 기꺼이 감내할 바보는 없으니 말이다.

때마침 내 팔을 잡은 사내의 손이 매우 느슨해져 있었기에 마음만 먹으면 충분히 가능한 일이었다. 그런데 그러지 못했다. 아니, 안 했다. 기이하게도 방으로 되돌아가려고 마음먹으니 카프사에 숨겨 둔 화관이 떠올랐던 것이다. 그날 밤 내 귓가에 파고들었던 그의 목소리 또한 말이다.

"이제 그만 좀 밀어내십시오. 로에나 아가씨의 기사라는 말 좀 그만하란 말입니다. 모두가 말하지 않아도 알고 있어. 하지만 아가씨까지 그러면 저는, 저는······!"

상념을 깨우려는 듯 할버드 경의 목소리가 이어졌다.

"외람된 말이지만 아가씨는 무언가를 미리 상상하여 재단하고선 쉽게 포기하는 경향이 있으신 것 같습니다. 아직 도래하지 않은 상황인데 말이지요. 운명의 여신을 믿기에 그런 거라면, 그 독실한 신앙심을 조금만 덜어 달라 간곡히 부탁하고 싶은 심정이로군요. 조금 전에 보여 주셨던 체념은 아가씨를 슬프게 만드니까요."

말을 마친 할버드 경이 내 손을 이끌고서 능숙한 태도로 손등에 입맞춤을 했다. 부끄러움과 당황으로 인해 말을 잇지 못하는 내게 검지를 들어 올려 잠시만 조용히 해달라는 태도를 취하는 그의 태도는 능청스럽기까지 했다. 다른 생각은 하지 말고서 지금 이 상황에만 집중하라는 것 같았다.

"그러니 이제 그만 여기에 서 있는 저를 봐주심이 어떠합니까?"

그 순간 어디서부터 흘러나온 것인지 모르겠지만 틔륜(우쿨렐레) 연주 소리가 밤하늘을 가르며 가늘게 울려 퍼졌다. 흥겨운 리듬을 담고 있는 그것은 춤곡인 듯 경쾌한 음색을 띠고 있었다.

"저를 계속 무뢰한으로 생각해도 좋습니다. 아가씨께서 이 손을 놓지 않는다면 충분히 감내할 만한 일이니까요. 그렇기에 이러한 무례를 감히 저지른다고 여겨 주십시오."

말이 끝나기가 무섭게 나를 붙잡고서 몸을 움직이는 그다. 할버드 경은 틔륜 음악에 맞춰 춤을 추려는 것처럼 부드럽게 리드하고 있었다.

나는 황망한 표정으로 그를 바라보았다. 갑작스러운 움직임에 이끌리듯 발을 내디며 겨우 따라가고 있긴 하지만 갑자기 왜 춤을 추는 것인지 도통 이해할 수 없어서였다. 그도 그럴 것이 방금 전만 하더라도 피하네 마네와 같은 심각한 주제로 대화를 나누던 우리가 아닌가. 구렁이 담 넘어가듯 순식간에 화제를 전환하다 못해 예상치 못한 춤을 추기까지 하고 있으니 당황하지 않을 수 없었다. 도대체 무슨 생각을 하는 거지? 아니, 그보다도 왜 이 사람은 점점 더 내가 알고 있는 그 모습에서 벗어나는 걸까.

그런데 그의 손길에 따라서 움직이다 보니 이 상황을 피하기 위해 고민하던 내가 우습게 느껴졌다. 어느 순간부터 콩닥콩닥 뛰기 시작한 심장이 맞닿은 손에서부터 전해져 오는 온기가 더 중요하다 속삭이고 있었다. 과거, 로에나에게만 허락되었던 춤을 돌아온 지금에서야 맛볼 수 있게 되었다는 깨달음이 뇌리를 잠식한 것이다. 이 뒤늦은 감격이 달콤한 독처럼 퍼져 나갔다. 코끝으로부터 밀려들어 오는 사내의 단단한 체취에 사고가 마비되어버린 것 같았다.

"경, 이게 무슨? 대체 왜?"

그러나 의문이 드는 건 마찬가지라 가까스로 입을 열어 그에게 물어보게 된다. 당황으로 인해 제대로 된 질문이 나올 리가 만무하지만 그래도 그럴 수밖에 없었다. 그저 소리의 형태를 낼 수 있을 만한 단어 몇 개만 툭툭 내뱉었을 뿐인데도 말이다. 다행히 의도하고자 한 내용은 전달된 모양인지 류스테윈 할버드 경이 부드러운 웃음을 지으며 속삭이듯 대답했다.

"오늘이 건국제의 마지막 밤이잖습니까. 그러니 감히 욕심을 내어 본 것입니다. 무엇보다 이렇게 하지 않으면 계속 혼란스러워하며 떠나실 것 같아서요."

어느덧 사위는 깜깜해지고, 우리들 머리 위로 달 하나가 덩실 떠올라 희미한 빛을 뿜어냈다. 그의 발을 움직였던 음악도 서서히 잦아들고 있었다. 그나마 크게 들리는 건 서로가 내뱉는 숨소리뿐이다. 할버드 경이 마주 잡은 내 손등에 다시금 키스를 한 건 이즈음이었다.

"다시 간곡히 청하건대, 나의 아가씨, 부디 저를 뿌리치고 도망가지 말아주십시오. 저를 가엽게 여겨도 좋으니 말입니다."

갑자기 그가 준 화관이 내 눈앞에서 아른거렸다. 손등에 뿌려진 키스는 혈관을 타고 올라가 심장을 향해 내달리고 있었다. 그럼 이 간절한 음성, 이 목소리는 어디에 자리하게 되려나. 두려움이 치밀어 오른 나는 고개를 숙이고선 이로 애꿎은 입술만 짓눌렀다. 목구멍이 홧홧하게 달아오르는 게 무어라 말을 내뱉을 수 없었다.

이전의 나는 통제되지 않은 변화를 싫어했다. 예상치 못한 선택에 좌절하기를 여러 번, 결국 좋은 결과는 로에나에게 돌아갔기 때문이다. 그래서 내가 아는 상식의 수준에서 모든 일이 일어나기를 바랐다. 주변 사람들에게 패악을 부리면서까지 내가 원하는 대로 일을 이끌어 나가려고 했다. 실로 꼬리 내린 개만이 보일 수 있는 비참한 발악이었지만. 돌아온 지금 내가 알고 있는 미래에 맞춰 조그마한 변화를 꾀했던 것도 이 때문이었다. 그런데 이제는 인정해야 할 것 같다. 아니, 해야만 한다. 모든 것이 이전과 같지 않으며, 내가 아는 미래는 언제든지 태도를 바꿀 수 있는 새침데기 소녀와 같다는 것을 말이다.

지금의 할버드 경은 돌아오기 전의 내가 알던 것보다 훨씬 더 유동적이며 예측할 수 없는 사람이었다. 이미 한 번 겪어 보았기에 그를 안다고 생각하였던 게, 잔뜩 꼬인 끈의 한 부분만 붙잡고서 매듭을 다 풀었다고 외치는 꼴과 다름없었다. 돌아온 내가 다른 사람이 된 것처럼 다른 이 역시 그럴 수 있다는 것 또한 간과하고 있었다. 선입견으로 인한 좁혀진 시야의 패착이었다.

그러므로 지금과 같은 상황이 충분히 일어날 수 있으며, 그 또한 내가 어떻게 받아들이냐에 따라 달라진다는 사실을 이제 그만 알아야 했다. 물론 이 모든 것이 크나큰 용기를 필요로 하지만, 로에나가 겪었을지도 모르는 일을 지금의 내가 겪고 있다는 황홀감이 모든 불안과 걱정, 두려움을 상쇄시켜 주고 있었다.

이렇게 생각해서일까? 심장이 조금씩 진정되며 호흡곤란이 일어날 것처럼 꽉 막혀 왔던 숨이 조금씩 트였다. 막막해진 시야 또한 밝아지고 있었다. 이제야 진정으로 돌아온 기분이다. 나는 차분한 목소리로 입을 열어 말했다.

"네."

용기를 낸 것치곤 초라한 대답이었지만, 그 누구라 할지라도 나와 같은 선택을 했을 것이다. 이 이상의 덧붙임은 불필요한 짓이기 때문이다.

무엇보다 고작 한 마디에 불과한 이 소리를 내뱉기 위해 얼마만 한 용기가 필요했는지 세상 그 누구도 감히 짐작할 수 없으리라. 신이라 할지라도 지금의 나만큼 굳건하게 서 있을 수 없을 터였다. 운명의 달콤한 숭배자가 여기에 있었다.

물론 예전과 같은 감정을 가지겠다는 뜻은 아니다. 갑작스레 변하기엔 내 자신부터가 너무나 벅차니까. 그저 피하지 않겠다는 다짐이었다. 이전의 할버드 경이 아닌, 지금의 그를 보겠다는 작은 선언을 한 것만으로도 크나큰 변화라 할 수 있지 않나. 실패했던 과거의 기억이 아직 발목을 붙잡고 있는데도 말이다.

그러나 할버드 경은 내 보잘것없는 대답에도 불구하고 세상을 다 가진 것처럼 해맑게 웃었다. 깊게 휘어진 눈꼬리와 활짝 피어 올라간 입술이 하나의 하모니를 이뤄 내며 만개한 꽃 그 자체가 되고 있었다.

"제 생애 가장 행복한 건국제의 밤이로군요."

잠시 후 청음의 기사가 속삭이듯 말했다. 아닌 척 굴고 있지만, 내 손을 붙잡은 그의 손끝이 덜덜 떨리는 것으로 보아 할버드 경 역시 엄청 긴장을 했나 보다. 내가 두려움을 느낀 것처럼 이 남자 또한 다시 거부를 당할까 봐 초조했었던 것 같다. 그러니 고작 단답에 불과한 소리에도 세상을 다 가진 것처럼 행복하게 웃는 거겠지. 이전의 내가 그랬듯 말이다.

"다시 정중하게 요청드립니다. 저와 춤을 춰주시겠습니까?"

하지만 더 이상 도망가지 않으리라는 확신이 든 것인지 그가 예를 취하며 내게 손을 내밀었다. 정중하게 내밀어진 손은 모종의 기대와 설렘이 담뿍 담겨져 있었다.

"네."

나는 조그마한 목소리로 대답하며 할버드 경의 손에 내 손을 마주 포개었다. 틔륜의 소리는 이미 끊긴 지 오래지만 우리는 같은 음악 소리를 듣고 있는 것처럼 아주 천천히 움직였다. 희미한 달빛 아래 그와 나만의 무도회가 열리고 있었다.

고요한 후원의 뜰 위로 각자의 호흡이 뒤엉키며 그림자가 한 몸인 것처럼 묶였다 풀어지기를 반복했다. 차가운 바람이 뺨을 간질이고 있었지만 마주한 시선이 뜨거워 발가락이 새파랗게 얼어 가는 것조차 느끼지 못하고 있었다. 내 모든 감각은 허리를 붙잡은 그의 손과 함께 마주한 얼굴, 그리고 상냥하게 피어오른 미소에 집중되어 있었으니까. 그러므로 세상 그 어떠한 화려한 연회라 할지라도 지금과 같은 낭만과 달콤함을 가지지 못할 것이다. 내 생애 최고의 무도회가 여기에 있었다. 그렇게 건국제의 마지막 밤이 깊어져만 갔다. 하나의 진실과 하나의 자각, 하나의 마음을 품고서.

시스에는 모르는 이야기 2

시스에 비슈발츠가 땅에 발을 내딛자마자 바로 마차가 출발할 수 있었던 건 마부에게 미리 언질을 주어서였다. 황태자는 비슈발츠 백작가에서 어느 정도 벗어났다 싶자 뤼세트 로샨에게 손짓했다. 그러자 로샨이 기다렸다는 듯 그에게 준비한 옷을 건네줬다. 그리고 그가 옷을 갈아입을 수 있도록 도와주기 시작했다. 한두 번 한 일이 아닌지 시중을 드는 그녀나 시중을 받는 황태자나 전혀 어색함이 없었다.

계속 침묵하던 로샨 영애의 입이 열린 건 그가 옷을 다 입었을 때였다. 그녀는 평소보다 한층 더 싸늘한 목소리로 황태자에게 말했다. 이는 로샨 영애로서가 아닌, 친한 친구이자 친척으로서 충고하는 것이었다.

"시스를 건들지 마. 그녀는 네가 함부로 대할 사람이 아니야."

"뭐? 이봐, 뤼세. 나는 네 친구이자 친척이야. 그런데 내 앞에서 그런 말을 해?"

"그렇기에 더더욱 해야 하는 거야."

"도대체 그녀의 뭐가 너희를 끌어당긴 거지?"

황태자가 이해할 수 없다는 듯 물어봤다. 세간의 평과 달리 사람을 사귀는 것을 어려워하며 타인을 경계하는 데 온 힘을 다 쏟는 그녀임을 알기 때문이었다.

"멜을 처음 만났을 때 나와 닮은 사람이라는 걸 알았어. 그렇기에 크게 다툴 뻔했지. 본디 닮은 꼴은 서로를 혐오하게 마련이니까. 하지만 우리는 너의 곁에 있기 위해서 타협했고, 덕분에 지금까지 잘 지낼 수 있었어."

"그 말을 하는 것인즉, 비슈발츠 영애도 너희와 닮았다는 건가? 그럼 왜 밀어내지 않는 거지?"

"가엾게 여기기 때문이야. 너무나 안타까워서 되레 사랑스러움을 느낀 거지. 내 모습을 투영하고 있긴 하지만 나와 달리 더 약하고 가냘픈 그녀인지라 지켜 주고 싶은 마음이 드는 거라고. 그러니까 그녀를 건드리지 말아줘."

"하지만 '그'가 그녀에게 접근하고 있단 말이야."

황태자의 말에 로샨 영애의 얼굴이 급격하게 굳었다. 흔들리는 눈동자는 혼란함을 가득 담고 있었다.

"처음에 우연히 가면무도회에서 만난 것뿐인데, 그걸 또 어떻게 해석한 모양인지 내게 붙이려고 별 노력을 다하더군."

"그래서 시스가 오늘 너와 만난 거야?"

"그런 의도를 가지고 날 만난 거라면 내가 가만히 있었겠어? 아니, 수작을 부린다 치더라도 내가 마음만 먹는다면 저런 여자 하나쯤은 금세 해치워 버릴 수 있다는 걸 잘 알 텐데? 뤼세, 넌 아직도 날 너그럽게 보는 모양이야?"

그의 얼굴에 잔혹하고도 서늘한 기운이 떠올랐다. 그것은 지배자만이 가질 수 있는 냉혹한 기상이었다. 로샨 영애는 마지못해 고개를 끄덕이며 '내가 잘못 말했어'라고 답했다. 암만 친한 친구이자 친척이라

하지만 자리해 있는 위치가 다르기에 종종 이런 식으로 서열을 가늠하게 된다. 이는 주어진 선을 넘지 말라는 황태자의 친절한 경고였다.

황제가 여색에 빠져 국정을 등한시할 때, 주변 사람들을 수습하여 일을 처리하기 시작한 건 황태자였다. 물론 전면에 나서서 일을 처리하기엔 주변의 이목이 신경 쓰이는지라 겉으론 호색한 노릇을 톡톡히 하면서 뒤로는 디뷘젤 공작가와 로샨 후작가의 도움을 받아 차근차근 일을 처리해 나가기 시작했다.

이는 황후조차 모를 정도로 은밀한 행태로, 사람들은 황제가 여자의 품에서 허우적거리는 와중에도 그나마 급한 일은 하는구나, 하고 안심하고 있었다. 그래서 그가 샤토루의 베갯머리송사에 휘둘려 작위를 남발해도 눈살만 찌푸리며 뒤에서 욕할 뿐 잠자코 수긍했다. 어쨌든 황제는 황제니까.

그렇게 황제의 그림자처럼 일한 지 어느덧 오 년. 18살의 소년은 이제 23살의 청년이 되어 황위를 바로 이양받아도 어색하지 않을 정도로 능숙한 국정 처리와 처세술을 지니게 되었다. 적이 되는 자는 설사 핏줄이라 하더라도 가차 없이 처단해야 한다는 비정함 또한 이를 통해 얻은 것이었다.

황태자는 생각했다. 반년 전 대공과 황후가 은밀히 나누었던 필담을 발견하지 않았더라면 이렇게까지 일이 흘러가지 않았을 것이라고. 친모인 황후와 멀어지지 않았을 것이기도 하고 말이다. 믿을 수 없게도 황후는 황제에 대한 원망으로 인해 그의 황위를 찬탈하여 대공에게 줄 생각을 하고 있었다. 천한 창녀와 함께 자신을 대놓고 조롱하는 부군의 행태에 단단히 충격을 받은 것인지 감히 반역을 꿈꾼 것이다.

놀랍게도 그녀는 배 아파 낳은 황태자조차 황제의 핏줄이기에 황제의 자리에 오를 자격이 없다 생각하고 있었다. 아들인 이디는 사랑스러우나 '황태자'라는 신분일 때는 다르다고 여기면서 말이다. 어쩌면 젊었을 적 피의 황제라 불렸었던 현 황제의 모습을 지금의 황태자에게서 보고선 섬뜩함을 느꼈을지도 모르겠다. 하지만 그렇다 하더라도 제 아들의 권리를 무시하면서까지 멋대로 황제를 바꾸려고 하는 건 한 나라의 황후가 할 수 있는 일이 아니었다.

사실 황태자는 이것을 발견한 초기에 황후를 설득하여 계획을 멈춰야겠다고 생각했다. 그래도 피를 나눈 어머니이기에 아들의 간곡한 부탁을 거절할 리 없다고 여겼던 것이다. 그러므로 그날 운명처럼 대공저에서 올라온 보고서를 보지 않았더라면, 여태 황후를 이해시킨다는 허황한 생각에 잠겨 있었을지도 모르겠다.

아무런 이상이 없어 보이는 보고서에서 미묘한 어감을 느낀 건 정말로 우연한 일이었다. 평소라면 아무렇지 않게 넘어갈 글자들을 다시금 찬찬히 뜯어 가며 '반역'이라는 상황에 비추어 되짚어 보자 기막힐 정도로 놀라운 사실이 드러났던 것이다. 덕분에 황태자는 반역 준비가 꽤 많이 진척되었으며 이미 돌이킬 수 없는 상황에까지 이르렀다는 것을 깨달을 수 있었다.

누구 하나 발을 뺄 수 없게끔 촘촘하게 짜진, 그러나 너무나 자연스러워 아무도 알 수 없을 정도로 잘 만들어진 계획은 물밑에서부터 척척 진행되어 가고 있었던 것이다. 그러므로 이러한 우연이 아니었더라면, 훗날 넋 놓고 당할 수밖에 없었을 터였다. 물론 황후야 훗날 반역이 성공적으로 마무리되었을 때 대공이 약조를 지키지 않을까 봐 두려워 '필담'이라는 증거를 만들어 놓은 것이겠지만 말이다. 하지만 그 덕에 이런 어마어마한 계획을 알게 되었으니 어찌 다행이라 하지 않을 수 있을까.

때마침 술에 취한 황제가 황가를 수호하는 그림자 기사를 부릴 수 있는 반지를 얼렁뚱땅 넘겨줘서 다행이었다. 이 귀한 것을 발길에 차인 돌멩이를 던지듯 아무렇지 않게 내던진 황제는 술에 깬 다음 날에도 그다음 날에도, 아니, 지금에 이르러서까지 그 반지가 어찌 되었는지조차 기억하지 못했다. 술과 여색에 찌든 머리는 이전의 영민함을 잃어버린 채 하루하루 죽을 날만을 기다리는 추태로 변해 있었다. 덕분에 황태자는 황제가 준 반지로 인해 그림자 기사를 잘 부려 먹으며 대공을 면밀히 감시할 수 있었다.

그들이 짠 계획에 비한다면 대비하기 위해 준비한 반년이란 세월은 매우 보잘것없지만, 그래도 디뷘젤 공작과 로샨 후작이라는 거물들의 참여로 인해 제법 날개를 달아 가고 있는 참이었다.

게다가 대공이 창녀 하나를 플랑드르 남작 부인으로 밀어 넣음으로써 그가 계획하고 있는 것 중 하나는 쉽게 알게 되어 다행이었다. 새로운 여인으로 황제의 눈을 가리고선 국정을 어지럽힌다는 건 대공의 음모를 몰랐을 때나 가능한 수법이지, 알게 된 이상 어느 정도 막을 수 있는 상황이기 때문이다. 샤토루가 물러났기에 황후가 기지개를 켤 수 있게 되었다는 건 생각지 못한 변수이긴 하지만.

물론 시스에 비슈발츠라는 미지수가 갑자기 데굴데굴 굴러와 그들의 시야에서 어른거리는 건 미처 예상치 못한 일이었다. 어디의 편듦 없이 독자적으로 움직이나, 아이레스 경과 로샨 영애의 마음을 훔치다 못해 디뷘젤 공녀와도 친분을 쌓아 가고 있다는 점에서 더욱 그랬다. 황후가 그녀를 제어하기 위해서 얕은수를 쓰고 있다는 점도 의외였다. 오랜 세월을 평민으로 살다가 이제 막 귀족가의 영애가 된 소녀에게 무엇을 느꼈기에 그리 경계를 하는지 이해할 수 없지만, 분명 황후의 태도는 도가 넘친다고 생각될 정도였다.

그래서 황태자는 멜과 뤼세에 대한 경고를 날릴 겸 그녀에 대해 알아보려고 일부러 비슈발츠 영애를 자신의 동행에 강제로 참여하게 만들었다. 어차피 대공이 수도에 머문 시간이 길어지고 있다는 소식통에 그에 대한 정보를 더 알아보기 위해 나가려던 참이었다. 이때 익숙한 복장을 하고서 나타난 비슈발츠 영애에게 본래의 자유를 준다면 어찌 행동할지 관찰하는 것도 괜찮을 것 같았다.

그래서 철없는 남자를 가장하여 그녀가 더 이상 겁먹지 않도록 상황을 조절했다. 평민들이 황가에 대한 경외심을 무한히 느낀다는 것을 잘 알고 있었지만, 시스에 비슈발츠 같은 경우 그 반응이 너무나 심하여 진짜 속내를 알 수 없었기 때문이다. 다행히 그의 의도대로 이번의 동행은 무난하게 흘러갔고, 황태자는 아주 잠깐이나마 시스에 드 비슈발츠라는 소녀의 속을 들여다볼 수 있었다. 그리고 그것은 그로 하여금 그녀에 대한 하나의 생각을 정립하게 했다.

"가까이해서 득이 될 것 없는 여자야. 운이 좋아 귀족이 되었음에도 불구하고 소름 끼칠 정도로 차분하게 여기저기를 기웃거리는 걸로 보아 보통내기는 아닌 듯해. 네 말대로 사람을 경계하여 어려워하는 게 천성이라면, 더더욱 멀리해야 함이 낫지 않나? 속을 알 수 없으니 말이야."

황태자가 본 시스에 비슈발츠는 도통 종잡을 수 없는 소녀였다. 가면으로 얼굴을 가렸을 적에는 더없이 대담하며 유혹적이더니만, 비슈발츠라는 성을 달고서 나타나자 겁을 먹은 토끼처럼 부들부들 떨면서 이리저리 눈만 데굴데굴 굴려 댄다. 그 조막만 한 머릿속에 무엇을 감추고 있는지 궁금할 정도였다.

혹시 자신이 모르는 사이에 대공과 연결했나 싶어 마녀의 집에 일부러 데려가 예언을 듣게 했다. 그의 수하에 의해 미리 매수된 마녀는 열연을 다해 반역에 관련된 가짜 예언을 진짜처럼 토해 냈다. 너무 몰입해서인지 미리 맞추어 놓지 않은 이상한 말까지 지껄이면서 거품까지 물긴 했지만, 제법 괜찮은 연기였다. 이미 알고 있었던 황태자조차 소름이 끼칠 정도였으니까.

시스에 비슈발츠는 이것을 아는 듯 모르는 듯 헷갈리는 태도를 보이며 스스로를 더욱 의심쩍게 만들었다. 예언의 뜻을 짐작조차 하지 못하는 건지, 아니면 이미 알고 있기에 저리 태연하게 구는지 도통 알 수 없었다. 그래서 황태자는 일부러 사건을 일으켜 가며 계속 그녀의 반응을 주시했다.

"비슈발츠라는 성을 단 지 몇 달도 채 되지 않아 샤토루는 물론이고 디뷘젤 공녀, 멜, 그리고 뤼세 그대까지 상당히 거물급의 인사들과 안면을 텄어. 비슈발츠 백작가의 영향력에 기대지 않고서 오롯이 스스로의 힘과 우연에 가까운 끌림으로 그렇게 해나가고 있단 말이지."

그의 말에 뤼세트 로샨이 이해할 수 없다는 듯 고개를 갸웃거렸다. 그녀의 얼굴은 황태자가 시스에를 왜 이렇게 경계하는지 알 수 없다는 표정으로 가득 차 있었다.

"그러니 더 곁에 두고서 관찰하면 될 일이지 않아? 난 그녀가 예전의 그 아이처럼 잘못된 길로 갈까 봐 겁나. 사교계에 입성한 이상 호의를 가장한 조롱과 비난, 그리고 비교를 당해야 할 텐데 아무런 힘도 없는 시스가 그걸 과연 버텨 낼 수 있을지 의문이야."

"만일 그게 연극이라면 어떻게 할 셈이지? 우리를 속이고 있다면?"

"그녀가 우릴 속일 정도로 대단한 배우일 거라 생각하는 거야?"

황태자가 고개를 설레설레 내저었다. 이제 막 귀족의 성을 단 소녀라 생각한다면 그간 보여 준 시스에 비슈발츠의 능력은 매우 뛰어난 것이나, 날 때부터 황태자의 자리를 차지하기 위해 배다른 형제와 다투었던 그의 관점에서 따지자면 아직 어린애나 다름없었다. 이곳저곳을 찔러 보고 있긴 하지만 확실한 방향 없이 흔들리며 갈피를 못 잡고 있는 점에서 더욱 그러했다.

뭐, 자신을 존중해 달라는 것이나 황후에게서 보호해 달라는 말을 종합해 보자면 단순 사교계에서 안전하게 지내고 싶다는 것이 목표로 보이지만, 어릴 적부터 날카롭게 갈아 왔던 감에 의하자면 그게 전부는 아닌 것 같았다.

"나는 그녀와 같은 사람을 잘 알아."

뤼세트 로샹이 말한다.

"목표를 잡기 전까진 매우 편협한 사고로 한 가지만 바라보고서 달려가. 주변을 살펴볼 겨를이 없는 거야. 하지만 뚜렷한 무언가, 욕심이나 탐욕과 같은 욕망이 생긴다면 무서울 정도로 주변을 빨아 당기지. 그것이야말로 사교계의 사람들이 궁극으로 추구하는 것이고."

"그래서 어떻게 하고 싶다는 거지?"

"그러니 그녀에게 손대지 마. 책임은 내가 지겠어. 나는 그녀를 꽃피우고 싶어."

"그건 친구로서의 부탁인가?"

"그래."

황태자가 침묵했다. 그는 미간을 좁히며 손가락으로 자신의 허벅지를 톡톡 두들겼다. 벌려진 입을 통해 간간이 흘러나오는 한숨은 제가이 상황을 얼마만큼 심각하게 여기는지 단적으로 보여 주고 있었다.

"좋아, 뤼세. 네 말대로 그녀에게 손대지 않도록 하지. 하지만 그건 어느 정도 선을 지켰을 때나 가능한 일이야. 무슨 뜻인지 알지?"

"네가 그녀에게 깊이 개입하지 않으면 될 일인걸."

"하지만 대공, 내 젊은 숙부는 그렇게 생각하지 않은 모양이야. 매우 안타깝게도 말이지."

황태자가 계속 말을 이어 나갔다.

"내가 이 자리를 얻기 위해 어떠한 경쟁을 펼쳤는지 네가 모르지는 않을 텐데? 그렇기에 힘들게 얻은 이 자리를 빼앗으려는 사람이 있다면 뤼세, 너라도 용서치 않아. 그러니 그녀를 잘 단속하길 바라."

그의 눈동자에 어린 것은 차가운 냉기와 등이 섬뜩할 정도로 날카로운 살기였다. 뤼세트 로샹은 마지못해 고개를 끄덕이며 '노력할게'라고 대답했다. 하지만 그는 그 말이 마음에 들지 않는 모양인지 '노력이 아니라 약속이야'라고 다시금 재촉했고, 결국 뤼세트 로샨의 입에서 약속이라는 말을 받아 낼 수 있었다.

"아, 그리고 이건 멜에겐 비밀이야. 알게 되면 길길이 날뛸지 모르니까."

세상 사람들은 황태자가 감정적이고 미카엘 아이레스가 차분하다 못해 얼음처럼 감정이 없는 인간이라 생각하고 있지만, 실상 더 감정적인 데다가 자기 성질을 주체하지 못하는 사람은 후자 쪽이었다. 지금껏 자기 성질을 죽여 가며 모범에 가까운 기사의 모습을 보였으나 마음을 해제한 이상 고삐가 없는 말처럼 폭주할지 모르는 아슬아슬한 상태인 것이다. 검술 대회만 하더라도 알 수 있지 않나. 이디와 뤼세는 그토록 미친 것처럼 마구 날뛰며 검을 휘두르는 멜의 모습을 처음 보았다.

처음에 무어라 대화를 나누었는지 모르겠지만, 갑자기 급 흥분 상태에 돌입하여 선불 맞은 멧돼지처럼 날뛰는 게 놀라울 정도였다. 제 몸 따위는 상관없다는 듯 마구 덤비는 꼴이 검을 익힌 고결한 기사라 볼 수 없었다. 아마 조금만 더 이성의 초점이 나갔더라면 청음의 기사와 생사투를 벌였을지도 모를 노릇이다.

"그런데 검술 대회에서 왜 그렇게 날뛰었던 거래?"

"그야 나도 모르지. 비슈발츠 양의 거부가 그 녀석을 한계로 몰아갔던 것일 수도 있고. 아니면 할버드 경과의 대화가 마음에 안 들었던가?"

"첫사랑이란 정말 힘든 거로구나."

한숨을 폭 내쉬며 고개를 설레설레 내젓는 그녀에게 황태자가 장난기 어린 목소리로 물었다.

"뤼세, 아직 첫사랑도 안 겪어 본 거야?"

"영민하신 황태자 전하, 소녀에게 다가오는 이라곤 한심하기 짝이 없는 남자들뿐인데, 어떻게 눈이 멀겠어요? 그러는 전하야말로 사랑에 빠진 적이나 있으십니까? 말은 난봉꾼을 가장한다 하지만 요즘 하는 모습을 보면 즐기는 것처럼 보인다구요."

"육체적인 관계의 즐거움을 알아버려서 그래. 이왕 즐길 거 확실하게 즐기는 게 낫잖아? 어쨌든 뤼세 그대는 멜과 같은 꼴을 보이지 않기를 기도하지."

"나야말로요, 황태자 전하."

대화를 나누다 보니 어느새 마차가 로샹가에 도착해 있었다. 황태자에게 마차를 빌려주기로 한 뤼세트는 문 앞에서 내리면서 그에게 말했다.

"앞으로 시스를 내 옆에 대동해서 사교계 이곳저곳을 데리고 다닐 거야. 그러니까 풀케르에 대한 방비 좀 잘 부탁해."

"날 방패 삼을 생각인가? 발칙하기 짝이 없어."

"뭐, 아직은 네 말이라면 다 들어주시잖아."

"아직은이라니. 딱 하나 빼고는 다 들어주는 거지."

"이렇게 농담하는 걸 보니 오늘도 놓친 모양이네."

그녀의 말에 황태자가 미간을 좁히며 인상을 구겼다.

대공이라는 직위로 인해 지방으로 쫓겨난 지 어언 십몇 년. 그동안 도심이나 사교계 따위는 들락날락한 적이 없을 텐데 기막히게도 요리조리 잘 빠져나가면서 귀족 세계 전반에 영향력을 행사하고 있는 숙부다.

사실 말이 숙부지 나이 차이는 8살도 채 되지 않는 젊은 사내가 현 황제의 이복동생—그것도 유일하게 살아남았다—이라는 점에서 관심과 외면을 두루 받고 있다는 점이 참 아이러니한 일이었다. 지금이라도 가면을 쓰고 황궁에 나타난다면 그의 화상으로 인한 흉한 모습을 눈에 담을까 싶어 도망가려는 사람이 한둘이 아닐 텐데 말이다. 그 정도로 대공의 흉측한 모습은 모두의 눈에 쉽게 띄었다. 그 때문에 그림자 기사단이 그를 놓친다는 게 말이 안 될 정도였다.

하지만 수도에 들어온 지 어언 반년이 다 되어 감에도 불구하고 묵고 있는 숙소조차 알아내지 못했다. 평소 그가 어떤 모습으로 다니는지 또한 감을 잡지 못하고 있는 실정이었다. 이번에도 그렇다. 일부러 눈에 띄면서도 띄지 않을 것 같은 묘한 복장으로 도심을 온종일 쏘다녔지만 그를 관찰한다든가 일부러 접근하려고 주변에서 얼쩡거리는 사람은 없었다. 대공이라면 분명 자신을 관찰할 줄 알았는데 말이다.

"알면 좀 모른 척해 주지?"

애써 세운 계획이 헛짓에 불과했다는 사실을 상기하는 것만큼 뼈아픈 일도 없다. 이를 잘 알면서도 모르는 척 들춰내는 뤼세트 영애가 얄미울 정도였다.

"좀 더 분발하시죠, 전하? 그럼 소녀는 이만 물러나겠나이다."

"비슈발츠 영애를 데리고 돌아다닐 거면 내일부터 당장 그래 봐. 그래야지 어머니가 별말을 안 할 거 아냐? 아니면 병문안을 핑계로 방문하여 분위기 좀 살펴보든가. 우리가 놓친 부분을 찾을지도 모르잖아?"

"예, 명을 받잡겠사옵니다. 그러니 이만 떠나시죠? 추워서 견딜 수가 없는걸요."

"엄살은."

황태자가 낮게 혀를 차며 마차의 문을 닫았다. 뤼세는 닫힌 문을 손바닥으로 가볍게 몇 번 두들겼고, 이내 그 신호를 기다렸다는 듯 마차가 굴러가기 시작했다.

뤼세트 로샨은 점점 멀어지는 마차를 바라보더니만 이내 걸음을 돌려 집 안으로 들어갔다. 방에 도착한 그녀가 제일 먼저 한 일은 비슈발츠 백작가에 방문을 요청하는 편지를 쓰는 일이었다.

"지금 당장 비슈발츠 백작가에 전해 주고 오렴."

그리고 다음 날 아침 그녀는 시스에 비슈발츠가 썼을 것이 분명한 답장—몸이 좋지 않지만 그래도 오겠다면 매우 기쁠 거라는 내용이 담긴—을 받고서 하녀들을 닦달하기 시작했다. 그리고 얼마 되지 않아 로샨 영애를 태운 마차가 비슈발츠 백작가로 향했다. 그녀의 방문 목적은 갑작스러운 병마로 인해 거동을 못 하는 시스에 드 비슈발츠를 위로하기 위함이었다.

세
번
째

조
각

1장
시작

건국제의 마지막 밤이 지나고, 대부분의 사람이 일상으로 돌아왔지만 내 몸은 그렇지 못했다. 차가운 바람을 많이 쐬어선지 코부터 맹맹하게 풀어지기 시작하더니 이내 불덩이와 같은 열이 찾아들었다. 칼칼하게 잠긴 목과 따끔거리기 시작하는 귀 안쪽의 통증으로 인해 침을 삼키는 것조차 어려울 지경이었다. 이 때문에 뤼세트 로샹이 보낸 초대를 뒤로 미룰 수밖에 없었으며 한동안 침대 신세를 벗어나지 못했다.

갑작스레 감기에 걸린 나를 걱정하는 건 아이러니하게도 마리들뿐이었다. 하녀라 시중을 드는 건 당연한 일이지만, 그들은 정성을 다해 간병했다. 지난밤 단단히 쏘아붙인 이후로 코빼기조차 보이지 않은 어머니와 무척 대조적이었다.

로에나 역시 무슨 일일지 모르겠지만 내가 아프다는 소문을 들었음에도 불구하고 고개조차 내밀지 않았다. 실로 기이한 일이었다. 하지만 로에나에 대한 의문은 곧 풀렸다. 세릴이 물어온 정보로 인함이었다.

"아가씨를 귀찮게 하지 않으려고 노력하고 있는 거라고 해요. 하지만 몇 번이나 아가씨의 상태를 물어보고 있다고 합니다."

세릴은 로에나가 곧 마담 드 라발리에를 만날 예정이라고 말했다. 후원회에 가기 위해서였다. 마담은 예술가를 후원하는 것뿐만 아니라 어린 고아들을 위한 자선 사업도 많이 벌였다. 그녀는 뜻 맞는 부인들을 모아 정기적으로 후원회를 열며 그들을 위한 기금을 모았다. 마담 드 라발리에의 후원회는 사교계에서 자랑할 수 있는 몇 안 되는 모임 중 하나였다. 대부분이 명망 있는 부인들로 가진 바 지위와 능력과 재산이 귀족들 사이에서도 손꼽을 정도였으니 말이다. 티 파티라 할 수 있는 뉴므즈의 모임과는 궤를 달리했다. 그 모임도 만만찮았지만, 이 후원회야말로 사교계로 가는 진짜배기라 할 수 있었다.

그런 모임에 로에나를 데려간다니…… 마담 드 라발리에가 단단히 마음을 먹었나 보다. 이미 데뷔하기 전부터 미모와 지성, 사랑스러운 성품으로 인해 명성이 드높은 로에나가 아닌가. 그런데 마담을 따라 후원회의 모임에 참석하여 그녀의 상냥한 마음을 뽐내게 된다면 그녀를 추종하는 이들이 더 늘어나게 될 것이 자명하다.

과거와 달리 로에나의 성장-물론 정신적인 것은 아니다-이 조금 더 가속화되어 가고 있었다. 그리고 내 예상대로 후원회에 참석한 로에나는 여러 귀부인에게 훌륭하게 눈도장을 찍었다. 마담 드 라발리에는 양부에게 편지를 보내어 로에나의 아름다운 태도와 다른 사람을 보살필 줄 아는 사랑스러운 마음을 세세하게 언급하며 사교계 내의 여러 부인과 아직 데뷔조차 못 한 귀족 영애들의 귀감이 되었다고 칭찬했다.

그리고 편지의 말미에 로에나가 자랑스럽다는 말을 덧붙이며 마치 선심이라도 쓰듯 내 건강을 물어보았다. 이렇게 자주 앓아눕는데 사교계에 데뷔나 제대로 할 수 있겠냐는 말을 돌려 쓰면서 말이다. 덕분에 양부가 주치의에게 더 좋은 약을 쓰라고 명령하게 되었지만, 나는 병이 빨리 낫게 되었다는 기쁨보다는 마담 드 라발리에가 보이고 있는 치졸한 변명의 행태에 기가 막혀 마냥 웃지를 못했다. 그동안 로에나만 데리고 다녔던 게 다 내 약한 몸 상태 때문이라는 해명이 같잖았기 때문이다.

물론 이마저도 황태자가 건국제의 무도회 날 내게 정중한 태도를 보였기에 주절대는 것일 게다. 그렇잖았으면 깨끗하게 무시한 채 소, 닭 보듯 내외했을 게 분명하다. 어쨌든 로에나의 명망이 나날이 높아져 감에 따라 그녀와 나 사이의 저울은 다시금 한쪽으로 기울어지고 있었다.

마고의 어깨에 힘이 들어가기 시작한 건 당연한 일이었다. 무슨 이유인지 모르겠지만 마담 드 라발리에가 적극적으로 나선 이상 그에 반하여 대적할 이가 거의 드물어서였다. 아이린 공녀는 마담에 비한다면 아직 풋내기에 불과해 언급할 상대조차 되지 못하니까. 하지만 뤼세트 로샨은 달랐다. 황태자의 친우이며 황후의 친척인 그녀는 다른 노회한 귀부인처럼 사교계를 주름잡는 거물이 되기엔 조금 부족하지만, 이에 버금가는 행사를 계획하여 그 누구보다 활발하게 활동할 수 있었다.

그런 그녀가 요즘 들어 지대한 관심을 가지고 있는 사람이 있다. 참석하고 있는 행사마다 데려가고 싶어서 안달이 난 상대가 있는 것이다. 모든 영애가 바라 마지않는 자리를 꿰차게 될 행운의 주인공이. 뤼세트 로샨에게 '뤼세'라는 애칭으로 부르기를 강요당하는 유일한 영애가. 그게 바로 나다. 시스에 드 비슈발츠, 로에나 드 비슈발츠의 의붓언니 말이다.

그러나 안타깝게도 로샨 영애와의 만남은 쉽게 이뤄지지 않았다. 그녀를 통해 은밀하게 편지를 보낸 황태자 때문이었다. 그는 내게 아직 몸을 사릴 때라면서 적어도 봄이 될 때까지 움직이지 말라고 말했다. 되도록 바깥출입을 삼가라는 것이다. 황후와 외출이 무슨 상관이 있는지는 모르겠지만 어쨌든 내 방패가 되어주기로 한 사람의 말이므로 따를 수밖에 없었다. 그래서 나는 겨우내 아픈 척을 하며 방 바깥으로 거의 나가지 않았다.

　그러는 동안 로에나는 마담 드 라발리에를 따라서 자신의 입지를 부지런히 넓혀 갔다. 들리는 말에 의하면 마담을 따라 황후궁에도 다시 방문한 모양이었다. 거기서 꽤 즐겁게 지냈는지 이후에도 로에나는 몇 번이나 황궁에 들락날락했고, 나중에는 라발리에 없이 홀로 입궁하기에 이르렀다. 마고들의 콧대가 높아져 간 건 당연지사. 마리의 앓는 소리 또한 커졌다. 이쯤 되니 황후의 눈치를 보느라 납작 엎드려야 하는 스스로의 신세가 안타까울 따름이었다.

　물론 성과가 아예 없었던 건 아니다. 내 병문안을 하겠다며 지속적으로 찾아온 아이레스 경 때문이다. 그는 이전의 약속을 상기하려는 듯 방문할 때마다 황태자에 대한 정보를 내놓았다. 수컷의 본능이 발휘된 것인지 황태자를 교묘하게 경계하며 정말로 도움이 될 만한 것들로만 토해 냈긴 하지만 정보의 질을 생각한다면 그리 불평할 사항도 아니었다.

　그래도 친구에 대한 의리를 생각하여 한두 번쯤 황태자의 망나니 기질과 여성을 사로잡는 위험한 매력에 관해 이야기할 수도 있었을 텐데, 그는 그 모든 것을 다 무시했다. 오히려 나까지 황태자에게 빠질까 봐 눈에 띄게 초조한 모습을 보이고 있었다. 내가 몇 번이나 로에나를 위한 일이라고 말해도 영 미덥지 않은 건지 계속 다른 이야기로 화제를 돌리고 싶어 할 만큼 말이다. 결국 그가 꺼내 든 것은 내 건강에 관한 문제였다.

　"영애를 보니 겨울에 왜 꽃이 피어나지 않는지 알겠습니다."

　아이레스 경은 창문 너머로 보이는 눈이 쌓인 나무를 바라보며 근심에 가득 찬 표정을 지었다.

　"차가운 눈서리를 버텨 낼 재간이 없기 때문이지요. 꽃의 아름다움을 즐기는 이들에게는 무척 애석한 일이겠습니다만 이렇게 앓아눕는 것보단 낫다는 생각이 드는군요."

그리고 다시 나를 바라보는데, 그리 말하는 그의 눈동자에는 걱정이라는 두 글자가 깊게 새겨져 있었다.

나는 떨떠름한 기색을 숨기지 못하고 멍하니 아이레스 경을 바라보았다. 나를 가리켜 꽃이라느니 뭐니, 듣기엔 퍽 낭만적인 소리를 내뱉고 있지만 별다른 감흥이 들지 않아서였다. 물론 다른 여인들이 들었으면 무척 감격했을 말이긴 하다. 모르긴 몰라도 두 손을 가슴께로 모아 쥐며 신음에 가까운 비명을 내지를 사람도 있을 것이다.

애석하게도 내 심장은 이러한 달콤한 말에 들뜨기엔 퍽 메말라 있는 상태였다. 이런 낯간지러운 말에 익숙하지 않기도 하고 말이다. 그래선지 감격하기보다는 부담스럽다는 생각이 먼저 들었다. 내 손을 잡고 싶어서 안달 난 것처럼 연신 꿈틀거리는 그의 손가락이 자꾸 시야를 방해하고 있었지만 애써 무시할 정도로 거북스러웠다.

아이레스 경 역시 나에게서 그럴듯한 반응이 나오기를 기대한 것은 아닌지 다시금 다정한 어조로 '아프지 마십시오'라고 속삭이듯 말했다. 그렇게 말하는 그의 표정은 평소와 다름없었다. 나는 짤막한 감사의 말을 내뱉음과 동시에 과장된 동작으로 머리를 짚으며 어지러운 것처럼 굴었다. 그를 내보내기 위한 연기였다.

"이런, 제가 몸도 성하지 않은 영애를 너무 오래 붙잡아 두었던 것 같군요."

마지못해 자리에서 일어난다는 듯 얼굴 가득 아쉬운 표정을 함빡 담은 그의 모습은 마치 잡아 달라고 조르는 것처럼 보였다. 하지만 그럴듯한 정보를 얻었다는 것 외에는 이 남자에게서 받아 낼 것이 없으므로 나는 하녀를 시켜 그를 배웅하게 했다. 몸이 좋지 않아 마중하지 못함을 이해해 달라는 내 말에 아이레스 경의 얼굴이 어린애처럼 시무룩해지는 건 당연한 일이었다.

발길이 채 떨어지지 않는 것인지 몇 번이고 나를 향해 뒤돌아보던 그를 문 앞까지 배웅한 건 그나마 입이 무거운 세릴이었다. 그녀는 마리나 블랜과 달리 최단 시간 내에 아이레스 경을 정문 앞까지 안내했고, 얼굴 하나 붉어짐 없이 담담한 표정으로 되돌아왔다. 그런 그녀의 손에는 책이 담긴 작은 바구니 하나가 들려 있었다.

"이게 뭐니?"

내 물음에 그녀가 '이게 방문 앞에 놓여 있었어요'라고 대답했다. 혹시 몰라 가져왔다는 것이다. 나는 그녀가 내민 바구니를 받아 들고서 그 안에 담긴 책을 꺼내었다. 겉면을 살피니 깨끗하기만 한 게 새 책처럼 보였다. 손때 하나 묻어 있지 않은 책등은 크림색이었다.

나는 책의 앞장을 열었다. 그러자 잘 말려진 꽃 한 송이와 작은 쪽지 하나가 팔랑 하고 떨어졌다.

옆에 서 있던 세릴이 바로 허리를 굽혀 꽃과 쪽지를 주워 줬다. 나는 그녀에게서 말린 꽃을 받아 들었다. 형태 하나 부스러짐 없이 곱게 말려진 그것은 눈에 매우 익숙한 것이었다. 건국제의 검술 시합 우승자에게 주는 화관에 들어갈뿐더러 기사의 신념을 상징하는 꽃말로 매우 유명한 꽃이니까.

변함없는 헌신과 애정이라 하던가? 쪽지에는 이 꽃말이 담담한 필체로 적혀 있었다. 그 외의 말은 없었다. 마치 이것이 책을 보낸 이유라는 것처럼. 그런데도 나는 쉽게 이 책을 보낸 사람이 누군지 깨달았다. 암시 하나 없는 쪽지임에 불구하고 오로지 글자 하나만으로 상대를 추측할 수 있었던 것이다.

"어떻게 할까요, 아가씨? 누가 보냈는지 모르는 물건이니까 그냥 치워 버릴까요?"

세릴이 못내 찜찜하다는 표정으로 내게 물었다. 누군가가 장난치지 않고서야 이럴 수 없다는 듯 그녀의 얼굴은 의구심으로 가득 차 있었다.

나는 무언가가 꽉 막혀 오는 듯 홧홧하게 달아오르는 목구멍으로 힘겹게 마른침을 삼키며 고개를 설레설레 내저었다. 어쩐지 왈칵 눈물이 쏟아져 내릴 것만 같았다. 어떻게 모를 수가 있을까? 그의 전부를 알고 싶어서 필체조차 외워 버린 나인데. 이런 서체로 글씨를 쓰는 사람은 류스테윈 할버드, 그대뿐인데…….

류스테윈 할버드의 글씨는 그의 성정을 말해주기라도 하듯 글씨체 교본에 나올 것처럼 반듯했다. 문장의 끝이나 단어의 끝을 맺을 때 습관처럼 흘려 쓰는 것을 뺀다면 말이다. 과거의 그는 왜 끝부분에만 그렇게 쓰는지 스스로도 모르겠다고 말하며 객쩍은 웃음을 지었다. 고치기 위해 어릴 적부터 부단히 노력했지만 잘 안 되었다는 것이다.

"이러다간 제가 쓴 편지만 밝혀지겠군요."

그럼에도 불구하고 할버드 경은 로에나를 위해 글씨를 자주 썼다. 끝부분이 흐트러져 다소 모양 없는 필체라고 쑥스러워하지만 딱히 부끄럽게 여기지는 않은 모양이었다. 아니면 로에나를 위해 그러한 부분을 참았던 것인지도 모르고.

어쨌든 그는 양부가 불운한 사고로 인해 죽었을 때도 그녀를 위로하기 위한 편지를 썼다. 미사여구라곤 하나도 들어가 있지 않은, 직설적이고도 짧은 문장이었지만 세상 그 어떤 것보다 따뜻하고 아름다운 글이었다. 그렇기에 로에나는 자신이 가진 물건을 죄다 빼앗겨 하녀들이 쓰는 방으로 쫓겨나면서도 끝내 그가 준 편지를 내놓지 않았다.

그런데 지금 이 쪽지가 딱 그러했다. 애정에서 '정'이라는 글자의 끝부분이 필기체처럼 다소 부드럽게 풀려 있었다. 로에나가 부러워 곁눈질로 훑어보기만 했던 그 글씨가 지금 내게로 향한 것이다.

나는 떨리는 손가락으로 '헌신과 애정'이라는 단어를 쓸어내렸다. 그 앞에 쓰여 있는 '변함없는'이라는 말에 가슴이 시려 오고 있었다. 계속

'믿는 게 아니다. 그저 변화를 인정할 뿐이다'라고 애써 부인하며 눈을 돌리고 있지만, 자꾸 이런 식으로 부딪쳐 온다면 흔들릴 수밖에 없는 노릇이다. 그가 보내온 책은 '민담집'으로 무료한 시간을 즐겁게 보내기엔 딱 맞았다. 그러나 장성한 사내가 볼 만한 내용은 아니었다.

그래서일까? 그만한 기사가 이런 책을 고르며 고심했을 걸 생각하니 눈가가 뜨거워지는 동시에 실없는 웃음이 터져 나올 것만 같다.

"아가씨, 누가 보냈는지 아실 것 같으세요?"

"왜 그렇게 생각하니?"

"지금 아가씨 표정이 엄청 행복해 보이는걸요. 이렇게 환히 웃으시는 거 처음 봐요."

세릴이 손가락을 들어 화장대의 거울을 가리켰다. 다소 멀리 떨어져 있는 거울이지만 표정을 확인하기에 무리가 있는 건 아니었다.

나는 거울 속의 내 모습을 발견하곤 두 눈을 동그랗게 떴다. 놀랍게도 생전 처음 보는 표정을 한 내가 그 속에 담겨 있었다. 나도 모르는 사이에 입꼬리가 부드러운 호선을 그리며 올라가고, 살짝 벌려진 입술 사이로 새하얀 이와 붉은 혀가 활짝 드러날 정도로 웃고 있는 게 마치 딴사람 같아 보였다.

내가 이런 식으로 웃을 수 있는 사람이었나?

세릴이 말한 '행복'이라는 단어를 얼굴로 표현한다면 이렇게 하는가 싶을 정도였다.

"신기해……."

나는 홀린 듯 손을 들어 얼굴을 만졌다. 마치 내가 아닌 것만 같은 생소한 기분에 두려운 마음마저 일고 있었다. 과거의 나는 감히 상상이라도 해보았을까? 살아생전 이런 날이 오리라고 말이다. 내가, 그가 질색하며 꺼리던 시스에 비슈발츠가, 매일 밤 눈물로 지새우며 한 사내의 애정을 갈구하던 소녀가 그로 인해 이리도 환히 웃을 날이 있다니……. 단지 상황을 받아들였다는 것만으로도 이런 엄청난 기쁨을 느낄 수 있다는 게 놀라울 따름이다. 어떻게 이럴 수 있을까?

내 중얼거림을 들었던 것인지 세릴이 되물어왔다.

"네? 아가씨, 뭐가요?"

나는 고개를 내저으며 그녀에게 말했다.

"아니, 아무것도 아니란다."

책을 보니 문득 굶주림과 추위로 인해 고달팠던 시절 언젠간 꼭 해보리라 다짐했었던 작은 로망이 떠올랐다. 돈을 잔뜩 번다면 부잣집 소녀처럼 불이 활활 타오르는 벽난로 앞에 앉아 털로 만든 슬리퍼를 신고 따뜻한 차 한 잔을 마시면서 느긋하게 앉아 있겠노라 다짐했더랬다. 아무것도 하지 않은 채 몸만 흔들흔들 움직이면서 시간만 잔뜩 축내고 싶었다. 바쁘게 일을 하지 않아도 돈 걱정을 하지 않는다니, 이 얼마나 사치스러운 일인지 새삼 감탄하면서 말이다.

막상 백작가에 들어오고 나서는 로에나에 대한 질투에 몸을 불태우느라 이러한 여유를 누를 기회조차 찾지 못했지만. 돌이켜 생각해 보니 어처구니없을 정도로 소박한 바람이나, 정말로 하겠노라면 지금이 적기였다.

"가서 차 한 잔 가져오렴. 따뜻한 차를 마시면서 이 책을 읽고 싶구나. 아, 그렇지. 탕파에 따뜻한 물을 잔뜩 넣어 의자 밑에 깔아 놓고, 두꺼운 솔을 걸쳐야겠으니 꺼내 오구. 벽난로엔 장작을 더 집어넣어야겠구나."

내 말에 세릴이 걱정이 된다는 듯 우려 섞인 목소리로 물었다.

"침대에서 보는 게 더 낫지 않을까요? 아직 감기가 다 나은 것도 아닌데요. 아까도 어지럽다 하셨잖아요. 아니, 좀 쉬었다가 책을 보시는 게 어떠신지요?"

"그냥 그러고 싶어."

그녀는 갑자기 고집을 부리는 내가 이해할 수 없다는 표정이었다. 그러나 그것도 잠시, 작은 수긍과 함께 내가 원하는 것을 가져다주었다.

잠시 후 세릴을 물린 나는 벽난로 가까운 곳에 놓인 흔들의자에 앉아 책을 읽기 시작했다. 따끈하게 데워진 차 한 잔을 마시면서 재미있는 민담집을 읽으니 세상 부러울 게 없는 기분이 들고 있었다. 마치 황후, 로에나, 황태자, 아이레스 경 등등 내 머릿속을 복잡하게 만드는 모든 것에서 해방된 느낌일까? 감히 단언컨대 지금이 비슈발츠 백작가에 들어온 이래 가장 행복한 시간이라 할 수 있을 것이다.

그렇게 할버드 경이 선물한 책은 겨우내 무료함에 지친 내게 아주 좋은 친구가 되어주었다. 나는 책이 아깝다고 생각할 겨를도 없이 늘 그것을 손에 들고 다니면서 곧 다가올 봄을 기다렸다. 오래지 않아 푸른 싹이 움트는 봄이 찾아왔다. 17살이 된 것이다.

뤼세트 로샨은 봄이 되기를 기다렸다는 것처럼 날이 풀리자마자 나를 찾아왔다. 몇 달 만에 본 그녀는 요정처럼 더욱더 화사해져 있었다.

"재미있는 일이 일어났어요."

로샨 영애는 빙그레 웃으며 자신이 가져온 소식이 내 마음에 들 것이라고 이야기했다. 단정을 짓는 그녀의 태도에 호기심을 가지지 않을 수 없었다. 나는 무엇이냐고 물었고, 뤼세트 로샨은 약간 흥분된 목소리로 입을 열어 말했다.

"존경하옵는 황제 폐하께서 마담 드 샤토루의 품으로 다시 돌아가셨답니다."

그것도 아주 절절한 상봉이었다고 한다. 황제가 마치 제 부모에게 돌아가는 탕아처럼 샤토루의 품에 꼭 안겨 그녀의 앙가슴에 자신의 주름진 뺨을 비벼 대며 용서를 구하였던 것이다. 마담 외에 자신을 즐겁게 해주는 사람이 없는데 어떻게 딴생각을 할 수 있었는지 스스로도 이해할 수 없다고 부르짖으면서.

샤토루를 두문불출하게 한 이유가 생각나지 않았던 것인지, 혹은 일부러 외면한 것인지 모르겠지만 그녀를 대하는 황제의 태도가 지나치게 저자세인 것은 틀림없었다. 주변 사람들이 민망해할 정도로 넙죽 엎드렸다 하는데 아니 그러겠는가. 아무래도 이 늙은 남자는 자신의 노년을 즐겁게 해줄 유일한 여인이 샤토루라는 것을 그간의 방황을 통해 겨우 깨달은 모양이다.

어쨌든 황제가 다시 샤토루에게 돌아갔으니 황후의 기세가 한풀 꺾일 것이 자명할 터. 이 말인즉슨, 방 안에만 있어야 했던 나 역시 자유로워진다는 소리와 다름없었다. 샤토루가 다시 전면에 나선 이상 황후가 나 같은 잔챙이에게까지 관심을 보일 이유는 없으니까 말이다.

황태자가 봄이 될 때까지 움직이지 말라고 했던 연유가 이 때문이었을까? 정보력을 바탕으로 미리 알고 있었던 것인지, 아니면 그렇게 만든 것인지 모르겠으나 선견에 가까운 통찰을 보여 준 그에게 놀라움을 감출 수 없었다. 동시에 플랑드르 남작 부인에 대한 동정심이 솟아올랐다. 제법 오랜 기간 늙은 황제의 시선을 붙잡아 놓았다 하나 개월 수로 따지자면 6개월도 안 되는 시간이었다. 사교계 내에 자신만의 세력을 구축하기엔 턱없이 부족한 나날인 것이다.

뭐. 한낱 창녀에 불과한 그녀를 황제에게 보낸 비트라이스 영식의 수완이라면 어느 정도의 대응책을 마련해 놓았을 게 분명하다. 하지만 예전만큼 위풍당당하지 않으리라는 건 사실이었다. 이제 이 가엾은 창녀는 다른 경쟁자들처럼 초라한 골방에 처박히거나 아니면 황제가 선물로 준 보석류를 꺼안고서 도심의 저택 중 하나로 내려가는 선택을 해야 할 것이다.

로샨 영애는 친척인 황후가 상당히 기분 나쁜 일에 직면해 있음에도 불구하고 그다지 불안해하거나 안타까워하는 표정은 아니었다. 황태자처럼 그들끼리의 우정을 더 소중하게 여기고 있는 모양인지 되레 나를 데리고 나갈 수 있게 되었다며 좋아했다. 양 뺨 가득 봄의 싱그러움을 담뿍 담은 그녀의 얼굴에는 행복한 미소가 아름답게 피어올라 있었다.

사실 귀족 영애들에게 있어 봄처럼 바쁜 계절은 없다. 겨우내 추위로 인해 몸을 움츠리느라 통통하게 살이 오른 몸을 위해 새로운 드레스를 다시 맞추고 거칠어진 얼굴을 마사지하며 봄맞이 무도회다, 티타임이다, 사냥터다, 지인들에게 편지를 보내느라 정신이 없으니까. 귀부인들이야 농가에서 올라온 일거리를 처리하느라 정신이 없겠지만, 사교하느라 여기저기 바쁜 꿀벌처럼 날아다니는 소녀들에게는 허리를 죄는 최신 유행의 허리띠가 더 급한 실정이었다.

그래서 날이 풀리기가 무섭게 도심의 마차 대기소에 온갖 문장이 새겨진 마차들이 세워졌고, 하녀와 기사를 대동한 영애들이 이 상점, 저 상점을 포르르 날아다니듯 드나들며 가지고 나왔던 은화를 물 쓰듯이 뿌려 대기 시작했다.

로샨 영애도 몇 번은 나를 데리고서 상점을 돌아다녔는데, 그것은 물건을 사려는 목적이기보다는 그녀의 오른팔에 시스에 드 비슈발츠가 자리하고 있음을 공표하기 위함이었다. 사람들은 로샨 영애가 내게 '시스'라고 부르는 것을 매우 놀라워하며 입을 딱 벌려 댔다. 그리고 내가 로샨 영애를 '뤼세'라고 부르자 거의 기절할 것처럼 굴었다.

"시스는 모르겠지만 사교계에 데뷔하는 사람들 모두가 아무것도 모르는 순백의 상태로 입성하는 건 아니에요. 그럴듯한 인맥이 있다면 데뷔 전부터 귀족 모임을 찾아다니며 미리 눈도장을 찍어 놓는답니다."

로샨 영애는 나를 데리고서 여기저기를 부지런히 쏘다니길 반복했다. 대부분 귀족의 모임으로 덕분에 과거에는 인사 한 번 나누지 못했던 여러 사람과 차를 마시며 이야기를 나누는 등 친목을 쌓을 수 있었다. 로샨 영애는 이를 가리켜 '속임수 사교(데살론, Desalon)'라 했다. 사교계 데뷔는 결국 눈속임에 불과할 뿐, 진정한 데뷔는 이러한 활동에서부터 시작된다는 것이다.

"대부분 사람이 그래요. 로에나 영애가 요즘 자주 모습을 보이는 것도 그 때문이지요."

그러고 보니 과거의 로에나도 마담 드 라발리에나 다른 친구들의 초대를 받아 자주 외출했었다. 그리고 그럴 때마다 꼭 한두 명씩 추종자를 늘려서 돌아오곤 했다. 고립된 나와 달리 로에나는 점점 더 많은 사람에게 둘러싸이고 있었다. 돌이켜 생각해 보니 그것이 사교계에 나서기 위한 사전 준비였던 것 같다. 요즘 그녀가 황궁에 드나드는 것 또한 이러한 활동의 일환일 터였다.

"이제부터 우리는 '속임수 사교' 활동을 할 거예요. 우선 시스, 그대에 대한 오해를 푸는 것으로부터 시작하죠."

디뷘젤 공녀는 나를 자신의 무리에 집어넣음으로써 강제하려 했지만, 로샨 영애는 방임에 가까울 정도로 풀어주는 동시에 나를 지지하는 역할을 자처했다.

황후가 요즘 다시 주춤거리고 있다지만 그 권력이 어디 가는 게 아니라, 사교계 내에서 로샨 영애의 말을 무시할 사람은 거의 없다 할 수 있었다. 그런 그녀가 나를 데리고 다닐뿐더러 입에 침이 마르도록 칭찬을 아끼지 않으니 사람들의 인식이 점차 뒤바뀌는 건 당연한 노릇이었다.

그렇게 두 달이 지났을까. 이제는 내 이름을 듣고서 미묘한 웃음을 짓는다든가 대놓고 인상을 찌푸리며 괄시에 가까운 시선을 보내는 사람을 거의 찾아볼 수 없게 되었다. 뒤에서 무슨 말을 지껄이고 있을지 모르는 노릇이지만, 나를 로샨 영애의 친우로 인식하며 공손하게 대해 준다는 사실 자체만으로도 가장 큰 변화라 할 수 있었다.

사람들은 종종 로샨 영애에게 내 무엇을 보고서 같이 다니냐고 물었다. 나를 의식하느라 대충 돌려 말하지만, 그들이 의미하는 바는 명확했다. '이런 천박한 계집과 같이 다니면 당신의 격도 떨어질 텐데요?'라는 소리였다.

로샨 영애는 그럴 때마다 내가 사랑스럽다고 말했다. 어처구니없다는 듯 얼굴을 일그러뜨리는 주변의 시선은 상관없다는 듯 내가 친구로서 매우 좋은 사람이며 왜 이제야 만났는지 안타까울 따름이라는 소리까지 내뱉었다. 하지만 이에 대한 답변은 모든 이, 특히 나를 납득시키기 부족했다. 그러므로 로샨 영애가 잠시 자리를 비웠을 적에 누군가 조롱하듯 내뱉은 이야기가 아니었더라면 계속 그녀를 의심하며 경계했을 것이다.

"그거 아나요? 로샨 영애에게 사촌 한 명이 있었어요. 무척 아름답고 사랑스러웠지만, 사람을 잘 믿지 못하여 끊임없이 자책하는 소녀였답니다. 시골 변방에서 살고 있다는 사실 또한 자격지심을 높이는 데 한몫을 했겠죠. 그래서일까요? 안타깝게도 그녀는 사교계의 시선을 견뎌 내지 못했어요. 자신에게 쏟아지는 가십 또한 말이에요."

모두가 숨을 죽인 채 흘러나오는 이야기에 귀를 기울이고 있었다. 정작 여자의 시선은 내게 향해 있는데 말이다.

"그래서 스스로 목숨을 끊었지요. 로샨가의 저택에서 영애가 주신 드레스를 입고서요."

보잘것없는 신분과 로샨 영애의 후광을 업고 사교계를 노니는 것까지 그녀의 입에서 흘러나오는 로산 영애의 '사촌'과 나는 무척 닮아 있었다. 놀랍게도 자격지심으로 인한 열등감에 괴로워하다가 최후의 수단으로 '자살'을 선택한 것까지 똑같았다. 굳이 다른 점이 있다면 나는 돌아왔고, 그녀의 사촌은 그렇지 못했다는 것뿐이었다.

여자가 할 말을 다했다는 듯 입을 꾹 다물자 모두의 시선이 다시금 내게로 향했다. 그들의 눈동자에 어린 것은 '동정' 혹은 '비웃음'이었다. 대부분의 사람이 내가 그 사촌처럼 사교계의 생활을 견뎌 내지 못하고 자살에 준하는 방법으로 도망가리라 여기는 것 같았다.

그러나 그것도 잠시 로샨 영애가 다시 돌아오자 언제 그랬냐는 듯 친절을 가장하고선 가식에 찬 웃음을 터뜨렸다. 그러고선 내게 눈짓을 하는데, 자신들이 나누었던 이야기를 그녀에게 이야기하지 말라는 무언의 압력이었다. 딱히 그들의 부탁을 들어주고 싶은 마음은 없었지만, 이미 죽은 사람의 이야기를 꺼내는 것도 뭣해서 잠자코 입을 다물었다.

그런데 사촌에 대한 이야기는 비밀이 아니었는지 나는 새로운 모임에 참석할 때마다 질시에 찬 여인들에게서 위에 대한 말을 들어야 했다. 그들은 내가 죽은 사촌처럼 겁이 많은 패배자로 일찌감치 제 분을 알고서 사라져 주기를 바라고 있었다. 뭣도 아닌 내가 로샨 영애의 친구라는 먹음직스러운 자리를 차지하고 있다는 게 꽤 분한 모양이었다.

혹자는 내가 아이레스 경을 이용하여 그녀의 친구가 되었다는 헛소리를 떠벌리기도 했다. 로샨 영애는 이러한 말을 들을 때마다 노기 어린 목소리로 반박하였으며, 더욱더 보란 듯이 나를 챙겼다. 덕분에 과거의 내가 그토록 가지고자 노력했던, 그리하여 비웃음을 감수하면서 사교계의 무리에 들어가기 위해 노력했던 일말의 결과들이 그녀로 인해 손쉽게 얻어지고 있었다.

그렇게 '속임수 사교'를 시작한 지 세 달이 지났을까? 나는 비로소 뤼세트 로샨이 제법 쓸모 있는 여자이며, 아직은 내게 거짓보다는 진심을 내보이고 있다는 사실을 깨달았다. 이유 모를 찝찝함만 걷어 낸다면 로샨 영애는 내게 있어 다시없을 조력자이며 조언자나 다름없었다. 특히 그녀가 간간히 내던지는 주옥같은 조언은 좁은 시야로 인해 허덕이는 나를 자신의 눈높이까지 끌어올리는 데 일조했다.

"사교계에 입성한 사람들은 저마다 자신만의 야심이 있어요. 시스가 바라는 궁극적인 목표는 무엇인가요? 그걸 정하지 못한다면 결코 이 세계에서 살아남지 못할 거예요."

"비슈발츠가는 대대로 상업에 종사한 가문이에요. 선대의 가주뿐만 아니라 지금의 백작님 역시 귀족들을 상대로 장사를 하죠. 그러므로 그 누구보다도 귀족 가문들의 기호와 취미에 대해 잘 알고 있답니다. 나라면 이걸 이용하여 다른 귀족들과 손쉽게 친해질 기회를 만들겠어요. 그런데 시스는 왜 아무것도 하지 않는 거죠?"

"시스는 사람에 대한 경계가 너무 심해요. 대화를 하기도 전에 먼저 몸부터 움츠리며 눈을 굴린단 말예요. 나름 잘 숨기려고 하는 모양이지만 나처럼 어릴 적부터 사교계라는 맹수의 숲에서 활동했던 사람들에게는 아직 어설퍼요."

하지만 그러는 그녀라도 황태자의 명령이 끼어든다면 나를 대하는 태도가 굉장히 어색해지는 데가 있었다. 특히 황태자와 함께 마녀를 만났을 때의 일을 돌려 물어보는 것에서 그러한 모습이 매우 도드라졌다.

"내 하녀가 말하기를 시스의 하녀 중 한 명이 마녀에게 아주 좋은 물건을 샀다고 하더군요. 그러니까 건국제가 열리기 이전에 말이죠. 왜 그런 걸 믿는지 모르겠지만, 와구스보다 더 영험하다는 평이 자자해요. 시스는 마녀와 이야기를 나눈 적이 있나요?"

이러한 질문을 하고 싶지 않다는 듯 로샨 영애의 미간은 살포시 찌푸려져 있었다.

그때 들었던 예언을 아직도 기억하고 있는지 시험하는 건가? 나는 태연한 표정으로 고개를 가로저으며 마녀 따위는 믿지 않는다고 강조했다. 그러자 로샨 영애가 의아하다는 듯 나를 바라봤다. 그리고 무언가 웅얼거리는 것처럼 혼잣말을 중얼거렸다.

"그럼 왜 사전에 준비하지도 않은 말들이 마녀에게서 튀어나왔다고 하는 거지?"

"네? 지금 제게 물어보신 건가요?"

"아니, 아무것도 아니에요."

로샨 영애는 대수롭지 않은 일이라는 것처럼 손사래를 치며 말을 돌렸지만, 그녀의 태도로 보아 조금 전의 질문이 쉽게 사그라지지 않을 것을 직감적으로 느낄 수 있었다.

아니나 다를까 며칠 후 티타임을 명목으로 로샨 후작가에 초대받은 나는 그곳에서 황태자를 만날 수 있었다. 제멋대로 빠져나온 모양인지 그는 상당히 자유로운 복장을 하고 있는 상태였다. 건국제 이후 오랜만에 만나는 황태자다. 흠 하나 없이 찬란한 모습은 여전하였으나, 함께 거리를 걸어 다닌 보람이 있었던지 오랜만에 보았음에도 예전처럼 두렵지 않았다. 그래서 여상스러운 태도로 그에게 인사할 수 있었다.

황태자는 마치 자신의 집인 것처럼 내게 자리를 권하며 자신도 맞은편 소파에 앉았다. 그러곤 내 옆에 앉으려는 로샨 영애에게 부드러운 목소리로 잠시 이 방을 떠나 줄 것을 요청했다. 로샨 영애는 내키지 않은 표정이었지만 눈빛으로 압박하는 그의 행동을 이기지 못해 머뭇거리는 발걸음으로 방을 나섰다. 무언가 불안한 것인지 나가면서도 몇 번이나 고개를 돌려 나를 바라보던 그녀였다.

"오늘의 행차는 저로 인함인가요?"

황태자와 대화를 하면서 느낀 것 중 하나가 직설적인 대화가 아니면 도무지 의도를 알 수 없다는 거였다. 물론 직설적인 대화를 하더라도 내가 가진 정보만 빼앗기기는 마찬가지지만, 적어도 날 선 경계는 풀수 있었다.

황태자는 찻잔에 담긴 차를 마시지도 않고서 바로 본론에 들어가는 내 태도가 무척 흥미로웠는지 빙그레 미소 지었다. 그리고 내 말이 맞다는 것처럼 고개를 느릿하게 끄덕였다.

"한 가지 부탁드리고 싶은 게 있어서 말이오."

그는 나를 존중해 주겠다는 약속을 여전히 잘 지키고 있었다. 단둘이 앉아 있는 공간임에도 하대하지 않는 것으로 보아 말이다. '명령'이 아니라 '부탁'이라는 단어를 사용하는 점 또한 그랬다.

"부탁이라니요?"

"앞으로 몇 번은 나와 함께 있는 모습을 보여야 할 것 같소."

"함께 있는 모습이라니, 무얼 말씀하시는 건가요?"

이해가 되지 않은 말에 의아해하고 있으려니 황태자가 상당히 의외라는 표정으로 내게 말했다.

"싫다는 말이 바로 나오지는 않는군. 의외야."

"제가 거절한다면 그대로 받아주실 건가요?"

"아니, 방패막이가 되어주는데 외출 한번 같이해 주는 것으로 값을 치르는 건 너무 싸다고 이야기할 참이었소."

하긴 내가 황태자라도 굉장히 손해 보는 일이라고 말했을 것이다. 그렇기에 이런 식으로 은근슬쩍 계약을 수정하는 행태가 그리 나쁘게 여겨지지는 않았다. 납득이 가능한 일을 시켰을 때나 할 수 있는 생각이 긴 하지만. 무엇보다 그가 말한 '함께 있는 모습'이 내가 생각한 것과 동일하다면, 그리 손해 보는 일은 아니었다. 되레 도움이 되었으면 되었지 해가 되지는 않을 것이다.

로에나가 황태자와 언제 눈이 맞을지는 모르지만—미래가 바뀌었으니 마냥 무도회에서 일이 일어날 것이라 생각할 수 없었다—이런 식으로 일을 만들어 두는 것도 나쁘지 않겠다는 생각이 들어서였다. 아이레스 경에 관한 소문으로 확 타오르지만 않는다면 퍽 괜찮을 제안이었다.

사교계 내부에서 나는 아이레스 경의 연인이라는 인상이 강하게 찍힌 상태다. 지난 겨우내 병석에 드러누워 거동을 못 하였을 때 친히 저택을 찾아올 정도로 애정이 깊다고 알려져 있으니까.

검술 대회에서 우승했을 때 빼도 박도 못하게 화관을 씌워 준 것만 해도 그랬다. 부인할 수 없는 공표에 로샨 영애와 부지런히 돌아다녔음에도 내게 접근하는 영식들이 거의 없다시피 할 정도였다.

그런데 황태자와 다정함을 연출하며 함께 서 있는다? 모든 사람의 입에서 어머니가 오르내릴지도 모를 노릇이다. 분명 더러운 피를 운운하며 그 어미에 그 딸이라는 소리가 튀어나올 터였다. 그래서 모르는 척 황태자의 의중을 다시 물어보았다.

"그저 요청할 때마다 내 옆에 서서 다정하게 대화만 나누면 될 일이오."

"전하와 담소를 나눌 수 있다니 이 얼마나 영광된 일인지 모르겠어요. 하지만 다른 사람도 그리 여겨 줄까 무척 두렵군요."

황태자는 금세 내가 무엇을 걱정하는지 알아차린 모양이다. 그는 멜 때문에 머뭇거리는 거라면 그럴 필요가 없다며 단호한 어조로 말했다.

"멜은 내가 알아서 하겠소. 사교계에 도는 소문은 뤼세가 처리해 줄 것이오. 그럼 되겠소?"

적어도 내 기억 속 황태자는 자신이 이루고자 하는 일에 대해 이루지 못한 적이 없었다. 그가 그렇게 한다고 한다면 늘 그렇게 되었다. 그러니 허언으로 여기지 않아도 좋았다.

더욱이 안심이 되는 건 아이레스 경을 막아준다는 점이었다. 나에 관한 한 이성을 잃어버릴 정도로 열정적인 그를 알지 않나. 예전의 내가 그랬듯 사모하는 이의 마음을 얻기 위해서라면 미친 짓도 기꺼이 웃으며 감내할 사람이었다. 그러므로 황태자가 설득해야 한다. 친우라 알려진 그들—황후보다 친구를 선택할 정도면 그들의 우정이 얼마만큼인지 감히 짐작하기 어려울 정도다—의 우정을 생각한다면 이 이상 적격인 사람이 없었다.

하지만 바로 승낙하기가 그래 조금 망설이며 고민을 하는 척하노라니 황태자가 여상스러운 목소리로 '그럼 다른 사람을 찾아야겠군'이라 말했다. 내가 필요하기에 티타임이라는 명목을 붙이면서 로샨 영애의 집까지 나온 주제에 아무렇지 않은 척 굴고 있는 것이다. 동시에 '다른 사람'이라는 말을 꺼내어 알아서 숙이고 들어오라는 무언의 협박을 한다. 미치지 않고서야 황태자의 부탁을 거절할 사람이 있을 리가 만무하니 할 수 있는 행동이었다. 그러니 나를 곁에 두고서 무슨 짓을 할 심산인지는 앞으로 차근히 지켜볼 일이다. 지금이야 납죽 엎드려 그의 비위를 맞추는 수밖에 없지만 말이다.

나는 조용한 목소리로 '좋아요, 그렇게 하지요'라고 대답했다. 황태자는 순순히 숙이고 들어오는 내 모습이 흡족한 모양인지 빙그레 미소를 지었다.

용건은 다 끝난 건인지 잠시 후 로샨 영애가 들어왔다. 황태자는 그녀가 들어옴과 동시에 방금 전의 대화는 잊어버린 것처럼 영양가 없는 화제를 꺼내어 장장 2시간 동안 티타임을 이끌었다. 그가 왜 이렇게 시간을 끌고 있을까에 대한 의문은 로샨 영애의 타박에 의해 밝혀졌다.

"결국 또 이렇게 검술 수업을 빼먹으셨네요."

황태자는 부끄러움이 없다는 듯 넉살을 떨어 댔다. 그의 말에 의하면 비슷한 나이대의 사람 중 자신보다 조금 강한 이는 아이레스 경뿐인데, 그는 자신의 기사이므로 두려울 게 없다는 것이다. 그러니 굳이 힘들여 검술을 익힐 필요가 없다는 소리였다. 기막힌 소리에 황당해하는 건 비단 나뿐만이 아닌지 로샨 영애의 미간이 살포시 찌푸려졌다. 황태자의 능청스러운 말은 계속 이어지고 있었다.

"이렇게 아리따운 여인들과 시간을 보내는 것도 나쁘지 않잖아? 아니, 이게 더 이득이지. 그리고 오늘뿐이야, 뤼세. 응?"

다시 말하자면 황태자는 사내이면서도 요염함을 지니고 있는 미인이다. 그렇게 여자처럼 생긴 건 아니지만 타고난 아름다움은 성별을 가리지 않아 여인은 물론이고 간혹 사내마저도 홀리는 때가 있었다. 그런데 이런 위험한 미모를 지닌 사람이 은근한 미소를 지으며 조르듯 말한다? 간이고 쓸개고 빼 줄 것처럼 들어주지 않을 수 없을 것이다. 로샨 영애 또한 마찬가지였다. 그녀는 한숨에 가까운 숨을 내뱉으며 '오늘만이에요'라고 말했다. 속눈썹으로 인해 깊은 그늘이 진 눈동자에는 어떠한 '체념' 같은 게 일렁였다.

나는 로샨 영애가 이런 식으로 황태자의 편의를 봐주는 게 한두 번이 아님을 금세 눈치챘다. 어느 방면에서는 그녀가 아이레스 경보다 더 무르다는 사실 또한 말이다.

어쨌든 로샨 영애의 암묵적인 허락을 받은 황태자는 그 이후로도 한 시간이나 더 노닥거리더니 노을이 뉘엿뉘엿 지는 시간이 되어서야 어쩔 수 없다는 듯 기지개를 켜고 자리에서 일어났다. 그리고 배웅하려는 로샨 영애를 만류하며 자신이 나를 저택까지 데려다주겠노라고 말했다. 용건은 아까의 말로 끝난 게 아니었나? 새삼 긴장이 된 나는 허리를 빳빳하게 세운 채로 그를 뒤따라갈 수밖에 없었다.

로샨가에 올 때 그녀가 보낸 마차를 타고 왔으므로 돌아가는 것 역시 이 가문의 마차를 타고 가야 했다. 황태자는 자신이 지금 평민의 복장을 한 것을 잊어버리기라도 한 듯 자연스러운 태도로 나를 에스코트하더니만 마차 안에 들어오다 못해 맞은편 자리에 앉기까지 했다.

그가 입을 연 것은 마차가 출발한 지 꽤 오랜 시간이 지났을 무렵이었다.

"건국제 때 마녀가 했던 말을 기억하오?"

"아니요. 전혀요."

내 대답에 황태자가 '거짓말'이라고 말했다. 그는 내 대답을 전혀 믿지 않는 눈치였다. 나는 시치미를 떼며 정말로 모른다고 대답했다. 그러자 그가 떠보려는 것처럼 예언 중 한 구절을 읊기 시작했다.

"죽음을 거스른 여인, 운명에 얽매이지 않는 여자가 누구인지 도통

감을 잡을 수 없단 말이지…….”

놀랍게도 황태자는 그때의 예언을 정확하게 기억하고 있었다. 그뿐만 아니라 죽음을 운운한 부분에 가장 많이 신경을 쓰는 듯 ‘운명에 얽매이지 않는 여자’를 찾고 있는 듯한 뉘앙스를 보이기까지 했다. 아무래도 그는 마녀가 말한 ‘죽음’이 자신을 향한 것이라 믿는 모양이었다. 하지만 내 기억에 의하자면 결국 승리한 것은 황태자이며, 어지러운 정세를 추스른 뒤 막 황제의 자리에 오르기 직전에 서 있었다. 예언과 다르게 어디 하나 크게 상처 난 것 없이 매우 쌩쌩했다.

문제는 돌아온 직후 미래가 조금씩 바뀌고 있다는 점에 있었다. 그렇기에 마냥 마녀의 예언이 거짓이라 여기기 어려운 노릇이다. 황태자가 그것에 대해 신경을 쓰고 있는 점 또한 말이다. 마녀가 말한 인물이 나를 가리키는 거라면 더욱 그러했다. 나로 인해 황태자가 죽음을 모면할 수 있다면, 적어도 가장 큰 줄기 중 하나는 바뀌지 않는다고 여길 수 있는 부분이기 때문이다.

이렇게 생각하니 황태자가 내게 필요할 때 붙어 있자고 말했던 게 마치 거대한 운명의 흐름처럼 느껴졌다. 다른 건 다 변화해도 기본적인 골자는 바뀌지 않는다는 뜻일까? 개인이 아닌 한 나라의 운명을 좌우하는 역사는 건드릴 수 없다는 것처럼 말이다. 그럼 죽음과 운명의 대결이려나? 갑자기 떠오른 이 말도 안 되는 상념에 피식 웃음이 지어졌다. 황태자를 따라 예언에 치중하다 보니 머리가 어떻게 된 모양이다.

“영애께서는 어떻게 생각하는지 궁금하오.”

“추레한 노파에 불과해요. 어쩌면 어디가 아픈 것일지도 모르죠. 그러니 너무 신경 쓰지 마세요.”

그런데 내 대답이 마음에 들지 않았던 것일까? 황태자는 이렇다 할 반응을 보이지 않았다. 그저 민망할 정도로 빤히 쳐다보며 두 눈만 느릿하게 감았다가 뜰 뿐이다. 그럼에도 불구하고 숨이 막힐 것 같은 긴장감이 마차 안을 가득 채우고 있었다. 이대로 질식해 죽어도 어색하지 않을 정도다.

잠시 후 언제 그랬냐는 듯 그가 부드러운 목소리로 '그렇군'이라고 말했다. 나는 이렇다 할 대꾸조차 하지 못한 채 숨만 헐떡였다. 아닌 게 아니라 지금 내 표정은 졸려진 목을 막 풀어낸 사람처럼 새파랗게 질려 있을 터였다. 그저 나를 응시한 것뿐인데, 왜 이렇게 온몸이 강하게 짓눌러진 것처럼 욱신거릴까?

"영애의 말이 맞는지도 모르겠소. 조언에 감사드립니다."

나는 본능적으로 목에 손가락을 가져다 대고선 마치 누가 조르기라도 한 듯 여기저기를 더듬거렸다. 그리고 어느 정도 안심이 되었다 싶을 때 조그마한 목소리로 '아니에요'라고 대답했다. 할 수만 있다면 지금이라도 당장 마차 바깥으로 뛰어내려 도망가고 싶은 심정이었다. 다행히 마차가 비슈발츠가의 저택에 도착했고, 나는 황태자의 눈치를 살피며 마른침만 꿀꺽 삼켰다.

"무례를 용서하시길."

황태자는 빙그레 웃으며 마차의 문을 열었다. 나는 에스코트를 받을 생각도 하지 않은 채 재빨리, 그러나 허둥댄다는 느낌이 들지 않을 정도의 빠르기로 마차에서 내렸다.

"나중에 편지를 보내면 어떤 행사든 잊지 말고 꼭 참석해 주시길 바라오. 그때 약속했던 바를 이행하면 되는 거니까."

"예."

일방적인 통보를 끝으로 마차의 문이 닫혔다. 그리고 내 시야에서 서서히 멀어지기 시작했다. 나는 후들거리는 다리를 애써 부여잡고서 정문을 향해 걸었다. 하지만 방금 전의 공포와 이제는 극복했다고 여겼었던 예전의 두려움이 몸을 붙잡고 있었기에 도무지 발걸음을 뗄 수가 없었다. 결국 그대로 바닥에 주저앉아 오들오들 떨었다.

"무서워하면 안 돼. 잊어야 해."

세뇌하듯 중얼거리지만 온몸에 오한이 드는 건 막을 수 없었다. 기절하지 않는 게 신기할 정도였다. 몇 번을 일어섰다가 앉았다가를 반복했다. 오래 뛴 것처럼 숨이 가빠 오고 있었다. 벌려진 입술을 통해 힘겹게 새어 나오는 것은 쇳소리 섞인 헐떡임이다. 정문으로 이어지는 계단이 코앞이었지만 손을 뻗는 것조차 힘겨웠다. 욱신거리던 몸이 이제는 두들겨 맞은 것처럼 아파 오고 있었다.

믈랑이 나타난 건 그즈음이었다. 심부름을 가는 것인지 외투를 입고 장갑을 낀 그녀는 힘없이 주저앉아 있는 나를 보고선 두 눈을 동그랗게 떴다. 그리고 손에 들린 바구니를 그대로 던진 채 내게 달려왔다.

"아가씨, 왜 이런 모습으로 계세요?!"

그녀의 동그란 눈동자에 내 얼굴이 비쳤다. 며칠을 크게 앓은 사람처럼 창백하게 질려 있었다. 나는 고개를 설레설레 내저으며 입술을 달싹였다.

"나 좀 부축해 주겠니?"

하지만 깡마른 믈랑이 힘없이 늘어지는 내 몸을 단단하게 지탱할 수 있을 리가 만무했다. 부축하기는커녕 일으켜 세우는 것조차 어려워 보였다.

"아가씨, 잠시만 기다리세요. 제가 얼른 사람을 불러올게요."

믈랑은 입고 있던 외투를 벗어 내 어깨에 걸쳐 주었다. 오들오들 떨리는 몸이 추워서 그런 거라 생각한 모양이다. 달음박질과 함께 사라진 그녀는 오래지 않아 건장한 기사 한 명과 다시 나타났다. 비슈발츠가에 머무는 수많은 기사 중 하필 할버드 경을 데리고서.

그는 내가 일어서지 못한다는 걸 한눈에 알아차린 것인지 '무례함을 용서하십시오'라는 말과 함께 성큼성큼 다가왔다. 그리고 마음의 준비를 할 시간도 주지 않고 내 몸을 번쩍 들어 올려 자신의 품에 밀착하다시피 안았다. 균형을 잃고서 허공을 향해 휘둘러지던 팔이 본능적으로 그의 어깨를 잡게 된 건 당연한 일이었다.

"저는 먼저 들어가서 마리에게 이야기해 놓을게요. 할버드 경, 아가 씨를 부탁드려요."

믈랑은 내가 만류할 새도 없이 저택 안으로 쪼르르 달려 들어갔다. 마리에게 일러 미리 침상을 정리해 놓으려는 생각인 것이다. 심부름─ 마고의 명령일 게 분명하다─도 잊고서 내 몸 상태부터 걱정하는 믈랑의 태도는 분명 고마운 데가 있었다. 하지만 지금 이 상황에선 그녀가 나를 위해 무엇이든 할 수 있다는 사실이 불편하게 느껴졌다.

세상에, 나를 안아 들고 있는 할버드 경이라니! 저택 내 사람들이 이 모습을 본다면 무어라 말하겠냔 말이다. 그들의 입에서 어떤 소리가 나 올지 짐작이 가기에 벌써부터 머리가 아파 오는 듯하다. 동시에 이러 한 '우연'이 원망스러워졌다. 하고 많은 사람 중에 왜 하필 할버드 경인 것일까?

"마침 지나가는 길이어서 다행입니다."

그가 부드러운 목소리로 속삭이듯 말했다. 나는 할버드 경에게 내려 달라고 말했다. 코끝을 맴도는 사내의 향취와 뺨을 간질이는 단단한 가 슴과 손끝에 와 닿는 어깨뼈의 선연한 감촉까지, 어디 하나 불편하지 않은 데가 없었다. 그도 그럴 것이 매번 도망가기만 하다가 이제야 겨 우 손을 잡고서 춤을 출 수 있는 단계에 이른 내가 아닌가. 이런 식의 접촉은 심장에 아주 좋지 않았다. 그렇기에 그의 품 안에서 멀어질 수 만 있다면 바닥으로 떨어져도 기꺼이 감내할 수 있을 것만 같았다. 하 지만 할버드 경은 내 몸이 바깥으로 기울어지려고 하자 허리를 잡은 손 에 힘을 주어 안쪽으로 끌어당겼다. 그리고 더는 허튼 생각을 하지 말 라는 듯 내게 말했다.

"아니요, 불편해도 잠시만 참아주십시오. 손이 미끄러질 수 있으니 제 목에 매달리는 게 나을 것 같군요."

다시 한번 내 몸을 단단하게 받친 그의 걸음은 이제 거칠 것이 없었다. 내려 달라는 내 말을 들은 척도 하지 않더니만 그대로 성큼성큼 걸어 저택 안으로 들어가 버렸다. 수많은 사람의 시선이 내 얼굴에 콕콕 박히고 있었다. 평소라면 아무렇지 않은 척 고개를 빳빳이 들고서 저들 모두와 눈을 마주했겠지만, 지금은 아니었다. 자꾸 숙여지는 고개가 무거운 추를 매단 듯 무겁기만 했다. 가슴과 맞닿은 귀를 통해서는 그의 심장 소리가 생생하게 들려왔다. 북을 치는 것처럼 쿵쿵쿵, 아주 요란하게. 이상한 일이다. 정수리 위로 흩어져 내리는 목소리는 이토록 담담하기만 한데 말이다.

"아가씨는 정말로 대단하신 분이십니다. 절 늘 다른 사람으로 만들어버리시는군요."

할버드 경은 내가 대답하지 않는데도 계속 독백처럼 말을 이어 나가기 시작했다.

"처음에는 무뢰한, 이후에는 술 취한 주정뱅이, 그리고 지금은 걱정 때문에 들끓어 오르는 속을 주체하지 못하는 한심한 사내로 말입니다."

그의 목소리가 귓가를 타고 흘러들어 와 심장을 향해 내달리고 있었다.

"제발 아프지 마십시오."

나는 반사적으로 그의 어깨를 잡은 손에 힘을 주었다. 갑작스러운 말에 다시금 숨이 막힐 것만 같았다. 동시에 귓불이 홧홧해지고 등줄기를 따라 뜨거운 기운이 주르륵 흘러내렸다. 달콤한 열이 뭉근하게 피어오르고 있었다.

그러는 사이 내 방으로 이어진 복도에 진입했고, 마리네가 달려와 깍깍거리며 주변을 서성였다. 그들은 그에게 안겨 있는 나를 향해 차마 손을 내밀지 못하겠다는 듯이 세 발걸음 정도 물러서서 '할버드 경, 이

쪽으로 오세요'라는 말만 반복했다. 마치 할버드 경을 호위하는 것 같은 이상한 상황이 이어지고 있었다. 이것은 방에 도착했을 때까지 지속되었다.

류스테윈 할버드는 마리의 안내를 받아 나를 침대 위에 내려놓았다. 아이레스 경이 병문안을 왔을 때도 공개하지 않았던 침실인데 이렇게 드러나게 되자 기분이 묘해졌다. 본의 아닌 상황이라고는 하지만 이런 식으로 그의 발자국이 남겨진다 생각하니 뺨이 달아오를 것만 같았다. 바로 나가지 않고서 땀에 젖은 머리카락을 정리해 주는 것 또한 그랬다. 마리네의 시선은 전혀 의식하지 않는 것인지 그의 눈동자는 오롯이 나에게만 고정되어 있었다.

"감사합니다, 할버드 경. 오늘 제게 베풀어주신 친절, 결코 잊지 않겠어요."

내 말에 다른 하녀들이 조용히 할버드 경의 눈치를 살폈다. 그들의 얼굴에는 이루 말할 수 없는 기묘한 감정들이 떠올라 있었다. 아마 지금 내 표정도 저들과 다를 바가 없을 게다. 하지만 할버드 경은 쉽게 움직이지 않았다. 그는 주치의가 내 방에 들어와 진찰하고 알맞은 처방을 말해줄 때까지 자리를 지켰다. 마치 내가 괜찮은 걸 확인해야 직성이 풀린다는 것처럼.

"많이 놀라신 모양입니다. 이 약을 물에 타서 드시고 한숨 푹 주무십시오. 그럼 괜찮을 겁니다. 마리와 세릴은 2시간 정도 아가씨의 팔과 다리를 주물러드리고."

그렇게 하나의 조각상처럼 묵묵히 서 있던 그는 주치의가 진찰을 마치고 나서야 이제 되었다는 듯 정중한 태도로 묵례했다. 그리고 주치의를 따라 방을 나섰다.

마리는 할버드 경이 나가자마자 발갛게 상기된 뺨을 감출 생각도 하지 않은 채 내게 다가왔다. 이 시끄러운 하녀는 제가 지금 어떤 행동을 하는지 모르는 것처럼 마구 들떠 있었다.

"세상에, 아가씨! 할버드 경이 아가씨를 안아서 온 거잖아요. 어머머머, 대체 어떻게 된 거예요? 네? 말 좀 해주세요."

호들갑스러운 목소리에 머리가 지끈거렸다. 귀청이 떨어질 것만 같았다. 나는 인상을 찌푸리며 작은 한숨을 내쉬었다. 세릴과 블랜은 그런 마리를 외면한 채 내 옷을 벗기기 시작했다. 깃털을 다루듯 조심스러운 손길이다. 그들은 내가 행여 불편해할세라 한껏 눈치를 살피고 있었다.

"매끈한 돌을 따뜻하게 데워서 아픈 팔과 다리를 문지르면 괜찮아진다고 해요. 그렇게 해보시겠어요?"

"그래."

그러는 동안 마리는 연신 입술을 달싹이며 안절부절못했다. 내가 자신의 말에 대꾸조차 하지 않자 조바심이 난 것이다. 비슈발츠 내에 떠돌아다니는 소문에 관한 한 지조와 절제가 없는 그녀인지라 방금 전의 일에 대해 알고 싶어 죽겠다는 표정이었다. 역시 그간의 경고만으로는 부족했던 건가? 마리는 내 생각보다 훨씬 더 시건방지게 크고 있었다. 나는 그것이 매우 불쾌했다.

"세릴과 블랜은 잠시 물러나렴. 돌을 준비하려면 시간이 좀 걸릴 게 아니니."

순간 세릴의 시선이 마리에게로 향했다. 그녀의 얇은 입술에 걸린 것은 낮달과 같은 희미한 미소였다. 블랜 또한 윗입술로 아랫입술을 꾹 누른 채 조용히 내게서 떨어져 나갔다. 그들은 무엇을 짐작하기라도 한 것처럼 가타부타 되물어봄 없이 조용히 방을 나갔다. 누구와 비교되는 매우 현명한 처세였다. 멍청한 마리는 자신과 단둘이서 이야기를 나누기 위해 하녀들을 물린 거라 생각한 것인지 한껏 기대에 부푼 시선으로 나를 바라보고 있었다.

"마리야."

"네, 아가씨."

"마지막 경고란다."

"예?"

마리가 두 눈을 섬벅섬벅하며 입을 딱 벌렸다. 얼간이처럼 멍해진 얼굴이 우스꽝스럽다. 데굴데굴 굴러가는 눈동자만 봐도 저가 어떤 생각을 하는지 알 수 있을 것만 같았다.

'아가씨가 지금 내게 왜 이러시는 거지?'

"네가 내게 혀를 놀릴 수 있는 건 다른 아이들에 대한 이야기를 할 때뿐이란다. 그런데 그걸 왜 아직도 모르는 거니? 아둔해도 너무나 아둔하구나. 이러면 내가 너를 어찌 믿어줘. 차라리 다른 이를 생각하는 게 낫지."

제아무리 멍청이라 할지라도 내가 말한 '믿음'의 부분에서 하녀장이라는 단어를 떠올리지 않을 수 없을 것이다. 그녀 역시 이를 인지한 모양인지 곧장 무릎걸음으로 달려와 내 손을 붙잡고서 용서를 빌기 시작했다. 그런 마리의 얼굴은 새하얗게 질려 있었다.

"잘못했어요. 용서해 주세요. 제가 주제넘었어요."

손을 뻗어 그녀의 뺨을 쓰다듬었다. 그리고 은근한 어조로 속삭였다.

"가끔 생각하는데, 네겐 '혀'가 필요 없을 것 같구나. 벙어리라면 차라리 나았을까?"

겁에 질린 그녀의 표정을 음미하며 말을 이어 나갔다.

"나는 널 카프사 안에 집어넣기 싫단다."

마리는 내가 '알겠니?'라고 되물을 때 숫제 숨이 넘어갈 것처럼 헐떡이며 고개를 빠르게 위아래로 흔들었다. '카프사'라는 단어에 두 눈이 크게 부풀어 오르는 것이 이전의 무서웠던 기억을 떠올리는 모양이었다.

"이 머릿속에 항상 '카프사'라는 단어를 생각하면서 행동하려무나.

그럼 좀 더 나아진 모습을 보일 거야.”

　검지로 그녀의 이마를 툭툭 밀어 대며 말하자 그녀의 눈에서 투둑 하고 눈물이 떨어졌다. 잔뜩 일그러진 눈가와 달리 파르르 떨리는 입술은 긴 호선을 그리며 억지웃음을 만들어 내고 있었다.

　아아, 가엾은 마리. 이렇게 무서워할 거면서 왜 그렇게 앞뒤 못 가리는 어린애처럼 굴었는지. 정말 어리석기도 하지.

　나는 양손으로 그녀의 뺨을 감싼 뒤 ‘쉬, 울지 마’라고 다정스레 속삭였다. 그러고는 손등으로 눈물을 문질러 닦아주었다. 마리는 어린애처럼 끅끅 소리를 내더니만 억지로 울음을 참기 시작했다. 이 이상 더 울게 된다면 큰일이 일어날지 모른다는 생각이 본능적으로 들어서일 것이다.

　잠시 후 세릴과 블랜이 따끈하게 데워진 돌을 가지고 들어왔다. 그들은 동시다발적으로 마리의 촉촉해진 눈가를 살피며 마른침을 꿀꺽 삼켰다. 특히 세릴과 같은 경우 잔뜩 굳어진 얼굴을 하고 있었다. 하지만 그것도 잠시 내가 가까이 다가오라고 말하자 언제 그랬냐는 듯 여상스러운 표정을 지었다. 그러곤 평소보다 더 정성을 기울여 팔다리를 마사지하는 것이다. 우습게도 마리가 제일 열심히 하고 있었다. 그녀는 어떠한 말을 내뱉음이 없이 묵묵하게 어깨만 주무르기 시작했다.

　덕분에 기분 좋은 침묵이 나를 감싸고 있었다. 굳어진 몸이 점점 부드럽게 이완된다. 나는 조금씩 무거워지는 눈꺼풀을 느릿하게 깜빡이며 나직한 하품을 내뱉었다. 긴장이 풀리고 나니 기다렸다는 듯 졸음이 밀려왔다.

　“아가씨, 식사는…… 주무시나 봐.”

　“쉿. 조용히 나가자.”

　“그런데 나중에 안 깨워 드려도 되나? 약 드셔야 하잖아.”

　“그건 지켜보고 결정할 일이지.”

목소리가 점점 더 멀어진다. 어둠이 스며들고 있었다. 먹먹해진 귀에 평온이 찾아들었다. 혼몽에 젖은 정신이 안개에 휩싸인 듯 흐려지고 있었다. 그리고 암전. 그렇게 나는 기절하듯 깊은 잠에 빠졌다.

다시 눈을 떴을 땐 다음 날 정오 무렵이었다. 그것도 일어날 때가 되어서 일어난 게 아니라 곧 있으면 찾아올 손님 때문에 마리네가 억지로 깨운 것이었다.

"아이레스 경이 곧 방문하신다고 하셔서……."

블랜이 우물쭈물하며 손에 들린 편지를 내게 건넸다. 아이레스가의 인장이 찍힌 편지는 단 하나의 문장만을 품고 있었다.

『정오에 찾아뵙겠습니다.』

평소 아이레스 경이 보냈던 편지는 언제나 간결하면서도 강하게 꾹 눌러쓴 것과 같은 자국이 남아 있었다. 그런데 지금의 글자는 급하게 쓴 것처럼 한쪽으로 쏠려 있다. 이것은 나로 하여금 하나의 생각을 떠올리게 만들었다.

황태자에게 이야기를 들었구나.

보통 방문을 요청할 때 하루 전에 편지를 보내는 것이 당연한 예의일진대, 이를 무시하고서 막무가내로 찾아오겠다고 하는 걸로 보아 달리 유추할 사항이 없었다. 문득 멜은 걱정하지 말라고 호언장담하던 황태자의 목소리가 떠올랐다. 아이레스 경을 설득하는 데 실패한 건가? 결국 수습은 내가 하게 되는군. 예상치 못한 일거리를 떠맡은 기분이라 절로 쓴웃음이 지어졌다. 어쨌든 그가 온다니 침대 위에서 맞이할 순 없겠지. 나는 블랜에게 말했다.

"아이레스 경이 오기 전에 모든 준비를 마쳐야겠구나. 부지런히 움직여야겠어."

　잠시 후 정오가 되었을 때 아이레스 경이 방문했다. 필체를 보아하니 굉장히 흥분된 상태에 있을 거라 생각했는데 차분하게 인사를 건네는 그의 표정은 평소와 다를 바가 없었다. 하녀가 다과를 가져와 내려놓을 때까지 이런저런 잡다한 이야기를 하며 빙그레 웃기까지 했다. 그러므로 무릎에 내려앉은 그의 손등에 핏줄이 퍼렇게 돋아나 있는 걸 우연히 발견하지 못하였더라면 그대로 깜빡 속았을 것이다.

　아이레스 경이 황태자에 관련된 이야기를 하기 시작한 것도 그즈음이었다. 처음에는 나와 한 약속대로 정보를 알려 주나 했는데, 점차 이야기가 요상한 방향으로 꺾이고 있었다. 갑자기 황태자의 여성 편력과 그로 인해 일어났던 다양한 사건들로만 말하고 있었기 때문이다. 마치 '견제'하려는 것처럼.

　"로에나에게 꼭 알려 줘야겠네요."

　내가 모르는 척 여상히 넘겨 버리자 그의 표정이 굳어져만 갔다. 미카엘 아이레스는 잠시 목이 탄다는 것처럼 미지근하게 식은 차를 한 모금 마시더니만 말을 계속 이어 나갔다. 이번에는 조금 더 직설적이었다.

　"전하께 들었습니다. 함께 있어야 할 날이 몇 번 있을 거라고 말씀하시더군요. 그러므로 조그마한 미련과 희망의 사이, 그리고 가슴이 뜯어지는 듯한 고통 속에서 감히 여쭈어봅니다. 승낙하신 이유는 무엇입니까?"

　얼굴 가득 두려움과 초조함이 가득하나, 모종의 기대를 저버릴 수 없어 스스로가 시들어 가는 줄을 모르는 가엾은 영혼이 여기에 있었다. 아, 내게는 너무나도 익숙한 모습이다.

　아이레스 경은 내 입에서 '전하께 강요받았다'라는 말을 듣고 싶어 하고 있었다. 그게 아니라면 이런 요구에 승낙할 리 없다고 믿고 싶은 것처럼 아주 절박하게 구는 것이다. 매번 로에나를 위한 일이라 하지만 정말인지 '확신'할 수 없기에 가능한 일이었다. 그러니 자존심이고 뭐고 다 던져 버린 상태로 이렇게 어린애처럼 불안해하는 거겠지. 사랑의 구애에 관한 한 언제나 패자이기 때문이었다.

"로에나를 위해서예요."

이런 대답에 곧 무너질 듯 참담한 표정을 드러내는 것 또한. 아마 그의 머릿속에는 '이성'이나 '현실감' 따위는 존재하지 않을 것이다. 있다면 애정을 갈구하는 연약한 사내만 존재할 뿐이다.

"그게 전부인 겁니까? 진실로 말입니다."

되물어보는 목소리가 파르르 떨려 왔다. 가엾을 정도로 진득한 감정이다. 이것은 단단하게 굳어 있는 내 심장을 마구 두들기며 애절하게 호소하고 있었다. '이제 제발 문 좀 열어줘. 내가 불쌍하지도 않아?'라고. 이전의 내가 그랬듯이 말이다.

나는 상냥한 태도를 유지하려고 애를 쓰며 그에게 말했다. 파르르 떨려 오는 입가가 이제는 경련이 일어날 것만 같다.

"그럼 다른 무언가가 더 필요한가요?"

과거의 나는 이런 상황에서 '설사 있다 하더라도 그게 아가씨와 무슨 상관입니까?'라는 말을 들었었다. 그래서 그 말이 얼마만큼 사람을 미치게 하는지 잘 알고 있었다. 스스로를 망가뜨리는 집착의 씨앗이 된다는 것 또한 말이다. 그런데 돌아와 보니 왜 그 말이 이러한 상황에 나오는지 알 수 있을 것만 같았다.

하지만 애꿎은 풀을 건드려 뱀을 튀어나오게 만드는 우를 범할 순 없는 노릇. 순진하게 눈을 깜빡이며 모르는 척했다. 수많은 의미를 담은 가벼운 행동 하나를 오롯이 그를 향해서만 드러낸 것이다. 내가 밀어내는 사내는 너뿐만이 아니다. 지금의 나는 오롯이 백작가에 잘 섞여 들어가는 것만 바랄 뿐이니까. 그러니 쓸데없는 걱정은 하지 마라. 그리고 이것이야말로 내가 미카엘 아이레스에게 해줄 수 있는 최대한의 배려였다.

하지만 그는 내 대답이 마음에 들지 않는지 쉽사리 입을 열지 않았다. 그저 의중을 알 수 없다는 듯 혼란스러운 눈으로 지그시 바라볼 뿐이다. 마치 나의 본심을 알고 싶지만 그럴 수 없다는 것에 분노하는 욕망과 이를 제어하지 못해 괴로워하는 마음이 어지럽게 뒤엉키고 있는 듯했다. 나는 부드러운 목소리로 달래듯 말했다.

"제 어디가 경께 의심을 심어드렸는지 모르겠지만, 전 항상 일관된 자세로 경을 대해 왔어요. 그건 황태자 전하일지라도 마찬가질 거예요. 아, 어떻게 해야 경께서 제 진정을 알아주실까요? 맹세라도 해야 믿어주시려나요?"

신을 믿지 않기에 이러한 거짓된 맹세라면 얼마든지 할 수 있었다. 이까짓 혓바닥이 무에 닳는다고 그 정도도 못 할까? 그러므로 몇 개의 간단한 말로 사람의 마음을 증명할 수 있다 한다면 양심 따윈 더럽혀져도 상관없었다.

그런데 '맹세'라는 단어가 정답이었던 것인지 갑자기 그의 얼굴이 사르르 풀어졌다. 감히 신 앞에서 거짓을 고할 거라 생각하지 못한 모양이다. 동시에 잠시나마 나를 의심했다는 사실이 부끄러웠던 것인지 눈에 띌 정도로 허둥대며 '괜찮습니다'라고 말했다. 어찌나 미안해하던지 자신의 무례를 용서해 달라는 말을 장장 열 번이나 거듭해서 말할 정도였다.

"아니에요. 저를 걱정하기에 하시는 말씀이잖아요. 오히려 이렇게 달려와 주셔서 감사할 따름인걸요."

"부끄럽습니다, 영애."

"아니에요, 아이레스 경. 당연한 일인걸요. 경께서 절 믿어주셔야 제가 앞으로 더 행복해질 수 있으니까요. 그러니 계속 절 도와주실 거지요?"

"물론입니다. 전 언제나 영애의 행복만을 바라고 있으니까요."

의심에서 해방된 그는 좀 더 쾌활하고 사려 깊은 사내로 되돌아와 있었다. 간혹 로샨 영애와 애칭을 나누어 부른다는 점을 질투하긴 했지만, 이내 그녀가 내게 좋은 친구가 되어줄 거라는 덕담을 하며 의연한 모습을 보였다. 자신 또한 '시스'라 부르고 싶다고 조를 줄 알았는데 말이다.

그렇게 몇 마디의 대화를 더 나누었을까? 이젠 돌아갈 시간이라고 말한 그가 아쉽다는 듯 자리에서 일어났다. 돌아서는 그의 모습은 언제나 그랬듯이 미련이 뚝뚝 흘러내리고 있었다. 그래서 오늘은 정문까지 배웅하기로 했다. 그래야 더 이상 딴생각을 안 할 것만 같았다.

미카엘 아이레스 경은 복도를 걸어가는 내내 요즘의 근황을 이야기하며 내 관심을 끌기 위해 애를 썼다. 입궁하여 훈련을 하고, 이후 남은 시간에 독서를 했다는, 매우 단조롭기 그지없는 일상이지만 나름대로 세세하게 묘사를 하려고 애쓰는 모습이 퍽 안쓰러울 정도였다. 그래서 대충 몇 마디의 말로 맞장구를 쳐 주며 열심히 '경청'하는 척했다. 곧 문이 보이니 조금만 더 버티면 될 것 같았다.

그런데 도중에 할버드 경을 만남으로써 걸음은 물론이고 나름 화기애애했던 분위기까지 그대로 '정지'되었다. 갑자기 약속이라 한 것처럼 서로를 바라보는 두 남자 때문이었다. 아니, 바라보는 게 아니다. 노려보고 있다는 게 더 올바른 표현일 것이다. 건국제의 그날처럼 그들은 상대를 날카롭게 응시하며 긴장의 날을 세우고 있었다.

"결국 제 주인을 찾은 화관은 하나뿐이군요."

잠시 후 미카엘 아이레스가 의중을 모를 말 한마디를 내던졌다. 몸이 부르르 떨릴 정도로 서늘한 목소리였다.

"공식적으로는 그렇습니다만, 또 모를 일이지요."

할버드 경이 대답했다. 그의 입을 통해 흘러나오는 음성은 매우 정중했으나 미카엘 아이레스 못지않게 차가웠다. 주변의 공기가 점점 무거워지는 게, 금방이라도 칼부림이 날 것만 같았다. 서로의 손이 검이 매달린 허리춤에 가 있지 않았음에도 불구하고 그런 생각이 들었다.

"그때 결판을 내지 못한 게 아쉬운 노릇이군요. 그렇다면 여지조차 주지 않았을 텐데 말입니다. 그렇지 않습니까, 할버드 경?"

"그건 제가 해야 할 말입니다, 아이레스 경."

"그럼 언젠간 또다시 겨루게 될 날을 기다리겠습니다. 그때는 저번과 같은 요행은 없을 것입니다."

"저 역시 그날을 손꼽아 기다리지요."

두 사람이 대치하는 시간이 길어지면 길어질수록 주변을 걸어가던 하녀와 하인의 발걸음이 느려지고 있었다. 그래서 나는 무례를 무릅쓰고 두 사람의 대화에 끼어들어야 하나 고민했다. 이 이상 구경거리가 되는 건 사양이니까.

다행히 대화가 끝난 것인지 갑자기 아이레스 경이 할버드 경에게 인사를 했다. 할버드 경 역시 언제 차갑게 응수했냐는 듯 정중한 태도로 받아주고 있었다. 그리고 내게 양해를 구한 뒤 자리에서 물러났다. 방금 전까지 살벌한 기운을 내뿜으며 대화를 나눴던 사람들치곤 다소 허무한 결말이었다.

미카엘 아이레스는 할버드 경이 사라질 때까지 그의 뒷모습을 계속 바라보았다. 그리고 기다림에 지친 내가 슬슬 화가 치밀어 올랐을 때야 이해할 수 없는 말을 툭 하고 내뱉었다.

"영애."

"네?"

"영애께서 말씀하신 일관된 행동을 누구에게나 지켜 주시기를 바랍니다. 그렇지 않으면 무척 슬퍼질 테니까요."

착각인가? 순간 그의 눈동자에서 예전의 내가 보이는 것 같았다. 사랑으로 인해 광기에 휩싸여 버린 그녀가.

나는 어색한 미소를 지으며 고개를 끄덕였다. 소리 내어 대답하면 안될 것만 같은 불안감이 행동으로 이어진 것이다. 나와 닮았기에 '선'을 지켜 구슬린다면 잘 써먹을 수 있을 거라 여겼던 게 사실은 크나큰 착각이었던 건가? 갑자기 이러한 불안감이 스멀스멀 차오르고 있었다. 동시에 '죽음'으로만 겨우 통제가 가능했었던 지난날의 내가 떠올랐다. 그래서 나는 처음으로 그가 말을 타고 사라질 때까지 그의 뒷모습에서 눈을 떼지 못했다.

점심을 먹으라고 나를 데리러 온 마리네가 이런 나를 바라보며 음흉한 미소를 짓고 있었지만, 그런 것 따윈 신경 쓸 겨를이 없었다. 그저 남겨진 그림자를 뒤쫓으며 그가 내뱉은 말을 곱씹고 또 곱씹었을 뿐이다. 그래서 '그렇지 않으면'과 '무척' 사이에 빠져 있는 '누가' 슬퍼진다는 거지? 그러나 아무리 생각해도 알 길이 없었다. 그저 답답함만 차곡차곡 쌓일 뿐이었다.

뤼세트 로샹은 미카엘 아이레스 경이 방문한 그다음 날에 바로 나를 찾아왔다. 그녀 역시 아침에 자그마한 쪽지를 보내는 것으로 약간의 예의를 차렸다 생각한 것인지 답장을 보낼 여지조차 주지 않았다. 다행히 아이레스 경 때와는 달리 아침 일찍 일어난 상태였으므로 그녀를 맞이할 준비를 하는 건 어렵지 않았다.

"무례를 끼쳐서 미안해요. 답장을 기다려야 했지만 그럴 수 없었답니다."

누가 친구가 아니랄까 봐 하는 행동이 아주 똑같다. 나는 어색하게 웃음과 함께 괜찮다고 말했다. 지금껏 그녀가 내게 해준 것들을 생각하면 이 정도의 무례쯤은 기꺼이 참을 수 있었다.

"전하께서 멜을 설득하지 못한 건 이번이 처음이에요. 그는 항상 전하의 말이라면 들었거든요. 그래서 걱정하지 않을 수 없었답니다."

"경의 신사다움을 의심하신 거라면 전혀 그럴 필요가 없다고 말씀드리고 싶어요. 그저 정중하게 연유를 물어보셨으니까요."

"오, 그런 거라면 제가 이렇게 영애를 찾아올 이유가 없었을 테지요. 멜의 신사다움은 저도 익히 아는 바니까요. 단지 다른 이야기를 듣지 않았을까 하는 조바심 때문이었답니다."

뤼세트 로샨이 진지한 표정으로 말을 이어 나갔다.

"영애가 요즘 들어 계속 듣고 있는 제 사촌 여동생에 관한 이야기죠. 그 가엾은 아이의 일 말이에요."

"제가 그 일에 대해 듣고 있다는 걸 알고 계셨군요?"

내 대답에 그녀가 미안하다는 표정을 지으며 작은 한숨을 내쉬었다. 축 처진 어깨는 곤란함을 담고 있었다.

"질투심 많은 사람들이 가만히 있을 리가 없죠. 그렇다고 해서 오해하지 말아요. 전 그저 그 아이에 관해 이야기를 하는 게 바람직하다고 생각하지 않은 것뿐이에요."

로샨 영애는 해명하려는 것처럼 내게 말했다. '죽은 아이의 일을 거론해서 무엇하겠어요?'라고 덧붙이는 그녀의 얼굴에는 슬픔이 가득했다.

"좋은 아이였어요. 그래서 멜도 그 가엾은 소녀를 무척 아꼈답니다."

나는 직감적으로 지금 그녀가 하는 말이 아이레스 경과 관련이 있다는 것을 깨달았다. 그것이 첫눈에 반했다는 말도 안 되는 소리에 대한 정당한 이유가 되리라는 것 또한 말이다.

"로제닌은 시스와 많이 닮았어요. 외모가 아니라 눈빛이나 행동이 말이죠."

로샨 영애가 농담조로 '외모는 시스가 더 아름다워요'라고 말했지만 차마 재미있다며 웃음을 터뜨릴 수 없었다. 그리움이 가득한 표정으로 나를 응시하는 그녀의 눈빛 때문이었다.

"아직도 생생하게 기억이 나요. 먼지가 가득한 외투 차림으로 여기가 로샨가냐고 물어보던 로제닌의 모습이요. 무척 인상적이었답니다. 다 낡아 빠진 머리끈에서부터 비죽 튀어나온 머리카락이 짐승의 털처럼 매우 부스스했거든요."

먼 친척을 찾아서 작은 시골 마을에서 찾아온 귀여운 소녀. 말만 자작가의 딸이지, 그럴듯한 농토나 저택 하나 없이 작은 오두막에서 살고 있는 로제닌은 평민이나 다름없는 신세였다. 열다섯이나 되는 나이를 먹었음에도 제대로 된 식사 예절이나 걸음걸이, 기본적인 지식조차 갖추지 못했다는 사실이 그것을 증명했다.

하지만 로샨 영애는 그런 로제닌을 사랑스럽게 여겼으며, 가져온 편지의 내용대로 그녀를 두어 달 동안 가문의 손님으로 극진히 대접했다. 이 시골뜨기 아가씨는 생전 처음 걸쳐 보는 비단 드레스에 곧 기절할 것처럼 굴었으며, 요리사가 정성껏 차려 준 음식을 먹을 때마다 감격에 차 눈물을 글썽거렸다.

"제 생에 이러한 날이 다시 올 수 있을까요?"

아마도 미카엘 아이레스와 어울리지 않았더라면 그럴 수 있었을 것이다. 아이레스 경이 로제닌을 만나게 된 건 약속한 기간의 절반쯤 지났을 때였다. 그것도 그가 먼저 로샨가를 방문했기에 일어난 일이었다.

"멜은 저와 좋아하는 사람의 취향이 같아요. 그래서 그도 금세 로제닌을 좋아할 수 있었죠."

물론 이성적인 감정은 아니었다. 로샨 영애가 그러했듯 새로운 친척 여동생이 생겼다 여긴 것이다. 그러나 로제닌은 달랐다. 그녀는 곧 아름답고 상냥한 기사에게 푹 빠졌다. 자신에게 보여 주는 관심을 애정이라 착각하며 조금이라도 더 그와 함께 있으려고 야단이었다. 그래서 로샨 영애를 질투했다. 아이레스 경과 격 없이 구는 그녀를 미워하고 시기하고 원망했다. 자격지심과 열등감이 생긴 것은 이 때문이었다.

문제는 로제닌이 아이레스 경에 대한 마음을 노골적으로 드러낼 때마다 주변 여인들의 시선이 날카로워졌다는 점이다. 그들은 사촌이라는 이유로 로샨 영애의 곁을 꿰차다 못해 아이레스 경의 관심을 받는 로제닌을 격렬하게 질투했다. 그래서 조금만 틈이 보일까 싶으면 맹렬한 사냥개처럼 거칠게 물어뜯으며 조롱했다. 로샨 영애가 가문의 이름을 앞세워 압박하면 잠시 잠잠해졌지만, 그뿐이었다. 그녀같이 바쁜 사람이 항상 로제닌과 함께 있을 순 없는 노릇이므로 기회를 노릴 시간은 많았던 것이다. 사교계에 들어와서 느끼는 것이라곤 '인내심'뿐이니 그저 차분하게 기다리면 될 테니까.

"로제닌은 약속한 날짜가 지났어도 집으로 되돌아가지 않았어요. 계속 저택에 머무르려고 애를 썼죠. 자기에게 쏟아지는 비난과 경멸을 고스란히 받아 가면서요. 괴로운 시간이 지속되었을 거예요. 멜이 자신을 여인으로 보지 않는다는 사실을 알면서도 기대와 절망을 반복했으니까요. 하지만 오래가지 못했죠."

나는 문득 로샨 영애가 말한 '오래가지 못했다'는 소리가 '기대'인지 '절망'인지 물어보고 싶다고 생각했다. 악의에 찬 나는 돌아왔지만, 그녀는 그러지 못했다는 점에서 죽기 직전 느꼈을 감정의 차이가 기적의 유무를 만들어 내나 궁금했던 것이다.

"미안하지만 나는 영애를 보면 종종 로제닌을 떠올려요. 허망하게 져 버린 그녀를 덧씌우는 거죠. 하지만 늘 동일시 여기는 건 아니에요. 하지만 멜은 영애를 보고서 '천사를 보았다'라고 말했죠. 나는 그게 무슨 의미인지 아직도 모르겠어요."

"그분 역시 제게서 로제닌 영애의 모습을 본 게 아닐까요?"

로샨 영애가 고개를 설레설레 내저었다.

"처음엔 그렇게 생각했죠. 멜 역시 그렇게 여겼고요. 하지만 매번 디 뷘젤가를 방문하여 영애를 보고 올 때마다 멜은 점점 로제닌에 대해 이 야기하는 것을 멈췄어요. 그리고 생전 처음으로 사랑의 열병을 앓기 시 작했죠."

아아, 이제야 알겠다. 로샨 영애가 무엇을 말하고 싶은 것인지를. 그 녀는 이성을 잃은 멜이 로제닌에 대해 잘못 이야기하여 내가 그의 사 랑을 의심할까 봐 걱정했던 것이다. 이런 식으로 구구절절하게 설명할 정도로 말이다.

"강요하지는 않을게요. 하지만 흔들리거나 의심하지 말아요."

미카엘 아이레스에 대한 마음을 받아들이라 말하지 않지만, 자칫 그 에 대한 시선이 어그러질까 봐 무례를 무릅쓰고 달려온 로샨 영애다. 그리고 자신의 아픈 기억을 꺼내면서까지 아이레스 경을 변호했다. 판 단은 오롯이 내 몫이라는 것처럼 굴고 있지만, 친구 쪽으로 애정이 쏠 리는 건 어쩔 수 없는 모양인지 그렇게 진심을 내보이고 있었다.

나는 그녀가 보여 주는 우정에 부러움마저 느꼈다. 과거의 내게 이 러한 사람이 단 한 명이라도 있었더라면 어땠을까 하는 생각이 들어서 였다.

"네, 그러지 않을게요. 아이레스 경은 정말로 좋은 친구를 두었군요."

뤼세트 로샨이 내 말에 활짝 웃었다. 그간 보아왔던 웃음 중 제일 환 하고 아름다운 미소였다.

"뜻밖에 고집불통이라 귀찮기만 해요. 그도 나를 그렇게 생각하고 있을걸요?"

순간 스르륵 하고 빗장 하나가 떨어져 나갔다. 그동안 주시하며 꽁 꽁 묶어 놨던 '경계'가 한 꺼풀 벗겨지고 있었다. 아이러니하게도 미카엘 아이레스를 믿게 하기 위한 말들이 뤼세트 로샨에 대한 호감으로 변모하고 있었다. 나도, 그녀도 모르는 사이에 말이다. 어떻게 이럴 수가 있지? 결국 로샨 영애는 자기 자신을 변호한 셈이다.

그래서일까? 로샨 영애를 만난 이래 처음으로 몸의 긴장이 풀리고 있었다. 딱딱하게 굳어 있던 등줄기가 사르르 흘러내리며 이완하자 코르셋에 강하게 조여 있던 허리가 시원해지는 느낌이다. 나는 그게 너무나 웃겨 그녀를 따라 환하게 웃음 지었다. 처음 맛보는 이 생소한 감정이 놀랍고 신기해 견딜 수 없었다. 동시에 바랐다. 이러한 감정이 조금이라도 오래가기를, 하고.

봄이 깊어지자 내 활동 반경은 더더욱 넓어졌다. 그중 대부분이 로샨 영애를 따라서 참석하는 것이지만 그렇지 않은 모임도 있었다. 사람들은 내가 로샨 영애의 곁에 머무르는 시간이 늘어나자 나를 그녀의 동행자로 완벽하게 인식한 모양이었다. 그래서 나만 따로 초대한 뒤 그녀를 소개해 달라며 은근히 종용하기까지 했다. 특히 이렇다 할 편이 없는 영애들이 로샨 영애에게 붙고 싶어 안달이었다. 나를 로샨 영애에게 붙어 있는 거머리라 생각하고 있는 주제에 훗날을 위해서 열심히 비위를 맞추는 것이다. 우스운 일이었다. 그들은 자신이 로샨 영애와 친해지기만 한다면 나쯤이야 손쉽게 치워 버릴 수 있을 거란 망상에 빠져 있었다.

"전 원래 귀에 좋은 말을 하는 걸 어려워하는 터라 이참에 비슈발츠 영애의 솜씨를 전수받고 싶네요."

그래선지 내 특기가 아부라는 말도 안 되는 헛소문이 퍼지기까지 했다. '운 좋은 혓바닥'이라는 표현이 한동안 나를 지칭하는 은어로 쓰인 것도 이러한 연유에서였다. 하지만 이러한 가십은 오래가지 못했는데, 디뷘젤 공녀가 주최한 파티에 내가 나타났기 때문이다.

사람들은 디뷘젤 공녀와 반갑게 인사를 하며 자연스레 그녀의 무리에 섞여 들어간 내 모습에 매우 놀라워했다. 아직 사교계에 데뷔조차 하지 않은 어린 소녀가 훗날 거물이 되리라 예상하는 두 사람과 친분을 유지하고 있다니, 신기하지 않을 수 없었던 것이다. 로에나처럼 마담 드 라발리에의 후광을 등에 업고서 활동하고 있는 것도 아닌데 말이다.

"아니, 달리 생각해 보죠. 로샨 영애와 친분이 있는 걸로 보아 비슈발츠 영애의 뒤엔 풀케르께서 계시는 게 틀림없어요. 그렇지 않으면 어떻게 이렇게 활발히 활동할 수가 있을까요?"

"저번에 황후궁에 초대받아 방문했었는데 여태 아무런 말도 나오지 않는 걸로 보아 꽤 괜찮았나 봐요. 혹시 그때 풀케르의 눈에 들었던 걸까요?"

"그럴지도 모르죠. 일리가 있는 말이네요. 디뷘젤 영애와도 친분이 있는 것도 그런 연유인 거겠죠."

그즈음 마담 드 샤토루의 사교계 활동이 더더욱 거세지고 있었다. 그녀는 그동안 갇혀 있었던 것에 대해 한풀이를 하기라도 하듯 더더욱 과감하고 대담하게 활개를 치며 궁 안을 종횡무진 누볐다. 같은 무도회에 플랑드르 남작 부인이나 황후가 참석해 있으면 거침없이 다가가 조롱하며 시비를 거는 것도 같은 맥락이었다. 이번의 사건으로 인하여 결국 자신에게 돌아온다는 자신감을 얻게 된 그녀다. 황제마저 치마폭에 감싸고선 마음껏 휘두르는 여인인지라 더는 두려울 게 없었다. 하지만 그 샤토루라 할지라도 내게는 다시 편지를 보내거나 접근하는 등의 행보를 보이지 못했다. 황태자 때문이었다.

"그녀까지 막아주고 있는 걸 감사하게 여기라고. 진흙탕에 뒹굴지 않게끔 도와주고 있으니 말이야."

그는 성대한 연회나 사냥터에 갈 때면 종종 나를 불러 로샨 영애와 함께 있게 했다. 이외의 사람이 끼는 걸 절대 용납하지 않고서. 정작 자신은 우리의 앞에 무심히 서 있는데 말이다. 남들에겐 내가 황태자의 무리에 속해 있는 것처럼, 그렇게 가장하는 것이다. 보통 사교계의 사람들은 한 무리에만 머무르는 것이 일반적이다. 나 같은 사람은 없었다. 그렇기에 귀족들은 로샨 영애와 어울리고 디뷘젤 영애와도 어울리면서 황태자까지 아우르는 내 행보에 크나큰 관심을 가졌다.

언젠가 귀족 부인 한 명이 내게 이렇게 물어본 적이 있었다.

"도대체 영애께서는 누구와 더 친분이 있는 건가요?"

그때 로샨 영애가 딱 한마디를 함으로써 사교계 내에서의 내 가치를 드높여 주었다. 실로 절묘한 타이밍이었다.

"전 시스가 가는 곳을 따라갈 뿐이에요."

주도권이 완벽하게 내게 있음을 인정하는 꼴이었다. 그녀는 그만큼 내 존재가 소중하다고 소리 높여 말했다.

"시스는 다시없을 내 소중한 친구니까요. 전 그녀를 위해서라면 목숨까지 내어줄 수 있답니다."

사교계는 미카엘 아이레스뿐만 아니라 뤼세트 드 로샨까지 사로잡은 내 매력에 대해 심도 있게 고민하기 시작했다. 그녀가 입버릇처럼 말하는 '사랑스러움'이 무엇인지 궁금해서였다.

어떤 이는 면전에 대놓고 물어보기까지 했다. 특히 사교계를 주름잡는 노부인들이 그랬다. 그들은 이러한 상황이 재미있다는 듯 지켜보고 있었다. 나는 그럴 때마다 쑥스러우나 절대로 티를 내면 안 된다는 것처럼 어수룩한 모습을 가장하여 '모르겠어요'라는 순진한 반응을 보였다. 빨개지지도 않은 볼을 양손으로 감싸며 어쩔 줄 몰라 하는 모습은 약아빠진 영애들에게선 볼 수 없는 순수한 모습이었다.

젊은 부인들은 고깝게 볼지 모르겠지만, 사교계라는 콜로세움에서 벗어나 안락한 노후를 보내고 있던 노부인들에게는 이러한 '재롱'만큼 구미에 딱 맞는 행동이 없었다. 특히 로에나 드 비슈발츠를 완벽하게 흉내를 내니 노회한 그들의 눈마저 감쪽같이 속일 수 있었다.

"세상에, 이렇게 사랑스러울 줄이야."

"정말로 대단한 소녀로군요, 비슈발츠 영애는."

"로샨 영애가 비슈발츠 영애를 가리켜 친구라고 자랑스럽게 말할 만해요. 그 누가 이 나이에 이리도 순수한 아름다움을 뽐냈냔 말예요."

그들이 정의하는 타고난 사랑스러움이란 지극히 귀족다운 태도 위에서 빛나는 것이다. 그렇기에 보잘것없는 신분으로 폄하 당했던 내가 완벽하게 귀족 영애의 모습을 선보이자 약간의 의문은 던져 두고서라도 극찬의 말을 내뱉지 않을 수 없었다. 귀족보다 더 귀족다운 내가 그들의 무료한 삶에 신선한 자극이 되어줄 것이라 기대하기 때문이었다.

"나중에 마담 드 라발리에와 함께 이곳을 방문하여 주었으면 좋겠군요. 진심으로 환영하겠어요."

일이 이렇게 되어 가자 황후 쪽에서 움직이기 시작했다. 그들은 속임수 사교를 통해 조금씩 영역을 넓혀 가는 내 모습이 보기가 싫었던지 갑자기 로샨 영애에게 초대장─평소에는 아무런 연락 없이 드나들어도 되었던 황후궁이다─을 보내어 부른 것이다.

"모후께서 같잖은 수를 쓰시는군."

황태자는 로샨 영애에게 날아온 초대장을 보고서 코웃음을 쳤다. 친어머니에게 하기엔 다소 불경스러운 언사였다. 하지만 말하는 황태자나 듣는 로샨 영애나 아무렇지 않다는 듯한 표정이었다. 이런 식으로 말하는 게 마치 일상이라는 것처럼 말이다.

"시스는 걱정하지 않아도 돼요."

로샨 영애가 나를 바라보며 빙그레 웃었다. 손을 뻗어 내 손등을 붙잡고서 작게 토닥이는 게 안심시키려는 듯했다. 상냥한 배려가 고마울 지경이었다. 그럼에도 불구하고 초대장에 대해 신경 쓰지 않을 수 없는 건 황후의 꿍꿍이가 궁금해서였다. 암만 샤토루에게 당하고 있다 하지만 잔챙이에 불과한 내게 신경을 쓴다는 게 이상한 일이지 않나. 도대체 무얼 생각하고 있는 것일까?

야속하게도 황태자는 이것에 대해 말해줄 생각이 없어 보였다. 그것은 로샨 영애도 마찬가지였다. 그녀는 황후의 궁에 다녀온 이후로도 아무렇지 않은 것처럼 굴었으며, 여전히 나를 지지한다는 것처럼 떠들어 댔다. 신경 쓸 필요가 없다는 대답이 대부분이었다. 마치 모든 일이 완벽하게 해결된 것처럼 말이다.

그러나 황후의 행동은 그 정도의 만남에서만 그치지 않았다. 무언가가 뜻대로 이루어지지 않자 나에게 에머리 닐람을 보내어 또 다른 상황을 만들어 내려고 한 것이다. 에머리 닐람은 나를 만나자마자 본론부터 꺼냈다. 인사를 건네지도 않고서 턱을 빳빳이 세우는 게 얼마나 나를 우습게 보고 있는지를 말해주고 있었다. 이전에 제안을 거절한 이후로 단단히 미운털이 박힌 듯하다.

"존경하옵는 풀케르께서는 비슈발츠 영애가 이전에 그분께 입었던 은덕을 갚기를 원하세요."

순간 실소가 터져 나올 뻔했다. 은덕이라? 내 실수를 사교계에 떠들어 대지 않는 걸 말하는 건가? 이 무슨 돼먹지 않은 소리인지 모르겠다. 로에나와 끝난 이야기가 아니었나. 그런데 이 무슨 은혜를 운운하며 갚네 마네를 거론하는 것인가. 협박과 다름없는 강요에 기분이 나빠지고 있었다. 그래선지 목소리가 영 부드럽게 흘러나오지 않았다.

"로에나의 청을 들어주신 걸로 끝난 일이 아닌가요?"

"그렇게 생각하면 안 되죠. 영애는 잘 모르겠지만, 사교계에는 사교계만의 법칙이 있어요. 그걸 일반적인 생각에서 판단하여 끝난 일이라

치부하면 안 될 일이죠."

에머리 닐람 역시 내가 그녀의 제안을 넙죽 받아들이지 않자 기분이 상한 모양이었다. 그녀의 목소리가 한층 더 높아졌다.

"글쎄요. 전 계속 일반적인 생각을 따르고 싶은걸요. 그러니 위대하신 풀케르께 그리 전해 주시겠어요?"

"세상에, 무례한 사람 같으니라고! 그게 그 정도의 일로 끝날 만한 상황인가요? 감사히 여기지 못할망정 이 무슨 추태란 말예요! 미물이라 할지라도 은혜를 잊지 않은 게 당연한 일일진대, 어찌 백작가의 영애가 되어서는 도덕적인 수치를 자행하려 하는 건가요?"

에머리 닐람은 마치 황후라도 된 것처럼 교만하게 굴고 있었다. 이 멍청한 여자는 권위로 억누르면 내가 껌벅 죽을 거라 생각한 모양인지 목소리 가득 힘을 주어 소리를 지르기까지 했다. 문제는 나를 만난 장소가 로샨 영애와 함께 참석한 그림 전시장이라는 데 있었다. 이 말인즉슨, 자리를 비운 로샨 영애가 곧 돌아올 수 있다는 사실을 인식하고 있어야 한다는 말과 다름없었다. 하지만 그녀는 그렇게 생각하지 않은 모양인지 나를 겁박하여 굴복시키려 애를 썼다. 아니, 조금씩 초조해지는 모습으로 보아 로샨 영애가 오기 전까지 모든 일을 끝마치고 싶은 모양이었다.

"제국의 어머니께서 입에 담긴 물을 쉽게 흘려보내는 분이 아니니까요. 그렇기에 드릴 수 있는 말이에요."

"어른이 내민 제안을 거절하는 법이 아니라는 걸 그때도 말하지 않았나요? 영애는 아직도 멀었군요. 그날의 수치에서 여태 벗어나지 못했어요."

"네. 그러니 이렇게 돌아다니면서 경험을 쌓고 있는 것이죠."

태연한 대답에 그녀의 얼굴이 붉으락푸르락해졌다. 무엇을 덧붙여 말하려는 것처럼 달싹이는 입술은 분노로 인해 파르르 떨리고 있었다.

그러는 사이 로샨 영애가 돌아왔고, 에머리 닐람은 창백하게 질린 표정으로 뒷걸음질 쳤다. 그녀가 황후궁에서 보았을 적의 차분함을 잃은 건 빠른 시간 내에 내게서 '네'라는 대답을 듣기 위해서였다. 그래서 이렇다 할 생각을 하지 못하게끔 계속 압박하며 주눅 들게 만든 것이다. 하지만 내가 쉽사리 넘어가지 않았을뿐더러 로샨 영애가 돌아올 때까지의 시간을 적절하게 끄는 바람에 이마저도 실패하게 되었다.

"풀케르게 이미 말씀드리지 않았나요?"

로샨 영애가 서늘한 표정으로 단호하게 말하자 에머리 닐람이 입술을 꾹 깨물며 나를 노려봤다. 귀족적인 위치에 관한 한 그보다 더 어려 보이는 로샨 영애가 한 수 위인지 이렇다 할 대꾸조차 하지 못한 채 애꿎은 나만 잡고 있었다. 그래도 쉽사리 물러나려고 하니 다행으로 여겨야 할까? 모든 사람이 모인 전시회의 한복판에서 언성을 높여 싸우는 것만큼 창피한 일도 없으니까 말이다.

"이로써 두 번째 거절이군요. 영애는 정말이지 두려움을 몰라요. 언젠간 크게 후회하게 될 거예요."

앙칼진 목소리로 말하며 몸을 홱 돌리는 그녀의 태도에선 독기가 물씬 피어올랐다. 성큼성큼 걸어가는 모습은 성난 황소와 같았다. 그 행동이 어찌나 저돌적이고 무식한지 주변의 사람들이 기겁하여 피할 정도였다. 나는 에머리 닐람의 뒷모습을 물끄러미 바라보다 로샨 영애에게 조용히 물었다.

"여전히 말해줄 생각이 없으시죠?"

"물론이에요."

그럼 하는 수 없지. 미카엘 아이레스에게 물어보는 수밖에. 나는 속마음과 달리 금세 체념한 것처럼 고분고분한 태도로 그녀에게 말했다.

"알겠어요. 그림이나 계속 보죠."

그리고 우리는 아무런 일이 일어나지 않은 것처럼 태연하게 전시장을 거닐며 그림을 구경했다. 하지만 내 신경은 황후의 꿍꿍이속에 관한 것으로 어지럽혀 있었기에 조금 집중하기 어려운 감이 있었다. 그렇기에 사람들이 많이 서 있는 무리 속에서 누군가가 나를 빤히 쳐다보고 있다는 사실을 깨닫지 못했다. 그중 한 사람은 내게 너무나 익숙한 남자라는 사실 또한 말이다.

※

로샨 영애와 다니면서 계속 바깥으로 나돌다 보니 상대적으로 양부와 어머니를 만날 시간이 적어졌다. 특히 어머니와 얼굴을 마주하는 게 어려웠다. 로에나와 떼어 놔야겠다는 생각을 하고 있지만 내게 쏟아지는 초대에 일일이 응하느라 계략을 짜는 것조차 어려운 실정이었다. 그렇기에 기쁜 표정을 하며 부산스레 움직이는 사람들의 모습을 전혀 이해하지 못했다. 오랜만에 방에서 쉬게 된 나는 내게 축하한다는 소리를 지껄이며 방방 뛰는 마리를 이상하다는 듯 바라보았다. 제대로 된 설명도 없이 무작정 좋겠다는 말만 건네는 게 무척 이상해서였다.

"무얼 축하한다는 거니?"

마리가 의아하다는 표정으로 내게 말한다.

"아가씨, 모르세요? 임신하셨잖아요."

"누가?"

"부인이요. 백작 부인께서 임신하셨어요. 설마, 모르셨어요?"

어머니가 임신했다고? 과거엔 임신의 임자도 몰랐던 어머니가 양부의 애를 배었다고?

나는 침착함을 유지하려고 부단히 애를 쓰며 마리에게 물었다.

"언제, 언제부터?"

"그제 계속 헛구역질하시고 몸이 안 좋다고 그러셔서 좀 쉬시다가 방금 전에 주치의를 불러 진찰해 보셨대요. 로에나 아가씨는 미리 가 계셨다고 하던데요?"

로에나는 미리 가 있었다? 순간 헛웃음이 나올 것 같았다. 나는 치밀어 오르는 분노를 꾹 눌러 참으며 겨우 말을 꺼내었다.

"그래, 지금도 함께 있다던?"

"네, 그런 것 같아요. 축하해야 한다면서 다들 난리인걸요."

몇 가지의 미래가 바뀌었기에 어머니가 임신했다는 사실은 이제 더 이상 놀랄 것도 아니었다. 하지만 이 중요한 순간, 아니, 몸이 아프다는 것부터 내게 쉬쉬하며 말하지 않는 게 화가 났다. 임신했다는 진단 결과가 나왔음에도 아직까지 나를 부르지 않는 것부터가 그랬다.

아아, 내 사랑스럽고도 가엾은 어머니. 어리석은 어머니. 불쌍한 어머니.

세게 짓눌러진 입술 사이로 피가 새어 나왔다.

어째서 내게 이런 모욕을 주시는 건지!

"마리야, 어머니에게로 가야겠구나."

마리는 심상찮은 내 표정을 눈치챈 것인지 조용한 목소리로 '네' 하고 대답했다. 그리고 서둘러 내 머리를 빗어 내렸다.

옷매무새를 정갈하게 다듬은 다음 어머니 방으로 빠르게 걸어가니 문 너머로부터 행복에 가득 찬 웃음소리가 새어 나왔다.

나는 조용히 문을 열었다. 그 안에는 어머니와 양부, 로에나가 함께 앉아 차를 마시고 있었다. 엄하면서도 다정한 아버지와 상냥한 어머니, 그리고 아름다운 딸까지. 완벽한 가족의 모습이다. 그 어디에도 내 자리는 존재하지 않아 보였다.

"어머니."

내 목소리가 들리자마자 화들짝 놀라며 불안해하는 어머니를 보니 더욱 그랬다. 그녀는 물론이고 로에나, 심지어 양부까지 내가 없었다는 사실을 몰랐다는 듯 두 눈을 크게 뜨고 있었다.

"너를 부르는 것을 깜빡 잊었구나."

양부가 너털웃음을 지으며 내게 손짓했다.

"네 어머니가 임신을 했단다. 동생을 가졌어."

"예, 들었어요. 정말로 축하해야 할 일이지요."

나는 어머니에게 다가가 손을 뻗었다. 그러자 그녀가 반사적으로 배를 감싸며 몸을 쭉 뺐다. 갈 길을 잃은 손이 허공에 떠 있었다. 이 민망한 상황에 모두가 침묵했다. 돌아오기 전이나 지금이나 내가 어머니에게 손을 댄 적이 있었나? 분에 차서 폭언을 내뱉으면 내뱉었지 이런 식으로 몸을 움츠릴 만큼 막돼먹게 군 적은 없었다. 그런데 어째서, 어째서…… 어째서!

"어머니, 전 그냥 제 동생이 있나 확인해 보고 싶은 것뿐인걸요."

애써 화를 참으며 상냥하게 말해보아도 어머니는 내 시선을 외면하며 모르는 척했다.

"원래 다들 이렇게 예민해진다더구나. 그러니까 네가 이해해라."

양부가 어떻게든 상황을 수습하려 하지만 차갑게 식어 내려간 공기는 되돌릴 기미조차 보이지 않았다. 되레 내 몸을 아프게 억누르고 있었다.

로에나가 무슨 일이 일어나는지 모르겠다는 듯 어머니의 배를 향해 손을 뻗은 것과 어머니가 그 손길을 잠자코 받음으로써 나와의 차별을 극명하게 보여 주었기에 더더욱 그러했다. 자신에게 숙이지 않으면 더는 참지 않겠다는 시위. 자신처럼 로에나와 잘 지내야 한다는 무언의 압박. 결국 커다란 벽이 되어버렸구나.

탄식이 절로 새어 나올 것만 같았다.

"네가 계속 바쁘게 지내서 어머니가 서운해하시는 것 같아. 곧 괜찮아지실 거야. 그러니까 너무 속상해하지 마. 앞으론 어머니와 시간을 보내면 되잖니."

자기가 어머니의 진짜 딸인 것처럼 구는 로에나의 태도도 나를 미치게 만드는 요소 중 하나였다. 바깥으로 돌아다니지 말고 어머니와 함께 있으라고 말하는 것부터가 그랬다. 위로를 가장한 이 은밀한 종용이 묘한 위화감을 만들고 있었다.

"어떡하죠? 전 그것도 모르고 신나게 새로운 사람들을 만나고 다녔지 뭐예요. 로에나는 고모님이 계시기에 걱정이 없지만 전 그렇지 않아서 준비할 게 무척 많거든요. 근데 그것이 어머니를 서운하게 할지 몰랐어요."

고모님을 운운하자 양부와 로에나의 어깨가 움찔했다. 어머니도 마찬가지였다. 그녀는 슬그머니 고개를 들어 나를 바라봤다. 축 처진 눈매가 애처롭게 떨리고 있었다. 나는 바르르 떨리는 입꼬리를 애써 밀어 올리며 부드럽게 웃었다.

"남동생이면 좋겠어요. 여동생은 로에나로 충분하니까요."

그리고 못을 박듯 하나의 사실을 주지시켰다.

"그럼 비슈발츠가의 후계자가 태어나는 건가요?"

순간 모두의 안색이 제각각으로 달라지는 건 당연한 일이었다. 사실 백작가의 차기 후계자에 대해 감히 입을 올리는 건 의붓딸인 내가 취할 행동이 아니었다. 가문에 대해 욕심을 가지고 있다는 것을 적나라하게 드러내는 꼴이 아니 그러하겠는가. 그야말로 자충수나 다름없었다. 하지만 기쁨과 불쾌함이 오묘하게 뒤섞인 표정을 하고 있는 양부와 한 대 얻어맞은 듯 멍하니 나를 응시하는 로에나, 그리고 탐욕의 빛을 내뿜다가 누가 볼세라 얼른 고개를 숙이는 어머니를 바라보고 있으려니 이렇게 말하기를 잘했다는 생각이 든다.

잠시 후 양부가 헛기침을 하며 내게 말했다. 나무라는 게 아니라고 말하고 싶은 것처럼 말을 돌려 가며 이야기하는 그의 얼굴은 새빨갛게 상기된 상태였다.

"그 이야기는 나중에 해야 할 문제로구나. 아직은 시기상조란다."

그럼에도 불구하고 양부는 곧 태어날 아이가 후계자―그러니까 사내애라면 말이다―라는 사실을 부인하지 않았다. 이것은 앞으로 그럴 가능성을 염두에 두고 있다는 말과 다름없었다. 그러자 로에나의 얼굴에 짙은 그림자가 드리워졌다. 가문을 상징하는 창고 열쇠를 어머니의 취향으로 바꾼 지 얼마나 되었다고 후계자 운운을 한단 말인가. 암만 선한 마음을 가진 그녀라 할지라도 이것까지는 견딜 수 없는 모양이다. 나라도 그랬을 테니까. 그녀의 견고한 얼굴에 조금씩 금이 가고 있었다.

"저는 이만 물러나야겠어요. 어머니께서도 이제 좀 쉬셔야 할 테니까요."

어머니의 손을 붙잡고 있던 로에나가 갑자기 자리에서 일어났다. 그 바람에 맞잡은 손이 조금 세차게 떨어져 나갔지만 어머나, 아니, 로에나만 별다른 표정의 변화가 없었다. 그녀는 당혹스럽다는 듯 저를 바라보는 어머니의 시선이 느껴지지도 않는 것인지 오롯이 양부만 바라보며 묵례했다.

기묘한 분위기가 흐르고 있었다. 양부마저 로에나가 보여 주는 뜻밖의 모습에 매우 놀란 눈치였다. 하지만 이 유약한 사내는 곧 아무렇지 않은 척 고개를 끄덕이더니만 어머니께 덕담에 가까운 몇 마디 말을 건넸다. 그리고 먼저 도망치듯이 사라졌다. 로에나는 그다음이었다.

평소라면 내게 계속 말을 건네거나 같이 나가자고 권유했을 테지만, 빠른 걸음으로 사라지는 그녀의 뒷모습에는 그러한 여유조차 남아 있지 않아 보였다. 하녀들도 양부와 로에나의 눈치를 살피더니만 금세 사라졌고 말이다. 결국, 방에 남아 있는 건 오롯이 어머니와 나뿐이었다.

"다시 말씀드리지만 축하드려요."

나는 즐거운 적막을 깨고서 어머니께 말했다. 흘러나오는 목소리가 듣기에 상당히 서늘하여 스스로조차 차갑다고 느낄 정도였다. 그래선지 어머니의 어깨가 움찔하며 퍽 애처로워 보일 만큼 가늘게 떨렸다.

"후계자를 낳아요, 어머니. 아니, 꼭 그래야 해요. 방금 전의 손길을 기억한다면 말이죠. 어떻게든 사내아이를 낳으세요."

어머니는 그제야 내게 시선을 맞추며 더듬더듬 속에 쌓여 있던 말을 내뱉었다. 크게 부풀어진 눈동자는 이미 촉촉하게 젖어 있었다.

"너, 넌 정말로 나쁜 딸이야. 어, 어쩜 그런 말을 할 수가 있니? 네 양부가 나를 다시 아니 보면 어찌하려구."

나는 태연하게 맞받아쳤다. 왜 그걸 내게 물어보냐는 듯한 말투로 조롱하듯 말이다.

"왜요? 로에나가 있잖아요."

"뭐?"

"어머니의 손을 뿌리친 로에나요. 그동안 절 외면하면서까지 그녀를 살뜰히 보살폈으니 이제 그 보답을 받아야지요."

손을 뻗어 어머니의 손목을 붙잡았다. 어머니가 뒤로 엉덩이 걸음을 하면서까지 손길을 피하려 했지만 내가 먼저였다. 도망가지 말라는 듯 일부러 잡은 손에 힘을 꽉 주니 당신의 입에서 앓는 소리가 절로 흘러나왔다.

"그렇지 않나요? 분명 로에나는 어머니를 잘 돌보아드릴 거예요. 저보다 더요. 어쩌면 양부가 딴눈을 팔지 않게끔 도와줄지도 모르죠."

나는 입술을 비틀어 가며 비죽 웃었다.

"하지만 장담하건대, 내 동생은 저와 같은 신세가 될 거예요. 어머니의 안위를 위해서 배 속의 소중한 아이를 보잘것없는, 말만 '영식'인 상황으로 전락시키는 거죠."

어머니가 부르짖듯 말했다. 발악하는 것처럼 힘겹게 소리를 내지르는 모습이 안쓰러울 정도였다.

"그, 그 아이는 너와 달라. 다정하고 상냥하고 착한 소녀야."

나는 노래를 부르듯 경쾌한 목소리로 그녀의 말을 되받았다. 그리고 어머니가 잊으려고 애쓰고 있는 사실 하나를 다시금 상기시켰다.

"그래서 어머니의 손을 뿌리쳤죠. 뒤도 안 돌아본 채 도망갔잖아요. 사냥개에게 쫓기는 어린 사슴처럼."

천천히 손을 풀었다. 이제는 배를 만져 볼 기분조차 들지 않고 있었다. 그래서 두세 걸음 뒤로 물러났다. 서로의 거리가 이 정도로 넓어졌다는 것을 표시하기라도 하듯. 그리고 어머니는 내가 그렇게 물러날 때까지 멍하니 굳어 있었다.

"아니면 계집애를 낳아요, 어머니. 그게 로에나의 비위를 맞추는 데 더 편하고 좋잖아요? 사내애를 낳으면 얼마나 불편하겠냔 말예요. 사실 전 제 동생이 사내앤지 계집앤지 신경 쓰지 않지만요."

말을 하면 할수록 즐거움이 배가 되었다. 가엾은 어머니, 불쌍한 어머니. 콧노래가 절로 흘러나올 것만 같다. 하지만 꾹 참고선 말을 이어 나갔다. 그게 내가 당신에게 보일 수 있는 최소한의 예의일 테니까.

"오늘 보니까 제가 어머니를 찾아오는 게 무척 불편하셨던 모양인데, 앞으로는 최대한 자제할게요. 하지만 제가 자꾸 바깥으로 돌아다니는 것은 용납해 주세요. 저는 어머니처럼 로에나에게 잘 보이려고 노력하는 게 몹시 어렵더라고요."

차라리 잘되었다. 되도 않은 계략을 써서 멀어지게 하느니, 이처럼 확실한 일을 가지고서 이간질하는 게 더 낫다고 할 수 있었다.

지금쯤 로에나는 마고에게 달려가 엉엉 울음을 터뜨리면서 자신이 겪었던 일들에 대해 미주알고주알 말하고 있을 테다. 그리고 '어떻게 해야 해?'라고 묻겠지. 지금껏 그래 왔던 것처럼 말이다. 그럼 그 노회한 너구리는 아무 일도 아니라는 것처럼 그녀를 토닥이며 다정스레 속삭일 것이다.

'아가씨 걱정하지 마세요. 제가 다 알아서 할게요. 그러니 좀 쉬세요.'

문제는 마고를 따르는 하녀보다 마리를 따르는 하녀가 더 많다는 데 있었다. 언젠가 마리가 곧 있으면 어머니를 모시는 하녀까지 흡수할 수 있을 거라 말했던 걸로 보아 거의 대부분이 우리에게 넘어온 상태라 해도 무방할 터였다. 그러니 과거처럼 맥없이 당하지는 않을 게다.

말을 마친 내가 몸을 돌려 나가려고 하니 어머니가 자리에서 일어나 내 손을 꼭 붙잡았다. 그러곤 재빨리 말을 이어 나가는데, 흘러나오는 건 오로지 변명, 변명, 변명뿐이다. 대충 요약해 보자면 우리의 미래를 위해 이렇게 행동한 것인데 이런 식으로 매몰차게 굴면 어쩌자는 거냐는 소리였다.

"우리를 위해서라 하지만, 정작 양부 앞에서 로에나와 저를 선택해야 할 일이 생긴다면 주저 없이 로에나를 택할 어머니세요. 그렇죠? 그런데 그 어디에 저를 위한 행동이 있나요? 물론 어머니를 탓하려는 게 아니에요. 어쩔 수 없다는 거죠. 그러니 이 모든 게 제 잘못이라는 것처럼 떠넘기지 마세요."

내 말에 충격을 받은 것일까? 어머니의 손이 쉽게 떨어졌다. 그녀의 가늘게 떨리는 뺨 위로 뜨거운 눈물이 또르르 흘러내리고 있었다.

"하지만 전 양부 앞에서 어머니와 로에나를 선택하라고 한다면 언제나 어머니를 선택할 거예요. 그 어떤 불이익을 당한다 하더라도 말이지요."

나는 고개를 숙여 어머니의 뺨에 키스를 했다. 입술 위로 짭조름한 눈물이 느껴졌다. 그리 썩 좋은 맛은 아니었다.

"쉬세요. 어머니. 저도 쉴 테니까. 미리 말씀드리지만 전 앞으로도 계속 바쁠 거라서 더는 오늘처럼 갑자기 찾아뵈는 행동을 하지 못할 거예요."

"어, 언제까지 그럴 거니?"

찾아와도 매몰차게 외면할 때는 언제고 매달리지 않으면 곧 죽을 것처럼 끙끙 앓은 소리를 내는 어머니가 우습다 못해 가엾게 느껴졌다. 좀 전만 하더라도 이런 모습을 보일 자신을 감히 상상이나 했을까?

"글쎄요. 조만간 알 수 있을지도 모르겠어요."

나는 확답을 내려 주지 않았다. 그저 언제 싸늘하게 말했냐는 듯 부드러운 미소를 지으며 인사했다. 눈치가 생긴 것인지, 혹은 질린 것인지 모르겠지만 어머니는 더 이상 나를 붙잡지 않았다. 그저 세상이 무너진 듯한 표정으로 나를 바라보는데, 흘러나오려는 울음을 꾹 참으려는 것처럼 입술을 깨무는 것이 비련의 여주인공이 따로 없었다.

사실 왜 모르겠는가. 당신이 무엇을 획책하고 있는지를. 오래간만에 잡은 평온한 삶을 멍청한 딸이 망가뜨리려고 하니 최선을 다해 막으려한 거겠지. '외면'이라는 강수를 두고서라도 말이다. 하지만 방법도 대상도 죄다 틀렸다. 그래서 나는 더는 돌아봄이 없이 그대로 문을 닫고 나왔다. 무대에 홀로 남은 비련의 여주인공이 독백하며 상황을 정리할 수 있게끔 배려한 것이다.

탁.

마음의 문이 닫혔다.

어머니의 임신 소식은 비슈발츠가를 넘어 친인척들에게까지 전해졌다. 하지만 아무도 순수하게 기뻐해 주지 않았다. 혹여 불민한 일이 생길까 봐 입을 꾹 다물고선 각자의 눈치를 살피는 것이다. 양부를 아끼는 라발리에조차 축하 선물과 함께 로에나에 대한 위로의 편지를 딸려보냈을 정도니 더 말해 무엇하랴. 좋아해 주기는커녕 계집애를 낳으라고 기도할 사람이 태반이었다.

그 와중에 양부는 내가 어머니의 방에서 그랬던 것처럼 함부로 '후계자'에 대해 입을 열까 봐 전전긍긍했다. 그래서 따로 서재에 불러 확실하게 결정이 날 때까지 조용히 있을 것을 당부했다.

"이건 다 부인과 너를 위해서란다."

혹여 내 기분이 상할까 싶어 다정한 목소리로 서둘러 달래는 그의 태도는 백작가의 가주라 하기엔 유약한 감이 있었다. 그러겠노라고 대답하는 내 약속을 너무나 쉽게 믿는 것 또한 말이다.

"그리고 네가 가서 로에나 좀 달래 주겠니? 요즘 울적한 모양인지 표정이 영 좋지 않더구나. 마고의 말로는 속상한 일이 생겨서라 하는데, 정작 무엇 때문에 그러는 건지 도통 말해주지를 않아. 하지만 네가 간다면 좋아질지도 모르겠다. 계속 사이좋게 지내고 있지 않았느냐."

나는 이미 로에나를 찾아갔으며 마고에 의해 거절을 당했다고 대답했다. 혹시나 몰라 준비해 두었던 상황이 멋지게 맞아떨어진 것이다. 뭐, 문 앞까지 찾아간 것은 아니었지만 심부름을 보낸 마리가 씩씩거리며 '안 된대요'라고 말하였으니, 이 정도면 내 할 도리를 다한 셈이다.

"로에나가 그랬니? 널 보고 싶지 않다고 했어? 의외로구나. 그 애가 널 거부할 때가 다 있고."

"아마도 하녀장 때문이겠죠."

나는 서글픈 표정을 지으며 말을 덧붙였다.

"하녀장이 자꾸 로에나와 저 사이를 가로막아요. 기분 탓인지 모르겠지만요. 언제는 제 하녀가 괴롭힘을 당하고 있는데도 묵인했답니다. 이는 어머니도 아시는 사항이에요."

마고야 나에게서 로에나를 보호하기 위해 할 수밖에 없었던 최선의 조치겠지만, 전후 사정을 모르는 양부로선 의아해할 수밖에 없었다. 그러니 눈물을 글썽거리며 간절하게 호소하는 내 말에 깜빡 속아 넘어가는 수밖에.

"제가 감히 이런 말을 드려도 될지 모르겠지만, 오, 제발 무지로 인한 발언이라 여기고선 어여쁘게 봐주세요. 하녀장은 저를 시스에 드 비슈발츠가 아닌, 시스에로 보는 것 같아요."

"왜 그렇게 생각하느냐?"

"제 하녀가 저에게 '로에나 아가씨가 문을 열라고 했지만 하녀장이 그것을 단호하게 막고서 만나지 않겠다고 외친 것을 들었어요'라고 말했으니까요. 그러니 드리는 말이에요. 아니면 다른 사례를 이야기해야 할까요?"

양부는 착잡한 표정으로 경청하고 있었다. 그래서 나는 목소리를 더 쥐어짜 내어 울먹이는 시늉을 했다.

"하녀장은 분명 백작가에 충성을 다하는 대단한 여인이고, 그 자체로 존중받아 마땅한 사람이지만 가끔 그 권한이 도를 넘을 때가 있어요. 하지만 대부분의 사람이 그렇게 생각하지 않겠죠."

"어찌하고 싶으냐."

나는 튀어나올 것만 같은 웃음을 꾹 참으며 좀 더 애처롭게 말했다.

"바라는 건 없어요. 단지 로에나랑 더 친밀하게 지내고 싶을 뿐이에요. 그러니 도와주세요. 지금껏 기다리고 또 기다리면 해결될 거라 생각했는데, 그건 틀린 생각이었어요. 하녀장이 있는 한 전 언제라도 오늘처럼 거부당할 테니까요."

잠시 침묵이 흘렀다. 양부는 쉽사리 대답하지 못하고 있었다. 나는 조용히 그의 대답을 기다렸다.

"왜 로에나의 뜻이라고 생각하지 않는 거냐? 그 애는 어린애가 아니야."

"하지만 마고의 말에는 어린애도 될 수 있는 게 로에나잖아요. 저만 그렇게 여기고 있나요? 아, 아니에요. 제가 실언을 했어요."

나는 일부러 말실수를 하며 양부의 반응을 살폈다. 하지만 그는 깊은 생각에 빠진 듯 잠자코 침묵하고 있었다. 그렇기에 정작 초조해지는 건 나였다. 너무 많이 나갔나? 아직은 여기까지 거론할 때가 아닌가?

다행히도 양부는 내 말을 너그럽게 받아주다 못해 허투루 듣지 않았다는 것을 확인시켜 주었다. 헛소리하지 말라는 소리를 들을 것까지 각오했는데, 이런 준비가 무색할 만큼 쉽게 알겠다고 대답하니 미리 마음의 준비를 한 게 우스워질 노릇이었다. 덕분에 아직까지 어머니에 대한 그의 사랑이 깊구나, 싶어 제법 안도가 된다.

"그래, 네 말뜻을 알겠다. 나도 생각해 봐야 할 사안이로구나. 네 괴로움을 익히 알아주지 못해 미안하다."

사실 완벽하게 해결이 된 건 아니지만 이만하면 어느 정도 마고에 대한 의심을 심었다 자부할 수 있을 터였다. 이 이상 물고 늘어졌다간 나만 이상하게 되어버린다. 그래서 세상에 다시없을 것처럼 환하게 웃었다.

"아니에요. 감사해요."

내가 묻어 나오지도 않은 눈물을 손수건으로 찍어 내면서 감격하자 양부도 억지로 따라 웃었다.

"걱정하지 말려무나."

"네."

지금 당장은 아니더라도 언젠가는 오늘의 의혹에 대한 실마리를 해결할 터. 동생을 배고 있는 어머니를 위해서라도 최선을 다할 양부였다. 그래서 마음 편히 서재를 떠날 수 있었다.

※

저잣거리에 나도는 귀족들에 관한 소문의 90%는 거리를 오가며 심부름을 하는 하녀들의 입을 통해 흘러나온 것일 테다. 푸줏간의 주인이 고기를 자르는 그 잠깐의 시간이나, 또는 길을 가다 만난 다른 귀족가의 하녀들을 만났을 때 입을 단속하지 못하여 튀어나온다는 게 들불처럼 순식간에 번지는 것이다. 어머니의 임신 소식 또한 마찬가지였다.

양부의 서재에서 나온 지 얼마나 되었다고 디뷘젤 공녀는 물론이고 로샨 영애와 그녀를 통해 만난 여러 영애와 귀부인들이 앞다투어 편지를 보내어 동생이 생겼음을 축하했다. 어느새 내 탁자에는 사교계의 명사들이 보낸 편지로 수북해져 있었다. 마리와 세릴은 이름만 들어도 누구나 다 아는 사람들이 내게 축하의 편지를 보내자 놀란 표정을 지었다. 그동안 열심히 돌아다니긴 했지만 설마 이 정도까지 인맥을 키웠을 줄 미처 몰랐다는 것처럼 말이다.

"로에나 아가씨가 받은 것보다 더 많이 받으셨어요!"

블랜이 신난다는 듯 소리를 내질렀다. 마고에게 호되게 당한 이후로 그쪽에 관한 한 경쟁의식을 불태우고 있는 그녀인지라 이만한 일에도 쉽게 기뻐하는 것이다.

"답장을 써야 하니 잘 분리해 놓으렴."

나는 페이퍼 나이프로 로샨 영애의 편지를 뜯으며 말했다. 뤼세트 로샨 영애의 편지는 다른 사람들 것과 남달랐다. 그녀는 축하 대신 동생으로 인해 소외받을지 모를 나를 위로하면서 내 곁에 자신이 있음을 강조하고 있었다. 그리고 전통적으로 딸을 낳기 위해 쓰는 비방(祕方)과 주술 방법 같은 것을 적은 종이를 덧붙이며 의미심장한 말을 남기기까지 했다.

『모두가 좋아하는 일은 아닐 수 있잖아요. 그래서 이게 시스에게 꼭 필요할 거라 생각해요.』

나는 그녀가 보내 준 종이를 잘 접어 침대 옆 사이드 탁자 위에 놓인 작은 상자에 넣었다. 그리고 마리를 조용히 불렀다.

"마리야."

"네, 아가씨."

"어머니를 모시는 하녀들도 네 편으로 돌아섰다고 했었니?"

"네. 이제는 제 말이라면 껌뻑 죽는답니다."

"그럼 부탁 하나만 하자꾸나."

"말만 하세요."

"어머니가 드시는 약이나 음식의 재료 중에 가문의 친인척분들이 보내온 걸로 조리한 게 있다면 무엇으로 만든 것인지 좀 알아봐 주련?"

마리는 내 말이 의아한 모양인지 고개를 갸웃거리며 되물었다.

"왜요?"

세릴이라면 잠자코 '네'라고 대답했을 부분이었다. 나는 한숨을 내쉬며 타박하듯 말했다.

"이젠 네게 이유까지 설명해 줘야 하는 모양이로구나."

"그, 그런 게 아니라요. 저도 그 아이들에게 왜 그렇게 해야 하는지 설명해야 해서요……."

"그냥 어머니가 걱정돼서 그런다고 말하면 될 것 아니니."

"네, 그렇긴 하죠."

"그렇게 해줄 수 있지?"

"물론이죠. 어려운 일도 아닌걸요."

"그럼 당장 가서 부탁하고 오려무나. 그리고 가는 김에 플랑을 좀 불러오고."

잠시 후 플랑이 조용히 들어왔다. 마침 로에나의 머리를 하고 있지 않았던 참인지 그녀의 방문은 생각보다 빨랐다.

"아가씨, 좀 괜찮으세요?

나를 본 플랑이 맨 먼저 꺼낸 말은 이전 일에 대한 걱정이었다. 감당하기 어려운 빚을 갚아준 은혜를 계속 소중하게 간직하고 있었던 것이다. 그래서일까? 그녀의 눈빛은 마리보다 더 충성스럽고 세릴보다 더 순종적이며 블랜보다 더 영특한 구석이 있었다. 내가 말만 하기만 한다면 그게 무엇이든 토를 달지 않고서 열심히 해낼 것처럼 구는 게 특히 그러했다.

나는 그녀를 가까이 다가오게 했다. 그리고 손을 뻗어 그녀의 손을 마주 잡았다. 굳은살이 박혀 까슬까슬해진 피부가 맞닿아진 손가락을 통해 적나라하게 느껴졌다.

"머리를 만드는 게 참 힘들지? 세상에, 이 손 좀 보렴. 이렇게 다 부르트고 데이고…… 어디 하나 성한 데가 없어."

예쁘게 잘 말아진 머리 모양을 만들기 위해선 적당한 열기로 데운 머리 인두가 필요하다. 너무 지나치면 머리가 타고 모자라면 잘 말리지 않기 때문에 적정 온도를 찾아 미리 데워 놓는 게 머리를 담당하는 하녀들이 할 일이었다.

특히 로에나처럼 결이 가늘고 고운 머리카락을 손질하려면 다른 사람의 배는 손이 갔다. 그래서 플랑의 손은 늘 엉망인 데다가 상처투성이였다.

"아, 아니에요. 별것도 아닌걸요. 그런데 절 부르신 이유가 무엇인가요? 아, 머리 손질을 도와드려야 하나요?"

플랑이 민망해하며 제 손을 뒤로 빼려고 했지만 나는 붙잡은 손에 힘을 꽉 주고선 고개를 설레설레 내저었다. 그리고 다정한 목소리를 가장하여 그녀의 마음을 떠보았다.

"예전에 나를 위해서라면 무슨 일이든 할 수 있다고 그랬지?"

"네."

"그 마음은 지금도 변함이 없니?"

"물론이에요. 지금 당장에라도 가능한걸요."

"좋아."

나는 빙그레 웃었다. 그리고 믈랑과 시선을 마주하며 조용히 입을 열었다.

"로에나의 머리를 할 때 가끔 이야기를 나누겠구나."

"네."

"그래, 그렇구나. 대부분 무슨 이야기를 하지?"

"그때그때마다 달라요. 아, 그제는 그냥 슬프다는 말만 계속하셨어요. 속상하다, 답답하다는 말도 있었던 것 같아요."

"네가 먼저 이야기를 꺼낼 때도 있니?"

"가족에 관한 이야기라면요."

그래, 이거다. 나는 터져 나올 것 같은 환희를 애써 숨긴 채 그녀에게 말했다. 대수롭지 않은 걸 이야기하는 것처럼 말이다.

"그럼 이런 이야기도 네가 먼저 꺼낼 수 있겠구나. 가족에 관한 이야기니까 말이야."

내가 믈랑에게 부탁한 건 무척 간단했다. 지금 우리의 상황을 각색한 이야기를 다른 귀족가의 하녀에게 들은 것처럼 아무렇지 않게 말하라는 거였다. 평소 이야기하던 대로 아주 자연스럽게 말이다.

"이야기 속의 소녀가 결국 새엄마가 난 남동생에게 직위와 재산을 다 빼앗기고 나이 많은 남자에게 팔리듯 혼인했다고 말해주렴."

믈랑은 왜 이런 이야기를 해야 하는지 전혀 이해하지 못한 눈치였지만, 가타부타 말대꾸하는 일 없이 열심히 잘하겠노라는 대답만 충성스레 내뱉었다.

"마고가 없을 때 해줬으면 좋겠구나."

"네, 걱정 마세요."

"그래, 부탁한다."

나는 손에 낀 반지를 빼내어 믈랑의 손에 쥐어주었다. 손이 거칠거칠하니 좋은 장갑이라도 사서 끼라는 말과 함께. 믈랑은 갑작스러운 선물에 무척 당황스러운 표정이었지만 이내 순순히 그것을 받아들였다. 앞으로 해야 할 일에 대한 보답이라고 생각한 모양인지, 치마 속주머니 안에 조심히 반지를 숨기는 모습이 전혀 위화감이 없었다.

잠시 후 마리가 돌아왔고, 믈랑은 기다렸다는 것처럼 내게 인사하며 조용히 방을 빠져나갔다. 마리는 내가 왜 믈랑을 불렀는지 매우 궁금해하는 눈치였지만 예전과 달리 꾹 참으며 인내하고 있었다. 대신 시킨 것을 완벽하게 완수했으며, 그런 낌새가 있을 때마다 쪽지로 재료의 이름을 알려 주기로 약속받았다 했다.

"마리야, 한 가지 더해야 할 게 있단다."

나는 세릴과 블랜을 물리고서 마리만 가까이로 불렀다. 그러고는 그녀의 귓가에 대고 소곤소곤 속삭였다.

"할 수 있겠지?"

"네."

마리가 자신만만한 표정으로 대답했다. 그 모습이 흡족해 화장대 서랍에서 자그마한 동전 주머니를 꺼내어 그녀에게 건넸다. 겉보기엔 작아 보여도 안에는 은화가 가득 채워져 있을 것이므로 쉬이 볼 금액은 아니었다.

"그럼 부탁한다. 네가 아니면 내가 어떻게 이런 걸 다 할 수 있겠니."

적절한 보상과 칭찬. 마리는 이 두 가지만으로도 곧 죽을 것처럼 굴고 있었다. 그녀는 발갛게 상기된 표정으로 내게 인사하며 걱정 마라는 말만 세 번이나 반복했다. 그리고 물러나라는 말을 듣기가 무섭게 나는 것처럼 바깥으로 뛰어나갔다. 거칠게 출렁이는 치맛자락만 봐도 그녀가 얼마만큼 흥분했는지 알 수 있었다.

어머니가 임신했기에 잠시 쉴 틈을 준 것인지, 혹은 원래부터가 쉬려고 했던 것인지 모르겠지만 한동안 로샨 영애와 황태자의 부름이 뜸해졌다. 소식이 없는 황태자와 달리 로샨 영애는 짤막한 편지를 통해 자신의 근황을 전했다. 황후로 인해 잠시 숨을 고르고 있는 상태이므로 걱정하지 말고 계속 속임수 사교를 진행하는 것이었다. 그래서 내게 보내진 초대장 중 알짜배기만 부지런히 골라 홀로 이곳저곳을 기웃거렸다. 그동안 로샨 영애를 통해 잘 다져진 인맥인지라 예전처럼 괄시나 홀대, 비웃음과 같은 슬픈 일은 겪지 않았다. 되레 나를 잘 대해주지 못해 안달이었다. 이렇게 해서라도 로샨 영애의 눈길을 받으려는 얄팍한 속셈이었다. 조금 꺼림칙하다 싶으면 디뷘젤 영애의 무리가 있는 곳을 찾아 참석하면 될 일이라 단 한 번도 모임에 관한 한 불민한 사건이 일어난 적이 없었다.

그러는 동안 이 주라는 시간이 흘렀고, 그간 플랑에게 들은 이야기로 무척 괴로워하던 로에나는 결국 병을 얻어 몸져눕게 되었다.

"마음의 병입니다."

주치의는 고개를 설레설레 내저으며 양부에게 말했다. 로에나가 아프다는 소식에 어쩔 수 없이 그녀의 방까지 끌려온 나는 그 소식을 감흥 없이 듣고 있었다. 어머니는 배 속의 아이 때문에 로에나를 찾아오지 못했으므로, 결국 오롯이 걱정의 마음을 품고 있는 건 양부뿐이었다.

"세상에, 로에나. 왜 마음이 아픈 것이냐. 이 아비에게 말해보려무나."

침대 위에 누워 있는 로에나는 인형처럼 창백한 얼굴을 하고 있었다. 거칠게 올라온 입술과 벌겋게 짓물러진 눈가는 그녀를 엄청난 병자처럼 보이게 만들었다.

"전, 정말 나쁜 사람이에요."

잠시 후 울음을 잔뜩 머금은 목소리로 스스로를 자책하는 듯한 말을 내뱉는 그녀의 행동에 모두가 침묵하며 경청했다. 어느새 그녀의 뺨은 눈물로 인해 축축하게 젖어 들어가고 있었다. 그녀의 고백은 단순했다.

뭔가를 장황하게 늘어놓는 듯했지만 별다른 내용이랄 게 없었다. 그저 어머니의 배 속에 있는 아이를 질투했다는 게 전부였다. 그런데도 로에나는 세상이 무너질 것처럼 참담한 표정을 지으며 연신 흐느꼈다.

"축하해 줘야 하는데 왜 자꾸 이런 옹졸한 생각이 드는 걸까요?"

주변 사람들은 이런 그녀의 고백을 마치 신성한 회개를 보는 듯 감동받고 있었다. 나만 역겹게 느끼는 것인지 몇몇 하녀는 로에나가 안쓰럽다는 것처럼 두 손을 마주 모으며 훌쩍이기까지 했다. 희극이 따로 없었다.

"그동안 억눌러 왔던 외로움이 한순간에 터져 나온 것입니다."

늙은 주치의는 최대한 낮은 목소리로 양부와 내게만 들리게끔 속삭였다. 그의 말에 의하면 아주 어릴 적 어머니와 사별했던 충격이 이번의 사건을 계기로 다시금 올라온 것이라 한다. 그러니 최대한 마음의 상처를 받지 않은 선에서 그녀를 안정시켜야 한다고 덧붙였다.

양부는 심각한 표정으로 '그런가?' 하고 되물었다. 그리고 로에나를 어떻게 달랠 것인지에 대한 이야기를 나누기 시작했다. 그런 그의 얼굴 위로 괴로움과 죄책감이 한데 뒤엉켜 빠르게 퍼지고 있었다. 나는 눈에 보이지 않는 듯했다. 아니, 보였어도 그에 대한 의미조차 두지 않았을 게 분명하다. 지금 내가 어떠한 기분을 느끼고 있을지는 이미 고려 대상에 들어가 있지 않기 때문이다.

그들의 주된 관심사는 오로지 아픈 로에나였다. 그녀의 여린 마음을 어떻게 치유해 줄 것인지가 문제인 것이다. 그러니 견디다 못한 내가 이런 식으로 꼬집어 말하지 않았더라면 의도치 않은 상처를 계속 주었을 게 분명하다.

"그럼 저는 어떻겠어요?"

나는 덤덤한 목소리로 주치의에게 말했다. 이 늙은 의사는 내 말에 무엇이 문제냐는 듯 눈을 느리게 껌뻑였다. 그의 멍청한 반응에 한숨이 터져 나올 것만 같았다. 아무래도 풀어서 말해줘야 겨우 이해할 듯하다.

"축복받아 마땅할 아이를 질투했다며 서럽게 우는 로에나를 이 자리에 서서 지켜보게 된 내 마음은 어떻겠냐는 소리예요."

양부와 주치의가 아차 싶은 표정으로 입을 떡 하고 벌렸다. 그런 그들의 얼굴에는 당혹이라는 글자가 빠르게 스쳐 지나갔다. 이제야 내 상황과 처지를 인식한 것처럼. 나를 그녀의 방으로 불러온 게 잘못된 선택이라는 것 또한 말이다. 특히 로에나가 이러한 이유로 아파할 줄 몰랐던 양부는 나와 시선조차 마주하지 못했다. 부끄러움으로 인해 얼굴이 벌겋게 달아오른 그는 생전 처음 내 앞에서 말을 더듬거리기까지 했다. 무어라 사과해야 할지 모르겠다는 것처럼 어수룩하게 굴고 있었다.

"얘, 얘야……."

만일 내가 그의 친딸이었다면 소리를 고래고래 내지르며 어떻게 이럴 수 있냐고 패악을 떨었을 것이다. 어머니의 배 속에 있는 아이는 비슈발츠 가문의 핏줄이 아니냐고, 어떻게 감히 저런 생각을 해서 병을 얻었냐며 방방 날뛰었을 터였다. 혹은 진실 된 마음으로 대하였더니 이런 식으로 뒤통수를 치냐고 그녀의 머리채를 휘어잡고서 위아래로 마구 흔들었을지도 모르겠다.

그러나 피보다 더 진한 게 없다고 양부가 내게 암만 미안해한다 하지만, 결국 마음이 기우는 건 침상에 누워 있는 로에나였다. 지금도 보라. 물기에 젖은 그녀의 눈동자가 왜 자신을 위로해 주지 않느냐는 듯 서럽게 반짝이고 있지 않은가. 그 모습에 더더욱 어쩔 줄 몰라 하는 건 비슈발츠가의 위대한 백작님이고. 충분히 예상이 가능한 바였다. 그렇기에 서운해한다거나 속상해하지 않았다. 다만 역겨울 뿐이다. 구역질이 치밀어 올라 속이 메슥거린다. 동시에 이렇다 할 감정 표현조차 제대로 하지 못하고 꼬리 내린 개처럼 비굴하게 물러나야 하는 스스로가 아주 안쓰러웠다. 진실로 말하건대, 이 자리에서 동정에 가득 찬 위로의 말을 받을 수 있는 건 오로지 나뿐이었다.

나는 처연한 미소를 지으며 양부에게 말했다.

"방으로 돌아가도 될까요?"

양부는 아무런 말도 하지 못했다. 짧은 침묵 후 가까스로 고개를 움직여 허락의 뜻을 내비칠 뿐이다. 내가 걸음을 옮기자 로에나의 시선이 그림자처럼 따라왔다. 그녀는 자신에게 어떠한 말을 건넴도 없이 바로 방을 떠나려는 나를 이해할 수 없다는 듯 바라보고 있었다. 주변에서 있던 하녀들 또한 입을 딱 벌리며 어이없다는 표정을 지었다.

특히 마고의 표정이 가관이었다. 이 늙은 너구리는 자신의 얼굴을 양부가 뚫어지게 쳐다보고 있는지도 모르는지 나를 향해 날 선 시선을 보냈다. 약이 잔뜩 오른 짐승처럼 하늘 높이 치솟아 오른 두 눈썹이 제법 흉흉하기까지 하다.

나는 문고리를 비틀어 열기 전 고개를 돌려 로에나를 바라보았다. 깜빡 잊은 게 있다는 듯 '아'라는 소리를 일부러 내뱉었다. 이러한 내 행동에 모종의 기대를 했는지 그녀가 한껏 애처로운 표정을 지으며 내 입만 바라봤다.

어서 나를 위로해. 불쌍하다고 말하란 말이야.

어쩐지 이런 환청이 들리는 것만 같았다.

하지만 내가 입을 연 이유는 따로 있었다. 이대로 맥없이 물러나면 너무 억울할 것 같아서였다. 양부 앞에서 로에나에게 쏴 댈 유일한 기회를 이런 식으로 놓치는 게 아깝기도 하고. 그래서 문득 생각났다는 것처럼 말했다.

"아프다니 그것참 안타깝구나. 그런데 아프게 된 원인은 어머니께 이야기하지 않았으면 좋겠어. 널 아끼던 어머니잖니. 네가 아팠던 이유가 동생이 생겼기 때문이라고 한다면 얼마나 속상해하시겠어?"

그러자 마고가 '그게 뭐 어쨌다고?'라는 얼굴을 하며 앞으로 나서려고 했다. 겉으론 권유인 척하지만 사실은 악의에 가득 찬 말이라는 걸 기민하게 알아차린 모양이다. 하지만 양부가 먼저였다. 그는 부끄럽다는 듯 손으로 마른세수를 하며 힘없이 말했다.

"약속하마. 여기에 있는 모두가 그렇게 해줄 거란다. 그러니 걱정 말려무나."

가문의 가주가 나서서 약속한 이상 그렇게 못 한다고 토를 달 사람은 없었다. 로에나조차 자신의 행동에 상처받을 어머니를 생각했는지 창백하게 질린 얼굴로 굳어 있었으니까. 나를 향해 비난의 눈빛을 보내던 하녀들도 이제야 내 행동이 이해가 간다는 듯 시선을 피하기 바빴다. 오로지 하녀장만이 로에나의 손을 잡으며 연신 '괜찮다'라는 위로를 건넬 뿐이다.

"네, 그렇게 해주셨으면 좋겠어요."

나는 조용한 목소리로 대답했다. 무거운 침묵이 저들의 목을 조르고 있었다. 더는 견딜 수 없다는 것처럼 안절부절못하는 꼴이 한 편의 희극을 보는 것처럼 우스꽝스러웠다. 새파랗게 질린 낯짝에 까르르 웃음이라도 터뜨리고 싶은 심정이었다. 그러나 꾹 참고선 양부를 향해 다시 묵례했다. 이 이상 함께 있다간 로에나의 입에서 '미안하다'라는 소리가 튀어나올 게 분명하니 미리 도망가는 것이다. 사과를 받는 동시에 나에 대한 동정의 여론이 사라질 것을 알기 때문이다. 이미 질리도록 겪어 보지 않았던가.

"사과를 했으니 된 거 아닌가요? 왜 이리 옹졸하게 굽니까? 그럼 얼마나 더 진심을 다해 미안해해야 하는 거지요?"

피해자가 가해자의 마음마저 이해하여 받아들여야 하는 상황은 더는 맛보고 싶지 않았다. 감정을 제멋대로 재단당하여 '사과도 안 받아 주는 나쁜 년'이란 소리를 듣는 건 과거의 '시스에'만으로도 족하니까. 그래서 더는 미련이 없다는 것처럼 빠르게 방을 빠져나왔다. 문이 닫히기 전 로에나의 것이 분명한 목소리—시스에가 날 미워하면 어떡하죠?—가 새어 나왔지만 일부러 못 들은 척했다.

방으로 돌아온 나는 마리를 시켜 어머니의 하녀—그것도 특별히 입이 싼 아이를 골랐다—로 하여금 방금 전 방 안에 있었던 일을 알게 했다. 대놓고 말할 필요 없이 그저 이러이러한 일이 있었노라고 가볍게 흘리면 될 일이었다. 어디서 이 정보가 흘러나왔는지는 중요하지 않았다. 로에나네가 암만 쉬쉬해도 결국은 모두가 알게 되어버리는, 이런 기막힌 사태가 필요할 뿐이다.

"고것이 참 입이 싸거든요. 물에 빠지면 입만 둥둥 뜰 계집이에요."

훌륭하게 일을 마치고 온 마리는 의기양양한 표정으로 내게 말했다. 몇 시간도 채 되지 않아 어머니께 이 일을 일러바칠 거라는 뜻이었다.

옆에서 블랜이 '너보다 가벼운 주둥이는 없을걸?' 하고 놀렸지만, 마리는 '뭐 어때?'라는 표정으로 어깨를 으쓱거렸다.

"뭐, 로에나 아가씨가 그런 말을 했다는 걸 쉽게 믿지 않았지만요. 그래서 저도 그냥 열린 문을 통해서 우연히 들은 거라고 했어요."

"잘했다. 어머니도 아셔야 할 것 같아서 말이야. 하지만 속상해하실 얼굴을 대놓고 볼 용기가 없어 이런 번거로운 일을 만들어버렸구나."

내 말에 모두가 고개를 내저었다. 그들의 얼굴에는 로에나의 방에서 참담함을 맛보았을 나에 대한 동정이 깊게 배어 있었다.

나는 아무렇지 않은 척 마음을 가라앉히는 따뜻한 차 한 잔을 끓여 오라고 했다. 그리고 속으로 언제 어머니가 나를 부를까 숫자를 세기 시작했다. 그렇게 300까지 세었을까? 어머니의 하녀가 나를 불렀다. 마리가 그것 보라는 듯 빙그레 미소 짓고 있었다. 나는 그녀의 수고를 짧게 치하했다. 그리고 곧장 어머니에게로 갔다.

"시스에, 너도 알고 있니?"

그녀는 나를 보자마자 소리 지르듯 외쳤다. 이미 당신의 얼굴은 눈물로 엉망진창이었다. 얼마나 많이 울었는지 손수건은 이미 흠뻑 젖어 제구실을 찾기 어려웠다.

"어, 어떻게 그 아이가 그런 말을 할 수가 있지?"

아이를 가진 여자만큼 모성애가 극대화되는 경우가 없다. 이미 어머니는 로에나가 배 속의 아이에게 직접적인 위협을 가한 것처럼 불안해하고 있었다. 그간 사교계를 드나들면서 귀족 부인들의 행패와 몰락을 지켜보았을 어머니라면 충분히 가능한 일이다. 개중 질투심에 눈이 먼 가문의 사람으로 인하여 아이를 유산한 여인의 이야기가 없을 리 만무하니까. 어머니의 한쪽 손이 배를 감싸 쥐다시피 하며 방어 태세를 갖추고 있는 것만 보아도 알 수 있지 않은가. 아마 내가 어머니의 친딸이 아니었다면 이렇게 가까이 다가오게 하지도 않았으리라.

"그러니 말씀드렸잖아요. 어머니에겐 내가 필요해요. 보세요. 어머니를 위로하러 바로 달려온 건 저뿐이잖아요."

나는 낮은 목소리로 속삭이듯 말했다. 악마가 유혹하는 것처럼 다정하고 부드러운 말투를 가장한 채.

"하지만 넌 내게 바로 알려 주지 않았잖니."

"양부가 제게 이 일에 대해 함구하라고 했기 때문이죠. 그래서 어머니께 말씀드릴 수 없었어요."

어머니가 숨을 급하게 들이켰다. 그녀는 떨리는 목소리로 내게 물었다.

"그, 그래서 그 아이는 혼났니?"

"위로를 받았지요. 마음의 병을 얻었으니까요."

어머니는 충격을 받은 표정으로 입술만 꽉 깨물었다. 늘 말로는 '언젠간 양부의 사랑이 시들해져 대우가 시원찮아질 것이다'라고 했지만 막상 이렇게 일이 닥치고 나니 믿을 수 없었던 모양이다.

"질투로 인해 내게 못된 짓을 하면 어떡하지?"

이미 어머니는 로에나가 선한 소녀이며 자신에게 상냥하게 굴었다는 것을 잊어버린 것처럼 굴고 있었다. 우습게도.

아아, 간사한 사람의 마음이여! 의붓딸에 대한 믿음은 결국 이 정도에 불과했나 보다. 고작 몇 마디 말에 무너질 정도면 말이다. 그간의 세월이 무색할 정도로 얇디얇은 신뢰였다. 아마 무게로 따지자면 깃털이 더 무겁지 않을까? 그러니 이쯤에서 나를 노려보았던 마고도 함께 건드려 봄 직하다. 지금의 어머니라면 로에나의 모든 것을 경계하고 있을 테니.

나는 품에서 손수건을 꺼내 어머니의 뺨을 살살 닦아주며 말했다.

"마고가 부추기면 가능한 일이에요. 로에나를 끔찍하게 위하는 하녀장이라면 그녀를 위해서 무슨 일이든 못 할 리 없지요. 무엇보다 로에나는 마고의 말이라면 뭐든 들어주잖아요?"

"그, 그래. 그녀가 문제지. 그럼 어떻게 해야 할까?"

공포에 질린 어머니는 이미 제대로 된 사고조차 하지 못한 채 덜덜 떨고 있었다. 그녀 특유의 나약하고 유약한 마음에 백작 부인의 삶을 놓칠 수 없다는 욕심까지 겹치니 왈칵 겁이 났던 것이다.

"하녀장은 노쇠했어요. 그 정도의 나이면 은퇴하고도 남죠."

내 말에 어머니의 눈이 반짝였다. 예전 같았으면 감히 생각지도 못할 일이지만, 이미 아이에 대한 보호 본능으로 가득한 그녀였기에 당장 자신이 무엇을 해야 하는지 알고 있다는 표정을 짓고 있었다.

"그래, 네 말이 맞아."

잠시 후 어머니가 내 손을 잡으며 결연한 표정을 지었다. 그러곤 내게 연신 '그동안 미안했다, 얘야'라고 속삭였다.

"왜 내가 너의 말을 믿지 않았는지 모르겠구나. 결국 우리 둘뿐인데.

어째서 이렇게 멍청하게 군 거지?"

놀라울 정도의 빠른 변심에 그저 웃음만 나올 것 같았다. 하지만 아무렇지 않은 척 말을 받았다.

"지금이라도 아셨잖아요. 그럼 된 거죠. 아참, 양부껜 제가 어머니를 위로했다는 말을 절대로 하지 마세요."

어머니는 내 말에 과거의 로에나를 증오했을 때와 같은 미소를 지으며 대답했다.

"지금 와서 그게 뭐가 중요하겠니?"

나는 그러한 어머니의 태도로 인해 그녀가 내게 완벽하게 되돌아왔음을 깨달았다. 나를 붙잡은 이 손이 아이를 낳은 이후에도 절대 떨어지지 않으리라는 것 또한 말이다.

양부가 나를 자신의 개인 서재로 다시 부른 건 사흘이 지나고 나서였다. 그는 내게 필요한 것이 없냐고 물으면서 슬그머니 금화가 잔뜩 든 돈주머니를 건넸다. 이것은 이후에 이어질 말에 대한 뇌물이나 다름없었다.

"그 아이를 이해해 줘야 한다."

양부는 전(前) 부인이 로에나를 낳은 이후로 죽 병석에 누워 있어 그녀를 돌보지 못했기에 이러한 일이 일어난 거라고 설명했다. 그간 어미의 사랑을 마음껏 누리지 못해 정에 굶주려 있던 로에나라 내 어머니가 보여 주는 관심에 민감하지 않을 수 없었다고 말이다.

그렇기에 이번 임신을 통해 충격을 받은 것이라고, 배 속의 아이에게 온 신경을 쏟을 어머니를 생각하니 질투하지 않을 수 없었다고, 그래서 아프게 된 거라고 열과 성을 다해 옹호했다. 내가 '후계자'라는 말을 운운하기 전까지 어머니의 임신을 축하하고 있었던 로에나의 모습은 깡그리 지워 버린 채. 눈물겨운 부정(父情)에 쓴웃음이 절로 흘러나올 것만 같았다. 고작 이런 말을 하기 위해서 날 부른 것인지, 그에 대한 짜증도 살짝 들었다. 만일 이것이 끝이었다면, 양부에 대한 생각을 달리 먹었을 것이다.

그는 묵묵히 경청하는 내 태도가 안쓰럽고도 미안했던 것인지 마치 보상이라는 것처럼 마고의 이야기를 꺼냈다. 이미 어머니와 이야기를 끝냈음에도 불구하고.

"너를 바라보는 눈매가 퍽 사납더구나. 네가 무엇을 걱정했는지 이제야 알겠어."

암만 수작을 부렸다 하지만 어떻게 이럴 수 있지? 백작가에 들어온 지 이제 일 년이 겨우 지난 아내와 의붓딸을 위해서 수십 년 동안 헌신했던 하녀장을 건드리겠다는 소리였다. 고작 사흘간의 고뇌 끝에 내린 결정으로.

"나이가 나이인 만큼 이제 쉴 때도 되었지."

그 말을 끝으로 나를 지그시 바라보는 양부의 시선은 '이 정도면 만족하냐?'라는 의미를 담고 있었다. 헛웃음이 흘러나올 것만 같았다. 백작가를 장악하고도 몇 개월은 더 지나서야 겨우 몰아낼 수 있었던 마고인데, 돌아온 지금 너무나도 쉽게 은퇴를 종용당하고 있어서였다. 그것도 백작에 의해서 말이다.

그래서일까? 허탈하면서도 무서웠다. 동시에 로에나에게 있어 유모이자 할머니나 다름없는 마고를 이렇게 내팽개쳐 버리는 양부의 결단에 소름 끼쳤다. 평소 나약하다 여겼는데, 역시 귀족은 귀족이었다. 나는 떨리는 목소리를 애써 감추며 아무렇지 않은 척 말했다.

"로에나가 슬퍼하겠군요."

"하녀장이라는 중책만 내려놓는 것뿐이니 그다지 슬퍼할 일은 없을 게다. 이젠 편하게 로에나를 돌볼 수 있겠지."

지위를 내려놓는 동시에 백작가에서도 사라지기를 바랐는데 아직 그것까지 바라기엔 무리인가 보다. 아니, 사라지지 않더라도 로에나의 곁에 있지만 않으면 될 일이었다. 마고는 좀 더 비참한 모습으로 쫓겨나야 하니까. 로에나의 눈에서 눈물이 떨어지는 것을 원치 않았던 양부는 이 정도 선에서 그만 타협을 하자고 은밀히 권유했다. 평생을 백작가에서 젊음을 다 바친 늙은 여자를 위한 최소한의 위로였다. 그래서 나는 마고가 하녀장에서 물러날 시기를 빨리해 달라고 에둘러 말했다.

"새로운 인생을 시작할 그녀를 위한 선물을 마련해야겠어요. 언제까지 준비하면 될까요?"

양부는 담담한 어조로 대답했다.

"얼마 되지 않을 게다."

마고가 곧 하녀장의 직위에서 물러난다는 소문은 백작가를 태풍처럼 휩쓸었다. 이것은 몇몇 사람에게 있어 날벼락과 같은 소식이었다. 특히 그녀의 편이었던 하녀들에게 크게 다가왔다. 구심점이 힘을 잃는다는데 아니 그러겠는가. 동시에 이런 식으로 갑작스레 물러나기엔 그간 마고가 보인 노고가 너무나 커 불공평한 처사라는 불만도 튀어나왔다. 후계를 정함도 없이 무작정 물러나는 것 또한 비슈발츠 가문이 세워진 이래 처음 겪는 일이었다. 하지만 백작가의 가주가 그렇게 정했으니 군말 없이 따라야 함이 원칙이었다. 그가 곧 비슈발츠가이기 때문이다. 이전의 사례(事例)나 원칙 따위는 중요하지 않았다.

그렇기에 봄날 싹이 움트듯 조금씩 일어났던 불만은 곧 뿌리째로 뽑혀 언제 그랬냐는 듯 사라졌다. 이 역시 마리를 따르는 하녀의 수가 마고를 따르는 하녀보다 네 배는 많았기에 가능한 일이었다.

양부는 어머니가 안살림을 도맡아 하는 사람이기에 그녀가 다음번 하녀장을 뽑는다 말했다. 로에나에게 소식을 들은 것인지 마담 드 라발리에가 편지를 보내어 하녀들을 그렇게 관리하면 안 된다고 친절하게 충고했지만 그는 들은 척도 하지 않았다. 위의 행동은 저택 내 자리한 대부분의 사람에게 어머니와 나에게 잘 보이는 하녀가 하녀장이 될 거라는 생각을 확연하게 심어주었다.

그러자 이후의 상황이 무척 재미있게 흘러갔다. 마고네를 제외한 대부분의 하녀가 내가 조금이라도 움직일까 싶으면 득달같이 달려와 이것저것 챙겨 주려고 애를 썼으니까. 되지도 않는 아부를 떨어 대는 건 물론이고 자신들이 얼마나 쓸모 있는 사람인지를 드러내기 위해 무진장 노력하고 있었다. 어떤 때는 마고네에 속해 있는 하녀가 자기 좀 봐 달라는 듯 기웃거리기까지 했다.

그런 그녀들을 물리치는 건 멧돼지처럼 콧김을 씩씩 내뿜어 내는 마리였다. 그녀는 자신의 영역을 침범당한 짐승처럼 씩씩거리며 하녀들의 머리털을 죄다 뽑을 것같이 사납게 굴었다. 내가 어떠한 확답을 내려 주지 않은 채 묵묵히 바라만 보고 있자 초조해진 모양이었다. 그래서일까? 마리는 내 머리를 빗어 내릴 때마다 한껏 기대에 찬 시선으로 나를 바라보며 정성스레 빗질했다. 그리고 평소보다 더 열심히 마고네 하녀들을 골려 먹은 일에 관해 이야기를 했다.

마리는 이런 식으로 자신의 통솔력을 뽐내고 싶어 하고 있었다. 준비된 하녀장이라는 것을 강조하기 위해서다. 그녀의 눈은 온종일 내 입만 향해 있었다. 그러나 그것은 되레 자신의 어리석음만 드러낼 뿐 내게 있어 어떠한 감흥조차 주지 못했다. 오히려 마리가 하녀장이 된다면 끝도 없이 오만해질 거라는 확신이 들고 있었다.

양부가 다시 한번 나를 자신의 서재로 부른 건 마고의 은퇴식이 열리기 하루 전날 밤이었다. 그는 나를 맞은편에 앉게 하더니 대뜸 본론부터 꺼냈다.

"부인은 네 의사를 따르겠다고 하더구나."

본래라면 어머니뿐만 아니라 로에나의 의견도 들었어야 하지만 그는 철저하게 로에나를 논외로 취급하고 있었다.

그뿐만이랴. 이런 중요한 사항이 내게로 일임되었다는 사실조차 놀랍지 않다는 것처럼 굴었다. 무릇 하녀장이란 가문의 안주인을 도와 살림을 도맡아 하는 하녀로 그 중요성과 상징이 상당한데 말이다. 순간 나를 시험하는 게 아닌가 하고 의심할 정도였다. 그리고 이어진 말에 의심은 확신이 되었다.

"나도 네 의사를 따르마. 네가 얼마나 사려 깊고 다정하며 영리한 아이인 줄 알고 있으니 말이다."

양부는 지금 내게 현명하게 굴라고 강요하고 있었다. 되지도 않는 욕심을 드러내지 말라는 뜻이다. 마리를 움직이는 건 괜찮지만 그들을 통솔하는 우두머리는 허락할 수 없다는 것처럼.

나는 애써 입꼬리를 끌어 올리며 작게 웃었다. 내 하녀들이 하녀장이 된다는 게 시기상조임을 알고 있지만, 이런 식으로 선택을 종용당하니 불쾌한 기분이 들어서였다. 말로는 우리를 위한 일이라 하지만, 결국 모든 방향은 로에나에게 향해 있으니 아니 그러할까. 이는 어머니의 배에서 나온 아이가 '후계자'가 되더라도 우리는 결코 비슈발츠가에 손을 대지 못할 거라는 통보나 다름없었다.

결국, 실리는 양부가 다 챙겨 가고 나는 '마음 착한 아가씨'라는 명제만 얻게 된 것이다. 물질적인 이득도 아닌, 며칠이면 사라지고 없을 겨우 그거 하나. 그러니 헛웃음이 날 수밖에. 차라리 노골적으로 로에나의 하녀를 하녀장으로 삼겠다고 공표했더라면 이리도 화가 나지 않았을 것이다. 누가 뽑히든지 어차피 도긴개긴일 테니까. 내 상황이 덜 나빠지냐 더 나빠지냐의 차이였다. 물론 이 모든 건 '플랑'이 없다는 전제하에 가능한 일일 터였다. 양부는 결코 모를 비장의 한 수. 그러니 미리 그녀를 매수해 둔 내 선견지명에 찬사를 보내야 할까?

"플랑이 낫겠어요."

"네 포용력에 감탄을 금치 못하겠구나."

그녀가 하녀 중 제법 젊은 축에 속하며 동대륙 사람의 피가 섞였다는 건 고려할 가치조차 되지 못했다. 로에나의 하녀이지만 마고의 무리와 데면데면하고 내게 충성을 다하고 있다는 점이 중요할 뿐이다. 양부는 '플랑'이 로에나의 전담 하녀이며 손재주가 아주 좋다는 것에 집중했다. 그녀가 마고의 무리에 붙어 있다는 것 또한 놓칠 수 없는 사항이었다. 어리면 배우면 될 것이고, 다른 피가 섞였다 한들 '포옹력'으로 감싸 안으면 될 일이니까.

"영리한 하녀예요."

내 칭찬에 그가 부드럽게 웃었다. 나름 썩 괜찮은 선택이라고 말하는 것처럼.

"그럼 그녀를 집사에게 붙여 공부를 시켜 보자꾸나."

당장 하녀장이 없다고 하녀들의 체계가 무너질 백작가가 아니었다. 그렇기에 내 제안은 쉽사리 받아들여졌다.

나는 내친김에 양부에게 비슈발츠가와 거래하고 있는 귀족가에 대한 정보를 달라고 요청했다. 젊은 영애와 부인이 있는 곳들만 골라서 말이다. 마담 드 라발리에의 지원을 받는 로에나와 달리 혼자서 고군분투하는 나이기에 이런 도움이 필요하다는 호소였다. 한편으론 내가 네 부탁을 들어줬으니 너 역시 실질적인 보상을 줘야 하지 않느냐는 뜻이기도 했다. 그러자 양부가 곤란하다는 듯 내게 말했다. 가문의 수입과 직접적인 연관이 되는 고급 정보라 쉽게 줄 수 없다는 태도였다. 나에 대한 신뢰가 두텁지 않기에 일어난 일이었다.

"로샨 영애가 있지 않으냐? 아니, 그것보다 갑자기 왜 이런 걸 말하는 거지?"

"저보다 사교계에 대해 더 잘 아시는 분께서 이런 말씀을 하시니 서글프기 그지없네요. 아시잖아요. 제가 무얼 말하고 싶은 것인지."

사교계의 내로라하는 영애가 다른 영애를 데리고 다니는 이유는 매우 명확하다. 자신을 돋보여 줄 액세서리 내지 대신 손을 더럽힐 수 있는 하녀의 용도였다. 그렇지 않으면 사람들을 주렁주렁 매달고 다닐 리 만무하다. 그렇기에 제법 쓸모가 있는 사람들로만 인원을 채우고, 그 러한 싹이 보이는 인물을 제 편으로 만들기 위해 혈안이었다.

물론 극히 드물게 우정으로 엮인 모임이 있긴 하지만, 그마저도 오래가지 못했다. 바로 '비교' 때문이었다. 고만고만한 사람들이 모였다 하더라도 개중 눈에 띄는 인물이 있게 마련이니 그에게 집중되는 시선을 막을 수 없었던 것이다. 결국 나머지 사람들은 들러리로 전락하고, 그게 갈등의 원인이 되어 자연스레 갈라지게 된다.

내가 말하는 건 이 부분이었다. 로샨 영애가 나를 데리고 다니는 건 자신의 포용력을 자랑하기 위함이지 그 이상도 이하도 아니라고. 그동안 견디고 또 견뎠지만 이제 한계에 도달했다는 것처럼, 그렇게 처연하게 굴 뿐이다.

"전 그냥 다른 사람들이 저를 비슈발츠가의 영애로 봐주길 바랄 뿐이에요. 그러니 과하다고 여기지 말아주세요."

여기서 구구절절하게 내가 어떠한 수치와 수모를 당했는지 나열하는 건 좋지 않다. 그저 체념에 가까운 표정으로 그의 눈치를 살피면 될 뿐이었다. 그럼 알아서 상상의 나래를 펼칠 테니까.

"신에 맹세코 다른 이에게 네가 본 것을 발설하지 않겠다고 말할 수 있겠느냐?"

보라. 양부의 결심이 흔들리고 있지 않은가. 좀 전에 보여 준 망설임이 되레 우스울 정도였다.

"네. 제 머리에만 담아 두겠어요. 방금 말씀드린 용도 외에 그 어떠한 사적인 쓰임으로는 활용하지 않겠어요. 맹세해요."

물론 전부 다 떠넘기지는 않을 것이다. 바보가 아닌 이상 어찌 그러겠는가. 그저 거르고 또 걸러 낸 정보 몇 가닥만 휙 하고 던져 줄 것이다. 하지만 그 정도만 하더라도 내게 큰 도움이 될 터였다. 이후는 로샨 영애가 말해줄 테니까.

"그래. 며칠 후에 정리된 것을 보내 주마."

"제 마음을 알아주셔서 감사해요."

나는 빙그레 웃으며 양부에게 감사의 말을 내뱉었다. 서로에게 있어 만족스러운 협상이었다.

다음 날 마고의 은퇴식이 열렸다. 늙은 살쾡이는 내내 굳은 표정으로 그간의 노고에 대한 치하를 듣다가 마지못해 꽃을 받았다. 그녀의 손에는 양부가 미리 주문한 보석 반지가 끼워져 있었다. 감사의 선물이었다.

이후 차기 하녀장으로 믈랑의 이름이 거론되었다. 뜻밖의 선택에 마고는 물론이고 마리까지 얼굴을 구기며 나를 바라봤다. 다른 이들은 말도 안 되는 일이라며 크게 술렁였다. 아무것도 모른 채 손뼉을 치는 건 로에나뿐이었다. 그녀는 마고의 은퇴에 슬퍼하는 것도 잠시 자신의 또다른 하녀가 하녀장이 된다는 사실에 안도하는 것 같았다.

"앞으로 믈랑은 하녀장의 일에 대해 교육받게 될 거다. 집사에게 말이지."

양부의 말에 마고가 억지웃음을 지으며 사근사근하게 말했다.

"본디 다음 하녀장은 전대 하녀장이 교육을 도맡았습니다만. 이 점을 고려해 주십시오."

"은퇴한 그대를 어찌 다시 힘들게 하겠나. 마음은 고맙지만 이제 좀 편안히 쉬게."

아마 마고는 그간 믈랑과 데면데면했으니 교육을 핑계로 완벽하게 자신의 편으로 만들어야겠다고 생각한 모양이었다. 하지만 이마저도 받아들여지지 않게 되니 불안한 표정으로 입술만 깨물었다.

나는 그 모습을 웃으며 바라보았다. 예전과 같은 완벽한 몰락은 아니라 아쉽긴 하지만 더는 하녀장이 아니라는 사실만으로도 참을 수 있었다. 그도 그럴 것이 차기 하녀장은 내게 충성을 다하는 플랑이고 하녀의 대부분을 실질적으로 지배하는 건 마리이다. 그리고 후계자일지 모를 아이를 밴 어머니는 로에나를 경계하고 있다. 그러니, 아아, 이보다 더 달콤한 상황이 어디 있겠는가.

나는 천천히 손을 구부려 주먹을 꾹 쥐었다. 손톱이 살갗을 파고들 정도의 강한 힘이지만 아픈 줄도 몰랐다. 환희에 들뜬 몸을 애써 진정시키기 위해서는 이만한 게 없었다. 하지만 이를 드러낼 정도로 환하게 웃음 짓는 건 나조차도 제어할 수 없는 일이었다. 마음이 크게 외치고 있었으니까.

드디어 손에 들어왔다. 비슈발츠 백작가의 하녀들이.

이는 과거보다 몇 년은 빠르게 진행된 일이었다. 한 사람도 쫓아냄이 없이 완벽하게 저택의 살림을 장악한 것이다. 그러니 이것이야말로 제대로 된 시작이라 할 수 있었다. 그렇게 마고의 은퇴식은 비슈발츠 가문 역사상 가장 급격하고 초라한 행사로 막을 내렸다. 내가 만들 그녀의 미래만큼이나 매우 한심한 꼴이었다.

2장
가면과 연정

차기 하녀장을 공표한 일로 단단히 골이 난 마리를 달래는 건 예상보다 쉬웠다. 플랑을 불러내어 그녀가 자신보다 아래에 있음을 확인시켜 주니 놀라울 정도로 쉽게 풀린 것이다. 플랑은 내 의도대로 마리에 관한 한 무엇이든 협력하겠다고 약속했다.

"전 아가씨에게 도움이 된다면 무엇이든 할 거예요. 그러니 언제든지 불러 주세요."

마리는 플랑에게 하녀장님이라고 불러야 한다는 사실을 못마땅해했지만, 하녀들에 대한 실권은 자신에게 있음을 깨닫고 곧 만족했다. 내 거짓된 변명도 그녀의 불만을 잠재우는 요소 중 하나였다.

"그리고 오해하지 말렴. 난 네 이름을 말했거든. 하지만 아버지께서 반대하셨단다."

"왜요? 왜 그러셨을까요?"

"로에나를 아끼기 때문이지. 그녀의 하녀에게서 하녀장이 나오기를 바라셨어."

마리가 울상을 지으며 나를 바라봤다. 그녀의 표정은 '전 영영 하녀장이 될 수 없나요?'라고 물어보는 듯했다.

"사랑스러운 마리야, 어머니의 배 속에 내 동생이 있다는 사실을 기억하렴. 그리고 매일 그 아이가 사내아이기를 기도하려무나."

'후계자'라는 말을 직접 언급하지 않았지만 마리는 내가 무엇을 말하는지 금세 눈치챘다. 무엇을 의도하는지 또한. 하녀장의 은퇴도 선례에 맞지 않게 이뤄졌는데, 또 그러지 말라는 법은 없지 않은가.

마리가 밝은 표정으로 내게 말했다.

"네, 신전에 기부도 꼬박꼬박 하겠어요."

"그동안 믈랑과 잘 협력하는 것도 잊지 말고."

"걱정하지 마세요. 실망시켜 드리지 않겠어요."

마담 드 라발리에는 믈랑이 차기 하녀장으로 내정되었다는 소식을 로에나에게 전해 들었는지 빠르게 편지를 보내어 '유감'이라고 말했다. 자신이었더라면 좀 더 분별력 있는 사람을 내세웠을 거라고 덧붙이면서 말이다. 로에나는 그 편지를 내게 가져와 소리 내어 읽으며 순진무구하게 눈을 깜빡였다. 지난날 어머니가 임신한 일로 나에게 상처를 준 것은 생각나지도 않은 모양인지 아무 거리낌 없이 나를 찾아온 상태였다.

"믈랑은 괜찮은 하녀인데 왜 이리 진노하시는 걸까?"

그녀는 '네가 하녀를 잘못 정해서 이 사달이 난 거야'라고 말하고 싶은 듯했다. 찾아온 의도가 무엇인지 궁금하여 일부러 문을 열어줬더니, 고작 이런 행동을 하려고 온 것인가? 되도 않은 수작에 헛웃음이 날 것만 같았다. 나는 아무렇지 않은 척 로에나의 말에 대답했다.

"네가 마음의 병으로 앓아누웠던 게 무척 가슴이 아프셨던 모양이지. 그래, 지금은 어떠니?"

그러자 그녀가 새빨개진 얼굴로 이젠 괜찮다고 중얼거렸다. 저도 바보가 아닌지라 내 말속에 뼈가 담겨 있음을 알아차리곤 부끄러워하는 것이다. 그래서 마음에도 없는 위로를 건넸다.

"마음의 병이 그리 쉽게 낫는 거였나? 뭐, 다행이구나. 더는 그런 일로 아파하지 않았으면 좋겠어."

다행히 로에나의 꿍꿍이속은 이 정도에서 그치지 않았다. 방금 전은 식전 애피타이저에 불과했다는 듯 드디어 나를 방문하게 된 진짜 의도를 꺼내는 것이다. 편지를 접어 탁자 위에 올려놓은 그녀는 잠시 망설이더니 조심스레 말문을 열었다.

"저번에 내게 씌워 줬던 가면 기억나니?"

"가면? 아아, 사슴 가면 말이야?"

기억나고말고. 징징거리는 자신의 목소리가 얼마나 듣기 싫은지 제발 좀 깨달으라고 씌워 줬던 게 아닌가. 꽤 오래전의 일이지만 도무지 잊으려야 잊을 수 없는 물건이었다. 그것을 통해 황태자를 만났으니 아니 그러할까.

"그런데 그게 왜?"

"내가 사용해도 될까?"

순간 말문이 막혔다. 가면을 사용하는 일이 가면무도회 말고 또 있냐는 생각이 들어서였다. 하지만 암만 떠올려 봐도 가면의 '가'가 사용되는 건 짐승들이 뒤엉키는 천박한 무도회뿐이었다.

그런데 창녀를 보는 것만으로도 벌벌 떨던 로에나가 그런 음탕한 곳에 참석한다고? 있을 수 없는 일이다. 나는 의심쩍은 눈으로 로에나를 바라보았다.

"풀케르께서 이번에 초대장을 보내 주셨는데 가면을 꼭 지참해야 한다고 하셔서……. 사슴 모양의 가면이면 좋겠다고 하시는데, 딱 네가 주었던 그 가면이 생각나지 뭐야."

황후가 주관하는 무도회라면 제법 점잖을 게 분명하다. 아마 돈을 걸고 하는 도박만이 그곳에서 할 수 있는 유일한 타락일 터였다. 그러니 로에나가 이리도 순진하게 그곳에 참석하겠다고 말하는 거겠지. 그런데 왜 하필 '사슴 가면'인 것일까? 아니, 굳이 내 허락을 받으러 와야 했는지도 모르겠다. 이러한 행위에 무슨 의도가 숨어 있는지 도통 이해가 가지 않아서였다. 가늘게 눈을 뜨고서 저를 살펴보아도 아무것도 모르는 것처럼 생글생글 웃기만 했다.

뭐, 결국은 부딪쳐 봐야 하나?

미심쩍은 마음이 들었지만 어쨌든 허락을 해야 뭐가 뭔지 알 수 있을 것 같았기에 군말 없이 고개만 끄덕였다. 로에나는 기쁜 표정으로 고맙다고 말했다. 그리고 다음 날 한껏 차려입은 모습으로 내가 준 사슴 가면을 쓰고서 황후의 궁으로 향했다.

그날 밤 늦지 않게 무도회에서 돌아온 로에나는 무엇 때문인지 몰라도 한껏 상기된 표정을 하고 있었다. 그래선지 평소와 달리 옷을 갈아입을 생각도 하지 않고서 바로 내 방으로 찾아왔다. 그리고 다짜고짜 질문부터 던졌다.

"사슴 가면을 쓰고서 황태자 전하를 만나 뵌 적 있어?"

그런 로에나의 눈동자는 몽롱하게 풀려 있었다. 일찍 잠자리에 들려다가 뜻하지 않는 방해를 받게 된 나는 치솟아 오르는 짜증을 겨우 억누른 채 그녀에게 되물었다.

"그건 왜 물어보는 거지?"

"다가가기 어려운 분이라 생각했어. 워낙 소문도 안 좋았고 말이야. 그런데 굉장히 다정하고 멋지고, 음, 그래! 상냥하기까지 했지."

"로에나, 지금 무슨 이야기를 하는 거야? 알아듣게 좀 말해주겠니? 풀케르가 주관한 가면무도회에 황태자 전하가 오셨다는 소리야?"

"처음엔 몰랐어. 하지만 금세 눈치챌 수밖에 없었어. 사파이어처럼 파란 눈동자와 푸른 머리카락이라니. 이 두 가지를 가진 사내가 전하 외에 또 누가 있냐 말이야."

나는 흥분에 들떠 횡설수설하는 로에나를 소파에 앉게 했다. 그리고 물을 따라 준 다음 차분한 목소리로 물었다.

"그러니까 네 말은 사슴 가면을 쓰고서 황태자 전하를 만났다는 거니?"

"만났다 뿐이겠어? 춤까지 췄는걸. 내내 나하고만 추셨어. 물론 처음에 나를 너로 착각했지만 말이야. 금세 실수를 인정하고 사죄의 뜻이라며 내 손등에 입까지 맞춰 주셨지."

나는 고개를 갸웃거렸다. 이상하다는 생각이 들어서다. 그도 그럴 것이 로에나는 금발, 나는 갈색의 머리카락을 가지고 있지 않은가. 머리카락 색만 봐도 내가 아님을 알 수 있을 터였다. 아니, 백번 양보하여 그때 쓴 가면으로 잠시 헷갈렸다 하자. 그래도 대화를 나누기 전까지 몰랐다는 건 말이 안 되는 소리였다.

도대체 뭐가 어떻게 된 영문이지? 혼란스러워하는 나와 달리 로에나가 발갛게 달아오른 두 뺨을 손으로 감싸며 기쁨에 찬 소리를 작게 내질렀다.

"소문이 다는 아닌가 봐. 세상에, 심장이 왜 이렇게 뛰는 거지?"

명백히 사랑에 빠진 사랑스러운 소녀의 모습이었다.

"다른 사람들이 말하기를 한 여인과 이토록 오랫동안 춤을 춘 건 내가 처음이래. 다들 티를 내려 하지 않지만 늑대 가면이 황태자 전하인 걸 아는 눈치였어. 아아, 어쩌면 좋지? 가슴이 너무 벅차서 아무것도 못 하겠어."

나는 그녀의 고백을 듣는 둥 마는 둥 하며 대충 고개를 끄덕였다. 불현듯 떠오른 의문에 그녀의 말을 제대로 들어줄 기분이 아니었다. 지금 당장만 하더라도 풀고 싶은 질문이 한둘이 아니니까.

특히 '내 가면'을 쓴 로에나에게 접근한 게 그 '황태자'라는 사실이 의아했다. 어째서일까? 황후는 왜 하필 사슴 가면을 쓰고 오라고 했지? 황태자는 왜 하필 그 가면무도회에 참석하여 로에나가 나인 줄 알고서 다가간 거지? 그것도 왜 모두의 이목이 쏠리도록 그녀와 계속 춤을 춘 거냐 말이다. 마치 로에나에게 관심이 생겼다고 말하는 것과 다름이 없지 않은가.

잠깐. 관심이 생겼다는 것처럼이라고?

순간 하나의 생각이 휙 하고 뇌리를 스쳐 지나갔다. 과거 황태자와 사랑에 빠진 건 로에나이며 그 장소 역시 무도회였다는 사실이. 만일 이번에도 그런 것이라면, 우연히 만났는데 그녀에게 빠져 버린 거라면 좀 전에 들었던 몇 가지 의문이 해소되게 된다.

가면을 쓰기만 하면 여자의 치마를 들치는 것 외에 관심을 보이지 않던 사내가 사슴 가면 속의 여인이 로에나임을 알고서 다정한 모습을 보이다니…… 이것 외에 달리 생각할 겨를이 또 있을까? 그만한 남자가 다른 평범한 이들처럼 사랑에 빠질 수 있다는 게 되레 신기할 따름이다.

여기까지 생각이 미치자 어쩐지 허탈해지는 기분이다. 이러니저러니 해도 로에나가 황태자비가 되는 건 변함이 없는 건가 싶어서였다. 동시에 찜찜한 마음이 들었다. 이는 미래의 황태자비가 될 게 자명한 로에나에 대한 질투라기보다는 좀 더 근본적인 무언가였다. 그래, 직감적인 경고라 해야 하나? 기이하게도 뭔가가 뒤틀려진 것 같았다. 도대체 무엇이?

"시스에, 부탁이 있어."

로에나가 진지한 어조로 말했다.

"만일 황태자 전하를 만나고 오면 내게 그분에 관해 이야기를 해줄 수 있어? 그리고 전하를 만날 일이 생긴다면 나와 같이 가면 안 될까? 부탁해."

"그건 내가 정할 사항이 아니야."

나는 딱딱한 목소리로 딱 잘라 말했다. 그의 곁에 자의로 있으면 또 모를까 계약에 의한 상호 협조적인 만남이므로 제삼자가 생뚱맞게 끼어들 여력이 없었다. 그래야 할 이유도 없고. 괜히 로에나를 대하는 황태자의 모습을 살펴보겠다고 되지도 않는 모험을 걸다간 스스로가 위험해질 수 있었다. 이전만 하더라도 아무 거리낌 없이 살기를 내뿜어내던 그가 아니던가. 하지만 로에나의 입에서 튀어나온 말이 매우 의외인지라 나는 그만 멍청한 표정으로 입을 딱 벌릴 수밖에 없었다.

"풀케르께서도 허락하신 일인걸. 내가 황태자 전하의 친구가 되었으면 좋겠다고 말이야. 그러니까 나를 좀 도와줘."

어느새 내 손을 붙잡은 로에나가 빙그레 미소를 지었다. 그녀는 내가 응당 자신을 도와줄 것이라고 확신하는 것처럼 굴고 있었다. 티 한 점 없이 순진무구하게 빛나는 눈동자를 느리게 껌뻑이며 말이다.

황후가 로에나에게 황태자를 부탁했다는 사실이 믿기지 않았다. 하고많은 사람 중 왜 로에나인지 의아할 따름이었다. 도대체 무슨 꿍꿍이속일까. 무엇을 의도하고 있는 걸까. 나는 채 떨어지지 않는 입술을 억지로 달싹여 로에나에게 말했다.

"좋아, 전하께 여쭤볼게. 그분이 허락하신다면 괜찮겠지."

풀케르가 허락했다고 하니 감히 확인을 하지 않는 이상 거부할 여력이 없었다. 이런 식으로 말하지 않는다면 쉽게 물러날 그녀가 아니기도 하고.

놀랍게도 로에나는 내 말에 순순히 수긍하며 고개를 끄덕였다. 그리고 쾌활한 웃음을 지으며 잘 부탁한다는 말만 연신 말했다. 무엇 때문인지 몰라도 그녀는 모든 게 자신의 생각대로 될 것이라 여기고 있는 모양이었다. 강한 빛을 발하는 눈동자가 그러했다. 그 믿음에 놀란 내가 되레 물어보고 싶을 정도였다. 도대체 뭘 의도하는 것이냐고. 무얼 알고 있기에 이리도 의기양양해하고 있는 것인지 말이다.

이 의문은 황태자에 의해 간단하게 풀렸다.

"어머니께선 내가 자신의 치마폭 속에 들어가려 하지 않으니 몹시 초조하신 모양이오. 그래서 제국 내 가장 아리땁다는 여인을 붙여 주려고 한 거지. 난봉꾼으로 유명한 아들이니 거절하지 않으리라고 생각한 것 같소. 뭐, 재미있을 것 같아 잠깐 그 놀이에 응해 줘 봤는데 생각보단 별로더군."

아무렇지 않다는 듯 가볍게 대답하는 그의 얼굴은 나쁜 남자 그 자체였다. 천하의 난봉꾼도 이보다 더 잔인할 순 없을 게다. 로에나의 순정이 그에게 있어선 잠깐의 여흥에 불과했다니, 그저 놀라울 따름이었다. 예전에 그녀와 사랑에 빠졌었던 게 아니었나? 비슈발츠가 저택에서 발갛게 물든 뺨을 감출 생각을 하지 못한 채 내가 돌아오기만을 기다리고 있을 로에나가 아주 잠깐이지만 불쌍하게 느껴지는 순간이었다.

오늘은 볕이 좋아 몇몇의 영식과 영애를 대동하여 봄맞이 사냥에 나선 참이었다. 황태자의 참석으로 인하여 귀족 중의 귀족이라 할 수 있는 알짜배기만 모인 이 상황에서 나는 여전히 로샨 영애와 함께 그의 옆자리를 차지하고 있었다. 다른 귀족이 그의 눈치를 살피며 어떻게든 끼어들려고 했지만, 그의 거부가 어찌나 완강하던지 이젠 얼씬조차 하지 못했다. 우리를 주변으로 큰 원이 그려지고 있었다. 덕분에 이와 같은 이야기를 아무렇지 않게 나눌 수 있어 다행이었다.

몇 번을 주저하다가 결국 크게 용기를 내어 로에나에 관한 이야기를 겨우 꺼낸 나와 달리 황태자는 이만한 주제 따윈 아무렇지 않다는 반응이었다. 오히려 저 멀리 도망가는 사슴을 향해 활을 겨누어 쏘며 무심한 어조로 말을 이어 나갔다.

"사실 이어줄 거면 그대가 더 낫다고 할 수 있겠지."

보통의 여인이었더라면 심장이 덜컥하여 숨이 막혔을 게 분명할 소리를 말이다.

"전하."

로샨 영애가 나무라듯 그에게 말했다. 어떻게 그런 이야기를 아무렇지 않게 할 수 있냐는 타박이었다.

"뤼세 너도 그렇게 생각하잖아. 이만한 여인이 없어."

나는 부드럽게 미소 지으며 그의 말을 받아쳤다.

"이용하기 딱 좋은 이요?"

"그렇지. 하지만 멜의 연인이니 어쩔 수 없는 노릇이지 않소? 그러니 아쉬움에 입맛만 다실 수밖에."

어처구니없는 소리였다. 나는 단호한 목소리로 딱 잘라 말했다.

"전 그의 연인이 아니에요."

"하지만 모두가 그렇게 알고 있지. 멜이 그렇게 소망하고 있기도 하고."

두 번째 화살이 사슴의 목을 꿰뚫었다. 어린 사슴의 몸이 부들부들 떨리더니만 힘없이 축 늘어지고 있었다. 그 잔인한 광경에 모두가 손뼉을 치며 좋아했다. 황태자의 놀라운 활 솜씨에 찬탄을 보내는 이도 있었다. 영식들이 사냥을 할 때 대부분의 영애가 휴식처에 앉아 휴식을 취한다. 디뷘젤 공녀를 따라 사냥터에 갔을 때 그랬던 것처럼 말이다. 하지만 황태자와 사냥을 나설 때는 또 다른 것인지 모든 여인이 마치 구경꾼처럼 멀찍이 서서 그를 바라보고 있었다. 로샨 영애 역시 황태자의 뒤를 따라 나서는 게 익숙하다는 듯 군말 없이 서 있었고. 그렇기에 나는 그가 토끼 두 마리와 사슴 한 마리를 연이어 잡는 것을 지켜볼 수 있었다.

황태자는 시종에게 죽은 사슴을 확인하고 오라고 시킨 뒤 말을 이어 나갔다.

"그대를 만나면서부터 멜을 자꾸 다른 곳으로 돌리게 된다오. 녀석의 질투심은 상상을 초월하거든."

눈으로 보지 못하면 믿지 않는다. 스스로 확신하기 전까진 끊임없이 의심하고 또 의심한다. 그것은 과거의 시스에가 할버드 경에게 했던 고약한 짓이었다. 그런데 아이레스 경이 그때의 나를 똑같이 답습하고 있었다. 순간 머리가 아파 온 나는 살며시 미간을 찌푸렸다.

"아이레스 경이라면 더 좋은 분을 만날 수 있을 텐데요."

내 말에 황태자가 빙그레 미소 지으며 시종이 회수해 온 화살을 받아 들었다. 그는 '더 좋은 분'이라는 말을 부정하지 않은 채 '녀석의 고집은 우리 중 최고라오'라는 말을 내뱉었다. 자신조차 어쩔 수 없다는 고백이었다. 동시에 입술을 비틀어 올리며 내게 말하는데, 이는 명백히 상대의 수치심을 불러일으키는 조롱이나 다름없었다.

"그런데 그대는 아이레스보다 더 나은 남자를 찾기 위해 그를 거부하는 건가?"

네가 도대체 무엇이기에 아이레스 경과 같은 사내를 거부하냐는 뜻일 테다. 내 처지를 완벽하게 무시하는 소리였다. 그의 말에 뤼세트 로샨이 앞으로 한 걸음 나섰다. 그녀는 단단히 화가 났는지 고운 미간 가득히 인상을 쓰고 있었다. 만일 내가 먼저 나서지 않았더라면 여기가 사냥터라는 것도 잊은 채 크게 화를 냈을지도 모르겠다.

나는 차분한 어조로 그의 말에 대답했다.

"아이레스 경보다 더 나은 분이 계신가요? 저는 잘 모르겠는걸요."

암만 황태자라 할지라도 미카엘 아이레스보다는 뒤떨어진다는 비꼼이었다. 눈에는 눈, 이에는 이라고 그가 보내온 조롱을 완벽하게 되돌려 준 것이다. 뤼세트 로샨이라는 방패와 주변 사람의 이목을 의식했기에 나직이 내뱉을 수 있었던 과감한 행위였다.

"이런, 서글픈 말이로군. 난 그대가 그대의 동생보다 더 나은 여인이라는 걸 인정했는데 말이오."

"전 전하보다 '이디'가 더 낫다고 생각되는걸요."

"뭐? 이디?"

"네, 이디요."

나는 태연하게 말을 이어 나갔다.

"왈패를 아무렇지 않게 날려 버리던 그 남자 말이지요. 이것저것 잴 것 없이 훨씬 더 사내다웠거든요."

"그럼 그대는 이디에게 마음이 있다는 소리인가?"

"늑대 가면님과 같은 과감성이 있다면 또 모를 노릇이지요. 하지만 둘 다 부족하답니다."

내 말에 황태자가 묘한 표정을 지었다. 그는 갑자기 자신의 심장 어림에 손을 가져다 대며 '무언가 일렁이는군'이라 중얼거렸다.

"의도치 않은 말인 게 분명한데 기이하게도 의식하게 된단 말이야? 하지만 확인해야 할 건 확실하게 해야 하겠지."

황태자는 나와 이야기를 하는 와중에도 능숙하게 활을 잰 다음 자신이 목표로 한 사냥감을 단번에 꿰뚫었다. 놀라울 정도의 섬세한 실력이었다. 항간에 황태자가 검보다 활에 더 능숙하다고 하는데, 그러한 소문이 퍼진 이유를 알 것 같았다. 활에 관한 한 문외한인 나라도 귀신같은 솜씨를 가졌다고 감탄할 정도였으니 더 말해 무얼 할까. 그렇기에 그가 실수인 척 화살촉을 내게 가져다 댔을 때, 숨을 크게 들이켤 수밖에 없었다. 곧 황태자가 아무렇지 않은 척 '이런, 실례'라고 했지만, 그건 분명 실수가 아니었다. 나를 놀래기 위한 행동 그 이상도 이하도 아니었다.

"그대의 대담함에 매번 감탄하기만 하니, 이를 어쩌면 좋소?"

흘러가는 듯 말했지만 그가 내뱉은 말은 정확하게 내 귓가에 꽂혀 들어왔다.

"어쩐지 탐이 나잖아."

이가 바드득 갈리는 상황이었다. 손톱이 손바닥의 여린 살을 사정없이 파고들고 있었다. 나는 치솟아 오르는 분노를 꾹 참은 채 애써 미소 지었다. 화가 나지만 두려움도 함께 일었기에 마땅히 이렇다 할 공세를 취할 수 없었다. '부족하다'라는 말이 저를 도발하기 위한 말이긴 하나 목숨을 걸어야 할 정도였을 줄은 몰랐기에 느끼는 모순된 감정들이었다.

그런데 그 와중에 탐이 난다고? 어떻게 내게 그런 말을 할 수 있는 거지? 모멸감에 그만 혀를 깨물고 싶었다. 대우를 해주겠다는 약속은 어디로 갔는지, 금세 거리의 불한당처럼 나를 희롱하고 모욕하고 무시하는 그가 너무나도 미웠기 때문이다. 그러나 곧 차분해졌다. 지금 내가 어떠한 상황에 처해 있는지 너무나 빠르게 깨달을 수 있어서였다. 이성이 내게 침착하라고 외치고 있었다.

그래, 당신은 이런 사람이었지. 호기심이 일지 않으면 무감각한 시선으로 공포를 선사하고, 구미가 당기면 자신의 손아귀에 넣어 꼭두각시처럼 부린다. 내일 죽는다 해도 이상치 않을 늙을 황제를 제외하곤 하늘 아래 무서울 것이 없는 완전한 자이니 무엇 하나 두려울 게 없었다. 그러므로 만일 여기서 실수를 가장하여 누구 하나를 죽인다 하더라도 그에게는 '사고'라는 면죄부가 씌워질 것이다. 그러니 신분이 낮은 계집과의 약속을 깨는 것은 여반장이 아니겠는가.

나는 조용히 호흡을 고르며 표정을 감추기 위해 애를 썼다. 그리고 그가 잊고 있는 사실을 다시금 상기시켜 주었다.

"절 존중한다 하지 않으셨나요?"

내 말에 그가 웃었다. 재미있는 말을 들었다는 것처럼. 이번엔 로샨 영애도 함께 웃고 있었다. 나는 그 순간 가장 모욕적이고 수치스러운 상황에서 로샨 영애가 나서지 않았다는 사실을 깨닫고 눈을 동그랗게 떴다. 순식간에 커다랗게 부풀어 올랐던 감정이 푸쉭 하고 사그라졌다. 허탈함이 물밀 듯이 밀려오고 있었다.

그러니까, 이게 지금……?

"미안해요. 내가 설명할게요. 전하께서는 말이 좀 서투르니까요."

그녀가 내 손을 잡아끌었다. 더는 황태자의 곁에 서 있을 필요가 없다는 듯 저 멀리에 마련된 휴식처를 향해 걸으려고 하고 있었다. 그런 내 등 뒤로 황태자의 목소리가 바람처럼 흘러들어 왔다.

"탐이 난다는 건 거짓이 아니오. 그건 알아줬으면 좋겠군."

로샨 영애의 미간이 다시금 찌푸려지는 건 당연한 일이었다. 그녀는 내 손을 꼭 잡은 채 천천히 걸어가며 입을 열었다. 벌려진 입술을 통해 새어 나오는 목소리는 미안함을 듬뿍 담고 있었다.

"전하께서는 위치가 위치이다 보니 의심이 많으세요. 그래서 늘 상대를 시험하고 또 시험하시죠. 특히 이런 식으로 상대가 자신의 감정을 적나라하게 드러내는 상황을 만드는 것을 즐겨 한답니다. 악취미죠."

뤼세트 로샨의 말은 간단했다. 곧 황위에 오를 몸이므로 무엇 하나 허투루 받아들일 수 없으니 이리저리 잴 수밖에 없다는 뜻이었다. 건국제에서 춤을 췄을 때, 평복을 한 채 거리에 나갔을 적 나누었던 대화, 마차 안에서의 살기, 그리고 지금의 위협까지……. 전부 다 상대가 방심했다 여겼을 때 일어날 수 있는 일이었다. 황태자는 이것을 놓치지 않았고, 최대한 날카롭게 자극하는 것으로 내 본능을 이끌어 내려고 했다.

"목적을 가진 자는 그 어떤 위협이 닥치더라도 자신에게 주어진 임무를 생각하기에 생각을 재 가며 태연하려고 애를 쓰죠. 하지만 영애는 달랐어요. 순수하게 분노했죠. 그리고 두려워했어요."

로샨 영애는 이제 더는 내가 의심을 받지 않을 것이라고 말했다. 다 끝났다는 소리였다. 이 말을 하는 그녀의 표정은 환하게 빛나고 있었다. 하지만 나는 마주 웃을 수 없었다. 두려움으로 인하여 입안이 턱턱 막혀 오고 있어서였다. 머리는 이미 팽팽 돌아가 터질 지경이다. 수많은 의문이 한데 모였다가 사라지기를 반복하고 있었다.

플랑드르 남작 부인이 황태자에게 접근하라고 말한 적이 있다는 사실을 이들이 안 것일까? 아니면 비트라이스 영식에게 떠밀려 황태자와 춤을 춘 것을 누가 보기라도 한 것인가. 혹은 황후의 견제가 또 다른 의심을 심어준 것일까? 로에나가 그녀의 명을 받아 황태자에게 다가서기 시작한 것처럼 말이다. 두려움으로 인해 속이 울렁이고 있었다.

"미안해요. 난 정말로 시스를 좋아하지만 전하를 막을 수 있는 힘은 없어요. 그분이 하고자 한다면 따라야 해요. 그래서 그대의 수치심을 마냥 지켜볼 수밖에 없었어요. 미안해요. 정말로 미안해요."

"로에나, 로에나는 어떻게 되는 거죠?"

나는 힘겹게 입을 열어 그녀에게 물었다. 그리고 난 어떻게 해야 하죠?

뤼세트 로샨이 딱하다는 표정으로 한숨을 내쉬었다. 그것은 나에게가 아닌 로에나에 대한 동정이었다.

"그대의 아름다운 동생이 원하는 대로 해줘요, 시스. 그게 풀케르께서 바라는 일일 테니까."

그녀의 목소리가 희미하게 부서지고 있었다. 전하께서 충분히 여흥을 즐길 수 있도록, 그렇게 배려해 주세요.

애정은 누구에게나 공평하게 나누어지지 않는다. 그 나름대로 서열이 있다. 사랑에 관한 한 가장 평등할 것 같은 어머니라도 조금 더 눈길이 가는 자식이 있지 않나. 하물며 다른 사람이야 어떠하랴. 나에 관한 뤼세트 로샨의 애정은 분명 진실하다. 이것은 믿어 의심치 않는 부분이다. 하지만 그 척도와 깊이를 따져 순위를 매겨 보았을 때, 나는 최하위권에 속해 있었다. 그녀가 사랑하는 가족과 친구 등등 모든 사람을 미루어 헤아렸을 때 말이다.

특히 황태자와 아이레스 경은 내가 넘을 수 없는 벽이었다. 그간 쌓아 온 우정의 세월을 손꼽아 보자면 그럴 수밖에 없었다. 그렇기에 암만 나를 따르니 어쩌니 해도 이번과 같은 사건이 또다시 일어난다면, 그녀는 한 걸음 뒤로 물러나 있을 게 분명했다. 그러고선 황태자의 명이라 어쩔 수 없었다는 변명과 함께 나를 위로하려 할 것이다.

내가 느낀 공포와 실망은 바로 이러한 부분이었다. '전부'가 되지 못한다는 것. '먼저'가 될 수 없다는 것. 사실 질로 따져 본다면 로샨 영애의 애정이 더 고약하고 지독했다. 그녀는 확실하지 않은 '여지'를 기반으로 무언의 기대를 하게 만들었다. 내가 미카엘 아이레스 경에게 그러하듯이.

어쨌든 순위를 매겨 '배려'와 '애정', '우정'을 공급받는다는 건 부질없는 일이라 할 수 있었다. 수동적으로 바라볼 수밖에 없다는 것과 같은데 그 누가 좋아하겠는가. 차라리 디뷘젤 공녀의 무리처럼 서열의 순위가 명확하다면 더 나았을지도 모른다. 원치 않는 시험을 받는 일 따위 겪지 않았을 테니까. 그런데 이게 다 뭐란 말인가. 화가 나 견딜 수 없다. 더 분통이 터지는 건 이러한 감정을 꾹꾹 억눌러야 하는 이 상황이었다.

그래도 뤼세트 로샨이 황태자와 다른 건 일말의 양심이 조금이라도 남아 있다는 점이었다. 그녀는 황태자가 갑자기 시험에 돌입했기에 그의 신호에 맥없이 물러날 수밖에 없었노라고 고백했다. 미리 준비해 계획했다는 것처럼 굴었던 이전과는 정반대의 상황이었다. 나는 이것이 또 다른 시험인지, 혹은 그녀가 보여 줄 수 있는 최선의 사과인지 잘 가늠이 되지 않아 잠자코 침묵했다.

"내 최선을 의심하면 안 돼요, 시스."

내가 아무런 반응을 보이지 않자 로샨 영애는 눈에 띄게 안절부절못했다. 내 손을 부여잡는 그녀의 손끝은 얼음물에 담근 듯 차갑게 식어 있었다. 마치 작은 짐승이 눈치를 살피며 낑낑거리는 것 같았다. 누가 친구 아니랄까 봐 어쩜 이러한 점도 아이레스 경과 똑 닮은 것인지 모르겠다.

나는 치밀어 오르는 한숨을 삼키며 아무렇지 않은 척 그녀에게 대답했다.

"가슴이 진정되지 않아 그랬던 것뿐이에요."

"다음에는 이러한 일이 없을 거라고 약속할 수 있어요. 정말이에요. 날 믿어요."

글쎄, 전하께서도 과연 '다음'이 없을까요? 이 말이 혀끝을 맴돌고 있었지만 차마 내뱉을 수 없었던 건, 내가 가진 한 가닥의 강한 인내심 때문이었다.

이 세상 어디에도 완벽하게 마음을 내어줄 수 있는 사람이 없다는 '사실'이 나로 하여금 '경계'하게 하고 있었다. 목숨의 위협을 가장하여 시험할 정도로 주변 사람들을 지독하게 거르는 황태자의 행동이 무엇에 기반을 두어 그러는 것인지 확실하게 이야기해 주지 않는다는 점에서 이미 균열이 시작된 것이다. 테두리 안에는 넣되 끊임없이 감시하고 관찰하고 분석하겠다는 그들의 태도는 기만이나 다름없었다. 차라리 가식으로 무장한 디뷘젤 공녀의 태도가 더 현명하고 아름답다 볼 수 있었다.

어쨌든 이 일에 대한 열쇠도 아이레스 경인 것일까? 결국 그에게 매달릴 수밖에 없는 건가. 그러잖아도 부쩍 만나는 일이 잦은 아이레스 경인데 이런 식의 도움까지 받아야 한다니 마음속의 부담이 커지는 것 같다.

언뜻 보았던 광기가 착각에 불과한 것이라면 한층 더 깊게 구슬렸을 텐데, 몸 한구석에 깊숙하게 잠든 본능적인 감각이 맹수의 이를 건드려선 안 된다고 경고하므로 이래저래 불편함만 가중되는 것이다. 그래도 아슬아슬한 줄타기를 지속할 수밖에 없는 건 간이고 쓸개고 다 빼줄 것처럼 구는 그의 맹목적 헌신이 나에게 있어 커다란 힘으로 작용하고 있기 때문이다. 자신을 이용해도 된다고 말했던 그의 목소리가 면죄부를 주듯 귓가에 울려 퍼지고 있어서였다. 그러니 허용되는 선에서 그를 좀 더 구슬려 정보를 빼내야 하겠지.

마음의 정리를 마친 나는 한결 가벼워진 표정으로 로샨 영애에게 말했다.

"로에나에 관한 일은 영애께서 절 도와주셔야 할 부분이에요. 전 그녀를 감당할 수 없어요."

자아, 일차적으로 로에나를 감당하지 못하는 '나'를 드러냈다. 이제 당신들은 내게 어떤 모습을 보일까? 미묘한 언사에 로샨 영애의 표정이 이상하게 변했다. 그녀의 눈동자가 감당할 수 없다는 게 무엇을 의미하는지 유추하고 있는 듯 이리저리 움직였다.

잠시 후 로샨 영애가 입을 열어 말했다.

"그러죠. 시스가 요청한다면 언제나 그럴 수 있어요."

나는 빙그레 웃으며 로에나를 황태자에게로 데리고 갈 날을 로샨 영애와 함께 이야기를 나누었다. 동시에 머릿속으론 아이레스 경에게 물어봐야 할 것 같은 질문을 차곡차곡 쌓으면서, 언제 화살에 위협을 당했냐는 듯 태연하게 굴었다.

그날 사냥은 황태자를 비롯한 모든 영식에게 커다란 수확을 안겼다. 특히 황태자의 성적이 빼어났는데, 그가 홀로 잡은 짐승의 수는 총 열세 마리로 다른 사람의 두 배였다. 그는 그중 가장 어린 사슴의 가죽과 살코기를 내게 선물로 주었다. 로샨 영애에게도 그렇게 했다. 모든 영애가 황태자가 선사한 선물이 부럽다는 듯 이를 바득바득 갈며 손수건을 물어뜯고 있었다.

"가죽으로 무엇을 하면 좋을까요? 고기야 먹으면 될 일이지만요."

나는 내 발치에 놓인 사슴 가죽을 바라보며 난처한 표정을 지었다. 피와 노린내가 채 가시지 않은 가죽은 역겨운 냄새를 풍기고 있었다.

황태자가 선사한 것이니 아주 고이 싸매어 가져가야 할 터인데, 이걸 마차 안에―꼭 마차 안이어야 했다. 그렇지 않으면 그의 성의를 감히 무시했다는 소리를 듣게 되니까―넣어야 한다고 생각하니 벌써부터 코가 실룩이는 것 같았다.

"최상급 가죽이니 잘 무두질해서 장갑이나 구두를 만들면 될 일이에요. 이 가죽을 아주 잘 다루는 명인을 알고 있어요. 내일 비슈발츠가에 방문할 수 있도록 연락을 취해 놓을게요."

"감사합니다, 로샨 영애."

"뤼세라고 부르라니까요. 정말 고집쟁이에요, 시스는."

그녀가 곱게 눈을 흘기며 자못 섭섭하다는 듯 말했다. 그리고 내게 말하는데, 약속한 날에 로에나를 데려오는 것을 잊지 말라는 소리였다. 나는 알겠다고 대답한 뒤 하인을 시켜 살코기와 가죽을 잘 챙기게 했다.

비슈발츠가 사람들은 사냥터에 따라간 내가 가죽과 살코기를 가져오니 매우 놀란 표정이었다. 나를 따라간 하인이 자랑스레 헛기침을 하며 황태자가 준 선물이라 떠벌리자 아예 기절할 것처럼 굴었다. 그래선지 아무도 감히 그것에 손댈 용기조차 내지 못했다.

나는 하녀를 시켜 살코기를 주방에 가져가 저녁을 만들게 했다. 저녁거리로 삼아도 되는지 심각하게 머뭇거리는 그녀에게 먹으라고 받은 것이니 괜찮다고 말하는 것도 일이었다.

사람들은 아무렇지 않게 황태자의 선물을 처리하는 내가 무척 대담하고 용감하게 느껴졌는지 무척 감탄한 표정으로 나를 바라보고 있었다. 그런 그들의 얼굴에는 쓸데없는 자부심이 일렁였다. 보잘것없던 내가 어느새 이런 거물들과 어울리는지 신기하면서도 대단해 보인 모양이다.

황태자에게 가죽과 고기를 선사받았다는 소문이 그 짧은 시간 안에 로에나의 귀에 들어간 건지, 그녀는 내가 이것저것 지시를 내리는 찰나에 어느 순간 튀어나와 가죽을 구경하고 있었다. 로에나는 연신 감탄을 터뜨리며 부럽다는 표정을 지었다. 그리고 나를 바라보며 눈을 섬벅섬벅거리는데, 기다란 속눈썹 아래 드러나는 것은 '탐욕'이었다.

나는 로에나의 모습에 놀라움을 금치 못했다. 그녀가 이런 식으로 자신의 욕심을 직접 드러낸 건 내 생에 처음 있는 일이기 때문이다. 돌아오기 전 이맘때쯤의 로에나는 훨씬 더 차분하고 성숙했으며 감정을 추스를 줄 알았으니까. 그런데 지금의 이 모습은 무엇인가. 직접적인 비꼼과 폭언을 가장한 밀어냄이 없기에 여태 마고의 어린애로 머무르고 있는 걸까? 아니면 또 다른 무엇이 있는 것일까? 어쨌든 지금의 상태가 흡족한 것은 사실이었다.

그렇게 한동안 눈으로 사슴 가죽을 바라보던 로에나가 선망에 가득 찬 목소리로 내게 물었다. 그 속에는 약간의 질시도 뒤섞여 있었다.

"시스에만 받은 거야?"

"뤼세도 받았어."

"뤼세?"

"로샨 영애 말이야."

"애, 애칭까지 부를 정도니?"

나는 대답 대신 하녀를 시켜 가죽을 들어 올리게 했다. 이런 일에 두 손 놓고 있을 마리가 아닌지라 그녀는 재빠르게 다른 하녀들을 몸으로 밀치고선 가죽을 움켜잡았다.

곧이어 자신이 어떤 짓을 했는지 깨닫고 잡은 손에 힘을 빼긴 했지만, 황태자가 선사한 가죽을 손톱까지 세울 정도로 세게 잡았다는 점에서 두려운 모양이었다. 그녀의 얼굴이 순식간에 창백하게 변했다.

"자, 자국이 남지는 않겠죠?"

"무두질과 마름질을 잘해서 장갑을 만든다면 티도 안 날 것이란다. 내일 뤼세가 보낸 장인이 올 테니 그에게 넘겨주면 될 거야."

"그걸 가지고 장갑을 만들 거니?"

로에나가 물었다. 그녀의 눈동자는 '누구의 것인데?'라고 물어보는 듯 초조하게 굴러가고 있었다.

"어린 사슴의 가죽이긴 하지만 장갑 하나 정도는 거뜬하게 나오겠지. 장인이라면 조각 하나 허투루 쓰지 않을 테니까."

"그래서?"

로에나는 내 방문 앞까지 졸졸졸 따라와 끈덕지게 장갑의 주인이 누가 될 것인지를 물었다. 딱히 정해진 바 없이 무작정 장갑만 생각했던 나이기에 그녀의 태도가 매우 우습고도 가소로웠다. 나라고 대답한다면 부러워 죽으려고 할 것이고, 황태자라고 한다면 질투의 빛을 내뿜을 게 분명할 저이기에 무어라 해야 할지 고민이 되었던 것이다. 아이레스 경에게 변명거리를 좀 만들 겸 후자를 선택해 볼까?

"전하께 드릴 거야."

"그럼 선물을 포장할 때 쓰는 천에 내가 자수를 놓아도 될까?"

로에나가 기다렸다는 듯 말했다. 사랑에 빠진 소녀의 얼굴은 애처로움과 비굴함이 한데 뒤섞여 사형을 기다리는 사형수처럼 초조함을 그대로 드러내고 있었다. '안 돼'라고 말한다면 금세 비명을 내지르고선 기절할 것 같은 기세다.

"아, 그렇지. 너에게 전할 말이 있어. 전하께서 다음 모임 때 너와 함께 오는 걸 허락하셨어."

"그래."

자수에 대해 시선을 돌리고자 일부러 황태자와 만날 수 있다는 소식을 흘렸는데, 이상하게도 그녀의 반응은 좋아 죽겠다는 게 아니었다. 그렇게 되는 게 당연하다는 것처럼 자연스럽게 받아들이고 있었다. 저의 우스꽝스러운 모습을 기대했던 나로선 김이 빠지는 일이 아닐 수 없었다.

"자수가 더 중요하니?"

"정말 하고 싶어서 그래. 그러니까 허락해 주면 안 될까?"

"보통은 만남에 더 기뻐하지 않아?"

"이미 풀케르께서 약속하신 사항이라 더는 뛸 가슴이 없는걸. 물론 처음엔 너무 놀라 기절할 뻔했지만."

또 풀케르, 황후다. 그녀가 모든 것을 안배했다는 것처럼 여상스레 대답하는 꼴이 기분 나쁠 정도로 섬뜩하다. 요즘 들어 로에나의 입에서 황후가 빠진 적이 없었다. 그래선지 황태자에게 연심을 가진 그녀의 주변이 심상찮게 느껴졌다. 특히 황후와 황태자와의 관계가 그러했다. 난봉꾼 아들에게 여자를 붙여 주려는 어머니, 그런 그녀의 의도를 알고서 일부러 어울려 주는 아들. 이게 정상적인 모자 관계라 볼 수 있는 건가?

순간 마녀가 내뱉었던 예언의 한 자락이 스쳐 지나갔다.

설마…… 설마 아니겠지?

"시스에, 무슨 생각을 하는 거야? 이제 그만 내 요청에 대한 답을 해 주지 않겠어?"

나는 복잡한 심경을 애써 감추며 빙그레 웃었다.

"로에나, 날 곤란하게 만들지 말렴. 전하께 드리는 선물에 네 자수가 들어간다면 다들 뭐라고 생각하겠니. 차라리 전하께 따로 선물을 보내 드리는 건 어떨까?"

"그, 그렇지만……."

"내가 전하라면 그걸 더 기뻐할 거야. 그렇게 생각하지 않니? 네가 정성스레 고른 선물을 드려야지. 그렇지? 그러니 자수 이야기는 그만하자."

그러고는 손을 뻗어 그녀의 어깨를 살짝 뒤로 밀었다. 벌려진 입을 통해 흘러나오는 건 '나가 줄래?'라는 축객령이었다.

"이제 좀 쉬고 싶어. 설마 내가 옷 갈아입는 것까지 구경할 심산은 아니겠지?"

로에나는 억울함과 슬픔, 그리고 혼란으로 가득 찬 표정으로 나를 한 번 바라보더니 바깥으로 빠져나갔다. 나에게선 단 한 번도 자신이 바라던 바를 이루지 못했다는 것에 실망한 것인지, 혹은 분노한 것인지 모르겠지만 내딛는 걸음마다 제법 힘이 실려 있었다.

나는 세릴을 시켜 문을 닫게 한 다음 천천히 옷을 벗어 내렸다. 그러면서 중얼거리듯 말했다.

"아이레스 경께 편지를 보내야겠구나. 내용은 그래, 내일 정원에서 다과를 들면 어떻겠냐는 요청이면 좋겠어."

"아이레스 경께서 무척 좋아하시겠어요."

블랜이 눈을 반짝이며 말했다.

"그래, 그러겠지."

분명 그는 내 편지를 보고선 모든 일정을 죄다 제쳐 놓고 달려올 터였다. 내 질문에 여과 없이 답하며 그 정도만으로도 기쁘다는 듯 미소를 지을 것이다. 한 가닥의 희망을 걸고서 그렇게.

잠시 후 블랜이 내가 쓴 편지를 가지고선 아이레스가로 향했다. 오래지 않은 시간에 저택으로 되돌아온 그녀의 얼굴은 한껏 상기된 상태였다.

"빨리 내일이 되면 좋겠다고 하셨어요."

벌려진 입술을 타고 흘러나오는 건 몽롱하게 젖은 목소리였다. 이쯤 되면 누구를 보았는지 말하지 않아도 알 터. 나는 쓴웃음을 지으며 '그래'라고 대답했다.

아이레스 경은 매번 내게 훈련을 마치고 나면 시간이 많이 남는다는 것처럼 굴었다. 그가 소개한 일과만 살펴보아도 별다를 게 없어 보이니, 다른 사람이었더라면 정말로 그 말을 믿었을 것이다. 하지만 황궁의 기사가 그렇게 한가한 직업일 리 없었다. 가문의 기사만 하더라도 하루 종일 바쁘게 생활하는데, 하물며 황제를 수호하는 기사가 여유로운 시간을 가질 수 있겠는가.

결국, 이 모든 건 나를 위한 배려라 할 수 있는데, 저택을 나서기가 무섭게 다시 황궁으로 돌아가는 것만 봐도 그랬다. 그는 정말로 시간을 잘게 쪼개어 나를 만나고 있었다. 자신이 아는 정보를 건네주기 위해서.

오늘의 만남 역시 예정된 스케줄을 거의 제치다시피 하여 만들어 낸 시간일 터였다. 다른 사람이라면 무례에 가까운 통보에 짜증을 냈을 테지만 그는 정말로 기껍다는 듯 내 청을 수락했다. 그리고 약속한 시각에 맞춰 정확하게 도착했다.

마리는 아이레스 경을 다과가 준비된 정원으로 안내했다. 그는 미리 도착해 있는 나에게 정중하게 인사하고서 안내된 자리에 앉았다. 응접실이 아닌 곳에서 만난 게 된 것은 처음인지라 으레 내뱉는 안부 대신 정원을 칭찬하는 것으로 예의를 갖추면서 말이다.

"아름다운 정원입니다."

비슈발츠가의 정원사가 정성을 다해 가꾼 정원은 화사한 꽃들로 가득했다. 곧 여름이 다가오려는 것을 알리려는 듯 싱그러운 녹음이 물씬 피어오른 수풀에선 상쾌한 바람이 불고 있었다.

"정원사가 들으면 무척 기뻐하겠어요. 차 드세요, 아이레스 경."

"좋은 향이로군요."

그가 찻잔을 들어 올려 향을 맡더니만 두 눈을 크게 떴다. 향이 마음에 들었던 것인지 표정이 봄볕처럼 부드럽게 풀어졌다.

"경께서 오신다고 하셔서 특별히 준비한 차랍니다. 입에 맞으셨으면 좋겠네요."

그는 상냥하게 미소 짓는 내 모습에 무척 기뻐하며 차를 마시기 시작했다. 사르륵 흘러내리는 머리카락 사이로 살며시 드러난 귀가 새빨갛게 달아올라 있었다.

"갑작스러운 방문 요청에 당황하지 않으셨는지 모르겠어요. 제가 너무 무례했지요?"

"그렇지 않습니다. 영애께서 원하신다면 언제든지 달려올 수 있으니까요."

"말씀만으로도 감사해요."

언제나 다정하시군요, 라는 말을 덧붙이는 내게 아이레스 경이 손사래를 치면서 부인했다. 이 정도는 다정의 축에도 못 낀다는 태도였다.

"하지만 제게 이러한 모습을 보여 주시는 건 늘 아이레스 경뿐인걸요."

나는 일부러 시무룩한 태도를 가장하여 낮은 목소리로 말했다. 평소보다 더 기울어진 어깨는 처연함을 가득 담고 있었다.

"뤼세 역시 영애를 아끼고 있을 텐데요?"

"전하께서 하시는 일을 막지는 못하시잖아요. 어제 있었던 일만 봐도 그렇답니다."

"어제요? 어제는 사냥터에 가신 게 아니었습니까? 대체 무슨 일이 있었던 겁니까?"

불안한 여지를 주니 득달같이 달려들어 미끼를 물어 재끼는 그다. 내가 왜 자신을 '초대'하여 굳이 이런 이야기를 꺼내는지 생각조차 못 하고 있었다. 그저 내 감정을 살피느라 전전긍긍할 뿐이다. 사실 평소라면 이런저런 이야기를 돌려 가며 하다가 마지막에 가서야 본론을 꺼냈을 터였다. 그의 의심을 사지 않기 위해서다. 그러나 오늘은 이것저것 잴 것 없이 내가 가지고 있는 불안함을 표출하여 저의 동정심을 사기로 마음먹은 참이었다. 로샨 영애에게 배신감을 느꼈기에 이젠 나에겐 너밖에 없다, 라는 싸구려 촌극을 열연하여 그를 뒤흔들어 놓기 위함이었다. 나와 닮은 그이기에 '너밖에 없다'라는 말에 얼마나 약한지 잘 알고 있으니까. 그렇기에 충격적인 말을 적절하게 내뱉는 것부터 시작했다. 당황으로 인해 이성적인 사고를 하지 못하게 하기 위해서였다.

"경, 경도 아시다시피 제가 먼저 경께 다가간 게 아니에요. 뤼세 영애도 마찬가지구요. 하지만 전하께서는 그렇게 생각하지 않으신 것 같아요. 계속 시험을 하시니 말이에요. 그러니 오늘의 만남을 끝으로 더는 경을 만나지 않을 거예요."

미카엘 아이레스의 아름다운 얼굴이 당혹으로 일그러졌다. 그는 벌떡 일어나 소리를 지를 것처럼 굴더니만, 이내 자신이 추태를 보였다는 것을 깨닫고 바로 자리에 앉았다. 하지만 흘러나오는 목소리는 평소보다 한 톤 더 높아져 있었다.

"그게 무슨 말씀이십니까? 전하께서 그렇게 생각하지 않으시다니요. 대체 어제 무슨 일이 있었는지 제게 말씀해 주지 않으시겠습니까? 다신 저를 만나지 않겠다니, 이 무슨 고통스러운 말이란 말입니까! 차라리 검으로 제 심장을 찌르십시오. 그게 더 낫겠습니다."

"아니요, 절 별것 아닌 일에 두려워하며 고자질하는 어리석은 여자라 생각하실 거예요. 그러니 말씀드릴 수 없어요."

"제 명예를 걸고 맹세하노니, 결코 그럴 일은 없을 것입니다."

"정말인가요?"

"예. 진실로 그러합니다."

나는 슬픈 표정을 지으며 손수건으로 입을 가렸다. 시간을 끌어 그를 초조하게 만들기 위해서였다. 그리고 어느 정도 시간이 지났다 싶을 때 입을 열어 그의 기대를 완벽하게 배신했다.

"아니요. 역시 안 되겠어요. 그냥 이대로 끝내는 게 경의 명예와 저의 안전을 위해서 더 나을 거예요. 게다가 경께는 연모의 마음도 받아주지 않는 무정한 여자보다 진실 된 마음으로 경의 애정을 바라는 아리따운 여인이 더 어울려요."

"그걸 누가 정하는 겁니까? 그러지 마십시오. 저로 인하여 행복할 수 있다 하셨잖습니까. 그것으로는 부족합니까? 제발, 저를 내치지 말아주십시오. 이렇게 간청합니다."

이쯤 되면 내가 아닌 '너'를 생각하기에 이런 행동을 하는 것이다, 라고 주지시킬 필요가 있었다. 지금껏 애써 감추려고 했었던 불안감을 자신도 모르게 표출하기라도 하듯 은근한 목소리로 모르는 척 물어보는 것이다.

"하지만 경은요? 저로 인해 행복하시나요?"

"더없이요."

행복하다고 말하는 아이레스 경의 대답엔 한 치의 망설임도 없었다. 물어본 내가 민망할 정도로 확고했다. 상대를 위해 자신의 괴로움을 기쁨으로 승화시켜 버리는 어리석은 사랑이 그릇된 빛을 발하고 있었다. 의도한 대답이긴 한데 왜 이리 입맛이 쓸까? 나는 시선을 피한 채 중얼거리듯 말했다.

"전하께서도 그리 생각하실까요?"

"전하의 생각이 왜 중요한 겁니까?"

"심장이 화살로 겨누어질 정도의 위협이라면 충분히 고려해 볼 만하지 않을까요?"

아이레스 경이 다시 벌떡 일어섰다. 그는 내게 상처가 있는지 확인하고 싶지만 차마 그럴 수 없기에 의자 주변을 몇 번 왔다 갔다 하는 것으로 흥분을 가라앉히려고 애썼다. 꾹 움켜쥔 주먹이 눈에 보일 정도로 바르르 떨리고 있었다. 그러나 곧 견딜 수 없다는 것처럼 내게 물어보는데, 상처가 있다고 대답한다면 곧바로 황궁으로 달려들어 갈 태세였다. 그 정도로 눈빛이 흉흉했다.

"상처는 없으신 거지요? 부디 그렇다고 말씀해 주십시오."

"다행히도 다치지는 않았어요. 그런데 로샨 영애는 그것을 시험이라고 하더군요. 전하가 은밀히 신호를 보내었기에 나설 수 없었다고 그렇게 제게 말했어요. 전 무서워서 견딜 수 없었는데, 시험이라는 단어로 표현하며 아무렇지 않게 넘기고 있었어요."

나는 촉촉한 목소리로 '아이레스 경' 하고 그를 불렀다.

"그 말을 들은 제 심정이 어떠했을지 감히 짐작하실 수 있을까요? 세상에 홀로 남은 기분이었어요. 로샨 영애마저도 절 그런 위험한 시험에 처하게 놔두었으니까요. 이젠 제게 남은 사람은 경뿐이에요."

"저 말입니까?"

그가 믿을 수 없다는 듯 나를 바라봤다. 나는 힘없이 고개를 끄덕이며 말을 이어 나갔다.

"경은 지금껏 단 한 번도 저를 위험에 처하게 하거나 그러한 상황이 되도록 방치한다거나, 해가 될 만한 일들은 하지 않으셨잖아요. 좀 전에 내뱉었던 모진 말에도 오롯이 저의 행복만을 바란다고 하셨죠."

아이레스 경은 세상을 다 가진 듯 황홀한 표정으로 멍하니 나를 응시하고 있었다. 어느새 그의 주먹은 사르르 풀려 맥없이 흔들리는 상태였다.

"하지만 전하께서 그것을 바라지 않으시니 더는 어쩌겠어요? 이리 위험한 경고를 하시니 물러서는 수밖에요. 저는 용감하지 않아요."

나는 지금껏 단 한 번도 아이레스 경에게 그의 마음을 받아주겠노라고 말한 적이 없었다. 그저 미적지근한 태도를 유지하며 저의 연심을 이용할 뿐이었다. 그런데 지금 내뱉은 말은 이전과는 달랐다. 마치 그에게 마음이 있는데 황태자로 인해 접을 수밖에 없다는 것처럼 군 것이다. 목숨의 위협을 받으므로 어쩔 수 없이 도망치겠노라는 교묘한 수작이었다. 물론 제대로 된 사고를 하는 이라면 갑작스러운 심경 변화에 어리둥절했겠지만, 미카엘 아이레스에게 있어 이보다 더 흥분되는 소리는 없었다. 아마 지금 그의 이성은 마비되다 못해 어디론가 사라졌을 것이다.

"저만으로는 영애에게 용기를 불어넣을 순 없는 겁니까? 아니, 전하께서는 고작 그러한 이유로 영애께 그러한 무례를 저지른 게 아닐 겁니다. 그러니 저와의 만남을 두려워하지 말아주십시오."

"그럼 무슨 연유기에 제가 이러한 위협을 받아야 하는 건가요? 풀케르께서 제게 주신 모욕과도 관련이 있는 건가요?"

황후가 내게 모욕을 준 것은 아주 오래전의 일이지만, 거짓은 아니었다. 다만 어떤 때에 받았는지를 숨겼을 뿐이다. 이 모자(母子)에게 받은 굴욕이 미카엘 아이레스로 하여금 진실을 토해 내게 할 것을 알기 때문이었다. 그리고 내 예상대로 그는 잠깐의 머뭇거림과 갈등과 죄책감―아마 황태자에 대한 것일 터였다―이 뒤섞인 표정을 하더니만 이내 크게 결심한 것처럼 고개를 한번 끄덕였다. 동시에 내게 다가와 무릎을 꿇는데, 그것은 레이디에 대한 예로 나를 완벽하게 추종하여 경애한다는 의미를 나타내는 것과 다름이 없었다.

"제 심장을 가져가신 분께 늘 진실 된 언어로 사실만을 고백하고 싶지만, 이번의 상황은 저로 하여금 거짓된 혀를 가지고서 기만을 고하게끔 하는군요. 제 괴로움이 영애에게 있어 부담으로 다가가지 않기를 바랍니다. 다만 한 가지 확실하게 말씀드릴 수 있는 건 비극적인 사건이 일어날 거라는 예언뿐입니다."

앞으로 일어날 비극적인 사건이라 함은 '반역'뿐이 더 있을까. 만일 그렇다면 황태자가 지독하리만치 주변 사람들을 경계하여 걸러 내는 게 이해가 된다. 제국의 작은 태양은 이미 알고 있었던 모양이었다. 그러니 마녀의 예언에도 그리 놀라지 않았던 것일 테지. 이제야 조금씩 그림이 보이기 시작하고 있었다.

나는 더는 견딜 수 없다는 듯 처연한 목소리를 가장했다.

"저로 인해 경께서 괴로움을 맛보신다면, 이보다 더 비극적인 일은 또 없을 테지요. 그러므로 치솟아 오르는 호기심을 가슴 안쪽으로 깊숙하게 밀어 넣겠어요. 경을 곤란케 할 일을 하고 싶지 않아요."

"영애께 도움이 되고 싶어 한 것은 접니다. 그러니 부담 갖지 마십시오."

나는 고개를 내저으며 말했다.

"아이레스 경이 전하께 있어 얼마만큼 충성스러운 기사인지 잘 알고 있는걸요. 로샨 영애의 충실한 친구이기도 하구요. 그러니 그분들이 감추고자 하는 일에 대해 제가 어찌 여쭤볼 수 있겠어요?"

"영애의 마음을 무겁게 하는 것보단 낫지요."

황태자의 경계는 옳았다. 나는 그들에게 있어 도움이 될 만한 사람이 아니었다. 그들의 충실한 친우에게 이런 식으로 배신을 종용하고 있으니 말이다. 그러니 저들에게 있어 '독'이라 할 수 있을 것이다.

"그럼 하나 더 여쭈어보겠어요. 지난날 풀케르께서 로샨 영애를 초대하여 부르셨지요. 그 연유에 대해서 아시나요? 저에 관련된 일인 것 같은데 아무리 여쭤봐도 대답을 해주지 않으셔서 말이에요. 오, 물론 이 또한 대답하기 어려운 사항이면 말씀하지 않으셔도 된답니다."

그러자 그의 얼굴이 눈에 띄게 굳었다. 대답하기 어려운 것이었을까? 아니면 또 다른 무엇인 것일까. 아이레스 경의 눈동자에 어린 것은 희미한 분노였다.

"아이레스 경?"

잠시 후 그가 한숨을 내뱉듯 숨을 내쉬며 입술을 열었다. 낮게 가라앉은 눈동자는 타인을 향한 적의로 가득 찼다. 그 대상은 바로 황후였다.

"뤼세의 말에 의하면 영애께서 전하께 가까이 다가갈 수 있도록 그녀가 협조하여 주었으면 좋겠다는 이야기였다고 합니다."

그러니까 로에나에게 먼저 제안을 한 게 아니란 소린가? 그렇다면 에머리 닐람이 은혜를 운운하면서 나를 압박했던 것도 납득이 가는 부분이었다. 로샨 영애가 나타날까 봐 초조해하면서 되지도 않은 수작을 부린 것 또한.

그런데 한 가지 의문이 드는 게 '어미'가 '아들'에게 '여자'를 가까이 주면서까지 '다가갈 수 있도록' 해야 하는 점이었다. 이건 마치 로에나나 나를 이용하여 황태자의 근황을 살펴보겠다는 소리가 아닌가. 도대체 왜? 이에 대해 다시 물어보고 싶었지만 입술을 꾹 다물었다. 황후와 황태자 사이에 대해 추궁하여 알 권리는 없는지라 그저 모르는 척할 수밖에 없었다. 지금까지의 정보만으로도 충분히 차고 넘치니까 말이다.

이젠 이것들을 끌어모아 로샨 영애에게 넌지시 물어보는 일만 남았다. 아마 그녀라면 잔뜩 곤란한 표정으로 에둘러 말할 것이다. 그리고 자신을 믿으라는 말을 덧붙이겠지.

"그렇군요. 이제야 궁금증이 풀리는 것 같아요. 로샨 영애께서는 항상 다 끝난 일이라고만 말하셨거든요. 그런데 제 명예를 위한 침묵이었군요."

"뤼세는 정말로 영애를 아끼고 좋아하고 있습니다. 전하의 강요가 아닌 이상 언제나 영애께 충실할 겁니다. 그러니 그녀를 너무 미워하지 말아주십시오."

이번엔 미카엘 아이레스의 변론인가. 로샨 영애가 그랬듯 그 역시 내가 그녀를 미워하지 않도록 최선을 다해 변호한다. 우정이라는 끈이 변치 않기를 바라는 것처럼 그렇게. 뜻밖인 건 황태자에 대한 이해는 바라지 않고 있다는 점이었다. 로샨 영애에 대한 우정이 더 깊은 것인지, 아니면 지독한 짝사랑이 우정이라는 이름을 탐욕스레 삼켜 버린 것인지 모르겠으나, 이 노골적인 차별은 나로 하여금 의아함을 자아냈다.

"저도 그분의 입장을 충분히 이해하고 있어요. 하지만 갑작스러운 시험에 당혹스럽고 화가 난 것은 사실이랍니다. 전 여전히 받아들여지지 않은 상태인가요?"

"그렇지 않습니다."

"그럼 대비하게 해주세요. 더 이상 이런 위험한 시험을 겪고 싶진 않아요."

만일 이들이 공유하고 있는 은밀한 신호만 안다면 그전처럼 당황하여 허둥대지는 않을 터였다. 황태자에게 휘둘리지 않다 못해 당당하게 맞받아칠 수 있을지도 모른다. 하지만 '계략'을 획책하기 위한 '신호'를 쉽사리 알려 줄 리가 만무한지라 나름대로 마음먹고 있었다. 곤란해하는 모습을 보이거나 망설임이 길어진다면 어떻게든 잘 구슬려 알아내리라고 말이다. 그런데 의외로 쉽게 그들만의 암호를 알려 줬다. 황태자가 뒤로 한 걸음 물러선 다음 손가락으로 어떠한 모양을 만들어 낸다면 이 사람을 시험하겠다는 의미라는 것이다. 별거 아니라는 듯 금세 대답하는 그의 태도에 되레 당황한 건 나였다.

"제가 알아도 되나요?"

"더는 영애께서 휘둘리지 않기를 바랄 뿐입니다."

'휘둘린다' 앞에 빠져 있는 단어는 아마도 '황태자'일 것이다. 왜인지 모르겠으나 그는 끊임없이 황태자를 견제하면서 내가 그에게 가까이 다가가지 않기를 바라고 있었다. 이 마음은 자연스레 황태자가 선사한 사슴 가죽으로 이어졌다.

"장갑을 만들어서 전하께 진상할 거랍니다. 전하께서 주신 물건이니 합당한 물건으로 돌려드려야 함이 마땅할 노릇이지요."

미카엘 아이레스는 내가 사슴 가죽에 대해 별 의미를 두지 않음에 기뻐하면서도 황태자를 위한 장갑을 만든다는 점을 매우 못마땅해했다. 그의 얼굴에 어린 건 치졸한 질투로, 딱히 흠잡을 데 없는 방법임에도 불구하고 어쩔 줄 몰라 하고 있었다.

나는 그런 그를 달랠 겸 농담 어린 한마디를 던졌다.

"만일 아이레스 경께서 제게 사슴을 사냥해 주신다면, 경을 위한 장갑을 만들어 드리겠어요. 장갑을 싸는 천에는 자수를 놓을 거예요."

"정말이십니까?"

"네. 가문의 문장이면 될까요? 그러니 경의 손에 맞는 장갑을 만들 수 있도록 알맞은 크기의 가죽을 가져다주세요. 저는 잘 모르니까요."

그러자 아이레스 경이 불쑥 '지금 알아보면 되지 않습니까?'라고 말했다. 내 무릎 옆에서 레이디의 예를 취하고 있던 얼음의 기사는 어떠한 반응을 보일 새도 없이 자신의 손과 내 손을 겹쳐 크기를 재고 있었다.

뼈마디가 굵은 사내의 손이 내 피부를 통해 단단하게 전해 왔다. 크기나 길이나 어느 하나 빠짐이 없는 정말 '남자' 그 자체의 손이었다. 알알이 박힌 굳은살마저도 타고난 것처럼 느껴질 정도다.

"이 정도라면 쉽게 기억하실 수 있겠지요."

그의 뻔뻔한 태도에 나도 모르게 웃음이 흘러나왔다. 무례를 탓해야 함에도 그렇게 화가 나지 않는 건 여상스러운 표정과 달리 붉게 물들어 있는 귀 때문이었다.

"글쎄요. 이 정도의 어림짐작이 제게 얼마만큼 정확한 치수를 잴 수 있게끔 도와줄지 모르겠네요. 마침 오늘 로샨 영애께서 보내신 가죽 장인이 방문한다 하니 그를 통해 미리 장갑의 치수를 재어 놓는 건 어떠신가요?"

내 말에 아이레스 경의 얼굴이 환해졌다. 장인이 언제 방문할지 모르는 상태에서 그가 올 때까지 기다리라는 소리는 조금만 더 나와 함께 있어도 된다는 뜻과 다름없었다. 필요한 질문에 대한 답을 듣고 나면 이런저런 핑계를 대며 사라져 주기를 바랐던 지난날과 다른 상황인 것이다. 그러므로 상처럼 주어진 이 은근한 제안을 거절할 리 없었다.

로에나와 할버드 경이 정원으로 걸어 들어온 건 이즈음이었다. 그녀는 매우 뻔뻔하게도 인사를 함과 동시에 자리에 바로 끼어들었다. 합류하는 것이 너무나 자연스러워 우리가 그녀를 초대했나 기억을 더듬어 봐야 할 정도였다. 하지만 이미 자리에 앉은 이에게 무안을 줄 순 없는지라 치솟아 오를 것 같은 헛웃음을 애써 삼킬 수밖에 없었다. 무슨 꿍꿍이속으로 저러는 것인지 지켜보기 위해서라도 그랬다.

금세 자리에 착석한 로에나와 달리 할버드 경은 정원에 들어선 내내 아이레스 경과 맞대고 있었던 내 손에 시선을 두고 있었다. 깊게 가라앉은 눈동자는 마치 화를 참고 있는 사람의 것처럼 보였다. 그런 그를 보자니 마치 내가 잘못된 행동을 하고 있었다는 생각이 들 정도였다. 그래서 애써 시선을 뗀 채 로에나에게로 집중했다.

처음에 아이레스 경을 보고서 수줍은 표정을 짓던 로에나는 이내 재잘재잘 떠들어 가며 황태자에 대해 은근히 물어보기 시작했다. 노골적인 질문이 아닌지라 대답해 주는 데 문제가 없었지만, 그러한 일이 계속 반복되다 보니 그녀의 관심이 누구에게 쏠렸는지 금세 알아차릴 수 있었다.

이미 나를 통해 로에나가 황태자에게 마음이 있다는 것을 알고 있었던 아이레스 경이야 아무렇지 않게 답을 해주고 있었지만, 함께 온 마고는 표정이 붉으락푸르락한 게 영 좋지 않아 보였다.

흘깃 쳐다본 그녀의 얼굴은 부끄러움으로 가득했다. 그도 그럴 것이 사교계에 나서지도 않은 어린 소녀가 벌써부터 황태자에 대해 지대한 관심을 표명하며 정보를 얻으려고 하는 꼴이 보기에 썩 좋지 않았던 것이다. 암만 풀케르가 허락한 일이라 하지만 어느 정도 선을 지켜야 보기 좋은 법인데 지금 로에나는 사랑에 빠져 앞뒤 분간을 못 하는 얼간이처럼 굴고 있었다.

어쨌든 하녀 된 입장에서 아가씨의 말을 도중에 끊을 수 없는 노릇인지라, 마고는 계속 내게 눈빛을 보내며 어떻게 해줄 것을 요청했다. 내게 부탁을 한다는 것 자체가 마음에 들지 않지만 이 중 로에나에게 도움을 줄 수 있는 유일한 사람이 나이기에 어쩔 수 없이 애절한 시선을 보내는 것이다. 물론 내가 그 부탁을 들어줄 리가 만무하다. 도와줄 이유가 없으니까. 그래서 계속 차를 마시며 뺨에 와 닿는 시선을 무시했다. 그 속엔 할버드 경의 눈빛도 뒤섞여 있었지만 일부러 모르는 척했다. 그저 홀로 한가롭다는 듯 다과를 즐길 뿐이다.

로에나의 질문이 점차 줄어들기 시작한 것은 정원에 나타난 지 십오 분이나 흘렀을 즈음이었다. 애당초 계획했던 것보다 활용성 있는 이야기를 못 들은 것인지 잔뜩 시무룩한 표정을 짓던 그녀는 이내 쾌활함을 되찾으며 아이레스 경에게 말했다.

"아이레스 경, 경께서 건국제 때 보여 주신 검술에 무척 감탄했답니다. 할버드 경과 호각을 이루셨지요."

"예. 결판을 내지 못해 매우 아쉬웠던 승부였습니다."

잠자코 나만 응시하던 할버드 경이 입을 열어 아이레스 경의 말에 긍정했다. 그 역시 진정한 우승자를 가리지 못한 게 마음에 남았던지 지난날의 승부에 미련을 보이고 있었다.

"외람된 말이지만, 다시 붙는다면 결과가 어찌 날 거라 생각하세요?"

이 철없는 말에 놀란 건 나와 마고뿐이었다. 나는 조용히 '로에나!' 하고 그녀의 이름을 불렀다. 기이하게도 그녀는 계속 무례한 행동을 보이고 있었다. 평소답지 않은 모습을 보이면서 말이다. 하지만 로에나는 내 목소리가 들리지 않는지 연신 생글생글 웃으며 아이레스 경의 얼굴만 살폈다. 그녀가 왜 갑자기 이런 철없는 모습을 보이는지 모르겠지만 심히 당혹스러운 건 사실이었다.

"그러고 보니 이런 소문이 돌고 있다 하지요."

잠시 후 아이레스 경이 입을 열었다.

"풀케르의 가면무도회에 참석한 여인들이 저와 할버드 경의 재시합에 대한 경기 결과를 예측하여 내기를 벌였다고요. 영애께서도 그중의 하나입니까?"

"아니요, 그렇지 않아요. 저는 단지 가문의 기사님의 명예를 지켜드리고자 할 뿐이랍니다."

"저의 명예는 어찌하고 말입니까?"

"여쭤어보는 게 명예를 훼손하는 일은 아니지 않나요? 오, 감히 바라건대, 부디 억측에 가까운 생각으로 저를 핍박하지 말아주세요. 의견을 여쭙는 건 대화에 있어 자연스러운 흐름이니까요."

나는 순간 두 눈을 크게 뜬 채 그녀를 바라보았다. 이게 정말로 로에나의 입에서 나온 말인지 믿을 수 없어서였다. 늘 직접적인 표현으로 상대의 감성을 자극했던 그녀가 아니었던가. 불리하면 눈물을 흘리고 말이다. 그런데 지금의 로에나는 자신의 목적을 위해 말을 배배 돌리는 수법을 선보이고 있다. 귀부인의 전형적인 대화법을 흉내 내기라도 하듯.

마고를 바라보니 그녀 역시 기쁨과 슬픔이 뒤섞인 표정을 하고 있었다. 마냥 어리게만 보았던 소녀가 사교계의 화법을 구사하기 시작하니 감회가 남달랐던 것이다. 그간 멋으로만 황후의 모임과 라발리에의 모임을 따라다닌 게 아닌가 보다. 과거의 로에나가 이런 식으로 대화하기 위해선 몇 년이라는 세월이 더 필요했는데 말이다.

'경께서 원하신다면' 하고 할버드 경이 갑자기 입을 열었다. 로에나에게 무엇을 언질받은 것인지, 혹은 충동에 가까운 일인지 모르겠으나 그의 눈은 호승심으로 불타오르고 있었다.

"그때의 승부를 지금 내고 싶습니다만……."

나는 로에나의 손을 붙잡고 낮은 목소리로 소곤소곤 말했다.

"도대체 뭐 하는 짓이야?"

"이미 풀케르께 허가받은 사항이야. 그러니까 그렇게 타박하지 말아줘."

또 풀케르인 건가? 나는 짜증이 치밀어 오르는 것을 애써 짓누르며 그녀에게 속삭이듯 물었다. 왜 이러한 일에 풀케르의 인가가 들어가는지 모르겠다고. 이건 아이레스 경에게도 있어 실례가 아니냐고.

"내 손님에게 이럴 순 없어."

"하지만 당사자가 원한다면 실례가 되지 않을 테지. 이렇게 말이야."

로에나가 천진한 미소를 지으며 눈짓으로 할버드 경과 아이레스 경을 가리켰다. 어느새 둘은 사춘기의 소년으로 되돌아가 되도 않은 호승심에 불타오르고 있었다.

"말해. 솔직하게 말하란 말이야. 할버드 경의 명예를 위해서만 벌이는 짓은 아니잖아."

그녀가 눈을 깜빡이며 나를 바라봤다. 그리고 평소와 같은 순진한 표정으로 입을 열어 말했다.

"물론 오늘은 아니었어. 단지 난 풀케르께서 시킨 대로 한번 말해보고선 다음을 기약하려고 했으니까. 그저 순수하게 생각을 여쭤본 거라구. 하지만 할버드 경이 이리 나서 줄 줄 누가 알았겠니."

로에나의 말에 의하면 오늘 할버드 경을 만난 건 순전히 우연이라고 한다. 그가 먼저 내가 어디 있는지에 대해 물었고, 함께 가도 되겠냐고 정중하게 요청하였기에 동행한 것이었다.

"맹세코 할버드 경은 내가 이렇게 물어볼 것을 전혀 몰랐어."

글쎄, 몰랐다는 사람치곤 이렇게 격양된 표정을 지으며 서로를 노려볼 수 있는 건가? 앙숙을 만난 것처럼 말이다. 특히 할버드 경의 얼굴은 금세라도 칼을 뽑아 피를 볼 것처럼 서늘하게 가라앉아 있었다. 주변의 공기가 날카롭게 변했다.

"좋습니다, 할버드 경. 오늘 승부를 보지요. 여기서 물러난다면 제 체면이 말이 아닐 테니까요. 무엇보다 귀부인들 사이에서 다신 저러한 내기가 걸리지 않도록 확실하게 끝을 내야겠습니다."

아이레스 경이 자리에서 벌떡 일어났다. 깜짝 놀란 내가 만류할 것처럼 그를 불렀지만 아랑곳하지 않고 있었다.

아아, 사내들의 호승심이란. 나는 두통이 밀려오는 것 같아 두 눈을 질끈 감았다. 이에 대한 후폭풍은 누가 감당한단 말인가.

할버드 경 역시 자리에서 일어났는데, 그는 아이레스 경을 연무장으로 인도하는 대신 내게 성큼성큼 걸어와 한쪽 무릎을 꿇고서 기사의 예를 취했다. 그리고 아이레스 경과 맞대었던 손의 손등에 입을 맞추며 부드럽게 속삭이기 시작했다. 평소의 할버드 경이었다면 상대를 기다리게 함이 없이 승부에 신경을 썼을 터였다. 그게 당연한 예의이기도 하고 말이다. 그런데 아이레스 경은 안중에도 없다는 듯 갑자기 내게로 집중하고 있었다. 이 돌발 상황에 당황하고 있는 다른 사람들은 눈에 보이지 않기라도 하듯.

"나의 아가씨, 당신께 이 시합의 승리를 바치겠습니다. 그러니 부디 편안히 지켜봐 주시기를."

내 손과 맞닿은 할버드 경의 손에는 과도하게 힘이 들어가 있었다. 아픈 건 아닌데, 묘하게 평소보다 더 단단한 것이 이상한 느낌마저 일고 있었다. 주변 상황을 살펴볼 겨를도 없이 마치 허락을 구하는 것처럼 내 입술만 바라보는 것부터가 그랬다. 왜 이러나 싶을 정도다.

나는 두근거리는 심장을 애써 잠재우며 그가 보내는 뜨거운 시선을 피했다. 옆자리에 앉아 있는 로에나는 창백한 표정으로 나와 할버드 경을 바라보고 있었다. 믿을 수 없다는 듯 잘게 흔들리는 시선에는 충격이라는 글자가 깊게 아로새겨져 있었다.

내 기억 속의 류스테윈 할버드는 단 한 번도 내 앞에서 로에나를 무시한 적이 없었다. 그녀가 없는 사람인 것처럼 굴지도 않았고, 다른 사람만 보인다는 것처럼 행동하지도 않았다. 그에게 있어 로에나는 여신이며 가문의 상징 그 자체였으니까. 자신의 몸보다 더 소중하게 여겼을 뿐만 아니라 여차하면 그녀를 위해 목숨까지 바칠 수 있었다. 특유의 단단한 성정으로 인해 감정을 잘 드러내진 않았지만 언제나 그녀의 뒤에는 청음의 기사가 그림자처럼 따랐고, 그게 당연한 것처럼 여겨졌다. 그래서 내가 그를 욕심내었을 때 모두가 비난하고 욕을 퍼부었던 거였다.

그런데 지금 이건 뭘까?

나는 탈 것처럼 바짝 메마른 입술을 어떻게 할 생각도 하지 못한 채 할버드 경을 바라보았다. 믿을 수 없다는 것처럼 두 눈을 크게 뜬 로에 나나 할 말을 잃은 것처럼 멍청히 서 있는 마고나 차가운 표정으로 나를 응시하는 아이레스 경이나 모두 마법에 걸린 것처럼 얼어붙어 있었다. 시간이 멈춘 듯했다. 오롯이 내 손등에 와 닿은 그의 손길만이 뜨겁게 살아 있었다. 모두가 정지된 세상에서 할버드 경과 나만이 숨을 쉬고 있는 것이다. 심장에서부터 시작된 소리로 인하여 귀가 먹먹해 왔다.

……이건 꿈인가?

두 눈을 느릿하게 깜빡였다. 변한 건 없었다. 다시 한번 눈을 깜빡였다. 로에나가 몸을 바르르 떨며 입술을 꽉 깨물었다. 아름다운 얼굴이 실망으로 인해 잔뜩 흐려져 있었다. 또 한 번 눈을 깜빡였다. 마고가 말도 안 된다는 듯 얼굴을 구기며 로에나에게로 성큼성큼 다가섰다. 바람이 눈을 간질이고 있었다. 마지막으로 눈을 깜빡였을 때, 우연처럼 얼음의 기사와 시선을 마주했다. 분노로 인해 서늘해진 얼굴이 나를 한가득 담고 있었다.

익히 아는 눈동자와 익숙한 표정이다. 감정을 감추려 하지만 격정적으로 다물어진 턱과 강하게 쥐어진 주먹이 온몸으로 떨며 강하게 외치고 있었다. 순식간에 기억 속의 '시스에'를 내 앞에 데려다 놓을 정도로. 사랑이라는 독에 취해 몸부림치던 그녀가 지금 '아이레스 경'에게서 보이고 있었다.

갑자기 정수리에 찬물을 들이부은 것 같았다. 달콤한 감각으로 인해 흐릿해진 이성이 차가운 새벽처럼 깨어나 내게 구슬픈 목소리로 속삭였다.

봐, 지금은 아니야. 너무 위험해. 알잖아? 되풀이해선 안 돼.

과거와 다른 행동을 하는 할버드 경과 과거에는 만난 적이 없었던 아이레스 경의 충돌이 잠깐의 행복을 현실로 되돌린 것이다. 이 잔인한 결과에 절로 쓴웃음이 흘러나왔다. 하지만 꾹 참을 수밖에 없었다. 할버드 경의 입술이 닿았던 손등이 화상을 입은 것처럼 화끈거렸지만 이 이상 할 수 있는 게 없으니까. 아이레스 경을 자극하는 건 좋지 않았다. 본능이 경고하고 있었다.

그래서 시선을 돌리고서 입꼬리를 밀어 올렸다. 청음의 기사의 두 눈에 비친 내가 평소와 다를 바 없기를 바라면서 온유하게 웃었다. 벌려진 입술을 타고 흘러나오는 목소리는 다행히 방금 전과 똑같았다. 상냥하게 울려 퍼지는 말이 스스로가 듣기에도 지독하게 이질적이라는 것만 빼고선 모든 게 완벽했다.

"감사합니다, 할버드 경. 가문에 대한 경의 충성심에 감사드릴 따름이에요. 부디 후회 없는 시합을 하시기를 바라요."

순간 할버드 경의 얼굴이 흐릿하게 일그러졌다. 부드럽게 손을 내빼며 감사를 표시하는 내 말 어디에도 이기라는 응원이 담겨 있지 않았기 때문이다. 하지만 대외적인 평판을 생각했을 때 이것이 최선이었다. 공평한 상처가 모두에게 새겨지고 있었다.

나는 손등을 치맛자락 너머로 숨긴 채 로에나에게 말했다. 연무장에 함께 가자고. 그녀가 부추긴 일이니 과정도 끝맺음도 저가 함께해야 함이 마땅했다. 할버드 경이 저에게는 승리하겠노라고 말하지 않는 건 앞으로 일어날 일에 비한다면 별것도 아니었다.

로에나는 아무런 대꾸도 없이 자리에서 일어났다. 눈동자가 촉촉하게 흐려 있기 때문일까? 나를 바라보는 그녀의 시선이 조금 이질적으로 변한 듯했다. 애정을 기반으로 하지만 좀 더 짙은 색을 띠는 음울한 감정이 저의 눈을 가리고 있었다. 아마도 그것은 나를 잡아먹을 듯이 노려보는 마고의 눈빛과 비슷한 색채일 터였다. 변화가 일고 있었다.

연무장에 도착했을 때 많은 기사가 앞으로 있을 시합을 기대하며 한 곳에 모여 서 있었다. 마고가 미리 하녀를 시켜 양해를 구해 놓았으므로 할버드 경과 아이레스 경이 다시금 맞붙는다는 사실은 비밀도 아니었다.

우리가 앉을 자리는 물론이고 혹여 모를 사태를 대비하기 위한 공중도 재빨리 갖추어졌다. 심판을 보는 건 비슈발츠가 기사들의 스승이라 할 수 있는 쉴피스 경이었다. 그는 두 명의 기사에게 정정당당하게 임할 것을 당부하며, 혹시 모를 상황이 일어난다 할지라도 상대를 원망하지 않는다는 맹세를 엄숙히 받아 냈다. 그리고 '시작'이라는 말을 내뱉었다.

사실 기사들의 시합에서 심판이란 큰 상처를 입기 전에 시합을 중지하는 것과 비겁한 술수를 쓰지 않는지를 지켜보는 정도에 불과했다. 특히 오늘과 같은 충동적인 일에선 절차를 제대로 갖출 리가 만무하므로 그저 잠자코 '승자'를 기다리면 될 일이었다. 하지만 쉴피스 경은 연무대에 올라가 맞붙기 시작한 두 명의 기사보다 비슈발츠가의 사랑스러운 로에나와 대화를 하고 싶은 모양이었다. 물론 아주 잠깐 그의 눈이 나를 향하긴 하였지만, 다시금 로에나에게로 시선을 돌리는 것으로 보아 나는 안중에도 없는 듯했다.

그는 곧 입을 열어 아이레스 경과 할버드 경의 시합을 설명하기 시작했다. 검에 관한 한 문외한인 나는 바람결을 타고 흘러들어 온 노(老)기사의 목소리에 흥미를 느낄 수밖에 없었다. 특히 건국제의 격렬했던 전투와 달리 거의 합을 맞추듯 우아하게 맞부딪치는 두 기사의 시합에 관해 이야기할 때엔 거의 귀를 쫑긋 세우다시피 했다.

"진짜로 한다면 할버드 경이 이길 게 분명합니다."

쉴피스 경은 단언하듯 말했다. '실전 검술에 관한 한 제국 내 할버드 경을 따를 자는 없을 테니까요' 하고 설명하는 그의 얼굴은 청음의 기사에 대한 자랑스러움으로 가득했다. 그것은 같은 가문의 기사이기에 추켜세우는 게 아니라, 검을 익힌 무인으로서의 순수한 경외였다.

"실전 검술이 무엇이기에 그렇게 말씀하시나요?"

로에나의 질문이 뒤따랐다. 그녀의 목소리는 한층 들떠 있었다. 가문의 기사가 더 뛰어나다는 사실이 기분 좋은 것인지 얼굴 가득 금세 홍조가 깃들었다. 햇살이 부드럽게 녹아내린 머리카락은 저의 기분을 이야기해 주듯 가볍게 흔들렸다. 사랑스러움이 피어나고 있었다.

쉴피스 경은 흐뭇하게 들뜬 목소리로 대답했다. 그의 말에 따르자면 실전 검술이란 전투에서 효율적으로 이기기 위한 것으로, 검으로 상대를 제압하기보다는 상처 입히는 데 목적이 있다고 했다.

어릴 적부터 비슈발츠가의 상행(商行)을 따라다니며 실전 감각을 익힌 할버드 경에게 있어 검술이란 보호가 아닌 살인과 상처가 먼저였다. 그렇기에 우아함과 고결함을 바탕으로 한 귀족가의 검술이 그의 과격함을 당해 낼 리가 만무했다. 물론 대부분의 기사가 건국제나 기타 여러 검술 시합을 통해 실전 감각을 익히긴 하지만, 짜인 판으로서의 실전과 생사가 오가는 실전은 다른 법이었다.

"순수한 대결이 목적이기에 스스로를 많이 억누르고 있는 겁니다."

쉴피스 경의 말은 무례하다 못해 오만하기까지 했다. 마치 아이레스 경을 무시하는 것과 다름없는 발언이지 않나. 그의 주장대로라면 할버드 경은 제 실력을 다 드러내고 있지 않다는 것과 마찬가지였다. 상대가 크게 다칠까 염려해서 말이다.

나는 눈을 가늘게 뜬 채 연무장을 주시했다. 검에 대해 아무것도 모르기에 누가 우위에 서 있는지, 정말로 실력을 감추고 있는지조차 알 수 없었다. 확실한 건 사나운 짐승처럼 날뛰었던 건국제와 달리 지금의 시합은 매우 점잖다 못해 지루하기까지 하다는 것이다. 마치 정교하게 잘 맞추어진 하나의 태엽과도 같았다. 조각 하나가 크게 뒤틀리지 않는 이상 계속 맞물려 갈 아름다운 합 말이다. 아이레스 경도 알고 있을까? 만일 그렇다면 그때의 격렬한 전투는 어떻게 설명할 수 있을까.

"……이길 수 없는 상대에게 덤빈다는 것도 똑같아."

한숨을 타고 흘러나오는 목소리는 자조(自嘲) 그 자체였다. 어째선지 자신도 모르는 사이에 한 조각의 진심이 흘러나오는 것이다. 할버드 경을 순수하게 응원할 수 없다는 생각이 드는 것 또한 기이한 일이었다. 어느새 손등의 열기는 사라지고 없었다. 그저 묵직한 감정만이 가슴으로 내려앉을 뿐이다. 시선은 아이레스 경에게 향해 있었다.

"아이레스 경도 알고 있을까요?"

로에나의 목소리가 계속 이어졌다. 쉴피스 경은 '모두가 알고 있을 겁니다. 특히 상대가 더 잘 알고 있겠죠'라고 말했다. 검을 맞대고 있는 아이레스 경이 모를 리가 없다는 투였다.

"건국제에서 무승부가 난 것도 이러한 연유인가요?"

"예. 순수 대결이기 때문에 기사로서의 검만을 사용했을 겁니다. 규칙이니까요. 기사 간의 시합에선 목숨을 걸지 않습니다. 그러니 무승부가 난 것이지요."

과거의 승부는 틀리지 않았다. 할버드 경이 우승하는 건 기정사실이었다. 단지 돌아온 지금에서 달라졌을 뿐이다. 아마 그때에도 할버드 경은 쉴피스 경의 말마따나 보여 주기 위한 검술로 우승했을 터였다. 그런데 그 간격을 지금의 아이레스 경이 훌륭하게 줄여 나갔다. 공동 우승을 하여 내 머리 위에 화관을 씌워 주었다. 던지듯이 한 말을 꿋꿋하게 지켰다.

하지만 쉴피스 경은 아이레스 경이 격차를 줄인 게 아니라고 단언했다. 전장에서 만난 게 아니므로 제대로 된 승부가 나지 않을 것이라고 말하고 있는 것이다. 그럼 지금 할버드 경을 이기겠다고 다시금 시합을 청한 아이레스 경은 뭐가 된단 말인가. ……과거의 나는?

나는 한 손으로 눈 아래를 감쌌다. 아이레스 경을 이용하기 위해 썼었던 투명한 가면이 흔들리고 있었다. 갈라진 틈 사이로 스멀스멀 스며드는 건 동정과 연민이다.

"할버드 경이 제국 제일의 검이 될 것이라 추앙받는 이유가 여기에 있습니다. 백작가의 기사이지만 제국에 있는 대부분의 기사의 선망을 받는 것도 그 때문입니다."

그 순간 할버드 경과 아이레스 경의 몸이 교차하며 뻣뻣한 통나무처럼 그대로 뻗대어 멈춰 섰다. 서로의 검이 상대의 급소를 노린 상태였다. 무거운 침묵이 연무장을 감쌌다. 그러나 그것도 잠시 그 모습에 구경하던 기사들의 입에서 함성이 흘러나왔다.

"동시입니다. 동시에 겨누었습니다. 그러므로 무승부입니다."

기사의 외침을 받으며 쉴피스 경이 무대 위로 올라섰다. 그는 양 기사에게 검을 거두라 말한 뒤 지금의 결과에 승복하냐고 물었다. 서로를 향해 인사를 한 두 사내가 고개를 끄덕이며 결과를 받아들이겠노라고 말했다. 덤덤한 표정의 할버드 경과 달리 아이레스 경은 차갑게 가라앉은 얼굴을 하고 있었다. 저것 또한 이전의 내가 보였었던 감정으로 검병을 꽉 쥔 손등에 무엇이 아로새겨졌는지 모르는 바는 아니었다.

사실 내게 있어 아이레스 경은 과거의 답습이었다. 자신보다 어린 소녀에게 이용당하는 어리석은 기사이며 거울을 보는 듯 과거의 상처를 후벼 파는 거북한 사내이기도 했다. 게다가 오늘은 할버드 경이 보여준 달콤한 진심을 어쩔 수 없이 외면하게 한 야속한 남자였다. 그러므로 무승부이긴 하지만 본래의 실력대로라면 그보다 한 수 위일 게 분명한 할버드 경을 선망의 눈빛으로 바라봐야 할 터였다. 나에게 승리를 바치고 싶다고 말했던 청음의 기사의 목소리를 떠올리며 설레야 하는 게 마땅했다.

그런데 왜 자꾸 아이레스 경에게 시선이 가는 걸까? 왜 이전의 시스에가 지금 그에게서 투영되는 것일까? 분을 이기지 못한 채 이를 바득바득 갈고 발을 동동 구르며 스스로의 무능함을 자책하던 그녀가. 분명 시선을 돌려야 하는데, 떠올리기 싫은 과거를 무자비하게 꺼내 들게 만드니까 짜증스러워해야 하는 게 맞는 일인데, ……어째서 나는 아이레스 경이 아닌 할버드 경의 얼굴을 볼 수 없는 거지?

할버드 경의 모든 걸 알았다 생각했는데, 정작 그의 삶의 일부분이라 할 수 있는 검에 대해서는 알지 못한 것도 가슴에 돌처럼 묵직하게 내려앉았다. 그 무지가 지금의 결과를 만들었다 생각하니 헛웃음이 터져 나올 것만 같았다. 속이 울렁거리며 스스로에 대한 구역질이 치밀어 올랐다. 나는 여전히 헛일만 볼 줄 아는 반편이었다.

아이레스 경의 눈과 내 눈이 허공에서 마주했다. 가슴속 깊은 곳에서부터 형언할 수 없는 감정 하나가 끓어오르기 시작했다. 나는 입술을 꽉 깨문 채 억지로 미소 지었다. 아이레스 경 위로 과거의 내가, 할버드 경 위로 뭐든지 완벽했던 지난날의 로에나가 교차되었다.

잠시 후 그가 나를 따라 미소 지었다. 낮달과 같은 희미한 웃음이었다. 그래서일까? 그동안 부인하려 했던 진짜 아이레스 경이 눈에 들어왔다. 저의 마음이 보였다. 그가 가엾다고 생각됐다. 안아주고 싶다는 마음이 들었다. 갑자기 예전의 나라 할 수 있는 그를 아무렇지 않게 이용하고 있는 내가 무서워졌다.

처음으로, 아주 처음으로 마음이 흔들리고 있었다.

며칠 후 나는 황태자와 로샨 영애를 다시 만났다. 비슈발츠가에서 펼쳐진 비공식적인 결투가 어떻게 그의 귀까지 들어갔는지 모르겠지만, 황태자는 모든 걸 다 알고 있다는 것처럼 나를 응시했다. 얄미울 정도로 화려한 미소를 지으며 '녀석이 미친 듯이 검술을 연습하기 시작하더

군'이라는 소리로 말문을 여는 것부터가 그랬다. 황태자가 말한 '녀석'
이 아이레스 경임을 모르는 사람은 아무도 없었다.

그날, 아이레스 경은 끝까지 남아 가죽 장인에게 자신의 손가락 치
수를 재고 할버드 경에게 다시 한번 인사를 한 다음 내 배웅을 받았다.
나는 되도록 시합의 결과에 관해 이야기하지 않으려 했지만, 아이레스
경은 다시 한번 무승부가 났다는 사실을 자기가 먼저 말할 정도로 무
척 실망하고 있었다. '영애의 손등에 입을 맞추며 제가 승리했습니다,
하고 말하고 싶었습니다'라고 말하는 그의 얼굴에는 자신을 가로막는
벽에 대한 고민이 가득 깃들어 있었다.

나는 그런 그를 위로하지 못했다. 아니, 할 수 없었다. 제가 느끼는
좌절감이 나로 인함이 아니기를 바라고 있었기 때문이다. 매우 비겁하
게도 나는 아이레스 경이 나로 인하여 할버드 경이라는 거대한 장애물
을 실감하고 있는 게 아닐까 덜컥 겁이 났다. 또 다른 시스에를 내 손
으로 만드는 게 아닌가 싶어 무서웠다. 이전의 삶에서 할버드 경은 나
를 제외한 다른 골칫거리로 인해 힘들어한 적이 없었다. 건국제에서 못
다한 승부를 내기 위해 다시 검을 맞대는 일 같은 것도 겪지 않았다. 이
는 아이레스 경도 마찬가지였을 것이다.

그런데 나로 인해 서로의 상처를 후벼 파는 일이 생긴 거라면, 정말
로 그러한 거라면 너무나 후회가 될 것만 같았다. 할버드 경의 얼굴 위
로 지난날의 로에나를 떠올렸다는 자체만으로도 그러했다. 아이레스
경은 과거의 '어리석은 내'가 아닌, 좀 더 나은 '과거의 내'가 되어야 하
는데, 자꾸 이상한 방향으로 비틀어지고 있었다.

내 표정이 좋지 않았던 걸까? 황태자가 차를 마시다 말고 떠보듯 내
게 물었다.

"그대가 못 다한 승부를 내자고 했소?"

"그렇지 않습니다. 그저 제 동생인 로에나가 풀케르께서 그 승부에

대한 결말을 궁금해하신다고 말을 꺼낸 것이 발단이 되었을 뿐입니다."

내 대답에 황태자가 우스워 죽겠다는 듯 입술을 비틀었다. 그것이 나로 인한 조소인지 혹은 또 다른 무엇인지 알 수 없었다. 그저 그가 어깨를 뒤로 느슨하게 내리면서 손가락으로 익숙한 모양을 만들어 내고, 잠자코 우리의 대화를 듣고 있던 로샨 영애가 묵묵히 차를 마시기 시작했을 때 상대를 의심하는 못된 버릇이 또 나오는구나, 하고 생각할 뿐이다.

지긋지긋한 시험 같으니라고.

황태자와 나 사이엔 믿음이라는 게 없었다. 그렇기에 이런 일이 일어날 때마다 끊임없이 의심받고 경계당하고 시험에 빠지는 거였다. 하지만 정말로 풀케르가 시킨 일인지, 그게 우연이 아닌지를 거듭해서 물어보며 내 의중을 떠보는 걸 이리저리 피해 다니는 것도 한두 번이다. 이러한 신경전이 계속되니 피곤해 죽을 것만 같았다. 온몸의 털이 곤두서는 기분이다.

반면 황태자는 이전과 달리 내가 자신의 질문을 아주 잘 회피하며 두루뭉술하게 넘어가자 기분이 나쁜 모양이었다. 그는 눈을 가늘게 뜬 채 무엇을 가늠할 것처럼 나를 바라보다가 이내 씩 하고 미소를 지었다. 그리고 내게 '뭘 알고 있지?'라고 물어보는데, 그 기세가 어찌나 흉흉한지 소름이 오도독 일어나는 듯했다.

"풀케르께서 너무나 지나치게 전하께로의 접근을 바라신다는 점이요. 그것에 대해 의문을 가지고 있답니다."

"왜지? 망나니 아들에 대한 모후의 지극한 사랑이라고 볼 순 없는 것이오?"

나는 대답 대신 그의 눈을 피하지 않고서 바라보았다. 알면서 왜 그러냐는 듯 느릿하게 눈을 깜빡이는 내 모습에 황태자의 표정이 오묘하게 변했다. 실룩이는 입술은 웃어야 할지 혹은 화내야 할지 모르겠다는 듯 가늘게 떨리고 있었다.

"제가 못 미더우신가요?"

결국 침묵을 깬 건 나였다. 황태자는 차를 마시며 말을 계속해 보라는 듯 여유로운 태도를 취했다. 동시에 테이블 아래로 로샨 영애의 것으로 보이는 손이 내 손을 강하게 붙잡았다. 침착하게 말하라는 무언의 격려였다.

"제게 무엇을 바라는지 모르겠습니다. 제가 원한 건 그저 비슈발츠가의 영애로서의 존중뿐이었어요. 그런데 그마저도 과분하다고 여기시니 어찌할 바를 모르겠군요."

크게 숨을 들이켰다. 긴장으로 인해 두방망이질 치는 심장을 애써 짓누르며 말을 이어 나갔다. 내뱉는 말 한 마디, 한 마디에 앞으로의 행보가 결정된다고 생각하니 머리가 아찔해져 오고 있었다.

"로샨 영애는 절 친구로 대해 주시죠. 아이레스 경은 절 연모하고요. 전하께서는요?"

입안이 텁텁하니 메말라 왔다. 따뜻한 차보다 시원한 무언가가 필요하다. 아니, 그보다는 재미있다는 것처럼 빙글빙글 웃고 있는 황태자의 매끈한 낯짝을 한 대 갈겨 주고 싶은 심정이었다. 여자보다 더 아름다우면서도 요염하기까지 한 저 얼굴이 당황으로 인해 일그러지면 얼마나 속이 시원할까.

"제가 탐이 나신다면서요."

혀를 살짝 내밀어 입술을 핥았다. 정숙한 영애로서 할 행동은 아니지만 본능이 그렇게 하라고 시키고 있었다. 그래서 망설임 없이 그렇게 했다. 황태자의 눈을 피하지 않은 채로.

"그게 진심이라면 이제 그만 믿음을 주세요. 아니면 이대로 내치세요. 로에나가 있으니 함께 다닐 영애가 제가 아니어도 되잖아요."

이것은 도박이다. 하나의 패에 모든 것을 다 걸어버린 어리석은 내기. 황태자가 나를 이대로 내친다 하더라도 로샨 영애나 아이레스 경은 그러지 않을 것임을 알기에 할 수 있는 무모한 객기였다. 일례로 내 손을 잡고 있는 로샨 영애의 손이 긴장으로 인해 바르르 떨리고 있지 아니한가. 그녀는 진심으로 나를 놓치고 싶지 않은 듯 간절한 눈빛으로 황태자를 바라보고 있었다. 이제 그만 나에 대한 의심을 걷으라는 것처럼.

"우리의 만남은 범상치 않았소. 그건 그대도 인정하는 바겠지."

잠시 후 그가 입을 열어 말했다. 나는 공손한 목소리로 응답했다.

"물론입니다, 전하."

"만일 그대로 끝이 났을 인연이었더라면, 나는 그때의 그 모습으로 남아 있었을 것이오. 하지만 테두리 안에 들어온다는 것은 다른 의미지. 탐이 나면 믿음을 달라 했소?"

"예."

"왜지?"

"숨이 막히니까요. 무서우니까요. 두려우니까요."

솔직한 대답이 만족스러운 모양인지 그가 이를 드러내며 소리 없이 웃었다. 그런데도 짐승이 그르렁거리는 듯한 환청이 들리니 이상한 노릇이다. 배부른 포식자가 여기에 있었다.

"믿음이란 함부로 줄 수 없는 소중한 것이지. 말 몇 마디로 생겨날 수 없는 것이기도 하고. 그러니 단언할 수 없소. 물론 의심하지 않겠다는 약속은 할 순 있겠지. 만일 그대가 이대로만 있어준다면 그렇게 하겠소."

"감사합니다, 전하."

테두리 안에 넣어지되 그 이상은 바라지 말라는 소리인가. 나는 찻잔을 들어 입술을 가리면서 쓴웃음을 삼켰다. 더는 시험을 당하지 않게 되었다는 사실만으로도 감지덕지할 판이었다. 신경 줄이 끊어질까 봐 마음 졸이지 않아도 되니 이보다 더 편할 수 없었다.

그런데 무언가가 찜찜했다. 놓치고 있는 게 많은 것 같은 기분이 들었다. 그도 그럴 것이 암만 로샨 영애가 간절하게 부탁했다 하더라도 이런 식으로 사람을 곁에 둔다고 말하는 것부터가 의심스럽지 않을 수 없었다. 믿음은 줄 수 없지만 의심하지 않겠다는 말을 내뱉는 것부터가 그러했다. 이는 그들에게 있어 내 존재가 어느 정도 쓸모가 있음을 인정하는 것과 다름이 없어서였다.

그런데 그것을 밝히려고 생각하지도 않은 채 의뭉스러운 제안만 내민다. 결국, 쓸모를 찾아내는 건 내 몫이었다. 그러니 조금만 더 머리를 굴려 보는 수밖에. 사교계? 그에게 접근하라고 했던 황후? 수많은 이름과 사건이 머릿속에 떠올랐다가 사라지기를 반복했다. 하지만 그 어디에도 '쓸모'와 직접적인 연관을 지을 만한 것이 없었다.

과민 반응인가. 벌려진 입술을 타고 새어 나오려는 한숨이 주변을 감도는 공기만큼 덧없게 느껴졌다. 두통이 일어나는 것인지 관자놀이 부근이 지끈거리고 있었다.

그때 불현듯 황태자가 했던 말이 스쳐 지나갔다.

"우리의 만남은 범상치 않았소."

순간 이상한 기분이 들었다. 그는 범상치 않았던 만남에 '처음'이라는 단어를 붙이지 않고 있었다. 마치 모든 게 다 이상했던 것처럼 중의적인 표현을 쓰고 있는 것이다. 왜지? 첫 만남을 빼고는 별다를 게 없었는데?

잠깐, 모든 게 다 이상했다고? 순간 몸이 얼어붙을 것 같았다. 손끝이 차갑게 식어 가며 뻣뻣하게 굳어지는 등줄기 사이로 식은땀이 주르륵 흘러내렸다.

나는 비명을 내지를 것만 같은 입술을 가까스로 다문 채 황태자를 바라보았다. 그는 태연한 표정으로 차를 마시고 있었다.

맙소사, 황태자는 알고 있었던 것이다. 플랑드르 남작 부인이 내게 했던 제안을. 어떻게? 아니, 그것보다 언제부터? 그런데 왜 날 가만히 놔두는 거지?

이에 대한 대답은 황태자의 다음 말로부터 드러났다.

"그러고 보니 백작 부인께서 임신을 하셨다고 하던데, 축하드리오."

"감사합니다, 전하."

어설프게 웃고 있노라니 로샨 영애가 맞잡은 손에 힘을 더해 왔다. 아, 나 아직 그녀의 손을 잡고 있었구나. 심경의 동요가 다 드러났겠군. 가시방석에 앉은 듯 자리가 불편해 왔다.

"백작이 후계자 문제로 인해 골머리를 좀 앓겠군. 그렇게 생각하지 않소?"

후계자에 관한 건 내가 쉽게 대답할 사항은 아니라서 맥없이 고개만 끄덕였다. 긍정일지 부정일지 모를 반응에 즐거워하는 건 오롯이 황태자 하나뿐이다.

"사내애를 낳아도 쉽게 후계자로 내정할 수 없기 때문이지. 빼앗기려 하지 않을 테니까 말이오."

"그리 말씀하시는 연유가 무엇입니까?"

"비슈발츠가를 주지, 그대의 손에. 시스에 드 비슈발츠가 될 수 있도록 최선을 다해 주겠소."

내 쓸모를 정하기 위해 가장 먹음직스러운 미끼를 들이 내민다. 탐이 난다는 게 거짓이 아니라는 듯 자신이 가진 훌륭한 패 중 하나를 보여 주면서 손을 잡으라며 유혹한다. 무엇을 위한 행위인지 말해주지도 않을 거면서, 얼굴 가득 다정한 미소를 지으며 상냥한 태도를 유지하는 것이다. 아아, 세상천지 이보다 더 달콤한 기만이 있을 수 있으랴.

"그것이 저에 대한 존중의 증거가 된다면 기꺼이 받아들이겠습니다, 전하."

아무것도 모르는 것처럼 태연스레 그의 제안을 받아들이는 나는 기만에 흠뻑 젖은 가련한 꽃이었다.

"그대로 인해 모후께서 매우 즐거워하시겠군. 매우 기꺼운 일이야. 아, 그렇지. 앞으론 샤토루 부인의 편지가 그대에게 도달할 것이오. 더는 막아주기가 힘들거든. 그러니 양해해 주었으면 좋겠소."

막아주기 힘든 게 아니라 그녀를 이용하여 황후의 심기를 어지럽히라는 소리겠지. 이것이야말로 그가 나를 놔두는 근본적인 이유일 테니까. 그러니 울며 겨자 먹기로 받아들일 수밖에 없었다. 그동안 부지런히 쌓아 올린 평판이 어지러워진다 하더라도 이들이 알아서 처리해 줄게 분명하기 때문이다.

"그리고 그대가 탐이 나냐고 물었던가?"

황태자가 말을 이어 나가는 동시에 로샨 영애에게 눈짓을 했다. 하지만 그녀는 자리에서 일어나지 않았다. 되레 황태자를 바라보며 입을 여는 것이다.

"내가 말씀드렸었죠. 꽃피우는 건 나라고 말이에요. 계속 지켜보기만 했으니 이제 그만하세요. 더는 못 견디겠어요."

"화를 낼까 봐 자리를 비켜 달라고 한 것인데, 굳이 듣겠다면 말리지 않겠다. 그럼 계속 지켜보고 있어. 아직 할 말이 많으니까."

로샨 영애의 미간이 일그러졌다. 그녀는 무척 화가 나 있었다. 하지만 황태자는 별거 아니라는 것처럼 소파에 등을 기댄 채 편안한 태도를 취했다.

"그대를 만날 때마다 멜을 멀리 보내지. 그와 함께 있으면 안 될 것 같거든. 그 이유는 다름이 아니오."

"이디!"

로샨 영애가 그의 애칭을 부르지만 황태자의 말은 계속 이어지고 있었다.

　　"멜이 두려워하기 때문이지. 사교계에서 친구에게 자신의 여자를 빼앗기는 건 가십거리도 되지 않으니 아니 그러할까. 특히 지위가 높을수록 같은 여자를 공유하는 게 자연스러운 일이라 자신에게도 그런 일이 일어날까 봐 무서워하고 있어. 멜은 내게 무척 충성스러운 기사거든."

　　조소로 인해 길고 좁게 가늘어진 눈은 짐승의 그것을 연상케 했다. 먹이를 노려보는 듯 탐욕스러운 시선에 옴짝달싹할 수 없었다.

　　"어째서 멜은 그대를 우리가 나누었던 그간의 믿음보다 더 소중하게 여기는 것일까? 그래, 탐이 나냐고?"

　　맹수가 웃는다. 입맛을 다시며, 아주 느릿하게.

　　"그런 말은 어디 가서 함부로 하는 게 아니오, 비슈발츠 영애. 사내란 그런 외설적인 말에 쉽게 불타오르는 법이니까. 친우의 두려움을 아무렇지 않게 밟아버리고 싶다고 생각할 정도로 말이오."

　　순간 로샨 영애가 자리에서 벌떡 일어났다. 그녀는 바로 내 손을 잡아끌면서 자신을 향해 서게끔 만들었다. 새끼를 감싸는 어미처럼 신경을 날카롭게 곤두세운 저의 눈빛은 황태자를 향해 있었다.

　　"물러나겠습니다, 전하."

　　말만 '전하'지 태도는 동성의 친구를 대하는 듯 무엄하기 짝이 없었다. 그의 대답을 들을 생각도 하지 않은 채 바로 문으로 걸어가는 행동부터가 그러했다. 하지만 황태자는 의중을 알 수 없는 미소를 지은 채 우리를 바라보고 있었다.

　　"뤼세, 내가 멜을 배신할 거 같아?"

　　그의 목소리에 그녀의 걸음이 멈췄다. 하지만 뒤를 돌아보지 않았다. 황태자의 말이 이어지고 있었다.

　　"너답지 않게 예민하게 굴지 마라. 이상해지는 건 멜만으로도 충분해."

로샨 영애는 대답하지 않았다. 그녀는 잡은 손에 힘을 꽉 주고서 앞을 향해 걸어 나갔다. 문이 닫히는 건 그다음의 일이었다.

"아무 의미 없는 소리예요."

로샨 영애는 복도를 걸어가며 빠르게 말했다. 잇새로 새어 나오는 목소리는 감정을 억누르는 것처럼 무척 날카로웠다. 그녀가 왜 이렇게 날을 세우는 것인지 알 수 없을 정도였다. 잡힌 손이 점점 아파졌다.

"그러니까 마음 쓰지 말아요. 시스는 이렇게 함부로 대해질 사람이 아니에요."

애정은 왜 저울과도 같아서 한쪽으로 기울어짐이 이리도 적나라하게 보이는 것일까. 그녀의 머리카락이 거칠게 휘날리고 있었다. 덕분에 뤼세트 로샨이 이런 식으로 걸을 수 있는 사람이라는 걸 처음으로 알게 되었다. 이렇게 흥분할 수 있는 여인이라는 것 또한.

사실 로샨의 말마따나 보통의 여인이라면 황태자의 말을 듣고선 얼굴을 붉히거나 몸을 배배 꼬며 부끄러워했을 것이다. 아니, 모종의 기대감에 들떠 은근한 시선을 보냈을지도 모르겠다. 요염하기 짝이 없는 미인이 느른하게 웃으며 '탐이 난다'고 말하는데, 그 누가 견딜 수 있으랴. 문제는 탐이 난다의 말 앞에 '움직이기 쉬운 말'이라는 소리가 빠졌다는 데 있었다. 체스 말로서의 나를 원한 것이지 그 이상의 것을 바란 게 아니니까. 황태자는 단지 내가 자신에게 푹 빠지길 원했던 것뿐이다. 사랑에 빠진 여자만큼 움직이기 쉬운 건 없으니 말이다. 이것을 알기 때문에 담담하게 받아들일 수 있었다. 옭아매는 듯 강렬하게 비치는 시선이 두렵긴 했으나 약조한 대로 '예우'를 갖출 줄 알았기에 바라볼 수 있었던 거였다.

하지만 뤼세트 로샨은 이를 이해하지 못했다. 아니, 할 생각이 없어 보였다. 흥분 상태의 그녀는 침착함과 거리가 멀어 아무것도 눈에 보이지 않는 듯했다. 무작정 앞으로 걸어가는 것부터가 그랬다. 그렇기에 제가 원하는 답을 내뱉어 진정시켜야 했다.

"모든 여인이 전하의 매력에 빠지는 건 아니죠."

내 대답에 로샨 영애의 걸음이 현저하게 느려졌다. 재미있게도 아이레스 경이나 로샨 영애나 황태자의 매력을 너무나 맹신하고 있었다. 그동안 곁에서 무얼 봐 왔는지 모르겠지만, 그들은 그가 손 하나 까딱만 해도 비명을 내지르며 쓰러질 여자들이 수백이라고 생각하는 것 같았다.

"로샨 영애."

나는 부드러운 목소리로 그녀의 이름을 불렀다. 그러자 고개를 돌려 나를 바라봤다. 이성을 되찾은 눈동자에는 내가 또렷하게 새겨져 있었다. 나는 일부러 보란 듯이 미간을 찌푸렸다.

"손이 아파요."

이어지는 말은 약간의 투정과 타박이 담겨 있었다. 그녀가 화들짝 놀라며 바로 손을 떼었다. 손바닥은 피가 통하지 않을 만큼 새빨갛게 변해 있었다.

"세상에, 내가 무슨 짓을 한 거람. 미안해요."

안절부절못하는 시선이 애처로울 만큼 처량하다. 나는 아무렇지 않다는 것처럼 말했다.

"괜찮아요."

"전하께서는 왜 그런 이야기를 하셔서……. 아무튼 신경 쓰지 말아요. 농담이란 원래 실없는 것이죠. 아무런 의미가 담겨져 있지 않은 말은 그저 흘려 넘기는 게 나아요."

그녀의 말에는 어폐가 있었다. 탐난다는 말을 먼저 꺼낸 건 나인데, 무조건 황태자에게로 책임을 넘기는 것이다. 마치 그래야 한다는 것처럼 말이다.

"로샨 영애, 아니, 뤼세."

나는 자유로워진 손을 다른 손으로 주무르며 그녀에게 물었다. 왜 흘려 넘겨야 하는 거냐고, 이유가 무엇이냐고. 황태자와 로샨 영애와 나, 이렇게 셋이서 만나기 시작한 이래 이토록 감정적으로 구는 그녀를 본 적이 없었기에 그러했다. 이해할 수 없을 정도로 예민하게 굴고 있었다. 그러자 로샨 영애의 얼굴이 순식간에 창백하게 변했다. 회피하려는 것처럼 아래로 향하는 눈동자는 익히 볼 수 없는 색채를 품고 있다. 친구를 위한 것이라고 보기에는 어려운 무언가가 저를 뒤흔들고 있는 것이다. 애정을 기반으로 하되 좀 더 음습하게 색칠된 감정이 잔열을 내뿜고 있었다.

그것도 잠시, 곧 언제 그랬냐는 듯 태연하게 나를 바라보는 로샨 영애다. 이 이상은 궁금해하지 말라는 것처럼 평소의 모습을 가장했다.

여기서 더 깊게 들어가다간 무슨 일이라도 일어나겠군. 나는 한숨을 삼키며 그녀에게 달래듯이 말했다.

"알겠어요. 흘려 넘기죠. 맹세컨대 걱정하시는 일은 결코 일어나지 않을 거예요."

로샨 영애는 대답하지 않았다. 그저 눈을 들어 나를 바라볼 뿐이다. 그녀의 눈동자에는 내가 그려져 있었다.

"오늘은 이만 헤어져야 할 것 같아요. 쉬고 싶네요."

잠시 후 그녀가 입을 열어 말했다. 가까스로 떨어진 입술은 희미한 떨림을 머금고 있었다. 명백한 거부의 빛을 띠는 말에 나는 조용히 고개를 끄덕였다. 로샨 영애는 고맙다는 듯 희미하게 웃었다. 그리고 한 걸음 뒤로 물러섰다.

여름이 다가오려는지 불어오는 바람에는 뜨거운 열기가 담겨져 있었다. 숨이 턱 하니 막혀 왔다. 그건 로샨 영애도 마찬가지인지 그녀는 시녀가 우리를 찾으러 올 때까지 내내 멍하니 바닥만을 바라보았다. 그리고 시녀가 다가왔을 때 아무런 인사도 없이 마차에 올라섰다. 쫓기는 사람처럼 조급하게 굴면서.

나는 저택에 도착할 때까지 그녀와 말 한 마디도 나누지 못했다. 그러면 안 될 것 같은 기분에 침묵할 수밖에 없었다. 로샨 영애는 내가 마차에서 내리자마자 여운을 남길 새도 없이 바로 떠나갔다. 내가 저택 안으로 들어갈 때까지 기다려 주던 이전과는 다른 모습이었다. 그래선지 미묘한 기분이 들었다. 무언가가 아주 이상하게 돌아가고 있었다.

어머니의 입덧이 시작된 것은 여름의 초입 무렵이었다. 그것은 보는 사람이 괴로울 정도로 심하게 달라붙었다. 득달같이 찾아온 더위에 축 늘어진 몸에 입덧이 겹치니 어머니의 몸은 나날이 말라만 갔다. 입맛이 없는 건 아닌데 정작 먹기만 하면 죄다 토해 내므로 제대로 살이 오를 리가 없었다. 듣자 하니 새벽부터 하녀를 깨워 음식을 먹다가 바로 게워 내는 상황을 반복하고 있다 하였다. 냄새를 맡는 것만으로 구역질을 하는 건 일상이었다. 그래선지 어머니의 눈매는 나날이 사나워지고 있었다. 하녀들의 수발로 인해 미모는 여전히 유지하고 있으나 날카롭게 갈린 신경마저 다듬어줄 순 없는 노릇이라 자꾸 짜증을 내는 것이다.

"이러다 뼈만 남으면 어떡하지? 그럼 정말 보기 흉할 거야. 아아, 이를 어째."

한차례 출산 경험이 있는 어머니라 할지라도 백작 부인으로서의 품위를 유지한 채 아이를 품기란 어려운 일이었다. 방금도 한차례 구토한지라 어머니의 입에선 쉰내가 풀풀 풍겼다. 약초를 우려낸 물로 입을 가볍게 헹구었어도, 다시 욱욱거리며 신물을 토해 내니 영 소용이 없었다.

"그러지 않을 거예요. 곧 예전의 모습을 되찾을 테니 걱정하지 말아요. 몸은 좀 어떠세요?"

어머니는 내 질문에 부풀어 오른 배를 한차례 쓰다듬으며 미소를 지었다. 그리고 확신에 찬 소리로 내게 말한다는 것이 '분명 아들일 거야' 라는 말이었다.

"어떻게 아세요?"

"너를 품었을 때와는 배 모양이 달라. 그러니 분명 아들일 거야."

임신한 배는 그냥 앞으로 부풀어 오르는 게 다가 아닌가? 이해할 수 없는 소리였지만 어머니가 그렇다고 하니 고개를 끄덕이며 수긍할 수밖에 없었다. 뭐 이런 식으로라도 위안을 받으면 다행이다 싶기도 하고 말이다.

"그럼 더 잘 드셔야죠."

"하지만 들어가지 않는걸. 너는 참 수월했는데 말이야."

"저요?"

"그럼. 널 가졌을 땐 아무거나 먹어도 잘 넘겼었단다. 어디 하나 힘든 구석이 없었지."

"그럼 곧 태어날 동생은 무척 순하겠군요."

"응?"

"아니에요."

오늘 하루 방 안에서 휴식을 취하며 독서를 하려고 했던 나를 부른 건 어머니였다. 나중에 방문하면 안 되냐는 내 말에 꼭 오늘이어야 한다고 고집을 피운 그녀는 나를 보자마자 반색을 하며 기쁨에 찬 표정을 지었다. 그리고 하녀를 시켜 다과를 차리게끔 했다. 오랜만에 오붓하게 차를 마시겠다는 소리였다. 하지만 차려진 음식 중 어머니가 손댈 수 있었던 건 말린 과일 한 조각뿐이었다. 그마저도 역하게 느껴지는지 곧바로 뱉어 내고선 입을 헹구었지만 말이다. 물방울이 튄 턱을 닦아 내는 손길은 힘이 부족해선지 벌벌 떨리고 있었다. 한바탕 게워

낸 그녀의 얼굴엔 지친 기색이 역력했다.

"이대로 누워서 쉬시는 건 어때요?"

"계속 모임이다 뭐다 하고선 늦게 들어왔잖니. 오늘만큼은 나와 있어주렴."

로에나에게 배신감을 느낀 이후 어머니는 내게 한층 더 지극정성으로 임했다. 소원했던 관계를 좋게 되돌리려는 것처럼 그렇게. 마치 돌아오기 전의 어머니를 보는 것 같았다. 그래서 내가 조금이라도 함께 있지 않으려고 하면 실망한 표정을 지으며 우울해했다. 괜찮은 변화였다.

"그럴게요."

내 대답에 어머니가 갑자기 손을 들어 하녀들을 바깥으로 내보냈다. 그녀는 하녀들이 다 나갈 때까지 묵묵히 테이블을 바라보다가 문이 닫혔을 즈음에야 나직이 입을 열었다.

"요즘 로에나랑 다닌다지?"

그런 어머니의 얼굴은 근심으로 가득 차 있었다. 나는 얼굴 가득 웃음을 머금은 채 그녀에게 물었다.

"언제는 함께 다니라 하지 않으셨나요?"

"그건 그때의 일이고. 지금은 또 다르잖니."

"그건 그렇죠. 네, 로에나와 다니고 있어요."

"그런데 황태자 전하의 초대를 받을 때만 다닌다지?"

"그걸 어떻게 아세요?"

내가 두 눈을 동그랗게 뜨고서 물어보자 어머니가 의기양양한 표정을 지으며 턱을 살짝 들어 올렸다. 백작가의 부인으로서 그 정도도 모르겠냐는 뜻이었다.

"네, 맞아요. 전하께서 오시는 모임에만 같이 외출하고 있어요."

그러자 어머니의 표정이 상당히 오묘하게 일그러졌다. 그것은 시기와 질투의 전초전으로 로에나가 내 자리를 빼앗지 않을까 하는 우려가 담겨 있었다. 그래서 굳이 황태자의 안배대로 행하는 거라고 말하지 않았다.

"그, 너 말이다. 아, 아니다. 아, 그렇지! 전하께서는 로에나에게 잘 대해 주시니?"

글쎄, 그게 잘 대해 주는 걸까? 나는 쉽사리 입을 열지 못했다. 분명 상냥하게 받아주기는 하는데, 호감이 있어 잘 대해 주기보다는 한때의 여흥을 즐기기 위한 장난인지라 뭐라고 표현하기가 어려워서였다. 실상 자신의 미모를 한껏 이용하여 되레 로에나의 눈을 어지럽히고 있는 실정이니 더 말해 무엇하랴.

문제는 노골적으로 나와 로샨 영애에게 집중하고 있어 로에나의 질투심을 이끌어 낸다는 데 있었다. 그의 옆에 앉는 것이나 손수 따라 준 차를 마실 수 있는 건 로샨 영애와 나뿐이었으니까. 황태자의 모임에서 로에나는 그저 한 테이블에 앉아서 시간을 축내는 사람에 불과했다. 물론 간간히 내던지는 질문에 행복해 죽겠다는 표정을 숨기지 않고 있기는 하지만 말이다.

덕분에 요즘 들어 저택으로 돌아오는 내내 로에나의 투정이 이어지고 있었다. 그녀는 나와 로샨 영애가 부럽다, 황태자 전하는 여전히 상냥하시다, 그분과 좀 더 가까워진 것 같아서 기쁘다와 같은 소리와 함께 자신도 그렇게 되었으면 좋겠다는 말을 내뱉었다. 황홀하다는 듯 눈을 빛내며 그의 외모에 대한 찬양을 내뱉는 건 황태자에게 푹 빠진 다른 멍청한 여인과 똑 닮아 있었다.

그래서일까? 요즘 들어 과거의 로에나가 산산조각이 나는 기분이다. 내가 벽으로만 여겼었던 소녀가 정말로 이러했나 의아할 정도였다. 그녀는, 내가 넘고 싶었던 완벽한 여인은 좀 더 우아하고 재기가 넘치는 사람이었다. 한데 황후의 티타임에 초대받았던 때만 하더라도 괜찮았었던 로에나가 황태자에게 빠진 직후 완벽하게 얼간이가 다 되어버렸다. 내가 망가뜨리고 싶은 로에나는 이런 모습이 아니었는데 나날이 이상해지고 있었다.

"시스에?"

"아, 네. 잘 대해 주시는 것 같아요. 워낙 다정하신 분이니까요."

"그래? 그런데 너 표정이…… 아, 아니다. 어쨌든 다정하게 대해 주신다니 다행이긴 한데 이 어미는 마음이 좀 그렇구나."

"어디 편찮으세요?"

"아니, 로에나가 황태자의 곁에 있으려고 너와 다닌다고 생각하니 속이 상해서 그렇단다."

어머니의 눈엔 지금의 로에나가 내 것을 빼앗으려는 악당으로 보인 모양이었다. 날카로운 경계에 웃음이 흘러나올 것만 같았다. 정말로 어머니가 돌아온 게 맞구나. 그러나 아무렇지 않은 척 어머니의 본심을 떠보았다.

"아이레스 경이 들으면 속상해하겠어요."

어머니가 미간을 찌푸리며 내게 말했다.

"하지만 제국의 주인이 될 사람과는 비교할 수 없잖니."

"그렇긴 하죠."

내가 잠자코 수긍하자 어머니의 얼굴이 밝아졌다. 그녀의 눈동자가 교활하게 반짝이고 있었다. 나는 이전에도 이러한 얼굴을 본 적이 있다. 양부가 죽은 후 아무런 제재 없이 돈을 마음껏 쓸 수 있게 되었을 때 보았던 표정이다. 탐욕으로 일그러진 추한 얼굴이 지금 어머니에게서 보이고 있었다.

요즘 들어 계속 황태자와 함께 다니고 있다 하니 그를 어떻게 좀 해 보고 싶은 모양이다. 아무럼 기사보다 차기 황제가 낫지 않은가. 사랑이라는 단어 하나만으로 백작 부인의 자리를 꿰찰 수 있었던 그녀인지라 황태자비 또한 만만하게 본 것이다.

이 어처구니없는 속내에 한숨이 흘러나왔다. 황태자를 단 한 번이라도 겪어 보았다면 이렇게 쉽게 생각하지 못할 텐데. 뭐라도 해야 하지 않겠냐는 듯 눈을 데굴데굴 굴리는 모습이 퍽 한심했다.

"그러니까 잘해야 한다, 알았지?"

암만 사람이 바뀌는 건 한순간이라 하지만 내가 알고 있는 '여자'로 되돌아온 어머니는 이전보다 더 정도를 몰랐다. 로에나를 대할 때는 이러한 태도를 유지하는 게 좋겠지만 그게 나에 대한 직접적인 손길로 이어진다면 심각하게 곤란해질 상황이었다. 그러니 확실하게 하고 갈 필요가 있다. 나는 짐짓 서늘한 목소리로 차갑게 대꾸했다.

"아뇨, 그걸 정하는 건 오롯이 전하뿐이세요."

"뭐?"

"잘하고 못하고를 정하는 건 황태자 전하시라구요. 거기엔 제 의사가 필요 없어요."

"시스에?"

어머니의 눈이 휘둥그레졌다. 도통 이해를 못 하겠다는 얼굴이다. 나는 차분하게 말을 이어 나갔다.

"그러니까 그것에 대한 관심은 이쯤으로 그만두세요."

명백한 거부에 어머니의 얼굴이 흐려졌다. 떨리는 눈동자는 옅은 두려움으로 잔물결이 일렁였다.

"로에나에게 뺏길 정도로 어리석었다면 계속 어머니와 대립하지 않았을 거예요. 그러니 제가 알아서 잘할 수 있도록 놔두세요. 지켜보는 것이 오히려 저를 도와주는 일이에요."

"난 네가 걱정이 돼서……."

"알아요, 왜 그걸 모르겠어요?"

나는 어머니에게 가까이 다가가 그녀의 뺨에 키스했다. 그리고 드레스에 감춰진 배를 살짝 어루만지며 다정스러운 목소리로 속삭였다.

"지금은 제 동생이 나오는 것에만 신경 쓰세요. 비슈발츠가의 후계자가 건강한 모습으로 태어날 수 있도록 말이에요."

사실 어머니가 도와줄 수 있는 일은 무궁무진했다. 배 속의 아기를 내세워 움직인다면 양부를 녹이는 것쯤은 별일도 아닐 터였다. 어쩌면 상업으로 차곡차곡 쌓아 올린 진짜배기 정보를 쏙쏙 뽑아 올 수 있을지도 모른다.

하지만 아직은 아니다. 태어날 아이의 사타구니에 남성의 성기가 달려 있음을 확인하기 전까진 잠자코 있어야 한다. 되도 않는 욕심을 부려 손해를 볼 필요가 없었다. 어머니가 내 요청을 현명하게 잘 이행할지부터 확신이 안 서기도 하고. 그래서 그녀에게 태교에 힘쓰라 부탁했다. 다행히 어머니는 내 말을 이해했는지 고개를 끄덕이며 알겠노라고 대답했다. 점차 배가 무거워지기 시작하면 그녀의 행동반경이 극소하게 좁아질 것이므로 당분간은 걱정할 일이 없었다.

나는 빙그레 웃으며 어머니의 뺨에 다시 키스했다. 입술에 와 닿는 화장품의 맛이 역겨울 정도로 씁쓸해 구역질이 날 것만 같았다.

양부가 내게 건네준 정보는 거르고 거른 찌꺼기에 불과했지만 나름 유용했다. 그것을 이용하여 처음 만난 영애에게 상냥하게 인사하고 그녀의 취향에 맞춰 대화를 이끌어 나갔더니, 어느새 내 주변은 사람들로 바글바글 끓고 있었다.

뤼세트 로샹은 내가 다른 이와 대화할 때면 옆에 서서 묵묵히 듣기만 했다. 마치 이제 막 걸음을 내딛는 아이를 바라보는 것처럼 흐뭇한 미소를 지은 채. 다른 이가 노골적으로 자신에게 다가오려는 빛을 보이면 부채로 얼굴을 가린 채 모르는 척 시선을 피하는 것도 이 때문이었다.

사람들은 이런 로샨 영애의 태도에 감탄하며 나를 무척 부러워했다. 아이레스 경의 연인이 되더니만 사교계에선 감히 바랄 수도 없는 충실한 친구를 얻었고, 심지어 황태자와 함께 이야기를 나누기까지 해서였다. 자신들이 바라는 이상적인 모습이 백작가의 영애가 된 지 이제 겨우 1년밖에 안 된 하찮은 피에게서 나타난다고 생각하니 질투가 나는 모양이다. 그들은 내 어디가 저들을 사로잡았는지 알기 위해 필사적으로 나를 관찰하고, 내 태도나 말투, 심지어 걸음걸이까지 따라 하려고 애를 썼다. 나처럼 행동한다면 지금의 내 자리에 있을 수 있다고 착각해서다. 우스운 일이었다.

"신선한 변화죠. 모두 시스, 당신만을 바라봐요. 유행 그 자체가 돼 가고 있는 거예요."

뤼세트 로샨은 사교계에 부는 작은 바람이 매우 만족스럽다는 듯 고개를 끄덕였다. 그러고선 눈여겨보고 있던 목걸이 하나를 들어 내 목에 가져다 대었다. 옆에서 상점 주인이 잘 어울리네, 어쩌네를 남발하며 호들갑을 떨고 있지만, 차분한 표정으로 나를 바라보는 그녀의 시선은 장인의 눈빛처럼 날카롭기 그지없었다.

더위가 무겁게 내려앉은 한낮 오후의 보석 상점은 장신구를 구매하려는 귀족 영애들로 인해 무척 북적였다. 저마다 하녀와 기사들을 대동한 상태라 작은 이 층 저택 하나를 통째로 상점으로 개조했음에도 불구하고 발 디딜 틈이 없었다. 만일 나 역시 홀로 들어왔다면 눈 아래의 시선으로 보이는 저 사람들처럼 혼잡스레 뒤섞였을 것이다. 로샨 영애와 함께 방문했기에 2층에 마련된 자리에 앉아 느긋하게 최고급 장신구를 고르는 호사를 누리는 거였다.

예전의 어색했던 분위기는 마치 꿈이었다고 말하는 것처럼 평소와 다를 바 없는 모습으로 내게 나타난 로샨 영애는 내 몸에 거는 장신구

하나하나를 꼼꼼하게 챙기며 선물이라는 명목으로 마구 떠안겼다. 마치 화해를 청하는 것처럼. 지금 내 귀에 걸려 있는 귀걸이 또한 로샨이 준 것이었다. 한참 동안 내 목에 목걸이를 대어 보던 그녀가 설핏 미간을 찌푸렸다. 마음에 안 든 것인지 목걸이를 탁자에 떨어뜨리는 손길이 가차 없었다.

"이것보단 다른 보석 목걸이가 더 어울리겠어요. 시스의 아름다운 목선과 어울리는 그런 디자인이었으면 좋겠는데, 다른 건 없나요? 명성에 걸맞지 않은 시시한 물건들만 있군요. 실망이에요."

뤼세트 로샨의 말에 주인이 고개를 굽실거리며 다른 걸 찾아오겠노라고 말했다. 땀을 줄줄 흘려 대는 그의 표정은 새하얗게 질려 있었다.

"아뇨, 그럴 필요 없이 내가 직접 가서 봐야겠어요. 주인의 안목을 도통 믿을 수 없군요."

나는 두 눈을 동그랗게 뜬 채 로샨을 바라보았다. 그녀와 같은 신분의 여인이 물건을 확인하러 직접 나서는 일은 없기 때문이다. 턱짓 한 번으로 자신의 발치에 수많은 물건이 좌르륵 나열될 수 있는 게 로샨가의 힘이었다. 그런데 나를 위해 그러한 수고를 아끼지 않겠다 말한다. 하녀가 아닌데 나에게 어울리는 물건을 손수 골라 오겠다고 한다. 기막힐 일이었다. 세상천지 로샨가의 영애를 이리 부려 먹는 사람이 황가의 사람들을 제외하고 또 있을까. 주인의 눈동자가 순간 나를 향해 기묘하게 휘어지는 것도 무리는 아니었다.

"그, 그러시겠습니까? 괜찮으실는지요?"

"두 번 일하는 것보단 낫겠지요. 시스는 여기에서 기다려 주세요. 얼른 다녀올 테니까요."

로샨 영애는 자리에서 일어나 주인에게 앞장서라고 말했다. 그러면서 내 시중을 들고 있는 상점 하녀에게 마실 것을 더 가져다 달라고 명령했다. 괜찮다고 만류해도 막무가내였다. 어떻게든 오늘 내 목에 그럴듯한 목걸이 하나를 걸치고선 쇼핑을 마감하겠다는 듯이 그녀의 눈동자는 활활 불타오르고 있었다.

순식간에 홀로 남겨진 나는 탁자 위에 어지럽게 널려 있는 장신구들을 바라보며 느릿하게 눈을 깜빡였다. 아래는 시끌벅적한데 위층은 고요한 게 참으로 묘했다. 이상한 데서 고집을 피우는 로샨 영애의 태도 역시 꺼림칙한 마음이 들게 하는 요소 중 하나였다. 통보도 없이 갑자기 나타나더니만 보석을 사러 가자고 말하는 게 껄끄러워서다. 그간 선물을 안 받은 것도, 쇼핑을 같이 안 해본 것도 아니지만 어쩐지 오늘은 남다른 기분이 들었다. 그때 이상하게 헤어져서 그러나? 그러므로 만일 누군가 나를 향해 인사를 건네지 않았더라면, 예민하게 여긴 것이라 생각하며 아무렇지 않게 흘려 넘겼을 것이다.

"오랜만에 뵈어요, 비슈발츠 영애."

익숙한 목소리에 고개를 돌리니 페리뉼, 아니, 플랑드르 남작 부인이 서 있는 게 보였다. 오랜만에 만난 그녀는 예전과 달리 한층 날카롭고 초췌한 얼굴을 하고 있었다. 고양이와 같은 앙큼함으로 무장한 채 오만방자하게 굴었던 지난날과는 퍽 달라 보였다. 욕망으로 반짝였던 눈빛이 안개에 휩싸인 것처럼 잔뜩 흐려 있었다.

그녀는 한눈에 봐도 매우 지쳐 있었다. 고된 노동을 하고 온 하녀처럼. 한순간이긴 하지만 황제의 총애를 받았던 여인인데도 걸치고 있는 것이나 치장된 상태나 그리 썩 좋아 보이지 않았다. 창녀였던 시절의 차림이 더 좋아 보일 지경이었다.

들자 하니 수도의 작은 저택 하나를 선사받고서 그대로 쫓겨났다 하던데, 재정 상태가 별로인 모양이었다. 그동안 하사받았던 보석들을 다 가지고 나오지 않은 모양이지? 사실 황제에게 버림받은 첩의 대부분이 이렇게 남루한 생활을 영위한다. 황궁에 있었을 적의 씀씀이 그대로 펑펑 쓰다 보니 주어진 예산에 맞춰 살기 힘든 것이다.

황제의 첩이었다는 이름에 혹해 추근대던 사내들이 쥐어 주는 용돈도 한계가 있었다. 그래서 점차 벽에 걸린 그림을 팔고, 가구를 팔고, 나중엔 주방의 은 식기마저 죄다 넘겨 버린다. 그러다가 마침내 빵 하나 살 돈마저 없어지면 드레스에 달린 보석을 떼어 야금야금 파는 것이다.

페리뇰의 행색을 보건대 아직 은 식기까지는 팔지 않은 모양이다. 옷차림은 조금 촌스러워졌지만 그 위에 달린 보석은 알이 작긴 해도 진짜배기였다. 귀족들의 세계에서는 하품(下品)이나 다름없지만 평민들에게는 꿈도 못 꿀 장신구가 유행이 지난 드레스에 멀쩡하게 붙어 있었다.

"네. 오랜만입니다, 부인."

"드디어 만나 뵐 수 있게 되었네요."

플랑드르 남작 부인은 내 대답에 안도의 한숨을 내쉬며 종종걸음으로 걸어왔다. 가까이서 본 그녀의 피부는 남작 부인이라는 직위를 가진 창녀답지 않게 거칠거칠해 보일뿐더러 이런저런 이상한 것도 오도독 솟아올라 있었다. 화장으로 감추긴 했지만 조금 거뭇거뭇해 보이는 눈두덩은 저를 병자처럼 보이게 만들었다. 풀이 죽은 듯 묘하게 나긋나긋해진 어감도 힘이 없다는 것처럼 가늘게 떨렸다.

"만일 오늘도 만나 뵈지 못했더라면 정말로 큰일 났을 거예요. 정말 다행이에요."

"그게 무슨 말씀이신가요?"

"영애, 저 좀 도와주세요."

"지금 무슨 짓을 하시는 거죠? 이 손 놓으세요."

"아뇨, 못 놔요. 제 말 좀 들어주세요. 제발 부탁드려요."

다짜고짜 내 손을 붙잡고서 도와 달라느니 살려 달라느니 크게 외치는 페리뇰은 제정신이 아닌 것처럼 보였다. 눈동자를 데굴데굴 굴리며 입술을 잘근잘근 씹는 것은 불안의 척도를 말해주고 있었다.

"도대체 무슨 영문인지 하나도 모르겠네요. 그리고 우리가 도움을 주고받을 입장인가요?"

"제, 제가 실수를 한 게 하나가 있는데 그걸 상쇄시키려면 영애의 도움이 필요해요. 절 도와주시면 뭐든 하겠어요."

나는 잔뜩 겁을 먹은 듯 주변을 두리번거리더니 내 손에 급히 찢은 듯한 쪽지 하나를 쥐여 주는 그녀를 멀뚱히 바라보았다.

"이쪽으로 와 주시면 뭐든, 뭐든 할게요."

그리고 대답을 기다릴 새도 없이 다른 쪽으로 도망치듯 후다닥 달려가 버렸다. 나는 멍하니 그녀의 뒷모습을 바라보았다. 내가 아는 페리 늪이 아닌 것 같아 기분이 묘했다. 사내를 잡아먹을 것처럼 요염한 미소를 지었던 창녀는 사라지고 없었다. 사교계의 행사에 나갈 때마다 샤토루가 괴롭힌다는데, 그것 때문에 저리 기가 팍 죽은 건가?

남작 부인이 사라지기가 무섭게 로샨 영애가 보석점 주인과 함께 들이닥쳤다. 기막힌 타이밍이다. 나는 슬그머니 손에 들린 쪽지를 숨겼고, 그녀는 탁자에 보석뿐이 없는 상황에 고개를 갸웃거리며 내게 물었다.

"마실 것은요?"

아, 그러고 보니 하녀가 안 들어왔구나. 슬쩍 눈을 들어 주인을 바라보니 곧 기절할 것처럼 창백해진 얼굴로 안절부절못하고 있었다.

"안 와서요."

"저런, 내 말이 우습게 들린 모양이죠?"

그녀의 말에 주인이 허리를 굽실거리며 알아보고 오겠노라고 줄행랑을 쳤다. 가지고 왔던 목걸이를 탁자 위에 조심스럽게 올려놓는 것을 잊지 않고서 말이다.

나는 로샨 영애가 가져온 목걸이를 바라보았다. 간결하면서도 우아한 디자인의 물건은 확실히 직접 가서 가져올 만한 최상품이었다. 정성스레 커팅된 보석이 꽃처럼 화려하게 피어나 있어 무척 아름다웠다. 황실에 진상해도 될 것만 같은 품질에 절로 입이 벌려진다. 일반 귀족 영애가 감히 하고 다닐 물건이 아니었다. 그런데도 로샹 영애는 아주 자연스럽게 목걸이를 들어 내 목에 가져다 댔다. 우아한 손놀림으로 버클을 풀어 목에 채워 준 다음 살며시 잠갔다. 마치 내가 차는 게 당연하다는 것처럼. 목걸이를 찬 나를 바라보는 그녀의 얼굴에는 흐뭇한 미소가 걸려 있었다.

"역시 잘 어울려요. 고른 보람이 있네요. 내가 없는 동안 별 일 없었나요?"

로샹 영애가 물었다. 아무렇지 않는 듯한 말투를 가장하고 있으나 미묘한 어감을 머금고 있었다. 순간 그녀 모르게 숨긴 종이쪽지가 바스락거리며 자신의 존재를 주장했다.

나는 태연한 미소를 지으려고 노력하며 고개를 설레설레 내저었다. 페리뉼을 만났다고 말하면 될 텐데 기이하게도 그렇게 하면 안 될 것 같았다. 그러자 뤼세트 로샹이 한숨을 내쉬었다. 그녀는 내가 거짓말을 했다는 것을 알고 있는 사람처럼 미간을 찌푸렸다. 때마침 다과를 들고 오는 하녀와 주인에게 물러나라고 명하는—자기 집에 있는 사람을 부리는 것처럼 자연스러웠다—손길은 퍽 신경질적이었다.

"좋아요, 나부터 솔직해지죠. 그게 공평한 일일 테니까요."

잠시 후 그녀가 입을 열어 말했다.

"목걸이를 가지러 가기 위해 일어난 건 아니에요. 자리를 피해야 함을 알았거든요."

누군가 찾아올 것을 알았기에 모든 사람을 끌고 나간 거라는 의미였다. 그렇게 말하는 로샹 영애의 얼굴은 담담하기만 했다. 아니, 어떤 체념과 같은 분위기도 나지막이 깔려 있었다. 아마 그것의 또 다른 이름은 양심으로 인한 불안일 것이다.

십중팔구 황태자의 명이다. 그 외엔 뤼세트 로샹을 움직일 수 있는 이가 없었다. 이런 대범한 짓을 그녀 혼자서 저질렀을 리 만무하니까. 사교계를 휘젓고 다니는 여인답지 않게 방금 전의 행동을 부끄러워한다는 점에서부터 그랬다. 이전에도 말했지만 뤼세트 로샹의 양심은 황태자보다 많이 나은 수준이었다.

그럼에도 불구하고, 기가 차는 건 어쩔 수 없었다. 뭐든 다 해줄 것처럼 굴지만 정작 중요한 부분에서는 뒷짐을 지며 지켜만 보고 있으니 살짝 열이 오르는 것이다. 황태자는 나를 체스 판의 '폰'으로 보고선 아무렇지 않게 굴려도 상관없다 여기는 것 같았다. 그 '폰'의 손에 아이레스 경이 있다는 걸 간과하고서. 뤼세트 로샹이 내게 매우 무르기에 황태자의 지시만 없다면 한 번쯤 해볼 만한 상대라는 것 또한 놓치고 있었다.

그 오만함에 웃음이 나왔다. 비슈발츠가를 약속받았기에 뭐든 해도 된다는 그 사고방식에 진절머리가 났다. 원래 그런 성정의 남자라는 건 알고 있었고, 그래서 두려워했지만 이건 아니었다. 머리가 빈 인형이 아니고서야 이런 식의 취급을 담담하게 받아들일 리 만무하잖나. 아무것도 모른 채 휘둘리는 건 이젠 그만 사양하고 싶기도 하고. 그래서 아무렇지 않은 척 계속 거짓말을 내뱉었다. 그녀의 솔직함에 상처를 받았다는 것처럼 잔뜩 우울한 표정을 지었다.

"저를 또다시 시험하신 건가요? 네, 맞아요. 플랑드르 남작 부인을 만나긴 했죠. 하지만 보석 상점에서 다른 사람을 만나는 건 당연한지라 별일이라고 생각하지 않았어요. 그게 무슨 문제라도 되나요?"

"그녀가 혹시 다른 말을 하지 않던가요?"

"인사를 하고서 무어라 말하려고 했는데 마침 영애가 돌아오셔서 그냥 뒤돌아 가 버리셨어요."

로샨 영애가 진실을 캐묻는 것처럼 나를 뚫어지게 바라봤다. 나는 그 시선을 피하지 않았다. 우연히 만난 것이나 뒤돌아 가 버린 것이나 모두 사실이니 찔릴 게 없었다. 말을 들은 게 아니라 쪽지를 받았으니 거짓말을 한 것도 아닌 셈이고.

"그래요. 다행이에요."

그녀가 다시금 한숨을 내쉬었다. 뺨엔 불그스름한 기운이 살짝 올라와 있었다. 안도한 것인지 보란 듯이 자신의 가슴을 쓸어내리는 행태가 퍽 노골적이다. 로샨 영애는 진심으로 내가 플랑드르 남작 부인과 대화를 섞지 않기를 바란 모양이다. 잠깐의 추궁이 끝나자 로샨 영애는 다시 시스에 드 비슈발츠에게 충실한 여인으로 되돌아왔다. 황태자였더라면 어떻게든 진실을 밝혀내려고 했겠지만, 애석하게도 뤼세트 로샨에게는 그런 능력이 없었다. 아니, 나를 추궁하고 싶지 않은 것인지도 모르겠다. 그녀가 내게 무른 건 사실이니까.

"아무 일이 없었다니 다행이에요. 차라리 그게 나아요. 이대로가 딱 좋아요. 자, 이만 자리에서 일어나죠. 좋은 차가 들어왔다는 소식이 들어와서 이번엔 찻잎 좀 사러 가 볼까 해요. 시스도 아주 좋아할 거예요."

그녀의 손이 나를 이끌었다. 나는 순순히 자리에서 일어났다. 저 구석에서 눈치를 살피고 있던 상점 주인의 눈이 재빠르게 탁자 위의 보석들을 살폈다. 그리고 비굴한 표정을 지으며 우리를 뒤따랐다.

목걸이 대금은 로샨 영애가 지불했다. 그간 받았던 선물 중 가장 비싼 거였다. 금실로 수놓은 고급 드레스 한두 벌은 가뿐히 넘어가는 액수였다. 척 봐도 비싸 보였는데, 실제로 가격을 들으니 눈이 커지지 않을 수 없었다. 순식간에 금화가 가득 든 주머니 하나가 주인의 손에 건네졌다. 입이 찢어져라 웃고 있는 뚱뚱한 상점 주인의 눈동자에는 로샨 영애에 대한 경외로 가득했다.

주변 영애들의 시선 역시 내 목에 쏠렸다. 그들은 부럽다는 듯 혹은 선망에 가득 찬 눈빛으로 나와 로샨 영애를 바라보다 이내 한숨을 폭 내쉬었다. 아마도 오늘 저녁이 지나기 전에 사교계 안에선 그녀가 나를 위해 어마어마한 돈을 썼다는 소문이 쫙 퍼지게 될 것이다. 자연스레 나를 따라 하기 위해 발악하는 여인들도 늘어날 테고. 또다시 화제의 주인공이 되는 셈이다. 사교계의 인사들에게 다시금 뚜렷하게 각인되는 것이다.

아직 데뷔하지 않은 소녀치고 과분할 만한 성과이지만, 나는 마냥 기쁘지 않았다. 이게 어떠한 대가로 받은 선물인지 알기 때문이었다. 방금 전의 일에 대한 보상이다. 의심이나 시험은 하지 않겠지만, 쓸모를 따져 가며 이용하는 건 여전하니 이렇게라도 달래겠다는 얄팍한 수였다. 자신에게 속한 이임을 잊지 말라는 것처럼.

보석을 던져 주면 알아서 넙죽 엎드리겠거니 하는 태도에 헛웃음이 나올 것만 같았다. 이게 철없는 아이를 달래는 것과 무엇이 다른가. 나를 그 정도로밖에 보지 않는다는 게, 아니, 이 정도의 대접을 해주는 걸 감사히 여기라는 황태자의 의도가 구역질이 날 정도로 역겨웠다. 확연하게 그어져 있는 존중의 선은 행여 있을지 모를 방만한 태도—황태자의 이름을 엎고서 날뛰지도 모를—를 경계하는 데 온 힘을 다하고 있었다. 더욱더 비참한 건 아무렇지 않다는 듯 목걸이를 받아 들고서 감사 인사를 해야 하는 지금의 현실이었다.

"고마워요, 로샨 영애."

나는 쪽지를 손으로 움켜쥐며 아무렇지 않다는 듯 배시시 미소 지었다. 그러면서 어떻게든 페리늏을 만나서 이야기를 들어 봐야겠다고 생각했다. 위험이 동반된 일임이 분명하지만 저들이 떠밀어준 기회를 놓치고 싶지 않아서였다. 황태자의 얼굴이 일그러지는 게 보고 싶기도 하고 말이다. 사실 족쇄처럼 목을 옥죄어 오는 목걸이를 지금 당장 내던지지 않는 것만 하더라도 할 도리를 다하고 있다 할 수 있었다. 이 얼마나 대단한 자제심인지. 스스로가 자랑스러울 지경이다.

어쨌든 이쯤 되니 슬슬 황태자가 짠 판을 벗어나도 되지 않을까 하는 마음이 들었다. 이 또한 그가 정해 놓은 연극의 일부분이라 할지라도 한 번쯤 감수해 볼 만한 일이었다. 신이 아닌 이상 페리뉼 그녀의 입에서 튀어나오는 말을 전부 다 통제할 순 없을 테니까. 그래서 나는 나머지 쇼핑 또한 초인적인 힘을 발휘하여 견뎌 냈다. 다음 날에 예정된 기막힌 만남을 고대하지 않았더라면 참아 내지 못했을 지독한 인내였다.

사교계의 사람 모두가 다 나를 좋아할 순 없다. 그건 당연한 일이다. 하지만 로샨 영애의 눈에 들기 위해 어제만 하더라도 열심히 아부하던 사람이 갑자기 날 선 표정으로 비난을 퍼붓는다면, 아무리 나라도 한숨이 나오지 않을 수 없다. 플랑드르 남작 부인을 만나기 위해 감행했던 외출이 시작부터 이런 식으로 더러워질 줄은 미처 몰랐기에 더더욱 그러했다.

잡음을 없애기 위해 잠시 산책을 한다는 핑계로 하녀조차 대동하지 않은 채 거리로 나온 터였다. 그러다 우연히 눈에 익은 여인을 만났는데, 그만 눈을 마주치는 바람에 걸음을 멈출 수밖에 없었다. 행여 자신을 보고서 인사를 안 했다는 뒷말이 나올까 해서였다. 하지만 몇 마디 대화를 나누기가 무섭게 차라리 모른 척 지나갈 걸, 하는 후회가 들었다. 내 옆에 로샨 영애가 없음을 확인하자마자 바로 본성을 드러내며 날뛰기 시작한 여인 때문이었다.

이름도 기억나지 않는 얼간이는 다른 사람의 눈을 의식이라도 하는지 최대한 소리를 낮춘 후 내게 으르렁거리고 있었다. 돌려 말하는 법을 덜 배운 건지, 혹은 본래 입버릇이 빨다 만 걸레와 동일한 수준인지 모르겠지만 나오는 말이 귀족 영애치곤 상당히 거칠었다. 나를 향해 '포주'라 지칭하며 폭언을 내뱉는 것부터 그랬다. 귀족가의 고상한 영애가 어떻게 이런 말을 다 아는지 모르겠지만 제법 걸쭉한 게 신기할 정도였다. 그동안 조신한 목소리로 조곤조곤 말하느라 고생 좀 했겠다 싶었다.

어쨌든 여자의 요지는 간단했다. 내가 아이레스 경을 이용하여 황태자 전하의 무리에 억지로 끼어들더니만, 이제는 동생을 앞세워 그를 유혹한다는 것이다. 개소리도 이런 개소리가 따로 없었다.

"로샨 영애야말로 황태자 전하의 반려가 될 분이에요. 되지도 않는 욕심은 그만 부리고 썩 꺼져요."

로샨 영애의 추종자인가? 아니, 그렇게 생각하기엔 눈에 깃든 탐욕이 너무나 역겨울 정도로 번쩍인다. 이렇게 나를 밀어낸 뒤 그 자리를 차지하겠다는 속셈이 빤히 보였다.

나는 그녀가 말을 끝마칠 때까지 차분하게 기다려 주었다. 예전 같았으면 똑같이 성을 내며 길길이 날뛰었겠지만, 이쯤 되니 오히려 재미있었다. 사교계 사람들에게 미운털이 잔뜩 박힐까 봐―더 박힐 건 없었겠지만―귓가에 쏟아지는 모욕을 참아 냈던 지난날과는 다른지라 더더욱 거리낄 게 없었다. 그래서 말을 마친 그녀가 헉헉 숨을 들이켤 때 목소리를 최대한 낮춘 채 태연하게 응대했다.

"여동생이 있나요?"

"무슨 소리를 하는 거예요. 말 돌리지 말아요. 부끄러운 줄 알아야지! 양심이 있다면 로샨 영애에게서 떨어져요."

"혹은 아리따운 미모를 가진 사촌이 있나요? 아니면 이용 가능한 예쁜 하녀라도?"

"자꾸 이렇게 말을 돌리며 모르는 척하면 가만히 있지 않을 겁니다."

"말 돌리는 거 아니에요. 설마 그럴 리가요."

눈꼬리를 부드럽게 휘어 가며 상냥하게 미소 지으니 약이 올라 죽으려고 한다. 그 모습을 보니 낄낄낄 천박하게 소리 내어 웃고 싶어졌다. 과거의 거친 시스가 꿈틀꿈틀하며 튀어나오려고 하고 있었다. 옆에 서 있는 하녀도 없겠다, 지켜보는 이도 없겠다, 가끔 혀를 풀어주는 것이 좋을 테니 아니 그러할까. 그래서 방긋방긋 웃으며 말을 이어 나갔다.

"억울하면 너도 포주 노릇 하든가. 난봉꾼 황태자 앞에서 치마만 들어 올리면 될 텐데 뭐가 문제야?"

동시에 노골적으로 저의 얼굴과 몸을 훑어가니 반응 한번 생생하다. 새빨개진 얼굴로 이를 바드득 가는 꼴을 좀 보라지. 내가 왜 자신의 얼굴과 몸을 살피는지 알겠다는 표정을 하고 있었다. 수치심으로 범벅이 된 얼굴을 보니 순간 유쾌함이 물밀듯 밀려왔다. '포주'라는 단어에, 개소리에 짜증이 났었던 기분이 그나마 나아지고 있었다.

그래도 제법 제 분수를 아는 모양이네.

나는 나직이 혀를 차며 다시금 말을 이어 나갔다.

"아니면 로샨 영애께 부탁드려 볼까요? 제 말이면 무엇이든 들어주니까요."

"이, 이, 너!"

"아, 그렇지. 틴토레토 부인이 예절 교육에 관한 한 일인자라고 하던데, 그분을 좀 소개해 드릴까요? 어릴 적의 추억을 되살리는 것도 나쁘지 않은 법이죠."

가서 다시 예절이나 배우고 와라 멍청아, 라는 말을 돌려서 하니 숫제 거품까지 물려고 한다. 지나가는 사람이 본다면 미친 여자 하나가 홀로 발광하고 있구나 하고 여길 만한 모습이었다. 다른 영애가 함께 있었더라면 하지 못했을 말이 혼자 덩빈 까닭에 술술 튀어나왔다. 그래선지 어째 속이 시원한 기분이다. 그동안 꾹꾹 억눌러 왔던 묵은 체증이 확 내려가는 것 같았다. 요새 이래저래 흔들리며 끌려다니기만 했으니 아니 그러할까.

"제가 예의 바르게 인사를 해도 무엇을 어떻게 했는지 모를 것 같으니, 영애의 명예를 위해서 그냥 물러나겠어요. 훗날 효과적으로 대화할 수 있는 법을 알게 된다면, 그때 제게 웃으며 인사를 건네주세요. 그럼 먼저 가겠습니다."

마음 같아선 더하고 싶었다. 하지만 계속 시간을 지체할 순 없는 노릇이라 일부러 어깨를 툭 치면서 지나갔다. 그러자 뒤로 털썩 주저앉는 소리가 들려왔다. 지나친 화로 인하여 다리가 풀린 듯했다. 걸쭉한 입만큼 신경 줄이 제법 질긴 모양인지 기절까지는 안 간 모양이다. 아쉽게도. 게다가 뒤늦게 하녀가 나타난 모양인지 날카로운 비명이 크게 울려 퍼졌다. 나는 걸음을 빨리하여 최대한 거리에서 벗어났다. 다행히 여자는 내가 사라질 때까지 내 이름을 부르지 않았다. 현명한 판단이었다.

플랑드르 남작 부인이 적어준 쪽지에 적힌 곳은 창관이 모여 있는 뒷골목 중 하나였다. 건물이 미로처럼 뒤엉켜 좀처럼 길을 찾을 수 없다는 그곳은 하루에도 몇 번씩 시체가 나오기로 유명했다. 밤사이 벌어진 범죄의 흔적이 해가 쨍쨍 내리쬐는 낮이 되어서야 겨우 모두의 눈에 드러나는 것이다.

즉, 혼자 가기에 무척 무섭고 어려운 길이라는 것이다. 그래서 아리나에게 도움을 요청했다. 마침 어제 나를 방문한지라 구슬리는 게 그리 어렵지 않았다. 돈 몇 푼을 더 쥐여 주며 길잡이 할 수 있는 사람을 알려 달라고 말하면 되니까. 아리나 역시 길거리의 아이인지라 그 정도의 길쯤은 문제없겠지만, 저를 데리고 가고 싶지 않기에 부득불 이러한 수단을 쓴 것이다. 걱정스레 올려다보는 시선에 빙그레 웃으며 아무 일도 아니라는 듯 아비의 상태를 물어보자 금세 도와주겠다고 나섰다. 잭이라는 소년이 그쪽 길을 훤히 꿰고 있다면서 말이다.

길을 걷다가 적당한 곳에서 잠시 옆길로 새었다. 보는 사람이 없다는 걸 확인하고서 마리가 준비해 준—망토를 두 겹으로 껴입었다—허름한 후드를 바깥으로 걸치고서 얼굴을 깊숙이 가렸다. 미리 드레스에 달린 보석을 다 떼고 왔지만 불안한 건 사실인지라 옷 또한 보이지 않도록 꼼꼼하게 여몄다.

어느 정도 준비가 되자 종종걸음으로 약속된 장소에 갔다. 그곳엔 아리나가 설명한 용모의 사내아이가 건들건들하며 기다리고 있었다.

이제 열세 살쯤 되었을까? 어린아이답지 않게 얼굴 가득 세상의 때가 잔뜩 묻은 소년은 눈동자를 교활하게 번뜩이며 돈부터 요구했다. 삯을 나중에 주겠다 말해놓고서 그대로 떼먹는 어른들이 부지기수라 먼저 보수부터 챙겨야겠다는 소리였다.

"그런데 안쪽까지 들어가지 않으실 거죠? 그 차림으로 들어가면 창관에 팔아 달라는 소리나 다름없는뎁쇼."

게다가 겁이 없는지 무례하게 혓바닥을 날름대는 게 한 대 걷어차 주고 싶을 정도로 얄미웠다. 자신의 이익을 위해서라면 무엇이든—심지어 그게 살인이라 할지라도—할 수 있는 자의 노란 싹이 보였다. 이대로 자란다면 협잡꾼 또는 이름 없는 건달이 될 터였다.

나는 잭이라는 소년의 교활함이 무척 마음에 들었다. 살기 위해 돈에 목매는 욕망이 그 어떤 순수보다 더 안심이 되었다. 얄밉게 나불거려도 자신에게 피해가 갈까 봐 최대한 좋은 길로 골라 가는 행동 또한 합격점을 주기에 충분했다. 내가 누구인지 노골적으로 드러내지 않는다는 것과 왜 홀로 그런 곳에 가는지 물어보지 않는다는 점에선 가산점을 주어도 아깝지 않았다. 그래서 조용히 미끼를 드리웠다. 거리의 아이만큼 돈에 약한 이는 없으니까.

"아리나는 주마다 나를 찾아와 이야기를 해주는 것만으로도 구리 돈과 빵과 약재를 받는단다."

"네에. 네에. 귀에 딱지가 앉을 정도로 자랑하더군요."

"부럽지 않니?"

"그걸 꼭 말로 해야 아십니까?"

"그래? 나는 아쉽던데. 아리나는 너무나 약하고 착한 아이라서 은화를 쓸 만큼의 일은 하지 못하거든."

순간 잭의 발걸음이 느려졌다. 나를 향해 살짝 틀어진 몸이 이어질 말에 흥미를 보인다는 것을 여실하게 드러내고 있었다.

"은화를 움켜쥘 만큼 더러운 손을 가진 사람이 필요하단다. 돈을 위해서라면 무엇이든 할 수 있는 그런 사람이 말이야."

"제 입은 무척 가볍습니다. 조금이라도 다치면 쉽게 나불대는 성격이죠."

"그 입을 막을 수 있는 게 돈이라면 걱정 말려무나. 언제든지 집어넣어줄 테니까."

"그래서 무엇을 원하십니까, 아리따우신 아가씨?"

순식간에 소년의 허리가 굽어졌다. 한층 공손해진 목소리는 비굴하게 맞부딪치는 손바닥만큼이나 가벼웠다.

"한 시간 후에 이곳으로 돌아오렴. 그 전에 만일 어떤 사람을 만나 나에 대해 할 말이 있다고 한다면 이곳으로 안내해 준 것일 뿐 아무것도 모른다고 잡아떼고."

"거짓말이라고 저를 때리면 어떡하게요? 그럼 추가 수당을 주셔야합니다."

"당연하지."

하지만 나는 잭이 맞을 거라고 생각하지 않았다. 나에 대해서 물어볼 사람이 황태자의 사람밖에 더 있겠냐 싶어서다. 그들이라면 큰 소란을 일으키지 않을 테니까. 사람이 많은 곳으로 되돌아가기 위해선 이소년이 필요함을 모르지 않기도 하고 말이다. 무엇보다 페리늘이라면 오늘의 만남에 잡음이 끼는 걸 원치 않을 터였다. 그렇기에 내가 홀로 나타나도 위험하지 않게끔 손을 썼을 것이다. 그래서 태연하게 대답할 수 있었다.

잠시 후 저 멀리서 페리뉼로 보이는 여자가 보이기 시작했다. 그녀는 긴 로브를 뒤집어쓴 채 이리저리 서성이고 있었다. 초조한 것인지 잠시라도 걸음을 멈추지 않은 채 천을 깊게 끌어 내려 얼굴을 감추려고 애썼다.

나는 먼저 잭을 돌려보낸 다음 그녀 앞에 다가가 조용히 섰다. 고개를 돌린 페리뉼이 나를 보고서 환하게 미소 지었다. 그런 그녀의 얼굴에는 살았다라는 표정이 역력했다.

사실 페리뉼과의 인연은 당초에 그녀의 제안을 거절했을 때부터 끊어진 줄 알았다. 그러므로 다시 만나 이야기를 한다면 시간이 많이 지난 다음에야 가능할 거라 여겼다. 황제의 총애를 계속 받는 권력자 또는 사교계에 남아 있기 위해서 비참한 생활을 계속 영위하는 늙은 창녀, 둘 중 하나의 모습으로 말이다. 그렇기에 이런 식으로 내 손을 잡아끌며 주위를 두리번거리는 모습은 꿈에라도 있을 수 없었다. 무엇에 쫓기는 것처럼 바로 주변에 있는 건물 중 하나에 들어가 숨을 죽이는 것부터가 그랬다.

우리가 사라지자마자 기다렸다는 것처럼 다다닥 발소리를 내며 이리저리 뛰어다니는 누군가의 고함은 이러한 긴장감을 높여 주는 데 한몫했다.

내 손을 잡아끈 페리뉼의 몸은 심하게 떨리고 있었다. 연기를 하는 것이라고 의심하는 게 미안할 정도로 그녀의 얼굴은 공포에 질려 있었다. 눈동자까지 흔들리는 게 여차하면 비명을 지를 태세였다. 만일 이것이 나를 속이기 위한 가장이라면, 그녀는 무척 빼어난 연기자라 할 수 있었다. 이렇게 사실적으로 무서워하는 게 보통의 연기력으로는 부족하니까.

페리뉼을 감싸고 있는 천은 여전히 질이 나쁘고 더러워 보였다. 오늘은 화장에 신경 쓰지 않았는지 퀭하게 들어간 눈두덩과 얼룩덜룩한 무언가가 잔뜩 묻은 뺨을 여실하게 보여 주고 있었다. 창백하게 질린 피부는 유령을 연상케 했다. 어제보다 더 병자 같았다. 함께 붙어 다니던 비트라이스 영식은 어떻게 하고 이런 꼴로 나를 만나러 온 걸까. 나를 황태자에게 밀어 넣으려 했던 야심가는 어디로 사라졌는지 형편없는 꼴로 몰락한 창녀가 여기에 서 있었다.

"소리 이제 안 나죠?"

아주 오랜 시간이 지나고 나서 페리뉼이 숨죽인 목소리로 내게 물었다. 나는 조용히 고개를 끄덕였다. 하지만 여전히 걱정이 되는지 그녀는 웅크린 그 상태에서 벗어나려고 하지 않았다. 그저 멍한 눈동자로 더듬더듬 고백하듯 입을 열 뿐이었다.

"안 나와 주실 줄 알았어요. 애원하긴 했지만 그냥 신경을 끄면 될 일이니까요. 그래서 무서워하던 찰나에 이렇게 와 주셔서…… 살려 주셔서 감사해요."

"살려 주다니 무슨 말이에요?"

"제가, 제가 실수를 하나 했는데 그것 때문에 버림받았어요. 그렇게 노여워하신 건 처음 봤어요. 너무나 큰 실수라서 다신 그분 곁에 갈 수 없을 거예요. 하긴 저 때문에 위치를 발각당했으니 아니 그러할까요. 평생 용서하실 리 없죠. 아아, 전 이제 끝났어요."

전부 다 알아들을 순 없지만 그녀의 입에서 흘러나온 '그분'이 비트라이스 영식임을 알아차리는 건 어렵지 않았다. 나는 잠자코 페리뉼이 고백과도 같은 이야기를 계속하기를 기다렸다.

"약을, 약을 했어요. 창관에 있을 때도 조심하던 건데 화가 난 상태에서 하다 보니까 그게 중독이 돼서 나중에는 약이 없으면 못 살겠더라구요. 그래서 돈을 쓰고 빌리고 가진 것을 팔고 그러다 보니 여기까지 왔어요. 참으려고 했는데 그게 안 돼서…… 너무 못 참아서 도와 달라고 말하려고 찾아갔어요. 그런데 그때 장소를 들키는 바람에…….”

역시 제정신이 아닌 것 같다. 내 손목을 붙잡고서 흐느끼는 것부터가 그러했다. 나는 나직이 혀를 차며 손수건으로 그녀의 뺨을 문질러 닦았다. 그리고 이야기를 계속해 나갈 것을 무언의 눈빛으로 종용했다.

“그런데 제가 당한 거라고, 그쪽에서 약을 준 거라서 이젠 벗어날 수 없을 거라고 저를 밀어내는데 정말 무서웠어요. 그간의 정을 생각해서 마지막 지시를 내리겠다고, 죽이지 않는 걸 감사히 여기라고 하는데, 사모했던 분이 그렇게 말을 하시니 도저히, 도저히…… 흑흑.”

사교계 사람 중 도박과 약에 손대지 않는 이는 드물었다. 말짱한 정신으로 귀족들을 휘어잡으려는 야심가가 아니라면 대부분 쾌락에 빠져 자신의 몸을 함부로 굴리기 일쑤였다. 사교계에 진입한 창녀 중 뒷골목의 약에 빠져 있지 않은 사람이 드무므로 귀족들에게 자신이 빠져 있는 약을 소개하여 함께 즐기는 경우가 허다했다. 물 담배에 취해 누워 있는 건 그야말로 애교였다.

“그쪽이 어딘데요? 누굴 말하는 거죠? 누가 약을 준 거예요?”

나직한 물음에 페리뉼이 헐떡이듯 말했다. 뺨에 흘러내리는 물줄기가 점점 더 굵어지고 있었다.

“황태자, 황태자 쪽이요.”

예상외의 답변에 숨이 턱 하니 막혀 왔다. 목적을 위해서 아무렇지 않게 마약을 쓰는 황태자나, 이러한 더러운 수를 쓴 사람이 그임을 확신하는 페리뉼의 말이나 모두 놀라워서였다.

“왜 당신에게 그런 짓을 한 거죠? 약을 먹여서 뭐 할 게 있다고요. 그렇지 않아요?”

“사교계의 전면에 나선 아이 중 그나마 내가 가장 나아서. 허억. 그분께 가는 장소를 아는 사람이 나이기도 하고 그래서 그래요. 흐흡."

그녀가 말을 하다 말고 부들부들 떨며 침을 질질 흘려 댔다. 앙상하게 마른 손가락으로 자신의 품을 사정없이 뒤적이더니 곱게 싼 종이 하나를 꺼내어 그 안의 내용물을 코로 마구 들이켰다. 광기에 번들거리는 눈동자를 보니 소름이 끼칠 정도였다.

한동안 바닥에 엎드려 사지를 떨어 대던 페리뉼이 나직한 한숨을 내쉬며 고개를 들어 올렸다. 몽롱하게 젖은 눈동자는 허공을 응시하고 있었다. 좋은 꿈을 꾸는 것처럼 잔뜩 풀어진 얼굴은 물기 어린 뺨과 더불어 야릇하게 빛났다. 보통 약에 빠진다면 제정신을 잃고서 멍하니 누워 있는 경우가 많은데, 페리뉼이 먹은 건 또 다른 모양인지 그녀는 한층 더 수다스러워져 있었다. 묻지도 않았는데 자신의 신세를 한탄하며 이것저것을 마구 떠들어 대기 시작했다. 우울한 과거부터 현재에 이르기까지 장황하면서도 두서없는 말이 빠르게 쏟아지고 있었다.

"황궁에 들어오고 싶지 않았어요. 더러운 몸이나마 그분의 곁에 있고 싶었어. 하지만 이젠 거들떠보지도 않겠지. 대업을 내가 망칠 뻔했으니까."

"마지막 지시가 나를 만나는 거였나요?"

"네."

"만나서 무얼 하라고 하던가요?"

"설명이요. 현재 상황에 대한 이야기를 하고서 어떻게 할 건지 물어보라고 했어요."

"그럼, 말해보세요. 현재 상황에 대해서."

처음에는 말이 어눌하게 흘러나왔다. 자신이 무엇을 말하는지도 모를 정도로 횡설수설이었다. 그러다가 점차 목소리에 힘이 실리며 발음이 또렷해지기 시작했다. 점점 더 흐려지는 눈과는 정반대의 상황이라 소름이 끼칠 정도였다.

페리뉼의 말은 반역에 대한 이야기로 직접적인 언급은 아니지만 그렇게 생각할 만한 여지가 충분했다. 황후가 로에나를 이용하여 황태자의 일거수일투족을 감시하려고 하는 것, 황태자가 비트라이스 영식을 찾으려고 노력하는 것, 그런데 자신 때문에 들켰다는 것, 로샨 영애가 사교계를 종횡무진 휘저으면서 여인들에게서 정보를 빼내고 있다는 점까지 술술 풀어내었다.

"이건 말하지 말라고 했는데, 킥킥킥."

잠시 숨을 고른 채 격하게 헐떡이던 그녀가 천박한 웃음소리를 내면서 또 다른 이야기를 풀어냈다. 내가 지금 황태자 쪽, 정확히는 로샨 영애의 대신으로 다른 이들의 눈을 흐리게 하는 미끼이며 원하든 원치 않든 태풍의 눈 속에 서 있으므로 끝이 좋지 않으리라는 소리였다. 황태자와 같은 냉혈한이라면 나 정도는 아무렇지 않게 내친다면서, 차라리 어디론가 도망가 숨어버리라는 충고를 내뱉기까지 했다. 우리의 만남을 황태자 또한 알고 있을 거라는 소리를 끝으로 미친 듯이 웃어 댔다.

기이한 일이다. 이런 식의 제안을 받을 정도로 내가 황태자와 잘 어울리고 있었나? 아니, 이들은 처음부터 나를 황태자에게 주려고 했다. 그에게 접근하기만 한다면 호화로운 생활을 할 수 있을 거라고 유혹했다. 나라면 그에게 다가갈 수 있을 거라 믿는 것처럼 그렇게 이상하게 굴고 있었다. 하고 많은 사람 중에 하필 나를 가지고서.

"차라리 그때 내 손을 잡지 그랬어요. 아니, 지금이라도 늦지 않았어. 그래, 그러겠지."

"버림받는 건 똑같아요."

"아냐, 아냐! 내가 약만 먹지 않았더라면 이렇게 버림받지 않았을 거야. 그랬을 거라고!"

희번덕거리는 눈동자가 광기에 휩싸여 처절한 비명을 내질렀다. 바닥을 주먹으로 내려치면서 엉엉 울어 재끼는 모습은 몸부림과 다름없었다. 억눌린 울음이 무겁게 내려앉고 있었다.

"······더는 이야기 할 거 없나요?"

"곧, 곧 세상이 뒤집힐 거예요. 아이레스 경을 움직이지 못하게 하거나 혹은 이간질시키거나, 황태자가 시킨 일에 대해 이야기를 해주면 건드리지 않겠다고 했어요. 원하는 건 뭐든지 들어주겠다고. 아아아악!"

나는 그녀가 진정할 때까지 숨죽여 기다렸다. 위로의 말을 건넬 이유는 없기에 묵묵히 지켜보기만 했다. 폭우처럼 쏟아져 내리던 오열이 잔잔한 이슬비가 될 때까지 그렇게 침묵했다.

잠시 후 페리뇰이 고개를 들어 나를 바라봤다. 눈물로 얼룩진 얼굴은 훨씬 더 처참했다. 엉망이다. 그런 그녀의 모습에 동정을 느낄 새도 없이 말을 내던지는 나 역시 지독하기 짝이 없었다.

"이간질이라니 어려운 걸 바라네요. 내게 그런 능력이 있다고 생각해요? 이해할 수 없군요."

"전에도 말했지만 황태자를 스쳐 지나간 수많은 여인 중 그가 먼저 다가선 여자는 영애가 처음이에요. 두 번째 만남에서 역시 황태자가 먼저 접근했었지요. 그러니 확신이 들 수밖에요. 그리고 지금은 그의 무리에 들어가 있잖아요."

"하지만 오늘의 만남이 황태자의 귀에 들어간다면 바로 쫓겨나겠죠. 로샨 영애가 부인이 나를 만나러 올 것임을 알고 있는 것만 해도 그런 걸요. 즉, 헛수고를 한 거예요."

비아냥거리지 않으려 해도 자꾸 말이 뾰족하게 흘러나왔다. 내 자신의 의사에 상관없이 이리저리 눈치 보는 신세가 되었으니 화가 나지 않을 수 없었다. 내가 원하는 건 그저 비슈발츠로서의 완전한 인정과 로에나를 뛰어넘는 것과 사교계로의 안전한 입성이었는데 말이다. 이렇다 할 야망도 사랑도 바라지 않은 여인에게 지금의 상황은 너무나 잔혹했다. 이러니저러니 해도 거미줄에 걸린 나비 신세를 벗어날 수 없단 말과 다름없지 않은가.

"황태자 전하라면 오히려 이 상황을 이용하려고 할 테니 걱정하지 말아요. 아니, 지금쯤 회심의 미소를 짓고 있을지도 모르죠."

격하게 쏟아 낸 보람이 있는지 한결 차분해진 페리뉼이 벽에 등을 기댄 채 중얼거리듯 말했다. 그녀는 그걸 어떻게 아느냐는 듯 자신을 바라보는 내게 향해 희미한 낮달과 같은 미소를 지었다.

"그분이랑 닮았어요, 황태자 전하는. 그러니 영애께서 큰 실수를 하지 않은 이상 쉽게 내치지는 않을 거예요."

내친다는 것은 곧 죽음을 의미할 테니 자신과 같은 전철을 밟지 말라는 친절한 충고였다. 제 몸 하나 건사하기 어려운 주제에 무슨 오지랖을 부리는 건지 조소가 흘러나왔다. 약물에 절여진 고양이는 날카로운 이빨 하나 없는 얼간이, 반푼이가 되어 있었다.

"그래서 어떻게 하실 거예요?"

나는 대답 없이 문을 향해 걸어갔다. 그녀가 말한 것과 내가 아는 게 별반 다를 바가 없으니 더는 이 자리에 있을 이유가 없었다. 그저 그녀와 내가 만났다는 사실만이 중요했다. 황태자나 비트라이스 영식에게나 말이다. 등 뒤로 페리뉼의 웃음소리가 그림자처럼 뒤쫓아 왔다. 킥킥거리며 웃는 그녀의 목소리는 허탈함으로 가득했다.

"놀라지도 않는 게 신기하네. 마치 알고 있었다는 것처럼. 이것 역시 황태자 쪽의 함정인가? 그래도 난 살았어요. 죽지 않았어요. 그럼 된 거야. 나중에 연락 주세요. 뭐든 해드릴게요."

문을 열었을 때 그녀가 속삭이듯 말했다. 만나러 와줘서 고맙다고. 감사일지 혹은 원망일지 모를 소리가 허망하게 울려 퍼졌다. 망설임 없이 바깥으로 걸음을 내디뎠다. 내리쬐는 햇볕에 잠시 눈살을 찌푸리다 느껴지는 인기척에 고개를 돌리니 익숙한 얼굴의 사내가 보였다.

테오도르 비트라이스, 그다. 그의 발치에는 장성한 사내 두엇이 기절하여 쓰러져 있었다. 내 시선이 기절한 사내들에 향하니 그가 어깨를 으쓱하며 변명하듯 말했다.

"먼저 공격했으니 어쩔 수 없는 노릇이었습니다. 흉한 꼴을 보이게 돼서 죄송할 따름입니다. 그래도 이렇게 보게 되니 좋군요. 오랜만에 뵙습니다, 영애."

레이디에 대한 예를 취하기 위해 그가 장갑을 벗어 들 때 우연처럼 손목 부분에 불그스름한 화상 자국이 드러났다. 단추가 풀려서 그런 건지 모르겠지만 소매가 무척 헐렁하게 풀어헤쳐져 있었다. 감추려는 것처럼 재빨리 단추를 끼우는 손길에 내가 본 게 맞는 건지 확신할 수 없었지만 말이다. 어쨌든 맞인사를 해야 하는 게 당연한지라 태연한 목소리를 가장하여 인사했다.

"네, 정말 오랜만에 뵙는군요, 비트라이스 영식."

여전히 근사한 얼굴이다. 처음 만났을 때도 생각한 거지만 외관 자체는 어디 하나 흠잡을 데가 없었다. 손을 가볍게 털며 내게로 다가오는 모습부터가 그랬다. 황태자가 사람을 홀리는 요염한 미인이라면 비트라이스 영식은 남자다운 아름다움이 가득한 사내였다.

"이곳은 영애와 같은 분이 홀로 서 계시기엔 무척 위험한 곳입니다. 안전한 곳이 나올 때까지 동행해 드려도 되겠습니까?"

그가 정중하게 요청하며 손을 내밀었다. 동행을 핑계로 대화를 나눌 셈인지 푸른 눈동자가 의미심장하게 반짝이고 있었다.

나는 부드럽게 웃으며 그의 손을 거절했다. 페리뉼과의 대화가 끝나기가 무섭게 내 앞에 나타난 남자다. 그래선지 거부감이 상당했다. 내가 그녀와 어디서 만나는지 지켜보고 있었다는 것과 다름없어서다. 한때 같이 어울려 다녔던 여자를 매몰차게 버리다 못해 목숨을 담보로 협박까지 하는 사내다. 그렇기에 무턱대고 따라가기가 조금 그랬다.

페리뉼은 현재 일어나고 있는 상황을 설명하며 자연스럽게 황태자가 위험한 사람이라고 말했다. 이는 그에 대한 공포를 불러일으키려는 것으로 회유하기 위한 사전 작업으론 썩 괜찮았다. 불신이야말로 배신의 시작점이니까. 비트라이스 영식이 지금 내 앞에 나타난 것도 이 때문이었다.

문제는 페리뉼이 자신이 버림받았다는 사실을 솔직하게 고백한 데에 있었다. 주인님이라 뭉뚱그려 말했기에 전혀 모를 것이라 여긴 것인지 약에 취한 여자는 생각보다 더 진솔했다. 내 앞에서 오열하며 바닥을 내려치는 것만 봐도 그랬다. 이 가엾은 여인은 뭐가 주가 되어야 하는지 모른 채 스스로의 격정을 되새기기에 여념이 없었다. 가슴을 쥐어짜며 우는 것만으로도 가진 바 기력을 다 소비했을 테니 그럴 만도 했다. 감정적으로 변한 창녀는 주인의 통제를 벗어나 있었다. 의도치 않은 자유가 예상치 못한 결과를 자아낸 셈이다.

그렇기에 나는 그들이 유도한 대로 황태자에 대해 겁을 먹기보다는 내 주변이 이렇게 돌아가고 있구나, 하고 선선히 납득했다. 황태자에 대한 공포는 익히 겪어 본 것이므로 새로운 관점에서 바라본다 하더라도 별다를 게 없어서다. '새삼스레 뭘'이라고 생각하면 모를까 이젠 대수롭지도 않았다. 게다가 조금 있으면 잭이 돌아올 터였다. 그러므로 내밀어진 손을 잡느니 시간을 끌면서 저의 의중을 알아내는 게 더 나았다.

비트라이스 영식은 내 거부에도 그다지 기분이 나쁘지 않았는지 빙글빙글 웃고 있었다. 자연스럽게 손을 거둬들인 손길은 장소에 어울리지 않게 퍽 우아했다. 신발을 물들인 타인의 핏자국이 이토록 선연하지 않았더라면 넋 놓고 바라보았을지도 모르겠다. 황태자와 또 다르게 사람을 홀리는 매력을 지니고 있는 자였다. 정중한 태도를 유지하고 있음에도 어딘가 음험한 기운이 스멀스멀 피어오르는 게 그의 발치에 거꾸러져 있는 사내들을 그럴듯한 배경으로 보이게끔 만들었다.

"혼자 계시면 이러한 자들이 나타날 텐데요. 저는 영애가 걱정이 됩니다."

내가 그를 무례하다 여길 정도로 물끄러미 쳐다보아서일까. 비트라이스 영식이 한숨과 같은 목소리로 어깨를 으쓱이며 말했다. 나를 생각해서 곁에 서 있다는 소리였다. 그럴듯한 변명에 헛웃음이 나왔다. 페리늄을 이용하여 만든 기회를 어떻게든 이용해 보겠다고 발버둥 치는 모습이 어처구니가 없어서다. 한편으로 내가 무어라고 이렇게 공을 들이는지 이해할 수 없었다. 아이레스 경의 존재가 황태자나 이들에게 있어서 매우 크기 때문일까? 그래서 그가 열중하고 있는 상대인 나를 움직이려고 하는 건가.

"다정하신 배려에 감사드립니다만 곧 절 데려다줄 사람이 도착할 거랍니다. 그러니 정중하게 사양하겠습니다."

"그럼 그 사람이 올 때까지 함께 기다려 드리지요."

"영식께 있어 수고스러운 일인데 어째서요?"

직접적인 물음에 그가 달콤한 미소를 지으며 부드럽게 속삭이듯 말했다.

"영애께서 위험에 빠지는 걸 보고 싶지 않기 때문입니다."

창녀를 끼고 앉았을 적의 그 모습 그대로 야릇한 분위기를 풍기는 사내의 얼굴은 묘한 긴장감을 불러일으켰다. 일반적인 여인이라면 심장이 떨려 그대로 주저앉았을 것이되, 황태자나 아이레스 경에게 익숙해진 마음은 돌처럼 담담하기만 했다. 보석처럼 파랗게 빛나는 눈동자가 야살스럽게 휘어지는 눈꼬리 사이로 강하게 일렁이는 게 무척 아름다웠지만 그뿐이었다. 나는 고맙다는 것처럼 수줍게 웃었다. 그리고 이제 막 생각났다는 것처럼 입을 열어 말했다.

"플랑드르 남작 부인을 만났어요. 매우 상태가 안 좋아 보이더군요. 그분을 다시 뵌 적이 있나요?"

내 질문에 그가 다시금 웃었다. 알면서 왜 그러냐는 듯 깊은 곡선을 그리며 살짝 치솟아 오른 입술이 장단을 맞춰 주겠다는 것처럼 부드럽게 열렸다. 비트라이스 영식은 지금의 상황이 무척 재미있는 모양이었다.

"애석하게도 남작 부인이 황제 폐하의 부름을 받고 황궁으로 들어가신 이래 단 한 번도 뵌 적이 없습니다. 몸이 좋아 보이지 않는다니 안타까울 따름입니다."

자신이 끼고 놀았던 창녀에게 존대를 해야 하는 처지임에도 불구하고 그의 매끈한 얼굴 어디에도 불쾌한 구석은 없었다. 그저 더해 보라는 듯 나를 응시할 뿐이다. 플랑드르 남작 부인에게서 들은 이야기를 다시 자신에게 해주기를 바라는 것처럼, 그렇게. 너무 여상스러운 태도를 유지하고 있어서일까? 아니면 태생적인 우아함에 따른 오만한 명령을 읽어서일까. 갑자기 마리의 이야기가 뇌리를 스쳐 지나갔다.

"어릴 적에 온몸에 화상을 입어서 어두침침한 가면을 쓰고 다닌다는 대공 전하 말이에요. 아가씨는 모르세요?"

"작년에 검술 시합을 관전하러 오셨다고 다른 하녀에게 들은 바가 있어요. 검은 옷에 검은 가면에 검은 코트에……. 온통 검은색투성이라 소름이 끼쳤대요. 푸른색의 머리카락만 아니었더라면 장의사인 줄 알 뻔하였다지 뭐예요?"

순간 나도 모르게 그가 단추를 채웠던 손목에 시선을 내렸다. 갑자기 입안이 마르는 것처럼 텁텁해지고 있었다.

설마, ……설마 아니겠지?

"그분에게서 재미있는 소리를 들었어요."

나는 아까 언뜻 보았던 화상 자국을 떠올리려고 애쓰면서 천천히 입을 열었다. 스치듯 눈에 들어온 거라 확신할 수 없지만, 만약에 내 생각이 맞는다면 그대로 간과할 수 없는 노릇인지라 가슴이 두근거렸다.

마리가 말한, 온몸에 화상 자국이 가득한 데다가 창녀를 잘 끼고 돌아다니는 음험하기 짝이 없는, 대공이 만일 내 눈앞의 사내라면 말이다.

"몸에 화상 자국이 있다는 대공님에 관한 이야기였죠. 워낙 소문이 무성한 분인지라 관심을 가지지 않을 수 없었답니다."

그가 눈썹을 들어 올리며 의아하다는 듯 물었다. 예상과는 다른 이야기가 흘러나오니 이상하다고 생각한 듯했다. 푸른 눈동자는 조금 더 짙은 색을 머금고 있었다.

"그런 이야기를 했단 말입니까?"

"네. 아프서 그런지 그마저도 제대로 잇지 못하시더군요. 뭐가 그리 서러우신지 모르겠지만 눈앞에서 펑펑 우시는 바람에 제대로 듣지 못한 탓도 있구요."

나는 의도적으로 페리뉼이 미리 지시한 내용대로 이야기하지 않았으며 감정적으로 행동하느라 그의 명령에 반하는 모습을 보였다는 소리를 흘렸다. 사내의 접근이 전혀 쓸모없는 일이었다는 걸 강조하기 위해 '도중에 흰색 가루를 코 안에 넣으시던데요. 참 이상한 일이죠?'라는 말을 덧붙이기까지 했다. 나를 만나는 도중에도 약을 했으니 제정신을 유지할 리 만무하다는 뜻이었다.

"하지만 꽤 흥미로웠어요."

"뭐가 말입니까?"

"푸른 머리카락을 가진 아름다운 외모의 대공님의 몸에 그런 흉측한 자국이 남아 있다는 것이요."

"아름다운 외모라 하셨습니까? 남작 부인이 그렇게 말하던가요?"

나는 대답 대신 그에게 한 발짝 가까이 다가가 손을 뻗었다. 매우 대담하게도 부끄러움을 모르는 여자처럼 아까의 화상 자국이 보였던 손목 부분을 붙잡고서 온유한 웃음을 지었다. 내 생의 최고의 도박을 하기 위해 동요를 감춘 채 사기꾼의 패를 돌렸다.

"단추가 헐렁하네요. 제가 다시 채워 드려도 될까요?"

비트라이스 영식은 말없이 나를 바라보았다. 어느새 웃음이 사라진 그의 얼굴은 가면무도회에서 만났을 때처럼 차가운 냉기를 흘리고 있었다. 그래, 이 눈이다. 그때 나를 보았던 시선이 바로 이러한 거였지. 소름이 오도독 돋는다.

잠시 후 그가 피식 웃음을 지으며 한 발자국 뒤로 물러났다. 잡힌 손은 내가 민망하지 않을 정도의 움직임으로 자연스럽게 풀려 있었다.

"저 같은 사내는 이와 같은 친절에 오해를 할 때가 있습니다. 숨이 막힐 정도로 황홀한 기분을 맛볼 수 있으니까요. 이러다간 길바닥에 쓰러져 정신을 잃는 게 아닐까 싶습니다. 정말이지 위험하신 분이로군요."

"제가요?"

"예. 나쁜 마음을 먹게 하시잖습니까. 그러니 모두의 명예를 위해 이렇게 한 발자국 물러나는 수밖에요. 이런 식의 여지는 달콤한 고통만 던져 줄 뿐이니까요."

비트라이스 영식은 내가 자신을 유혹하려고 작정한 사람인 것처럼 군다며 은근한 수치를 주고 있었다. 손목을 잡힌 게 그런 의도가 아니면 뭐냐는 듯 몰아가면서 말이다. 동시에 단추가 풀리지 않게끔 단단히 여미고 있었는데, 이는 손목 안쪽을 보이기 싫다는 태도로 보이는지라 아주 수상쩍었다.

"호의에 불과할 따름이에요. 그런데 그렇게 여기신다니 스스로에 대한 부끄러움으로 견딜 수가 없군요. 전 영식과 제가 이런 식의 도움을 줄 수 있을 정도로 충분히 가깝다고 생각하고 있었는데요."

그가 못 들을 말을 들었다는 것처럼 눈을 치켜떴다. 겉으론 놀란 것처럼 굴고 있지만 남자의 눈동자는 나를 탐색하려는 것처럼 강한 빛을 뿌리고 있었다.

"가깝다고 하셨습니까?"

"저를 몇 번이나 도와주셨잖아요. 그것만으로는 부족한가요?"

천진난만함을 가장한 소리는 말을 내뱉은 내가 들어도 퍽 기가 찰 내용이었다. 아마 내가 그러면 '도대체 무슨 꿍꿍이로 이런 개소리를 하는 거야?'라고 생각했을 테다. 또는 일 년이 지난 지금에도 예법을 덜 배워 이런 식의 천박한 행동을 하는 멍청이로 여기든가. 뭐, 이대로 쓸모없는 여자라 생각하여 물러나 주면 좋겠지만 말이다.

어쨌든 대공에 대한 실마리를 잡았겠다, 페리눌과 나누었던 대화에 대한 흐름을 끊었겠다, 이대로 헤어지기만 한다면 성공적인 바깥출입이었다고 자부할 수 있을 터였다. 어차피 나중에 페리눌을 불러서 진실을 알아낸다 하더라도 황태자 곁에 있는 한 대놓고 만날 수는 없을 테니—그렇지 않으면 이런 곳으로 부르지 않았겠지—직접적인 추궁을 당하지 않을 게 분명하고. 그러니 이런 식으로 떨떠름한 감정을 가지고서 헤어지면 될 일이다.

그런데 비트라이스 영식의 생각은 조금 다른 모양이다. 어처구니가 없다는 듯 나를 바라보던 그의 얼굴에 갑자기 해사한 미소가 떠올랐다. 물러선 걸음보다 더 큰 보폭으로 순식간에 나와 가까워진 사내의 모습은 자신의 미모가 얼마만큼의 파급력이 있는지를 잘 아는 사람처럼 변해 있었다. 이 오만한 지배자는 내가 흘린 실낱같은 여지를 놓치지 않겠다는 것처럼 덥석 물더니만 결코 거부할 수 없는 제안, 아니, 명령을 내뱉었다. 그는 내가 내 꾐에 넘어져 허우적거리는 모습을 소름 끼치도록 차분하게 즐기고 있었다.

"그럼 제가 편지를 드려도 되겠군요. 가까운 사이니 이런 식의 건전한 교류는 충분히 가능할 테지요."

순식간에 등골이 싸늘해졌다. 편지라니. 생각만 해도 숨이 막힐 것만 같았다. 나를 진창으로 끌어내리겠다는 선언이나 다름없지 않나. 그것도 황태자 보란 듯이 말이다.

나는 떨리는 목소리를 애써 숨긴 채 태연한 어조로 말했다. 벌려진 입을 통해 흘러나오는 목소리는 사내를 달래는 듯 상냥한 음색을 머금고 있었다.

"제가 답장을 하지 못하는 무례를 저지른다면 무척 속상해하지 않으실까요? 그러니 이 부분에 대해서는 천천히 생각해 보는 건 어떨까요?"

그러자 그가 다시금 웃었다. 눈이 황홀할 정도로 아름다운 미소였지만 어쩐지 짐승이 이빨을 내보이며 사납게 으르렁거리는 것 같았다. 같잖은 수를 쓰지 말라는 듯 은근히 압박하는 태도부터가 그러했다.

"편지를 받으시는 것 자체만으로도 제 기분은 무척 좋을 겁니다. 아, 그렇지. 영애께 있어 도움이 되는 이야기가 담겨 있을지도 모르겠군요."

"하지만 다른 사람들이 오해할 수도 있는걸요. 전 그런 추문은 원치 않는답니다."

"그럴 일은 없을 겁니다. 오롯이 영애만이 제가 보낸 편지임을 알 수 있을 테니까요."

나만이 알 수 있는 편지라니, 무얼 의미하는 것일까. 이해할 수 없는 대답에 미간을 찌푸릴 때였다. 갑자기 그가 내게 인사를 했다. 왜 그러나 싶어 저의 시선을 따라 고개를 돌리니 잭이 걸어오고 있는 게 보였다. 놀랍게도 그는 잭이 내 동행자임을 알고 있었다.

도대체 언제부터 지켜보고 있었던 거지?

"이 이야기는 다음에 계속하도록 하지요. 그때는 좀 더 안전한 곳에서 뵙기를 바라겠습니다, 비슈발츠 영애."

비트라이스 영식이 내 손등에 입을 맞췄다. 더는 이야기하지 않겠다는 선언이었다. 덕분에 편지에 대해 이야기를 하지 못하게 된 나는 참담한 마음을 조용히 갈무리한 채 조용히 손을 빼내었다. 그리고 허리를 펴는 이 위험한 사내에게 속삭이듯 말했다.

"페리뇰에게 안부 전해 주세요."

약에 취해 있던 그녀가 나와의 대화를 어느 정도 기억하고 있는지가 관건이겠지만.

비트라이스 영식이 한 방 맞았다는 것처럼 눈을 한번 크게 뜨더니만 이내 하하 하고 소리 내어 웃었다. 이 시간 이후 그녀를 만나러 갈 게 분명한 남자이기에 도발을 목적으로 떠본 것인데 마냥 재미있는 모양이다.

"그러지요."

어느새 잭이 가까이에 다가와 있었다. 아이는 남자를 바라보며 우물쭈물 고개를 숙였다. 어떻게 대해야 할지 모르겠다는 표정이었다.

비트라이스 영식은 아이를 한번 쳐다봄이 없이 바로 몸을 돌렸다. 내 동행자가 왔으니 더는 있어도 되지 않겠다는 듯 빠르게 사라지는 그의 뒷모습은 어쩐지 소름이 끼칠 정도로 무서웠다. 괜히 도발을 했나 싶은 후회가 들고 있었다. 그래도 어떻게든 최악의 상황은 피했구나 싶다. 그의 입에서 회유의 '회' 자도 꺼내지 못하게 했으니 아니 그러하랴. 물론 편지를 매개로 꾸준히 유혹은 하겠지만, 그래도 지금 당장은 한시름 놓았다—여차하면 버리면 될 일이다—고 볼 수 있었다.

"무서운 분을 만나시네요."

남자의 그림자도 안 보일 즈음 잭이 겨우 입을 열어 말했다. 흘러나오는 목소리는 희미한 떨림을 머금고 있었다. 두려워하고 있다는 증거다.

"무서운 분? 누군지 알고 있니?"

나는 잭에게 물었다. 저만한 남자가 잭과 같은 아이가 알아차릴 정도로 허술하게 다닐 리가 없기에 의문이 든 것이다. 잭은 비트라이스 영식을 알고 있다는 것처럼 굴고 있었다.

"모를 수가 없지요. 늘 모자를 눌러쓰고 망토로 온몸을 칭칭 감고 다니지만 목소리와 흘러나오는 향기가 동일한걸요."

"방금 향기라고 했니?"

나는 아이의 말에 고개를 갸웃거리며 다시금 되물었다. 방금 전까지만 하더라도 비트라이스 영식과 함께 서 있었지만 그에게서 딱히 향수가 뒤섞인 고유의 체취를 맡은 적이 없어서다. 게다가 지금 서 있는 장소가 악취와 오물로 점철된 상태도 아닌지라 가볍게 실룩이는 코는 제법 멀쩡한 상태였다. 그런데 특유의 향이 맡아진다 하니 의아할 수밖에 없었다.

　"그럼요. 저분만의 독특한 향이 있답니다. 진짜예요. 전 냄새를 정말 잘 맡거든요."

　"그것에 대해 자세히 이야기 좀 해봐야겠구나. 우선 걷자구나."

　잭은 향을 잘 맡는 것에 대해 그다지 자세하게 이야기하고 싶지 않은 눈치였지만 내가 동전 하나를 쥐어 주자 금세 나불거리기 시작했다. 아이의 말에 의하면 남들보다 과하게 냄새를 잘 맡기 때문에 그간 이를 이용하여 이런저런 용돈 벌이를 했다는 것이다. 창녀의 잃어버린 향수를 찾아준다든가, 술에 취해 아무 데나 옷을 홀랑 내던져 버린 손님의 집에 찾아가 배달을 해준다든가와 같은 자질구레한 일들을.

　"그래서 개코의 잭이라 불려요. 한 번 맡은 향은 잊어버리지 않거든요."

　"그럼 어떤 사람이 어떻게든 자신을 감추려고 옷으로 꽁꽁 싸매도 알아차릴 수 있다는 말이니?"

　"옷에도 그 사람의 향이 남으니까 당연한 일이죠. 엄청나게 향수를 뿌린다거나 악취가 풍긴다거나 제가 감기에 걸리지 않은 이상은 언제든지 가능해요."

　"정말 놀라운 재능을 가졌구나."

　내 칭찬에 잭이 이상한 말을 들었다는 듯 미간을 찌푸렸다. 아이는 자신이 들은 게 믿기지 않는다는 듯 얼굴을 기묘하게 일그러뜨렸다.

　"이게 재능이라고요? 이상한 짓이 아니라요?"

　"아무나 쉽게 할 수 없는 능력을 지녔잖니. 그리고 난 그런 능력을 무척 높이 사고 있단다. 네가 좋아하는 돈으로 사고 싶다는 생각을 할 정도로."

"⋯⋯정말인가요?"

"네 입이 조금만 더 무거워진다면 아낌없이 돈을 쓸 수 있겠지. 그게 얼마가 되었든지 말이야."

"그래도 아픈 건 싫은데요."

잭이 작은 목소리로 기어들어 가듯 말했다. 심각하게 고민이 되는 모양인지 이전처럼 단호하게 거부하고 있지는 않았다. 아니, 갈등을 하고 있다는 자체가 내 제안에 흔들리고 있다는 뜻이었다. 나는 빙그레 웃으면서 말을 이어 나갔다.

"심각하게 아프지 않은 이상은 버틸 수 있지 않니?"

뒷골목의 아이들에게 있어 구타는 일상과도 같았다. 뼈가 부러지거나 이가 한두 개쯤 나가는 건 예사였다. 잭 역시 이런 식으로 살아가기 위해서 몇 번이고 내장이 튀어나올 정도로 걷어차이며 피를 흘렸을 것이다. 아픈 건 싫다는 말은 아픔을 알기 때문에 할 수 있는 말이었다.

"그러긴 하죠."

"정말로 죽을 것같이 아프면 고민하지 말고 말하려무나. 원망하지 않으마."

"그 말 진심이세요?"

"물론. 난 네가 무척 마음에 들거든."

아주 잠깐의 침묵 후 잭이 웅얼거리듯 말했다. 아이의 목소리는 어쩐지 깊게 잠겨 있었다.

"⋯⋯아가씨 정말로 이상한 분이세요."

나는 빙그레 웃으며 동전 하나를 더 그 작은 손에 쥐여 주었다. 그리고 이건 또 뭐냐는 듯 나를 바라보는 잭을 향해 부드러운 목소리로 상냥하게 말했다.

"날 이상하다고 말해준 값."

"왜요?"

"앞으로 널 엄청나게 부려 먹을 거거든."

"저 엄청 비싸거든요?"

"그래."

"진짜예요."

"그래. 하지만 안 하겠다는 말은 안 하잖아. 그러니 얼마가 되었든 상관없단다."

"진짜 이상한 분이시네. 어디 아픈 건 아니죠? 아리나, 그 계집애가 미친 것처럼 샐샐 웃고 다니는 이유가 있네요."

말은 이상하다 하지만 풍기는 낌새는 아리나가 부럽다는 듯한 어조였다. 아버지가 병으로 누워 있는 와중에 이렇다 할 수입조차 없는 계집아이가 어느 순간부터 골목을 뛰어다니며 생글생글 웃음 짓는 게 눈에 많이 들어온 모양이다. 어떤 좋은 일이 생겼기에 저리도 신나게 놀면서 제때에 꼬박꼬박 빵을 먹을 수 있나 궁금하기도 했을 테고. 그런데 그와 같은 일을―조금 더 위험하긴 하겠지만―자신도 겪을 수 있다고 생각하니 퍽 설렌 모양이다. 그러니 이렇게 깜찍한 협박을 하는 거겠지.

"다시 말하지만 진짜 죽을 정도로 아프면 알고 있는 거 죄다 불어버릴 거예요."

아무렇지 않은 척 앞을 바라보며 걷는 아이의 얼굴엔 홍조가 은은하게 퍼져 있었다.

나는 알겠다고 대답한 후 손가락으로 아이의 볼을 살짝 잡아당겼다. 그리고 인상을 쓰며 나를 바라보는 잭에게 '맹랑한 녀석'이라고 말해주며 꼬집은 손가락에 힘을 주었다. 아픔으로 인해 잔뜩 일그러진 얼굴을 보고 있자니 퍽 재미있어서다.

"아으, 그만해요. 안 그러면 이 정도 아픔만으로도 다 말해버릴 테니까."

"그래, 그래."

"진짜 그만하래두요."

"아리나랑 잘 다니렴. 그 아이 좀 잘 챙겨 줘. 오빠처럼 말이야."

"귀찮아요. 그런 망아지 같은 계집앤 차라리 혼자 있는 게 나아요. 게다가 갠 아빠라도 있거든요?"

"넌?"

"없어요. 엄마도. 버림받았어요."

"그럼 내가 거둬들이면 되겠네."

"미쳤어요?!"

잭이 팔짝 뛰었다. 아이는 내가 귀족 영애라는 사실을 잊어버린 듯 잔뜩 빨개진 얼굴로 악을 내지르고 있었다. 싫다는 게 아니라 부끄러워서다. 거둬들인다는 말의 의미와 무게를 알고 있기에 보일 수 있는 설렘이었다.

"그럼 하지 말까? 난 상관없는데?"

나는 아이의 볼에서 손을 떼며 짐짓 정색을 했다. '네가 싫다면 어쩔 수 없지'라는 뉘앙스를 풍기며 갑자기 차가워지자 잭의 눈동자가 심하게 흔들렸다. 손톱만 한 크기이긴 해도 순수함이라 부를 수 있는 것을 계속 가지고 있는 아이이기에 이런 식으로 치고 빠지는 것에 아직은 취약한 모양이었다. 그러니 이토록 뚜렷하게 자신의 감정을 드러낼 수 있는 거겠지. 사랑스럽다 생각할 정도로.

"누, 누가 상관없대요? 마, 마음대로 해요. 귀족 나리들은 자기 마음대로 하는 거 아니었어요?"

"그래. 그럼 내 마음대로 할게. 그런데 잭."

"왜요."

"조금만 더 고분고분해지렴."

"악, 머리 누르지 마요. 진짜 귀족 영애 맞아?"

나는 아이의 머리를 누른 손에 힘을 꽉 주었다. 그리고 속삭이듯 말했다.

"그리고 아까 본 남자는 잊어버려. 내가 요청할 때까지 모르는 척하렴."

"……위험해서요?"

"아무에게나 나에게 말한 것처럼 이야기하면 안 돼. 알겠니? 난 네 유능함이 필요해. 그러니까 그때까지 몸을 잘 사리고 있으려무나."

자신의 머리를 누르고 있는 손을 떼기 위해 발버둥 치던 몸이 순식간에 조용해졌다. 무슨 생각을 하는지 모르겠지만 잭이 눈을 도르르 굴리며 침묵했다. 긍정일지 부정일지 모를 말을 삼키면서.

"……그렇지 않으면 저런 사람들이 찾아오나요?"

잠시 후 나직한 중얼거림과 함께 아이의 시선이 한곳을 향했다. 그에 따라 고개를 돌리니 건장한 장정 네다섯 정도가 우리를 향해 다가오는 게 보였다. 걸치고 있는 복장이 익숙해 기억을 더듬어 보니 비트라이스 영식 발치에 기절해 있었던 사내 두 명이 입고 있었던 옷과 같았다. 즉, 그가 보낸 사람이 아니라는 소리다. 그럼 누구일까?

사내들은 눈을 제외한 다른 부분은 죄다 감싼 상태로 협박에 가까운 말조차 내뱉지 않고 있었다. 그저 서로를 향해 눈짓하며 서서히 좁혀올 뿐이다. 구타가 목적이 아닌 듯, 한 사람의 손에는 제법 굵어 보인다 싶은 밧줄이 들려 있었다.

"이대로 따라오셨으면 좋겠습니다."

개중 가장 덩치가 큰 괴한이 입을 열어 말했다. 억지로 내는 목소리인 듯 내게 말하는 사내의 음성은 잔뜩 억눌리다 못해 쉬어 있었다. 동시에 이대로 순순히 군다면 거칠게 다루지 않겠다는 듯 양 손바닥을 내어 보인다.

"이 아이까지 가는 건가요?"

"물론입니다. 이대로 따라오기만 한다면 아이에게도 손대지 않겠습니다."

선택권을 주지 않은 일방적인 강요에 한숨이 흘러나왔다. '창관에 팔아넘기는 놈들은 아닌 것 같은데요?'라고 속삭이는 잭의 목소리가 환청처럼 들릴 지경이었다. 요 맹랑한 아이는 현재의 상태에 순응하면서도 어떻게든 협상을 이끌어 내기 위해 그들을 주도면밀하게 관찰하고 있었다.

나는 다시 한숨을 내쉬며 조용한 목소리로 대답했다.

"알겠어요."

이대로 도망가고 싶지만 드레스 자락을 질질 끈 상태에서 달려 봤자 그게 그거였다. 어설프게 움직여 다치느니 조용히 따라가는 게 나을지도 모른다. 문제는 이 선택이 내게 있어 어떠한 영향을 줄지에 대한 점이었다. 창녀들이 즐비한 골목에서 납치를 당했다는 것만큼 더러운 추문은 없기 때문이다.

내가 너무 순진하게 굴었구나. 자괴감으로 인해 얼굴이 일그러졌다. 선택권이 없다는 게 뼈아팠다.

그런데 내가 막 그들의 인도에 따라 걸음을 옮기려고 할 때였다. 앞장서서 걷던 사내가 외마디 비명을 내지르며 쓰러졌다. 고개를 들어 이들을 공격한 사람을 바라보니 여기에 있어서는 안 될 사내가 검을 들고 서 있었다.

"아이레스 경?"

급하게 달려온 것인지 잔뜩 흐트러진 차림을 한 상태의 그는 날카로운 시선으로 상대를 훑어보고 있었다. 간간이 나를 바라보긴 하나 짓쳐드는 괴한들로 인해 검을 휘두르느라 정신이 없어 보였다. 무력 차가 뚜렷하여 쓰러지는 건 납치범들이었지만, 나를 배려하기 위해선지 피를 보지 않기 위해 노력하는 그로 인하여 시간이 좀 더 걸리고 있었다.

잠시 후 다섯 명의 남자가 쓰러졌다. 기절한 것인지 미동도 없이 축 늘어진 몸이 시체처럼 보였다. 잭이 겁도 없이 다가가 발로 툭툭 쳐 보았지만 누구 하나 신음을 흘림 없이 완벽하게 뻗은 상태였다.

"괜찮으십니까?"

검을 회수한 아이레스 경이 내게 다가와 조심스레 물었다. 그의 눈동자는 혹여 내가 다쳤을까 걱정하는 마음으로 가득했다. 정작 자신의 턱을 타고 흐르는 땀을 닦을 생각은 하지 않고서 말이다.

"어떻게 경께서 여길…….."

"우연이라 한다면 믿어주시겠습니까? 아니, 그렇게 믿어주십시오."

곤란하다는 듯 말을 돌리는 아이레스 경의 얼굴은 그늘이 져 있었다. 나는 그의 반응에 직감적으로 황태자가 개입되어 있음을 깨닫고선 입술을 깨물었다. 페리뉼의 말마따나 그 무서운 사내는 이미 모든 것을 알고서 대비하고 있었던 것이다.

"제가 짐작한 게 맞나요? 아이레스 경, 절 생각한다면 말해주세요. 제발요."

내 말에 그가 미간을 찌푸리며 시선을 회피하더니만 이내 작은 목소리로 대답했다.

"……반은 맞을 겁니다."

"그럼 또 다른 반은요?"

"제가 영애께 말씀드릴 수 있는 건 이자들이 입고 있는 옷은 어디에서나 흔히 보이는 차림이라는 겁니다."

"이 모두가 한패가 아니라 뒤섞여 있다는 건가요?"

아이레스 경은 대답하지 않았다. 하지만 그의 침묵은 내 생각이 맞다고 말해주고 있었다. 나는 치밀어 오르는 한숨을 겨우 삼키고선 입술을 꽉 깨물었다.

"누가 먼저예요? 그건 말해주실 수 있겠죠?"

"제가 아는 건 영애께서 어떠한 장소로 이동이 되었을 때 구출을 한다는 거였습니다."

그러니까 날 미끼 삼아서 '누군가'가 일을 벌이는 장소를 알아내겠다는 소리인가? 그것참 대단하기도 하지.

나는 입술을 비틀었다. 황태자가 이번 납치 사건의 잠재적 공범자에 가깝다는 사실이 이젠 놀랍지도 않았다. 페리늏의 말마따나 나를 방패 삼고 있는 그라면 충분히 가능한 노릇이니까. 문제는 아이레스 경이 황태자의 계획에 반하여 이곳에 나타났다는 사실이다. 나중에 어떻게 하려고 이런 무모한 짓을 저지른 걸까?

우습게도 그날의 재대결 이후 나는 아이레스 경을 이용하는 데 거부감을 느끼고 있었다. 이제야 양심의 가책을 느끼는 건지 이런 식의 행동을 할 때마다 가슴을 바늘로 찌르는 것처럼 날카로운 통증이 일어 견딜 수 없는 것이다. 나쁜 년이 나쁜 년답게 행동한다는데 아이레스 경은 그걸 어렵게 만들고 있었다. 곤란할 정도로 아주 많이. 그래서 일부러 냉정한 목소리로 그에게 말했다.

"그럼 경께서 오시면 안 되는 일이지 않나요? 어차피 구해질 거라면 말이지요."

"지금 그걸 말이라고……!"

아이레스 경이 버럭 소리를 내지르며 내 양어깨를 감싸 쥐었다. 그의 눈동자가 거칠게 일렁이고 있었다. 진심으로 화를 내는 거다.

"혹여 영애께 무슨 일이 생길까 봐 안절부절못하여 급하게 달려온 사내에게 하실 말이 고작 그것뿐입니까? 나중에 구출한다 하더라도 그 시간 동안 얼마나 많은 사건이 생겨날까 두려워한 어리석은 남자에게 왜 왔냐는 타박밖에 하실 말씀이 없으십니까? 그간 영애께서 저를 거부하고 또 거부하시기에 어느 정도는 이력이 났다고 생각했는데."

그가 씁쓸하게 웃으면서 말을 이어 나갔다. 숨을 들이켜는 찰나를 통해서 어느 정도 감정을 갈무리한 것인지 점차 작아지는 목소리는 평소와 다름없었다. 그런데 이상하게도 나는 그가 울먹이고 있다고 생각했다. 절절하게 외치고 있는 것만 같았다.

"방금 전의 말로 인해 제 가슴이 찢기는 듯합니다. 진심으로 죽을 것만 같아. 그러니 주군을 배신하면서까지 달려온 제게 이러지 마십시오. 나의 아가씨, 빈말이라도 좋으니 제발 잘 왔다고 해주시면 안 됩니까?"

격정 어린 외침에 나도 모르게 뒤로 한 걸음 물러서게 된다. 무서워서가 아니라 당황해서였다. 하지만 아이레스 경은 다르게 생각한 모양인지 상처받은 표정으로 조심스레 내 어깨를 잡은 손을 풀었다. 그런 그의 얼굴은 참담하게 일그러져 있었다. 그래서일까? 나도 모르게 저의 손가락 하나를 붙잡았다. 동그랗게 떠진 눈과 마주치니 변명처럼 말하게 된다. 기이하게도 몸이 이성의 통제를 벗어나 제멋대로 굴고 있었다.

"경의 말마따나 주군을 배신한 거잖아요. 그럼 큰일이 나는 거니까……."

손바닥에 와 닿은 타인의 손가락은 놀라울 정도로 뜨거웠다. 화상을 입을 것만 같았다. 화들짝 놀라 다시금 손을 풀었을 정도로. 그만큼 감당하기 어려운 열기였다.

"그러니까 지금 절 걱정해서……."

아이레스 경이 말을 채 잇지 못하고서 나를 바라봤다. 얼떨떨한 것도 잠시, 부드럽게 휘어진 눈동자가 환희로 물들고 있었다. 어쩐지 이루 말할 수 없는 기묘한 기분이 들어 조용히 시선을 피했다. 금이 간 가면 속으로 촉촉하게 스며든 동정이 내게 속삭이고 있어서다. 지금 정도는 좀 봐줘도 괜찮지 않냐고. 상대의 애정을 바라면서 미친 듯이 발을 동동 굴리던 가엾은 소녀가 나를 보며 애처롭게 속삭이고 있었다. 오늘 하루 정도는 이 불쌍한 기사님을 위해서 마음을 여는 건 어떠냐고. 그게 어려우면 감사 인사 대신이라 스스로를 속여도 된다고. 이 정도의 합리화는 아무것도 아니지 않냐면서 말이다. 그래, 오늘 딱 하루 정도는 괜찮지 않을까? 날 구해 주기까지 했는데…….

"저를 위해서 와 주신 경께 제가 그만 무례를 저질렀군요. 제 실언을 용서하세요. 구해 주셔서 감사합니다."

나는 굳어버린 혀를 움직여 겨우 말을 꺼냈다. 아이레스 경이 와서 정말로 다행이라고 덧붙이면서. 동정으로 물들어진 가면 위로 사내가 보내는 연정의 마음이 보드랍게 흘러내렸다. 거부할 수도, 항거할 수도 없는 감각에 눈앞이 아찔했다. 어린 소년처럼 환하게 미소를 짓는 그의 얼굴을 보니 더더욱 그러했다.

그날 재대결을 벌인다고 했을 때 적극적으로 말렸어야 했다. 아니, 쉴 피스 경의 말에 귀를 기울이지 말았어야 했다. 그것도 아니라면 할버드 경의 얼굴만 바라보고 있어야 했다. 그런데 그러지 못했고, 결국 흔들리고 말았다. 그 흔들림이 아이레스 경에 대한 나의 마음을 뒤집어 놓고 있었다. 말이 딱 하루뿐이라지만, 앞으로도 계속 냉정함을 유지할 수 있을까? 내가 보고 있던 '시스에의 그림자'는 이런 게 아니었는데…….

가면과 연정 중 결국 승리한 건 집요하기 짝이 없는 마음이었다. 무승부를 바랄 수도 없이 확연하게 나 버린 결과에 그만 참담한 기분이 들었다. 이제는 어떻게 해야 할지 나조차도 알 수 없었다. 다만 확실한 건 지금 그가 내민 손을 놓치지 않고서 잡아야 한다는 것이다.

나는 에스코트를 하겠노라며 정중하게 예를 건네는 그의 손을 붙잡고서 보이지 않을 정도의 한숨을 가볍게 내쉬었다. 이때만큼은 내 뒤를 쫄랑쫄랑 따라오는 잭이나, 페리뉼에게 간 비트라이스나, 나를 또다시 이용한 황태자도 다 생각나지 않았다. 그저 손안에 느껴지는 감각만이 중요할 뿐이다. 그렇게 아이레스 경과 나, 아니, 우리는 위험한 골목을 빠져나올 때까지 각자의 생각에 빠져 침묵했다. 어느덧 시간은 저녁에 가까워진 상태였다.

네
번
째

조
각

1장
진전(進展)

미카엘 아이레스는 나를 저택까지 데려다주겠다고 말했다. 흔들리는 그의 눈동자는 방금 전의 일이 끝이 아니라는 것처럼 짙게 호소하고 있었다.

아, 나를 걱정하는 사람의 호의를 어떻게 매정하게 뿌리칠 수 있을까. 하루만 스스로를 속이기로 결심한 이후, 그를 거부할 수 있는 명분은 이미 사라지고 없었다. 그래서 힘없이 고개를 끄덕였다.

"제 어리석은 행동으로 인해 경께 자꾸 폐를 끼치고 있군요. 그럼 부탁드리겠어요."

눈치 빠른 잭은 어느새 내게 다음에 뵙겠노라고 외치며 저 멀리 달아나는 중이었다. 이 이상 휘둘리기 싫다는 듯 숨도 안 쉬고 도망치는 모습에 헛웃음이 흘러나왔다. 오늘 일에 대해 함부로 입을 놀리지 못하게 돈을 좀 쥐여 줘야 하나. 내 시선이 잭의 뒷모습에 향하자 미카엘 아이레스가 걱정 말라는 듯 말했다.

"저 아이에게 손대는 일은 없을 겁니다."

그리고 마차를 타고 가자고 덧붙였다. 뜻밖의 사고에 놀랐을 나를 위한 배려였다. 나는 고개를 설레설레 내저으며 걸어가는 게 낫다고 대답했다.

"힘들지 않으시겠습니까?"

"네. 괜찮아요. 아이레스 경은요?"

"저도 괜찮습니다."

그래서 우리는 천천히 걸어가기 시작했다. 대외적으로 연인 사이라 알려져 있지만 이용당하고 이용해 먹는 관계에 불과하므로 그와 나 사이의 거리는 살짝 떨어져 있었다. 고작 손가락 한 마디 정도에 불과한 틈이지만 어쩐지 견딜 수 없을 정도로 불편했다. 마치 커다란 벽 하나가 세워진 느낌이다. 그래서일까. 무거운 침묵이 우리를 감싸고 있었다. 그러나 그것도 잠시. 나는 입을 열어 그에게 물었다. 이왕 일이 이렇게 된 거, 알고 있는 정보라도 정리해야 할 것 같아서였다.

"……전하께선 어디까지 알고 계세요?"

"영애께서 플랑드르 남작 부인을 만날지 모른다고 하셨습니다."

"그 외의 말은 없으셨나요?"

"그리고 그쪽에 의해 납치와 같은 일을 당할지도 모른다고 하셨지요."

그럼 황태자조차도 비트라이스 영식이 나를 만나러 올 것을 몰랐다는 건가.

나는 조용히 고개를 돌려 아이레스 경의 옆모습을 바라보았다. 정면을 향해 올곧게 시선을 던지고 있는 그의 표정은 바람 한 점 없는 고요한 호수와도 같았다. 진중하고 정직하고 사려 깊은 기사 그 자체의 얼굴. 나에게만 맥없이 허물어지는 가엾은 사내의 모습이 여기에 있었다.

"그리고요?"

"오늘을 계기로 선택을 하실 것이라 하셨습니다."

"선택이요?"

"예."

"무슨 선택인가요?"

"더 깊은 연을 맺을 것이냐, 아니면 그렇지 않을 것이냐의 선택입니다."

아아, 이런 거였군. 나는 깊은 한숨을 내쉬었다. 아마도 황태자는 납치당하는 나를 잠시 방치함으로써 은밀하게 휘몰아치고 있는 정세에 대해 경고하려고 한 모양이었다. 자신들과 함께 있으면 필연적으로 이런 위험한 일에 휘말리게 될 텐데 감당할 수 있겠냐고 떠보기 위해서다. 겸사겸사 아이레스 경을 휘두를 생각을 감히 하지도 말라고 협박도 하고 말이다. 그런데 이 모든 것이 내 옆에 서서 걷고 있는 가엾은 기사 한 명이 나타나는 바람에 다 어긋나게 되었다.

내가 입을 열지 않는 이상 플랑드르 남작 부인에게서 얼마만큼 이야기를 들었는지 알 수 없을뿐더러, 되레 시침을 뚝 뗀다면 양쪽을 오가며 상황을 조율할 수 있는 패까지 쥐여 준 셈이다. 무엇보다 황태자의 명을 우선적으로 따라야 하는 그의 검이 내 손에 완벽하게 들어온 상태임을 알게 되었으니 이래저래 실(失)만 본 상태였다.

"이제 전하께서 어떻게 행동하실까요?"

"화를 내시겠지요."

"그다음은요?"

"그뿐일 겁니다. 의심은 하되 시험하지 않겠다는 약속을 받으셨잖습니까."

나는 터져 나올 것 같은 한숨을 꾹 삼키며 조용한 목소리로 대답했다.

"하지만 벌써 여러 번 어기셨는걸요."

"아뇨, 작은 장난일 뿐이었지요."

"장난이라고요?"

어처구니없는 말에 기가 막힐 것만 같았다. 그간 겪었던 몇몇 일이 장난이라면 진심을 다한 시험은 어느 정도의 위력을 가졌는지 상상조차 할 수 없어서였다. 그렇기에 미카엘 아이레스가 실언을 했기를 간절히 바랐다. 하지만 그는 내 바람을 완벽하게 배신했다.

"아마 몇몇 일을 빼고선 대부분이 장난이었을 겁니다. 전하께서 진심을 다해 시험한다면 저나 뤼세조차도 견딜 수 없을 테니까요."

말을 마친 미카엘 아이레스가 잠시 어색한 미소를 지으며 마른침을 꿀꺽 삼켰다. 이어질 말이 부끄럽다는 것처럼.

"아마 제가 영애에게 충실하기 때문에 벌어진 일일 것입니다."

"……그럼 필연적으로 오늘의 일 또한 못마땅해하시겠네요."

"제 이름을 걸고 맹세컨대, 오늘의 일로 영애께 불이익이 가는 일은 전혀 없을 겁니다. 그러니 걱정 마십시오."

한 가닥의 양심이 가슴을 아프게 찌르고 있었다. 아아, 정말 못 견디겠네.

"그건 옳지 않아요."

나는 입술을 깨물고서 그를 만난 이래 최초로 남자의 헌신을 사양했다. 다행히 지금의 나는 아직 낯짝을 들고서 하늘을 볼 만한 수준은 되는 모양이다.

"아니요, 예전에도 말씀드렸다시피 영애께서는 저를 이용하시면 됩니다. 그것만으로도 충분합니다."

일방적인 애정이 온몸을 무겁게 억누르고 있었다. 이전이었으면 부담스러워 시선을 피했을 것이나 이제는 불편함으로 다가왔다. 아마, 흔들림으로 인한 진전 때문일 것이다.

"저 때문에 아이레스 경과 전하의 사이가 멀어지면 어떡하죠?"

"괜찮습니다. 그럴 일은 없을 테니까요."

"경께선 늘 괜찮다고만 하시는군요."

"예, 정말로 괜찮기 때문입니다."

미카엘 아이레스는 아무 일도 아니라는 것처럼 여상하게 굴었지만 정말로 별일이 아닐 리가 없었다. 주군의 명령을 무시하고서 자신의 감정이 향하는 대로 움직이는 기사라니, 그 누가 신뢰할 수 있겠냔 말이다. 내가 바보도 아니고 이런 식으로 흐지부지 넘어갈 수 있다고 생각하는 건가. 황태자와 미카엘 아이레스의 사이가 나빠지면 안 되는데…….

나는 메말라 오는 입술을 혀로 축이며 조용히 생각했다. 황태자의 검이라 할 수 있는 미카엘 아이레스는 차기 황제가 가진 무력의 상징이나 다름없었다. 그런데 이번 일로 인해 골이 생긴다면 힘의 과시는 둘째 치고 황태자가 황제가 된다는 확실한 미래까지 뒤흔들릴지 모를 일이었다.

……만약 대공이 황제가 된다면 어떻게 되는 거지? 마녀의 예언 중 이런 걸 암시하는 대목이 있었나?

나는 재빨리 기억을 더듬어 늙은 여인이 내뱉었던 말을 떠올렸다.

"큰 혼란이 오리라. 태양은 그 빛을 잃어 쓰러지겠고, 주변의 별이 강성하게 일어나 찬란한 빛을 내뿜으리라. 달을 경계하라. 달과 별은 빛을 함께 받는 존재이니 서로를 위해 피를 흘리는 것을 주저하지 않으리라. 거대한 자궁은 이미 그 소용을 다했으나 용을 삼키기 위해 개를 풀어 놓겠고, 본디 개는 몸에 별이 박혀 있어 황금의 성으로 진군하는 것을 두려워하지 않으리니, 푸른 수사자의 운명은 붉은 흙이 흐르는 평야에서 결정되리라."

보통 태양은 황제를 상징하는 것이니 노쇠한 그가 곧 쓰러지리라는 건 예상하는 바였다. 이는 굳이 예언을 따지지 않아도 현 상황을 지켜본다면 알 일이었다. 그런데 주변의 별이 무엇을 의미하는지, 달을 왜 경계해야 하는지 모르겠다. 본디 태양과 달은 함께 지칭되는 것이니 일반적인 의미를 따지자면 황후라 할 수 있을 텐데, 황태자의 어미인 그녀가 여기서 왜 나오는지 알 수 없어서였다. 용을 삼키기 위한 개는 또 무엇일까. 몸에 별이 박힌 개가 실제로 존재할 리 없는데. 무슨 상징이나 문양이라면 또 모를까.

아, 문양? 그러고 보니 황후의 가문이 별이 박힌 개를 인장으로 삼고 있지 않나? 아니, 이게 맞는 건가?

순간 머리가 아파 오는 것 같아 입 안쪽의 여린 살을 이로 살짝 깨물었다. 현재 상황이 너무나 답답하여 견딜 수 없었다. 하지만 생각을 계속 이어 나갈 수 없었던 건 풀이 죽은 목소리로 중얼거리듯 말하는 아이레스 경의 목소리 때문이었다.

"비슈발츠 영애, 이 모든 건 제가 영애를 마음에 담았기 때문에 일어나는 일입니다. 제가 영애께 사모의 마음을 전달하지 않았더라면 지금쯤 여러 가지 교육을 받으면서 사교계 데뷔를 위한 준비를 하고 계시겠죠. 하지만 저로 인해 이 모든 불편함을 겪고 계시는 겁니다."

그는 시선을 내게 고정시킨 채 말을 이어 나가고 있었다. 날카롭게 벼려진 미형의 얼굴엔 불안함과 초조함이 가득했다. 은밀한 집착과 광기 또한 그늘이 드리워진 눈가에 뚜렷하게 고여 있었다. 그저 목소리만이 불안한 진심을 토해 냈다. 이 귀여운 격차에 쓴웃음이 지어졌다. 이건 독이라고 하기엔 퍽 달달하고, 그렇다고 꿀이라고 하기엔 몸에 너무 해롭다.

"그러니 차라리 저를 원망하십시오. 그럼에도 불구하고 도저히 영애를 놓을 수 없는 저의 이기심을 말입니다."

절절한 고백이 이어졌다. 우연히 부딪치는 손등을 타고서 휘몰아치는 감각이 몸을 움츠러들게 만들고 있었다.

"마치 영웅처럼 영애를 구해 낸 스스로를 자랑스러워하는 이 저열한 마음을 비난하셔도 됩니다. 하지만 놓지 못하겠습니다. 아니, 그럴 수 없어요. 위험에 처해 있는 걸 알면서도 말입니다."

과거의 시스에 드 비슈발츠는 류스테윈 할버드에게 자신의 감정만을 강요했다. 그 어떠한 희생이나 보상 없이 일방적인 애정만을 무책임하게 떠넘기려고 했다. 상대가 그걸 질려 하는 줄도 모르고.

이것이 미카엘 아이레스와 나의 다른 점이다. 더 나은 시스에는 스스로의 감정을 강요하되 그에 따른 손해까지 기꺼이 감수해 가고 있었다. 기사의 명예나 주군에 대한 의리나 한 꺼풀 벗겨진 고결함에 대한 미련은 전혀 없다는 듯이. 스스로의 추악한 속내까지 거리낌 없이 밝히면서 도리어 절절하게 외치는 것이다. 그러니 어떻게 외면할 수 있으랴. 눈에 뻔히 보이는 수작임에도 불구하고 비난의 말조차 꺼낼 수 없게 만드는데.

누가 황태자의 친구 아니랄까 봐 앞뒤 가릴 게 없이 무작정 몰아세우는 게 아주 능숙했다. 이런저런 선택을 주지 않는 점 또한 비슷했다. 아마 다른 사람이었더라면 경의 뜻대로 하겠다고 말했겠지. 하지만 나는 그렇게 말할 생각이 없었다. 이대로 어물쩍 넘어간다면 줏대 없이 끌려갈 게 분명하므로. 미카엘 아이레스에 대한 연민은 넘쳐 나지만 주도권의 문제는 또 다른 것이니까. 그래서 다시금 치밀어 오르는 한숨을 가까스로 삼키며 겨우 입을 열었다.

"도와주신 분을 원망하라 하다니, 너무나 잔인하세요. 그러면서 저를 놓지 않겠다니 이보다 더 이기적인 말이 어디 있나요. 고귀하신 기사님, 지금은 제게 어떠한 보상을 바랄 것인지 먼저 말씀해 주셔야 하는 거 아닌가요?"

"예?"

"제가 무엇으로 감사의 마음을 표현할 수 있을까요?"

플랑드르 남작 부인의 일은 그냥 넘기자는 소리였다. 그에 따른 불안이니 죄책감이니 모두 떠넘긴 채 오롯이 나를 구해 준 일에만 집중하자는 뜻이었다. 내 말을 이해한 것인지 그가 입을 꾹 다문 채 침묵했다. 이러한 제안이 마음에 들지 않은 모양인지 딱딱하게 굳은 시선이 정면을 향해 있었다. 손을 놓지 않겠다는 애원을 교묘하게 넘긴 탓일까. 내가 자신을 떠날까 봐 두려워하는 건가.

그러나 그것도 잠시 그가 어쩔 수 없다는 듯 만면에 미소를 지으며 조심스레 입을 열었다. 내가 류스테윈 할버드에게 그랬듯 미카엘 아이레스 역시 내 일에 관한 한 늘 한 발짝 물러설 수밖에 없었다. 즉, 그가 어떠한 제안을 하던 결국 이익은 내게로 기울어지는 것이다. 그러니 이 얼마나 비열한 일이란 말인가. 그래서 나는 미카엘 아이레스가 어떠한 보상을 바라든 허용 가능한 선에서라면 충분히 들어줄 용의가 있었다. 손등에 입맞춤을 해주는 것, 연정의 편지, 아니면 포옹이라도 괜찮았다. 우리의 관계에 대한 대외적인 과시가 필요하다면 기꺼이 그렇게 해줄 참이었다.

"……그럼 웃어주시겠습니까?"

그런데 이런 보상을 바랄 줄은 몰랐던지라 나도 모르게 되물어보게 되었다.

"네?"

"저를 보고서 환하게 웃어주십시오. 그걸로 충분합니다."

고작 미소를 짓는 게 무어 어렵다고 저리 비장한 표정을 짓는 것일까? 그런 소소한 게 다 무어라고. 하지만 미카엘 아이레스는 세상에서 가장 값진 보상을 기다리는 사람처럼 설레어 하며 조용히 나를 응시하고 있었다. 그리고 내가 어색한 미소를 짓기가 무섭게 얼굴을 붉히며 코 밑을 손으로 감쌌다. 손바닥 너머 살짝 드러난 뺨은 물론이고 목이며 귓불에 이르기까지 어디 하나 붉지 않은 구석이 없었다.

"정말 이것으로 되겠어요?"

"예, 차고 넘칩니다. 과분할 정도로요."

나도 겪어 본 감정이지만 연정이란 가끔 이해할 수 없는 곳에서 모든 걸 다 허용하는 힘을 발휘한다. 흔한 돌멩이 하나라도 마음을 준 상대의 손에 있다면 세상 그 어떤 보석보다 진귀한 빛을 발하는 것이다. 아마 미카엘 아이레스에게 있어 내 웃음 또한 그러한 일환의 하나였을 테다. 그렇지 않으면 어색하게 입꼬리만 밀어 올라간 미소 따위에 곧 죽어도 억울하지 않을 것처럼 행복하게 굴 리가 만무하지 않는가. 그 래서 멍청할 정도로 순진한 그를 마냥 비웃을 수 없었다.

어쨌든 이러저러한 것을 각오한 것치곤 무난하게 잘 넘어간 건가. 이 만한 미소 하나만으로 생색을 낼 수 있단 게 얼마나 다행스러운 일인 지 모르겠다. 미카엘 아이레스가 고결한 성품을 가진 기사라는 게 새 삼 고마울 따름이다. 그가 앞으로 겪을 난관에 비하면 보잘것없는 보 상이라 양심이 찔리긴 하지만.

그래도 원하던 보상을 받은 탓일까? 미카엘 아이레스는 조금 전보 다 더 생기 있는 표정을 하고 있었다. 이후의 일은 걱정되지 않는 것인 지 여상스러운 태도를 유지하다 못해 저택에 도착한 내 손등에 키스하 는 여유까지 보일 정도로. 동시에 당분간 몸을 사리라는 부탁을 하는 데 그 말에 숨겨진 뜻이 모르는 바가 아니어서 또다시 가슴이 울렁거 렸다.

"정말로 괜찮으시겠어요?"

벌써 몇 번째 물어보는 소리였다. 지겨울 법도 하건만 그는 만면에 미소를 지으며 고개를 끄덕인다.

"영애께서 무사하신 걸로 되었습니다. 그리고 방금 전 미소를 보여 주시지 않으셨습니까? 그걸로 충분합니다."

당사자인 그가 저리도 담담한데 내가 무어라고 이렇게 안절부절못하 는지 모르겠다. 이전의 나라면 아무렇지 않게 넘겼을 일인데 말이다.

잠시 후 미카엘 아이레스가 만나게 될 황태자가 주군으로서의 그일 지 친구로서의 그일지 신경을 쓴다는 자체부터가 그랬다. 어느 쪽이든 배신감에 치를 떨고 있을 게 분명한지라 그가 잘 견뎌 낼 수 있을지 불안해지고 있었다. 대외적인 시선을 의식해야 하니 눈에 띄는 벌은 주지 않을 테지만 앙금이 남아 있을 게 분명하니 아니 그러하랴. 내가 황태자라도 마찬가지였을 테니까. 그래도 그나마 다행이라 할 수 있는 건 그가 황태자에게 있어 한 번 쓰고 버릴 수 있는 패가 아니라는 점이었다. 그러니 어떻게든 끌고 가려고 아등바등하겠지. 미카엘 아이레스가 믿고 있는 것도 이러한 점일 테고.

"감사합니다, 아이레스 경."

그렇기에 나는 진심으로 그에게 고맙다는 말을 건넬 수 있었다. 사심이 섞이지 않은 순수한 감정이 그대로 그에게 전해지기를 바라면서. 동시에 나중에라도 한 번 더 스스로를 속이면서까지 그의 부탁을 들어주게 될지 모르겠다는 생각을 했다. 그건 예감이 아니라 강렬한 확신이었다.

황태자가 손을 떼고 나서부터 내게로 이런저런 잡다한 편지가 마구 쏟아지기 시작했다. 가장 눈에 띄는 건 마담 드 샤토루의 편지로, 그간 비슈발츠 저택에 보내지는 걸 막혔었기에 매우 화가 나 있을 줄 알았는데, 편지 속 그녀의 이야기는 생각보다 잔잔했다. 그저 황후를 어떻게 골렸는지, 자신의 드레스를 어디서 가봉했는지에 대한 소소한 이야기들뿐이었다. 특히 다른 귀족 여인들과 합세하여 황후를 골린 것에 대한 내용이 주를 이루었는데, 내가 황후라 할지라도 제법 이를 갈았겠다 싶은 것이 많았다. 이들에게 있어 여흥이지만 당하는 당사자에겐 상처가 될 법한 사건도 있었다. 그래도 재미있는 내용이 많아 가볍게 웃고 넘기는 편이었다. 답장을 차일피일 미루면서 말이다.

그런데 이번에 온 편지는 마냥 웃을 수 없었다. 나는 차가운 시선으로 마담 드 샤토루가 보낸 편지의 내용을 거듭해서 읽었다. 손에 잡힌 페이퍼 나이프가 파르르 떨리고 있었다.

『풀케르의 주변에 에머리 닐람이라고 못돼 먹은 계집이 하나 있어요. 그 여자를 이번에 복도에서 마주쳤는데 무슨 배짱인지 모르겠지만 고개를 빳빳하게 세우고선 지나가지 뭐예요? 어찌나 건방지던지 그만 화를 참지 못하고서 머리채를 잡아당기고 말았어요. 사색이 된 표정으로 울고불고하는 게 정말로 꼴사나웠답니다. 내 시녀들과 함께 한껏 비웃어주니 몸을 바들바들 떨면서 수치스러워하더군요.

풀케르의 주변엔 왜 이리 보잘것없는 것들로만 가득 차 있는지 몰라요. 그러니-여기선 선을 좍좍 긋고서 지운 태가 났다-아니지, 이런 이야기는 그만해야겠어요. 내가 그대에게 편지를 쓴 건 이 이야기를 하기 위해서가 아니거든요.

내가 아는 사람에게 들은 이야긴데 비슈발츠가의 백작 부인이 마시는 차에 이상한 게 들어간다고 하더군요. 딸을 낳는 비방 가루라며 마녀에게서 구입한 물건이라 하던데 엄청나게 효능이 있다고 하네요. 혹시 그 마녀가 어디에 살고 있는지 알고 있나요? 효과가 있으면 나도 찾아가 보고 싶어서 말이에요. 그러니 꼭 알려 주길 바라요.

마리안느 드 샤토루.』

마담 드 샤토루가 생각이 없는 여자인 건 알고 있었지만 이런 식의 내용을 아무렇지 않게 써서 보내어 나를 조롱할 줄은 미처 몰랐다. 효과가 있다면 찾아보겠다니. 어머니의 배 속에 있는 아이가 마녀의 비방 가루로 인해 딸로 변환하기를 바란다는 말과 다름없지 않은가. 황후가 그녀를 치 떨리게 싫어하는 이유를 알 것만 같았다.

나는 한숨을 내쉬며 마리를 향해 손짓했다. 이전에 어머니의 하녀를 매수하여 수상쩍은 낌새가 있다면 알려 달라고 명령을 내린 참인데 그간 잠잠하니 이상해서였다.

"어머니가 입고 먹고 마시는 것들에 대해 이상한 점은 없었니?"

"네, 잠잠하던걸요."

"혹 바뀐 부분은 없고?"

"아, 그렇지. 갑자기 마시던 차를 바꾸셔서 그거 구하느라 힘들었다고 투덜거리는 소리를 듣기는 했어요."

"그래?"

나는 서랍에서 펜과 종이를 꺼내었다. 그리고 잉크를 듬뿍 찍어 답장을 써 내려갔다. 에머리 닐람이 무시해서 화가 났겠다. 나는 당신의 마음을 이해한다는 내용이 주를 이룬 편지는 줄의 맨 끄트머리에 가서야 비방 가루에 대한 이야기는 금시초문이며 그에 따른 증거가 있느냐는 질문으로 빼곡히 채워졌다. 태아의 성별을 바꾸는 비방 가루는 둘째 치고 그걸 샤토루가 알고 있다는 자체가 의아한지라 조심스레 물어보는 것이다.

"마리야, 어머니가 바꿔서 드시는 차에 대한 별다른 점은 없니?"

"백작님께서 주신 차라고 하더라고요."

"양부께서? 어머니를 생각해서 주셨나 보구나."

"네, 로에나 아가씨가 추천해 주셨다고 하네요."

나는 편지를 쓰다 말고 마리를 바라보았다. 마리는 내가 하던 행동을 멈추고서 갑자기 자신을 바라보자 무척 당황한 모양이었다. 잔뜩 겁에 질린 표정을 지으며 어깨를 움츠렸다.

"로에나가?"

"네. 왜, 왜 그러세요?"

"마리야."

"네, 아가씨."

"혹시 이런 소문을 들은 적은 없니? 어머니가 마시고 있는 차가 사실은 마고가 손수 고른 것이라는 걸 말이야."

"네, 네?"

"마고가 갑자기 로에나에게 그 차를 소개했고, 로에나는 그걸 양부께 알려드렸고, 양부는 그 차를 사서 어머니에게 선물했다는 그런 이야기 말이란다."

마리가 큰 눈을 껌뻑이며 입을 헤 하고 벌렸다. 뇌에 과부하가 걸린 것인지 그녀의 얼굴이 복잡하게 흐려졌다.

"이런. 너희들만 아는 이야기를 내가 '먼저' 알아버리고 말았으니 이를 어쩌니?"

"저, 아가씨? 그러니까 지금⋯⋯."

"그러니 네 본분을 다해서 방금 전의 이야기를 다른 이와 함께 신나게 떠들어주렴. 그래야 이 조용한 저택이 좀 더 활발해지지 않겠니."

나는 편지에 시선을 내리고서 문장을 마무리 지었다.

『⋯⋯아마도 그에 대한 사실 여부는 부인께서 주신 증거에 따라 판명 날 것 같습니다. 그때쯤이면 마녀의 비방이 효험이 있는지 없는지 알 수 있을 테지요. 만일 그렇지 않다고 하더라도 사교계에 오르내릴 만한 가십이 되리라 예측하는 바입니다. 부인께서는 어떻게 생각하시는지요?』

그리고 이제야 내 말뜻을 알아차렸다는 듯 후다닥 방문을 나서는 마리의 뒷모습을 바라보며 느른한 웃음을 머금었다.

마담 드 샤토루의 편지가 저택에 직접 배달되어 왔다면, 대공의 편지는 나만 알 수 있다는 말을 지키기라도 하듯 아리나를 통해 전해졌다. 매주 정해진 시간에 나를 만나러 온 어린 소녀에게 은화 하나를 쥐여 주고선 시범적인 서신을 건넨 것이다. 아리나는 자신이 왜 이런 심부름을 해야 하는지 모르겠다는 듯 불안한 표정으로 나를 응시하고 있었다.

"꼭 가져다줘야 한다고 해서 가져왔는데, 제가 잘한 건가요? 하지 않겠다고 하니 아가씨가 기다리는 것이라고 우겨서요."

나는 대답 대신 아리나를 가까이 불러 그녀의 뺨과 목덜미, 입안과 엉덩이와 허벅지 등 다칠 만한 곳을 꼼꼼하게 살폈다. 다행히도 몸은 깨끗했다. 아리나가 한 번 거부를 했지만, 의외로 직접적인 위협이나 폭력은 쓰지 않은 모양이었다.

아리나는 우물거리며 말을 이어 나갔다.

"제가 가져다주면 기쁘게 받을 거라고, 그러니 불안해하지 말라고 말했어요."

"불안해하지 말라 그랬다고?"

"네."

그간 나는 눈에 띄게 아리나를 편애하지 않았다. 마리의 질투도 질투거니와 행여 마고가 못된 짓을 할까 싶어서였다. 그래서 이 작은 소녀를, 철저하게 이야기를 해주는 거리의 아이 대접을 했고, 머리를 쓰다듬더라도 최소한의 선을 지켜 거리를 두었다. 아니, 하더라도 모두를 물리고 나서 했다. 그러므로 저택의 그 누구라 할지라도 내가 아리나를 예뻐 한다는 것을 모를 터였다. 그런데 어떻게 알았을까?

나는 아무렇지 않은 척 아리나의 머리를 쓰다듬으며 말을 유도했다.

"그래, 고생했어. 그런데 혹시 바깥에서 내 이야기를 한 적이 있니?"

그러자 아이는 뺨을 붉게 물들이며 수줍게 고개를 끄덕였다. 나에 대해 험담을 하는 사람이 있기에 자신이 진실을 알려 줬다는 것이다. 나와의 첫 만남에서부터 어떻게 이야기꾼 소녀가 되었는지에 이르기까지 말이다. 아리나는 쾌활한 목소리로 다른 사람에게 나를 상냥하고 인정이 많은 아름다운 아가씨라고 말한 것을 자랑스럽게 떠들어 댔다.

"그래서 모든 사람이 다 알아요."

"모든 사람?"

"네. 제 이웃들이요."

맙소사. 그래서 알게 되었구나. 아니, 알게 된 게 아니라 시험해 본 것이로구나.

나는 한숨을 삼키며 미간을 찌푸렸다. 이미 아리나를 통해 잭을 고용하여 데려가기까지 했으니 이젠 감출 수도 없는 노릇이다. 그들도 이것을 알았기에 불안해하지 말라는 협박을 내세워 순순히 편지를 받으라 종용하는 것일 테고.

"아리나, 부탁이 있단다."

"네, 아가씨. 말씀만 하세요."

"네가 나를 생각하여 편을 들어주는 건 좋아. 정말 고마워. 하지만 다른 사람이 너를 질투하여 해코지할까 봐 두렵구나."

"왜요?"

"귀족 아가씨와 친해지는 걸 그들도 하고 싶기 때문이야. 그런데 네가 나와 친분이 있을뿐더러 돈까지 받고서 고용되었다 하니 얼마나 배가 아프겠니. 그래서 널 시기하기도 하고 나를 소개시켜 달라고 졸라대기도 하고, 무척 귀찮게 굴 거란다."

"맞아요. 그러잖아도 아가씨를 뵙고 싶다고 말한 애들이 많았어요."

"하지만 내가 만나고 싶은 아이는 너와 잭뿐이야. 다른 애들은 보고 싶지 않단다. 그럴 이유도 없고. 그런데 이걸 모르는 다른 사람들은 내가 거부하는 게 아니라 네가 욕심을 부리고 있다고 생각하겠지."

아리나가 사색이 된 표정으로 입술을 꽉 깨물었다. 나는 손을 뻗어 아이의 보드라운 뺨을 쓰다듬으며 속삭이듯 말했다.

"그러니까 앞으론 다른 사람에게 내 이야기를 하지 말려무나. 알겠니?"

"아가씨에 대해 험담을 하는 사람이 있더라도요?"

"그래."

"그건 속상한 일인데요."

"그래도."

"왜요?"

나는 빙그레 미소 지으며 아리나에게 말했다.

"네가 소중하기 때문이란다."

내 소중한 유년. 잃어버린 순수. 아리나는 내게 있어 여러모로 큰 의미를 지니고 있었다. 그렇기에 그녀가 봄이 와 녹아내린 눈처럼 질척해지지 않기를 바랐다. 편지 배달과 같은 위험한 일은 어쩔 수 없이 한다 하더라도, 다른 일에는 여전히 꿈을 꾸는 것처럼 행복하기를 원했다. 그녀의 붉은 뺨에 어린 천진한 미소가 조금만 더 유지되기를 소망했다.

"편지는 어떡하죠?"

"계속 가져다주렴."

"아가씨께 나쁜 내용이 적힌 건 아니죠?"

"물론이지."

페이퍼 나이프로 뜯은 편지는 무척 간단했다. 고작 한 줄에 가까운 내용이 흘림체로 적혀 있을 뿐이었다.

『미카엘 아이레스 경과 황태자가 크게 말다툼을 함.』

대공이 말하고자 하는 건 뻔했다. 상심한 아이레스 경에게 달려가 그의 위로가 되어줄 것. 그래서 황태자와의 사이를 더욱더 소원하게 만들 것. 이 둘 사이를 갈라놓기만 한다면 무엇이든 해줄 수 있다 말했던 페리뉼의 말은 허언이 아니었다. 전혀 쓸모없는 내용이 아닐 거라는 대공의 장담 또한.

"아가씨, 오늘은 무슨 이야기를 할까요?"

나는 촛불에 편지를 대고서 미련 없이 불태웠다. 그리고 내 눈치를 살피는 아리나를 향해 상냥한 웃음을 지어 보였다.

"아, 그래. 혹시 창관 뒷골목에 있었던 이야기에 대해 아니?"

"네. 이번에 이상한 일이 있었다고 했어요. 무슨 일이냐면……."

아리나가 눈을 반짝이며 입을 열었다. 아이의 말은 미로처럼 엮인 골목 중 하나에 기절한 사람 여럿이 나왔다는 것에서부터 시작되었다. 온몸을 빈틈없이 감싼 그들이 어떻게 정신을 차렸는지, 어떤 모습을 보였는지가 조그마한 입에서부터 생생하게 흘러나오고 있었다. 그날 하루는 이상하게 창관뿐만 아니라 골목 전체가 조용했다면서 말이다.

⚙

이전 생에는 친구라는 게 없었다. 화려하게 빛나는 그들의 세계에서 나는 이방인이었으니까. 가벼운 인사말을 나눌 상대도 없이 마치 물 위에 뜨는 기름처럼 어울리지 못했다. 굴욕적인 웃음을 지으며 애교 있는 목소리로 최대한 살랑거려도 노골적으로 밀어내지기 일쑤였다. 홀의 기둥에 홀로 기대어 서 있는 게 대부분이었으니 더 말해 무엇하랴. 기실 장식물이나 다름없었다. 현재도 그러하다. 마음을 나누는 사람이라 표현할 자가 없었다. 로샨 영애를 예외로 친다고 해도 말이다. 그러니 책 속에 나오는 감동적인 우애를 알 리가 만무했다. 귀족 세계에서 말하는 '우정'이란 쓸모 있는 친구와의 교류를 의미하기 때문이다.

하지만 이러한 내가 보아도 황태자와 로샨 영애, 아이레스 경이 이루고 있는 감정적인 유대는 사교계에서 지칭하는 우정이라는 단어에 빗대어 설명하기엔 어려운 감이 있었다. 훨씬 더 감정적이고 자유로우며 서로를 대하는 데 허물이 없었다. 사전적 의미의 '우정'이 이러한 것이라고 말하는 것처럼.

그렇기에 황태자와 아이레스 경의 다툼을 쉽게 생각할 수 없었다. 우정이라는 달콤한 단어 아래 꾹꾹 눌러 온 음습한 감정이 어느 순간을 계기로 폭발하듯 터져 나와 이성을 마비시키는 게 그리 쉬운 일은 아닐 테니까. 십수 년 이상 함께해 온 친우라면 더더욱 그러했을 게다.

그래서 미카엘 아이레스를 보기가 껄끄러웠다. 애초 그를 손아귀에 넣고서 뒤흔들겠다는 마음으로 일관했고, 충분히 그러고 있었지마는 한번 마음이 허물어지고 나니 이도 저도 아니게 되어서였다.

내 앞에서 침잠한 표정으로 눈치 보듯 침묵하고 있는 사내를 야박하게 내쫓지 못하는 이유도 여기에 있었다. 나도 모르게 한숨이 자꾸 새어 나오는 것 또한 말이다.

미카엘 아이레스 경은 그때의 일이 일어난 지 사흘 후, 내가 비트라이스 영식, 아니, 대공에게 쪽지를 받은 지 이틀이나 지나고 나서야 나를 방문했다. 뤼세트 로샨이 보낸 '멜의 기분이 좋지 않아요'라는 서한을 읽은 바로 직후였다.

하녀의 안내를 받아 등장한 그는 평소보다 더 뾰족하게 마른 턱을 하고서 내게 인사를 건넸다. 평소와 달리 온몸 가득 절절하게 흘러내리는 감정을 감추지 않은 그는 무례하다고 생각할 만큼 노골적인 빛을 머금었다. 마치 관심을 가져 달라는 것처럼. 이러한 모습을 보이기 위해서 내게 달려왔다는 듯 그는 그렇게 소리 없이 외치고 있었다. 평소의 아이레스 경이라면 하지 않았을 행동인데도 불구하고.

덕분에 나는 이렇다 할 말조차 제대로 붙이지 못하고선 침묵해야 했다. 그가 내 맞은편에 앉은 지 삼십 분이 지났음에도 우리가 나눈 대화라곤 '차 드세요, 아이레스 경'과 '감사합니다'뿐이었다. 무겁다 하기엔 조금 가볍고, 그렇다고 해서 밝은 것도 아닌 요상한 분위기가 응접실을 감돌고 있었다. 어쩐지 이상한 기분이 든 나는 차를 마시는 척 그의 얼굴을 훔쳐보았다.

역시 크게 다툰 건가? 그래서 저렇게 마른 건가? 그것보다 왜 내가 이런 생각을 하면서 저 사람의 눈치를 봐야 하는 거지?

암만 사모의 감정이 우선이라 하지만 형제보다 더 가까운 사이를 파투 내다시피 한 여인을 이렇게 쉽게 만나러 올 수 있다는 것 자체가 신기했다. 자신의 노고를 알아 달라는 듯 착 가라앉은 얼굴은 둘째 치고 위로해 달라는 것처럼 눈을 내리까는 게 요망스러울 정도다. 아니, 제국 제일의 검이라는 이명을 다투는 사내치곤 퍽 처량한 모양새였다.

양손 끝을 펼쳐 재어도 닿을까 말까 한 너른 어깨는 이미 바닥 아래로 축 처진 지 오래다. 하녀가 내어준 찻잔은 묵묵한 공기 속에 차갑게 식어 내리고 있었다. 강아지같이 낑낑거리는 이 남자를 어찌해야 하나. 제 속이 말이 아닐 텐데도 내가 보고 싶어 왔다는 듯 멀뚱히 자리만 지키고 서 있는 이 사람을 어떻게 대해야 하나. 끝없이 밀어내도 자신을 이용하라며 용감하게 덤벼들었던 남자가 이리 축 늘어져 있으니 되레 당황스러운 마음이 든다. 무언가 아주 많이 잘못한 느낌이었다. 아무렇지 않을 거라면서. 아무 일도 없을 거라면서.

비트라이스 대공이 보낸 쪽지엔 크게 말다툼했다는 것 외에 별다른 언급이 없었는데……. 내가 놓친 또 다른 게 있었나?

어쩐지 두통이 이는 것 같아 미간을 가늘게 좁혔다. 황태자와 다툰 것 때문에 속이 상한 거라면, 그래서 마음이 아픈 거라면 애당초 자신을 찾아오지 않으면 될 일이었다.

그런데 이렇게 꾸역꾸역 찾아와서는 시무룩한 모습을 여과 없이 드러내고 있다. 내 손길이 필요하다는 것처럼. 그래서 당황스러웠다. 이전 생에 이러한 사내를 만나 본 적이 없었기에 더욱 그러했다. 아니, 제대로 된 남자를 본 경우가 있을까 싶을 정도였다.

할버드 경의 뒷모습만 바라보며 졸졸 쫓아다녔으니 아니 그러할까. 평생 손에 닿지 않을 사랑만 갈구하며 숨이 목 끝까지 차오르는 것처럼 헐떡였는데, 막상 내 손에 자신의 목줄을 쥐어 준 짐승을 보자니 머리가 다 혼란스러웠다. 감정 없는 짐승을 굴리고 괴롭히는 건 어느 정도 일가견이 있다고 자부했는데, 막상 감정 한 조각이 스며들게 되자 노를 잃은 사공처럼 갈피를 못 잡고 방황하고 있었다. 그러니 이렇게 열없는 목소리로 멍청한 소리를 지껄이고 있는 거겠지.

"괜찮으신가요?"

괜찮냐고? 미쳤구나. 말을 내뱉어 놓고서 스스로의 아둔함에 질려 혀를 깨물고 싶을 지경이었다. 나로 인하여 시무룩해 있을 남자에게 고작 한다는 말이 괜찮냐는 거라니. 어쩜 이리도 바보 같을까.

하지만 이 이상의 상냥한 말이나 다정한 울림 같은 건 배워 본 적도, 받아 본 적도 없기 때문에 어떻게 반응해야 할지 몰랐다. 마음에도 없는 소리를 매끈하게 놀린다면 그나마 태연하게 할 수 있을 터인데, 진심을 다하는 위로는 손톱에 걸린 가시처럼 퍽 껄끄러웠다. 내 말에 기다렸다는 듯 눈을 빛내는 저치의 미끈할 정도로 아름다운 얼굴 또한.

한번 흔들리기 시작한 이후 나는 좀 이상해지고 있었다. 악에 받쳐 날뛸 때가 언제냐는 듯 바람에 흔들리는 낙엽처럼 이리저리 갈피를 못 잡고 떠도는 것이다. 말랑해져 가는 마음은 봄볕처럼 따끈따끈해 무섭기까지 했다. 그도 그럴 것이 그동안 나를 얼간이로 만들 수 있는 건 오롯이 할버드 경뿐이었다. 내가 어떻게든 갖고자 노력했지만 결코 닿을 수 없었던 그 사람 말이다.

그래서 기갈에 찬 것처럼 허덕이며 주위를 맴돌았다. 메마른 입술에 떨어진 한 방울의 물을 목숨 줄처럼 빨아 대며 세상에서 가장 비참한 거지가 되어 애정을 구걸했다. 이룰 수 없는 짝사랑의 잔혹함이 눈보라가 몰아치는 광야에 맨몸으로 서 있는 것보다 더 아프다는 걸 뼈저리게 느끼며 그렇게 절규했다. 갈기갈기 찢긴 연심은 세상의 그 어떤 상처보다 지독하게 고통스러웠다. 너덜너덜해진 마음을 붙잡고서 평생 그의 뒷모습만 바라보았다. 사랑. 우습게도 고작 한 마디 말에 불과한 단어가 한 사람의 목숨을 가지고 있는 거였다. 지금의 아이레스 경이 그러하듯이.

그런데 막상 내가 할버드 경의 위치에 서 있게 되었을뿐더러 아이레스 경의 민얼굴을 들여다보게 되자 손에 쥔 목줄이 제 기능을 못 하게 되었다. 로에나나 다른 하녀들에게 빈틈이 없을 정도로 잔인할 수 있었던 모진 심장이 그에게 어떻게 이토록 쉽사리 무뎌지게 되었는지 스스로도 이해할 수 없을 정도였다.

'나'를 대입해서 그런 걸까. 좀 더 비참하고 덜 불쌍한 시스에이기에 연민이라도 가지게 되어선가. 그래서 더 쉽게 스며들게 된 건가?

순간 자조의 웃음이 터져 나왔다. 스며들다니. 이 무슨 말도 안 되는 소리람. 그저 예상치 못하게 이어지는 일과 그에 따른 반응에 대한 당혹일 뿐인걸. 그래, 이건 나를 얼간이로 만드는 두 번째 남자에 대한 두려움이다. 그렇지 않으면 이토록 미안한 마음이 들 리가 있나.

"걱정해 주시는 겁니까?"

다행히도 그가 웃었다. 아무렇지 않다는 듯 환하게. 아, 햇살이 스며드는 것 같다. 내 걱정과 달리 이 남자에게는 내 질문이 멍청하다고 받아들여지지 않은 모양이었다. 그저 관심을 받았다는 것에 들떠 세상을 다 가진 것처럼 기쁘게 미소 짓는 것이다. 나는 태연하게 마음에도 없는 소리를 지껄였다.

"들리는 소문이 있어서요. 그래서 걱정하지 않을 수 없었답니다."

"소문이란 원래 과장된 법이지요."

그가 감정으로 풀어진 얼굴을 능숙하게 갈무리한 채 조용히 대답했다. 이제야 신경 쓰지 말라는 듯 제정신을 차리는 모습이 어처구니없을 정도였다. 아니, 가소롭기까지 했다. 과장된 소문이라면 저치의 안색이 이리 안 좋을 리 있나. 무엇보다 여기까지 와서 보기 드문 우울한 표정을 짓는 것 역시 황태자와의 사이가 눈에 띄게 나빠졌다는 걸 알리기 위함이었다. 순수한 위로를 바랐더라면 좀 더 적극적으로 들이댔을 테니 말이다.

도대체 어쩌자는 건지. 그것보다 나를 어떻게 보고서 이런 식의 거짓을 내뱉는 걸까. 차오르는 한숨을 꿀꺽 삼킨 채 차분한 목소리로 그의 말에 반박했다.

"그런 것치고는 기분이 좋아 보이지 않으신걸요."

그러자 그의 얼굴에 곤란함이 뒤섞였다. 알아주었다는 것에 대한 기쁨이 조금씩 차오르는 게 뻔히 보이는데도 내 반응을 자극하는 감정을 먼저 앞세운다는 건 역시 바라는 게 있다는 증거였다. 그래서 조금 더 강하게 나가 보기로 했다. 좀 전까지 이렇다 할 대화조차 나누지 못한 채 서먹서먹하게 군 것을 잊어버리기라도 한 듯이.

"그동안 아이레스 경을 만나 뵈었지만 오늘처럼 무기력해 보이는 모습은 처음 보는 것 같아요. 아닌가요? 만일 제가 착각한 거라면 미리 양해를 드리겠어요."

아이레스 경이나 황태자를 겪으면서 느낀 것은 다른 여인을 대하듯 말을 빙빙 돌리면 제대로 된 답변을 듣지 못한다는 거였다. 그래서 대답을 원할 때는 조금이라도 더 직설적으로 물어보는 쪽을 택했다. 귀족 영애가 갖추는 언사치곤 무례에 가까웠으나 그들이 퍽 너그럽게 받아주고 있어 아무렇지 않게 할 수 있었다. '네가 이렇게 축 처진 모습으로 있는 거, 나에 대한 실례다'라는 말을 이렇게 툭 내던질 수 있는 것도 이 때문이었다.

하지만 미카엘 아이레스는 내 생각보다 더 뻔뻔한 남자였다. 아무렇지 않게 자신의 속내를 마구 드러낼 만큼 당돌한 남자이며 얼음의 기사라는 이명이 헛것임을 여실하게 증명하는 사내이기도 했다.

"그래서 동정의 마음이라도 들었습니까? 안타까워서 손을 뻗고 싶은 마음이 드셨습니까?"

멍청하게도 내가 왜 이걸 잊고 있었지?

반전된 어조에 얼떨떨한 마음이 들었다. 제대로 미끼를 물었다는 것처럼 보이지 않는 꼬리를 팔딱대는 게 눈치를 살핀 시간이 억울할 정도였다. 더 화가 나는 건 엉킨 머릿속과 달리 멍청하게 그의 이름을 부른 내 입술이었다.

"아이레스 경?"

"나의 아가씨 앞에서 감히 감정 하나 제대로 추스르지 못한 스스로가 부끄럽긴 하지만, 이것도 참 나쁘지 않네요."

순식간에 바뀐 얼굴은 언제 우울했냐는 듯 부드럽게 펴져 있었다. 얼음처럼 매끄러운 뺨 위로 뚜렷하게 어린 건 나를 향한 감정으로 뜨겁게 달구어진 마음이었다.

"이젠 제 걱정도 다 해주시고요. 정말 황홀하군요."

어느새 그의 몸이 내 지척에 와 닿아 있었다. 순진하면서도 강직하고, 어떤 때는 뻔뻔하다 싶을 만큼 저돌적으로 자신의 감정을 마구 들이대는 이 무자비한 남자가 세상에 다시없을 환희에 떨며 해맑게 웃고 있었다. 보는 내가 다 부끄러울 정도의 절절한 고백이었다.

"그래서 위로해 줄 마음이 들지는 않았습니까?"

낮게 속삭이는 목소리는 미카엘 아이레스 경이 낸 소리라고 믿어지지 않을 만큼 달콤했다.

"만일 그렇다면 그 마음 그대로 저 좀 예뻐해 주십시오."

기사의 어깨에 손을 얹는다는 건 신성한 맹세를 할 때나 가능한 일이다. 그리고 이것은 황제 혹은 주교, 또는 그가 모시는 황태자나 할 수 있는 거였다. 그것도 일 년에 한 번 있을까 말까 하다. 그런데 아주 자연스럽게 내 손을 이끌어 자신의 어깨에 가져다 놓는 모습이라니……. 나도 모르게 헛바람을 집어삼키며 그를 바라보았다.

모두가 선망해 마지않는 아름다운 기사는 나를 여황제처럼 숭배하며 자신의 모든 것을 아무렇지 않게 개방한 상태였다. 그의 몸을 둘러싼 관습이나 예법, 그리고 기사가 지녀야 할 자부심을 모두 떨쳐 버리고서 말이다. 연모의 마음으로 뜨겁게 타오르는 눈동자에는 오롯이 나만이 가득했다.

제발요. 채 뱉어지지 않은 소리가 귓가에 울려 퍼지는 것 같았다. 순간 뺨이 뜨끈하게 달아올랐다. 나는 불에 덴 사람처럼 그가 보내는 시선을 화들짝 피했다.

이쯤 되니 대놓고 우울한 표정을 지었던 그의 몰염치함에 씩씩거리지 않을 수 없었다. 낯부끄러울 정도의 말을 서슴없이 내뱉는 이 남자라면 방금 전의 축 처진 기색도 일부러 꾸며 낸 게 분명하므로. 하지만 나는 아무런 말도 꺼내지 못했다. 가냘픈 숨만 쌕쌕 내뱉으며 손끝에 와 닿은 감각에만 집중했다. 단단한 어깨 근육만이 무서울 정도로 설레게 다가오고 있었다.

그렇게 내가 어떻게 해야 할지 몰라 머뭇거리고 있을 때였다. 그가 어깨를 살짝 뒤틀어 내 손을 미끄러뜨리려고 했다. 단단하게 솟아오른 근육을 살갑게 토닥이는 친밀한 행위, 그러나 남녀가 나누기엔 지나치게 가깝고 격의 없어 보이는 행동을 미카엘 아이레스는 원하고 있었다. 동시에 얼이 빠져 있는 나를 배려하기라도 하듯 고개를 푹 숙였다. 사르륵 흘러내리는 머리카락 사이로 비죽 드러난 귀는 평소와 다를 바가 없었다.

이 남자가 손등에 키스만 해도 부끄러워하던 그 순진한 기사가 맞나. 마치 커다란 짐승 하나가 굴복하듯 넙죽 엎드린 채 자신의 몸을 쓰다듬어 달라고 조르는 것 같다. 손바닥 아래로 고개를 숙이고 있기에 정수리 쪽의 가마가 다 보이는 상황임에도 불구하고 그는 망설임 없이 기꺼이 그렇게 행하고 있었다. 노예처럼 아주 쉽게. 아니, 노예라 할지라도 쉽게 선보일 수 없는 완벽한 굴종이 여기에 있었다. 내가 세상에서 가장 고귀한 이가 된 것처럼 착각하게끔 말이다.

나는 움직이지 않았다. 움직일 수 없어서가 아니라 머리가 새하얗게 비었기 때문이다. 노골적인 강요라면 모를까 이런 식의 은밀한 권유는 익숙지 않아 목이 바짝바짝 말랐다. 정신을 차릴 수 없을 만큼 변화무쌍한 모습을 보이는 아이레스 경의 태도도 나를 얼게 만드는 요소 중하나였다. 아무것도 모르는 사람인 것처럼 마냥 순박하게 굴다가 어느순간 갑자기 이렇게 담담한 듯 농밀하게 구니 도무지 정신을 차릴 수 없었다.

"안 됩니까?"

잠시 후 그가 고개만 살짝 들어 올려 나를 바라봤다. 방금 전의 열기가 거짓이었다는 듯 잔잔하게 가라앉은 눈동자는 그저 곱기만 했다. 실망이나 열망의 감정이 깃들여져 있지 않은, 그저 어쩔 수 없다는 듯 조용히 물어보는 행태였다.

나는 계속 침묵했다. 어쩔 수 없이 눈을 마주치고 있긴 하지만 그렇다고 해서 뻣뻣하게 군은 혀까지 그의 뜻대로 움직여 줄 순 없는 노릇이었다. 내가 아무런 말도 하지 않자 아이레스 경이 빙그레 미소 지었다. 알겠다는 듯 자신의 어깨에 올려져 있는 내 손을 부드럽게 잡은 그가 다시 고개를 숙였다.

기사의 얼굴이 향한 곳은 소매가 말아 올려져 희게 노출된 내 손목이었다. 이어 말캉한 촉감을 가진 살덩이가 여린 피부 위를 꾹 하고 눌렀다. 꽉 다물어진 입술과 코끝에서 배어 나온 따스한 김이 연약한 살갗을 간지럽혔다. 기묘한 감촉에 어깨를 움츠리며 팔꿈치를 등 뒤쪽으로 잡아당겼지만 기다란 손가락에 갇힌 손목은 요지부동 움직일 새가 없었다. 그저 이래야 한다는 것처럼 계속 입술을 눌러 내릴 뿐이다. 시간이 멈춘 것처럼 아주 경건하게.

모두가 바라 마지않은 아름다운 남자가 내 발치에 무릎을 꿇고서 가장 진지한 표정으로 손목에 경애의 찬사를, 달콤한 연모의 흔적을 새기고 있었다. 욕정 따윈 하나도 보이지 않는 순수한 마음에 눈앞이 아찔하게 흔들렸다. 심장이 그의 호흡을 따라 뛰고 있었다. 배 안쪽이 팽팽하게 잡아당겨지는 느낌에 숨을 멈추고 입술을 꽉 깨물었다.

"감사합니다."

귓가에 흘러내리는 그의 목소리에 뺨이 달아오를 것만 같았다. 이 얄미운 남자는 자신을 위로하기 위해 내 동의가 부여되지 않는 대범하고 아찔한 행위를 선보여 놓고선 감사하다는 단어로 얼렁뚱땅 넘어가고 있었다. 아무렇지 않다는 듯 자리에서 일어나 다시금 해맑은 미소를 짓는 것부터가 그랬다. 여기서 내가 안색을 굳힌 채 차가운 목소리로 '무례하세요'라고 말하면 안 될 것만 같은 분위기였다.

역시 치고 빠지는 게 능숙해.

나는 자국이 남을 것처럼 화끈거리는 손목을 레이스가 달린 풍성한 소매로 재빨리 감춰 버리고선 입안의 여린 살을 잘근 씹었다. 감사하다고 말하는 그에게 무어라 대답을 해줘야 할지 몰랐기에 최대한 느릿하게 숨을 들이 내쉬며 생각할 시간을 갖고자 했다.

평소라면 차갑게 가라앉은 목소리로 '이전에 저로 인해 부끄러워하시던 분은 어디로 가셨나요?'라고 조롱을 했을 테지만 막상 그렇게 하려고 하니 입이 떨어지지 않았다. 잔뜩 경계하고 또 경계하며 바깥으로 계속 밀어내야 함이 분명한데 이상하게도 마음이 썩 움직이지 않았다.

순수함으로 가득한 얼굴로 마냥 좋다는 것처럼 보이지 않는 꼬리를 흔들어 대서일까. 그게 아니라면 이런 식으로 훅 치고 들어와 마음을 심란하게 만들어버리니 어떻게 방비를 해야 할지 몰라서일까.

이전의 삶에서 내가 보았던 진실한 남자라곤 할버드 경뿐이었고, 나머지는 죄다 여자를 어떻게 해보려는 멍청이들이라 상대할 가치조차 없었다.

그들은 내 피부색-햇볕에 그을려 잘 구운 빵처럼 노릇했던-을 경멸했지만 한껏 끌어 올린 가슴이 가볍게 출렁일 때면 시선을 떼지 못한 채 마른침만 꿀꺽 삼키곤 했다. 어머니를 닮아 엉덩이가 가벼울 거라 생각했는지 노골적으로 치근거리는 작자들도 있었다. 성적인 뉘앙스가 담긴 희롱이나 조롱에 가까운 말을 에둘러 싼 대화라면 또 모를까 다른 영애들을 대할 때 보였던 눈치나 사소한 호의와 같은 예의는 어디에도 찾아볼 수 없었다.

그러니 미카엘 아이레스가 보여 준 것과 같은 접근이 낯설 수밖에 없었다. 누군가를 진심으로 좋아하면 이런 식으로 대담해질 수도 있는 걸까.

내가 말도 안 되는 고민에 심란해하고 있을 동안 아이레스 경은 어느새 자신의 자리로 돌아가서 식은 차를 마시고 있었다. 따뜻한 물을 더 가지고 들어오는 시녀의 발걸음 소리를 들은 것인지 정확한 타이밍에 되돌아간 그의 표정은 태연하기만 했다. 어색해하며 안절부절못하는 내가 되레 억울할 정도였다.

그래서일까. 황태자에 대한 이야기를 물어봐야 함에도 나는 그가 다시 황궁으로 돌아갈 때까지 아무런 말도 꺼내지 못했다. 그저 위로해 달라며, 예뻐해 달라며 꼬리 달린 개처럼 어리광을 피우다 끝내 자신이 하고픈 대로 해버린 남자에 대한 낯섦에 넋이 나간 듯 멍청하게 굴었을 뿐이다. 미카엘 아이레스는 점점 더 알기 어려운 남자가 되어 가고 있었다.

과거의 나는 할버드 경의 그림자나 마찬가지였다. 정해진 일과를 제외하곤 언제나 그의 뒷모습만 바라보며 졸졸 쫓아다녔다. 자존심 따위는 아무래도 상관없다는 듯이, 그렇게. 지금 생각해 보자면 천하의 얼간이가 따로 없지만, 그때는 그것이 최선인 줄 알았다.

물론 그 시기의 나는 굉장히 어리석은 여자였으므로 할버드 경을 쫓아다니는 행태 역시 어수룩하기 그지없었다. 암만 눈치 없는 이라 할지라도 손쉽게 알아차릴 만큼 노골적으로 그의 행적을 캤으니까 말이다. 멍청하게도 찰찰 흘러넘치는 마음을 주체하지 못한 채 이리저리 흘리고 다녔더랬다. 남들의 조롱 어린 물음에도 자신의 연심을 알아준 거라 생각하며 두 뺨을 흉물스럽게 붉혔더랬다. 그렇기에 타인의 비웃음을 사는 건 당연한 일이었다.

안타깝게도 그때의 나는 아침에 눈을 뜨자마자 제일 먼저 어떻게 하면 우연히 그를 만나 한 마디 말이라도 더 건네 볼까 하는 궁리부터 했다. 매일 본다면 동정심이라도 들어 조금 더 상냥하게 대해 주지 않을까 하는 헛된 바람이 들어서였다. 때때로 이러한 내가 비참하고 불쌍해 죽을 것 같았지만, 그래서 포기하고픈 마음이 울컥하고 솟아오를 때도 있었지만, 그의 얼굴만 보면 그러한 서러움이 죄다 사라져 버리니 어떻게 포기할 수가 없었다. 눈을 마주치기만 하면 새하얀 물감을 덧칠하듯 그간의 원망과 불평이 한순간에 없어지는 것이다.

형편없는 대우를 받았음에도 그저 행복했다. 마냥 좋았다. 심장이 세차게 뛰어서 숨을 쉴 수 없을 정도였다. 동시에 욕심이 났다. 모두가 바라 마지않은 비슈발츠가의 고귀한 검을 내 품에 안고 싶었다. 그렇게 된다면 사랑받는다는 느낌─모성애와는 다른─을 알 수 있을 것만 같았다.

그래서 하녀들을 닦달해 그가 하루 종일 무얼 하고 다니는지 캐고 또 캤다. 일정이 매번 변화하는 게 아니라는 걸 알고 있음에도 불구하고 조금이라도 만남이 어긋날까 싶어 전전긍긍했다. 아마 류스테윈 할버드만큼 나와 자주 마주치는 이는 없었을 것이다. 싫어하는 사람을 피하고자 예정된 계획을 무산시키거나 다른 것으로 돌릴 만큼 요령 있는 사내가 아니었기에 그럴 수밖에 없었다.

그리고 나, 어리석은 시스에는 우연을 가장한 만남에서 얼마나 기뻐했던가. 해골처럼 비쩍 마른 얼굴을 가지고서 히죽, 예쁘지도 않은 미소를 지었더랬다. 최대한 상냥하게 보일 수 있도록 노력하면서. 아아, 이런 나를 본 그의 표정이 얼마나 싸늘하게 굳어 갔는지, 미간에 잡힌 주름이 얼마나 더 깊어졌는지 지금도 눈을 감으면 아주 생생하다. 마지못해 인사를 하긴 하여도 진심이 아니라는 것처럼 뻣뻣하게 굳은 등선부터가 그랬다.

로에나가 기대었던 부드럽고 단단한 어깨에는 다정함이라곤 조금이라도 찾아볼 수 없었다. 나를 향해 잔뜩 경직되어 있는 모습은 차가운 조약돌을 연상케 했다. 매끈매끈한 겉모습에 속아 무심코 쥐어 보지만 실상 너무나 단단해 감히 속을 파고들 수 없을 것만 같은 그러한 좌절감이 말이다.

그리고 돌아온 지금, 이전의 동선이 바뀌었을 리 없으므로 마음만 먹는다면 그를 만나는 것은 어려운 일은 아니었다. 하지만 처음에는 마음을 포기하고자 해서 움직이지 않았고, 중반에는 청음의 기사의 변화가 무서워서 멀리했으며, 지금은 아이레스 경과의 재대결에서 보였었던 거리낌에 선뜻 거리를 좁히지 못하고 있었다. 할버드 경이 남몰래 선물한 책을 보면서 웃음을 짓는데도 말이다. 그가 준 화관 역시 카프사에 담겨 그때의 떨림을 고스란히 간직한 상태였다.

그런데 막상 그, 청음의 기사, 비슈발츠가의 검을 생각하노라면 로에나가 떠올라 가슴이 쿵쾅거렸다. 단 한 번뿐이지만 그에 대한 인식을 그렇게 덧씌우고 나니 거리감이 느껴졌다. 그가 한 행동이 지극히 당연한 일임에도 불구하고 넘을 수 없는 벽이라 여기니 예전처럼 볼 수 없을 것만 같았다. 그간 떠나보낸다, 신경 쓰지 않겠다 다짐했더니 정말로 식어버린 모양이다.

……그런데 왜 나는 그가 준 책을 매일 밤 자기 전 들춰 보는 것일까. 아니, 황태자가 할버드 경에 대한 이야기를 꺼내지 않았더라면 이러한 고민을 할 리가 없었을 터였다. 그가 나를 들쑤시지 않았더라면 분명 그러했을 게다.

다시 만난 황태자는 의외로 차분했다. 자신 몰래—아니, 모른다고는 할 순 없겠지—페리뉼을 만나러 간 것을 알고 있음에도 불구하고 그는 시치미를 떼며 평소와 다를 바가 없는 태도를 보였다. 납치에 실패했으니 더는 신경 쓰지 않겠다는 의미인지 여상스럽기 그지없었다. 덕분에 그와 나는 아무 일이 없었다는 것처럼 서로를 마주 볼 수 있었다. 하지만 황태자의 옆에 로샨 영애가 없다는 건 뜻밖이었다. 평소 사교계의 추문을 피하기 위해 단둘이서 만나기를 꺼려 했던 그였으니 말이다.

사교계는 성이나 연애에 관한 문란하기 짝이 없어 하루에도 몇 번씩 경악에 가까운 스캔들이 터지곤 했다. 순간의 쾌락에 관한 한 관대하기 짝이 없는 귀족들이라 금기에 가까운 관계라 할지라도 가십만 피할 수만 있으면 기꺼이 몸을 내던졌기 때문이다. 그렇기에 친구의 아내와 남몰래 눈이 맞는 건 일도 아니었다. 그러므로 오늘 단둘이서 만났다는 게 알려지기라도 한다면 남 말하기 좋아하는 호사가의 입에 족히 일주일은 오르내릴 게 분명했다. 치명적이지는 않겠지만 이러저러한 잡음을 싫어하는 나로선 불편하기 짝이 없는 상황이었다.

하지만 황태자는 이 모든 게 상관없다는 듯 사방이 터진 황궁의 정원에 나를 데려다 놓고선 태연하게 차를 마셔 댔다. 페리뉼에 대해 추궁이라도 할 성싶어 잔뜩 긴장하고 왔더니 기껏 하는 말이라곤 할버드 경에 대한 것이었다. 그것도 사소하다시피 한, 아주 시시껄렁한 질문들이 대부분을 차지했다. 무슨 꿍꿍인가 싶어 그가 내던지는 질문을 교묘하게 피하고 있으려니 눈을 가늘게 뜨고선 피식 웃었다.

"가문의 기사에 대한 관심이 없나 보오."

나는 고개를 숙이며 '도움이 되지 못해 죄송합니다'라고 조심히 대답했다. 그의 입가에 의뭉스러운 미소가 매달려 있어 쉬이 그렇지 않다는 말을 내뱉을 수 없어서였다. 황태자가 저런 식으로 웃는 건 음흉한 속내가 있을 때나 가능한 일이므로 어쩔 수 없었다. 그렇기에 미꾸라지처럼 이리저리 피하는 거였다.

뭐, 그가 나를 뒤흔들려고 하는 게 한두 번 겪는 일이 아니라 대수롭지 않기는 하지만, 그 대상이 할버드 경이라면 아주 달랐다. 황태자의 질문의 대부분이 '너 너희 가문 기사랑 친밀하냐?'라는 것이었으니까.

너 때문에 아이레스랑 싸웠다고 에돌려 추궁할 줄 알았더니만, 또 다른 계획을 획책하는 모양이다. 그리고 그 무대 중 하나가 비슈발츠가로 옮겨 온 모양이지?

나는 조용히 차를 마시며 치밀어 오르는 물음들을 꿀꺽 삼켰다. 그를 만나면서 느는 건 무거워지는 입이라 이 정도의 인내는 아무렇지도 않았다. 그저 진이 빠질 뿐이다. 암만 사교계의 정점에 있는 게 황실이고, 더러운 술수가 판치는 정계 밀림의 최상위 포식자로 군림하고 있다 하지만 이런 식으로 사람을 매번 피 말려 죽이려고 하니 아니 거부감이 들까.

새삼 이전의 로에나가 그리 평탄치 않은 삶을 살았겠구나 싶은 기묘한 예감이 드는 것도 무리는 아니었다. 이런 남자의 비라니…… 나라도 차마 못 견딜 일이다.

어쨌든 조금 더 성실하게 대답을 해야 하는지라 최대한 말을 돌려 댔다.

"영광된 이름을 얻게 된 것이 이제 겨우 일 년 남짓입니다. 앞만 보고 달려오느라 주변을 살펴볼 겨를이 없었으므로 안타깝게도 전하의 질문을 충족시키기 어려울 듯합니다."

황태자는 내 답변이 썩 마음에 들지 않는지 서늘하게 웃고 있었다.

"그것참 할버드 경이라 하면 한 번쯤 가슴에 품어 봄 직한 사내일 텐데…… 아, 멜 때문인가?"

이제는 아이레스 경과의 일인가. 상당히 무례한 질문이지만 그렇다고 황태자에게 감히 따질 순 없는 노릇인지라 묵묵히 고개를 끄덕였다. 널리 알려진 것처럼 아이레스 경의 연인 노릇이나 톡톡히 하는 게 더 낫다는 생각에서다. 내가 그를 받아들이지 않고 있다는 걸 알고 있는 황태자로선 전혀 와 닿지 않는 답변이겠지만 말이다.

역시나 이번에도 내 대답이 마음에 들지 않았던 것인지 미소를 싹 거둔 채 묘한 표정으로 나를 바라보는 황태자다. 침묵 속에 쏟아지는 시선은 등에 땀이 날 정도로 압박감이 상당했다. 이제 나 때문에 아이레스와 싸웠다는 이야기를 할 차례인가. 긴장감에 마른침을 꿀꺽 삼킬 때였다. 이전 같았으면 하나의 주제를 가지고 끈덕지게 늘어졌을 그가 갑자기 말을 돌리며 부드럽게 웃었다. 곧 있으면 자신의 생일이니 아이레스 경과 꼭 함께 오라는 소리였다.

"선물을 기대하도록 하지."

다른 사람이 들었더라면 내가 줄 선물을 기대한다는 소리로 들었겠지만, 내가 아는 황태자는 아무런 이유 없이 저런 소리를 내뱉을 작자가 아니므로 순간 긴장하지 않을 수 없었다. 앞에 빠진 이름이 나인지 아이레스 경인지 분간할 수 없어서였다. 아니면 비슈발츠가의 선물이려나.

"기대에 어긋나지 않도록 노력해 보겠습니다."

아리송한 마음을 애써 짓누르며 공손히 인사를 하노라니 머리 위로 황태자의 웃음소리가 와르르 쏟아져 내렸다. 분명 그는 즐거워하고 있었다. 그리고 그는 내가 그의 축객령을 받아 자리에서 일어날 때까지 기분 좋은 표정을 감추지 않았다. 내 무언가 그를 기쁘게 만들었던 건 분명한데, 확실하게 알 수 없어 아리송했다. 찜찜한 기분이 들고 있었다. 이 느낌은 정원을 빠져나올 때까지 지속되었다.

로샨 영애는 황태자와 헤어지고 나서야 만날 수 있었다. 그와 입을 맞춘 것인지, 혹은 윗사람의 추궁이 없으니 저 역시 모르는 척해야겠다고 여긴 건지 모르겠으나 아무렇지 않다는 듯 나를 대하는 태도가 그녀의 음흉한 친구와 똑 닮아 있었다.

어쨌든 오랜만에 마주한 로샨은 평소와 다를 바 없이 쾌활하게 굴었지만 어쩐지 좀 더 들떠 보였다. 우습게도 이런 기묘한 만남에 조바심을 내는 건 나뿐이었다. 할버드 경에 대한 이야기를 나누었을 때도 그랬다. 그녀는 황태자의 의도 따윈 모르는 것처럼 여상스레 굴며 다른 관점에서의 견해를 내어 놓고 있었다. 사교계에서 요즘 할버드 경에 대한 가십이 조금씩 들끓고 있다는 것이다.

"할버드 경이 '나의 아가씨'라 부를 정도로 푹 빠진 영애가 있다고 하니까 모두 관심을 가지지 않을 수 없죠."

나를 응시하는 그녀의 눈동자는 정말로 듣지 못했냐는 듯 기묘한 빛을 띠고 있었다.

"그 주인공이 로에나 드 비슈발츠라 하는데, 그러한 낌새를 눈치채지 못했나요?"

더할 나위 없는 진지한 어조에 나는 그만 할 말을 잃고 말았다. 그의 입을 통해 흘러나왔던 '나의 아가씨'가 로에나를 지칭하는 말이라는 소문에 입을 열 수 없었던 것이다.

할버드 경은 내게 로에나의 기사라 단정 짓지 말라 단언했지만, 결국 이렇게 되어 가는 운명이었다. 다만 생각보다 덤덤한 기분에 무언가 어색한 기분이 들었다. 허전하면서도 체념 비슷한 감정이 온몸을 파고드니 헛웃음조차 나오지 않았다. 그때 왜 아이레스 경과 넘을 수 없는 벽이 떠오르는지 모를 노릇이었다.

"비슈발츠가의 두 영애가 모두 유명한 기사들의 사랑을 받고 있다고 화제예요."

　로샨 영애는 로에나가 연모하는 사람이 누구인지 모른다는 것처럼
굴고 있었다. 그래서 할버드 경과 로에나에게서 무언가를 느끼지 못했
냐며 조용히 추궁하는 그녀에게 고개를 설레설레 내저으며 조용히 미
소를 지었다. 그러면서 문득 이 소리를 들은 로에나가 어떤 표정을 지
었을까 궁금해졌다. 당연하게 여겼을까 아니면 수줍어했을까. 눈앞에
서 보고 싶다는 생각이 들 정도였다.

　황태자의 생일에 가장 흥분한 건 로에나였다. 그녀는 엄청나게 흥분
된 얼굴로 나를 찾아오더니만 황태자에 대해 꼬치꼬치 캐물었다. 대외
적인 정보는 어렴풋이 꿰고 있는 그녀지만 그것이 실제와 다를 수 있
으므로 매우 열심히 조사를 하는 것이다. 이러한 열정은 할버드 경을
따라 다녔을 때의 나를 연상시켜 소름이 끼칠 정도였다.

　결국 로에나는 내게 정보를 캐다 못해―성실하게 답변해 주지 않았
다―양부에게 달려가 근 5년간 황태자의 선물로 무엇을 바쳤는가를 철
저하게 따지기 시작했다. 그간 비슈발츠가의 이름으로 선물을 보냈던
지라 그에 대한 기록이 성실하게 남아 있는 터였다.

　"굉장히 희귀한 선물을 준비할 예정이래요. 로에나 아가씨의 이름
으로."

　언제 이러한 소문을 듣고 온 것인지 마리가 내 머리카락을 살살 빗
으며 거침없이 혀를 놀렸다. 그녀가 내뱉은 정보에 의하면 며칠 후 양
부가 로에나가 요구한 선물을 구하기 위해 직접 상행에 나선다고 한다.
그동안의 선물 역시 비슈발츠 백작의 발품으로 얻은 진귀한 물건들이
므로 이번에도 그런다는 거였다.

"배를 타고 멀리까지 나가신대요."

"배?"

어쩐지 섬뜩한 기분이 든 나는 재빨리 기억을 더듬어 가며 양부가 언제 돌아가셨는지를 따져 봤다. 내가 사교계에 데뷔하고 나서 반년 후였나…… 기억이 조금 가물가물하긴 하지만 지금의 나이 때 사고가 났던 건 아니었던 것 같다. 그때는 일 때문에 배를 타고 나갔다가 죽은 거였으니까.

"아가씨 선물도 주문하셨어요?"

나는 고개를 설레설레 내저었다. 양부는 아직 내게 어떤 선물을 살 것인지에 대해 물어보지 않았다. 상행을 나가는 김에 사다 주겠다는 말이 건네진 바가 없었다. 잊은 건가, 아니면 내가 황태자의 기호에 맞는 선물을 혼자서도 능숙하게 고를 수 있을 것이라 여긴 건가.

"도대체 어떤 희귀한 물건이기에 배를 타고 나가야 하는 건지 모르겠어요."

"그만큼 가치가 있다는 게 아니겠니? 그나저나 요즘 어머니가 드시는 차에 대해 이야기가 많던데?"

나는 능숙하게 화제를 바꿨다. 마리는 아무런 의심조차 하지 않고서 내가 원하는 대답을 술술 풀어냈다.

"네. 그래서 마님이 마시던 차를 바꾸셨대요. 그래서 로에나 아가씨가 그것 때문에 무척 속상해하셨다는 말도 있었어요."

쉴 새 없이 말을 마구 내뱉던 마리가 갑자기 침을 삼키며 내 눈치를 봤다.

"그런데 소문이 점차 이상하게 커지고 있거든요? 좀 이상한 방향으로요."

"어떤 방향?"

"마고가 마녀가 되었다느니, 미쳐 가고 있다느니 뭐 이런 식으로요."

나는 거울 너머로 비쳐지는 모습을 흡족하게 바라보며 노래하듯 경쾌하게 말했다.

"그래서 너는 어떻게 보고 있니?"

"네? 무얼요?"

"마고의 모습 말이다."

마리는 언제 눈치를 살폈냐는 듯 인상을 팍 찌푸리며 대답했다.

"그 늙은이는 원래 좀 이상했어요."

그녀의 눈동자에 비친진 건 마고에 대한 경멸이었다. 하녀장의 자리에서 물러났음에도 로에나를 믿고서 날뛰는 건가. 그렇지 않음 이렇게 뚜렷한 감정을 내비칠 리가 만무하다. 하긴 그 탐욕스러운 여자가 하루아침에 뒷방 늙은이처럼 골골할 리가 없으니 당연한 것일지도 모르겠다. 한동안 하녀들을 주시하지 않았더니 무척 재미있는 일이 벌어지고 있는 모양이다. 나는 빙그레 웃으며 그녀의 손등을 토닥였다.

"그걸 모르는 사람이 어디 있니."

아무래도 오랜만에 블랑을 불러 봐야겠다.

◉

마녀라는 이가 나타난 이래 제국의 사람들에게 하나의 은밀한 수법이 유행하고 있다 하였다. 악마를 부르는 흑마법이라는 거였다. 효과는 입증되지 않았지만 간절히 염원하면 소망을 들어준다는 이 요상한 주술들은 뒷골목에서부터 시작하여 점차 일반 가정집까지 스멀스멀 스며드는 중이었다.

"마녀의 화환이라고 불러요."

아리나는 눈동자를 반짝이며 제가 알고 있는 것을 풀어내기 시작했다. '오늘은 어떤 이야기를 해줄 거니?'라는 물음에 대한 답으로 거침

없이 말을 시작하는 게 퍽 귀여웠다.

"상대방의 소에 젖이 나오지 않게 하는 주술이래요."

오늘은 아리나를 따라 잭까지 방문한 참이었다. 이전에 아리나가 내게 '잭도 데려와도 돼요?'라고 물어보는 걸 무심코 허락했더니—잭이 올 거라 상상치도 않았으므로—정말로 데려왔다. 뒷골목과 비교도 안 되는 화려한 저택의 외관에 질린 모양인지 이 어린 망아지는 잔뜩 긴장한 채 주변을 두리번거리고 있었다. 그러다 내 얼굴을 보고서 마치 안심했다는 듯 한숨을 내쉬는데, 아이의 얼굴에 어린 건 한 가닥의 '믿음'과 '안도'인지라 조금 의아해졌다.

잭이라면 눈앞에 놓인 다과에 바로 손댈 줄 알았고, 그러라고 내어 놓은 것인데도 그는 단 한 조각의 쿠키도 입에 밀어 넣음이 없이 털을 곤두세운 어린 짐승처럼 굴고 있었다.

잭은 아리나의 말을 듣더니만 곧 퉁명스러운 목소리로 '멍청아, 그거 사람 죽이는 주술이거든?'이라는 사족을 달았다. 아리나의 팔뚝이 제 옷에 와 닿아야 경직된 어깨를 푸는 주제에 아무렇지 않다는 듯 허리를 뻣뻣하게 세우는 게 퍽 우스울 정도였다.

"아니거든? 그거 소 젖 안 나오게 하는 거랬어."

"이 멍청이가. 그거 사람 죽이는 거라고. 매듭을 하나씩 만들 때마다 새의 깃털을 단 다음 '누구 죽어라'라고 간절하게 염원하는 주술이랬어. 그걸 상대의 집 앞이나 방 안에 놓으면 서서히 죽어 간다고 했다고. 아무것도 모르는 주제에 입만 잘 놀리기는."

"그거 누가 말한 거니?"

내 질문에 잭이 여상스러운 목소리로 대답한다.

"늙은 마녀가요."

"마녀?"

"네. 이번에 수도에 왔는데 갑자가 목 졸려 뒈져 버린 그 늙은이요."

잭의 입담은 여전히 거칠었다. 나는 아리나에게 상냥한 목소리로 '귀를 막으렴'이라고 말했다. 아리나가 손을 들어 자신의 두 귀를 막았다. 어떠한 대꾸도 없이 곧바로 순종하는 건 아리나의 장점이었다. 나에 대한 올곧은 신뢰. 그것을 받을 때마다 마음 한구석에서 기쁨이 충만해졌다. 정말로 사랑스러운 아이다.

잭은 말을 계속 이어 나갔다.

"그 늙은이는 이상한 수법을 아주 많이 알고 있어요. 그리고 빌어먹게도 그걸 주변 사람들에게 돈을 받고 팔아넘겼죠."

"그런데 죽었다고? 목이 졸려서?"

"네. 사람들은 자살이라고 하지만 난 그걸 믿지 않아요."

"어째서지?"

잭이 눈을 빛내며 음침하게 웃었다.

"그렇게 탐욕스러운 늙은이가 자신의 돈을 놔두고 쉽게 자살할 리 있나요? 분명 누군가에게 죽임을 당한 거예요. 뭐, 그런 것치곤 유서가 남겨져 있긴 했지만."

"유서?"

"말만 유서지 자신의 몸에 스스로의 피로 글자를 써 놓은 것에 불과해요."

"무슨 내용인지 알고 있니?"

"알다마다요. 보기까지 한걸요."

"어떻게?"

"장의사는 시체를 함부로 만지지 않아요. 이제 막 죽은 몸을 만지면 유령이 데려간다는 속설 때문이지요. 자살한 시체는 특히 그래요. 그래서 언제 죽어도 이상치 않을 사람들을 쓰는 거죠. 그게 나 같은 아이들이고요."

말하는 잭의 얼굴은 아무렇지 않아 보였다. 이런 일이 빈번하다는 듯 오히려 평온해 보이기까지 했다. 말을 계속하다 보니 긴장이 풀린 것일까. 다과가 놓인 곳으로 자꾸 시선을 돌리며 목울대를 일렁이는 게 과자를 먹고 싶어 하는 눈치였다.

"힘들었겠구나."

"별로요."

나는 손끝으로 다과 접시를 밀어 아이들에게 가까이 대 주었다. 생전 이런 음식은 꿈도 못 꿔 본 잭인지라 멍청하게 눈만 껌뻑이고 있었다. 아이의 얼빠진 얼굴은 '이거 먹어도 되는 거예요?'라고 물어보는 듯했다. 나는 조용히 고개를 끄덕여 허락의 뜻을 내비쳤다. 그러자 잭이 손을 뻗어 조심스레 과자를 집었다. 잘 훈련된 개와 같은 조용한 움직임이었다.

"어쨌든 마녀의 유서는 좀 이상했어요."

"말해줄 수 있겠니?"

잭은 내가 마녀의 유서에 관심을 가지는 게 영 이상하다는 것처럼 바라봤다. 이내 고개를 한번 내저으며 입을 열긴 했지만 어쩐지 마뜩잖은 눈초리였다.

"제가 글을 못 읽어서 다른 사람이 읽어주긴 했지만, 그게 맞는 건지는 모르겠어요. 그녀의 옷에 써진 건 '진전이 있으라'와 '수레바퀴는 돌고 있노라'였으니까요."

"그녀 외에 수도에 들어온 마녀가 있니?"

아이는 입가에 과자 부스러기를 잔뜩 묻힌 채 '아니오'라고 대답했다. 영민하게 번뜩이는 눈동자는 내 의도를 살피려는 듯 가늘게 좁혔다.

나는 아리나에게 손을 내려도 된다고 눈짓한 뒤 조용히 차를 마셨다. 처음에 내 눈치를 살피며 조용히 과자를 먹던 잭은 이내 아리나와 내가 이걸 먹느니 저걸 먹느니라는 말로 다투기 시작했다. 목소리는 작았으나 점점 투덜대는 강도가 커지는 것으로 보아 자신이 지금 어디에 있는

지조차 잊어버린 것 같았다. 그래서 나는 아무런 경계도 없이 조용히 생각을 정리할 수 있었다. 잭이 전해 준 마녀의 죽음에 대해 말이다.

이전 생의 마녀는 내가 사랑의 묘약을 받아 올 때까지 무척 생생했다. 다른 사람의 도움을 받아 무도회에 참석한 로에나가 황태자의 시선을 사로잡은 다음 날, 악에 받친 내가 씩씩거리며 찾아갔을 때도 그녀는 여전히 자신의 늙은 거죽을 뒤집어쓴 채 나를 보며 킬킬거리며 웃고 있었다.

그런데 마녀가 죽었다고? 건국제 때만 하더라도 멀쩡했던 늙은이가? 만일 그녀의 사인이 자살이라면 별 이상이 없겠으나, 타살이라고 한다면 크나큰 문제라 할 수 있었다. 반란을 예언한 이이니 아니 그러할까. 그렇기엔 나로선 누군가 그걸 알고서 죽였다고 생각할 수밖에 없었다. 정말로 누군가에 의해 죽었다면 말이다. 그렇다면 누가 그 더러운 여자를 죽였을까…… 머리를 굴려 봐도 별 뾰족한 해답이 나오지 않는다. 워낙에 많은 사람이 스쳐 지나가서였다.

예언을 들은 황태자? 아니면 그녀의 입을 막으려는 또 다른 귀족? 아니, 평범한 사람의 소행일 수도 있었다. 저주와 낙태의 비방을 기반으로 자신의 인지도를 조금씩 넓혀 나갔던 이인 만큼 이를 갈고 있는 사람도 많았을 테니까. 그러므로 그 원한을 바탕으로 죽임을 당했을 가능성도 적지 않다. 그런데 왜 이렇게 찝찝한 것일까.

"곧 황태자 전하의 탄신일이죠?"

잭과 투닥투닥 다투던 아리나가 갑자기 입을 열어 내게 물었다. 아이의 얼굴은 선물을 기다리는 아이처럼 반짝반짝 빛나고 있었다. 아, 그러고 보니 황족의 생일날에는 빈민가에 음식을 풀었던가. 일을 안 해도 굶주리지 않을 수 있는 유일한 날이었다. 거리의 곳곳에 좌판을 깔아 빵과 스튜를 나누어주었으니까. 거친 빵이긴 해도 어린아이 팔뚝만 한 길이의 두툼한 빵을 한 사람당 한 덩어리씩 나눠줬기에 가족이 많은 집일수록 배당받는 빵의 개수가 많아졌다. 그래서 눈도 채 뜨지 못한 젖먹이를 데리고 나오는 사람들도 있었다. 나 역시 그것을 받아먹은 경험이 있고 말이다.

"그래."

"작년에도 맛있는 빵을 먹을 수 있었는데, 이번에도 그럴까요? 밤에는 악사들이 나와서 춤곡을 연주하기도 했거든요. 정말 즐거웠어요. 아가씨는 무도회에 가시겠죠?"

"그렇단다."

"예쁜 드레스를 입고서요? 황태자님이 그렇게 멋지다면서요. 얼굴을 보신 적 있나요?"

"그래."

"나도 가 보고 싶어요. 얼마나 멋질까. 얼마나 아름다우실까?"

잭이 손을 들어 아리나의 머리를 콱 쥐어박았다. 되지도 않는 소리는 지껄이지 말라는 뜻이었다. 아리나가 입을 삐죽 내밀며 얼얼한 머리를 쓰다듬었다. 자신을 때렸다는 볼멘소리를 내뱉지 않는 걸로 보아 저 역시 잭이 무엇을 우려하는지 아는 것 같았다.

잭이 자신의 몫으로 주어진 음료수를 소리 내어 마시더니만 다시 입을 열어 내게 말했다.

"그런데 아가씨, 그거 아세요? 여기 백작님이 굉장한 물건을 수소문했다는 소문이 돌고 있어요."

이 영리한 아이는 내가 아리나에게 거리를 이야기를 들으면서 정보를 얻는다는 걸 알아차린 이후 종종 그녀를 통해서 자신이 알고 있는 것을 넘기고 있었다. 마치 그래야 한다는 것처럼 아주 자연스럽게 말이다. 그래서 나는 아리나가 보수를 받을 때 잭의 것까지 챙겨 주었다. 물론 아리나보다 덜 받긴 하지만 아직까지 잭은 그 정도만으로도 만족하는 눈치였다. 이전에 말했던 '은화를 받을 만한 일'은 아직 시도조차 하지 않았으니까.

"네 귀에 들어갈 정도라니…… 단속 좀 해야겠구나."

"정보란 원래 밑바닥에서부터 도는 법이니까요. 그런데 분위기가 좀 심상찮아요."

"심상찮다고? 그게 무슨 말이니?"

"왈패들이 술렁거리고 있어요. 못 보던 사람들도 골목으로 모여들고 있구요."

잭이 내게 물었다.

"도대체 무슨 일이 일어나려는 걸까요?"

나는 '아무것도'라고 대답했다. 하지만 기분이 이상한 건 나 역시 마찬가지라 입을 다문 채 상념에 잠길 수밖에 없었다.

잭은 현명하게도 내 기분이 저조해짐을 느끼자 아리나의 팔을 이끌고서 자리에서 일어났다. 저택을 수없이 왔다 갔다 한 건 아리나지만 오늘만큼은 이곳에 처음 방문한 잭이 이 건물의 구조를 더 잘 안다는 것처럼 굴고 있었다.

나는 자리에서 일어나지 않았다. 잭은 그럴 줄 알았다는 것처럼 미련이 남은 듯 나를 계속 바라보는 아리나를 거의 끌다시피 하며 방 바깥으로 나갔다. 문 앞에 대기하고 있는 세릴이 아이들을 정문까지 배웅할 것이므로 다른 사람을 만날지도 모른다는 걱정은 하지 않아도 되었다.

아이들이 사라진 방 안에 침묵이 내려앉았다. 홀로 상념하기에 딱 좋은 분위기였다.

"뒷골목에 모이고 있는 왈패들이라……. 무슨 선물이기에 이렇게 소란스러운 거지?"

잭의 말마따나 무슨 일이 일어나고 있는 건 맞긴 한데, 도무지 알 수가 없으니 문제였다. 내키지 않는 일이지만 로에나를 찾아가 봐야 하나.

아직도 양부는 내게 무슨 선물을 살 것인지 물어보지 않고 있었다. 어머니가 아이를 임신하고 난 이후로부터, 아니, 마고를 하녀장의 자리에서 끌어내린 이후로부터 아주 조금씩 소원해지는 그의 태도를 볼 때 어느 정도 예상이 가는 바이긴 하지만 입맛이 씁쓸해지는 건 사실이었다. 분수를 알고서 자중하라는 거겠지.

마고를 끌어내릴 때 너무 많이 속내를 내비쳤나. 그래도 그 정도가 아니었음 마고를 내칠 생각을 하지도 않았을 테다. 푹 익은 과일처럼 물렁한 양부이니까.

어쨌든 로에나를 만나러 가자. 보기 싫은 얼굴이지만 어쩔 수 없지. 나는 자리에서 일어났다. 풀케르를 따라 사교 활동을 한답시고 이리저리 나돌아 다니기에 바쁜 그녀인지라 얼굴을 마주치지 않은 지 좀 되어 가는 실정이었다. 그런 와중에 내가 찾아간다면 어떤 모습을 보일까? 어쩐지 벌써부터 머리가 아파져 오는 것 같았다.

그러나 나는 그녀를 만나지 못했다. 로에나가 황궁에서 보낸 편지를 받고 갑자기 외출했기 때문이다. 방 밖으로 나온 로에나의 하녀—이름조차 기억나지 않는다—는 약간 뻐기는 투로 황태자의 초대라 어쩔 수 없었을 거라고 했다. 하지만 어쩔 수 없다고 말하는 것치곤 자랑스러워하는 기색이 역력한지라 저가 무엇을 말하는지 금세 알 수 있었다.

내가 황태자의 무리에 속해 있긴 하지만 결국 미카엘 아이레스의 후광을 얻은 것뿐이고, 그의 선택을 받는 건 로에나일 것이라는 믿음을 말하고자 하는 거다.

건방진 눈빛이다. 마리가 저택의 하녀의 대부분을 장악하고 있고, 그런 그녀를 부리는 게 나라는 걸 알지 못하는 것처럼 멍청하게 굴고 있었다. 어쩜 이리 아둔한 건지. 하녀장인 플랑이 로에나의 편이라고 믿고 있는 건가? 뺨이라도 한 대 때려 주고 싶었지만 소란을 피우는 건 아닌 것 같아 꾹 참았다. 언제나 그렇지만 로에나의 하녀와 추종자들이 문제였다. 그중에 블랑이 없다는 게 얼마나 다행인지 모르겠다.

하녀장이 된 이후 블랑의 몸은 매우 바빠졌다. 그래서 로에나의 머리 손질도 그만둔 상태였다. 아주 가끔 그녀의 부탁을 받아 머리를 손대긴 하지만 대체로 어머니와 함께 비슈발츠가의 살림을 도맡는 데 관심을 기울였다.

언제나 그녀의 곁에는 늙은 집사가 있었고, 블랑은 그의 말에 귀를 기울이며 저가 알려 주는 것을 외우는 것처럼 입술을 달싹이고 있었다. 그녀의 성격은 친절하지 않았지만 무척 성실했고 마고처럼 사납지 않았다. 고집을 피우는 새도 없이 주변 사람들의 말에 자주 귀를 기울이는 편이었다. 그래서 어머니도 블랑을 좋아했고, 마리 역시 아직까지는 군말 없이 그녀의 동태를 주시하며 협력을 아끼지 않았다.

마리의 전폭적인 지지를 받아 하녀들을 빠르게 제압한 블랑은 쏟아지는 일거리에 정신없는 와중에도 마치 보답이라도 하듯 남몰래 나를 찾아와 이러저러한 이야기를 건네었다. 그녀는 그렇게 하는 게 내게 도움이 되는 거라고 믿고 있었다. 조금이라도 더 신뢰를 받고자 낑낑거리며 눈치를 살피는 게 마리와 비슷했으나 순수함의 정도에선 크나큰 차이가 났다. 블랑은 나를 진심을 다해 섬기고 있었다. 그래서 그녀를 볼 때마다 가끔 아리나와는 또 다른 감정이 생기곤 했다.

"어떤 선물인지는 잘 모르겠지만 주인님께서 움직일 정도로 대단한 물건이라고 해요. 집사님께서도 섣불리 입을 열지 않고 있으세요."

로에나를 만나지 못한 나는 블랑을 불러 그간의 일을 물어볼 겸 넌지시 선물에 대한 이야기를 꺼내었다. 블랑은 자신도 그걸 알고 싶어서 여기저기를 조심히 찔러 보고 있다며 조곤조곤한 목소리로 내게 말했다.

아마 진귀한 물건일 게다. 너무나 귀하고 또 귀해 조용히 움직일 수밖에 없는 어떤 것 말이다. 소문이 퍼진다면 다른 사람이 먼저 선점할 수 있으므로—백작가의 힘은 무척 약하다—신중을 다하고 있는 터였다.

황제의 뒤를 이어 보좌에 오를 황태자에게 줄 선물이라 하지만 너무나 과민 반응을 보이는 게 아닌가 싶을 정도의 움직임이었다. 그렇게 잘 보이고 싶었나.

"풀케르께서 로에나 아가씨께 선물을 기대하겠다고 말씀하셨대요."

"황후께서?"

"네. 로에나 아가씨께서 말씀하신 거니 틀림없어요. 그래서 아가씨께서 드물게 주인님께 가셔서 도움을 요청한 거예요."

"황후라……."

로에나의 일에 자꾸 황후가 들먹여지는 게 꺼림칙하게 여겨지는 건 과민 반응일까, 아니면 근거 있는 느낌일까. 이에 대한 확실한 답을 내려 줄 사람이 없으니 그저 답답하고 막막하기까지 하다.

"아가씨, 제가 괜한 말을 드린 건가요?"

믈랑이 조심스럽게 되물었다. 내 미간이 좁혀지는 게 자신 탓이라고 여긴 것인지 사뭇 걱정된 표정을 하고 있었다. 나는 고개를 설레설레 내저으며 부인했다.

"아니, 그렇지 않아. 믈랑 너는 아주 잘하고 있단다."

드문 칭찬에 기쁜 것인지 그녀의 뺨이 발갛게 달아올랐다. 비쩍 말라 신경질적으로 보이긴 해도 이럴 때의 믈랑은 제법 귀여운 편이었다.

"언제든 불러 주세요. 아가씨를 위해서라면 무엇이든 하겠어요."

나는 허리를 깊게 굽힌 채 충성스러운 말을 내뱉는 믈랑의 어깨를 두어 번 툭툭 두들기며 고맙다고 말했다. 그녀는 그 사소한 접촉에도 기분이 좋은 것인지 몸을 바르르 떨면서 기뻐하고 있었다.

"앞으로도 계속 이렇게만 하면 된단다, 귀여운 믈랑."

"예, 아가씨."

나는 그녀의 뺨을 한번 슬쩍 어루만진 채 자리를 떴다. 이제 믈랑은 다시 하녀장으로서의 본분을 다하기 위해 부지런히 몸을 움직일 것이다.

그나저나 로에나는 언제 돌아오는 것일까. 지금 돌아와도 드레스를 갈아입고 씻는다는 둥 부산을 떨면 어느 정도 시간이 걸릴 텐데 말이다. 하지만 그녀의 성격상 어떻게든 나를 찾아올 것이다. 먼저 만나러 와 준 거냐며, 그래서 정말로 기쁘다는 말을 내뱉으면서.

긴 복도를 걸으며 나는 슬쩍 창문 바깥으로 시선을 던졌다. 아직 해가 저물려면 꽤 많은 시간이 남은 터였다. 그러니 천천히 기다리도록 하자.

하지만 그날 날이 저물도록 로에나는 나를 찾아오지 않았다. 저택에 돌아와 씻고 밥을 먹는 시간을 감안하더라도 꽤 오랜 시간을 소비했음에도 불구하고 그림자 하나 찾아볼 수 없었다. 툭 하면 내 뒤를 졸졸 따라다니며 자신과 함께 있어 달라고 징징거리던 로에나를 생각할 때면 놀라운 일이라 할 수 있었다. 로에나가 변한 건지, 아니면 마고가 막은 것인지 모르겠으나 기묘한 기분이 든 것은 사실이었다.

그리고 로에나는 그다음 날도, 그 그다음 날에도 나를 찾아오지 않았다. 마리의 말에 의하자면 내가 자신을 찾았다는 걸 들었다는데, 방 안에서 꼼짝도 하지 않고서 오롯이 마고와 함께 시간을 보낸다 하였다. 무슨 꿍꿍이인지 모를 노릇이었다.

양부는 배를 타기 하루 전 집사를 보내어 무엇을 사고 싶은 것인지 물었다. 나는 내가 사고 싶은 건 수도에 있으니 신경 쓰지 않아도 된다고 답했다. 그게 정답이었던 건지 그날 저녁 집사를 통해 양부가 보내 온 돈주머니가 건네졌다. 무엇이든 좋으니 이 돈으로 사고, 부족하면 더 청구하라는 소리가 덧붙여졌다. 그 얄팍한 수작에 웃음이 나올 것만 같았지만 내색함 없이 조용히 돈주머니를 받았다. 황후와 양부는 황태자의 탄신일에 로에나를 그 누구보다도 돋보이게 만들고 싶은 모양이었다. 황태자의 무리 중 하나라 알려진 내 자존심이 뭉개지는 걸 아랑곳하지 않으면서까지.

양부는 이른 새벽에 상행을 떠날 준비를 마쳤다. 나는 동이 트지도
않은 시간에 방문을 두들겨 나를 깨운 블랜의 도움을 받아 대충 치장
을 끝낸 상태였다. 감겨져 오는 눈을 애써 부릅뜬 채 아래로 내려가니
커다랗게 부른 배를 가지고서 조심스레 걸어오는 어머니와 잠을 덜 잤
음에도 여전히 미모가 찬란하기 그지없는 로에나가 보인다. 집사는 물
론이고 저택에 상주하는 모든 시녀와 시종들이 잠이 덜 깬 상태에서 불
려 나와 가주의 상행을 배웅하고 있었다.

"조심히 다녀오세요."

어머니가 부른 배에 손을 올리며 조심스럽게 말했다. 그녀의 뒷말에
'우리의 아기를 위해서라도요'라는 말이 숨겨져 있음을 모르는 사람은
없었다. 양부는 빙그레 웃으며 알겠다고 말했다. 가기 전 신전에 들러
기부를 하고 기원을 받을 터이니 염려 말라는 소리가 이어졌다.

"무사히 다녀오세요."

로에나가 두 손을 꼭 쥔 채 말했다. 그녀의 얼굴에는 자신 때문에 이
리 일찍 배를 타게 된 아버지에 대한 고마움과 미안함이 한껏 넘실거
리고 있었다. 들리는 소문으로는 그 물건이 아니면 안 된다고 꽤 고집
을 피운 모양인데—로에나답지 않게—막상 일이 이렇게 되니 영 심란한
모양이었다. 양부는 그런 로에나에게 걱정 말라고 대답했다. 그리고
고개를 돌려 나를 바라보았다. 벌려진 입술을 타고 흘러나오는 것은 자
상함을 가장한 면죄부였다.

"너는 정말로 괜찮겠느냐?"

정말이지 이럴 때면 양부 역시 어쩔 수 없는 귀족이구나 싶기도 하

다. 그는 내가 거절할 수밖에 없음을 알면서도 모두의 눈앞에서 노골적으로 물어보고 있었다. 자신은 해주려고 했는데 내가 거부해서 어쩔 수 없었다는 명분을 만들기 위해서였다.

"정말로 괜찮아요."

그는 두 번 권유하지 않았다. 이 정도면 되었다는 거였다. 양부의 시선이 다시금 어머니에게로 향했다.

"도착하면 편지하리다. 너무 많이 움직이지 마시오."

"네."

양부는 어머니와 로에나 그리고 나를 한번 쳐다보더니 마차에 올라탔다. 그리고 비슈발츠가 소유의 배가 있는 도시를 향해 떠나갔다. 마차가 멀어질 때까지 멍하니 서 있던 식솔들은 동이 터 오기 시작하자 하나둘씩 사라지기 시작했다.

어머니는 잠을 더 자야겠다고 말하며 하녀의 부축을 받아 자신의 방으로 돌아갔다. 나 역시 잠을 좀 더 자야겠다 싶어 방으로 돌아가려던 참이었다. 그런데 로에나가 빠르게 다가와 손을 붙잡았다.

"화…… 안 났지?"

그녀의 입을 통해 흘러나오는 건 영문을 알 수 없는 물음이었다.

"화라니?"

"내가 찾아가지 않았잖아."

"아…… 내가 널 찾아갔었지."

이제야 기억이 난다는 듯 반응하자 로에나가 안도의 한숨을 내쉬었다. '화 안 났구나'라고 조용히 중얼거리는 그녀의 얼굴에는 작은 기쁨이 어려 있었다.

"찾아가려고 했는데 네가 바쁘다고 마고가 말렸어."

"내가 바빴다고?"

"응."

로에나가 변한 게 아니라 마고가 막은 거였다. 줄에 매달린 마리오
네트처럼 마고가 아니면 아무것도 안 했으면 좋겠다 싶었는데, 막상 이
렇게 되고 나니 한숨이 나올 정도로 형편이 없어진 로에나가 있었다.
내게 괴롭힘을 당하면서도 점차 자신의 주관을 뚜렷하게 밝히기 시작
했던 이전의 그녀와 비교할 수 없을 정도로 무기력한 모습이다. 아니,
돌아온 나와 처음 마주할 때만 하더라도 로에나는 좀 더 또렷한 빛을
발하며 자신의 생각을 여과 없이 말했었다. 그런데 일 년 사이에 이렇
게 엉망이 되어버린 거다. 아니, 이상함을 느낄 새도 없이 조금씩 퇴화
되어 가고 있었다.

"아, 그래. 바쁘긴 했지."

나는 그녀의 표정을 살피며 작게 맞장구를 쳤다. 그러자 그녀의 눈
동자에 새겨져 있던 작은 죄책감이 사라졌다. 나는 눈치채지 못한 것
처럼 계속 말을 이어 나갔다.

"이번 상행, 네 선물을 구하기 위해서라며?"

"응."

"굉장히 구하기 어렵다는 거라는데, 어떻게 알았어?"

"풀케르께서 알려 주셨어."

"풀케르께서?"

또 황후다. 손톱 밑에 가시가 박힌 것처럼 껄끄러운 마음이 계속 일
고 있었다. 어쩐지 입안이 텁텁하게 메말라 가는 것 같다.

"도대체 뭐길래 풀케르께서 직접 알려 주실 정도니?"

내 물음에 로에나가 곤란하다는 듯 안색을 굳혔다. 미안하다는 듯 안
색을 흐리는 그녀의 태도는 이상할 정도로 조심스러운 면이 있었다.

"미안, 알려 줄 수 없어. 아버지 외엔 아무에게도 말하지 않겠다고
약속한 거라서."

"그래? 엄청난 건가 보지?"

"응."

"그런데 그 귀한 걸 황태자 전하께 직접 선물하지 않고서 네게 선물하라고 양보하셨단 말이야? 놀랍구나. 풀케르께서 너를 정말 많이 생각하고 계신 모양이야."

내 말에 로에나의 뺨이 발갛게 달아올랐다. 그녀는 수줍음을 감추려는 듯 양 뺨에 손을 대고선 배시시 미소를 지었다. 행복해 죽겠다는 듯 살짝 비틀어진 어깨 위로 그녀의 머리카락이 우아하게 춤을 추고 있었다.

"너도 알잖아. 내가 황태자 전하를 연모한다는걸. 그래서 양보해 주신 거야."

"그래? 정말로 영광스러운 일이로구나. 아버지도 네 마음을 알고 계시니?"

"응. 그래서 이번 상행에 나서신 거야."

"처음에 굉장히 우려했다 하던데…… 그 물건을 사는 곳까지 가는 길이 무척 험난하다고 하잖아. 암초가 많은 물길도 있다고 하고."

"그래서 아버지가 돌아오실 때까지 매일 신전에 가서 기도할 참이야. 같이 가 줄래, 시스에?"

여기서 싫다고 말하면 천하의 나쁜 년이 되겠지. 알고서 그런 건지, 아니면 정말 모르고서 유도한 것인지 모르겠지만 로에나의 수법은 굉장히 교묘한 데가 있었다. 자신의 딸을 위해 내 자존심을 뭉개려고 한 남자의 안위를 빌어 달라니, 이 무슨 어처구니없는 소리인지. 하지만 어머니와 배 속의 아이를 위해서라도 양부는 무사히 돌아와야 할 필요성이 있었다.

"그래."

내 대답에 로에나가 무척 기뻐했다. 매일 몇 시에 규칙적으로 신전에 방문할 것인지 같이 이야기해 보자며 쉴 새 없이 떠드는 목소리에는 옅은 흥분마저 감돌고 있었다. 나는 그 말을 귓등으로 흘려 넘기며 성의 없이 고개만 끄덕거렸다.

황후는 정말로 로에나를 황태자비로 만들 속셈인가? 순간 '달을 경계하라'라는 예언이 생각나는 건 무엇 때문인지 모르겠다. 어미보다 친구를 더 생각하는 아들. 그리고 그런 아들에게 여자를 붙여 주지 못해 안달하는 어머니. 무언가 삐걱거리고 있었다. 알 수 없는 무언가가 아주 고약한 냄새를 풍기며 그 더러운 아귀를 쩍 벌리고 있는 것이다. 어쩐지 오한이 이는 것 같아 나는 양팔을 손으로 쓸어내리며 '방으로 들어가 쉬어야겠어'라고 말했다. 신전에 가는 건 전적으로 네게 맡길 터이니 알아서 하라는 말을 덧붙이면서.

그리고 빠르게 걸음을 옮겨 방으로 돌아왔을 때, 침대 옆 사이드 탁자 위에 하나의 편지가 얌전히 놓여 있음을 발견했다. 누가 보냈는지에 대한 표식조차 없었다. 천천히 걸어가 침대에 걸터앉은 나는 드레스를 벗겨드리겠다는 소리를 내뱉으며 방 안으로 들어오려는 블랜을 만류하고서 조심히 편지를 집어 들었다. 페이퍼 나이프를 쓸 새 없이 손으로 무작정 찢은 편지에는 급하게 휘갈긴 문장 하나만이 새겨져 있을 뿐이었다.

『비슈발츠가의 검이 모시는 진정한 주인은 누구인가.』

순간 숨이 턱 하니 막혀 왔다. 질 나쁜 장난이라 하기엔 문장이 품고 있는 바가 명확하여 눈을 뗄 수가 없었다.

황태자의 탄신일, 양부의 상행, 그리고 류스테윈 할버드.

갑자기 뇌리에 이것들이 떠오르는 건 우연이 아닐 것이다. 아무런 연관이 없을 것만 같던 것들이 갑작스레 부상하여 꼬리에 꼬리를 물고 있으니 충분히 의심할 만하지 않나. 동시에 양부가 죽었을 당시의 일이 떠올랐다. 그때도 배를 타고 가다가 풍랑을 만나서 죽었었다.

"하지만 좀 더 시간이 남았었…… 내가 알고 있던 것들이 바뀌고 있었지. 설마…….”

순간 기억을 더듬어 이전 삶에서의 양부가 어디로 상행을 나갔는지 떠올리려 했지만 아무것도 나오는 게 없었다. 관심이 없었기 때문이다. 그래서 그가 죽었던 날을 생각하여 막연하게 흘려 넘기고 있던 터였는데…….

"아닐 거야. 아직 그러면 안 돼. 배 속의 아이가 나오지도 않았어. 성별조차 모른다고. 미망인의 아이를 보호해 줄 리가 만무하잖아.”

도대체 무슨 일이 일어나려고 하는 것인가. 나는 편지를 무작정 서랍 안에 쑤셔 넣고서 바깥으로 달려 나왔다. 그리고 집사를 찾아가 그에게 물었다.

"이번 뱃길이 많이 위험한가요?”

늙은 집사는 내가 왜 그런 걸 물어보는지 짐작이 간다는 것처럼 나직한 한숨을 내뱉었다. 양부를 걱정하는 딸의 조바심이라 생각한 건지 그의 목소리는 평소와 달리 한층 더 부드러워져 있었다.

"동행하는 자들 대부분이 바다 위에서 십 년 이상을 살아온 노련한 뱃사람들이니 걱정하지 않으셔도 됩니다. 백작님 역시 이러한 상행을 한두 번 다녀 보신 게 아니고요.”

"……걱정하지 않아도 된다고요?”

"예. 믿으십시오.”

이전 삶에서의 양부 역시 노련한 장사꾼이었다. 뱃길을 수십 번 오가며 물건을 사고팔기를 반복했을 터였다. 제국의 귀족 중 그보다 더 물길을 잘 아는 이는 없으리라. 그런데도 죽었다. 어느 날 순식간에 닥친 비보는 당연한 일이었던 것처럼 무척 자연스럽게 건네져 모두를 어안이 벙벙하게 만들었다. 해적의 습격으로 인함이 아닌, 거친 풍랑에 휩쓸렸다 암초에 걸려 죽을 줄 아무도 예상하지 못한 바였다.

"하지만 암초가 많은 물길이라고……."

"따뜻한 차 한 잔 올리겠습니다, 아가씨. 드시고 한숨 주무시면 좀 진정이 되실 겁니다."

"무사히 돌아오시겠죠?"

내 말에 집사가 빙그레 웃으며 그럴 것이라고 대답했다. 믿음이 가지 않은 대답이지만 더 이상 뭐라 할 수도 없는 상태라 나는 순순히 고개를 끄덕였다. 그래, 아직 죽을 때가 아닌 거다. 아니, 그래야만 한다. 나중에 죽더라도 지금은 아니었다.

"그렇게 말해줘서 고마워요."

"별말씀을요. 돌아오신 백작님께서 아가씨께서 이리 걱정하셨다는 말을 들으신다면 무척 기뻐하실 겁니다."

"네. 그랬으면 좋겠군요. 아까 말한 차 한 잔 내 방으로 꼭 보내 줘요. 마시고 자야겠어요."

"푹 쉬십시오."

나는 머리를 감싸 쥔 채 비틀비틀 걸음을 옮겼다. 너무 일찍 일어나 머리가 돌아가지 않는 거다. 그러니까 조금만 진정하고 쉰다면 괜찮아질 것이다. 갑작스레 찾아온 불안한 마음 또한 말이다. 그래서 나는 집사가 보내준 차를 단번에 마시고 바로 침대에 기어들어 가 잠을 청했다. 되도록이면 점심을 넘길 정도로 늦잠을 잘 생각이었다. 그런데 저 편지는 누가 어떻게 보낸 거지?

평소의 나는 꿈을 꾸지 않고 푹 자는 편이었다. 그래서 꿈을 꾸는 건 몸이 좋지 않을 때, 혹은 심신이 미약하여 이런저런 스트레스를 받을 때뿐이었다. 그렇기에 꿈속에서도 꿈을 꾼다는 자각을 자주 했고, 가

꿈 내가 꾸는 꿈을 제삼자가 보는 것처럼 아무렇지 않게 관람하기까지 했다.

이번의 꿈 역시 내가 꿈을 꾸고 있구나 하는 자각을 할 정도로 기묘한 느낌을 주고 있었다. 끝을 알 수 없는 어둠 속에 발자국만 찍혀 그것을 밟고 지나가는 이러한 형태는 어쩐지 익숙한 느낌마저 들었다.

그런데 조금 달라진 부분이 있었다. 길은 갈래로 나누어져 있었고, 내게 선택을 강요했다. 그리고 한 길을 선택해 걸었을 때 반대쪽에 나처럼 길을 걸어왔는지 테라스에 올라가는 사람이 있었다.

내 쪽에 있어야 할 테라스가 반대쪽에 있다니……. 나는 눈을 돌려 테라스에 올라간 사람이 누군지 바라보았다. 사위가 어둠에 잠겨 잘 보이지 않을 것만 같은데도 익숙해지니 사물을 바라보는 건 어렵지 않았다. 테라스에 올라간 이는 찬란한 금발을 가지고 있었다. 작고 고운 얼굴에 창백할 정도로 빛나는 피부는 내가 아는 이의 것과 동일했다. 맨발로 서서 아슬아슬하게 몸을 지탱하여 서 있는 그 사람은, 곧 떨어질 것처럼 위태롭게 서 있는 그 소녀는 바로…….

"헉."

눈을 번쩍 뜨니 그림자 하나가 어정쩡하게 손을 뻗은 상태로 숨을 급하게 들이쉬었다. 흐릿한 시야로 인해 몇 번이나 눈을 감았다 떴다를 반복하니 주변이 점차 눈에 들어왔다. 나를 깨울 것처럼 손을 들고 있었던 마리 또한 말이다.

"물을 주렴."

너무 오래 잔 것일까? 목이 텁텁하니 말라 왔다. 마리는 언제 놀랐냐는 듯 차분한 태도로 사이드 탁자 위에 올린 물 주전자에서 물을 따랐다. 약간 미지근하게 식은 물을 마시고 나니 살 것 같았다.

"깨우려고 한 거니?"

"네. 점심을 거르셨잖아요. 그리고 로에나 아가씨께서 신전에 가자는 약속을 하셨다면서 아가씨를 깨워 달라 말씀하셔서요. 그런데 왜 이리 땀을 흘리셨어요?"

악몽을 꾼 건가. 막 깼음에도 불구하고 방금 무슨 꿈을 꿨는지 기억나지 않는다. 그저 찝찝하고 불쾌한 기분이 들어 좋지 않은 꿈을 꿨다고 추측할 뿐, 영 개운치 않은 기분이었다. 마지막에 무언가 중요한 걸 본 것 같은데…….

"아가씨?"

"아니야. 점심은 되었고, 씻을 준비를 해주렴. 신전에 가야 하니까."

"예."

나는 컵에 남은 물을 마저 다 마신 뒤 손으로 땀에 젖은 머리를 쓸어내렸다. 기이하리만치 기분이 저조했다. 양부가 죽을까 봐 걱정했던 것과는 또 다른 느낌이었다.

신전에 가는 준비를 로에나에게 맡겼더니 상상할 수 없을 만큼 제법 거창해졌다. 아버지를 위해 기도하러 간다는 말을 사방팔방으로 떠들어 댄 덕분인지 하녀는 물론이고 기사까지 많이 대동한 터였다.

집사는 흐뭇한 표정으로 우리를 바라보았고, 어머니는 함께 가지 못함을 아쉬워하며 기도를 정성스레 해달라 거듭 부탁했다. 불안한 듯 자신의 배를 계속 쓰다듬는 어머니의 표정은 매우 우울해 보였다.

우리를 호위하는 기사는 여럿이었으나 근접할 수 있는 건 오롯이 류 스테원 할버드뿐이었다. 제국에서 가장 강하다고 평가받는 기사이므로 한 번에 둘을 호위하는 게 어렵지 않은 것인지 그는 로에나뿐만 아니라 나까지 함께 보겠노라고 자청했다. 할버드 경이 호위하는 사람은 로에나여야 함을 줄기차게 주장했던 마고의 발언이 무색해지는 순간이었다.

"표정이 좋지 않아."

신전을 가는 마차 내내 로에나는 계속 내 안색을 살폈다. 분을 발라 더 창백해져 보이는 얼굴이 신경 쓰인 것인지 연신 안절부절못하고 있었다. 악몽을 꿨기 때문일까. 몸이 물먹은 솜처럼 축축 늘어지고 있었다.

"아버지를 걱정해서 그런 거야?"

"뭐?"

"집사에게 들었어. 엄청 걱정했다며."

"그래."

"시스에는 모르겠지만 아버지는 내가 어릴 적부터 줄기차게 배를 타고 돌아다니셨어. 물론 이번 상행이 조금 험하긴 하지만, 그래도 어려운 수준까지는 아니래. 그러니까 괜찮을 거야."

걱정스러운 마음을 이기다 못해 신전에 기도하러 가는 로에나가 할 말은 아니었지만 그녀는 제법 침착한 목소리를 가장하여 나를 어르려고 하고 있었다. 그 꼴이 우습고 가소로워 헛웃음이 절로 나올 것만 같았다. 누가 누굴 달래는 건지. 그럼에도 고맙다는 듯 고개를 끄덕이며 동조를 하니 어느새 사르르 풀어지는 얼굴이 있었다.

"그래. 네 말이 맞을 거야."

로에나는 내 말에 덧붙이듯 중얼거렸다.

"그래. 정말로 그럴 거야."

미리 연락한 모양인지 신전에는 우리를 맞이하러 나온 신관들이 서 있었다.

그들은 로에나가 준비해 온 예물을 보며 함박웃음을 짓다가 이내 근엄한 표정을 지었다. 그리고 우리를 위해 기도실을 준비했으니 언제든지 사용해도 된다며 사근사근하게 말했다.

"먼저 기도하고 있으렴. 난 조금 후에 들어갈게."

나는 로에나를 먼저 기도실로 보냈다. 그녀와 함께 기도할 자신이 없었으므로 조금이라도 시간을 줄이고자 한 것이다. 로에나는 유독 창백하게 질려 있는 내 얼굴을 보다가 이내 어쩔 수 없다는 듯 고개를 끄덕였다. 그러고는 신관의 안내를 받아 복도 너머로 사라졌다.

함께 온 사람 중 신전 안으로 들어온 것은 마고와 마리, 그리고 할버드 경뿐이었다. 마고와 마리는 같은 공기를 마시기도 싫다는 것처럼 멀찍이 떨어져 얼굴조차 마주하지 않았고, 할버드 경은 사라진 로에나를 한번 바라보더니만 곧 걸음을 옮겨 내게 가까이 다가왔다. 오랜만에 보는 그의 얼굴은 여전히 반짝반짝 빛났다. 모두가 사랑해 마지않는 비슈발츠가의 검다웠다.

"괜찮으십니까?"

"아무렇지 않아요."

주변 사람들이 한마디씩 던질 정도로 내 상태가 안 좋아 보이는 건가. 이상하게도 이전처럼 대답할 수 없어 무작정 말을 내뱉었더니 몸이 움찔할 정도로 쌀쌀맞은 목소리가 흘러나왔다. 말한 내가 다 미안할 정도였다.

"하지만……."

"정말로 괜찮아요, 할버드 경."

그의 곁에 있으니 자꾸 긴장이 된다. 동시에 자꾸 넘을 수 없는 벽이나, 로에나가 떠올라 불편한 느낌이 들었다. 그와 검을 맞대었던 아이레스 경이 연이어 떠오르는 것도 이상한 일이었다. 나쁘지는 않은데 멀리하고 싶은 이걸 뭐라고 해야 하나. 그에게 마음을 빼앗기고 싶지 않아 도망쳤었던 이전과는 다른, 매우 이상한 기분이었다. 그래서 나도 모르게 한 발자국 떨어져 있게 된다. 비슈발츠가의 연무장에서 벌어졌었던 재대결 이후 무언가가 자꾸 변하고 있었다. 할버드 경과 로에나를 동일시하기 때문인가. 아니면?

이전과 다른 느낌으로 그가 더 어려워지는 기분이다. 그토록 바라 마지않았던 관심이 주어지고 있는데도 마냥 기쁘지 않다는 건 이상한 일이었다. 도대체 뭐가 문제인 걸까.

그가 곁에 있음으로 머리가 더 어지러워지는 것 같아 나는 신관에게 기도실로 안내해 달라고 부탁했다. 등 뒤로 할버드 경의 시선이 달라붙었지만 고개 한 번 돌림이 없이 부지런히 걸음을 옮겼다. 기도실에는 로에나가 먼저 자리 잡고서 경건한 자세로 기도를 올리고 있었다. 그런 그녀의 주변으로 신관이 원을 그리듯 천천히 돌며 성수처럼 보이는 것을 가볍게 뿌려 댔다.

그는 내가 기도실에 들어오자 옆에 앉으라는 듯 미리 깔린 방석을 내려다보았다. 여기서 몇 시간 동안 기도를 하려나.

나는 치밀어 오르는 한숨을 삼키고선 로에나의 옆에 자리 잡았다. 그러고는 손을 맞잡은 상태로 두 눈을 감았다. 자세는 양부를 위한 기도를 하는 것처럼 보이나 머릿속은 쉴 새 없이 오전에 받았던 편지에 대한 생각으로 가득 차 있었다. 누가 내 침실에까지 편지를 가져다주었는지부터 그 속에 담긴 내용의 의미는 무엇인지까지 머릿속이 복잡하다 못해 터질 것만 같았다.

옷을 갈아입으면서 슬쩍 물어본 바로는 편지를 가져다준 하녀가 없다고 했다. 그럼 누군가가 침입을 했다는 건데, 경비가 이렇게 허술하다는 것도 문제였다. 아니, 그런 건 둘째 치고라도 할버드 경이 모시는 진정한 주인이 누구냐는 말부터가 미묘했다. 그의 주군이 양부임을 모르는 이는 없을 텐데 왜 그런 걸 물어보는지 알 수 없어서다.

양부에게 무슨 일이 일어날까 싶은 마음이 드는 것도 이 때문이었다. 주인이 누구인가를 물어보는 것 자체가 변동이 될 가능성을 품고 있다는 것을 시사해서다. 그의 강직한 성품상 비슈발츠가를 떠나 새로운 주군을 찾을 리는 없을 테니까. 결국 양부에게 무슨 해가 일어난다는 것일 텐데 때마침 바닷길에 나선 그이므로 불안해하지 않을 수 없었다. 황태자가 갑자기 할버드 경에 대해 물어보는 것부터가 그랬다.

잠깐, 이전에 내게 비슈발츠가를 준다 하지 않았나? 나는 나직이 입술을 깨물며 불안한 한숨을 삼켰다.

설마, 설마 아니겠지? 하지만 할버드 경에 대해 잘 알고 있냐고 물은 게 그를 포용할 수 있냐에 대한 물음이었던 거라면 어떡하나.

황태자가 내게 비슈발츠가를 주겠다고 말했을 때 거절하지 않았던 건 양부가 언젠간 죽는다는 것을 알고 있어서였다. 그래서 그가 죽은 다음 비슈발츠가를 장악할 목적으로 잠자코 고개를 끄덕인 것이다. 하지만 그 대답으로 인해 양부의 운명이 결정된 거라면, 나는 어떻게 해야 하나. 공포로 인해 온몸이 얼어붙을 것만 같았다.

아니다. 이게 황태자의 소행이라고 단정 지을 수 없다. 그러면 이런 식으로 편지를 보내어 나를 뒤흔들지 않을 테니까. 되레 음흉한 속내를 감춘 채 시험을 한답시고 떠보거나 할 테지.

……그런데 이렇게 단정할 수 있을 정도로 내가 그를 잘 알던가?

"……스에, 시스에!"

누군가 내 어깨를 가볍게 붙잡고 앞뒤로 흔들었다. 상념에서 벗어나 두 눈을 깜빡이며 차분하게 뜨니 만면에 미소를 짓고 있는 로에나가 보였다.

"얼마나 열심히 기도하기에 내 목소리조차 듣지 못한 거야."

"벌써 기도를 끝내려고?"

"벌써라니. 시간이 꽤 지났어. 노을이 지고 있는걸. 정말 열심히 기도했구나."

그러고 보니 다리가 저리는 것만 같았다. 쉴 새 없이 돌아간 머리는 이제 멍하기까지 하다. 속이 울렁거려 어지럽기까지 했다. 나는 신관의 부축을 받아 조심히 자리에서 일어났다.

"우리가 이렇게 열심히 기도했으니 아버지께서 분명 무탈하게 돌아오실 거야."

로에나가 옆에서 연신 재잘거리고 있었다. 나는 엄지로 관자놀이를 꾹꾹 누르며 성의 없는 목소리로 대답했다.

"돌아가자."

"그래."

신관의 안내를 받아 복도를 빠져나오니 우리를 기다리며 서 있는 하녀들과 할버드 경이 보였다. 긴 시간이었음에도 불구하고 지치지 않았는지 그는 평소의 모습 그대로 서 있었다. 하지만 문득 마주친 시선은 평소 같지 않아 나는 나도 모르게 고개를 돌려 그의 눈을 피했다.

『비슈발츠가의 검이 모시는 진정한 주인은 누구인가.』

만일, 아주 정말 만일 양부에게 무슨 일이 생겨 내가 비슈발츠가를 손에 넣게 된다면, 저 사람은 로에나가 아닌 나를 선택해 줄까? 예전의 나라면 '아니'라고 단언했을 것이다. 비슈발츠가의 연무장에서 재대결을 벌이기 전, 그에게서 책을 받았던 나라면 '혹시 몰라'라고 생각했을 것이다. 하지만 지금의 나는……

"내일도 같은 시간에 올 테니 잘 부탁드리겠어요."

로에나가 신관에게 방긋 웃으며 말했다. 그리고 내 손을 이끌고선 마차를 향해 걸어가기 시작했다. 등 뒤로 할버드 경의 시선이 느껴졌지만 여전히 고개를 돌릴 마음이 들지 않았다.

……두 사람을 함께 모시겠다는 말을 할 수 없게 되었을 때, 그는 누구의 손을 잡을 것인가.

갑자기 목이 타는 것 같았다. 나는 혀를 내밀어 마른 입술을 축축하게 적셨다. 로에나에게 잡힌 손이 쇠를 단 것처럼 무거워지고 있었다. 온몸이 눅눅하게 흘러내리는 것 같은 찝찝한 기분 속에 어떠한 기묘한 확신이 들었다. 양부는 죽을 것이다. 누구의 소행일지 모르겠지만, 어쨌든 그는 죽어서 돌아올 것이다.

순간 속이 울렁거렸다. 동시에 눈앞이 아찔했다. 발끝이 무너짐과 동시에 몸이 바닥으로 쓰러지고 있었다. 누군가 시스에라고 날카롭게 외쳤다. 머리가 땅에 부딪치기 전 갑자기 오늘 아침에 꿨었던 악몽의 끝자락이 생각났다. 테라스 위에서 곧 떨어질 것처럼 흔들거렸던 위태로운 몸체의 주인은 바로 로에나였다.

머리가 웅웅거렸다. 입안은 모래를 가득 부은 것처럼 버석하니 말라 있었다. 배 안쪽에서부터 거센 불길이 일어나 온몸을 휘감고 있는 것 같다. 눈 안쪽이 찢어지는 것처럼 아팠다.

"별 이상은 없으신데 왜 이리 아파하는 건지 모르겠군."

누군가 내 머리에 손을 가져다 대며 중얼거렸다. 몸 전체에서 들끓고 있는 열이 느껴지지 않는지 그는 연신 이상하다는 말만 내뱉었다.

"우선 계속 지켜보다가 좀 이상하다 싶으면 나를 부르거라."

가까스로 눈을 뜨니 익숙한 얼굴이 눈에 들어왔다. 비슈발츠가의 주치의다. 그 옆에는 마리와 세릴, 블랜이 나란히 서서 안절부절못하고 있었다.

"깨셨습니까? 어디가 안 좋은지 말씀해 주실 수 있습니까?"

막 자리에서 일어나려던 그가 나와 시선을 마주치자마자 반색하여 물어봤다. 입을 열어 대답하려고 했지만 쇳소리와 더운 바람만 나올 뿐 그 이상의 소리는 나오지 않았다. 혀가 굳은 느낌이다. 그런데 주치의는 내가 말하고 싶어 하지 않는다고 여긴 것인지 '피로해서 그런 것일 수도 있습니다'는 흰소리를 지껄였다.

"푹 쉬십시오."

잠깐만. 이 열이 느껴지지 않는 거야? 정말로 아파. 머리가 터질 것만 같다고. 손을 뻗어 그를 붙잡으려고 했지만 온몸이 꽁꽁 묶인 것처럼 움직여지지 않았다. 그저 생각만 깨어난 것 같았다. 오롯이 눈만 움직일 수 있었다.

잠시 후 캐노피 커튼이 내려지며 시야가 어두워졌다. 아가씨, 푹 쉬세요. 마리가 속삭이듯 말하고 있었다. 암만 피곤한 게 아니라고 소리쳐도 저들은 내 말을 못 들은 것처럼 굴었다. 벌려진 입술을 타고 다시금 쌕쌕거리는 숨소리가 흘러나왔다. 동시에 다시금 잠이 몰려오기 시작했다.

자면 안 될 것 같은데. 약을 먹어야 할 것 같은데…….

가물거리는 눈을 부릅떠 잠을 쫓아 보내려 하지만 이내 눈꺼풀이 내려오며 시야가 흐려졌다. 몽롱해진 정신은 안개에 휩싸인 듯 부옇기만 하다. 애써 느리게 눈을 감았다 떴다. 하지만 잠기운을 막을 수 없었다. 설상가상으로 눈가에 따끈따끈한 열이 올랐다. 어쩐지 울고 싶어져 코끝을 찡긋거리며 작게 훌쩍였다. 그리고 항복하는 것처럼 조용히 눈을 감았다. 뺨으로 따뜻한 물줄기 하나가 또르르 흘러내리는 것 같다고 생각하며 그렇게 정신을 잃었다.

눈을 뜬 건가. 아니면 정신을 차린 건가. 아니다, 이건 꿈이다.

나는 어둠 속에 서 있었다. 멍하니 주변을 두리번거리니 사위가 눈에 익어 주변이 구분되기 시작했다. 가장 먼저 보이는 것은 흰 커튼이 가볍게 흔들리는 테라스의 창이었다.

나는 손을 뻗어 창을 열었다. 달조차 떠오르지 않은 밤인 건지 테라스 난간은 어둠 속에서 희미한 몸체를 겨우 드러내고 있었다. 그 위에 얌전히 올라타 있는 새하얀 발도 자세히 보지 않으면 알아차리기 어려울 정도였다.

고개를 서서히 올려 발의 주인을 바라보았다. 로에나가 무표정한 얼굴로 서 있었다. 천천히 그녀의 모습을 살펴보던 나는 로에나의 모습이 무척 익숙하다는 걸 깨닫고 아, 라는 소리를 내뱉었다.

잔뜩 엉킨 머리카락이나 보석 하나 달림 없이 수수하기만 한 흰 드레스나 모두 죽기 전의 나와 똑같았다. 내가 깨달은 걸 그녀도 느꼈던 것일까? 갑자기 로에나가 웃었다. 비웃음이었다. 날카롭게 번뜩이는 눈은 악에 받쳐 보였다. 이전의 내가 그랬던 것처럼.

그녀가 입을 열어 말했다.

'이번에는 나야.'

그리고 내가 어떻게 잡을 새도 없이 바로 떨어져 내렸다. 깜짝 놀라 테라스 난간에 다가섰지만 바닥에 떨어져 버린 몸은 이미 땅바닥으로 떨어져 사지가 흉하게 뒤틀려 죽어 있었다. 멍하니 그것을 바라보노라니 어디선가 불빛으로 보이는 것이 하나둘씩 모이기 시작했다. 횃불과 등불이었다. 황궁의 병사들이 삼삼오오 모여 로에나의 시체를 살피고 있었다. 그러다 누군가가 나타난 것인지 양쪽으로 재빠르고 갈라졌다.

여인과 남자가 손을 잡고서 로에나의 시체 가까이에 다가섰다. 흉측하게 뭉개진 시체를 보았음에도 불구하고 그들은 매우 침착하게 굴었다. 여자와 남자는 잠시 무어라 대화를 나누더니 병사들에게 지시를 내렸다. 그러자 사람들이 흰 천을 가지고 와서 시체를 싸매기 시작했다. 신속한 반응이었다. 누구도 왜 로에나가 거기에서 죽어 있는지를 묻지 않았다. 그저 조용하게 주변을 정리할 뿐이다.

그런데 여자가 갑자기 고개를 들어 내가 있는 쪽을 바라봤다. 내가 테라스에 서 있는 걸 알고 있기라도 하듯.

나는 '헉' 하는 외마디 비명과 함께 급하게 숨을 들이켰다. 여자는, 화려한 드레스 차림을 한 아름다운 여자는 바로 나였다.

"헉!"

몸을 반쯤 일으켜 콜록콜록 기침을 내뱉었다. 공기가 급하게 들어와 찢어질 것처럼 아파 오는 가슴을 주먹으로 툭툭 내려치며 어깨를 들썩였다. 벌려진 입을 통해 침이 줄줄 흘러내렸다. 목이 아팠다. 목구멍에서 무언가가 치솟아 오르는 것 같았다. 결국 견디지 못하고 신물을 토해 냈다. 이불이 내가 뱉은 액체로 인해 얼룩덜룩하게 젖어 들어갔다. 무언가 꿈을 꾼 것 같은데 생각나지 않았다. 그저 불쾌한 기분이 들었다. 짜증이 치밀어 올랐다.

"마리야."

커튼을 걷고 사이드 탁자를 더듬어 작은 종을 들었다. 그것을 강하게 흔들며 마리의 이름을 불렀다. 잠시 후 문이 열리는 소리와 함께 누군가가 걸어 들어왔다.

"마리니?"

"네, 아가씨. 깨셨어요?"

"새 이불을 가져다줘. 따뜻한 물과 함께."

침대 안으로 들어온 마리는 능숙하게 이불을 걷어 내고 다시금 바깥으로 나갔다. 오래지 않아 돌아온 그녀의 손에는 새 이불이 들려 있었다.

마리를 따라 들어온 세릴이 물컵이 올려진 작은 쟁반을 들고 내게 다가왔다. 마리는 땀으로 범벅이 된 내 모습을 놀라워하며 '젖은 물수건을 가져다 드릴까요?' 하고 물었다. 나는 고개를 설레설레 내저었다. 그리고 세릴이 가져온 물을 마셨다.

"내가 언제 방에 들어온 거니?"

물을 마시니 머리가 좀 맑아진 것 같았다. 그래서 신전에서 쓰러지고 난 이후의 기억이 없음을 깨달을 수 있었다.

"어제저녁에요. 쓰러지시고 나서 지금까지 쭉 주무셨어요."

"지금 시간이 어떻게 되니?"

"밤이에요."

만 하루를 잔 건가. 왜 깨우지 않았냐는 듯 마리와 세릴을 바라보자 그들이 무척 억울하다는 듯 변명의 말을 내뱉었다. 자신들은 나를 깨우려고 노력했지만 내가 일어나지 않아 어쩔 수 없었다는 거였다.

"내가 일어나지 않았다고?"

"네."

이상한 일이다. 평소에도 잠이 없는 터라 이렇게 오래, 깊이 잔 적이 없었다. 게다가 무척 예민하기까지 해서 누군가 부른다거나 몸을 흔들면 아무리 죽을 것같이 피곤해도 금세 눈을 뜨곤 했다. 그런데 하루 동안 아무것도 먹지 않은 상태에서 쭉 잤다니…… . 이해할 수 없었다.

"나는 왜 쓰러졌다고 하더냐."

"주치의 어르신의 말로는 아가씨의 몸에 이상이 있는 건 아니라고 해요. 그래서 일어나실 때까지 그냥 놔두는 게 낫겠다고 하셨어요."

이렇게 오래 잔 걸로 보아 그간 피곤이 겹쳐서 그런 게 아니겠냐는 소리였다. 하지만 분명 열이 오르는 것 같았는데…… .

나는 손짓으로 마리와 세릴을 무르려다가 문득 생각난 것처럼 그들에게 물었다.

"혹시 편지 온 건 없었니?"

"아니요."

"알았다. 이만 나가려무나."

마리와 세릴이 조용히 방 바깥으로 빠져나갔다. 나는 그들이 나가고 나서도 한동안 멍하니 앉아 있다가 이내 사이드 탁자의 서랍을 뒤적여 아무렇게나 구겨 넣었던 편지를 꺼냈다. 그리고 남이 볼세라 두려운 것처럼 촛불에 불을 붙이곤 그것을 태워 버렸다.

날이 밝을 때까지 잠이 오지 않아 침대에 멍하니 기대어 있다가 아침이 되어 식당으로 내려오니 평소보다 더 우울한 표정을 한 어머니가 먼저 앉아 있었다. 그녀는 인사를 받는 둥 마는 둥 하면서 무언가를 골똑히 생각하더니만 입을 열 것처럼 입술을 달싹였다. 하지만 그것도 잠시 로에나가 식당에 들어오는 것을 보더니 입을 꾹 다물고선 요리가 나오기를 기다렸다.

"많이 피곤했나 봐."

로에나가 내게 친근한 목소리로 물었다. 나는 고개를 성의 없이 끄덕이며 '그랬나 봐'라고 대답했다.

양부가 없을 때 이렇게 셋이서 아침을 먹은 적이 몇 번 있었지만 이렇게 조용하기는 처음이었다. 오늘따라 기분이 저조하고 느낌이 별로 안 좋았다. 로에나와 식사를 해서 그렇다기보다는 그저 등줄기가 싸늘한 게 무슨 일이 일어날 것만 같았다. 새벽부터 꾸물거리더니만 조금씩 빗방울이 떨어져 내리기 시작한 우울한 날씨부터가 그랬다. 빗줄기가 점차 굵어지는 것으로 보아 점점 더 세차게 내릴 것만 같았다.

"편지가 왜 안 온다니……."

잠자코 음식을 먹던 어머니가 한숨처럼 중얼거렸다. 지금쯤 배를 탔을 텐데 왜 연락이 없을까. 부풀어 오른 배에 다른 한 손을 올리고서 말하는 게 기력이 없는 사람처럼 묘하게 힘이 들어가지 않은 모습이었다.

"몸이 좋지 않아 보여요."

내 말에 어머니가 눈을 들어 나를 바라봤다. 그리고 기다렸다는 것처럼 불평을 내뱉었다. 배와 허리가 너무 아파 견딜 수 없다는 거였다.

"너를 배 속에 품고 있을 때도 이렇게 아프지 않았는데 말이야. 굉장한 개구쟁이가 나올 것 같구나."

"하녀를 시켜서 결리는 부분을 주물러 달라고 말하세요."

"그것도 잠시뿐이란다. 그래도 안 하는 것보다는 낫겠지."

어머니가 냅킨을 들어 입 주변을 닦았다. 그러고는 미지근한 물을 여러 번 나누어 마셨다. 아이가 생긴 이후로 먹는 것을 극히 조심하게 된 어머니인지라 마시는 것조차 양부가 준 차 외엔 거의 거르는 편이었다.

"먼저 일어나야겠다."

어머니는 로에나가 없는 것처럼 굴며 나에게만 시선을 맞추고 있었다. 양부가 있을 때와는 딴판인지라 로에나는 퍽 당황스러운 표정으로 그녀를 바라보았다. 동생이 생겨 질투를 했다는 말을 내뱉은 이후 로에나와 어머니의 사이는 눈에 띄게 서먹서먹해진 상태였다. 양부가 있을 적에는 예전과 다르지 않은 모습을 보이려고 노력하지만, 말 그대로 노력에 불과할 뿐 진심이 담겨져 있지 않아 더 어색하기만 했다. 하지만 오늘처럼 이렇게 일방적인 무시를 한 적은 없었다.

"부축해 드릴까요?"

"아냐. 어제 피곤해서 쓰러졌다고 하지 않니. 그러니까 더 잘 먹어야지."

"푹 쉬세요. 동생을 위해서라도 꼭 그러셔야 해요."

"그러마."

어머니가 내게 다가와 뺨에 키스했다. 그리고 자신을 바라보는 로에나를 한 번도 쳐다보지 않은 채 하녀들을 데리고서 식당을 빠져나갔다.

로에나는 어깨를 잔뜩 움츠린 채 그런 어머니의 뒷모습을 바라보다가 입술을 깨물었다. 그녀의 눈가는 따끈따끈하게 열이 오른 상태였다. 곧 울 것처럼 말갛게 부풀어 오른 눈동자는 상처를 입었다는 듯 연약하게 흔들리고 있었다.

"내게 화나신 게 있는 걸까?"

"너를 끔찍이 아끼시는 분인데, 설마."

대수롭지 않다는 듯 대답하는 내게 로에나가 목소리를 높였다. '하지만'이라고 말을 꺼내는 것이 어떻게든 내 말에 반박하고 싶은 눈치였다. 그래서 빠르게 말을 가로챘다.

"나보다 너를 더 잘 챙기셨던 분이 바로 어머니셔. 그냥 몸이 안 좋은 것뿐이라고. 비가 오는 날이어서 더 우울한 것일지도 모르고. 왜 이렇게 예민하게 구는 거니?"

"그렇지만……."

"나도 먼저 일어날게."

"더 안 먹고?"

"몸이 좋지 않아. 쉬어야겠어."

쌀쌀맞은 대답에 로에나가 입을 꾹 다물었다. 이 이상 말을 걸어 봤자 손해라 생각한 것인지 얌전히 물러나는 꼴이 퍽 우습다. 나는 코웃음을 삼키며 그녀의 곁을 스쳐 지나갔다. 아니, 스쳐 지나가는데 갑자기 눈앞에 사지가 기형적으로 꺾여 죽은 로에나가 보여 그대로 걸음을 멈추었다. 동시에 나도 모르게 그녀의 손을 붙잡고서 내게로 향하게 만들었다. 갑자기 손목이 붙잡힌 로에나는 무척 놀란 것인지 두 눈을 동그랗게 뜨고서 나를 바라보고 있었다.

"너……."

"시스에?"

도대체 방금 눈앞에 보였던 건 뭘까. 그건 대체……!

죽는 건 양부가 아니었나? 잠깐, 양부?

갑자기 식당의 문이 열리며 집사가 새파랗게 질린 얼굴로 들어왔다. 그리고 자신을 바라보는 우리에게 굳은 표정으로 말했다.

"응접실로 와 주셔야겠습니다."

콰르릉 하고 천둥이 이는 소리가 들리고 있었다. 나는 천천히 손을 떼고서 한 발자국 뒤로 물러났다. 예감이 좋지 않았다.

커튼을 걷어 놓긴 했지만 날이 워낙 흐려서 그런지 응접실은 매우 어두웠다. 하녀 몇몇이 벽난로에 불을 피우려고 노력했으나 이상하게 오늘따라 불이 잘 붙지 않고 있었다. 그래서일까. 눅눅하고 무거운 기운이 저택을 감싸고 있는 것만 같았다.

응접실 안에는 낯선 사내가 서 있었다. 그는 잔뜩 위축되었는지 시선을 바닥으로 떨군 채 고개조차 들어 올리지 못했다. 그저 손에 들린 모자를 연신 매만지며 굽실거릴 뿐이다.

나는 조용히 사내의 면면을 살폈다. 소매가 닳아 빠진 낡은 옷차림
이나 빗을 빗지 않은 듯 덥수룩하게 엉클어진 머리카락이나 제대로 먹
고사는 평민 같지 않아 보였다. 특히 먼지가 뒤엉켜 지저분해 보이는
몸은 비에 흠뻑 젖어 한층 더 초라한 상태였다.

빗물을 잔뜩 머금은 신발이 응접실 카펫에 질척이는 자국을 만들어
냈다. 하녀들은 그 자국을 바라보며 인상을 찡그렸다. 치울 게 생기게
되니 영 기분이 좋지 않은 모양이었다. 무엇보다 그가 걸친 더러운 옷
에서 생선 비린내가 심하게 나 모두 코를 씰룩이며 멀리 떨어졌다. 한
눈에 보아도 저택 안에 들어와 직접 대면할 만한 사내가 아니었다. 하
지만 집사는 아무렇지 않다는 듯 입을 열어 우리에게 그를 소개했다.
아버지의 소식을 가져온 자라는 것이다.

"내게 말한 걸 아가씨들께도 말씀드리게."

남자는 허리를 깊게 숙이더니만 더듬더듬 말을 꺼내었다.

"백작님께선 상행을 위해 배를 타기 전 항상 도시에 마련된 작은 저
택에서 쉬셨습니다. 그건 집사님도 아실 겁니다. 그런데 이번에는 저
택에 머무르는 대신 대신 수도의 본가에 배달하라는 편지를 보내오셨
습니다. 그래서 시킨 대로 편지를 가지고서 수도로 향하는데, 한 무리
의 왈패가 저흴 공격하더니만 무언가를 마구 찾지 않겠습니까?"

그는 초조한 것처럼 혀로 입술을 축이더니만 눈을 데굴데굴 굴렸다.
하얗게 질린 얼굴로 눈치를 살피며 채 말을 이어 가지 못하는 것으로
보아 편지를 빼앗겼다는 말을 할 모양이었다. 아니나 다를까 힘이 없
는 목소리로 '결국 편지를 빼앗기고 말았습니다'라고 고백했다.

"그래서 그게 다인가?"

내 물음에 그가 그 자리에서 펄쩍 뛰며 손사래를 쳤다. 이게 전부는
아니라는 소리였다.

"어이쿠, 이것뿐이었으면 이렇게 두 분 아가씨를 뵙고서 말씀을 드리지 아니하지요. 그 왈패들에게 흠씬 두들겨 맞고 거의 반 기절 상태에 놓여 있는데, 갑자기 자기들끼리 중얼거리지 뭡니까. 배에 올라탄 놈들이 잘할지 모르겠다고 말입니다."

"배에 올라탄 놈들?"

내가 그의 말을 그대로 따라 하자 로에나의 안색이 파랗게 질렸다. 상스러운 말에 대한 놀람이었다.

"함께 배에 오르는 선원 몇몇에게 이런저런 사정이 생겨서 어쩔 수 없이 이번에 새로 뽑았습니다. 아마 그들을 이야기하는 것 같은뎁쇼."

함부로 편지를 들춰 보지 않았으니 무슨 내용인지는 몰랐을 테고, 그렇다고 모른 척하기엔 뭔가 기분이 찜찜해 이렇게 달려왔다는 거였다. 미리 매복해 있던 놈들이라 꼬리를 잡을지 몰라 조심조심하면서 말이다. 다른 이는 다 돌려보내 놓고 그 혼자만 저택을 찾아온 것도 이 때문이었다.

남자는 놈들이 눈치챌까 봐 길을 이리저리 꼬아서 다니다 보니 이틀은 더 늦게 도착했노라고 말했다. 그리고 보니 촛불에 살짝 드러난 그의 얼굴은 멍으로 인해 얼룩덜룩한 상태였다. 입술은 피딱지로 가득했다.

"그 외에 더 아는 건 없나?"

그는 이 이상 말할 것이 없다는 듯 안타까운 표정을 지으며 고개를 설레설레 내저었다. 그 말을 듣고 나자마자 바로 기절해 버려서 더 이상 기억나는 게 없다는 것이다.

"저자에게 쉴 곳을 내어주고 상처를 치료해 주는 게 낫겠어요."

내 말에 집사가 고개를 숙이며 '알겠습니다'라고 대답했다. 그리고 주변에 서 있는 하녀 한 명에게 일러 남자를 데리고 나가게 했다.

"믿을 만한 사람인가요?"

나는 사내가 나가자마자 집사에게 물었다. 그는 얼굴 가득 근심스러운 기색을 지우지 않은 채 순순히 대답했다.

"나쁜 사람은 아닙니다. 워낙 술과 도박을 좋아하다 보니 저리 초라한 차림을 하고 있는 것뿐이지요."

양부가 상행을 나갔을 때면 가끔 이렇게 저택에 들러 소식을 전해 주던 자로 이 일을 한 지 적어도 오 년 이상은 되었다고 한다. 술버릇이 나쁘긴 하지만 쓸모 있는 사내라 그간 소식통으로 알차게 써먹었다는 것이다. 그래서 그의 말을 쉬이 넘길 수 없었단다. 나와 로에나도 알아야 할 것 같다는 느낌이 들기도 하고 말이다. 어머니를 부르지 않는 건 배 속의 아이가 걱정되어서였다.

양부가 죽을 것 같다는 막연한 확신이 이렇게 드러나는 건가. 수상쩍은 편지가 왔던 시점에서부터, 아니, 그 이전에서부터 일은 시작되었을지 모르겠다. 어쩌면 이미 늦은 건 아닐까. 하지만 아무것도 안 할 순 없는지라 나는 한숨을 내뱉으며 차분한 목소리로 말했다.

"잘하셨어요. 우선 어머니께는 비밀로 하지요. 다른 사람들이 함부로 입을 놀릴 수 없도록 단단히 주의를 주는 것도 잊지 말고요. 아까 그 자도 예외는 아니에요."

"시스에!"

로에나가 무슨 소리냐는 듯 내 이름을 부르짖었지만 일부러 모르는 척했다. 그리고 계속 집사를 바라보며 말을 이어 나갔다.

"방금 전의 사내가 믿을 수 있는 사람이라면 그가 말한 것도 지극히 신빙성이 있다는 소리겠지요. 그러니 불길한 소리여도 우선 받아들일 수밖에 없는 거구요."

"예, 그렇습니다."

"상선을 따라잡거나 바다를 수색하려면 어떻게 해야 하나요?"

"보통 그럴듯한 배와 선장을 고용합니다만……."

"그럼 그렇게 하세요."

"정 불안하면 고모님께 부탁드리는 건 어때? 시스에, 차라리 그게 더 낫지 않겠니?"

로에나가 내 손을 붙잡으며 말했다. 나는 고개를 설레설레 내저었다.

"장사를 하다 보면 상대가 거꾸러지길 바라는 라이벌이 있게 마련이야. 그렇기에 양부에게 무슨 일이 생겼다는 걸 여기저기에 떠벌려선 안돼. 지금 공격당하면 지금껏 일궈 놓은 비슈발츠가의 상권이 순식간에 무너질지도 몰라."

잠시 숨을 들이쉰 나는 그녀가 확실하게 이해할 수 있게끔 조곤조곤한 목소리로 설명을 이어 나갔다.

"걱정스러운 건 알겠지만 조금만 더 신중해지자. 아직 이러다 할 증거가 나온 건 아니잖니. 네 말마따나 고모님께 도움을 요청할 수 있겠지만 그게 빌미가 될 수 있다는 것도 생각해 봐야지."

만일 누군가 양부를 죽이겠다고 마음먹었고, 그걸 이미 진행한 상태라면 더 은밀하게 일을 진행해야 함이 옳았다.

마담 드 라발리에가 사교계의 인맥이 넓은 편이라 하지만 남들 모르게 조용히 일을 하기엔 영 마땅치 않은 사람이었다. 정도(正道)밖에 모르는 그녀가 뒷골목이나 왈패와 같은 험한 일을 알 리가 있나. 귀족의 힘을 움직여 대대적인 조사를 벌일 게 분명한데. 소문이 퍼지는 건 시간문제였다.

"그럼 편지를 쓸까? 조용히 일을 알아봐 달라고 한다면 어떻게든 되지 않을까?"

"그것도 좋은 방법이지만 우선 두 가지 일을 먼저 해보는 게 낫겠어."

"두 가지 일?"

"그래. 가장 먼저 배를 사서 바다를 살펴볼 거야. 동시에 기사 몇몇을 데리고 가서 아까 그 남자가 습격받았던 장소를 수색해 봐야겠어."

집사가 곤란하다는 듯 내게 말했다.

"마땅한 명분 없이 기사만 내보낸다면 말이 많을 텐데요."

"내가 같이 갈 거예요."

"예?"

"황태자 전하의 생신 선물을 사러 조금 먼 데까지 간다고 하면 누구도 의심하지 못할 그럴 듯한 명분이 세워지는 거겠죠."

"위험하지 않겠습니까?"

집사가 안색을 흐리며 걱정스럽다는 듯 말했다. 로에나 역시 나를 말리는 모양새였다.

"뭐가 걱정이겠어요. 제국 최고의 기사라 할 수 있는 분이 비슈발츠가에 소속되어 있는걸요. 그러니까 별일은 없을 거예요."

나는 차분하게 눈을 빛내며 중얼거리듯 말했다.

"아니, 없어야겠죠."

✦

황태자의 선물을 사기 위해 고군분투하는 귀족은 많았지만, 직접 나서서 사는 이는 드물었다. 대부분 고용인을 시키거나 상인을 불러 고르는 편이었다. 귀족가를 드나드는 상인들이 싸구려 물건을 가져올 리 없으니까. 어떤 때는 상점에 가는 것보다 더 질 좋은 상품을 얻기도 했다. 상인들 역시 제값 이상으로 물건을 팔기 위해 가장 값을 잘 쳐주는 사람을 찾아가게 마련이었다. 그렇기에 국가적으로 중요한 행사가 있을 때면 귀족들의 저택은 물건을 들고 방문하는 상인들로 인해 연신 문을 닫을 틈이 없었다.

사교계의 누구도 양부처럼 특이하게 행동하지 않았다. 그런 식으로 선물을 구하는 건 황태자에게 잘 보이고 싶다고 사방팔방에 광고하는 것과 다름없으니까. 귀족의 체면을 생각한다면 쉽게 보일 수 없는 태도였다. 뭐, 나에게는 전혀 해당되지 않는 사항이지만.

재미있게도 대부분의 사람이 내가 아이레스 경을 이용하여 황태자라는 끈을 붙잡고 있다고 생각했다. 현재의 불완전한 상황을 그를 통하여 극복하려 한다고 여기는 것이다. 항간에 나를 가리켜 '영악한 년'이라 손가락질을 하는 것도 이 때문이었다. 그 누구도 내가 귀족적인 체면이나 자존심을 지킬 거라 생각하지 않았다. 지금의 상황을 지속시키기 위해서 무엇이든 할 것이라 믿었다. 그것이 모두에게 있어 낯부끄러운 일이라 할지라도 말이다. 지금의 내가 황태자의 선물을 사러 나간다고 당당하게 말할 수 있는 것도 이와 같은 이유에서였다.

어머니는 외박을 하면서까지 선물을 사러 가야 하냐고 가지 말라고 만류했다. 양부가 집을 비운 마당에 나까지 잠시 나갔다 오겠다고 하니 퍽 불안한 모양이었다. 그녀는 촉촉하게 젖은 눈망울로 나를 바라보며 속삭이듯 중얼거렸다.

"요즘 잠자리가 안 좋아. 자꾸 악몽을 꾸는 것 같고. 왜 이렇게 마음이 불안한 건지……."

"할버드 경이 동행해 주시는걸요. 제국 최고의 기사가 함께하는데 무슨 일이 일어나겠어요?"

"하지만 사람 일이라는 게 또 모르잖니……."

"잘 다녀올 테니 그동안 푹 쉬기나 하세요. 왜 이렇게 자꾸 약한 소리를 하실까?"

잠을 잘 자지 못해서 그런지 어머니의 뺨은 예전보다 한층 거칠어져 있었다. 나는 그녀의 볼에 키스하며 다시금 부드러운 목소리로 속삭였다.

"비슈발츠가의 이름을 단지 고작 일 년이 지났다는 걸 잊지 마세요. 우릴 인정해 주는 사람은 극소수에 불과하다는 것도요. 그러니까 이렇게라도 해야 해요."

"그래, 그렇지. 그걸 누가 모르겠니. 하지만 자꾸 가슴이 세차게 뛰는걸. 아니다. 자꾸 불안해하니까 이렇게 안 좋은 생각만 떠오르는 거겠지. 이제부터라도 그러지 말아야겠다. 무엇보다 이렇게 말린다고 해서 안 갈 네가 아니잖니. 이제 그만 말하마."

한 번 고집을 피우면 성이 찰 때까지 풀지 않는 나를 알기에 어머니도 더는 말리지 않았다. 다만 씁쓸한 표정을 지으며 다시 한번 조심하라는 당부의 말을 건넬 뿐이었다.

떠나야겠다고 결정한 이후 모든 준비가 착착 잘되어 가고 있었다. 금세 짐이며 사용할 돈이며 비상시에 사용할 약 같은 것이 꾸려졌다. 집사는 나를 위해 말과 마차를 준비 한 다음 할버드 경을 따로 불러 어찌된 영문인지를 소상하게 밝혔다. 그리고 그에게 믿을 만한 기사를 뽑아 올 것을 요구했다. 할버드 경은 굳은 표정으로 나를 한번 쳐다보더니만 곧 알겠노라고 대답하며 고개를 무겁게 끄덕였다. 조사가 목적이므로 동행하는 사람 모두 최대한 입이 무거운 자들로 골랐다. 같이 갈 하녀로 세릴을 택한 것도 이러한 이유 때문이었다.

마리는 나를 따라가지 못하는 것을 무척 속상해했지만—백작가의 영애가 멀리 나가는데 겨우 하녀 한 명을 데려가는 건 말이 안 된다고 우겼다—어머니를 믿고 맡길 사람이 저뿐이라는 내 말에 금세 샐샐거리며 웃었다.

"내가 없으면 마고가 무슨 짓을 저지를지도 몰라. 그러니까 아주 잘 살펴야 한다. 알았지?"

"네, 아가씨. 걱정하지 마세요."

"그래, 너만 믿으마. 네가 여기 남아 있으니 마음 놓고 다녀올 수 있겠어."

플랑에게도 마리를 도와 어머니를 잘 보살펴 달라고 부탁했다. 그러면서 마고와 눈에 띄게 갈라서는 행보를 보이지 말라고 속삭였다. 너무 무리한 요구만 아니라면 어느 정도는 들어줘도 된다고 말이다.

"평소처럼 행동하렴. 알겠니?"

"그럴게요. 부디 잘 다녀오세요."

하루 만에 이 모든 것을 준비하려니 정신이 없었지만 시간을 단축하면 할수록 좋은 거라 여겼기에 최대한 바쁘게 움직였다.

그렇게 밤늦게까지 꼼꼼하게 여행 준비를 마친 나는 집사에게 일러 다음 날 새벽에 일찍 출발하겠다고 말했다.

"부디 조심하십시오."

집사는 혹여 내가 왈패들에게 당할까 봐 걱정된 것인지 자꾸 근심스러운 표정을 지었다. 그들이 그 자리에 계속 매복해 있으면 어쩌나 두려운 모양이었다.

"그날 이후 시간이 꽤 지났으니 그들도 철수하지 않았을까요? 내가 나가는 건 그럴듯한 명분을 제시하기 위해선걸요. 내가 나서서 조사하지는 않을 테니 걱정 말아요. 그런 위험한 행동을 누가 사서 하겠어요? 도중에 갈라져서 따로 행동한 다음 다시 합류하여 돌아올 테니 아무 말 말아요. 헤어질 때 기사 두엇을 데리고 떠난다면 별문제는 없겠죠."

"예. 아가씨만 믿겠습니다."

"어머니를 잘 부탁드려요."

선물을 핑계로 나선 것이므로 그리 오랜 시간을 소비하지는 못할 것이다. 적어도 사흘 이내에 돌아와야 할 텐데, 그동안 아무것도 발견하지 못한다면 포기하는 수밖에 없었다. 그리고 우리가 고용한 배에서 좋은 소식이 오기만을 마냥 기다리겠지. 하지만 그 또한 시간이 오래 걸리므로 결국 기다리다 못해 마담 드 라발리에에게 손을 벌리게 될지도 모른다. 그 전에 양부의 사망 소식이 들려온다면 어쩔 수 없지만 말이다.

다음 날 아침은 비가 개어 제법 선선했다. 나는 떠나기 전 집사에게 아이레스 경에게 쓴 편지를—오늘은 아이레스 경이 방문하는 날이다—

건네주었다. 그리고 할버드 경의 도움을 받아 마차 안으로 올라섰다. 마차 안에는 며칠 전에 저택을 방문했던 사내가 미리 앉아 있었다.

"제대로 잘 안내해요."

그는 내 말에 지나칠 정도로 허리를 숙이며 알겠다고 대답했다. 잠시 후 투레질 소리와 함께 마차가 움직였다. 어머니와 로에나는 아직 깊은 단잠에 빠져 있어 일어나지 못한 상태였다.

도심을 빠져나가기 전까지 나와 함께 마차 안에 있었던 사내는 성문을 빠져나가기가 무섭게 마부석으로 옮겨갔다. 그의 빈자리를 채운 건 할버드 경이었다. 나를 보호하기 위해 어쩔 수 없이 무례를 저지르는 거라고 변명조로 말하는 그의 얼굴은 상당히 착잡해 보였다. 위험할 게 분명한 일에 나와 함께 가게 되니 마음에 들지 않은 모양이다.

"그 장소에 도착하면 할버드 경은 기사 몇 분을 데리고 가서 조사를 시작하세요. 저는 다른 분과 함께 주변 도시에 가서 선물을 살 테니까요."

"성문을 빠져나간 직후부터 갈라서는 게 더 낫지 않았겠습니까?"

"처음부터 떨어지면 다시 만나는 게 어려워질 수 있어요."

"하지만……."

"경께서 무엇을 걱정하는지 모르는 바는 아니에요. 하지만 이게 최선이에요."

그러자 그가 잔뜩 억눌린 듯한 목소리로 내게 물었다. 들끓는 화를 참는 것처럼 거칠게 긁혀 나오는 목소리는 할버드 경이 낸 소리라 믿기 어려울 정도였다.

"왜 하필 아가씨입니까?"

"그럼 누구를 생각하셨는데요. 로에나요? 아니면 백작 부인이요? 그것도 아니라면 백작가에 문제가 생겼다는 걸 여기저기 알리고 다닐까요?"

말이 사납게 흘러나왔다. 할버드 경에게 보여 주지 않았던 날카로운 본성이 거리감이라는 얄팍한 방패 뒤에 서서 조금씩 날을 세우고 있는 것이다. 그러나 그것도 잠시, 그와 시선을 마주하고 있노라니 뾰족했던 마음이 점차 누그러졌다. 나는 한숨을 내쉬며 손가락으로 관자놀이를 문질렀다. 그러고는 한풀 꺾인 목소리로 청음의 기사에게 말했다.

"제 무례를 용서하세요, 할버드 경. 저를 생각해서 하신 말씀인 걸 알아요. 하지만 지금으로선 이게 최선이에요. 그리고 제가 위험해지도록 놔두지는 않으실 거잖아요?"

비슈발츠가의 기사이기에 가문의 아가씨를 보호하는 건 당연한 일이었다. 이전에는 감히 바랄 수 없었던 지극히 당연한 권리가 이제야 가까스로 이루어지고 있는 것이다. 그걸 당연하게 요구하는 내 모습 또한 말이다.

할버드 경이 도통 이해할 수 없다는 듯 내게 물었다.

"무슨 일이 일어나고 있는 겁니까?"

"그건 제가 물어보고 싶은 말이에요. 지금 무슨 일이 일어나고 있는지 알고 있는 사람이 없기 때문이지요."

나는 한숨을 꾹 삼킨 채 차분한 목소리로 대답했다. 복잡한 심정에 머리가 터질 것만 같았다. 반년 전만 하더라도 이런 일이 일어날 줄 알았겠냔 말이다. 양부를 둘러싼 사건이라니……. 그 누가 상상이라도 했을까? 차라리 이전처럼 암초에 걸려 죽는 게 나을지 모르겠다. 왈패니 뭐니, 누군가의 수작이 걸리지 않은 상태에서 주어진 운명대로 물속에 가라앉는다면 이번과 같은 일을 겪지 않아도 됐을 테니까. 아니, 이전에도 무언가 음모가 있었지만 내가 멍청하여 알아차리지 못했던 것일지도 모른다. 주변을 둘러볼 겨를도 없이 내 앞길을 헤쳐 나가기에 바빴으니 아니 그러할까. 양부에 대한 애정이 거의 없다시피 했으니 그의 사인에 대해 관심을 보일 이유가 없었다.

"마부석에 앉아 있는 남자가 어떤 사람인지도 모르는걸요. 오롯이 집사의 말만 믿고서 이 길을 떠난 거예요. 그런데 할버드 경이 제게 무슨 일이 일어났냐고 묻는다면, 제가 무어라고 대답해야 할까요?"

양부가 죽었을 것이라는 확신이 들었지만 어떻게 죽었는지는 알아야겠기에 몸을 움직이는 거라고? 편지를 보낸 사람이 범인이라는 생각이 들지만 그게 황태자일지 혹은 또 다른 누구일지 알 수 없어서 혼란스럽다고?

내 말에 할버드 경의 입이 딱 다물어졌다. 상당히 곤혹스러워하는 듯 그의 얼굴은 감정으로 인해 살짝 일그러져 있었다.

"그러니 경께서 잘 조사하셔서 제게 알려 주세요. 그것이 우리가 길을 떠나게 된 이유니까요."

말을 마친 나는 눈을 감았다. 더 이상 말하기 싫다는 뜻이었다. 하지만 그는 그러지 않은 모양이다. 내가 입을 꽉 다물었음에도 말을 연 것으로 보아 말이다.

"제가 아가씨를 따라가겠습니다."

"아니요. 경께서는 그쪽으로 가셔서 조사에 임해 주세요."

"위험합니다."

"기사 두 분을 제게 붙여 주시면 되잖아요."

"그래도 위험합니다. 외람된 말이지만 그 두 사람이 저 한 사람을 당해 내지 못합니다. 그러니 제가 아가씨의 곁에 있는 게 더 안전할 겁니다."

잘못 들으면 상당히 오만한 발언으로 들을 수 있겠지만 그는 그렇게 말할 자격이 있었다. 그래서 못내 입맛이 썼다. 진짜 로에나는 멍청해져 가는데, 아이레스와 대척점에 서 있는 그는 내 기억 속보다 훨씬 더 잘나고 멋진 벽으로 자리매김해 있어서였다. 나에게 이용만 당하고 있는 그 가엾은 남자에게 커다란 좌절감을 선사할 정도로, 아주 거대하게.

그래서 껄끄러웠다. 저 당당함을 정면으로 맛보고 있노라니 크나큰 잘못을 저지르고 있는 기분이 들었다. 바닥까지 축 처진 감정은 우울함을 닮아 있었다. 할버드 경이 어떠한 사람인지 아는데도 불구하고 함께 춤을 췄던 그때의 느낌을 더는 맛볼 수 없을 것만 같았다. 나는 확신이 드는 것처럼 그렇게 생각했다. 나는 눈을 내리깐 채 입을 열었다. 속마음이야 어쨌든 그와 시선을 마주한다면 이런 식으로 말할 수 없을 테니 서늘한 목소리를 가장했다.

"마차를 돌려서 다시 저택으로 돌아갈까요?"

"어째섭니까?"

"조사에만 힘을 써 줄 기사님을 모셔 오는 게 낫겠다는 생각이 드니까요."

"아가씨!"

"할버드 경."

나는 목소리에 힘을 풀고서 부드럽게 말했다. 어린아이를 달래듯 조곤조곤한 목소리로 속삭이듯 그의 이름을 다시 불렀다.

"할버드 경."

"예."

"제 말을 따르세요. 이런 일로 실랑이를 벌이고 싶지 않아요. 경도 그렇게 생각하지 않으세요?"

"아가씨."

"비슈발츠가의 기사들이 저 하나를 지킬 수 없을 만큼 무능력하나요? 아니잖아요. 전 단순히 선물만 사러 나온걸요. 그러니 아무 일도 없을 거예요. 네? 제 말을 들어주실 거죠?"

시선을 피한 채 말하니 속내를 털어놓기가 훨씬 더 편했다. 그의 절절한 부름을 못 들은 척할 수 있을 정도로. 동시에 내가 이렇게 행동할 수 있는 사람이었나 싶어 헛웃음이 흘러나왔다. 곧 죽을 것처럼 절절 끓어올랐던 마음이 로에나라는 그림자에 가려져 버리니 허무할 정도로 아무렇지 않아서 웃겼다.

로샨 영애에게 들었던 이야기가 나로 하여금 확신을 하게 만들어서 그런 걸까. 그의 입에서 그렇게 된 거라 들은 것도 아닌 데다 '나의 아가씨'라는 말은 오히려 내가 들었음에도 불구하고, 나는 또다시 이전처럼 할버드 경을 밀어내고 있었다. 그에 대한 믿음이 없기 때문이다. 그가 가진 완벽한 성품은 인정하지만 과거의 나는 단 한 번도 느껴 보지 못했기에 당연한 일이었다.

할버드 경과 나 사이에 신뢰라는 게 있었나? 조금만 건드려도 파삭하고 깨져 버리는 살얼음과 같은 관계라면 모를까. 그러므로 건국제 밤에 추었던 춤은 그날의 꿈으로 기억해야 할 터였다.

"……그렇게 하도록 하겠습니다."

잠시 후 그가 가까스로 대답했다. 마지못해 했다는 투가 역력한 목소리였다. 사족처럼 덧붙이는 말로 보아 정말로 그러했다.

"하지만 조금이라도 이상하다 싶으면 바로 아가씨에게 달려갈 겁니다. 그것만은 허락해 주십시오."

"네, 그렇게 하세요."

아니, 그는 내게 달려오지 못할 것이다. 막상 조사에 들어간다면 양부가 걱정돼서라도 더 꼼꼼하게 조사할 테니까. 다른 곳에 신경을 쓰는 일이 없이 오롯이 하나만을 바라볼 게 분명하다. 할버드 경이라면 충분히 그러고도 남았다. 내가 아는 그라면 말이다. 그래서 별다른 기대 없이 무심하게 허락의 말을 내뱉었다. 할버드 경은 내가 지체 없이 허락을 해주자 그나마 안심이 된 모양인지 '감사합니다'라고 말했다. 그리고 이후로부터는 이 주제에 대한 이야기를 일체 꺼내지 않았다.

쉴 새 없이 달렸더니 시간은 어느덧 점심때에 가까워졌다. 걸어간다면 하루 하고도 반나절이 걸리는 거리지만 마차를 이용한다면 반나절이 되기 전에 도착하는 터라 부지런히 이동한 참이었다. 점심을 먹기 위해 시간을 지체하는 것도 아까워 저택에서 가져온 빵과 물로 간단히 때우기로 했다. 나는 상당히 송구해하는 세릴과 기사들의 시선을 무시한 채 조용히 딱딱하게 식은 빵을 씹어 넘겼다. 거친 음식을 먹는 것보다 오랜 시간 앉아 있기에 엉덩이와 허리가 아팠지만 대놓고 내색할 순 없는 노릇이었다. 불편함을 호소하여 쉬느니 차라리 빠르게 달려 저들과 헤어지고 적당한 숙소를 잡아서 제대로 눕는 게 낫겠다 싶었다. 그래서 사람들을 독려하여 부지런히 움직였다.

그리고 얼마 되지 않아 마차가 점차 속도를 줄이기 시작하더니 이내 멈춰 섰다. 마부석에서 두런거리는 소리가 들리는 것으로 보아 거의 다 도착한 모양이었다.

할버드 경은 잠시 바깥에 나갔다 오겠다고 말했다. 조사를 할 기사와 나에게 붙여 줄 기사를 나눌 생각인 것 같았다.

"뭔가 나올 거라고 기대하지는 않지만…… 적어도 비슈발츠가를 건드는 이유를 알게 되면 좋을 텐데 말이지."

황태자가 손을 쓴 게 낫다고 생각한다면 미친 것일까. 그러면 어떤 이유로 건든 것인지 조금이나마 알 수 있을 것 같아서였다. 그럼 불안해하지 않아도 될뿐더러 어느 정도도 방비를 할 수 있을 터인데……. 적어도 이번처럼 아무것도 모르는 상태에서 무작정 알아 가는 것보다 낫지 않나.

그래서 미카엘 아이레스에게 황태자의 선물을 사러 가니 당분간 저택에 오지 않아도 된다고 일부러 편지를 남겼다. 만일 황태자가 벌인 일이라면 그 역시 알고 있을 게 분명할 터. 이전에도 그랬던 것처럼 나를 위해 어떻게든 뒤쫓아올 게 분명하다. 비슈발츠가를 내 손에 쥐여주기 위해 이런 식을 일을 짠 거라면 이 정도에서 그칠 리가 만무하기 때문이다. 하지만 그게 아니라면…….

갑자기 문을 작게 두들기는 소리가 들렸다. 깜짝 놀라 몸을 움츠리다 작게 안도의 한숨을 내쉬니 '아가씨, 문을 열어도 되겠습니까?'라는 목소리가 들렸다. 입을 열어 허락의 말을 내뱉자 문이 열리고 할버드 경이 몸을 들이 내밀었다.

"도착한 건가요?"

"예. 이 앞이라고 합니다."

"그렇군요. 갑자기 습격을 당해 제대로 받아치지 못했지만 그래도 어느 정도 반항은 했다고 들었어요. 거친 몸싸움이 있었을 테니 혹 무언가를 떨어뜨렸을지도 모르지요. 수고스럽겠지만 하나하나 잘 살펴 주세요. 경만 믿겠어요."

"노력하겠습니다. 그리고 아가씨, 함께 갈 자로 세 명의 기사를 차출했습니다. 모두 실력이 출중한 사람들입니다."

그가 고른 사람이니 실력이야 두말할 필요가 없을 터였다. 진심으로 나를 위하느냐가 문제지. 그동안 공을 들인 덕분에 집안의 하녀들을 거의 다 장악할 수 있었지만 아쉽게도 기사들은 그러지 못했다. 아주 오래전부터 로에나가 자라나는 모습을 봐 온 그들이기에 그녀에 대한 애착과 충성심이 남달라 섣불리 건드릴 수 없었던 것이다. 아이레스 경의 연인이 된 이래 나에 대한 평판이 이전보단 나아졌다 하지만 깃털보다 가볍고 변덕스러운 게 사람의 마음이었다. 그렇기에 할버드 경이 붙여 준 사람이라 하더라도 쉬이 믿음이 가지 않았다. 하지만 내색하지 않고서 부드러운 미소를 지으며 말했다.

"경이 손수 고르신 분들이니 두말할 필요가 없겠지요. 숙소를 잡으면 세 분 기사 중 한 분을 보내어 연락을 드리겠어요."

할버드 경이 기사 셋을 차출한 것도 이를 위함일 테다. 하긴 둘 중 한 사람을 보내는 것보다 셋 중 한 사람을 보내는 게 더 낫지 않은가.

"예. 그럼 나중에 뵙겠습니다."

문을 닫기 위해 잠시 뒤로 물러선 그다. 하지만 시선은 내게서 떨어지지 않고 있었다. 문이 유난히 천천히 닫히고 있다고 느끼는 건 나만의 착각인 걸까. 내가 알고 있는 류스테원 할버드, 교본에서 튀어나온 듯 깍듯하기 그지없는 사내이건만 마주친 눈이 마치 밀어내지 말라는 것처럼 흔들리고 있었다.

"……어째서 다시 제자리인 겁니까."

한숨처럼 조그맣게 새어 나오는 목소리 또한 말이다. 순간 무어라 반응을 하기도 전에 문이 탁 하고 닫혔다. 나도 모르게 그를 향해 손을 뻗을 뻔했지만 가까스로 주먹을 움켜쥔 채 힘겹게 숨을 들이켰다.

잠시 후 마차가 흔들리며 앞으로 나아가기 시작했다. 동행하는 기사의 것인지 옆으로 말 투레질 소리가 유독 가까이 들리고 있었다. 어쩐지 지치는 것 같아 몸을 뒤로 젖혀 가만히 기댄 상태로 조용히 눈을 감았다.

"어째서 다시 제자리인 겁니까."

귓가로 할버드 경의 목소리가 끊임없이 울려 퍼지고 있었다.

사내가 습격당한 곳은 마을에서 좀 멀었다. 아니, 마을이라 해봤자 조그마한 시골에 불과하니 당초 황태자를 위한 선물을 사는 건 꿈도 못 꿀 일이었다. 하지만 할버드 경과 헤어지고 난 다음에 처음으로 당도한 마을이 이렇게 초라할 줄은 미처 예상하지 못했는데 말이다.

"어떻게 할까요?"

기사 한 명이 난감하다는 듯 나를 바라봤다. 그럴듯한 상점 하나 없는 곳이니 내가 쉴 만한 여관 또한 없을 게 분명하다는 눈치였다. 일 년 전만 하더라도 초라한 여관에서 잠을 자는 것조차 감지덕지했을 내 모습을 잊어버리기라도 한 듯 그는 고상한 백작 영애를 대하는 것처럼 매우 어려워했다. 뭐, 돌아오기 전까지의 생을 합친다면 뼛속까지 완벽한 귀족 아가씨가 맞기 하지만.

어쨌든 먼지가 풀풀 날리는 시트와 딱딱하기 그지없는 침대를 보드랍게 잘 가꾸어진 가냘픈 몸이 잘 견뎌 낼 수 있을 리가 없었다. 청소라도 잘했을까 싶은 방은 진드기와 벼룩이 없다면 오히려 다행일 성싶었다.

"근처에 또 다른 마을이 없나요?"

기사에게 물은 거였지만 대답은 여관 주인이 했다. 눈을 샐샐 굴리며 대답하는 꼴이 동전 하나라도 더 주워 먹으려고 애쓰는 모습이었다. 마치 탐욕스러운 돼지 같았다.

"여기보다 더 큰 마을을 원하시면 이 길로 쭉 가시면 됩니다. 작은 숲 하나를 지나쳐야 하지만 날이 어두워지려면 아직 멀었으니 괜찮으실 겁니다."

"그렇게 하시겠습니까?"

"네. 여기는 안 되겠어요. 수고스럽지만 다른 곳으로 가죠."

"예, 아가씨."

세릴의 도움을 받아 막 마차에 오르려는 데 주인이 계속 나를 힐끔힐끔 바라보며 눈을 빛냈다. 귀족에 대한 선망이나 두려움이 아닌 마치 진귀한 보물을 보는 양 끈적끈적하기 그지없었다. 불쾌함에 화를 낼까 했지만 빨리 빠져나가는 게 나을 것 같아 일부러 모르는 척했다. 기사 중 눈치가 빠른 이가 있다면, 아니, 나를 비슈발츠가의 영애라고 생각한다면 알아서 제지할 것이므로 신경 쓸 이유가 없었다.

잠시 후 짧은 비명이 들리더니만 다시금 마차가 움직였다. 내 명령으로 인해 마부석에서 마차 안으로 자리를 옮긴 세릴이 의아하다는 듯 고개를 갸웃거렸다.

"도대체 무슨 소리일까요? 제가 잠깐 나갔다 와 볼까요?"

"신경 쓰지 말렴."

"예."

기특하게도 세릴은 내가 도중에 할버드 경의 무리와 헤어졌음에도 불구하고 입 하나 허투루 열지 않았다. 마리였더라면 분수도 모르고 날뛰었을 게 분명한데, 그녀는 시종일관 차분했다. 새삼 세릴을 데려오기를 잘했다는 생각이 들 정도였다. 그도 그럴 것이 암만 견주어 보아도 행동하는 것이나 생각하는 것이나 세릴이 마리보다 더 나았다. 특히 주인의 눈치를 살피며 넙죽 엎드리는 건 내 주변의 하녀 중 발군이라 할 수 있었다.

완벽한 복종을 맹세한 이후로, 그리고 마리에 대한 견제를 심어준 이후로 그녀는 가끔 하녀장에 대한 욕망을 내비치며 말 잘 듣는 개처럼 나만을 바라보았다. 이전의 고통스러운 기억이 보이지 않는 목줄이 되어 그녀의 영혼을 붙잡고 있었기에 가능한 일이었다. 과거 로에나에게 바치던 충성심이 이쪽으로 고스란히 옮겨 와 있었다.

이번의 행차 역시 자신을 선택했다는 기쁨에 들떠 상기된 표정을 채 감추지 못했더랬다. 그간 표현하지 않았지만 마리에게 뒤처지는 게 제법 신경 쓰인 모양이다.

하긴, 그 계집의 성격상 가만히 있을 리가 만무하니 아니 그러할까. 하녀들을 휘어잡은 이후 제 성깔을 있는 대로 부려 가며 천방지축 날뛰었을 게 분명하다. 아마, 하녀장이라도 된 듯 오만방자하게 굴며 나를 모시는 하녀들에게까지 무례하게 굴었을 테지.

지금이야 고분고분하게 굴지만 카프사의 갇히기 전의 세릴의 성격을 생각한다면, 마리의 횡포를 무던하게 넘기는 게 놀라울 정도였다. 그녀 뒤에 내가 있다고 생각하기에 참는 것인가. 이제 슬슬 이를 드러내도 될 텐데. 똑같은 주인을 모셨음에 불구하고 그녀만 잘나가고 있으니 영 기분이 좋지 않았을 게 분명한데 말이다.

"세릴."

"예?"

"지금처럼 영리하게만 굴렴. 그럼 언제나 이렇게 내 곁에 있게 될 테니까."

"예, 아가씨."

고개를 숙이고 있지만 채 가려지지 않은 얼굴이 새빨갛게 달아올랐다. 감격에 찬 것인지 여인치곤 넓게 벌어진 어깨가 바르르 떨리고 있었다.

"마리가 너보다 더 많은 걸 가질 수 있었던 건 오롯이 네가 카프사에 들어갔다는 이유 하나 때문이지. 하지만 이젠 그것에서 벗어날 때가 되었다는 생각이 드는구나. 그러니 조금만 더 인내심을 가지고서 마리를 지켜보자꾸나."

"……아가씨."

"그래. 이번 여행이 끝나면 무언가가 좀 달라지겠지. 아니, 그래야 해."

그렇지 않으면 이렇게 행동한 보람이 없을 테니까. 나는 씁쓸한 미소를 지으며 고개를 돌렸다. 기묘한 확신을 가지고서 양부의 생사를 마음대로 정해 버린 스스로가 혐오스러웠지만, 처음부터 내 손을 떠난 일이라 어쩔 수 없었다 자위하며. 남들의 눈에 보이는 선에서 할 수 있는 최선을 다하는 것으로 미리 선을 정해둔 것도 이 때문이었다. 그러니 예정된 비극이 도달하기 전 최대한 움켜쥘 게 많았으면 좋겠다. 양부의 후광이 없는 우리 모녀를 그 누구라도 쉽게 건드릴 수 없게끔 말이다.

적당한 속도로 잘 굴러가던 마차가 갑자기 급격하게 멈췄다. 앞으로 쏠릴 뻔한 몸을 가까스로 움직여 숨을 들이켜고 있는데 바깥에서부터 고함 비슷한 큰 소리가 들리기 시작했다. 세릴이 겁에 질린 표정으로 나를 바라보다가 작은 창을 열어 바깥의 동정을 조심스레 살폈다. 열린 창을 타고서 '마차 안에 있는 여자부터 끌어내려'라는 고함이 들렸다. 동시에 쇠끼리 부딪치는 소리와 누군가가 지르는 것인지 모를 비명이 어지럽게 울려 퍼지고 있었다.

습격인 건가? 뜻밖의 상황에 놀라 아무런 반응을 보이지 못하고 있노라니 세릴이 울먹이는 목소리로 내게 물었다.

"아, 아가씨, 어, 어떡하죠?"

그 순간 문이 벌컥 열리더니 거친 숨을 씨근덕거리는 괴한 하나가 고개를 불쑥 들이 내밀었다. 얼굴의 반을 검은 천으로 엉성하게 가린 그는 나와 눈이 마주치자마자 '찾았다'라고 중얼거리며 곧바로 손을 뻗었다.

왜 나를 보고서 찾았다고 말하는 거지? 내가 목표인 건가? 대체 왜?

두려움으로 인해 굳어버린 몸은 손가락 하나 까딱할 수 없는 상태였다. 세릴이 용감하게 양팔을 펼쳐 내 몸을 가리려고 했지만, 사내가 우악스럽게 몸을 밀쳐 버리니 억 하는 소리와 함께 바로 고꾸라져 버렸다.

"거칠게 대하고 싶지는 않소. 그러니 소리 지르지 말고 조용히 내리쇼. 안 그러면 끌어 내릴 거요. 어찌 하겠수?"

덜덜 떨리는 입술을 가까스로 움직여 괴한에게 물었다.

"누가 나를 데려오라고 하더냐."

"머저리가 아닌 이상 그걸 순순히 말하겠소? 좋은 말로 할 때 그냥 순순히 내리쇼. 기절시켜서 데리고 가기엔 댁들이 입고 있는 드레스가 더럽게 무겁단 말이오."

태연하게 말하는 것처럼 들리지만 남자는 계속 눈을 굴리며 옆을 살피고 있었다. 초조한 듯 계속 어깨를 움찔거리는 것이 기사들의 손에 다른 괴한들이 하나둘 쓰러지고 있는 모양이었다. 그래서 마차의 구석으로 슬금슬금 몸을 움직이며 최대한 버티기로 했다.

하지만 괴한의 손이 먼저였다. 더는 견딜 수 없다는 듯 손을 뻗어 내 팔목을 아프게 잡았다. 잠시 기절한 것처럼 구석에 구겨져 있던 세릴이 벌떡 일어나 그의 팔에 매달려 마구 때려 보지만 요지부동이었다. 오히려 '이 쌍년이, 저리 안 꺼져?'라는 욕설을 지껄이며 다른 한 손으로 그녀의 뺨을 때렸다. 거칠고 커다란 손이 힘껏 후려갈기니 그녀의 입이 터지며 피가 튀었다. 귀를 찢을 듯 날카로운 비명이 들리는 건 그 다음이었다.

"제기랄, 순순히 내리라고. 머리카락 잡아당겨서 끌어 내리기 전에 제 발로 걸어 내려와, 이년아. 뺨 한 대 갈겨 주면 고분고분해질 테냐?"

내가 온몸으로 버티니 무척 화가 난 모양인지 그가 쌍욕을 지껄이기 시작했다. 동시에 팔이 떨어질 듯 마구 잡아당기는데 눈물이 고일 만큼 고통스러웠다. 그래도 발에 힘을 주고 잡히지 않는 다른 팔로 의자를 붙잡고서 늘어지니 생각만큼 질질 끌려 나가지는 않았다. 그러는 동안 뺨이 퉁퉁 부은 세릴이 악착같이 달려들어 내 팔을 붙잡은 괴한의 팔뚝을 물어뜯었다. 괴한은 외마디 비명을 지르더니 내 손을 뿌리쳤다. 그리고 자신의 손에 매달려 있는 세릴의 머리카락을 휘어잡더니만 품 안에서 단도를 꺼내어 그녀의 어깨에 그대로 박았다.

"아악!"

"세릴!"

"쌍년이 죽고 싶어서 환장했나."

비명을 지르며 눈물을 흘려 대는 세릴의 몸을 그대로 발로 걷어찬 괴한이 이번에는 내 머리카락을 붙잡고서 그대로 질질 끌어 내렸다. 양손으로 그의 손을 붙잡고서 고통을 최대한 줄이려고 했지만 땅바닥으로 맥없이 떨어지는 바람에 충격이 찾아들었다. 숨을 쉴 수가 없어 본능적으로 다리를 이리저리 내저으며 컥컥거리니 다시금 욕설이 쏟아져 내렸다.

"제기랄, 얌전히 저택에 처박혀 있을 것이지 뭐 하겠다고 여기까지 내려와 얼쩡거리고 지랄이야, 지랄은, 응? 그러니 이렇게 험한 꼴을 보는 거지. 그만 좀 바둥거려, 이년아. 한 대 얻어맞기 전에."

고통으로 인해 눈물이 후두두 떨어지고 있었다. 눈을 애써 깜빡이며 주변을 살펴보니 수십에 가까운 괴한에 맞서 힘겹게 싸우는 기사들이 보였다. 그들은 끌려가는 내 모습을 발견한 것인지 짓쳐 드는 적을 밀어내고서 달려오려고 했지만 몇십 배에 가까운 이들을 쉽게 떼어 내지 못했다. 주변에 하나둘 시체가 쌓이고 있으나 기사의 발목을 붙잡는 게 소임이라는 듯 사방에서 미친 듯이 달려드는 괴한들로 인해 '아가씨'라는 소리만 어지럽게 울려 퍼졌다.

"어디에 데려가 판다거나 죽이지는 않을 테니 얌전히 좀 있으쇼. 댁을 만나고자 하는 분이 있으니 조용히 따라오기만 한다면 목숨은 보장해 주겠다 이 말이요."

기사 셋이라면 웬만한 위협쯤은 거뜬히 견딜 수 있을 거라 생각했다. 아니, 기사들을 그곳에 내려놓고서 조용히 곁길로 빠진다면 괜찮으리라 여겼다. 나라도 그쪽에 더 신경 쓸 게 분명할 테니까. 구린 게 있는 거라면 기사들이 그곳을 수색하지 못하도록 필사적으로 막을 것이고, 그러다 보면 무언가 발견하지 않을까 싶어 그렇게 행동했다. 은밀하게 일을 처리하기 위해선 소수의 정예를 사용할 거라 여겼기 때문이다.

그런데 잘못 생각한 건가. 아무것도 모른 주제에 오만방자하게 군 벌을 받는 건가. 할버드 경의 손을 붙잡지 않았기에 이러한 위험을 자초하게 된 건가. 습격 장소를 조사하지 못하게 훼방을 놓는 것보다 나를 데려가는 게 더 이득이라 여긴 것인가.

처음에는 아픔이 밀려왔다. 이후에는 수치스러움이 찾아들었다. 그러다 공포가 휘몰아쳤다. 마지막에는 어리석은 자신에 대한 후회가 치밀어 올랐다. 하지만 할 수 있는 게 없었다. 몸을 이리저리 비틀어 가며 그의 손아귀에서 빠져나가려고 했지만 신발만 벗겨질 뿐 벗어날 수 없었다. 되레 뺨을 얻어맞았다. 눈에서 불똥이 튐과 동시에 입에서 비릿한 혈향이 감돌았다. 화끈거리는 뺨이 두피보다 더 욱신거리고 아팠다.

"놔! 놓으란 말이야!"

"가만히 안 있어?"

"이거 놔! 이거 놓으라고, 이 새끼야!"

손톱을 세워 남자의 손등을 마구 긁어 댔다. 그러자 다시 뺨을 갈겼다. 입술이 더 터져 피가 턱까지 줄줄 흘러내렸다. 그래도 아랑곳하지 않고 앙칼지게 외치며 몸을 더 사정없이 비틀었다.

"이 새끼야? 하, 이게 죽으려고. 귀족 아가씨 주제에 입이 험하네, 응?"

"안 가. 죽어도 안 가! 그러니까 이 손 놔. 죽여 버리기 전에 놓으란 말이야!"

순간 배로 큰 고통이 찾아들었다. 발로 세게 걷어찬 것인지 숨을 쉴 수 없을 만큼 너무나 아팠다. 입을 벌려 소리를 내보려 했지만 헛바람 섞인 신음만 흘러나올 뿐이었다. 온몸에 힘이 빠지고 무릎이 배 쪽으로 자연스럽게 구부려졌다. 괴한의 살점을 사정없이 긁어 내리던 손은 배를 감싸느라 떨어진 지 오래였다.

"이제야 잠잠해졌구먼. 진즉 이렇게 할 걸 그랬어. 괜히 시간만 낭비하고 이게 뭐야. 곱게 데려오라는 말은 없었으니 괜찮겠지, 뭐. 하여튼 귀족 년들이란 죄다 성가시다니까."

괴한이 콧노래를 흥얼거리며 몸을 질질 끌고 가기 시작했다. 저 멀리서 아가씨라고 외치는 소리가 들리고 있었지만 이제는 이명처럼 윙윙거리고 있었다. 퉁퉁 부은 뺨 위로 뜨거운 눈물이 쉴 새 없이 흘러내렸다.

무사히 잘 다녀오겠다는 말을 했는데. 어머니가 기다릴 텐데…….
갑자기 머리에서부터 느껴지던 고통이 사라졌다. 동시에 비명으로 들리는 무언가가 가까이서 울려 퍼졌다. 바닥에 힘없이 늘어지는 나를 누군가 조심스럽게 껴안고 있었다.

"늦어서 죄송합니다."

익숙한 목소리가 들렸다. 황태자가 얽혀 있다면 어떻게든 따라오리라 믿어 의심치 않았던 사내가 처음 보는 사나운 얼굴을 하고서 나를 내려다보고 있었다.

"……아이레스 경."

얼음의 기사. 미카엘 아이레스가 이곳에 나타났다. 흐릿해진 눈을 다시 감았다 떠 봐도 나를 안고 있는 사람이 아이레스 경이라는 건 변함없는 사실이었다. 내 어깨를 단단히 받치고 있는 우아한 손가락 역시 또렷하다.

……역시 황태자인가?

그의 손이 내 뺨을 어루만졌다. 손길은 대단히 조심스러웠으나 마주하는 눈동자는 차갑기 그지없었다. 아니, 조용히 타오르는 불과 같았다. 다만 굳어 있는 얼굴이 너무나 무시무시하여 얼음처럼 느껴졌던 거다. 이 사람이 정말로 나와 살짝 닿았다 싶으면 얼굴을 붉힌 채 부끄러워하던 그 사내가 맞나. 가까운 곳에서 신음이 들리는 것 같아 반사적으로 고개를 돌리려 하니 가볍게 턱을 감싸 쥐는 그가 있었다.

"보지 마십시오. 흉합니다. 나의 아가씨의 눈에 담기엔 너무나 불경스러운 장면입니다. 그러니 고개를 돌리지 말아주십시오."

동시에 내 몸을 번쩍 들어 올리는데, 힘없이 축 늘어진 몸이 무겁지도 않은 것인지 아주 가뿐한 걸음으로 어디론가 성큼성큼 걸어갔다. 아이레스 경이 향한 곳은 문이 활짝 열린 마차 안이었다.

어깨에 칼이 박힌 와중에도 필사적으로 기어 나오던 세릴이 나를 발견하고선 후다닥 일어났다. 하지만 곧 무서운 것을 본 사람처럼 뒤로 주춤주춤 물러나더니 무엇을 말하려는 것처럼 소리 없이 입술만 달싹였다. 창백하게 질린 얼굴에 어린 건 두려움이었는데, 부상으로 인한 고통이기보다는 지금 바라보고 있는 사람에게서 느끼는 감정처럼 보였다. 그녀의 시선은 정확하게 미카엘 아이레스에게 향해 있었다.

"비켜라."

몸이 부르르 떨릴 정도로 차가운 음성이 그의 입에서 흘러나왔다. 감정의 고조가 전혀 느껴지지 않을 만큼 오싹한 소리였다.

세릴은 어깨를 다친 사람이라고 믿겨지지 않을 만큼 신속하게 옆걸음질을 쳤다. 괴한에게도 기를 쓰며 달려들었던 여인이 미카엘 아이레스에게 꼼짝도 못 하고 있었다. 미카엘은 그런 그녀를 지나쳐 마차 안으로 들어섰다. 그러고는 내 몸을 조심스럽게 내려놓더니만 다시금 뺨을 부드럽게 어루만졌다.

"잠시만 기다려 주십시오. 아주 조금이면 됩니다."

바깥에는 여전히 비명이 난무하고 있었다. 비릿한 혈향이 느껴지기도 했다. 그런데 미카엘 아이레스와 함께 있으니 저택 안에서 함께 차를 마시던 것과 같은 평온함이 느껴진다. 기이한 일이었다. 그래서일까? 내 의도대로 찾아왔다는 사실이 지금만큼은 화낼 거리조차 되지 않았다.

"아이레스 경⋯⋯."

"쉬이, 아주 잠깐만 눈을 감고 계시면 됩니다. 그럼 모든 게 다 끝나 있을 겁니다."

그의 길고 가느다란 손가락이 눈두덩이를 어루만지다가 손끝을 올려 눈꺼풀을 아래로 살금살금 밀어 내렸다. 그의 뜻대로 맥없이 눈을 감고 있으려니 '잘하고 계십니다'라는 소리가 귓가를 간지럽혔다. 두려움으로 인해 잘게 떨리는 몸을 안심시키려는 듯 부드럽기 짝이 없는 음성이었다.

"네, 이렇게 계십시오. 곧 돌아오겠습니다."

"아이레스 경, 그러니까⋯⋯ 그러니까 저는⋯⋯."

"예, 무엇을 말씀하시려는지 압니다. 하지만 나의 아가씨, 그대에게 맹세하노니 지금부터 그 누구라 할지라도 이 안에 함부로 들어올 순 없을 것입니다. 그러니 안심하시고 푹 쉬십시오. 당신의 기사가 마음 놓고 날뛸 수 있게 말입니다."

이마 위로 부드러운 무언가가 살짝 와 닿았다 떨어졌다. 그러자 욱신거리던 머리가 조금 진정이 되는 느낌이었다. 사지가 축 늘어진 몸 위로 아이레스 경의 망토가 덮였다. 어쩐지 안심이 되는 것 같아 그대로 한숨을 내쉬고 있으려니 작게 문이 닫히는 소리가 들렸다. 창이 열려 있는지 바깥에서부터 흘러들어 오는 소란은 여전했으나 이전처럼 두렵지가 않았다. 그래선지 정신이 흐려지는 것 같았다.

"아이레스 경 지금 무슨 짓……."

"……버러지들 같으니라고. ……능력도 없는 것들이 입만 살아…… 그러고도 기사……."

"누군지 배후를…… 아이레스 경 그만 죽이……."

"……할버드 경은 무얼 했기에…… 비슈발츠가의 능력이 이 정도…… 한심하기 짝이 없……."

"더 이상 모욕하면 가만히 있지 않…… 아이레스 경, 지금 내게 칼을 겨눈 것……."

"……목 위에 있는 걸 왜 달고 다니는지 모르겠…… 그대로 베어주랴?"

얼마나 시간이 지났을까. 쉼 없이 내질러지던 비명이 잦아들고 곧 침묵이 찾아들었다. 다투는 것처럼 언성을 높이던 목소리 또한 점점 더 줄어들고 있었다.

끝난 건가. 다 죽었나.

한 명이라도 살려서 데려가야 하는데, 무언가에 꽉 막힌 것처럼 목소리가 흘러나오지 않았다. 가물거리던 눈은 이미 깊게 흐려져 꿈과 현실을 구분하지 못하고 있었다. 그래서 누군가 다가와 내 머리카락을 어루만지고 안타깝다는 것처럼 뺨을 쓰다듬는 것을 꿈이라고 생각했다.

내 귓가에 입술을 대고 조근조근 속삭이는 목소리 또한 실제가 아니라 여겼다.

"조금만 더 빨리 찾아왔더라면 손끝 하나 대지 못하게 만들었을 텐데……. 저놈들의 사지를 찢어 죽이지 못한 게 안타까울 따름입니다. 특히 당신의 몸에 손댄 개자식을 너무 쉽게 죽여 버렸어요. 심장에 칼을 박는 게 아니라 손가락 마디마디를 잘라 돼지의 먹이로 던져 줄 것을……."

짐승이 으르렁거리는 것처럼 굴며 듣기에도 섬뜩한 내용을 아무렇지 않게 중얼거리는 음성 또한 말이다.

언제 기절한 것일까. 눈을 뜨니 익숙한 천장이 보였다. 나는 맥없이 눈을 깜빡이다 힘겹게 고개를 돌렸다. 나를 간호하다가 깜빡 잠이 든 것인지 침대 가에 블랜이 팔을 괴고서 꾸벅꾸벅 졸고 있었다.

비슈발츠가에 돌아온 건가. 잠시 몸을 일으키려고 하는데 순간 지독한 통증이 찾아와 거칠게 숨만 헐떡였다. 지끈거리는 머리는 물론이고 어디 한 군데 안 아픈 곳이 없었다. 눈을 내려 팔을 살피니 손가락 끝에 이르기까지 죄다 붕대로 칭칭 감겨져 있다. 다리에도 비슷한 질감이 느껴지는 것으로 보아 몸 전체에 약을 바르고 천으로 감싼 모양이다.

어쨌든 다시 몸을 눕히려고 하는데, 그 짧은 순간에도 힘이 든 것인지 이마에 땀이 주르륵 흘러내렸다. 고통으로 인해 비명이 흘러나왔어야 할 입에선 쉿소리만 가득이다. 목을 다친 기억은 없는데? 이상함에 눈만 다시 깜빡이다 나직이 하품을 했다. 그러자 그 조금 입을 벌렸다고 목구멍이 찢어질 듯 아파 왔다.

아이레스 경이 구해 준 것 같은데. 그다음에 기절한 건가?

어떻게 된 영문인지 물어보려 해도 목소리가 나오지 않으니 블랜을 깨울 수도 없었다. 그래서 멍하니 눈만 깜빡이며 시간이 지나가기를 기다렸다.

잠시 후 나지막한 하품 소리와 함께 블랜이 고개를 들어 올렸다. 아직도 졸린 것인지 멍하니 하품을 하던 그녀는 나와 눈을 마주치자마자 외마디 비명을 내질렀다.

"아가씨, 일어나셨어요?"

'그래'라고 대답하고 싶지만 여전히 목이 너무나 아팠다. 그래서 눈만 깜빡이자 블랜이 가까이 다가와 빠르게 말을 내뱉었다.

"괜찮으세요? 어디 불편한 곳은 없으세요? 물 좀 가져다 드릴까요? 아가씨, 왜 대답이 없으세요? 혹시 목이 아프신 거예요?"

맞다는 것처럼 멀뚱히 바라보자 사색이 된 표정으로 안절부절못하는 그녀다.

"잠시만요. 주치의 어르신을 불러올게요."

블랜은 내 대답을 들을 새도 없이 후다닥 달려 나가 곧바로 늙은 주치의를 데려왔다. 미리 대기하고 있었던 건지, 아니면 나를 위해 빠르게 움직인 건지 모르겠지만 금세 나타난 그는 능숙하게 내 몸 상태를 진찰했고, 이틀 동안 꾸준히 약을 먹으면 목소리가 나올 거라는 희망적인 이야기를 내뱉었다.

"푹 쉬십시오. 아직까지는 더 쉬셔야 할 때입니다."

몇 시간 혹은 며칠 동안 기절해 있었던 것인지 물어보고 싶었지만 손하나 까딱할 수 없으니 답답할 노릇이었다. 양부에 대한 소식이 들어왔는지, 혹 내 방에 이상한 편지가 온 게 있는 것인지 캐물어야 할 게 산더민데 말이다. 할버드 경 일행은 어찌 되었는지 또한 알아봐야 할 문제였다. 칼에 찔린 세릴은 어떻게 되었는지도 궁금했다.

블랜이 조금이라도 눈치가 있으면 그간의 상황을 조금이라도 꺼냈을 텐데, 그녀는 아주 착실하게도 내게 약을 먹인 다음 물에 적신 천으로 몸을 닦아주고 이내 다시 자라는 것처럼 촛불을 훅 불어 껐다. 그러곤 뿌듯한 얼굴로 '제가 계속 옆에 있을 테니 걱정 말고 주무세요'라고 말했다. 눈을 쉼 없이 깜빡여 그게 아니라고 외치고 있었지만 전혀 눈치채지 못한 것인지 딴소리만 지껄이고 있었다. 그래서 나는 목소리가 나올 때까지 어떠한 소식도 들은 바 없이 멍청하게 시간만 축냈다.

그동안 어머니가 몇 번 찾아왔고, 마리 역시 나를 간호하기 위해 쉼 없이 들락날락했지만 그들은 마치 약속이라도 한 것처럼 내가 겪었던 일에 대해 함구하고 있었다. 내가 충격이라도 먹을까 봐 두려워하는 것처럼 말이다.

"⋯⋯세릴은 어떻게 되었니?"

가까스로 나온 목소리는 듣기 끔찍할 정도로 낮았다. 게다가 가래가 낀 것처럼 그르렁거리는 소리가 뒤섞여 있어 말하는 게 부끄러울 정도였다.

"당분간 어깨를 쓰면 안 된다고 해서 쉬고 있어요."

"집사를 불러 주렴."

"네? 아가씨, 당분간 쉬시는 게⋯⋯."

"어서!"

"네."

잠시 머뭇거리던 마리는 내가 날카롭게 재촉하자 종종걸음으로 나가 집사를 불러왔다. 본래라면 내 방에 사내라곤 전혀 들어와서는 안 되었으나 몸을 전혀 움직일 수 없다는 핑계로 불러 댄 거라 전혀 부끄럽지 않았다. 집사 역시 아무렇지 않게 내게 가까이 다가와 건강 상태부터 살폈다.

"큰일 나실 뻔하였습니다. 몸은 좀 어떠십니까? 아가씨께서 그렇게 돌아오셔서 얼마나 많이 놀랐는지 모릅니다."

"지금은 움직일 수 있을 정도로 괜찮아졌어요. 어머니가 많이 놀라셨을 텐데, 배 속의 아이에게 무슨 문제라도 생긴 건 아니죠?"

맨 먼저 어머니부터 걱정이 되었다. 멀쩡한 딸이 엉망이 되어 돌아왔으니 얼마나 상심이 컸을까 하는 마음에서였다. 그로 인해 배 속의 아이가 잘못될까 봐 걱정되기도 했다.

"예. 다행히도 아주 의연하게 버티셨습니다."

"그래요. 정말 다행이네요. 그런데 나를 데리고 온 게 아이레스 경인가요?"

"예, 그렇습니다."

"그렇군요. 절 구해 주신 게 정말로 아이레스 경이었어요. 꿈이 아니었네……. 아, 그렇지. 아이레스 경에게 감사를 표해야 할 것 같은데요."

"그렇잖아도 아이레스 경이 극구 만류하셔서 아가씨께서 깨시기만을 기다리고 있었습니다."

집사가 부끄럽다는 듯 안색을 굳혔다. 아이레스 경이 내 명예를 위해서 감사를 받지 않았다는 걸 알아서였다. 그는 이번에 일어난 납치 사건을 조용히 넘어갈 생각이었다. 나에게 어떠한 피해라도 가지 않게끔 말이다.

"……할버드 경도 나와 같이 돌아왔나요?"

"아닙니다. 아가씨가 저택에 오신 뒤 이틀 후에 돌아오셨습니다. 많이 자책하시더군요."

"그분의 잘못이 아니라고 말해주셨나요."

"제가 말해봤자 받아들이지 않을 겁니다. 아가씨께서 직접 말씀해 주셔야 할 것 같습니다."

"그럴게요. 무언가 발견한 건 있다 하던가요?"

"안타깝게도 아닙니다."

"그래요. 세릴은요? 그녀가 아니었음 아이레스 경이 도착하기 전에 끌려갔을 거예요. 그 아이를 신경 써서 잘 챙겨 주세요."

"예, 그러도록 하겠습니다."

"배에서 온 소식은 없나요?"

"예. 아직까지는 없습니다."

나는 한숨을 내쉬며 어깨를 축 늘어뜨렸다. 이 고생을 했음에도 불구하고 뭐 하나 밝혀진 게 없다는 게 답답하기만 했다.

"혹시 누가 날 습격한 것인지 알고 있나요?"

"모두 죽어버려서 알 수가 없었습니다. 살려 뒀다 하더라도 알 수 없었을 겁니다. 거의 대부분이 근본을 찾을 수 없는 왈패들이었으니까요."

왈패라는 말에 순간 떠오르는 이름이 있었다. 잭! 그 아이가 내게 왈패들의 동향이 이상하다고 말해줬었지.

"예전에 저택에 물을 배달했었던 사람, 기억나나요?"

"물론입니다."

"그의 딸이 내게 매주 이야기를 해주러 찾아온다는 사실도요?"

"그렇습니다."

"그 아이를 불러 주세요."

"예?"

"그 아이에게 잭과 함께 지금 당장 오라고 전해 주세요."

"아가씨, 도대체 무슨 말을……."

나는 이해할 수 없다는 듯 말끝을 흐리는 집사에게 조르듯 말했다.

"지금 당장이라 말했어요. 어서요."

잠시 후 졌다는 듯 집사가 '알겠습니다'라고 말했다. 그는 갑자기 아리나와 잭을 불러 달라는 내가 이해가 되지 않은 모양이었다. 하지만 하녀를 시켜 그들을 불러오게 했고, 나는 오래지 않아 저택에 불려 온 아이들을 만날 수 있었다.

아리나와 잭은 며칠 만에 엄청난 병자가 된 내 모습에 매우 놀란 눈치였다. 특히 아리나는 얼굴 가득 눈물을 뚝뚝 흘리며 속상해했다. 지금 자신이 어디에 와 있는지 기억나지 않는다는 것처럼 엉엉 울어 재끼는 게 귀여울 정도였다. 나를 위해서 울어준다는 사실에 마음이 기쁨으로 충만했다.

"어떻게 되신 겁니까? 왜 모습이……."

마음을 먹자면 자세하게 설명하지 못할 것도 없지만 아리나가 더 서글프게 울 것만 같아서 쉬이 입을 뗄 수 없었다. 그래서 부드럽게 웃으며 '그럴 일이 있었단다'라고 말했다. 급하게 불러온지라 굉장히 곤혹스러웠을 게 분명했을 텐데 그들의 얼굴에는 짜증이랄 게 전혀 없었다.

"그나저나 잭, 저번에 내게 말했던 이야기 기억나니? 뒷골목 왈패들이 수상쩍은 행동을 하고 있다고 말이야."

"네, 그런 말을 드렸었죠."

"요즘은 어떠하니?"

"좀 혼란스러워요. 어느 순간부터 보이지 않는 사람들이 있으니까요. 그런데 그건 왜 물어보시는 겁니까?"

"은화를 받을 만한 일이라서 그렇단다."

내 말에 잭의 안색이 변했다. 아이는 마른침을 한번 꿀꺽 삼키더니만 낮은 목소리로 속삭이듯 물었다.

"많이 위험한 일이죠? 뒷골목에 관련된 일이니까요."

"그들을 고용한 사람이 누구인지 알았으면 좋겠구나. 아니, 알 수 없다면 그들이 일자리를 얻기 위해 어느 장소에 모였는지만 캐어도 괜찮아."

"언제까지요?"

"최대한 빨리. 네가 나를 빨리 찾아오면 찾아올수록 손에 쥘 수 있는 은화의 개수가 늘어날 거란다. 그리고 비슈발츠가에 대한 소문이 도는 게 있다면 무엇이든 좋으니 내게 알려 주려무나."

"제가 거짓을 고하면 어쩌려고 그러세요?"

뒷골목을 전전하는 아이들에게 순진함이란 죄악이나 다름없었다. 그래서 믿음 대신 불신을 키웠고, 뜻밖의 호의에 날을 세우며 의심하고 또 의심했다. 동정은 그들이 제일 싫어하는 단어였다. 상대의 의중을 떠보기 위해 시험하는 건 늘 있는 일이고 말이다. 잭이 내게 보여 준 반응은 뒷골목의 아이이기에 당연히 선보이는 본능과도 같은 거였다. 그래서 황태자 때와 달리 불쾌하다거나 짜증이 나지 않았다. 그저 길들여지지 않은 어린 고양이를 관찰하듯 귀엽다는 생각이 들 뿐이었다.

"속은 내가 어리석은 거지."

"제가 다른 사람에게 아가씨가 이러한 일을 시켰다고 떠들어 댄다면요?"

"그 역시 내가 사람을 잘못 본 거니까 어쩔 수 없지 않니?"

순순한 대답에 잭의 미간이 세차게 구겨졌다. 그는 아주 재미있게도 세상물정을 모르는 한심한 영애를 바라보듯 나를 응시하고 있었다.

잠시 후 아이가 한숨을 내쉬며 어깨를 으쓱거렸다. 그러곤 졌다는 듯 두 손을 들어 올린 채 장난스러운 어조로 입을 열었다.

"역시 아가씨는 이상한 사람이에요."

나는 부드럽게 미소를 지으며 잭의 말을 받아쳤다.

"너는 무척 귀엽고 말이야."

내 말에 잭의 얼굴이 새빨갛게 달아올랐다. 깔깔깔 소리 내어 웃고 싶을 정도로 유쾌한 모습이었다.

"뭐, 뭐라고요? 지금 무슨 말을 하시는 거예요! 내가 뭐가 귀여워요."

"수줍은 거니?"

"아니거든요?"

"그래, 수줍구나."

"으아아악. 아니라고요. 아리나, 일어나. 아가씨가 아프셔서 제정신이 아닌 거 같아. 어디 좀 훼까닥 돈 모양이야."

잭의 말에 아리나가 시무룩한 표정을 지으며 나를 바라봤다.

"아가씨, 많이 아파요? 머리가 아픈 거예요?"

"아니. 잭이 헛소리를 하는 거야. 부끄러워서 견딜 수가 없나 봐. 아리나, 이건 비밀인데 잭은 아주 부끄럼쟁이란다. 쟤 귀가 빨간 것 좀 보렴."

"아악, 아니라고요! 아, 진짜 계속 이러시면 저 안 나타나요?"

자신의 머리카락을 쥐어뜯으며 극구 부인하는 잭의 모습에 아리나가 입술을 삐죽이며 퉁명스럽게 중얼거렸다.

"좋으면서."

"시끄러워!"

자리에서 벌떡 일어난 잭이 손을 뻗어 아리나의 손목을 잡아챘다. 이러니저러니 투덜거리지만 나의 순수를 잘 챙기는 건 입이 걸걸한 뒷골목의 소년뿐이었다.

"더는 하실 말씀 없으시죠? 시킬 것도요."

"그래."

"그럼 우린 이만 가요."

"왜 더 있지 않고서?"

"귀족가에 오래 있어 봤자 좋을 게 하나도 없어요."

경험에서 우러나온 것 같은 말에 모두의 입술에 씁쓸함이 걸렸다. 세상은 아무것도 가지지 못한 어린아이에게 유독 잔인했다. 부모가 없는 고아면 더욱더 심했다. 그래서 잭과 같은 아이는 포기와 수용부터 배운다. 오래 살아남기 위해 분수라는 개념을 알고서 함부로 욕심을 부리지 않는 법을 깨닫는다. 방금 잭이 말한 건 터무니없는 탐욕이 생기기 전에 이곳을 탈출해야겠다는 의미였다. 본능적으로 스스로를 보호한 것이다.

"게다가 아가씨가 이렇게 아픈데 길게 있어 봤자 뭐 해요. 다음에 다시 올게요. 그땐 은화나 준비해 놓으세요."

"그래. 기대하마."

잭은 내 대답이 마음에 든다는 것처럼 코를 한번 찡긋거리더니 씩 하고 웃었다. 그리고 아리나의 손목을 잡고서 그대로 방을 빠져나갔다. 서운하게도 뒤 한 번 돌아봄이 없었다.

"맹랑한 꼬맹이라니까."

나는 방금 전 털을 바짝 세운 고양이처럼 캭캭거렸던 잭의 모습을 생각하며 피식 웃었다. 동시에 아이가 제대로 된 정보를 무사히 가져올 수 있기를 간절히 바랐다.

왈패에게 맞았던 뺨은 하루 만에 가라앉았지만 머리채를 붙잡힌 상태로 땅에 질질 끌려간 몸은 여기저기 잔 생채기가 많이 나 일주일은 꼬박 정성들여 약을 발라야 했다. 머리카락이 한 움큼 뽑힌 두피는 빗을 사용할 때마다 통증이 일었고, 멍으로 얼룩덜룩해진 몸은 차마 눈 뜨고 볼 수 없을 정도였다. 특히 버둥거리느라 충격이 많이 간 다리는 걸어 다니는 것조차 힘겨워 한동안 절뚝거렸다. 하지만 이 모든 건 약을 바르거나 시일이 지나면 해결될 것이라 크게 신경 쓰지 않았다. 악몽으로 인해 잠을 제대로 자지 못하게 되었다는 것 빼고는 아무런 문제가 없었다.

주치의는 내가 큰 충격을 받아서 그런 거라고 했다. 그래서 잠이 잘 오는 약이나 차를 처방해 주겠다고 했다. 깊은 잠에 빠지면 꿈을 꾸지 않을 거라고 말하면서.

하지만 깊게 자면 악몽에서 그만큼 깨어나기가 어려워 더 힘들었다. 눈을 감을 때마다 누군가의 커다랗고 억센 손이 내 머리채를 휘어잡으며 쌍욕을 퍼부었다. 그리고 발버둥 치는 나를 조롱하며 성큼성큼 앞으로 걸어가는 것이다. 화를 내고 울부짖고 저주에 가까운 말을 퍼부어도 그는 꼼짝함이 없이 내 연약함을 비웃었다. 어디 한번 벗어날 테면 벗어나 보라는 말을 즐겁게 속삭이면서 말이다.

악몽을 꾸는 시간은 체감상 매우 길었다. 하지만 눈을 떠 시간을 확인하면 고작 30분이 지났을 뿐이었다. 다시 자면 이 꿈을 또 꾸려나. 매일 밤을 이런 식으로 시달리니 잠에서 깨어나서도 재차 잠자리에 들 엄두가 나지 않았다. 피곤한 게 악몽을 꾸는 것보다 낫겠다 싶어서였다. 그래서 조금이라도 눈이 감길 성싶으면 뺨을 가볍게 때리거나 하녀들이 준비한 미지근한 물을 마셨다. 일부러 방 안을 서성이며 깨어 있고자 했다.

그러나 이러한 시도는 늘 실패로 끝났다. 암만 노력해도 어느 순간 깊은 잠에 빠져 있는 내가 있었다. 소파에 앉아 있다가, 음식을 기다리다가, 잠시 책을 보다가 등등 잠시의 틈만 있어도 머리를 박고 꾸벅꾸벅 졸기 일쑤였다. 그리고 그럴 때면 어김없이 악몽을 꿔 머리채를 휘어잡혔다. 비명이라도 내질러 깨어나고 싶었지만 꿈에서조차 도망은 허락되지 않았다. 그저 발악에 가까운 소리만 내뱉을 수 있을 뿐이었다.

제대로 잠을 자지 못하니 얼굴은 나날이 수척해져만 갔다. 뻑뻑해진 눈은 따갑다 못해 아프기까지 했고, 몽롱해진 정신은 그 어떤 대화도 제대로 받아들이지 못했다. 졸리니 입맛이 없어지고, 덕분에 약을 받아들이는 것조차 점차 힘겨워지는 실정이었다. 무모함의 대가로 받은 벌치곤 너무나 컸다.

그러는 와중에 양부의 흔적을 찾기 시작하니 신경이 날카로워지는 건 당연한 일이었다. 특히 아무것도 하지 않은 채 징징거리는 로에나를 보고 있노라니 더더욱 짜증이 치밀었다. 은밀하게 처리해야 하는 일임에도 불구하고 입만 열면 '고모님에게 도움을 요청하자', '풀케르께 말씀드려서 해군의 도움을 받으면 안 될까?'라는 소리를 지껄여 대서였다.

로에나는 어머니와 집사조차 동의한 일을 저 혼자만 못 받아들이겠노라 고집을 피웠다. 그럴 때마다 인내심을 가지고 다시 차근차근 설명했지만, 로에나는 도무지 알아듣지 못했다. 그저 진척 없는 상황에 큰 조바심을 느낀 듯 성급하게 굴려고 했다.

"그러다가 정말 큰일이 생기면 어떡해. 이렇게 손 놓고 있을 수만 없는 노릇이잖아."

마고는 그런 로에나를 뒤에서 은밀히 조종했다. 백작에게 무슨 일이 생기면 내가 미적거린 탓이라며 은근한 비난을 퍼부었다. 내 판단으로 인해 모든 게 그르칠 거라는 악담이었다. 우습게도 로에나는 늙은 살쾡이의 말에 전적으로 동의하며 내가 지나갈 때마다 원망스럽다는 듯 쳐다봤다. 비난의 눈초리를 보낼 때도 있었다. 기막힐 노릇이었다.

오늘도 로에나는 나를 찾아와 다짜고짜 고모니 풀케르니 뭐니를 내뱉었다. 조금이라도 빨리 양부를 찾고 싶다는 소리를 덧붙이며 말이다. 그 바람에 머리가 아파진 나는 관자놀이를 손가락으로 꾹꾹 누르며 쌀쌀맞은 목소리로 대꾸했다.

"로에나, 제발 그만 좀 하자. 너도 알다시피 난 이번 일로 인해 크나큰 상처를 입었어. 자칫 저택에 돌아오지 못할 뻔했지. 그뿐이야? 그때의 충격 때문에 불면증까지 생겼어. 그럼에도 불구하고 비슈발츠가가 다른 곳에 얕잡아 보이지 않기 위해 최선의 노력을 다하고 있단 말이야. 그런데도 넌 다른 사람에게 손을 뻗을 줄만 알지 정작 네 스스로 무언가를 하려는 노력을 보이지 않고 있잖아."

"난 나름대로 그게 최선이라 생각해서 말하는 거야. 나도 노력하고 있다고. 왜 내 말을 하나도 들어주지 않는 거야. 내가 말한 게 더 좋은 결과를 낼 수도 있는 거잖아."

"세상에, 마고 앞에서 징징거리는 게 노력이라고? 우리가 할 일을 다른 사람에게 미뤄 놓고 뒷짐 진 상태로 서 있는 게 네가 말한 최선이라는 거야?"

내 비난을 견디다 못한 로에나가 크게 훌쩍이며 말했다. 어리광에 가까운 투정이었다.

"아버지를 찾기 위해서 다른 사람에게 얕잡아 보이면 좀 어때. 다른 사람이 우리가 가진 상권을 공격하면 뭐 어떠냐고. 아버지가 안 계시면 아무것도 아닐 이것들을 지켜 내서 무얼 하려고."

"그래서 이 모든 걸 넘기겠다고?"

내 대답에 그녀가 충격을 받은 것처럼 두 눈을 크게 떴다. 동시에 떨리는 목소리로 입을 열어 말했다.

"설마 시스에, 너 비슈발츠가가 탐나는 거니? 그래서 이렇게 행동하는 거야?"

순간 잘못 들은 줄 알았다. 나는 헛웃음을 삼키며 그녀에게 되물었다.

"방금 뭐라고 그랬니?"

"세상에, 너 정말 그런 거야? 마고의 말마따나 비슈발츠가를 가지고 싶어서, 그래서 그러는 거냐고. 아버지보다 비슈발츠가의 재산을 더 신경 쓰는 게 그 때문이니?"

순간 헛웃음이 터져 나올 것만 같았다. 나를 어떻게 보고 이런 말을 하는 걸까, 라는 생각이 들어서였다. 비슈발츠가를 가지겠다는 마음을 먹긴 했지만 아직 이런 식으로 매도당할 만큼 비겁한 짓을 한 건 아닌데, 벌써부터 의혹을 받는다면 너무 억울하지 않은가. 이미 벌어진 일을 내가 어떻게 할 수 있는 것도 아니고 말이다. 물론 내 말로 인해 이러한 결과물이 나왔는지에 대한 미심쩍은 부분이 있긴 하지만 아직 확

인조차 못 한 상태였다. 그렇기에 벌써부터 되도 않는 비난을 받을 순
없었다.

"비슈발츠가를 가질 생각을 했다면."

그래서 이를 악물고서 한 자 한 자 씹어뱉듯이 말했다.

"진작 너를 발가벗겨서 다락방에 집어 처넣었겠지. 후계자에 가까운
너를 경계하기 위해서 말이야. 네 하녀들은 모두 매질하여 쫓아내면 될
까? 양부를 찾는 척하면서 재산을 빼돌리는 것도 나쁘지는 않네. 아,
물론 그렇게 하기 전에 집사부터 내보내야겠지?"

"시, 시스에⋯⋯."

"나는 지금 양부를 찾는 것뿐만 아니라 네가 지금 걸치고 있는 아름
다운 드레스를 다음에도 언제든지 사 입을 수 있도록 재산을 보존하기
위해 노력하고 있단 말이야. 그러니 로에나, 네 어머니가 남겨 주신 패
물과 옷장에 있는 드레스와 네 커다랗고 아름다운 방 등 지금 누리고
있는 모든 것을 포기할 자신이 있으면 고모님께 도움을 요청하겠다고
말해도 좋아."

로에나가 바들바들 떨며 울먹이듯 물었다. 아직도 이해할 수 없다는
듯 크게 부풀어 오른 그녀의 눈동자는 나를 향한 비난의 감정을 감추
지 못하고 있었다.

"⋯⋯왜 자꾸 지키지 못한다고만 생각하는 건데."

"난 상업에 대해 아무것도 몰라. 그건 내 어머니도 마찬가지야. 너는
어떻고? 아니라면 지금 당장 네가 할 수 있는 일을 말해보겠어? 물론
집사의 도움을 받아서 당장 급한 것들은 처리할 수 있겠지. 그런데 양
부가 고르고 결정했던 사항들을 우리가 정해야 한다면?"

"⋯⋯."

"지금 우리에게 있어 양부를 찾기 위한 시간만 부족한 게 아니야. 비
슈발츠가를 제대로 건사하기 위한 배움의 시간도 너무나 부족하단 말

이야. 그러니까 네가 얼마나 터무니없는 소리를 하고 있는지 알겠니?"

나는 새파랗게 질린 얼굴로 부들부들 떨고 있는 로에나를 향해 차가운 목소리로 말했다.

"그러니 다시는 그런 이상한 소리를 지껄이지 마."

졸음으로 인해 머리가 무거워지고 있었다. 책상 위에 올린 손이 파들파들 떨렸다. 단 한 시간이라도 좋으니 푹 자고 싶다는 생각이 들었다. 평온이 간절했다. 그 어느 때보다 더. 그래서 나는 로에나에게 축객령을 내렸다.

"하고 싶은 말은 다 끝났어? 그럼 이제 다음 행동을 해야지. 마고에게 가든, 다른 사람에게 가든 나가서 울란 말이야. 안타깝게도 나는 해야 할 일이 너무도 많아 너를 위로해 줄 시간조차 없단다. 그러니 불면증으로 인해 괴로워하는 네 언니를 좀 배려해 주겠니?"

방문을 손가락으로 가리키며 오만하게 웃었다.

"나가."

로에나는 모멸감을 감추지 못한 채 나를 바라보았다. 이를 깨물며 눈을 치켜뜨는 것이 제법 사나웠다. 그녀는 내가 자신에게 나가라고 명령한 게 믿어지지 않는 모양이었다. 충격은 곧 서러움으로 변질되었고, 새빨갛게 달아오른 얼굴은 슬픔으로 무너졌다. 새파랗게 질린 입술에서 쌕쌕거리며 흘러나오는 음성은 억울함과 서글픔을 듬뿍 담고 있었다.

"왜, 왜 나만……!"

하지만 그뿐이었다. 항의하기 위해 기운차게 일어선 몸은 내 눈초리가 닿는 즉시 허물어졌다. 마른침을 삼키는 듯 크게 일렁이는 목울대가 오늘따라 유독 도드라졌다. 무어라고 따지고 싶은데 어떻게 할 수 없어 원통해 죽겠다는 마음이 바르르 떨리는 입술에 고스란히 드러났다. 나는 재차 말하기보다 시선을 떼지 않는 것으로 그녀를 압박했다.

그러자 로에나가 도움을 바라는 것처럼 고개를 두리번거렸다. 습관처럼 마고를 찾는 것이다. 늙은 살쾡이의 치마폭에 휩싸여 엉엉 울기 위해서였다. 그녀가 할 줄 아는 일이라곤 그것밖에 없으니 말이다. 하지만 오늘은 마고를 대동하지 않고 나를 홀로 찾아온 그녀였다. 내가 비슈발츠가를 차지하기 위해 수작을 부리는 거라는 늙은 하녀의 말에 깜빡 속아 충동적으로 달려온 탓이다. 아군을 데려올 생각을 미처 하지 못한 것이다. 그동안 내가 인내심을 가지고서 몇 번이고 저를 달래 주었더니 단단히 착각을 한 거였다. 평소처럼 투정을 부리고 징징거린다면 어떻게든 될 거라 여기면서, 그렇게. 그래서 지금의 수모가 퍽 애처롭지도 않았다.

사실 돌아오기 전의 로에나라면 내게 이렇게 말하기도 전에 자신이 할 수 있는 일을 먼저 찾으려고 노력했을 것이다. 아니, 예쁜 드레스와 보석 등 지금 누리고 있는 모든 것을 포기하더라도 아버지의 생사를 먼저 챙기려고 했을 테다.

내가 아는 로에나는 자신의 뜻을 받아주지 않는다고 매섭게 눈을 치켜뜨거나 두려움에 벌벌 떨며 저 혼자 빠져나갈 구멍을 찾지 않았다. 적어도 자신의 일에 책임감을 가지고 해결하려는 의지가 있었다. 지금 내 눈앞에 서 있는 멍청한 것과는 아주 다르게.

"왜 나만 네 부탁을 들어줘야 하는데!"

내 시선을 견디다 못한 로에나가 결국 자신의 속내를 드러내고야 말았다.

그녀는 자신의 부탁으로 인해 양부가 위험에 처하게 되었다는 사실을 인정하고 싶지 않은 모양이다. 그렇기에 어떻게든 자신이 유리한 쪽으로 끌고 나가 최선의 노력을 다했다는 위로를 받고 싶은 눈치였다. 죄책감을 덜기 위해서다. 그런데 내가 자신의 말을 들어주지 않고 매정하게 내쳐 버리니 분하면서도 서글픈 거였다. 자존심이 상해서 견딜 수가 없겠지. 하지만 이 이상 뭘 더할 수 있겠는가.

"나가."

나는 단호한 어조로 다시금 명령했다.

"한 번만, 딱 한 번만이라도 내 말을 들어주면 안 돼?"

"나가라고 했어."

"제발, 시스에!"

"내 말이 안 들리니, 로에나?"

"결국 항상 이렇게 네 명령만 내리는구나……."

충격을 먹은 듯 한동안 미적대며 내 눈치를 살피던 그녀가 결국 매서운 시선을 견디지 못하고 비틀비틀 뒤로 물러났다. 그러고는 분노로 인해 발갛게 달아오른 뺨을 손으로 훔치며 그대로 방 바깥으로 빠져나갔다. '후회하게 될 거야'와 같은 싸구려 대사를 날리지는 않았지만 그녀가 내게 좋지 않은 마음을 가지게 되었다는 것만은 사실이었다. 그것은 서재에 남은 고요함만큼이나 퍽 무거웠다. 아니, 졸음으로 인해 먹먹해진 눈가에 딱 어울리는 감정이었다.

나는 한숨을 내쉬며 소파에 무너지듯 내려앉았다. 뻑뻑해진 눈동자가 갈라진 땅바닥처럼 메말라 있어 눈꺼풀을 닫아도 퍽 따가웠다. 몽롱해지는 정신은 모든 것을 너울거리는 연기처럼 비틀어 보고 있었다.

잠시 후면 아이레스 경이 오는 시간인데…….

날 구해 준 이후로 며칠 만에 다시 만나는 것인지 모르겠다. 그에게 감사 인사를 건네는 동시에 황태자가 시킨 일인지를 떠보기 위해서는 말짱한 정신이어야 하는데, 물먹은 솜처럼 축축 늘어지는 몸은 소파에 앉아 있는 것조차도 힘겨웠다. 나를 구해 준 사람의 얼굴을 안 볼 수 없어 미적댔더니 되레 실례가 되어버린 형국이었다. 지금이라도 몸이 좋지 않아 방문을 거절한다는 말을 해야 하나. 이런저런 생각을 하는 와중에도 자꾸만 눈꺼풀이 무겁게 내려앉고 있었다. 그러니까 자면 안 되는데……. 자더라도 아이레스 경은 보내고 나서 자야 하는데…….

애써 발악하며 몸을 일으키려고 해도 그저 튕기는 것처럼 움찔거릴 뿐, 안개에 휩싸인 듯 뿌옇게 변질되는 시야는 이제 혼몽에 젖어 들어가고 있는 상태였다. 귀는 멀쩡하게 열려 있는데 정신은 늪에 빠져들어 가는 것처럼 옴짝달싹 못 하는 것이다.

방문이 열리며 누군가가 들어온 것은 그즈음이었다. 저벅거리는 소리와 함께 인기척이 들리고, 잠시 후 나를 빤히 내려다보는 타인의 시선이 느껴졌다. 낮은 웃음소리와 더불어 뺨에 와 닿는 누군가의 손가락이 마치 무언가를 확인하기라도 하듯 주변을 더듬거렸다. 눈두덩을 매만지며 속눈썹을 건드리는 건 정말로 자는지를 살피려는 행동이었다. 그래선지 매우 조심스러웠다.

"……귀엽게도 자네."

작게 속살거리는 목소리가 퍽 익숙하다. 내가 익히 아는 자의 거였다.

"괜히 입 맞추고 싶게."

뺨 언저리를 배회하던 손이 콧등을 어루만지더니 곧 입술 쪽으로 스르르 미끄러졌다. 위아래로 다물어진 말랑한 속살을 가볍게 꾹꾹 누르는 손끝이 불을 머금은 것처럼 뜨거웠다. 덕분에 제대로 잠에 빠지지도, 악몽에 끌려가지도 않고 있었다. 그저 잘 듯 말 듯 어정쩡한 상태에 빠져 이러지도 저러지도 못할 뿐이다. 다만 불편하여 잠시 몸을 부르르 떨고 있노라니 기다리라는 것처럼 뺨을 가볍게 다독이는 손길이 있었다. 그리고 포근한 무언가가 내 몸 위로 폭 하고 떨어져 내렸다. 낯설지 않은 감각이었다. 최근에 겪어 보았던 유습한 친숙함이 몸 안으로 차분하게 스며들어 긴장이 풀어지고 있었다.

이러한 질감을 어디에서 느꼈더라?

어깨를 가볍게 토닥이는 손길에는 다정함이 뚝뚝 흘러내렸다. 향기가 코끝으로 스며듦과 동시에 악몽이라곤 전혀 찾아볼 수 없는 달콤한 잠이 기적처럼 솔솔 피어올랐다.

이거, 마차에서 느꼈었던 것 같은데? 잠깐, 마차?!

순간 정신이 번쩍 들었다. 정수리에 찬물을 들이부은 듯 머리가 얼얼하게 깨어나고 있었다. 무거운 눈꺼풀을 가까스로 들어 올려 두어 번 힘겹게 깜빡였다. 조금씩 뚜렷해지는 눈동자 위로 오늘 만나기로 한 기사의 얼굴이 새겨졌다.

"아이레스…… 아이레스 경?!"

맙소사, 내가 단단히 미쳤구나.

표정을 관리할 생각도 하지 못한 채 멍청히 그를 바라보다가 허겁지겁 몸을 일으키니 스르륵 하고 바닥에 떨어지는 무언가가 있었다. 아이레스 경의 길고 우아한 손가락이 완전히 떨어지려는 그것을 붙잡고선 자신에게로 끌어당겼다. 황실의 기사들만이 착용할 수 있다는 망토였다. 그게 내 몸을 덮고 있었던 거였다.

"무례를 용서하세요, 아이레스 경."

추하게 입을 벌리고 잔 건 아닌지, 혹은 낮게 코를 골았던 건 아닌지, 심장이 두근두근 떨리고 있었다. 귀는 열려 있었다 하지만 그것조차 혼몽에 젖어서 착각한 게 아닌가 싶기에 나도 모르는 사이에 보였을 추태가 걱정되었다. 말짱한 정신으로 맞이해도 부족할 판에 이런 흉한 꼴을 보이고 말았으니 추궁을 당해도 할 말이 없었다.

매번 나를 찾아오는 아이레스 경이다 보니 이번에도 으레 잘 들어가겠거니 하고 바로 문을 열어준 하녀의 실책이었다. 조금 전만 하더라도 멀쩡한 정신으로 로에나와 이야기를 나누고 있었으니 그가 들어가도 별문제는 없을 거라 판단한 탓이다.

미카엘 아이레스는 부드럽게 미소를 지으며 내게 말했다. 평소보다 낮은 소리로 촉촉하게 흘러나온 음성이 마치 벨벳을 두르는 듯 매끄럽기만 했다. 망토를 덮어주기 위해 지나치게 밀착되다시피 한 거리도 야룻한 긴장감을 높이는 데 한몫하고 있었다.

"무례라니요. 오히려 시간이 멈추었으면 하고 바랐지요."

낯간지러운 말에 뺨이 달아오르고 있었다. 뿐만이랴. 사랑스러운 것을 본다는 듯 달콤하게 응시하는 눈빛에 시선을 어디에 둬야 할지 모를 정도였다. 그러고 보니 평소와 달리 너무 지척에 서 있는 그였다. 잠결에 느꼈었던 손길이 꿈이 아니라 착각할 정도로. 아무렴,

"괜히 입 맞추고 싶게."

이 소리가 진짜였을까……?

잠시 추측을 했을 뿐인데도 귓불이 뜨끈뜨끈하게 달아올랐다. 설마, 하는 심정에 살며시 시선을 맞추니 정중한 태도로 내 반응을 천천히 살피는 그가 있었다. 마치 눈으로 얼굴 전체를 다정하게 더듬어 가는 것 같다. 이마에서부터 턱 끝까지 이르러 어디 하나 남자의 눈빛이 닿지 않은 곳이 없었다. 흑심이라곤 조금이라도 찾아볼 수 없는 단정한 시선이었다. 역시 아니다. 그가 그런 말을 할 리가 있나. 착각인가 보다.

"많이 피곤해 보이시는군요."

나는 반사적으로 뺨과 눈가를 더듬으며 아무렇지 않다고 말했다. 그리고 밀린 감사의 말을 표현했다.

"절 구해 주신 경께 감사드릴 따름이에요. 어떻게 사례를 해야 할까요?"

그런데 아이레스 경의 반응이 썩 좋지 않았다. 본래의 그라면 괜찮다는 겸양의 말이나 신경 쓸 필요 없다는 소리를 내뱉었을 텐데, 그저 착 가라앉은 표정으로 묵묵히 듣고 있었던 것이다. 싸늘하게 얼어버린 얼굴에 내가 말을 잘못 내뱉었나 의아해할 때였다.

"벌써 두 번째입니다."

얼음의 기사가 또다시 무릎을 꿇었다. 다른 여인에게는 도도하기 짝

이 없는 그의 다리가 내 앞에서만큼은 싸구려처럼 굴고 있었다.

정갈한 단복이 바닥에 끌려 주름이 져도 별 상관없다는 듯 그렇게 나만 바라보는 게 기분이 이상했다. 그래서 아이레스 경이 내게 화를 참고 있다는 것처럼 굴어도 불쾌하지 않았다. 그저 내 말의 어디가 그의 감정을 건드렸는지 궁금할 뿐.

"아이레스 경?"

"제 앞에서 위험에 빠질 뻔한 게 벌써 두 번째란 말입니다. 그런데 감사하다니요. 그게 어떻게 감사하다는 말로 덮일 수 있습니까?"

그의 손가락이 허공을 헤매다가 마치 눈치라도 보듯 살며시 내 무릎에 내려앉았다. 손등을 덮는 타인의 손은 놀라울 정도로 미지근하고 축축했다. 화를 내고 있지만 접촉에 관한 한 긴장하고 있다는 증거였다.

"제가 늦게 도착했다면요? 아니, 알지도 못했다면요. 첫 번째도 마찬가지였지. 행여 늦었을까 봐 안절부절못하면서 미친 듯이 말을 타고 달렸어. 나의 아가씨, 당신이 걱정돼서."

목소리가 점점 더 낮아진다. 어둠을 닮은 듯 짙게 일렁이는 음성은 정중한 어조와는 다르게 칼을 머금은 듯 날카로웠다. 아이러니하게도 그 칼이 겨냥하는 건 미카엘 아이레스의 심장이었다. 스스로가 내뱉은 말에 상처를 입는 것처럼 강하게 구겨진 미간은 깊이라는 단어를 쓰기가 어려울 정도로 골이 패어 있었다. 그런데 그게 퍽 안쓰러워 보였다. 첫 번째는 당신의 주군이 쳐 놓은 함정이 아니냐는 말이 목 끝까지 올라왔음에도 불구하고 입술을 열지 않았던 것도 이 때문이었다.

"두 번째는 진짜 미칠 노릇이었지. 환장한다는 상스러운 단어가 익히 이해되는 심정이었어. 그대가 내게 남긴 편지를 보고서 그냥 그렇구나 하고 물러났더라면 어떻게 되었을지 감히 상상조차 하기 싫으니 아니 그러할까. 그저 죽을 것 같았지. 아니, 죽이고 싶었어. 그러니 말해 봐요. 어떻게 이게 어떻게 감사하다는 말로 표현될 수 있단 말입니까?"

아득 하고 갈리는 잇새로 욕일지 모를 것이 살랑이다 사라졌다. 최대한 자제하고 있는 것처럼 보이지만 아이레스 경은 분노하고 있었다. 그런 상황을 만든 자들에게. 그리고 그렇게 되어버린 나에게. 찰나의 순간이 만들어 낼 수많은 가정을 상상하며 괴로워하는 자신에게.

그래서 감사하지 말라고 한다. 아찔했던 순간을 그런 부드러운 단어로 뒤덮을 수 없다며, 차라리 왜 늦게 왔냐고 원망하는 게 낫다는 것이다. 입에 올리지 않고 있지만 그는 괴한의 손에 질질 끌려가며 발버둥 치던 나를 보면서 크게 상처 입은 모양이었다.

……그런데 조금 이상한걸? 이건 마치 그런 일이 일어날 줄 몰랐다는 소리처럼 들리잖아.

놀랍게도 미카엘 아이레스는 그때 나를 구할 수 있었던 건 자신의 감 때문이라고 고백하고 있었다. 황태자가 벌인 일이 아닌 일이라고 말이다. 믿을 수 없는 일이지만 그는 그렇게 진심을 토로하고 있었다.

"다신 그런 위험한 일을 벌이지 않겠다고 말해. 뭐든 좋으니까, 제발. 당신으로 인해 내 심장이 갈가리 찢기는 듯한 고통을 더는 맛보고 싶지 않아."

그가 무너지는 것처럼 내 무릎 끝에 자신의 이마를 가져다 댔다. 커다란 개가 지친 몸을 누이듯 퍽 애처로운 모양새였다. 속삭이듯 말하는 음성에는 그때의 절박함과 공포가 절절하게 녹아 있어 나를 옴짝달싹 못 하게 만들었다.

분명 드레스 속으로 여러 겹의 속치마와 바지를 입었는데도 불구하고 타인의 살갗에서부터 전해져 오는 은근한 열기가 동그란 무릎 뼈와 거죽 위에 잔잔하게 퍼지는 것 같았다. 천에 물을 들이듯 야금야금 번져 오는 스킨십에 질색해야 함에도 불구하고, 무언가에 얽매인 듯 그저 멍하니 사내의 머리만 내려다보게 된다.

"구해 줘서 고맙다는 말 대신 다시는."

그가 숨을 한 번 고르는 것처럼 들이 마시더니 말을 이어 나갔다.

"다시는 그런 위험한 일을 벌이지 마십시오. 나 외엔 그 누구도 나의 아가씨, 당신의 손끝 하나 손댈 수 없게."

그래서일까. 나는 순한 눈망울을 가진 이 남자를 도저히 뿌리칠 수 없었다. 파르르 떨리는 손이 허공을 배회하며 머뭇거리다 남자의 어깨에 조심히 내려앉았다. 한 번 만져 본 적이 있는 곳인데도 불구하고 나는 미개척지에 발을 내딛는 사람처럼 어설프게 굴고 있었다. 그래서 지레 놀랐다가, 손끝만 움찔거렸다가, 가마가 보이는 동그란 머리를 한숨과 함께 내려다보다가, 다시금 손을 들어 미지근한 물기와 열기가 묻어 있는 손바닥을 치맛자락에 쓱쓱 닦게 된다. 맥없이 중얼거리는 그의 목소리에 눈을 깜빡이며 화들짝 놀랐다가 이내 입술을 잘근잘근 씹어버렸다.

"차라리 내가 당신을 먼저 만났더라면……."

뒷말을 삼킨 것처럼 그가 어깨를 한번 들썩이자 나 역시 똑같이 숨을 내쉬며 손가락을 꼼지락거리게 된다. 뻣뻣하게 굳어버린 무릎과 종아리가 당기는 것처럼 아파 왔지만 그 어떤 내색조차 할 수 없었다.

'그럼 처음부터 지켜 줄 수 있었겠지.'

남자가 채 말하지 못한 목소리가 환청처럼 귓가에 울려 퍼지고 있었기 때문이다.

"몸이, 몸이 좋지 않아요."

가까스로 입을 떼어 아무런 말이나 중얼거렸다. 이것은 자신의 약한 모습을 거리낌 없이 보여 주는 남자에 대한 보상 심리일지도 모른다. 아니, 네가 이걸 보여 줬으니 나 또한 보여 주겠다는 얄팍한 속내였다. 감사의 말을 받지 않겠으니 이런 거라도 한다는 양.

"잠을 잘 수 없어. 악몽을 꾸거든요."

그러자 그가 고개를 들어 나를 바라봤다. 아몬드형으로 길게 빼어진 아름다운 눈매는 많이 아프냐는 형식적인 물음 대신 계속 이야기하라는 것처럼 잔잔한 응원을 담고 있었다. 그래서 독백하는 것처럼 속삭였다.

"그날의 꿈을 꿔요. 눈을 감으면 언제나 괴한의 손에 붙들려 질질 끌려가죠. 아무도 구해 주지 않아요. 그래서 다시 자기가 무서워요."

"언제부터 그랬습니까?"

"계속."

"계속 말입니까? 그때부터 지금까지?"

"네, 그래요."

"하지만 방금 전은……."

아이레스 경이 의아하다는 듯 물었다. 나는 쓰게 웃으며 고개를 좌우로 흔들었다.

"의식의 끝자락을 힘겹게 붙들고 있는 거죠."

그러나 그 와중에도 달콤할 것만 같은 순간이 찾아왔더랬다. 이 남자가 다가와 자신의 망토를 덮어주었을 때였다. 사실 그 순간 포근하다고 생각했지만, 이불도 아닌 게 봄볕과 같은 부드러움을 전해 줄 리만무하다. 그런데 아이레스 경 특유의 체취가 담긴 망토가 코끝에 와닿았을 때, 세상 그 어떤 것보다 안락한 기분을 맛보았다.

"한데 방금 전에는 이상하게도 잠이 올 것만 같았어요. 악몽을 꾸게될지도 모른다는 생각을 하지 않았고."

나는 그와 시선을 마주하며 속삭이듯 말했다.

"눈을 뜨니 당신이 있었어요."

먹먹하게 잠긴 목소리가 귀족 영애로서 갖춰야 할 모든 기품에 어울리지 않았다. 그저 툭 하고 내뱉는 것처럼 거칠기 짝이 없었다. 하지만 이렇게 말을 해야 할 거 같았다. 그게 아이레스 경에 대한 최선이라 생각했다.

"이상한 일이죠. 왜일까요?"

이제 방 안은 내 목소리와 숨소리만으로 가득 차 있었다. 미카엘 아이레스는 놀란 듯 눈을 크게 뜬 채 아무런 말도 하지 못했다. 내 손등을 덮은 그의 손가락이 차갑게 식어 가고 있었다. 긴장한 걸까.

"이게 망토 때문인지, 아니면 경 때문인지."

혼잣말처럼 흘러나오는 말에 그의 어깨가 크게 움찔거렸다. 나는 아랑곳하지 않고 말을 계속 이어 나갔다.

"아직은 잘 모르겠지만……."

어쩌면 내가 생각한 게 아닐 수도 있겠지만, 그래도 손을 앞으로 내밀고서 조르듯 말하는 것을 멈출 수 없었다.

"그러니 제게 경의 망토를 주시겠어요?"

기대감으로 인해 기쁘게 일렁이는 그의 아름다운 눈동자를 도저히 외면할 수 없었으니까.

……이제는 진심으로 알아야 할 때다.

"아가씨, 요즘 굉장히 안색이 좋아 보여요."

아침에 커튼을 걷고 창을 열며 마리가 말했다. 나는 사이드 탁자에 준비된 미지근한 물을 따라 마시며 건성으로 고개를 끄덕였다.

"약이 잘 듣나 봐요?"

마리가 양 소매를 한 번 걷더니만 침대가로 가까이 다가왔다. 막 바닥에 발을 내디디려던 나는 침대를 정리하려는 듯 막 이불에 손을 가져다 대는 그녀를 막았다.

"그대로 놔두렴."

"네?"

"그냥 놔두라고 하지 않니?"

"예, 아가씨."

이불 안에는 황궁 기사단 소속의 기사들만이 사용할 수 있는 망토가 있어 함부로 들춰 보게 하기가 곤란했다. 제국의 문양이 화려하게 새겨져 있을뿐더러, 그들의 제복이 워낙 유명하다 보니 마리와 같은 이는 모르려야 모를 수가 없기 때문이다. 그러니 처음부터 보지 못하게 하는 게 나았다. 마리라면 분명 누구의 것인지 금세 알아차리고선 입을 나불거릴 테니까 말이다.

그날 미카엘 아이레스에게 그의 망토를 받았을 때 설마 하는 생각이 있었다. 정말 그의 체취가 담긴 물건을 껴안고 잤을 때 악몽을 꾸지 않을까 싶은 의구심이 들어서였다. 그런데 그의 망토를 두르고 잔 날 처음으로 꿈 한 번 꾸지 않았더랬다. 악몽은 고사하고 그간 밀렸던 잠을 해결하기라도 하듯 점심때가 다 되어 가도록 일어나지 못했다. 그처럼 달콤하고 개운한 수면은 오랜만이었다.

그래서일까. 아이레스 경의 향이 담긴 물건을 껴안고 잔다는 야릇함은 사라지고, 그에게서 지켜진다는 든든함만이 자리 잡았다. 그날 아이레스 경의 품 안에서 느꼈던 안도감이 주치의가 처방한 약보다 더 강력한 진정제 역할을 한 모양이다. 이제 그의 흔적이 다 사라진 망토에 내 것일 게 분명한 체취가 남았지만, 여전히 잠을 푹 잘 수 있던 것도 이 때문이었다.

"오늘도 서재에서 일하시는 거예요? 요즘 너무 일하시는 거 아녜요? 적당히 산책도 하시고 휴식을 좀 취하셔야죠. 이러다가 피부가 다 망가지겠어요."

이불을 아무렇게나 정리한 내가 화장대에 걸어가 앉자 마리가 기다렸다는 듯 빗을 들고 섰다. 요즘 부쩍 어머니의 신경질이 늘어 그녀에게 배정된 하녀만으로도 벅찬 것 같아 세릴과 블랜을 보낸 참이었다.

그래서 방 정리는 물론이고 자잘한 수발을 드는 것까지 마리가 다 하고 있었다. 몇 명이 같이하던 일을 갑자기 혼자 하게 돼 제법 벅찰 게 분명한데 그녀는 나와 단둘이 있게 된 게 즐거운 것인지 훨씬 더 의욕적으로 일하고 있었다. 머리를 빗질하는 솜씨가 이전보다 배는 더 좋아진 것부터가 그랬다.

"아침은 어떻게 하시겠어요?"

"입맛이 없어. 그러니 준비하지 말렴."

잠을 푹 자고 있는데도 한번 떨어진 입맛은 도통 돌아올 줄 몰랐다. 그래서 아침은 거의 가볍게 먹거나 물 한 잔으로 대충 넘기고, 점심은 서류를 보면서 수프에 빵을 찍어 먹었다. 저녁이야 어머니의 부탁으로 같이 먹긴 하지만 내 몫으로 주어진 고기를 거의 남기기 일쑤였다.

아침마다 비단 끈으로 내 허리를 죄던 마리는 점점 더 힘주어 잡아당기지 않아도 될 만큼 헐렁해진 허리를 보며 안타까워했다. 젖살로 인해 조금 말랑했던 뺨도 어느새 훌쭉 꺼지고 없었다. 솜털이 오도독 돋아나 있는 매끄러운 피부는 여전했으나 한층 날카로워진 턱이 길게 뻗은 목과 더불어 야릇한 선을 자아냈다. 또렷한 빛을 발하며 낮게 가라앉아 있는 눈동자는 유순하기보다는 고양이의 날카로운 눈매를 연상시켰다. 어디 하나 둥글둥글한 데가 없었다. 그러니 '소녀'이기보다는 '여인'에 더 가까워 보이는 터였다. 이전과 달리 공들여 관리하다 보니 꽃망울이 이르게 움트는 것이다.

"아름다우세요, 아가씨."

나는 마리의 말에 피식하고 미소를 지었다. 제국에 사는 귀족 여인 중 아침에 간단한 치장을 마친 후 제 하녀에게 아름답다는 소리를 들어 보지 않는 사람이 누가 있을까. 이제는 일상과도 같은 말이었다. 마리 역시 내 반응을 기대하지 않는다는 듯 천연덕스럽게 말을 이어 나갔다.

"오늘 점심도 수프와 빵이세요?"

"과일도 가지고 오렴."

"네."

"어머니는 잘 드시고 계신다니?"

"속이 많이 불편하신지 도통 잘 드시지 못하고 계신대요. 그래도 배 속의 아기님을 위해서라도 조금씩 드시려고 노력하시는 것 같은데, 잘 안 되는 모양이에요."

내가 느끼는 불안을 어머니도 느끼고 있는 모양인지 양부가 상행을 떠난 이후 도통 음식에 입을 대지 못하고 있는 그녀였다. 뭘 먹기만 하면 족족 토해 내는 게 입덧 초기를 연상시킬 정도였다.

"그래도 어떻게든 드시게 해."

"네, 세릴이랑 블랜에게 말해놓을게요."

"로에나는?"

"외출이 잦으세요. 황후궁으로 가실 때가 많아요."

"그렇게 빈번하니?"

"네. 아, 가끔 집사님에게도 가세요. 저번처럼요."

내 방에서 쫓겨난 이후 로에나는 집사를 찾아가 한탄에 가까운 하소연을 내뱉었다고 한다. 이전 같았으면 어머니에게 달려갔을 테지만, 관계가 굉장히 소원해진 터라 나에 대한 불평을 늘어놓을 수 없었던 것이다.

마고에게 가 봤자 같은 말만 반복하게 되니 영 신선하지 않았을 테고. 그래서 새로운 사람에게라도 위로를 받고 싶었던 모양인데, 그 깐깐한 집사가 로에나의 투정을 고이 받아줄 리가 만무했다. 어릴 적부터 봐온 사이라 좀 더 물렁하게 대했을지 모르겠지만, 그래도 그게 다였다. 로에나에게 차 한 잔 타 주고선 묵묵히 옆에 서 있었던 게 위로의 끝이었다.

늙은 집사는 부드러운 성미를 가진 이는 아니었지만 그래도 사려 깊고 현명했다. 내게 로에나의 불평을 전달하며 편들 생각 없이―그래도 오래 본 그녀에게 더 마음이 갈 텐데 말이다―묵묵히 내 말을 따라 주는 것으로 보아 말이다.

어머니의 건강이 좋지 않은 지금 양부의 친딸인 로에나가 모든 살림을 도맡아야 함에도 불구하고 그는 내가 비슈발츠가의 서류에 손대는 것을 묵인했다. 되레 어떻게 해야 하는 것인지 조언하며 일을 잘 처리할 수 있도록 도왔다. 마고네들이 보내는 경멸―그들은 내가 백작가를 먹으려고 한다고 철석같이 믿고 있었다―대신 응당 이렇게 하는 게 맞다는 것처럼 자연스럽게 굴었다. 덕분에 아무런 거리낌 없이 백작가의 재산을 굴렸고, 그 자금을 이용하여 양부의 뒤를 쫓는 참이었다.

그래도 저의 속내를 알아야 할 것 같아 어느 날 우연인 것처럼 로에나에 대한 말을 흘렸던 적이 있었다. 뻑뻑거리는 눈가를 손가락으로 꾹꾹 누르며 '나뿐만이 아니라 로에나도 이걸 알아야 할 거 같은데요?'라고 말하자 그가 곤란하다는 듯 입을 꾹 다물었다. 단단하게 굳어진 턱은 무어라 말해야 할지 모르겠다는 것처럼 가늘게 떨리고 있었다.

"로에나 아가씨는 아직 어리십니다."
"그녀만큼 배움이 빠른 사람은 없어요. 어쩌면 나보다 더 잘할 테죠."
"냉정함은 배울 수 있는 게 아닙니다. 결단력 또한 말입니다."

집사는 딱 잘라 말했다. 일견 차가워 보이는 어조지만 사실 그는 로에나의 순수를 지켜 주고 싶어 했다. 그녀가 아직 이런 일에 대해 알지 않기를 바란 것이다. 그래서 서류에 관한 그 어떠한 언급도 하지 않았다.

내게 준 서류의 대부분이 진짜 중요한 게 아닌, 양부가 돌아올 때까지 버틸 수 있는 수준의 내용이라는 점도 로에나가 나서지 않아도 되는 이유 중 하나였다. 진짜배기는 진정한 후계자만이 들춰 볼 수 있을 테니 말이다. 물론 그조차도 내가 손대기엔 황송한 것들이었지만, 집 사는 자신과 함께 일을 본다면 이 정도쯤은 괜찮으리라 여긴 모양이다. 그의 말마따나 내가 더 냉정한 성품을 가지고 있기도 하고.

하지만 최초의 봉변 이후 일주일이 지났음에도 불구하고 무엇 하나 밝혀진 게 없다는 사실이 집사와 내 마음을 무겁게 만들었다. 황태자 의 탄신일이 이제 고작 육 일밖에 남지 않았다는 사실을 감안한다면, 지금쯤 양부가 선물을 가지고 돌아왔어야 함이 맞는데 말이다. 그런데 지금까지 아무런 소식이나 흔적조차 찾을 수 없다는 건 정말로 무슨 일 이 일어났다는 증거였다. 일주일이나 보름에 한 번씩 꼬박 나를 불러 이야기를 나누던 황태자가 양부의 상행을 기점으로 침묵하고 있다는 것 또한 불안했다.

아이레스 경은 아무것도 모르는 상태에서 달려온 것이라 말했지만, 능구렁이 황태자가 그 몰래 손을 썼을 가능성도 있기에 쉽사리 단언할 수 없었다. 크게 다툰 이후 더는 아이레스 경을 믿기 어렵다 생각하여 그를 제외한 거라면 어찌하겠는가.

"전환이 될 만한 무언가가 있어야 해. 그래야 방향을 확실하게 잡을 수 있지."

답답함에 입술을 깨물어 보아도 지금 내가 할 수 있는 것이라곤 고작 비슈발츠가가 흔들리지 않도록 안간힘을 쓰는 것뿐이다. 물론 그 와중 에 최선을 다해 자료를 수집하여 이것저것을 알아보고 있긴 하지만, 아 직은 비밀 서류가 가득한 금고를 열어 볼 수 없었다. 그래서 아쉬웠다.

그 와중에 잭이 제법 유명한 뒷골목의 정보상과 끈을 맺어 좀 더 확 실한 정보를 제공해 줄 수 있게 되었다는 건 다행이었다. 아이는 제 목 에 걸려 있는―쥐와 새가 음각되어 있는―조잡한 펜던트를 보여 주며 들뜬 목소리로 말했다. 이 목걸이만 있다면 아무도 자신을 무시하지 못할 거라고 말이다.

"아가씨가 원하시는 정보도 좀 더 싸게 얻을 수 있을 거예요."

나는 익숙한 문양에 웃음이 터져 나올 것 같았지만 가까스로 참았다. 세상에, 다락방에 갇혀 있던 로에나를 구출하여 황궁으로 보냈던 뒷골목 정보상의 표식을 여기서 볼 줄이야. 라발리에가 돈을 대고, 세릴이 직접 접촉해 의뢰를 넣었었던 그들이 이제 내 아이의 조력자가 되었다고? 정말이지 배를 잡고 깔깔깔 웃어 대지 않을 수 없을 만큼 재미난 일이 벌어지고 있었다.

잭은 왈패들의 정보가 꽁꽁 싸여 있다고 말했다. 돈을 많이 준다 해도 정보상이란 정보상들이 죄다 입을 닫고서 모르는 척한다는 것이다.

"어떤 사람은 겁에 질려 했어요. 정말로 구린 일인가 봐요."

어깨들을 모았던 장소 또한 감쪽같이 사라져 흔적조차 찾을 수 없다고 했다. 구리 동전이면 주변 사람들을 탐문하여 쉽게 알 수 있는 정보가, 은화면 집 안의 식기의 개수가, 금화라면 죽은 자의 머리털이 몇 개인지까지 알아다 준다는 사람들인데 말이다. 그저 협박을 받은 것처럼 입을 꼭 다물고선 고개만 설레설레 내저었다고 한다.

"하지만 계속 일하다 보면 어떻게든 알 수 있겠죠."

나는 그런 잭에게 은화 한 주먹을 쥐어주며 당부하듯 말했다.

"위험한 것 같으면 그대로 도망가렴. 고통을 참기 어려우면 내 이름을 말해

도 돼."

몇십 년을 같이 살아도 신뢰가 쌓이기 어려운 경우가 있는가 하면, 고작 몇 번 만났음에도 불구하고 목숨을 기꺼이 내어줄 수 있을 만큼 믿음을 가지게 만드는 사람이 있다. 내게 있어 잭은 후자에 가까운 아이로 아리나와 다른 안타까움이 있었다. 그래서 만나면 만날수록 평소의 의도와 달리 대하게 된다. 아끼는 마음이 커져만 가고 있는 것이다. 그러나 아이는 내 말에 낮달과 같은 희미한 미소를 지으며 대답했다.

"싫어요. 내 마음이에요."

내 마음이 변한 것처럼 잭 역시 그러한가 보다. 그것이 우리에게 있어 서글픔으로 다가오고 있었다.

나는 깃펜을 잉크병에 꽂아 넣으며 긴 한숨을 내쉬었다. 집사는 잠시 재고 수량에 관한 서류를 살펴본다는 말로 서재를 빠져나간 지 오래였다.

그동안 잠시 쉬어 볼까 싶은 마음에 책상 위에 올려 있는 소박한 점심을 바라보다 이내 고개를 설레설레 내저었다. 차갑게 식은 빵이나 수프는 물론이고 겉이 메마른 과일 또한 구미가 당기지 않았다. 오늘 먹은 것이라곤 아침에 마신 물 한 컵이 전부였지만 이상하게도 허기가 지지 않았다. 그래서 뻑뻑하게 굳은 몸도 좀 가볍게 만들 겸 산책을 나서기로 했다. 아이레스 경이 방문하려면 시간이 좀 남았으니 괜찮겠다 싶은 것이다.

하지만 이런 소란스러움을 목도할 줄 알았더라면 그대로 서재에 틀어박혀 있었을 것이다. 가문의 기사 여럿이 우르르 몰려와 아이레스 경을 상대로 언성을 높이는 건 퍽 창피한 일이기 때문이다.

"사과를 받아야겠소."

누군가 잘 대처한 것인지 이들의 주변에는 다른 사람이라곤 전혀 없었다. 혹시 모를 가십을 피하기 위해서일 게다. 그러니 이렇게 마음껏 목청을 높여 말할 수 있는 거겠지. 그렇기에 나 역시 모르는 척 뒤로 물러서야 함이 옳았다.

하지만 나도 모르게 기둥 뒤에 몸을 숨기고선 그들의 대화를 엿듣게 된다. 언뜻 훔쳐본 아이레스 경의 표정은 여러 사람에게 둘러싸인 사람 같지 않게 무척 평온해 보였다.

그런데 저 사람들 어쩐지 낯이 익은데?

"무얼 말입니까?"

"그때 우리에게 했던 모욕 말이오. 이런 실력으로 비슈발츠가의 기사를 하고 있느냐는 둥 아가씨를 지키지 못하는 얼간이라는 둥, 그게 같은 기사로서 할 말이오?"

아아, 이제 알겠다. 할버드 경이 차출하여 붙여 주었던 기사들이구나. 그들은 새빨갛게 달아오른 얼굴로 아이레스 경을 향해 언성을 높였다. 금세라도 칼을 뽑을 것처럼 허리춤을 더듬는 사람도 있었다.

"있는 그대로를 말한 게 모욕이라니, 그것참 우스운 노릇이로군."

미카엘 아이레스가 냉소적인 어조로 말했다.

"진짜 모욕이라는 건 '쓸모도 없는 그 손 이만 잘라 버리시지'라는 말 아닌가?"

감정 하나 곁들여지지 않는 목소리는 퍽 섬뜩했다. 나직한 음성으로 '원한다면 손수 잘라드릴 의양이 있소만?'이라고 친절하게 덧붙이는 그의 말에 소름이 돋는 건 나뿐만이 아닐 터였다.

"이익, 그러고도 그대가 기사요? 어찌 그런 잔인한 소릴!"

"그리고 보니 그 녀석들도 아무렇지 않게 죽였지. 무릇 기사라 함은 자비를 베풀 줄도 알아야 하는 법이오. 아이레스 경은 그런 기본 소양조차 모르는 모양이오?"

"기사의 소양대로 자비를 베푸는 게 내 연인의 명예와 안전보다 더 값어치가 있는 일인가?"

"뭐, 뭐라?"

"나 아니었음 아가씨를 제대로 지키지 못했다는 명목으로 처분을 받았어야 할 자들이 감사하다는 말을 내뱉지 못할망정 이렇게 우르르 몰려야 겁박하는 꼴이라니……. 그것참 한심하군."

"그 입 닥치시오!"

누가 분을 이기지 못하고 칼을 뽑은 것인지 스스릉 하고 쇠를 긁는 소리가 들려왔다. 싸움을 벌이려나. 그럼 소란이 커질 텐데. 아니, 커지다 뿐일까. 가십의 온상지가 되어 이리저리 두들겨 맞을지도 모를 노릇이다. 그럼 양부의 부재가 밝혀지겠지. 견디다 못한 내가 막 몸을 드러내려고 할 때였다.

"검을 집어넣으십시오."

청음의 기사가 등장했다.

언제 나타난 것인지 가문의 기사와 아이레스 경 사이에 자연스럽게 끼어든 할버드 경이 차분한 목소리로 검은 든 이에게 말했다.

"이만 흥분을 가라앉히고 뒤로 물러나십시오."

단호한 명령에 아무도 반박하지 못하고선 뒤로 한 발자국 물러났다. 그리고 억울하다는 듯 이를 가는데, 할버드 경이나 아이레스 경이나 그에 대해 전혀 신경 쓰는 눈치가 아니었다.

"무례를 용서하십시오, 아이레스 경."

"아닙니다, 할버드 경."

말은 괜찮다 하지만 아이레스 경의 표정은 여전히 냉랭한 상태였다. 할버드 경은 작은 한숨을 내쉬며 말을 이어 나갔다.

"방법이 지나치긴 하지만 아가씨를 손수 지키지 못했다는 슬픔과 안타까움이 이리 거칠게 표출된 것 같습니다. 경께서 너그럽게 이해해 주셨으면 합니다."

"못 할 것도 없지요. 그 검이 제 목을 스치기 전에 경께서 등장하셨으니 말입니다. 그런데 이곳 기사들의 기본 소양은 제가 배운 것과 좀 다른 모양이군요."

"그야 받아들이는 사람의 해석에 따라 달라지는 것 아니겠습니까? 사람의 성미가 모두 똑같을 순 없는 노릇이니까요. 그러니 가문의 기사 교육을 의심치 말아주시길 바랍니다."

얼마나 엉망으로 배웠기에 이렇게 멍청하게 구냐, 라는 비아냥을 쟤 성격이 좀 지랄 같아서 그래, 라는 대답으로 가볍게 받아친 할버드 경이다. 원한다면 비슈발츠가의 기본 소양을 확인시켜 줄 수 있다는 도발을 덧붙이며 말이다. 아이레스 경의 입술이 작게 실룩이는 건 당연한 일이었다.

"그보다 인사가 늦었습니다. 아가씨를 구해 주셔서 감사합니다."

"연인을 구하는 게 인사를 받을 일은 아니지요. 지극히 당연한 일입니다."

기이하게도 차분한 어조로 대화를 나누고 있는데 불구하고 마치 저 두 기사가 말싸움을 하고 있는 것처럼 느껴지고 있었다. 그래서 숨조차 제대로 쉬는 것 없이 귀만 쫑긋 세우게 된다. 날 선 긴장감이 흐르는 것 같았다.

"가문의 아가씨인걸요. 게다가 아이레스 경 덕분에 비슈발츠가 기사들의 명예를 지키게 되었으니 어찌 감사드리지 않을 수 있단 말입니까?"

미카엘 아이레스가 우습지도 않다는 듯 서늘한 목소리로 말한다.

"아니, 처음부터 경께서 호위하셨더라면 이런 감사를 받을 일도 없었을 테지요. 그러니 이런 인사치레보다 그날 경께서 왜 아가씨의 곁에 있지 않았는지에 대해 여쭤봐야 할 것 같습니다."

"그건 아이레스 경께서 추궁하실 일이 아닙니다."

할버드 경이 불쾌하다는 듯 눈썹을 까딱였다. 그리고 자연스럽게 손을 흔들어 자신의 뒤에 어정쩡하게 서 있는 기사들을 물러나게 했는데, 아이레스 경은 그런 그들을 붙잡지 않고서 계속 할버드 경만 바라보고 있었다. 그리고 그들이 사라지기가 무섭게 말을 이어 나갔다. 어느새 상대에 대한 존칭은 사라지고 없었다.

"내가 그대라면 어떻게든지 아가씨를 따라갔을 거다. 그런데 그대는 그러지 않았어. 그래서 아가씨가 그런 봉변을 당한 거다."

"경께서 추궁하실 일이 아니라 했습니다."

"그럼 누가 그래야 하지?"

"아가씨가, 시스에 아가씨가 하실 일이지요."

할버드 경의 목소리는 무척 낮고 거칠었다. 무언가 참는 듯 그르렁 거리는 소리가 짐승이 내는 것처럼 느껴질 정도였다. 화가 난 거다.

"기억나나? 건국제 당일 내가 '나는 시스에 아가씨를 위해, 그대는 로에나 아가씨를 위해 후회 없는 경기를 합시다'라고 했을 때 경은 '화관의 주인을 왜 경께서 정하십니까?'라고 말했었지."

미카엘 아이레스가 말했다. 그의 목소리 역시 할버드 경 못지않게 착 가라앉은 상태였다.

"그리고 아무렇지 않다는 것처럼 도발을 걸었다. 정작 화관은 아무 에게도 주지 않을 거였으면서. 그저 내 등 뒤를 바라보며 이만 아득 깨 물고 있지 않았나."

"그래서 어쩌라는 겁니까."

얼음의 기사가 미소를 지었다. 아니, 입꼬리만 호선을 그리며 휘어 졌을 뿐 어디 하나 진심으로 웃는 데가 없었다.

"계속 그렇게 있으란 소리다. 내게 감사 인사만을 전하면서."

"그거야 앞으로 계속 두고 볼 일이지요."

할버드 경의 도발에도 불구하고 미카엘 아이레스는 흔들림 없이 말을 이어 나갔다. 오연하기 짝이 없는 태도였다.

"아니, 그럴 일은 없을 거야. 위험한 일을 겪기 전에 내가 미리 막아버릴 테니까."

그리고 바로 손을 뻗어 할버드 경의 어깨 위에 올렸다. 힘을 준 것인지 할버드 경의 얼굴이 크게 일그러지고 있었다.

"그러니 바라건대, 다시는 오늘과 같은 일이 일어나지 않았으면 합니다, 할버드 경. 이러한 무례를 참는 것은 오늘뿐이니까요."

"……물론입니다, 아이레스 경."

할버드 경의 대답에 아이레스 경이 손을 떼고서 정중하게 인사를 건넸다.

"그럼 다음에 또 뵙지요."

그리고 아무 일 없었다는 것처럼 지나쳤다. 순식간에 사그라진 긴장감에 어리둥절할 틈도 주지 않은 채, 그렇게. 그가 향한 곳은 내가 있는 서재였다.

할버드 경은 아이레스 경의 뒷모습을 바라보며 미간을 잔뜩 찌푸렸다. 그러다 반대의 방향으로 몸을 틀어 사라지는데 평소의 그답지 않게 걸음걸이가 무척 거칠었다. 방금 전의 신경전에서 완벽하게 패배했음을 느낀 것인지 멀어지는 등과 어깨가 뻣뻣하게 굳어 있었다.

나는 그 둘이 그림자도 보이지 않을 정도로 멀리 사라지고 나서야 참았던 한숨을 내쉬었다. 그리고 기둥 뒤에서 걸어 나왔다. 본의 아니게 기사들의 신경전을 보게 된 탓인지 가슴이 콩닥콩닥 뛰었다. 특히 미카엘 아이레스의 진면목을 엿본 거 같아 기분이 묘했다. 저래서 얼음의 기사라는 이명을 받은 건가? 누가 지었는지 모르겠으나 무척 잘 어울리게 지었다고 감탄할 정도로 냉정하고 서늘한 얼음의 칼 그 자체였다. 내 앞에서 순하게 풀어지며 헤실헤실 미소 짓는 그와 동일 인물이라 생각하기 어려울 정도다. 특히 할버드 경에게 말했던 경고와 같은 경우는 당사자가 아닌 나라도 울컥할 만큼 성질을 돋우는 무언가가 있었다.

"역시 황태자의 친구."

나는 손으로 얼굴을 감싼 채 한숨처럼 중얼거렸다. 어쩐지 이 상태로 아이레스 경을 만나게 된다면 눈조차 마주칠 수 없이 안절부절못하게 될 것만 같았다. 아니, 낯선 사람을 만나는 양 어색해할지도 모르겠다. 뭐, 일부러 속인 건 아닐 테고 나름대로 나를 배려한 것 같은데, 종종 보이던 날카로운 면모가 마냥 거짓은 아니었던 게 밝혀지니 헛웃음조차 나오지 않았다. 종종 느껴지던 위화감이 이것 때문이었나?

어쨌든 만나기는 해야 할 텐데, 저의 진짜 중에서도 가장 깊은 속내를 보았을뿐더러 망토를 얻고 난 다음의 경과를 이야기해야 할 테니 선뜻 걸음을 옮길 수 없었다. 그렇다고 기껏 찾아온 손님을 이렇다 할 이유도 없이 내쫓을 수 없는 노릇인데 말이다. 내키지 않는 마음에 이리저리 머리를 굴리며 궁리를 할 때였다. 복도의 끝에서 블랜이 달려오더니 다급한 목소리로 나를 불렀다.

"아가씨, 응접실로 오셔야 할 거 같아요. 집사님께서 찾으세요."

가까워지는 그녀의 얼굴은 무언가에 크게 놀란 듯 창백하게 굳어 있었다. 채 말을 잇지 못하고 '큰일, 아주 큰일이 일어났대요'라는 소리만 연신 중얼거리는 꼴이 내가 직감한 순간이 다가왔음을 느끼게 했다.

"어머니는?"

"와 계세요."

"어째서!"

"산책을 하다가 들으셨거든요."

원치 않은 상황에 이를 아득 악물며 뛰다가 잠시 걸음을 멈추었다. 그리고 의아하다는 듯 나를 바라보는 블랜에게 '너는 지금 내 서재에 계신 아이레스 경께 가서 다음에 방문해 주십사 하고 정중하게 요청 드리렴'이라고 말했다.

"왜냐고 물으시면 어떻게 해요?"

"대답해 드릴 수 없는 중요한 사항 때문이라고 말씀드려."

"예."

나는 후다닥 사라지는 블랜의 뒷모습을 힐끔 쳐다보다가 다시 발을 부지런히 놀려 응접실에 다가갔다. 그리고 문을 활짝 열었다.

응접실 안에는 어머니와 로에나 그리고 집사와 플랑과 마고에 이르러 있어야 할 사람들이 죄다 모여 있었다. 그런 그들의 시선은 한 남자에게로 향해 있었다.

나는 그를 보자마자 기시감 같은 것을 느꼈다. 어디서 보았던 것인지 이해할 수 없는 친숙함이 낯선 남자에게서 흘러나오는 것이다.

아, 맞아.

불행하게도 나는 그 남자를 금세 떠올렸다. 저치는 양부가 죽었을 때 우리에게 소식을 전해 주러 왔었던 사내와 꼭 닮아 있었다. 서 있는 위치부터가 그랬다. 돌아오기 전의 그날과 어디 하나 다를 바가 없었다. 양부의 유품이라 할 수 있는 물건이 들어 있기에 불룩하게 솟아오른 주머니도 같았다. 그저 알려 주는 시기만 많이 이를 뿐이었다.

"시스, 애야……."

어머니가 길을 잃은 아이처럼 내게 손을 뻗었다. 나는 어머니의 곁에 다가갔다. 모두 불안한 표정으로 숨을 죽이고 있었다. 아직 본론이 나온 건 아니지만 직감적으로 무언가 잘못되었다는 걸 알아차린 눈치였다.

나는 집사와 눈을 마주했다. 그의 표정은 상당히 좋지 않았다. 주름이 자글자글한 눈가는 붉게 물들어 있었다.

아, 미리 들은 모양이로구나.

양부가 오래 살지 못할 것이라는 걸 알고 있었기에 그의 죽음을 덤덤하게 받아들일 수 있을 것이라 생각했다. 이전의 내가 그러했듯 이번에도 아무렇지 않을 것만 같았다. 그런데 막상 그의 죽음을 겪게 되니 예상보다 더 충격적으로 다가왔다. 두근대는 심장이 묵직하게 아파 오고 있었다. 각오한 나조차도 이러할진대 하물며 어머니는 어떤 심정으로 이 무거운 시간을 견뎌 내고 있는 것일까. 감히 짐작조차 할 수 없었다. 다만 더 상처받기 전에 그녀를 내보내야겠다는 생각만 들 뿐이다. 그래서 쓴웃음을 애써 삼키며 조용히 어머니를 불렀다. 흘러나오는 목소리가 비극을 그리는 듯 상당히 잠겨 있었다.

"어머니는 잠시 올라가 쉬시는 게 좋겠어요."

그러나 어머니는 일어나지 않겠다고 고집을 부렸다. 배 속의 아이를 생각해서라도 그래야 한다는 말을 덧붙였으나, 그녀는 백작가의 안주인으로서 이러한 큰일을 들어야 할 책임이 있다며 목소리를 높였다. 새파랗게 질린 얼굴만 아니라면 제법 의연한 태도라 할 수 있었다. 문제는 표정이 목소리를 따라가지 못하고 있다는 점이었다. 안타깝게도. 이러다가 큰일이 날 것 같아서 집사에게 눈짓했다. 그리고 어머니의 몸을 조심스럽게 일으켰다.

"올라가세요."

"싫어. 여기 앉아서 다 들을 거야. 그래야 하잖니, 응? 내가 여기에 있어야 하잖아⋯⋯."

마지막 목소리는 흐느낌을 담고 있었다. 어머니도 눈치가 아예 없는 건 아니라 일이 어떻게 돌아가는지 어느 정도 짐작한 모양이다. 나는 그녀의 어깨를 가볍게 토닥이며 다시 말했다.

"아뇨. 올라가세요. 제발요."

부드러운 뺨이 물기에 젖어 희게 반짝였다. 잔뜩 일그러진 입술이 울음을 토해 낼 듯 잘게 들썩였다. 흔들리는 눈이 자신을 잡아 달라는 듯 거칠게 일렁이고 있었다. 나는 어머니의 젖은 뺨에 키스하며 집사가 불러온 하녀의 손에 그녀를 맡겼다.

"방에 가셔서 따뜻한 차 한 잔 드시고 푹 주무세요."

어머니는 망설이더니 곧 힘없이 고개를 끄덕이며 알았다고 했다. 응접실에 있는 모든 사람이 침묵하며 그런 어머니와 나를 잠자코 바라보고 있었다.

"자, 어서요."

"그래. 그러마."

바닥으로 떨어진 얼굴은 체념을 담고 있었다. 어머니는 다시 한번 나를 바라보다 이내 천천히 걸음을 옮겨 자신의 방으로 향했다. 다른 사람들은 그녀가 응접실 밖으로 빠져나갈 때까지 한 마디 말도 꺼내지 않았다. 그저 침묵했다. 적막이 우리를 짓누르고 있었다. 목이 졸리는 것처럼 괴로웠지만 아무도 숨을 내쉬지 않았다. 사신(死神)이 이곳에 함께 있었다.

집사가 입을 연 것은 어머니가 나가고 난 뒤 한참의 시간이 지나서였다. 그는 견딜 수 없다는 것처럼 한숨을 한번 내쉬더니만 낯선 남자에게 '이제 말해도 된다'라고 했다. 그렇게 말하는 집사의 얼굴은 참담하게 일그러져 있었다.

남자는 잠시 헛기침을 하더니 우리에게 정중하게 인사했다. 로에나는 본능적으로 곁에 서 있는 마고의 손을 붙잡았고, 바들바들 떨리는 눈을 힘겹게 깜빡이며 주변을 두리번거렸다. 마고만으로는 안심이 되지 않은 모양인지 그녀의 겁에 질린 눈동자는 나를 향해 있었다.

"이런 말씀을 드리게 돼서 유감입니다만."

사내가 불룩하게 튀어나온 주머니에서 무언가를 꺼냈다. 양부의 것으로 보이는 지갑과 장갑, 그리고 비슈발츠가를 상징하는 반지였다.

"백작님께서 돌아가셨습니다."

부고를 알리는 말은 무척 덤덤했으나 모두에게 충격을 안겨 주었다. 순식간에 가라앉아버린 공기가 우리가 느끼고 있을 감정을 적나라하게 드러냈다.

시스에는 모르는 이야기 3

남자는 땅바닥에 침을 퉤 하고 뱉었다. 몸이 좋지 않아선지 자꾸 목에 가래가 끓어 텁텁해졌다. 콧물이 주르륵 흘러내리는 인중은 너무 문질러서 새빨갛게 부어오른 지 오래다.

염병할. 남자는 거칠게 일어난 입술을 이로 잘근잘근 씹으며 욕설을 중얼거렸다. 일만 잘 성사되기만 한다면 두둑이 한몫을 챙길 수 있다 해서 찾아왔더니 무작정 기다리고만 있었다. 점점 무거워지는 몸이 어디 가서 제발 좀 누워 있으라 성화를 부리고 있는데 말이다. 하지만 수중에 동전 한 푼 없는 처지라 오늘 일을 공치면 따끈한 수프는 고사하고 지금 머물고 있는 여관에서도 쫓겨날 판이었다.

남자는 손등으로 코를 훔치며 주변을 흘깃거렸다. 근육이 터질 듯이 부풀어 오른 떡대나 인상이 사나워 '나 한가락 했소'라고 외치는 인간들이 북적대며 한데 모여 있었다. 눈대중으로 봐도 오십은 족히 넘을 만한 인원이다.

'도대체 우리와 같은 왈짜들을 모아 놓고서 뭘 하겠다는 거야.'

잠시 후 안쪽의 문이 열리며 깐깐하게 생긴 중늙은이가 누군가의 호위를 받으며 들어왔다. 의뢰자인가 보다. 남자는 다시금 얼얼해진 인중을 손가락으로 슬쩍 문지르며 귀를 쫑긋 세웠다.

"이 중에서 배를 타 본 경험이 있는 자가 있나?"

누구도 왜냐고 묻지 않았다. 이런 은밀한 곳에서 힘깨나 쓰는 자들을 모은다는 건 구린 일을 한다는 것과 다름없었다. 그래서 덜 알아야 했다. 궁금하더라도 꾹 참아야 했다. 그래야 목숨을 부지하는 데 딱 좋았다. 그렇기에 눈치 없는 몇몇을 제외하곤 의뢰자가 원하는 대로 손만 들 뿐이었다. 남자 역시 한두 번 배를 타 본 경험이 있으므로 손을 슬쩍 들었다. 물론 경험이라 해봤자 부두에 묶여 있는 낡은 조각배에 슬쩍 들어가 술에 잔뜩 취해 있는 인간의 주머니를 턴 것뿐이지만, 안 탄 건 아니지 않나. 이런 생각에 자신도 모르게 킬킬 웃을 때였다.

"손을 든 자들은 나를 따라와라. 너희들에게 따로 시킬 일이 있다."

중늙은이가 싸늘한 목소리로 손을 든 자들에게 말했다. 남자는 어쩐지 예감이 좋아 마른침을 꿀꺽 삼키고선 의뢰자의 호위가 시키는 대로 한쪽으로 기대어 섰다. 그러고는 잠자코 걸음을 옮겨 다른 방으로 향했다. '따로 시키는 일'이 좀 더 까다로운 일을 의미하는 용어임을 모르는 바는 아니지만 그만큼 보수가 좋을 게 분명하므로 걱정의 마음 따윈 들지 않았다. 어쩌면 한 달 동안 여관에 처박혀 싸구려 맥주를 실컷 마실 만큼의 보수를 받을지도 모른다. 그동안 계속 자질구레한 일에 투입되어 주먹을 날렸던 남자이기에 살인 멸구와 같은 무서운 단어는 꿈도 꾸지 않고 있었다.

그리고 며칠 후 남자는 그럴듯한 선복을 입고서 커다란 상선에 올라타게 된다. 배의 돛에 커다랗게 걸려 있는 깃발에는 제국의 백작가 중 하나인 '비슈발츠가'의 문양이 그려져 있었다.

외전
미카엘 아이레스

To love someone is to identify with them.
누군가를 사랑한다는 것은 자신을 그와 동일시하는 것이다.

아리스토텔레스.

미카엘 아이레스는 감정의 기복이 들쑥날쑥했다. 어떤 때는 무척 다혈질적인 성격으로 매우 포악하게 굴었지만 또 어떤 때는 놀라울 정도의 냉정을 유지하기도 했다. 특히 여인에 관한 한 그의 태도는 얼음처럼 차갑기 그지없어 '얼음의 기사'라는 이명을 받을 정도다. 황궁 기사의 기사 중 실력이 아닌 성격으로 별명을 짓게 된 건 그가 최초였다.

미카엘 아이레스는 사람들이 자신을 그렇게 부른다는 것을 별로 개의치 않아 했다. 다른 이라면 검에 관련된 이명이 아니라며 아쉬워했을 것이나 그에게 있어 명성이나 명예 따위는 길가에 굴러다니는 돌만큼이나 하잘것없어서였다. 다만 검을 배우는 게 재미있기에 기사가 되고자 했고, 기사가 되기 위해서는 주군에 대한 신의와 레이디에 대한 예의를 지켜야 한다고 하기에 그렇게 하는 것뿐이었다. 만일 기사의 교본에 네 마음대로 해도 된다는 구절이 쓰여 있었더라면 미카엘 아이레스는 세상 그 누구보다 더한 망나니 기사가 되었을 것이다.

그런 미카엘 아이레스에게 있어 이오발데 디보쉬 에키나시아 황태자는 처음으로 마음이 이끌려 선택한 남자였다. 자신보다 배는 교활하고, 세 배 이상 사악하며, 다섯 배만큼 탐욕스러운 야심가는 빛처럼 찬란할뿐더러 사람을 끌어모으는 매력이 있었다. 그래선지 그와 경쟁하는 황자 중 가장 인맥이 넓었으며 수하들의 충성도가 높았다.

미카엘은 지금도 똑똑하게 기억한다. 아직 황태자의 직위가 정해져 있지 않은 어린 시절, 아름다운 외모 빼고는 볼 게 없었던 어린 황자는 무어 그리 당당한지 자신을 보자마자 대뜸 '너, 내 손이 돼라. 그럼 기사로서 맛볼 수 있는 최고의 긍지를 선사하마'라고 말했더랬다. 스스로가 최고가 될 거라고 생각하는 듯 당차기 그지없는 행동이었다.

기이하게도 미카엘 아이레스는 그 말을 쉽게 넘기지 못했다. 평소대로라면 얼굴 가득 조소를 지으며 '꺼져'라고 말해야 하는데, 허풍가의 싹이 보이는 또래의 말을 마냥 무시할 수 없었다. 그래서 그는 어린 황자를 시험하기 위해 주변을 나뒹굴고 있는 목검—그때 황태자의 방에는 장난감처럼 목검이 널려 있었다—을 집어 던졌다. 그러고는 주변에 시립하여 서 있던 시녀와 시종들이 소리 없는 비명을 내지르는 것도 모른 채 오연한 어조로 말했다.

"나를 이기면 네 검이 되어주지."

그리고 패했다. 일방적으로 두들겨 맞았다. 잘근잘근 아주 시원하게. 처음으로 맛보는 무력함이었다. 스승에게서 검을 배울 때도 이렇게 엉망으로 맞지 않았는데, 어린 황자는 잔인한 미소를 지으며 여기저기 가릴 것 없이 아주 잘 다져 났다. 아름다운 얼굴이 멍으로 인해 얼룩덜룩해지고 있었다.

기이한 건 이렇게 패했음에도 불구하고 분하다기보다는 속이 후련해지고 있다는 점이었다. 그래서일까? 아이레스가의 소년 기사는 바닥에 널브러진 그 상태 그대로 크게 웃었다. 또래에게 진 건 처음이라 재미있었다. 호승심이 일고 있었다. 그래서 기분이 괜찮았다. 이오발데 황자가 미친놈을 보는 것처럼 자신을 바라보고 있었지만 아랑곳하지 않을 정도로.

미카엘 아이레스는 분명 다혈질에 성격이 더럽고 제멋대로인 데다가 고집이 센 어린아이지만—이라고 그의 형님이 말했다—결과를 부정하여 패악을 저지를 정도의 개자식은 아니었다. 그래서 그는 손에 쥐고 있던 목검을 황태자에게 내밀며 씨익 하고 미소 지었다.

"약속대로 네 검이 되어주지."

"친구도 되어줘."

"뭐?"

"너만 한 녀석이 없어서 그래. 다른 놈들은 개돼지랑 다를 바가 없거든. 짜증 나서 죽여 버리고 싶을 정도야. 아. 너는 집에서 뭐라고 부르지? 난 어마마마가 이디라고 불러."

"멜."

"좋아, 멜. 난 널 앞으로 멜이라 부르지. 넌 날 이디라 불러도 좋아. 반말하는 건 불경에 속하는 일이지만 너그럽게 용서해 주지. 우린 친구니까."

어린 황자는 어릴 적부터 요사스러운 외모를 지니고 있었다. 그렇기에 사람 하나 홀리는 건 일도 아니었다. 그의 궁에서 일하는 시종과 시녀들만 하더라도 그의 포로가 된 지 오래니까. 그러므로 미카엘 아이레스와 같은, 다혈질인 성격 덕에 어찌 보면 더 다루기 쉬운 어린아이 하나를 구슬리는 건 일도 아니었다. 웬만한 미인 뺨치는 얼굴로 생글생글 웃으면서 친구를 하자고 말하는데 냉정하게 거절할 수 있는 사람이 몇이나 되랴. 황자의 뒤에 서 있는 시종과 시녀들이 눈을 부라리며 '쓰읍, 그렇게 한다고 말해. 아니면 가만 안 두겠어'라고 무언의 협박을 하는데, 아무렇지 않게 넘길 수 있다면 사람이 아니라 돌덩이일 터였다.

그렇게 미카엘 아이레스는 이오발데 황자의 검이 되었을 뿐만 아니라 친구의 위치까지 손에 넣었다. 나중에 그를 데리러 온 아버지가 무뚝뚝한 표정으로 잘했다고 말한 것으로 보아 황자라는 인간의 싹수가 제법 파릇한 모양이었다.

아니나 다를까 황자는 오 년도 채 되지 않아 경쟁자들의 목을 쳐 버리고선 황태자의 직위를 손에 거머쥐었다. 제 형제의 피를 손에 묻힐 정도로 잔혹한 성미를 가졌다는 건 문제도 아니었다. 모두가 바라 마지않은 최고의 자질을 선보이며 황태자로서의 기반을 다졌다는 게 중요할 뿐이다. 특히 이디는 미카엘 아이레스를 앞세워 머지않아 제국 제일의 검이 될 사내 또한 자신에게 속해 있음을 자랑하며 인재를 보는 눈 역시 최상임을 과시했다.

아마 류스테윈 할버드라는 사내만 나타나지 않았더라면 황태자의 말마따나 검으로서 최고가 되는 건 미카엘이었을 터였다.

"천재야. 그 소년은 진짜배기야. 보여 주기 위한 검술로 사람을 죽이는 게 아니라 진짜로 살인을 하는 법을 알아. 비슈발츠가가 과한 보물을 가졌어."

처음 류스테윈 할버드가 세상에 나타나 자신의 천재성을 떨쳤을 때 황태자는 입맛을 다시며 아쉬워했더랬다. 그만한 기사가 고작 상업으로 생계를 꾸려 나가는 백작가에 얽매인다고 생각하니 아까운 모양이었다.

"듣자 하니 백작의 딸이 상당한 미모를 가진 모양이더군. 그래서 그렇게 충성을 하는 걸까? 멜. 너는 어떻게 생각해?"

"탐난다면 가지면 될 일이지. 뭘 망설이는 거지?"

"이런. 사람은 그렇게 가지는 게 아니야. 여자도 마찬가지고. 너에게 목매는 여인들이 불쌍할 지경이군. 공을 들여서 사람을 상대해 봐."

"관심 없어."

미카엘 아이레스가 심드렁한 표정으로 대꾸했다. 대외적인 시선이 없을 때에는 동갑내기로 돌아가 반말과 폭언과 농담을 서슴지 않은 둘이다. 편안한 분위기에서 속내를 드러내며 상대의 마음을 헤아리는 건 밀림과 같은 사교계를 버틸 수 있게 하는 원동력이었다.

"이봐. 멜. 여자를 안을 때만큼은 좀 다정해질 수 없어? 침대 위에서도 얼마나 냉정하게 구는지 모르겠지만 창녀들이 널 기피한다는 소문이 돌고 있다고."

"별소릴 다 듣는군."

"네 녀석의 마음을 녹일 여자가 나타날 수나 있을지 모르겠다. 아니. 다시 태어나야지만 가능한 일인가?"

"그건 이디 너에게도 해당하는 사항 아닌가?"

"그렇군. 하하. 아마 우리는 첫사랑을 지독하게 앓을지도 모르겠어. 아니면 의무감으로 얽매인 시시한 결혼 생활을 하든가."

"후자가 낫겠군."

"정말 그렇게 생각해?"

황태자의 물음에 미카엘 아이레스는 묵묵히 고개를 끄덕였다. 사랑에 빠진 얼간이처럼 구느니 이와 같은 생활을 유지하는 게 더 편해서였다. 황태자가 황제가 되기 전까지는 오롯이 자신의 주군인 그에게만 집중해야 하기도 하고.

무엇보다 얼음처럼 차가운 자신의 심장이 누군가를 향해 열정적으로 뛴다는 걸 상상하기가 어려우므로, 평생 이런 식으로 살 거라 믿었다. 욕구가 차오르면 여자를 사서 안고, 그렇지 않으면 검을 연마하며 일을 하는 그런 평범한 일상. 남들이 보면 지루하다고 생각할 정도로 지독히 일반적인 하루하루를 위해서라면 감정 같은 걸 일깨우지 않아도 좋았다.

그리고 생각은 디뵌젤 공작을 회유하기 위해 그의 저택을 방문하기 전까지 확고했다. 시스에 드 비슈발츠를 만나지 않았더라면 말이다.

디뵌젤 공작은 능구렁이 같은 인사로 중도를 지키는 척하면서 뒤로는 제 잇속을 밝히는 자였다. 가진 바 능력은 대단하되 속내가 좋지 않아 오랜 협력자로선 그리 썩 좋지 않았다. 계약으로 엮인 동맹이라면 모를까 등을 맡기기엔 어려운 남자였다. 그래서 황태자는 그에게 공을 들여 가며 조율에 조율을 거듭했고, 상호 만족스러운 조건이 성사될 때까지 속내를 떠보는 짓을 반복했다.

미카엘 아이레스는 황태자의 눈과 귀가 되어 디뵌젤 공작을 감시하는 역할을 맡고 있었다. 그래서 매번 디뵌젤 저택을 방문하여 그에게 인사를 하고, 공녀를 비롯한 가족들을 살피며 이들의 약점을 캐려고 애를 썼다.

그날 역시 황태자의 명을 받아 디뵌젤 저택을 방문한 참이었다. 그간의 지루했던 줄다리기가 끝나고 최종 확정만 남은 상태라 평소보단 발걸음이 더 가벼웠다. 미카엘 아이레스는 이제 몇 번만 더 이곳을 방문하면 더 이상 이 능구렁이 같은 공작을 보지 않아도 된다는 것을 알고 있었다.

어릴 때부터 황태자를 따라 사교계를 제집 드나들듯 돌아다닌 그지만 디뷘젤 공작과 같은 사람은 여전히 어렵고 껄끄러웠다. 아닌 척하면서 은근히 떠보는 말투가 제게 아양을 떠는 여인을 생각나게 하여 속이 거북했던 것이다. 그래서 평소보다 더 환대하는 그를 피해 공녀에게 인사하고 오겠다고 말하고선 자리를 떴다. 오늘 디뷘젤 공녀를 방문한 영애가 많다는 하녀의 말에 골치가 아팠지만 공작을 상대하는 것보단 낫다는 생각이 들어서였다. 잠깐 인사를 건넨 후 한숨을 돌리면 될 테니까. 이후 응접실로 다시 돌아가서 공작을 상대하고 그 결과를 황태자에게 보고하면 된다.

미카엘 아이레스는 지끈거리는 머리를 손가락으로 꾹꾹 누르며 방문을 열었다. 그가 방 안에 들어서자 많은 영애가 자신을 바라보며 얼굴을 붉혔다. 디뷘젤 공녀와 어울리는 이들답게 모두 미모가 뛰어났다. 화원이 따로 없었다. 아마 보통의 사내라면 그들의 아름다움에 놀라 정신을 차리지 못했을 게다. 그러나 미카엘에게 있어 이 정도의 미모쯤은 별것도 아니었다. 눈에 익은 화려함에 경탄을 토할 정도로 감정이 풍부한 자가 아니니까. 그저 주변에 널린 가구를 보는 것처럼 무감각할 따름이다. 그러므로 정면에 앉아 있던 소녀를 보지 않았더라면, 평소처럼 정중한 인사를 건넨 다음 미련 없이 방을 빠져나갔을 것이다. 그녀만 아니었다면 말이다.

찰나의 순간 미카엘 아이레스의 시선을 잡아챈 귀족 영애는 갈색의 긴 머리카락을 지니고 있었으며, 나이답지 않은 매우 요염한 자태를 지니고 있었다. 특히 왼쪽 눈 아래에 도드라지게 박혀 있는 점이 야했다. 정염을 불러일으키는 얼굴이다. 이 정도라면 눈웃음만 쳐도 마른침을 꼴깍 삼킬 사내가 한둘이 아닐 터였다.

그런데 정작 그녀의 얼굴에 떠오른 건 무표정이었다. 미카엘 아이레스가 영애들을 바라보던 그 시선 그대로 그를 응시하는 것이다. 마치 거울을 보는 것 같은 기묘한 기분에 미카엘 아이레스는 입매를 느슨하게 늘어뜨렸다. 소녀는 그를 디뷘젤 공녀에게 인사하러 온 평범한 기사로만 인식하고 있었다. 뭇 여인의 마음을 설레게 하는 사내가 아닌, 진짜 '기사'.

미카엘 아이레스는 잠시뿐이지만 '아, 네가 그 미카엘 아이레스?'라고 말하는 것처럼 시선을 보내는 소녀의 모습에 슬쩍 미소를 지었다. '제법인데?'라는 마음에 어쩐지 기분이 좋아졌다. 갑자기 흥미가 생겼다. 황태자를 처음 만났을 때와 같은 감각이 스멀스멀 고개를 들어 올렸다. 어느새 두통은 사라지고 없었다.

미카엘 아이레스를 만나는 여인들은 그에게 인사를 할 때 언제나 가슴을 깊게 숙이고 엉덩이를 평소보다 조금 더 뒤로 뺐다. 한껏 끌어모은 가슴골을 과시함과 동시에 성적으로 유혹하기 위해서였다. 이것은 정원에서나 사냥터에서나 궁의 복도에서나 장소를 가리지 않았다. 그렇기에 항간에는 미카엘 아이레스 전용 인사법이 따로 있다는 우스갯소리가 나올 정도였다.

다소 과하다 싶은 이 자세는 기대감으로 가득 찬 시선과 함께 거북스러울 정도로 강하게 다가왔다. 정염에 가득 찬 눈동자는 수치를 모르는 것처럼 반짝이고 있었다. 그럴 때마다 그는 여자들의 눈에 담긴 한 가닥의 감정을 어렵지 않게 읽었다. 그것은 '기대'였다. 미카엘 아이레스는 자신의 어떠한 점이 여자들에게 여지를 주었는지 알지 못했다. 이목을 의식한 정중한 인사뿐이 없는데, 받아들이는 이로선 그것을 특별하다고 여기는 모양이다.

그것은 디뷘젤 공작가의 저택에서도 마찬가지라, 그는 선망에 가득 찬 눈으로 자신을 바라보며 평소보다 더 깊게 허리를 숙이는 소녀들의 모습에 한숨을 삼켰다. 발갛게 달아오른 뺨이 수줍음을 드러내고 있었다.

여인들은 그가 한 마디 말이라도 더 던져 주기를 기대했다. 조금이라도 더 얼굴을 보고 싶다는 듯 과장스럽게 눈을 깜빡였다. 미카엘이 디뵌젤 공녀에게 말할 때는 마치 녹아내릴 것처럼 몸을 배배 꼬며 작은 소란을 피웠다. 그 누구보다 우월한 수컷이 은연중에 존재감을 드러내니 오금이 저려 견딜 수 없었던 모양이다. 소음과 같은 속삭임은 점차 커져 이윽고 낮은 비명을 이끌어 내었다.

그에 반해 소녀의 움직임은 담담했다. 요염한 외양에도 불구하고 그녀의 몸을 부드럽게 타고 흐르는 건 절제된 우아함이었다. 딱 알맞은 정도에서 허리를 숙였고, 적당하다 싶은 타이밍에 인사말을 건네며 시선을 돌렸다. 다소 무감각하지만 어쩐지 노골적으로 보이는 여자의 얼굴은 '너 때문에 귀찮아 죽겠다'라고 말하는 것 같았다.

다른 여자들을 바라보는 내 얼굴이 저러할까?

미카엘 아이레스는 또다시 기묘한 기분이 드는 것 같아 마른침을 티가 나지 않게 슬쩍 삼켰다. 방 안의 인원 중 이성을 유지하고 있는 사람이 디뵌젤 공녀와 그 소녀뿐이라는 사실에 웃음이 흘러나올 것만 같았다. 제 아비를 닮아 속내를 알 수 없는 공녀는 둘째 치더라도 그녀가 자꾸 시선을 무릎 위의 책에 돌리는 게 흥미로웠다. 아마 황태자가 여기에 있었더라면 '책에게 밀리는 멜이라니, 세상에!'라고 외치며 낄낄거렸을 것이다.

역시 재미있다. 하지만 좀 더 신선한 반응을 보여 줬으면 좋겠는데?

사실 그동안 그에게 다가온 여자 중 관심이 없다는 것처럼 굴면서 되레 시선을 잡아끌려고 노력한 사람이 많았다. 차별화를 바탕으로 그의 눈에 들겠다는 야심 찬 계획을 세운 것인지 되지도 않는 태도를 취하며 미카엘 아이레스의 주변을 알짱거리는 것이다. 이 얼마나 미련한 생각인지.

기사는 다른 이보다 상대의 감정 변화에 민감하다. 피아를 분별해야 하는 능력을 지녀야 하기에 그럴 수밖에 없었다. 첫눈에 타인의 살의를 감지하여 경계함을 요구받으니 아니 그러할까.

그렇기에 미카엘 아이레스와 같은 빼어난 기사가 삼류 연기자보다 못한 연기를 모를 리가 없었다. 단지 기사의 교본에 쓰인 '레이디에 대한 예법' 때문에 참을 뿐이다. 차라리 처음부터 일관된 태도를 유지하면 그나마 시선이 갔을지 모르겠지만, 눈동자 가득 미련을 뚝뚝 담은 감정을 담고 있으니 알아채지 못하는 게 이상할 정도였다. 감정과 행동의 괴리가 우스울 정도로 어긋나 있어 한 편의 싸구려 희극을 보는 기분이었다.

그럴 때마다 미카엘 아이레스는 기분이 나쁘다는 것처럼 입매를 단단하게 굳혔다. 감정을 질척하게 흘리고 다니는 것보다 더 추접하다고 생각해서였다. 아니면 말고라는 식으로 움츠리면서 정작 세상의 모든 비련은 다 먹은 것처럼 구는데 아니 그러하랴.

무엇보다 이런 어정쩡한 태도 때문에 감정의 거리를 유지하는 데 온 힘을 쏟아야 한다는 사실이 그를 더더욱 화나게 만들었다. 자칫 여인을 배려하지 못하는 무뢰한이 될 수 있는 현실인지라 마음에도 없는 여자의 감정을 세세하게 봐줘야 한다는 상황이 짜증 나는 것이다. 이 같잖은 수에 얼마나 많은 경멸을 집어삼켰는지, 아마 황태자라 할지라도 감히 세어 보지 못했을 터였다.

여인들이 바라는 연정은 미카엘 아이레스가 아는 단어에 등재되지 않은 것이었다. 그래서 그는 제 마음을 바라는 여자들이 거북스럽고 귀찮았다. 그깟 마음이 무엇이기에 고삐 풀린 망아지처럼 이리저리 치고 다니는지 우습기까지 했다. 미카엘 아이레스는 할 수만 있다면 자신에 대한 사모의 감정으로 마음이 흔들린다는 고백을 하는 여자들에게 냉소적으로 물어보고 싶었다. 나에 대해서 무얼 알기에 감히 연모한다는 말을 쓸 수 있냐고.

그에 비한다면 저 소녀는 얼마나 현명한가. 관심이 없다는 듯 대외적인 표정을 끝까지 유지하는 게 자신을 보는 것 같아 퍽 만족스러울 정도였다. 보통의 사내라면 스스로의 매력을 알아주지 않는 여인에게 서운함을 가졌을 것이나, 이미 그러한 일에 진력이 난 그인지라 이러한 상황이 오히려 반가웠다.

동시에 다만 아주 조금뿐이지만 다른 모습을 보여 주길 기대하는 변덕도 살짝 있었다. 거울 속의 자신을 보는 것만큼 재미없는 일도 없기 때문이다. 스스로가 얼마만큼이나 냉혈한 인물인지 알고 있기에 '변화'라는 것을 보고 싶기도 했고. 하지만 귀찮은 것보다 낫겠지.

변덕맞은 감정은 금세 재미를 잃어버린다. 그가 일관성을 유지하는 건 황태자와 뤼세트 로샨에 대한 우정, 그리고 검뿐이었다. 그러니 방금 전의 흥미 또한 식어버린 찻물처럼 맹맹한 온도를 유지하는 것이다.

그래도 무언가 조금 아쉽긴 한데?

마지막으로 디븬젤 공녀에게 인사를 하며 미카엘 아이레스는 생각했다. 이런 그의 마음을 알아차린 것일까? 형식적인 인사를 다 끝내고 막 몸을 돌리려던 찰나였다. 우연히 시선을 갈색 머리의 소녀에게로 향하였을 때, 눈꼬리를 휜 상태로 어정쩡한 미소를 짓고 있는 얼굴을 발견했다. 미카엘 아이레스가 바랐던 변화였다.

순간 무언가가 와장창 하고 깨졌다. 거울을 바라보는 것처럼 별다른 특이점을 발견하지 못했던 시선이 처음으로 무너졌다. 요염함이 느껴지는 눈매는 다른 여인과 다를 바 없는 미모를 특별한 무언가로 만들었다. 어쩔 수 없이 올라갔다는 것처럼 완만하게 휘어 올라간 입매는 진실로 웃기다기보다는 미소를 지어야 하는 상황이기에 그렇다는 듯 가식적인 선을 그리고 있었다. 그런데 퍽 생생했다. 흰 눈밭에 오롯이 비죽 솟아오른 푸른 싹처럼, 백지에 찍힌 점처럼 홀로 도드라졌다. 흑백으로 이루어진 세상에서 그녀만 찬연하게 빛나고 있었다.

미카엘 아이레스는 자신도 모르게 멍하니 소녀를 바라보았다. 좀 더 신선한 반응을 보였으면 좋겠다 싶었는데 막상 그렇게 되고 나니 기이하리만치 눈을 뗄 수 없었다. 아니, 눈만 뗄 수 없다 뿐이랴. 자신이 무슨 표정을 짓고 있는지도 몰랐다. 그 순간만큼은 이성의 제어가 들지 않았다. 그와 같은 수준의 기사라면, 특히 미카엘 아이레스와 같이 심장이 얼음으로 이루어졌다고 알려진 이라면 이러한 상황쯤은 별것도 아닐 텐데, 석화된 것처럼 도통 움직일 수 없었다. 이상한 일이었다.

그의 시선을 느끼지 못하는 것인지 잠시 후 소녀가 곤란하다는 듯 고개를 설레설레 내저었다. 곁에 앉은 영애가 무어라 말을 걸자 아니라는 것처럼 미소를 짓는데, 눈동자는 냉정하게 가라앉아 있어 퍽 익숙한 기분이 들었다. 귀찮음이 뚝뚝 흘러내리는 눈은 소름이 끼칠 정도로 차가워 기시감이 일었다. 영애를 대하는 스스로를 관객의 입장에서 보는 기분이다. 순간 등골이 저릿하고 울렸다.

재미있게도 저 소녀는 처음부터 끝까지 무표정을 유지하는 그와는 달랐다. 놀랍게도 황태자의 가식과 미카엘 아이레스의 냉정함, 뤼세트 로샨의 대응까지 두루 갖추고 있었다. 그러니까 마음에 들지 않더라도 얼마든지 웃음을 흘릴 수 있다는 이야기다. 거울을 바라보는 것처럼 동일하나 소녀는 좀 더 나은 미카엘 아이레스를 선보이고 있었다. 그러니 그를 보아도 아무렇지 않을 수 있었던 거다.

……어라?

미카엘 아이레스는 미간을 찌푸리며 입술을 꾹 닫았다. 순간적이지만 냉정한 표정으로 불쾌함을 표시하는 그녀와 그 앞에서 멀뚱히 서 있는 스스로를 생각하니 무언가가 아주 묘했다.

생소한 마음에 울컥하고 기분이 나빠지고 있었다. 냉정의 극점에 이른 광폭한 열정이 스멀스멀 고개를 들어 올렸다. 자신과 시선을 마주하고 나서 못 볼 것을 보았다는 듯 미간을 찌푸리는 소녀를 발견하면서부터 더더욱 그러했다. 머리는 망치로 얻어맞은 것처럼 얼얼하고 싸한데 귓불에서부터 따끈따끈한 열이 오르는 것도 이상했다.

어째서일까? 그는 천천히 스스로에게 되물어보았다.

자신에게는 없는 무언가를 발견하고서 마주하였기에 이러한 기분이 드는 걸까? 흥미는 사그라지고 말로 표현할 수 없는 기분이 온몸을 잠식했다. 그와 비슷한 인간이라 생각했던 뤼세트 로샨을 만났을 때완 전혀 다른 느낌이었다. 그때는 동족 혐오와 같은 부정적인 반응을 보였는데, 거울을 보는 양 똑같은 사람을 만났음에도 불구하고 짜증이 난다거나 거부감이 느껴지지 않는다. 도대체 왜?

여기까지 생각이 미친 미카엘 아이레스는 순간 뇌리를 스쳐 지나간 의문 하나에 눈을 크게 떴다. 그런데 왜 신선한 반응을 기대한 거였지?

풀지 못하는 난제를 만난 것 같아 다시금 소녀를 바라보려던 미카엘은 자신을 응시하는 디뷘젤 영애의 시선을 느끼고선 가까스로 제정신을 차렸다. 공작을 닮아선지 하는 행동이 여우 뺨치게 엉큼한 여인인지라 조그마한 틈이라도 보여선 안 될 노릇이었다. 그래선지 얼이 빠진 듯 제멋대로 풀려 있던 표정이 순식간에 제자리로 되돌아왔다. 온몸이 싸늘하게 식어 내려가는 느낌이었다. 막 열에 들뜬 것처럼 일렁이던 심장이 평소대로 느릿하게 박동했다. 이 모든 게 문을 열고 닫기까지의 아주 짧은 순간에 일어나고 있었다.

'뤼세라면 알지도 모르지.'

탁 하는 소리와 함께 방문이 닫혔을 때, 그는 절친한 친우인 뤼세트 로샨을 생각하며 자신도 모르게 한숨을 내쉬었다. 평소 얄미운 미소를 지으며 누이가 된 양 뻐기는 그녀를 생각하면 골치가 아팠지만 어쩔 수 없는 노릇이었다. 미카엘 아이레스와 기호가 완벽하게 일치하는 뤼세트 로샨이라면 스스로가 놓치고 있는 무언가를 집어줄지도 모른다는 생각이 들어서였다. 어쩌면 그 소녀를 만나 보겠다고 설칠지도 모를 일이다. 그리고 그의 예상대로 뤼세트 로샨은 갈색 머리의 소녀에게 크나큰 관심을 보였다. 평소 여인의 '여' 자도 꺼내지 않는 사내가 자신과 감정적으로 닮아 있는 소녀를 만났다고 하니 흥미를 보이지 않을 수 없었던 것이다.

"너와 같은 얼음덩어리가 또 존재한다니, 정말로 끔찍한 일이야. 사교계에 겨울을 불러일으키겠군. 어쨌든 매우 흥미로워. 재미있어. 지금 당장 보고 싶은데? 멜이 혐오감을 느끼지 않는 여자라니, 너무 신기하잖아."

"디뵌젤 공녀의 무리와 어울리니 얼마 지나지 않아 만나 볼 수 있을 거다."

"이상한 일이네."

"왜 그러지?"

"디뵌젤 공녀가 새로운 사람을 받았다는 소식은 못 들었거든."

"네가 모르고 있었다고?"

"응. 저택에 초대받았을 정도라면 필시 몇 번이고 만났을 터인데, 내 귀엔 들어온 바가 없거든."

그녀가 이맛살을 찌푸리며 심각한 표정을 지었다. 새로운 사람에 대한 흥미는 어느 순간 사라지고 진지한 어조로 골똘히 고민하는 여인만 남아 있었다.

미카엘 아이레스가 황태자의 검이라면 뤼세트 로샨은 사교계의 정보상의 역할을 도맡았다. 자신의 미모와 직위와 재량을 한껏 이용하여 노회한 귀족 부인들에서 이제 막 사교계에 입성하려고 준비 중인 영애에 이르기까지 두루두루 어울리며 정보를 캐어 올리는 것이다.

뤼세트 로샨은 사교계의 가십을 이용할 수 있는 몇 안 되는 여인 중

하나였다. 어릴 적에 황태자를 만나 친구가 되기로 약속한 이래 맹수들이 우글거리는 사교계를 종횡무진 휘저으며 '보이지 않는 손'—사교계의 소문을 주무르는 사람들을 일컫는다—으로서의 성장을 착실하게 해낸 그녀는 작금에 이르러 모르는 이야기가 없다고 단언할 수 있을 정도로 대단해졌다. 황태자라 할지라도 소문과 가십에 관한 한 뤼세트 로샨의 말에 먼저 귀를 기울일 정도였다.

그런 그녀가 디뷘젤 영애의 무리에 합류한 소녀에 대해 알지 못한다고 한다. 놀라지 않을 수 없었다. 이 말인즉 뤼세트 로샨이 구축한 정보 체계에 사소한 문제가 생겼다거나, 중간에 누군가가 차단을 했다거나 둘 중 하나일 테니까.

"기분이 별로 좋지 않아. 낌새가 수상쩍어."

뤼세트 로샨은 찻잔에 차를 따르며 중얼거렸다. 자신의 손을 빠져나가는 정보가 있음에 불쾌한 것인지 찌푸려진 미간은 쉬이 돌아올 생각을 하지 않았다. 디뷘젤 공녀와 같이 움직임이 큰 사람은 어딜 가나 눈에 띄어 금세 귀에 들어온다. 특히 이번과 같이 저택에 초대하여 모임을 가질 정도면 어느 정도 소문이 돌았어야 함이 당연했다.

"우선 확인을 해봐야겠어. 그 전까지는 전하께 말씀드리지 않는 게 좋겠어."

"그러도록 하지."

미카엘 아이레스는 뤼세트 로샨의 말에 수긍하며 고개를 끄덕였다. 사소한 일이라 할지라도 누구의 이름으로 주도되냐에 따라 그 값어치가 달라진다. 정보를 모으는 일 또한 평민이 한다면 수다거리에 불과하지만 황태자라는 단어가 붙는다면 가볍게 볼 수 없었다.

뤼세트는 자신의 역할이 황태자에게 큰 도움이 됨을 알고서 무척 자랑스러워했다. 본디 과묵한 데다가 상냥하기까지 한 그녀인지라—물론 멜에 관련된 일에서는 상당한 왈가닥이 되었다—사나운 암고양이와 같은 여인들 사이에서 버틴다는 게 어려웠지만, 단 한 마디 불평 없이 꿋꿋하게 해내었다. 이는 우정을 기반으로 한 믿음 때문이 아니라 요망한 얼굴로 사람을 홀리는 황태자에 대한 애정을 염두에 둔 탓이었다.

"멜."

"응?"

"나는 이게 좋은 징조이길 바라."

미카엘 아이레스는 차를 마시다 말고 그녀를 바라보았다. 로샨은 상당히 쓸쓸하면서도 행복한 표정으로 그를 응시하고 있었다.

"네가 변하면 이디도 변할 테니까."

"난봉꾼은 단지 위장일 뿐이다. 너도 알 텐데?"

"그래서 더 그러는 거야. 너도 잔인하지만 전하는 배는 더 잔인하니까. 마음을 주지 않는 난봉꾼처럼 최악인 상대가 또 어디 있단 말이야."

뤼세트 로샨의 연정은 미카엘 아이레스를 따르는 뭇 여인들과 비슷한 데가 있었다. 보답받지 못할 마음을 함부로 줘 놓고선 시름시름 앓는다는 게 그러했다. 어릴 적부터 보아 온 친구인데도 한순간 반해 버리더니만 이내 맹목적인 모습을 취하는 것이다.

어떻게 이렇게 단번에 빠질 수 있을까. 미카엘 아이레스는 마음을 꽃 피우고 있는 친구가 신기하면서도 이해가 되지 않았다. 그동안 볼 것, 안 볼 것 다 본 이에게 마음을 줄 수 있다는 자체가 의아했기 때문이다. 무어가 그토록 새로웠던 것일까? 어떤 점에서 자신조차 알지 못하는 황태자의 매력을 느꼈던 것일까?

미카엘 아이레스가 이맛살을 찌푸리며 고개를 설레설레 내저을 때마다 뤼세트 로샨은 수줍게 웃으며 그를 놀려 댔다. 감정적으로 어리기에 마음이 한순간에 움직이는 걸 이해하지 못한다는 소리였다.

"마음은 화원과 같아. 늘상 보던 꽃이기에 아름답다고 감탄하지만 곧 무뎌

지고 말지. 그러다가 어느 순간, 마법과 같은 찰나에 놓치고 있었던 새로운 아름다움을 찾아내고선 그만 흠뻑 빠지고 마는 거야. 저항할 수도 없이. 멜, 나는 그랬어. 그래서 빼앗겨 버렸어. 너와 이디는 결코 보지 못할 무언가를 엿봤어. 그래서 이렇게 비참한 패배자가 되어 목매고 있는 거야."

이런 말을 들을 때마다 미카엘은 묘한 기분에 빠지는 것 같았다. 이제 자신도 곧 '비참한 패배자'가 되리라는 직감이 들어서였다. 한순간에 홀린다는 것. 그 찬란한 기적의 순간을 이미 겪어 보지 않았나. 그래서 더더욱 불안했다.

✦

미카엘 아이레스는 황태자의 명에 따라 몇 번이나 더 디뷔젤가를 방문했다. 예전이라면 능구렁이와 같은 영감을 만나는 것이 짜증 나 발걸음이 무거웠겠지만, 소녀와의 만남을 고대하게 된 이후로부터 그는 영애들에게 인사하러 가는 것을 괜찮은 일이라고 생각하고 있었다. 실로 놀라운 변화였다.

소녀는 모르겠지만 미카엘 아이레스는 그녀를 응접실뿐만 아니라 복도와 정원에서도 꽤 많이 보았다. 우연에 가까운 마주침이라 기척을 드러내지 않았을 뿐이지 마음만 먹는다면 얼굴을 맞대고 이야기할 계기가 꽤 많았다. 당장만 하더라도 이런저런 핑계를 대면서 자연스레 말을 걸 수 있었을 터였다.

하지만 그는 그러지 않았다. 남들이 알아차리지 못하는 새에 표정이 조금씩 변화하는 그녀의 얼굴을 보는 게 재미있었기 때문이다. 겉으로는 잔잔한 호수와 같지만 살짝 미간이 올라간다든가, 입꼬리의 한쪽이 파르르 떨린다든가, 등 뒤로 숨겨진 주먹의 손등에 핏줄이 아로새겨진

다든지, 그런 자잘한 걸 발견하는 기쁨이 컸다. 보기만 하여도 심심할 틈이 없었다. 간간히 보여 주는 가식적인 웃음은 눈물점과 어우러져 오싹할 정도의 요염함을 뽐내어 황홀하기까지 했다.

사실 이때까지 미카엘 아이레스는 소녀에 대한 정의를 쉽게 내리지 못하고 있었다. 자꾸 눈에 어른거리긴 하지만 보다 흥미가 강한 사람이라고 해야 하나, 어쨌든 지금까지 겪어 본 여인 중 가장 신경이 쓰이긴 했다. 다만 그녀의 합류가 뤼세트 로샹의 귀에 들어오지 않았다는 점에서 다소 경계가 되어 멀찌감치 지켜만 보고 있던 참이었다.

하지만 운명이라는 게 너무나 장난스러워 사람의 마음을 마음대로 움직일 수 있다는 걸 알아차렸더라면 시선을 주는 것을 무척 조심스러워했을 것이다.

또다시 찰나에 가까운 순간에 소녀의 진짜 웃음을 보았을 때, 그는 그만 숨을 쉬는 것조차 잊어버렸다. 뇌가 진탕되는 것처럼 아무것도 떠오르지 않았으니까. 야한 눈매를 가진 요염한 이라고? 어떻게 그런 생각을 할 수 있었지?

진실 된 자신을 드러낸 소녀는 무척 사랑스러웠다. 즐거움이 가득 담긴 표정은 순수하기까지 했다. 부드럽게 흘러내리는 머리카락이 햇살에 비쳐 반짝였을 때, 순간 입에 침이 고일 정도로 달콤해 보였다. 살짝 흔들리는 고개나 부드럽게 휘어 올라간 입매나 어디 하나 놓칠 구석이 없었다. 한 꺼풀 너머에 이런 찬란한 마법이 숨겨져 있었다니, 그는 한 손으로 심장 부근을 움켜쥔 채 힘겹게 헐떡였다. 어쩐지 코가 너무나 시큰거리는 것 같아 다른 한 손으로 막아 보려고 했지만, 달아오른 피부는 자신의 것임에도 불구하고 너무나 뜨거워 견딜 수 없었다.

미카엘 아이레스는 필사적으로 몸을 움직여 벽에 등을 기대었다. 심장이 아플 정도로 세차게 뛴다. 노곤하게 녹아내리는 머리는 제대로 된 사고를 할 수 없었다. 눈은 자꾸만 소녀를 담기를 원했다.

'도대체 이게 뭐지? 왜 이러는 거냐고!'

그는 이를 악물고선 스스로에게 물었다. 훈련의 일환으로 연무장을 수십 바퀴나 돌았을 때도 후들거림이 없었던 다리다. 그런데 마치 몇 날 며칠을 구른 것처럼 덜덜 떨리고 있었다. 정작 그녀는 평소의 표정으로 돌아오다 못해 다른 영애와 함께 걸으며 점점 더 멀어지고 있는데 말이다.

과거의 뤼세트 로샨은 황태자에 대한 자신의 감정을 토로할 적에 미카엘 아이레스를 걱정했다. 자신과 닮은 점이 너무나 많은 그이기에 스스로의 경우처럼 어느 순간 이유 없이 마음을 빼앗겨 버릴까 봐 우려한 것이다.

"사람들이 착각하고 있는 게 어떠한 이유가 있어야만이 상대방에 대한 사랑의 감정을 느낄 수 있다는 거야. 그런데 그렇지 않아, 멜. 아주 사소한 계기만 하더라도 영혼까지 뒤흔들어버리는 강렬한 마음을 가질 수 있어. 가령 지금 너와 내가 차를 마시는 아주 일상적인 상황에서도 갑자기 내가 너를 사랑스럽다고 여기고선 미처 깨닫지 못한 감정을 인식할 수 있는 거지. 이미 나는 갑자기 찾아온 자각에 패배하여 이리저리 휘둘리고 있잖아? 그런데 너는 어떨까?"

뤼세트 로샨의 말이 맞았다. 그 역시도 갑작스레 찾아온 무언가에 잔뜩 휘둘려 정신을 차리지 못하고 있었다. 고작 웃음 하나를 보았을 뿐인데, 그것도 우연에 가까운 일로 시선을 주었을 뿐인데, 감정을 자각했다. 어처구니없게도.

앞서 언급했다시피 미카엘 아이레스의 감정은 극단적일 때가 많았다. 중간이랄 게 없었다. 하지만 냉정과 포악만으로도 세상을 살아가는 데 어렵지 않아 깊게 생각하지 않았다. 기본 바탕이 되는 성격이 얼음처럼 차갑다는 게 문제지만, 가끔 열이 받을 때면 극단적으로 흉포해지는지라 그를 우습게 아는 정적들에게 경고를 날리기에도 꽤 괜찮았으니까. 황태자의 전폭적인 지지하에 이루어지는 것이라 그런지 되레 쉽기까지 했다. 그렇기에 그는 죽을 때까지 이런 식으로 감정을 표출하며 살 수 있으리라고 믿었다. 누군가를 눈에 담게 되리라는 사항은 전혀 고려하지 않았기에 할 수 있는 생각이었다.

그런데 자각을 한 이후 감정은 더욱 더 들쑥날쑥해졌다. 고삐를 잃어버린 말처럼 폭주했다. 이때만큼은 냉정도 열정도 광폭한 마음도 다 필요 없었다. 이제 막 세상을 알아 가는 이처럼 어수룩하게 굴었다. 겉보기에는 여전히 눈보라가 쌩쌩 날리는 얼음의 기사 미카엘 아이레스였지만, 속은 푹 익은 과일처럼 무르고 또 물러 단내가 폭폭 풍겼다. 처음 맛보는 느낌에 어떻게 대처해야 할지 몰라서였다.

그는 자신의 냉정함이 사람에게 상처를 주는 것을 잘 알고 있었다. 그리고 이것이 귀찮은 파리 떼와 같은 여인들을 물리치기에 아주 효과적이라는 사실 또한 말이다. 하지만 이러한 태도가 소녀에게까지 적용이 된다면 퍽 곤란하다. 그는 자신을 겁먹은 눈으로 바라볼 그녀를 감히 상상조차 할 수 없었다. 아니, 이런 식으로 미리 걱정을 하며 불안해하는 자신도 생소했다.

알 수 없는 열기로 지글지글 끓어오르는 뇌가 그로 하여금 바보처럼 보이게 만들었다. 사랑에 빠진 얼간이들을 비웃었던 게 엊그제 같은데, 이제 그 자신이 그렇게 되어버렸다.

어떻게 이럴 수 있을까? 미카엘 아이레스는 머리를 감싸며 고민했다. 갑자기 허튼짓을 하는 그의 모습에 잔뜩 겁을 먹은 사람들이 있다는 걸 생각하지도 않은 채 자꾸만 눈에 어른거리는 소녀로 인하여 괴로워하는 스스로를 냉정하게 돌아보고자 했다. 하지만 그럴 수 없었다. 망막에 담긴 건 달콤해 보일 정도로 화사한 미소를 지었던 그 웃음이었으니까. 자신도 모르게 그녀처럼 미소를 짓고 있었으니까.

'바보가 된 기분이야.'

결국 그는 뤼세트 로샨을 찾아가서 현재의 상황을 보고할 수밖에 없었다. 그녀뿐이 자신을 도와줄 수 있는 사람은 없기 때문이다. 그래서 아주 처음으로, 친구라는 이름으로 얽힌 이래 최초로 참담하게 일그러진 표정을 선보였다. 괴로움을 잔뜩 담은 목소리를 내뱉으며 스스로가 열병에 걸린 얼간이임을 고백했다.

"이 정도면 양호한데? 나는 감정을 깨닫고 난 뒤 매일 밤 베개가 푹 젖을 정도로 울었다고. 그다음 날 이디를 어떻게 만날지, 어떻게 대할지에 대한 고민을 수도 없이 하면서 말이야. 말이라도 걸어 봤어?"

"아니."

"왜? 디뷘젤가에 열심히 들락날락하잖아. 그럼 단 한 번이라도 말을 건넬 기회가 있었을 텐데?"

"다른 영애처럼 내 말투에 상처를 받는다면 어떻게 해야 하지? 그래서 할 수가 없다."

"맙소사. 지금 그 소리 멜 네가 한 거 맞아?"

"한심한 소리를 다 하는군. 그럼 누가 했다는 거지? 귀가 먹었나? 멍청한 표정을 하고서 날 바라보지 마라. 불쾌하니까."

뤼세트 로샨은 금세 얼굴을 일그러뜨리고 한숨을 푹 내쉬었다.

"……아니, 놀라워서 그래. 네가 뭘 고민하는지도 알겠어. 오랜 친구인 나도 순식간에 마음이 싸늘해지는데 다른 사람이야 오죽할까? 어쨌든 어떻게 대해야 할지 모르겠다면 평소와 다른 모습을 보여 주는 건 어때?"

"평소와 다른 모습?"

"그래. 다정해져 봐."

"다정해지라고?"

"친절한 사내를 싫어하는 여인이 어디 있겠어? 무엇보다 네 형님을 따라 한다면 어렵지 않을 텐데?"

미카엘 아이레스는 잠자코 침묵했다. 살짝 꿈틀거리는 미간과 상당히 불쾌해 보이는 표정으로 보아 그녀의 제안이 퍽 탐탁잖다는 걸 알려 주고 있었다.

미카엘 아이레스와 두 살 터울인 그의 형은 얼음의 기사와 달리 부드럽고 온유한 성품으로 정평이 나 있는 사람이다. 미모와 실력은 동생에 비해 두 수 정도 딸릴지는 몰라도 사람을 대하는 태도만큼은 아이레스가 내의 제일이라 할 수 있었다. 그렇기에 많은 여인이 그의 곁에서 북적거렸고, 이제는 제법 명망 있는 영애와 연애를 하며 행복한 시간을 보내는 터였다.

미카엘 아이레스는 자신의 형을 생각하며 이맛살을 찌푸렸다. 형은 자신을 대할 때에도 늘 잔잔한 미소를 지으며 다정하게 이야기하는 사람이었다. 어릴 적에는 '나의 멜'이라는 말을 입에 붙이면서 그의 이마에 깃털과 같은 키스를 하기도 했다. 지금이야 장성하여 그러한 행동을 하지 않고 있지만 가족에 대한 사랑의 마음을 보이는 데 주저함이 없었다.

"훌륭한 예시가 이미 곁에 있잖아."

뤼세트 로샨이 빙글거리며 말했다. 다정한 아이레스 경이라니. 상상만 해도 웃겨 죽겠다는 표정이다. 미카엘 아이레스는 불쾌한 표정을 감추지 않은 채 이를 악물며 으르렁거렸다.

"그쯤 해둬. 하나도 재미있지 않으니까."

"하지만 멜, 정말로 해야 해. 지금 너를 봐봐. 두려움을 보이고 있잖아."

"내가 두려워하고 있다고?"

그는 조금 놀란 표정으로 뤼세트 로샨을 응시했다. 소녀가 다른 이처럼 자신에게 상처받을까 싶은 초조한 마음이 두려움이라고는 생각지 못했다는 반응이었다.

잠시 후, 미카엘이 드물게 말끝을 흐리며 물었다.

"……뤼세, 이디가 만일 네게 그러한 행동을 보인다면 넌 어떨 것 같나?"

"다음 날 죽어도 여한이 없을 것만 같아."

뤼세트 로샨이 진지한 어조로 대답했다. 정말로 그렇게 해준다면 말이야. 슬픔을 가득 머금은 눈동자가 그를 응시하고 있었다.

"그러니까 멜, 너만이라도 다정해져 봐. 난 네가 행복해졌으면 좋겠거든."

"……노력해 보지."

"노력해 보지가 아니야. 꼭 그래야 해. 그녀가 널 피하면 좋겠어? 상상해 봐."

"그것참 상상만 해도 짜증이 나는군. 불쾌해."

"그러니까 이명처럼 얼음이 되지 말라고. 다른 사람에게는 모르겠지만 그녀에게만큼은 그러지 않으면 되잖아."

"네가 이렇게 열성적으로 나오는 것으로 보아 그녀에 대한 분석이 다 끝난 모양이로군."

그가 한숨을 내쉬며 묻자 뤼세트 로샨이 빙그레 미소 지었다.

"분석이 끝났다 뿐이야? 중간에 있었던 문제도 다 해결했지. 정말로 사소한 거였어."

"누군가의 개입이 없었다는 건가?"

"응. 하필 디뷘젤 공녀의 무리에 들어갔을 때 일어난 일이라는 게 마음에 걸리긴 하지만."

디뷘젤 공작은 등을 맡기기엔 어려운 이지만, 반란을 제압할 때 귀족들의 혼란을 잠재우는 역할로는 제격이었다. 그렇기에 황태자가 국정에 손을 대기 시작할 때에도 그에게 도움을 요청하지 않았나. 그리고 디뵌젤 공녀 역시 제 아비를 닮아 속을 알 수 없는 여자였다. 사교계에 데뷔한다면 뤼세트 로샨의 라이벌이 될 게 분명한 여인인지라 지속적으로 살피고 있긴 하나, 가끔 자신의 가문을 이용하여 그녀의 허를 찌를 때가 있어 만만히 볼 수가 없었다.

"뭐, 계속 지켜봐야 할 일이긴 하지. 디뵌젤가의 여우와 다닌다면 그녀에게 휘둘릴 가능성이 크니까. 자신의 손을 쓰지 않고서 일을 벌이는 건 또래의 영애 중 그녀를 따라올 사람이 없거든. 그러니까 네 소녀를 내게로 데려올 거야."

"이디가 받아들일까?"

"그렇게 되도록 우리 둘이 열심히 설득을 해야지. 문제는 그녀가 변하지 않아야 한다는 점인데……."

로샨이 우울한 표정을 지으며 말끝을 흐렸다. 상상도 하기 싫은 가정을 떠올리고 있는지 그녀의 얼굴은 비가 올 것만 같은 하늘처럼 잔뜩 흐려 있었다.

"역시 이디가 문제야."

잠시 후 그녀가 한숨을 푹 내쉬며 중얼거리듯 말했다. 미카엘 아이레스는 잠자코 침묵하며 친구의 말에 동의했다.

그간 뤼세트 로샨의 환심을 사며 황태자의 무리에 들어오기 위해 애쓴 사람이 꽤 많았다. 사교계에서 활동하기 위해 쓸 만한 말이 필요했던 로샨은 그런 그들의 속내를 알면서도 방치하거나 그러한 심리를 이용하여 훌륭하게 잘 써먹기도 했다.

문제는 황태자였다. 그는 로샨이 왜 주변의 여인들을 놔두는지 알면서도 자신에게 다가오는 걸 못 견뎌 했다. 자신의 영역 안에 하이에나나 돼지, 비루먹은 개가 들어오는 걸 거부한 것이다.

그래서 시험을 하는 것처럼 로샨의 주변을 마구 건드렸다. 은근한 눈빛으로 유혹을 해대다가 단물이 쏙 빠졌을 때 미련 없이 버렸다. 열이면 열, 백이면 백 다 그렇게 했다. 작정하고 덤벼드니 배겨 날 여지가 없었다. 황홀할 정도로 아름다운 얼굴을 들이밀고서 사랑을 속삭이니 한 시간도 채 되지 않아 백기를 드는 것이다. 이골이 난 로샨이 진심으로 말려 댔지만 되레 으르렁거리며 화를 내니 어찌할 도리가 없었다.

미카엘 아이레스가 탐탁지 않은 표정으로 말했다.

"꼭 데려와야 하나?"

"그녀가 네게 별 볼 일 없는 사람이라면 그냥 둬도 괜찮지."

"내 약점이 될 거라 생각하는 건가?"

"멜."

"……?"

"그런 표정으로 묻는다면 누구나 나처럼 생각할 거야."

"무슨 표정을 짓는다는 거지?"

미카엘 아이레스의 물음에도 불구하고 뤼세트 로샨은 말없이 웃었다. 그녀는 사랑에 빠진 얼굴을 하고선 아무것도 모른다는 것처럼 순진하게 구는 자신의 친구가 가엾으면서도 귀여웠다. 단단한 얼음 안에 숨겨져 있던 게 세상 그 어떤 것보다 푸르른 연정의 싹이라는 게 놀라울 따름이었다. 그래서 빨리 말하라는 것처럼 윽박지르는 친구에게 다정한 어조로 충고했다.

"그런 것에 신경 쓰기보다는 어떻게 다정한 기사님이 될지 고민해 보지그래? 그래야 네 소녀가 상처받지 않은 채 우리에게 올 거 아냐? 뭐, 네가 미소만 지어도 가능할 일일 것 같지만……."

물론 뤼세트 로샨의 말은 소녀가 미카엘 아이레스의 외모에 혹해 다른 영애처럼 멍청하게 굴었을 때나 가능한 일이었다. 하지만 그동안 그를 싫어하는 여인이 없었기에 그녀는 물론이고 미카엘 아이레스 역시 그녀가 얼음의 기사의 구애를 거절하지 않으리라 생각했다. 아니, 마음이 없더라도 모두의 선망을 한껏 받을 수 있는 특별한 기회를 놓치지 않을 것이라고 여겼다. 평민에서 이제 막 귀족이 된 터라 이 세계에 관한 환상에 젖어 있을 게 분명해서였다.

하지만 소녀, 시스에 드 비슈발츠는 만만치 않았다. 자신의 형을 유심히 관찰한 미카엘 아이레스가 다정함을 무기로 다가갔을 때 그보다 더한 철벽, 아니, 얼음벽을 세웠다. 무감각한 눈동자는 '다가오지 마, 귀찮아'라는 마음을 노골적으로 드러내고 있었다. 이름을 물어보았을 때 마지못해 가르쳐 주긴 했어도 그녀의 내부에 기본적으로 깔린 감정은 '의아함'과 '거부'에 가까웠다. 미카엘 아이레스가 다른 여자들에게 그랬듯이 말이다. 그래서 그는 절망할 수밖에 없었다. 대화를 나누는 게 껄끄럽다는 듯 자꾸 책으로 시선을 돌리는 것부터가 자신은 안중에도 없다는 소리나 다름없지 않은가.

황태자의 검이라는 소리를 듣기 시작한 이래 이런 식의 밀어냄은 없었기에 충격이 더 컸다. 모두가 찬양해 마지않은 미모도 그녀에게는 영 먹히지 않은 모양이었다. 로맨스의 '로' 자도 모르면서 시스에 드 비슈발츠가 읽고 있는 책에 대해 이야기를 나누려고 노력했지만 되레 은근한 비아냥이 섞인 소리를 듣고야 말았다. 냉정한 태도로 여인을 대했던 지난날의 과오가 고스란히 돌아와 그의 심장을 갈기갈기 찢어 놓고 있었다. 이만 사라져 달라는 말을 돌려 말하는 그녀의 태도를 견디다 못해 노골적으로 마음을 드러내고서 고백을 했지만 이마저도 먹히지 않았다.

겁을 먹은 것처럼 자신을 응시하는 그녀의 얼굴은 미카엘 아이레스에게 있어 꽤 아프게 다가오고 있었다. 자신이 무어라 말하는 것조차 모를 정도로 절절한 심정을 토해 냈지만, 시스에 드 비슈발츠의 태도는 완고했다. 마치 자신처럼. 그래, 많은 여인이 좌절하여 나가떨어졌던 또 다른 미카엘 아이레스가 여기에 서 있었다.

"제게 기사님의 명예를 지킬 수 있는 기회를 주세요. 실망감으로 물든 경의 모습을 다른 분들이 보지 않았으면 하는군요."

그간 자신의 독설과 냉대를 직접적으로 대했던 상대방도 이러한 기분이 들었을까? 숨을 쉴 수 없을 정도로 가슴이 아팠을까? 그보다도 단순한 미소라 생각했던 게 어느새 커져 이만큼 자리를 잡았던 걸까.

그는 좌절과 절망을 가까스로 삼키고선 이를 악물었다. 머리가 어지러워 견딜 수 없었다. 아니, 숨을 쉴 수 없어서 죽을 것만 같았다. 허물어질 것 같은 다리를 필사적으로 지탱하고선 귀중한 시간을 내어줘서 고맙다는 말을 내뱉긴 했지만 덜덜 떨리는 손까지 감출 수는 없었다.

이전에 그는 황태자에게 목매는 뤼세트 로샨이 한심해 냉소에 가까운 말을 내뱉은 적이 있었다. 어차피 시그러질 마음을 왜 주는지 모르겠다고, 정신을 차리라고 말이다. 그런데 지금 그 생각이 왜 이렇게 뼈아프게 다가오는 것인지 모르겠다. 오늘처럼 자신의 오만이 이토록 지독한 상처로 다가온 적이 있었을까. 돌이켜 보건대 단 한 번도 없었다.

미카엘 아이레스는 피식 헛웃음을 지었다. 덜덜 떨리는 턱에 힘을 주며 이를 악물었다.

언젠간 시들 마음을 왜 주냐고? 이보다 더 멍청하고도 잔인한 소리가 또 있었을까. 마음이 의지대로 움직이는 게 아닌데. 그러니 줄 수밖에 없었다. 아니, 의식하지 못하는 사이에 빼앗겼기에 되찾아올 수도 없는 거였다. 그런데 왜 줬냐는 타박을 하다니.

그는 입술을 깨물고선 비척비척 걸음을 옮겼다. 이상하게도 눈가가 뜨끈했다. 몸은 추웠다. 심장은 곧 녹을 것처럼 뜨거워지고 있는데, 입술은 파랗게 질려 덜덜 떨렸다. 처음 맛보는 거부가 이런 거라니. 이때만큼은 냉정해질 수도, 흉폭해질 수도, 다정해질 수도 없었다. 다만 어지러웠다. 말로 표현할 수 없는 감정에 견디기 어려웠다. 자신도 모르는 사이에 눈덩이처럼 커진 감정에 잡아 먹혔다고 생각하니 미칠 것만 같았다. 심장이 갈기갈기 찢겨 피가 흐르고 있었다.

그는 복도의 벽에 잠깐 기대어 거칠게 숨을 몰아 내쉬었다. 발끝이 무너져 어디를 내디뎌야 할지 알 수 없었다. 그저 암울했다. 눈앞에 보이는 모든 것이 말이다.

※

좋아하는 사람에게 거부를 당한다면 보통 두 가지의 반응을 보이게 마련이다. 상처 입은 자존심으로 인해 오기를 부리며 집착을 하거나 아니면 맥없이 나가떨어지거나. 미카엘 아이레스의 경우는 전자이지만 자존심에 상처를 입었다기보다는 애틋하고 그리운 마음이 더 컸다. 다시는 그녀와 대화를 하지 못할 거라고 생각하니 죽을 것만 같아서다.

그래서일까? 그때 입었던 타격은 굉장히 오랫동안 미카엘 아이레스를 흔들었다. 그답지 않게 멍하니 있을 때가 많아 크고 작은 실수가 이어지고 있었다. 사람들은 넋이 나간 얼음의 기사가 어디 아픈 게 아닌가 하는 의구심을 품었다. 그렇지 않으면 저런 얼빠진 보일 수 없을 거라고 수군거리면서. 황태자만 하더라도 어이가 없다는 것처럼 냉소를 지을 정도였다.

"내 기사가 이런 식으로 얼간이처럼 구는 건 용서 못 해. 도대체 무슨 일이야? 약에 중독이라도 된 거냐? 말해봐라, 멜. 너 요즘 정말로 머저리가 따로 없어."

그건 미카엘 아이레스가 하고 싶은 말이었다. 그 역시도 자신이 이상하게 굴고 있다는 걸 알고 있었으니까. 하지만 어디서부터 손대야 할지 몰라 허덕일 뿐이다. 다만 이상했다. 자신과 이야기를 할 마음도 없이 무작정 거부하기만 한 여자가 왜 이렇게 마음에 와 닿는지 말이다.

하루에도 수십 번 생각을 해보았지만 결론을 내릴 수 없었다. 아니, 자책에 가까운 후회만이 남았다.

자신의 형처럼 부드러운 사람이었더라면 괜찮았을까? 사교계에 다정한 기사라 알려졌다면 그런 식의 비꼬임을 받지 않았을까? 그럼 이렇게 마음 아프지는 않았을 텐데, 하고.

그러다가 문득 스스로가 그 소녀, 시스에 드 비슈발츠에 관한 한 너무나 관대해졌다는 걸 발견하고선 아연한 표정을 지었다. 동시에 집에서 식사를 할 때마다 자신도 모르게 형의 일거수일투족을 살피면서 그의 흉내를 내고 있음을 발견하고선 사색이 되었다.

미카엘 아이레스는 그가 그토록 싫어했던 여자들처럼 혹시 모를 희망을 가진 채 그다음 만남을 기다리고 있었다. 정작 그 자신은 구질구질하게 매달리는 여자 따위는 정말로 질색이라고 생각했으면서.

'미쳤구나.'

얼음의 기사는 창백하게 질려 버린 얼굴을 손으로 힘겹게 감쌌다. 그녀가 자신에게 어떠한 행동을 보여 줄지 알면서도—자신이 다른 사람에게 그러했으니까—미련하게 구는 게 쓴웃음이 나올 정도로 퍽 어리석었다. 그런데도 포기가 되지 않은 스스로가 미련해 보였다. 감정은 기아 그 자체인데, 연정의 싹은 탐욕스럽게 자라나 이미 나무에 이르고 있었다.

그 후 몇 개월이라는 시간이 흘렀다. 눈에서 멀어지면 마음에서도 멀어진다는데, 그동안 시스에 드 비슈발츠의 그림자조차 보지 못했음에도 불구하고 그의 마음은 한층 더 깊어져 있었다. 푸릇하게 우거진 숲처럼. 동시에 형의 흉내를 내긴 하였으나 은연중 자신의 본성이 드러난게 아닌가 싶은 초조함이 일었다. 하루에도 몇 번씩 오락가락하는 마음에 자꾸 조급증이 일고 있었다. 그야말로 얼빠진 나날들의 행진이다.

그래서일까. 항간에는 얼음으로 이루어진 그의 심장이 조금씩 녹아내리고 있으니 기회를 노려서 고백을 하라는 어처구니없는 소문이 돌기까지 했다. 물론 그걸 멍청하게 믿고서 덤벼들었다가 맥없이 나가떨어진 사람이 수십에 이르렀긴 하지만.

어쨌든 그가 조금 부드러워진 건 사실이었고―시간이 지나면 지날수록 제정신을 차리는 경우가 많아졌지만―웬만한 일이 아니라면 이전과 달리 제법 친절한 태도를 보이기까지 했다. 그리고 이것은 그의 절친한 친구로 알려진 뤼세트 로샨에게도 해당되는 일이었다.

물론 모든 영애가 바라 마지않은 친절을 몸소 겪게 된 뤼세트 로샨은 이러한 상황이 전혀 마음에 들지 않았다. 머리에 칼 맞은 것처럼 멍청하게 구는 친구의 태도가 인간적으로 보여 반가웠지만, 자신에게까지 그렇다는 건 소름이 끼치는 일이었다. 황태자의 옆에서 아무렇지 않은 척 태연하게 굴고 있는 자신도 머저리지만 이건 좀 아니다 싶었다. 실연의 상처를 견디다 못해 머리가 좀 돈 것인지도 모른다는 생각이 들 정도로. 그렇지 않으면 저리 허파에 바람이 든 것처럼 다정한 미소를 지으며 자신을 바라볼 리 있겠는가.

그녀는 떨떠름한 표정을 지으며 눈을 가늘게 떴다. 뤼세트 로샨은 자신의 친구가 무슨 생각을 하는 것인지 도통 이해할 수 없었다. 그래서 온몸에 소름이 돋을 정도의 친절을 선보이는 얼음의 기사에게 이를 악물고서 겨우 말했다. 어찌나 거부감이 일던지 등줄기에 식은땀이 흘러내릴 정도였다.

"그쯤 해둬. 무서울 정도야. 나에게까진 그러지 않았으면 좋겠어. 너 이상해. 약이라도 하니? 창녀 안 산 지 꽤 됐다면서."

그러자 그가 한숨을 내쉬며 머리를 쓸어 올렸다. 살짝 좁혀진 미간 아래로 적나라하게 드러난 미카엘의 얼굴은 불안과 초조, 짜증과 실망으로 물들여져 있었다.

"티가 많이 나나? 아직 멀었군."

이제야 자신이 아는 미카엘의 모습인 것 같아 안도의 한숨을 내쉰 뤼세트가 의아하다는 듯 물었다.

"도대체 뭐 하는 건데?"

"가면을 쓰는 거다. 다정한 기사의 가면. 이전에는 시간이 부족해서 어설펐던 거니까 이번에는 좀 더 완벽한 모습으로 다가가려고. 그런데 너 따위에게도 들통이 날 정도니 아직 멀었다 싶군."

미카엘 아이레스는 황태자 못지않게 입이 더럽다. 아니, 성격보다 더 최악인 게 그의 혀라 할 수 있었다. 하지만 그것을 아는 사람은 극소수에 불과했다. 이는 저가 대외적인 평판을 생각하여 최대한 자제하기 때문이었다. 제국이 자랑하는 얼음의 기사는 너무할 정도로 냉정하긴 하지만 굉장히 매너가 바른 신사라고 알려져 있으니 말이다.

그러나 이 가면은 친구와 함께 있을 땐 무참하게 깨졌다. 특히 뤼세트 로샨의 경우 이 더러운 성질의 최대 피해자였다. 그녀는 '너 따위'라는 말에 인상을 팍 구겼다가 곧 아무렇지 않다는 듯 빙그레 웃었다. 슬쩍 밀어 올라간 입꼬리가 파들파들 떨리긴 했지만, 연모하는 여인을 위해서라면 다른 인격도 마다하지 않겠다는 친구를 생각하니 무작정 화를 낼 순 없어서였다. 그래서 진심을 다해 충고했다.

"그럼 거울을 보고 연습해. 눈이 안 웃잖아. 너 성질 나쁜 거 자랑할 일 있니? 멍청하게 굴지 마."

"눈이 안 웃는다고?"

"그래. 눈은 안 웃는데 입만 호선을 그리는 거 진짜 공포야. 어쩔 수 없이 웃어준다, 이런 느낌? 미카엘 아이레스 경. 그대의 서늘한 눈동자가 상대로 하여금 얼마나 큰 위압감을 느끼게 하는지 아시나요?"

"그래서 날 거부했던 건가?"

물론 그때의 그는 눈까지 절절하게 풀어져 아주 애처로운 표정을 하고 있었지만, 자신의 얼굴을 보지 못했던 미카엘로선 어설펐기에 진심을 전달하지 못했다고 생각할 수밖에 없었다.

"그리고 이왕 다정한 기사 흉내 낼 거면 좀 더 특색 있는 행동을 해봐."

"특색 있는 행동?"

"그래. 너를 거부하지 못하게끔 말이야. 말이 나왔으니 망정이지 사교계 내에서 너를 제외하고 여인에게 다정하게 굴지 않은 기사가 어디 있다니? 너 같은 별종이 관심을 받는 건 그러한 이유야. 네 마음을 얻는 건 특별한 사람이 된다는 뜻과 같으니까. 그래서 다들 그렇게 미치는 거라고."

뤼세트 로샨의 말은 이해가 갈 듯하면서도 무척 어려워 그를 혼란에 빠뜨렸다. 다정한 기사의 역할만으로도 부족하다니. 그럼 뭐가 더 필요하단 말인가. 이럴 때면 자신의 미모를 믿고서 그에게 무작정 달려들던 멍청한 영애들이 부러울 지경이었다. 수치를 모른 채 그의 뒤를 졸졸 따라 다녀도 '연정'이라는 이름 하나만으로 뭐든지 해결되었으니 말이다.

이런 미카엘 아이레스의 눈에 짝사랑에 빠진 어린 시종이 들어온 건 그야말로 우연에 가까운 일이었다. 얼굴에 돋아난 솜털이 매우 풋풋한 시종은 자신이 좋아하는 시녀가 나타날 때마다 마치 강아지처럼 꼬리를 흔들어 대며 좋아했다. 제 감정을 주체하지 못하는 듯 무작정 달려들며 주변을 얼쩡거리는 게 퍽 귀여울 정도였다. 온몸 가득 '좋아해요'라는 달콤한 단어가 뚝뚝 떨어지니 보는 사람의 입에도 단맛이 감돌 지경이다.

그래서일까? 시녀는 시종에게 마음이 없어 보였지만 그를 무작정 내치지는 못하고서 어쩔 수 없다는 듯 받아주고 있었다. 얼굴 가득 곤란한 표정이 가득했지만 살포시 누그러진 눈매가 다정한 체념을 머금고 있었다.

어느 날은 그 광경을 황태자와 뤼세트 로샨과 함께 목격했다. 망나니이디라 할지라도 그건 재미있었는지 흐뭇하게 웃고 있었다. 이 달콤하면서도 풋풋한 광경을 받아들이지 못하는 건 오롯이 얼음의 기사 하나뿐이었다. 그래서 그는 의아함을 감추지 못한 채 조용히 중얼거렸다.

"왜 단호하게 끊어 내지 못하는 거지? 곤란한 상황이 아닌가?"

그러자 황태자가 '이런 한심한 녀석을 보았나'라는 표정으로 그를 바라봤다.

"네 이명이 '얼음의 기사'인 건 정말로 탁월한 것 같다. 저걸 보고서 왜 단호하게 끊어 내지 못하냐는 말이 나오냐? 못 하는 게 아니라 할 수 없는 거라고. 저렇게 온몸으로 부딪쳐 오는데, 냉혈한이 아니고서야 매정하게 내칠 순 없는 노릇이지."

뤼세트 로샨이 차분하게 말을 받았다.

"그렇지 않으면 스스로가 나쁜 사람이 된 것 같으니까요."

황태자가 품위 없이 낄낄거리며 웃었다. 그는 뤼세트 로샨의 말이 웃긴 건지 그답지 않게 이를 활짝 드러내고 있었다.

"아, 뤼세의 말이 맞아. 저건 양심에 호소하는 저열한 방식이지. 하지만 마냥 비난할 수 없는 게, 본능인지 계산일지 모르겠지만 저렇게라도 애정을 쟁취한다면 한 번쯤 해볼 만한 일이기도 하니까."

뤼세는 긍정을 하는 대신 미카엘 아이레스를 바라보았다. 마치 '저거야'라고 말하는 것처럼. 그는 인상을 구기며 시종과 뤼세트 로샨을 번갈아 보았다. 깊은 골이 그려진 미간은 극심한 갈등을 머금고 있었다. '이 정도까지 해야 하냐'가 아니라 '내 얼굴로 저걸?'이라는 의미를 담고서.

그의 얼굴은 귀엽다기보다는 날카로운 미남자에 가까웠으니까. 즉, 미카엘과 같은 얼굴로 순진한 미소를 짓는다는 건 웬만한 연기력이 아니고서야 어렵다 할 수 있었다.

하지만 미카엘 아이레스는 쉽사리 '미쳤군'이라는 말을 하지 못했다. 냉혈한이 아니고서야 매정하게 내칠 수 없다는 말이 그를 뒤흔들고 있었기 때문이다. 무엇보다 또 모를 일이지 않은가. 그녀가 저런 식의 방법에 흔들릴지 말이다.

물론 타고나기를 냉정하게 자라난 미카엘 아이레스가 한순간에 순진한 멍멍이가 될 리가 만무했다. 암만 노력해도 그는 여전히 얼음의 기사였으며, 혀에 가시를 품고 있는 냉혈한이었다. 과거에는 그나마 가까이 다가왔었던 여인들이 이제는 다가오지도 못한 채 멀찍이 바라볼 정도로. 조금 다정하게 구는 선만으로는 본성을 이길 수 없는 법이었다.

하지만 사랑이란 위대하여 사람의 성품 같은 걸 아무렇지 않게 바꿔 버린다. 연습이고 뭐고 다 필요 없다는 것처럼. 완벽한 무장해제, 이보다 더 들어맞는 말은 없었다. 미카엘 아이레스는 시스에 드 비슈발츠를 통해 그걸 뼈저리게 느꼈다.

그날도 역시 우연에 가까운 일이었다. 사교계에 데뷔조차 하지 않은 소녀를 황궁의 복도에서 만날 줄을 미처 몰랐던 미카엘 아이레스는 그동안 그리워했던 기억보다 배는 더 아리따운 시스에의 모습에 심장이 멎는 듯한 기분을 맛보았다. 디뷘젤 저택에서보다 한층 더 화려한 차림을 하고 있었지만 무서울 정도로 어울려 눈앞이 아찔해지고 있었다.

"비슈발츠 영애?"

이쯤 되니 그간 다정한 강아지 기사를 연습했던 결과물 따윈 튀어나올 기미가 보이지 않았다. 이미 정지되어버린 사고는 그를 본능적인 얼간이로 이끌고 있었다. 이성이고 뭐고 다 배제한, 날것 그 상태로.

그나마 얼굴 근육이 연습 때처럼 움직여 소년처럼 풋풋한 미소를 그렸기에 망정이지 그렇지 않았음 일방적인 추태를 보일 뻔하였다. 미카엘 아이레스에게 있어서 다행스러운 일이 아닐 수 없었다. 물론 시스에 드 비슈발츠는 이런 그의 태도에도 불구하고 여전히 서늘한 태도를 유지하고 있었다. 이쯤 되면 따뜻한 피가 흐르는 여인이 아니라 얼음 그 자체라 불릴 만도 하다.

다만 주변의 시선을 의식하는 듯 대놓고 거부하지는 못했는데, 황궁 내 미카엘 아이레스의 추종자가 많다는 걸 알고 있기에 할 수 있는 행동이었다. 덕분에 고마운 빈틈이 생겼다. 그와 같은 훌륭한 기사가 그 틈을 놓칠 리 만무하므로 가까스로 정신을 되찾고선 연기에 돌입할 수 있었다. 아니, 연기고 뭐고 그간의 그리움을 겹겹이 쌓은 감정을 여과 없이 선보였다. 사춘기의 풋풋한 소년처럼 뺨을 여실히 붉힌 채.

시스에 드 비슈발츠는 미카엘 아이레스의 변화에 무척 당황한 모양인지 다소 흔들리는 모습을 보였다. 제법 벽을 세우며 경계하는 모습을 보이긴 해도 에스코트를 하겠다는 그의 청을 거절하지 않는 걸로 보아 말이다. 몇 마디 말을 더 덧붙이긴 했지만 새침한 표정으로 손을 내미는 건 '그의 소녀'였다. 그뿐이랴. 대화에 충실히 임해 주며 제법 귀여운 모습을 보이기까지 한다.

미카엘 아이레스는 손끝에 와 닿은 그녀의 손에 심장이 터질 것만 같았다. 조금 더 강하게 손잡고 싶어 약간의 사심을 담아 깍지를 껴 봤는데도 불구하고 거부하지 않는다는 점에서 더욱 그러했다. 이건 어느 정도 희망이 있다는 건가. 역시 이런 식으로 나가는 게 맞는 것일까. 열기가 치밀어 오르고 있었다.

그러나 행운은 거기까지였다. 다소 느슨해진 경계를 뚫기가 무섭게 다시금 그를 밀어내는 그녀였으니까. 의미가 빤히 보이는 거부의 행동에 욱신, 하고 마음이 저려 오고 있었다.

어느덧 그녀의 말투, 행동 하나하나에 의미를 부여한 채 일희일비하는 자신을 발견하게 된다. 그래서 미카엘 아이레스는 패자가 되어 사랑을 갈구하는 자신의 처지가 무척 한심하다고 생각했다. 그녀의 작은 행동 하나하나에 기뻐하는 자신을 이해할 수 없었다.

대체 저까짓 게 뭐라고.

그러나 한 번 빼앗긴 마음을 되찾아올 방법을 알지 못하니 그저 그녀가 하자는 대로 이끌릴 수밖에 없다. 이 상황에서의 칼자루는 오롯이 시스에 드 비슈발츠에게 있으니까. 황태자라 할지라도 그를 이토록 휘두르지 못한다. 그건 황제, 혹은 신이라도 마찬가지일 것이다. 그런데 시스에 드 비슈발츠는 이것을 아무렇지 않게 행하고 있다. 그녀와 함께 있으면 마치 스스로가 비참한 노예가 된 기분이었다.

차라리 그날 디뷘젤 공작의 저택에 가지 않았던 게 나았을까.

이런 후회가 들고 있음에도 불구하고 그의 입은 착실하게 훗날을 기약했다. 거부당할 것을 알기에 자신도 모르게 힘이 빠지는 목소리를 내고 있었다. 차라리 동정이라도 해줬으면 좋을 것을⋯⋯.

"하지만 감히 제 생각이 맞다면 영애께서는 이 또한 거절하실 요량이시겠지요."

미카엘 아이레스는 자신이 내뱉었지만 퍽 어리석은 말이라 그만 혀를 깨물고 싶었다. 동시에 이번에도 상처를 받는다면 어떻게 해야 할지 모르겠다고 멍하니 생각했다. 번번이 거부를 당한 심장이 제대로 버텨 줄지 스스로도 장담할 수 없었던 것이다. 아니, 이대로 포기하는 게 나을까. 그럼 덜 비참해지려나.

그때였다. 지독한 운명은 그로 하여금 기막힌 동정을 던져 주었다. 기적과 같은 당김은 너덜너덜해진 마음을 어느 정도 어루만져 주고 있었다.

"제가 어찌 우연을 막을 수 있겠어요. 그럼 안녕히 돌아가시기를."

미치겠다. 어떻게 그대는 이렇게 날 뒤흔드는 거지? 보잘것없는 그 한마디로 날 천국과 지옥을 오가게 만드는 거지?

진짜 미치겠다. 온몸을 휘감는 달콤한 희열에 죽을 것만 같았다. 인내심과 자제력이 급속도로 무너지고 있었다. 냉정이 잠잠해지니 광폭한 짐승이 기쁨의 꼬리를 흔들며 입맛을 다셨다. 본능이 그에게 명령하고 있었다. 이대로 달려들어 저 귀여운 입술을 집어삼키라고. 만일 그가 자제력이 조금만 더 부족한 사내였더라면 지체 없이 그렇게 했을 터였다.

하지만 여기는 황궁이다. 자신은 기사다. 미카엘 아이레스는 초인적인 인내를 발휘하여 정중한 인사를 건넸다. 그리고 아무렇지 않다는 듯 물러섰다. 물론 스스로가 인식하지 못할 정도로 빠른 걸음으로―아니, 거의 뛰다시피 했다―걷고 있었지만, 지금은 그게 문제가 아니었다. 피가 끓고 있다는 게 중요했다.

잠시 후, 아무도 없는 적막한 장소에 이르렀을 때 미카엘 아이레스는 겨우 숨을 몰아쉬었다. 다리가 비틀거림과 동시에 등이 벽에 닿았다. 뜨거운 숨을 들이 내쉴 때마다 절절 끓는 피가 마구 요동치고 있었다.

누가 이런 자신을 보고서 고결한 기사 '미카엘 아이레스'라 말할 수 있을까? 숭배하고 싶은 기쁨에 허덕여 어찌할 바를 모르는 멍청한 개가 여기에 있었다. 그래도 이런 자신이 기분이 나쁘지 않은 게 시스에드 비슈발츠가 방금 전과 같은 태도를 보여 준다면 아무래도 좋다는 생각이 들어서였다. 정말로 그랬다.

"미치겠다. 어떻게…… 어떻게 이렇지?"

그는 새빨갛게 달아오른 얼굴로 세상을 다 얻은 사람처럼 기쁘게 웃었다. 고작 다음을 기약하는 걸 허락받았을 뿐인데 좋아 죽을 것만 같았다. 진실로 보잘것없는 일인데도 불구하고. 동시에 강아지와 같이 순진한 눈망울을 가장하여 저돌적으로 부딪치는 게 조금이라도 효과가 있구나 싶어 빙그레 미소를 지었다.

뤼세의 말이 맞았다. 그가 나가야 할 길은 이거였다. 그래서 앞으로도 이런 식의 가면을 써야겠다고 마음먹었다. 비록 그녀 한정의 얼굴과 행동이지만 조금씩 경계를 무너뜨릴 수만 있다면 어찌 되든 상관없었다. 본래의 성격은 그녀가 자신에게 익숙해질 때야 조금씩 드러내면될 일이었다.

이렇게 얼음의 기사이며 황태자의 검인 미카엘 드 아이레스는 첫사랑이라는 지독한 불치병에 걸렸다. 시스에라는 여신의 자비에 구걸해야 하는 삶을 기꺼이 선택한 것이다. 뭇 여인을 차갑게 대했던 스스로를 반영하는 아름다운 그녀에게 말이다. 그리고 이는 현재에까지 이르러 그의 마음을 비참하게 눌렀다가 가장 황홀하게 띄었다가를 반복하고 있었다. 제국 제일의 달콤한 패배자를 농락하는 것처럼, 그렇게.

3권에서 계속…